Marina Kirschner

ZUSAMMEN SIND WIR WUNDERVOLL

ROMAN

 **PENGUIN** VERLAG

Penguin Random House Verlagsgruppe FSC® N001967

2. Auflage
Copyright © 2022 der Originalausgabe by Penguin Verlag
in der Penguin Random House Verlagsgruppe GmbH,
Neumarkter Straße 28, 81673 München
Redaktion: Susann Harring
Umschlaggestaltung: Favoritbuero
Umschlagabbildung: Getty Images/© miodrag ignjatovic
Satz: GGP Media GmbH, Pößneck
Druck und Bindung: GGP Media GmbH, Pößneck
Printed in Germany
ISBN 978-3-328-10691-3
www.penguin-verlag.de

Dieser eine Augenblick

Wir greifen gleichzeitig nach derselben Zitrone. Sie liegt ganz oben auf dem duftenden Berg aus gelben Früchten, und als meine Finger sie berühren, ist da plötzlich diese Männerhand. Eine erstaunlich schöne Männerhand, schmal und gepflegt und angenehm warm. Für einen Moment bin ich zu überrascht, um zu reagieren. Also liegen meine Finger da, auf der Zitrone, und seine Finger liegen da auch. Dann sehen wir uns an und müssen lachen.

»Nimm du sie«, sagt der Mann, der dunkle Haare und nussbraune Augen hat, »ich lasse dir gern den Vortritt. Oder in dem Fall: den Vorgriff.«

Er zieht seine Hand zurück. Ich spüre seine Finger noch auf der Haut, obwohl sie fort sind und ihre Wärme mitgenommen haben. Ein Kribbeln spüre ich ebenfalls, es geht von der Hand durch den Arm in den Magen bis hinunter in meine Zehen. Das passiert so schnell, dass ich mich frage, ob ich es mir nur eingebildet habe, aber an seinem erstaunten Blick sehe ich, dass es ihm genauso geht.

Wir sind umgeben von Menschen, sehr vielen Menschen, sie wuseln über den Salzburger Grünmarkt, der jeden Donnerstag stattfindet und Schranne genannt wird. Doch die Geräusche sind weit weg, und die vielen Leute nehme ich nicht einmal richtig wahr. Stattdessen taxiere ich den Fremden. Er trägt eine dunkle Lederjacke und Sneakers, die durchnässt sind vom Schneematsch. Auf seiner linken Wange ist eine feine Narbe, und er hat schöne Lippen. Er sieht aus wie einer, der sich oft von seinem eigenen Schwung mitreißen lässt, ungestüm, vom Bauchgefühl geleitet, einer, in dessen Nähe man alles vergisst, den Alltag, den Ärger, die Zeit. Er sieht mich an. Sein Blick ist schalkhaft und seltsam intensiv zugleich. Ich habe einem Menschen, den ich nicht kenne, noch nie derart lange in die Augen geschaut. Ich möchte ihn fragen, ob er mich mitnimmt, einfach so, weil es Spaß machen könnte. Weil es sich richtig anfühlt. Da schiebt sich die Welt wieder zwischen uns, der Moment ist vorbei, die Verkäuferin ruft ungeduldig: »Was is'n jetzt mit der Zitrone?«

Er dreht sich zu ihr, als wäre er verblüfft über ihre Anwesenheit, und kneift kurz die Augen zusammen.

»Die bezahle ich«, sagt er und holt seinen Geldbeutel aus der Hosentasche.

»Aber ich muss die doch z'erst abwiegen«, sagt die Verkäuferin und macht eine Geste wie jemand, der keine Zeit zu verlieren hat. Ich reiche ihr die Zitrone, sie legt sie auf die Waage. Die Haut an ihren Händen ist aufgesprungen, von der Arbeit auf dem Hof und von der Kälte, vermute ich.

An den Ständen des Grünmarkts gibt es frisches Obst und Gemüse, selbst gemachten Honig und Schnaps, Fisch, Fleisch und Eier. Es ist laut und bunt, ein Gedränge und Gerufe – ich liebe es. Ich flaniere unglaublich gern über die Schranne, gleich morgens um sieben, deshalb komme ich jeden Donnerstag hierher. Ich suche mir die besten Früchte vor Ort aus und lasse mich vom Trubel verschlucken. Das ist ein Ausgleich für mich, ein Gegengewicht zu all der Zeit, die ich allein mit Backen verbringe. Und wenn ich erst einmal eine Stunde lang über den Markt geschubst wurde, kehre ich anschließend gern in die Ruhe meiner Backstube zurück.

Kaum hat er die Zitrone bezahlt, reicht der Mann sie mir und grinst mich an. Es zieht mich so zu ihm hin, dass der Boden unter mir zu schwanken scheint. Sicher liegt es daran, dass ich heute noch nichts gegessen habe, da wird mir manchmal ein bisschen schwindlig. Was sonst sollte diesen plötzlichen Balanceverlust auslösen? Ich mache einen Schritt zurück. Ich sollte etwas sagen. Etwas Witziges, das den Auftakt für ein Gespräch gibt. Schnell. Jetzt. Jetzt! Ich bin doch eigentlich nicht auf den Mund gefallen. Im Gegenteil! Nur ist mein Kopf wie leer gefegt. Kein einziger vernünftiger Gedanke ist darin und kein einziger lustiger Spruch. Was sage ich denn sonst immer? Wieso weiß ich das nicht mehr?

»Danke«, murmle ich. Na gut, das ist immerhin ein Anfang.

Als ich die Zitrone nehme, die er mir hinhält, berühren unsere Finger sich erneut. Es schießt mir heiß durch die Knochen. Merkt er das? Das ist sonderbar, er muss das doch auch merken?

»Auf eine Zitrone wurde ich noch nie eingeladen«, sage ich, meine Stimme ist zögerlicher als sonst, ich bin nicht in der Spur. Denn das mit dem Herzklopfen, das hört nicht auf, und das leichte Schwanken auch nicht. Ich will zu ihm hingehen. Die Arme um ihn schlingen, den Kopf an seinen Hals legen und den Geruch dieser unverschämt scharfen Lederjacke einsaugen. Jetzt hoffe ich, dass der Zitronenmann das doch nicht merkt. Er würde sonst glauben, ich wäre so eine, die vor lauter Bedürftigkeit sogar Bäume umarmt.

»Umso besser«, antwortet er, »dann wirst du das hier nicht so schnell vergessen.«

Da höre ich unverkennbar das Wienerische an seiner Aussprache. Was tut er hier? Ist er nur zu Besuch in Salzburg? Auf die Schranne kommen auch viele Touristen, allerdings für gewöhnlich nicht um diese Uhrzeit. Ob ich ihn fragen soll?

»Macht's ihr vielleicht heut noch Platz für die anderen Leut?«, schimpft die Verkäuferin, und wir grinsen uns verlegen an wie Kinder, die beim Blödsinnmachen ertappt wurden. Wir gehen ein paar Schritte an die Seite, wir könnten uns jetzt trennen, weitergehen, jeder für sich. Eine Frau mit einem langen blonden Zopf sieht mich missmutig an, den Mund spöttisch verzogen.

An ihrem Arm baumelt ein Netz mit Kartoffeln, sie hat tiefe Augenringe. Es ist ihre Missbilligung, die mich aus meiner merkwürdigen Starre erweckt, die mein Schweigen und meine ungewöhnliche Scheu aufbricht. Weil ich nicht möchte, dass diese besondere Begegnung jetzt und hier mit diesem negativen Schlusspunkt endet.

»Aber das ist nicht nur eine Zitrone«, sage ich und halte sie hoch wie eine Trophäe. »Daraus wird ein köstliches kleines Törtchen.«

Geht doch! Das war ein vollständig artikulierter Satz. Und meine Stimme hört sich auch wieder einigermaßen normal an.

»Gut zu wissen«, er hebt mit einem verschmitzten Grinsen seine leeren Hände, »dann war mein Opfer nicht umsonst.«

»Es gibt ja noch genug andere Zitronen für dich«, ich deute lachend auf die gelben Früchte hinter uns.

»Die eine oder keine«, antwortet er ernst. Ich mag, wie ihm die Haare in die Stirn fallen. Wie er dasteht, mag ich auch, mit diesen nassen Schuhen und der viel zu dünnen Jacke. Bestimmt ist ihm kalt, vielleicht würde er ja gern irgendwo reingehen, um einen Kaffee … und da hab ich eine Idee.

»Komm doch morgen bei mir vorbei«, schlage ich vor, »dann kannst du ein Tartelette kosten. Ich würde mich gern revanchieren.«

Ich hab es ausgesprochen. Ich will dich wiedersehen, hab ich gesagt, nur mit anderen Worten, und die stehen jetzt draußen in der Welt. Ich kann kaum atmen vor Aufregung.

Es ist bloß ein Zucken seiner Mundwinkel, doch mir ist sofort klar, dass er meine Einladung ausschlagen wird, dass er gleich Nein sagen wird. Das ist nicht schlimm, es sollte nicht schlimm sein. Okay, es ist schlimm.

»Ich kann nicht«, sagt er, ohne eine Erklärung. »Ich kann nicht.«

Er lächelt mich noch einmal an, dann geht er.

Kein Wort, kein kleiner Witz zum Abschied, und vor allem: keine Handynummer. Und obwohl ich weiß, dass das hier nichts war, nur ein Zufall, ein bedeutungsloses Zusammentreffen von nicht einmal fünf Minuten, bin ich enttäuscht. Ich sehe ihm nach, wie er in der Menge verschwindet, und drehe ratlos die Zitrone in meiner Hand. Die einzelne Frucht ist viel zu wenig für meine Tartelettes, ich brauche mehr als ein Kilo. Jetzt muss ich mich noch mal beim Obststand anstellen und mich dem bohrenden Blick der Verkäuferin aussetzen.

Ich schaue dorthin, wo der Zitronenmann zwischen den Leuten abgetaucht ist, und mit einem Mal durchflutet mich Erleichterung. Es ist dieselbe Art Erleichterung, die ich nach der Begegnung mit einem gut aussehenden Mann immer empfinde, sobald die Anspannung verflogen ist. Ich kann weitermachen wie bisher, nichts wird mich aus meinem Alltagstrott reißen. Alle Mauern bleiben stehen, alle Türen bleiben geschlossen.

Und das ist besser so. Natürlich ist es das. So einer, dessen Blick bis an den Grund der Seele taucht, als läge das Herz frei vor ihm, so einer kann einem gefährlich werden. Die, zu denen es einen hinzieht, sind die, vor denen man weglaufen muss, und zwar schnell.

Ich atme tief ein, die kalte Märzluft vertreibt den Druck, der mit einem Mal auf meiner Brust lastete. Die Geräusche dringen wieder zu mir durch, ein quengelndes Kind, Schritte im Schneematsch, eine Autohupe. Alles ist wie immer, nichts hat sich verändert. Was sollte sich auch ändern, nur weil zwei einander fremde Menschen nach derselben Zitrone greifen?

Zitronentarte

Zutaten

Für die Füllung

3 große Bio-Zitronen
4 Eier
180 g Butter
150 g Zucker

Für den Boden

250 g Mehl
150 g Butter
80 g Zucker
Salz
1 Eigelb
1 EL Crème fraîche
Butter für die Form
Mehl für die Arbeitsfläche

Zubereitung

Für die Füllung die Zitronen waschen und trocken reiben. Die Schale abreiben, den Saft auspressen. Eier, Butter, Zucker, Zitronenschale und -saft über dem Wasserbad bis knapp vor dem Kochen rühren, sodass die Masse dick und cremig wird. Durch ein Sieb streichen und in einer Schüssel abkühlen lassen. Für den Boden das Mehl mit Butter, Zucker, einer Prise Salz, Eigelb und Crème fraîche zu einem glatten Teig verarbeiten. In Frischhaltefolie wickeln und für 30 Minuten in den Kühlschrank legen. Den Backofen auf 220 °C vorheizen. Die Form fetten. Den Teig auf der bemehlten Arbeitsfläche dünn ausrollen und die Form damit auslegen. Dabei einen ca. 3 cm hohen Rand formen. Den Boden mit einer Gabel mehrfach einstechen. Im Backofen bei Heißluft in 10 Minuten goldbraun backen, dann etwas abkühlen lassen. Die Zitronencreme in den vorgebackenen Tortenboden füllen und glatt streichen. 20 Minuten bei 200 °C backen.

Anna

»Du kannst nicht immer nur backen! Leg sofort dieses Kuchenepiliergerät weg!«

Mel kommt mit einem Schwung kalter Luft zur Hintertür herein und stampft mit den Schuhen, um den Schneematsch loszuwerden.

»Das ist ein Gitterschneider, du hohle Nuss«, sage ich lachend und halte den kleinen Roller hoch, mit dem ich gerade dem Teig für den Birnenstrudel ein schönes Muster verpasse.

»Würdest du dich mit derselben Hingabe den Stoppeln auf deinen Beinen widmen«, sagt sie und setzt sich auf die Arbeitsplatte, »würden nicht alle Männer vor dir davonlaufen.«

»Sie laufen weg, wenn sie merken, dass du kleiner Quälgeist im Paket mit enthalten bist«, schieße ich grinsend zurück.

Sie funkelt mich mit ihren blauen Augen amüsiert an und beißt in eine Birne.

»Hey, die sind für den Strudel!«, rufe ich.

»Schmecken mir eh nicht«, sie legt die angebissene Birne wieder zwischen die Packung mit feinem Zucker und die Eierschalen, »viel zu gesund.«

Sie fährt mit dem Finger am Rand der Teigschüssel entlang und leckt ihn ab.

»Schon besser!«, sagt sie grinsend.

Ich schlage ihr auf die Hand und muss gleichzeitig lachen. Mel treibt mich in den Wahnsinn. Und ich liebe sie wie verrückt. Was ja irgendwie auf dasselbe hinausläuft.

Für das, was wir beide sind, gibt es kein Wort. In unseren Adern fließt nicht das gleiche Blut, und doch sind wir enger verbunden als Freundinnen. Wie Schwestern, wie Splitter einer Seele in zwei Körpern. Sie ist der Mensch, der mich sogar dann versteht, wenn ich nichts sage.

»Mit dir zusammenzuwohnen ist, als hätte ich ein aufgedrehtes Kind.«

»Ist doch praktisch, dann kannst du schon mal für später üben«, entgegnet sie und streicht sich den Pony, in dem schmelzende Schneeflocken glitzern, aus dem Gesicht.

Sie ist auf eigenartige Weise schön. Ihre Attraktivität ist kantig, man muss sie sich erst erarbeiten, mit einem zweiten Blick.

Ich lächle nicht. Wann immer die Sprache auf Kinder kommt, sticht es an dieser einen Stelle in meiner Brust, zu der mein Verstand keinen Zugriff hat. Nur das Gefühl. Und dieses Gefühl muss ich dann schnell abschütteln. Es macht mich hilflos, dass ich es nicht einmal benennen kann.

Ich wende mich wortlos ab.

Mel weiß sofort, was los ist, und wechselt das Thema.

»Apropos später«, sagt sie und klopft mit dem Fingernagel auf ihre Armbanduhr, »ich muss dich hoffentlich nicht daran erinnern, dass heute Freitag ist?«

»Musst du nicht«, antworte ich, »ich hab mich ja extra hübsch gemacht.«

Ich deute auf meine fleckige Küchenschürze und meine Wangen, die mit Sicherheit voller Marmeladenschlieren und Mehlspuren sind. In der Backstube gibt es keinen Spiegel, und das ist mir schon oft zum Verhängnis geworden. Manchmal bediene ich stundenlang im Café, bis mich jemand höflich darauf hinweist, dass ich Schokoladentupfen am Kinn habe. Und wenn mich niemand darauf hinweist, merke ich es erst abends im Badezimmer. Dann rede ich mir ein, dass das eben zu meinem besonders authentischen Charme gehört, geniere mich aber trotzdem jedes Mal aufs Neue.

»Bezaubernd, wie du bist«, sagt Mel spöttisch, »ist es wirklich ein Rätsel, dass die Männer hier nicht jeden Tag Schlange stehen.«

Sie ist also offenbar doch noch nicht fertig mit dem Thema. Ich verdrehe die Augen. Mel greift an meine Nase und kratzt vorsichtig etwas ab. Vermutlich einen kleinen Teigbatzen.

»Wieso sprichst du heute ständig vom Kinderkriegen und Heiraten?«, frage ich schnippisch. »Spürst du deine Eierstöcke schrumpeln?«

Sie macht den Mund auf, und in diesem Moment, in dem sie nicht antwortet, ist es sehr still. Sie schweigt und lächelt, und in ihren Augen sehe ich, was sie denkt. Dass wir irgendwann ernsthaft darüber reden müssen. Aber nicht jetzt. Ich lächle zurück, dann wende ich mich ab und lege das Teiggitter auf eine Platte mit Backpapier. Ich schiebe es in die Kühlung, wo bereits der Mürbeteig für die Zitronentartelettes, das Lemon Curd und der fertige Zwetschkenkuchen auf die morgigen Gäste warten.

»Die Buttercreme für die Schokotorte muss ich noch vorbereiten. Geh schon mal rauf, ich komm in einer halben Stunde. Unsere Muffins sind auch gleich fertig.«

Ich zeige auf einen der drei Öfen, in dem die kleinen Gupfe mit weißer Schokolade und Cranberrys langsam eine goldgelbe Farbe annehmen.

»Ist das meine Lieblingssorte?«, fragt Mel und bricht ein Stück von der Zartbitterschokolade ab, die ich für die Torte brauche.

»Ja, und jetzt verschwinde! Ich liege super im Zeitplan und wäre pünktlich, würde ein gewisser gefräßiger Quälgeist mich nicht dauernd stören!«

Sie leckt sich die schokoladigen Lippen und hüpft von der Arbeitsfläche. Ihre schwarze Hose ist am Hintern voller Mehl. Ich schmunzle und sage nichts. Geschieht ihr nur recht.

Wir gehen sowieso nicht aus, niemand wird das sehen. Die Zeiten, in denen wir uns freitags in Salzburgs Kneipen Drinks zahlen ließen, sind vorbei. Die einzige Verabredung, die wir heute haben, ist mit unserer Oma Gertraud. Und unserer Couch. Wir machen einen Fernsehabend, oder um es zeitgemäß zu sagen: Netflix and chill. Mel bringt einen salzigen Snack mit, ich sorge für etwas Süßes. Das ist ein festes Freitagsritual, auf das wir uns freuen, obwohl wir uns sowieso fast jeden Abend sehen. Unsere Wohnungen liegen nebeneinander, im ersten Stock über dem Café Sonnigsüß, und bräuchten eigentlich keine Türen, weil wir die nie schließen. Es ist, als hätten wir gemeinsam viele Zimmer zur Verfügung, zwischen denen zufällig ein Hausflur liegt. Ich habe Sachen in meinem und in Mels Kleiderschrank und umgekehrt, jeder schläft, wo er mag, und sucht sich die Dusche aus, in der das Shampoo noch nicht leer ist. Wir wohnen allein, doch wir sind nie allein.

Im obersten Stockwerk des schmalen Hauses in der Priesterhausgasse, das mir gehört, befinden sich außerdem noch zwei weitere Wohnungen, vermietet an rüstige alte Damen, die mit Oma Gertraud seit Jahrzehnten befreundet sind. Als wir Kinder waren, haben Mel und ich die beiden regelmäßig besucht, weil es dort oben ein bisschen unheimlich war und wir das spannend fanden. Und weil sie uns jedes Mal zwanzig Schilling geschenkt haben. Damit konnten wir uns beim Kramerladen grüne Gummischlangen kaufen und das neue *Wendy*-Heft, in das wir uns gemeinsam, die Köpfe zusammengesteckt, vertieft haben. Auch jetzt gehen wir regelmäßig zu Waltraud und Margarethe hinauf, bringen ihnen Kuchen und fragen, ob sie etwas brauchen. Oder, wie Mel es ausdrückt: »Wir schauen nach, ob sie noch nicht gestorben sind.« Niemand hat eine größere Klappe als Mel. Doch dass dahinter ein großes Herz steckt, erkennt man daran, dass sie jedes Mal eine Stunde bei den zwei Alten sitzen bleibt und sich bei wässrigem Tee Geschichten erzählen lässt von Rattenschwänzchen, strengen Lehrern mit Rohrstock und Männern, die nicht aus dem Krieg heimgekommen sind. Geschichten, die Mel bereits siebenundzwanzigtausendmal gehört hat, genau wie ich. »Das sind wir beide in fünfzig Jahren«, sagt sie zu mir, »merk dir meine Worte!«

Wenn wir Anfang achtzig sind, werden auch wir Kekse in den Tee tunken, um sie aufzuweichen, und froh sein, dass jemand nach uns sieht. Wir werden unsere Erinnerungen ausbreiten, uns kichernd gegenseitig mit den Ellbogen anstoßen und sagen: »Weißt du noch?« Und vor allem werden wir immer noch zusammen sein, sie und ich. Jetzt kommt es mir vor, als wäre das noch lange hin, als hätten wir ewig Zeit, aber waren wir nicht gerade erst zwei kleine Mädchen, die sich im Wald auf dem Kapuzinerberg die Hände beim Klettern aufschürften und dann nach Hause zu Oma liefen, um mit Wolfshunger frische Buchteln zu verputzen? Die Jahre sind so flüchtig wie der eine Augenblick, in dem man das perfekte Soufflé aus dem Ofen holen muss.

Ich löse die Muffins aus der Form und richte sie auf einem großen Teller an. Hoffentlich hat Mel wie versprochen Pastrami-Sandwiches geholt, ich habe Hunger. Auch eine Kuchenfee braucht zur Abwechslung mal etwas Saures. Weshalb ich stets Essiggurken, Salami und Käse im Kühlschrank der Backstube aufbewahre. Okay, nicht nur aufbewahre, sondern auch aufesse. Das ist wie mit den Kaffeebohnen in der Parfümerie: Sind meine Geschmacksnerven durch etwas Salziges neutralisiert, sind sie wieder viel empfänglicher für das Süße. Schließlich verliert alles, was eintönig ist, auf Dauer seinen Reiz.

Genau wie in Beziehungen. Wobei ich da längst weg bin, bevor sich Routine einstellen könnte. Dass ich weder verheiratet noch vergeben bin, ist deshalb nicht so rätselhaft, wie Mel gesagt hat, und das weiß sie auch. Sie zieht mich nur gern auf mit meiner Unfähigkeit, mich auf einen Mann einzulassen. Wobei sie, wenn sie mit diesen Steinen wirft, definitiv im Glashaus sitzt.

Ich rühre die Schokolade und die Butter, während beides schmilzt, und atme tief ein. Ich liebe diesen Geruch. Meine Hände sind so geübt darin, Teig zu kneten, Zucker in Schüsseln rieseln zu lassen, eine Prise Zimt aus dem Streuer zu klopfen und die Schale von frischen Bio-Zitronen abzureiben – sie könnten all das tun, während ich schlafe. Beim Backen muss ich nicht denken. Omas Rezepte kenne ich auswendig, und wenn ich etwas Neues hinzufüge, um sie abzuwandeln, handle ich nach Gefühl. Als gäbe es einen Rhythmus, einen Beat, dem mein Körper folgt, ohne dass ich mich anstrengen muss. Alles geht von selbst, alles ist mühelos. Backen ist für mich wie meditieren. Ein Zustand völliger Ruhe und Zufriedenheit. Am schönsten finde ich, dass ich dabei niemand sein muss. Ich muss mich nicht auf gewisse Weise präsentieren, um anderen Menschen zu gefallen, ich muss nicht witzig, klug und geistreich sein, nicht schön, nicht up to date. Das Urteil der Welt wird erst gefällt, wenn die süßen Ergebnisse meiner Arbeit gegessen werden. Bis dahin, während ich hier in meiner Backstube bin, bin ich frei.

Zimty drückt die angelehnte Tür auf und kommt herein.

»Hat sie dich geschickt, damit du mich holst?«, frage ich lachend, und unser Kater streicht mir schnurrend um die Beine. Ich gieße ein bisschen Milch in ein Schälchen und stelle es ihm hin. Er schleckt die Milch auf und inspiziert die Backstube, weil es ja sein könnte, dass irgendwo etwas Fressbares herumliegt. Als er nichts findet, wirft er mir einen vorwurfsvollen Blick zu und setzt sich neben meine Beine. Über uns knarrt der Boden. Das ist nichts Ungewöhnliches in diesem alten Haus, das sich seit dem 19. Jahrhundert in Familienbesitz befindet. Mein Ururgroßvater, ein Industrieller, hatte es einst erworben. Ein Glücksfall, denn heute wäre es unbezahlbar. Salzburg ist ein teures Pflaster, vor allem in dieser zentralen Lage. Müsste ich für den Cafébereich und die Backstube Miete zahlen, könnte ich mir das kaum leisten.

Ich mische Puderzucker und Bourbonvanille in einem Topf und räume dann, während die Creme abkühlt, alle Zutaten an ihren Platz. Jeden Abend kommt Anita, um die Backstube und das Café auf Vordermann zu bringen, und wenn ich morgen früh um fünf wieder hier stehe, wird alles sauber sein. Sie gehört zu meinen Heinzelmenschen, gemeinsam mit Hans, der mir täglich außer Donnerstag, wenn ich auf die Schranne gehe, eine Biokiste mit frischen Produkten aus der Region bringt, und Anton, der meine Hochzeits- und Geburtstagstorten ausliefert. Ohne sie würde ich es nicht schaffen, das Café zu führen. Das zu erkennen hat allerdings lange gedauert. Wenn Mel mich nicht gezwungen hätte, endlich um Hilfe zu bitten, würde ich noch heute alles selbst machen und mich zwischen Backen, Bedienen, Putzen, Ausliefern und Einkaufen völlig aufreiben. Wie zu Beginn, als ich nicht einmal mehr schlafen konnte, weil in den wenigen Stunden, in denen ich Zeit zum Schlafen gehabt hätte, die To-do-Listen durch meinen Kopf ratterten. Nur wenige Wochen nachdem Oma fortgegangen war, war ich ein Wrack. Zuvor hatten wir uns die Arbeit ja geteilt.

»Du kannst wirklich alles«, sagt Mel gern, »außer zulassen, dass dir jemand hilft.«

Dabei ist sie auch nicht besser als ich. Wir haben schon als Kinder gelernt, nicht zu vertrauen. Und dass es besser ist, sein Herz an niemanden zu hängen, damit es nicht verloren geht in dieser Welt.

Ich stelle die fertige Creme in den Kühlschrank, werfe die Schürze in den Wäschekorb und mache das Licht aus.

»Na komm«, sage ich zu Zimty und nehme ihn auf den Arm. Ich drücke das warme, weiche Wesen mit den rotbraunen Flecken sanft an mich. Als ich über die knarrende alte Holztreppe in den ersten Stock komme, höre ich Mel fröhlich quatschen. Sie sitzt im Wohnzimmer am großen Tisch, auf dem sich Backzeitschriften, Werbesendungen, leere Kaffeetassen und Krimskrams häufen, und redet mit ihrem Laptop. Genauer gesagt mit Oma Gertraud, die am anderen Ende der Skype-Verbindung sitzt.

»Hallo, Oma!«, rufe ich und winke ins Bild. »Ich muss noch schnell ins Bad.«

Zimty macht es sich inzwischen in dem alten Ohrensessel gemütlich.

»Annale«, ruft Oma, »beeil dich, ich hab nicht so viel Zeit!«

Im Bad streife ich mein dunkelrotes Strickkleid ab und schlüpfe in die ausgebeulte Jogginghose, die noch nie zum Joggen draußen war, dafür aber gut trainiert im Couching ist. Dazu ein Shirt von Mel, das sie in Kopenhagen gekauft hat. Ich wasche mir Gesicht und Hände, ziehe den Kamm durch meine Locken und trinke Wasser aus dem Hahn.

Vor fünf Jahren ging Oma mit Melanie und mir zum Notar, überschrieb mir das Café und das Haus und machte Mel zur Wohnungseigentümerin. Da war ich 27 Jahre alt. Oma behielt nur das Geld, das sie gespart hatte, um reisen zu können. Das hatte sie lange Zeit zuvor angekündigt, hatte gesagt, sie würde sich aus dem Staub machen, sobald sie siebzig sei, und doch haben wir sie nie ernst genommen. »Ich will noch was sehen von der Welt, bevor ich nur mehr die Radieschen von unten seh«, hat sie erklärt, mir kurz nach ihrem siebzigsten Geburtstag den Schlüssel in die Hand gedrückt und ihre Sachen gepackt. Andalusien war die erste Station eines Abenteuers, das Oma seither nach Indien, Neuseeland, Schottland, Frankreich, Mexiko und in andere Länder geführt hat, aus denen sie Postkarten schickt, die ich an den Kühlschrank in der Backstube hefte. Grüne Hügel und exotische Pflanzen, Sand, Mosaike, Straßenbahnen und fremde Menschen sind darauf zu sehen und erzählen von der Ferne, von Entdeckungen, von der Vielfalt unserer Welt. Aufgebrochen ist Oma allein, geblieben ist sie es nicht: Die meiste Zeit war sie mit Leuten unterwegs, die sie beim Reisen kennengelernt hat, meistens mit Backpackern, die fünfzig Jahre jünger waren als sie. Doch jetzt scheint sie eine Pause einzulegen, denn nach einem Trip durch Italien ist Oma zurzeit in Neapel, und zwar seit vier Monaten. Ich hege den Verdacht, dass daran ein gewisser Jacopo schuld ist.

»Also, Oma«, frage ich und setze mich neben Mel, »was gibt's Neues?«

»Du zuerst«, gibt sie zurück, »wie war das Treffen mit dem jungen Mann am Mittwoch?«

»Ah, das ist eine sehr kurze Geschichte«, antworte ich und stopfe mir ein paar Erdnüsse aus einem Schüsselchen auf dem Tisch in den Mund. Sie spielt auf mein letztes erfolgloses Date an. »Er hat mich versetzt.«

»Was für ein Arschloch!«, ruft Oma, und ich muss so lachen, dass ich mich an den Nüssen verschlucke. Ich huste, und Mel klopft mir auf den Rücken. Typisch Oma. Sie nimmt nie ein Blatt vor den Mund.

Oma rückt sehr nah mit der Nase an die Kamera und sieht dadurch ein bisschen aus wie eine Maus. Sie ist mit 1,55 Metern ohnehin sehr klein, doch die fehlende Größe macht sie mit ihrem Auftreten wett. Sie sprüht vor Energie. Oma Gertraud ist eine Frohnatur und hat immer was zu erzählen. Ich habe sie nie ratlos oder hilflos erlebt, auch dann nicht, als sie guten Grund dazu gehabt hätte. Vermutlich hat sie sich ihren Kummer nur nicht anmerken lassen, um uns Mut zu machen. Und das ist ihr stets gelungen. Unsere selbstbewusste und eigenwillige Art haben Mel und ich ganz sicher von ihr.

»Ja«, sage ich, »ich hab eine Stunde gewartet und dabei die ganze Flasche Wein allein ausgetrunken. Auf nüchternen Magen, ich wollte ja nicht ohne ihn essen. Am Morgen hatte ich dann so einen Schädel.«

Ich mache eine Geste mit beiden Händen, als hätte ich einen riesigen Kopf.

»Sie hat mir die halbe Nacht ins Ohr geschnarcht«, stöhnt Mel, und ich boxe sie in die Seite.

»Ich schnarche nicht!«, sage ich entrüstet.

»Du klingst wie ein kaputter Traktor.«

»Und wieso ist er nicht gekommen?«, fragt Oma.

»Weiß ich doch nicht. Zwei Stunden vor dem Date hat er noch geschrieben, dass er sich freut, mich zu sehen. Nur aufgetaucht ist er nicht.«

»Hast du ihn angerufen?«

»Oma, sie kann ihn doch nicht anrufen!«, ruft Mel. »Nicht, nachdem er sie so blöd hat dastehen lassen!«

»Dasitzen wohl eher«, kommentiert Oma trocken.

»Außerdem hab ich doch seine Nummer gar nicht«, werfe ich ein, »das war ja alles in der App.«

»Aber man wird doch eine Erklärung verlangen dürfen«, sagt Oma kopfschüttelnd.

»So läuft das eben heute, Oma«, sage ich mit einem Seufzen, »alles ist unverbindlich. Ihm ist wohl was Besseres für den Abend untergekommen.«

»Was Besseres als dich gibt es nicht«, sagt Oma.

»Ach, danke, du bist lieb.«

»Wahrscheinlich hat er sie gesehen und sich gedacht: ›Um Himmels willen, nein!‹, und ist schnell geflüchtet«, sagt Mel kichernd, und ich boxe sie noch mal.

»Melanie, du und dein Mundwerk!«, schimpft Oma.

»Dafür hat sie aber gestern einen Zitronenmann getroffen«, sagt Mel.

»Einen was?«, fragt Oma.

»Einen äußerst attraktiven Kerl, der ihr eine Zitrone gekauft hat«, erklärt Mel und fängt schon wieder an zu lachen.

Ich versuche mitzulachen, aber allein die Tatsache, dass Mel den dunkelhaarigen Mann erwähnt, lässt meinen Magen flattern.

»Warum denn eine Zitrone«, wundert sich Oma, »macht man das jetzt so? Obst verschenken?«

»Da hätte ich ja lieber eine Banane«, sagt Mel grinsend, und ich schlage ihr auf die Schulter.

»Hörst du mal auf!«, schimpfe ich, doch ihr Lachen ist einfach ansteckend.

Oma hat von Mels Witz nichts mitbekommen, denn gerade hat Jacopo das Zimmer betreten.

»Ciaooo!«, ruft Mel und winkt.

Jacopo, dessen weiße Haare wild vom Kopf abstehen und dessen blaue Augen blitzen, hält einen Teller mit süßen Teigstückchen in Pilzform ins Bild.

»Er bäckt die besten Baba«, seufzt Oma und schiebt sich eins der Hefedinger mit Rum in den Mund.

»Eh, no, no«, sagt Jacopo, »Babà, si dice Babà.« Er sagt es viel weicher und mit Betonung auf dem zweiten a. Er gestikuliert und schüttelt den Kopf über so viel Unwissenheit, während Oma kaut und grinst. Jacopo legt die Hände auf ihre Schultern und küsst sie auf den Kopf.

»Babà, Anna e Melania, avete capito?«, sagt er in die Kamera.

Ich muss lachen, und mir wird ganz warm. Das machen die beiden jedes Mal. Langsam hab ich den Eindruck, Oma isst dort nichts anderes. Und »Babà« spricht sie sicher mit Absicht dauernd falsch aus.

»Er verrät mir das Rezept noch immer nicht!«, ruft Oma Gertraud in gespielter Verzweiflung. »Ich kann hier erst weg, wenn ich es habe.«

»Und wenn er es nie rausrückt?«, frage ich.

»Ach«, macht Oma und grinst verschmitzt, »das Wetter ist auch ganz gut in Neapel.«

»So ein Rezept kann man auch googeln, Oma«, wirft Mel ein.

Jacopo sagt etwas, das ich nicht verstehe, und Oma nickt.

»Wir gehen jetzt essen und Karten spielen mit Nino und Marietta«, verkündet sie und murmelt dann: »Wo schaltet man dieses Ding noch mal aus?«

Sie setzt ihre Lesebrille auf, um die Computertasten erkennen zu können.

»Du könntest dich wenigstens verabschieden, Oma!«, beschwert sich Mel.

»Ach so, ja«, sagt Oma, »tschüs!«, und weg ist sie.

Mel und ich starren auf den Bildschirm.

»Die hat uns einfach abgewürgt«, sagt Mel.

»Im Gegensatz zu uns hat sie ein intaktes Sozialleben.«
Mel seufzt.

»Sie erlebt dreimal so viel wie wir. An einem Tag.«

»Wenn wir alt sind, werden wir auch so cool sein wie Oma.«

»Bis dahin findet unser Sozialleben eben auf dem Sofa statt.«

Mel klappt den Laptop zu und sucht nach der Fernbedienung.
Ich gieße uns selbst gemachten Holundersaft in zwei Gläser und
stelle die Muffins auf den Couchtisch.

»Ah, bitte sehr«, sagt Mel und holt aus ihrer großen Umhängetasche Chips hervor.

»Ist das dein Ernst? Du hattest mir Sandwiches versprochen!«

»Stell dich nicht so an, du wolltest was Salziges!«

Sie wirft mir die Chipspackung in den Schoß.

»Und salzig sind die ganz bestimmt.«

»Du bist furchtbar.«

»Das ist wahr«, sagt sie grinsend und beißt in einen Muffin.

»Heute bleibe ich bis zum Ende der Folge wach«, verspreche
ich wie jeden Freitag.

»Worum wetten wir, dass du das nicht schaffst?«

»Um ein Pastrami-Sandwich.«

»Gebongt.«

Wir schlagen ein, und ich reiße die Chipspackung auf. Letzte
Woche bin ich wie immer um halb neun eingeschlafen und erschrocken aufgewacht, als Mel mir Erdnussflips in die Nase gesteckt hat.

Ob der Zitronenmann wohl auch gerade einen Fernsehabend
mit seiner Freundin veranstaltet? Noch nie saß ein Mann auf
dieser Couch. Als Oma noch hier gewohnt hat, sowieso nicht,

und auch seither hatten Mel und ich alle Dates nur außerhalb dieses Hauses. Nicht einmal Oliver bringt Mel mit, und dabei trifft sie sich mit ihm schon seit einem halben Jahr. Sie fährt lieber zu ihm, statt ihn in unsere Wohnungen einzuladen. Es gibt niemanden, den wir in unser Refugium lassen.

»Unsere wilde Oma, hm?«, sagt Mel, während der Vorspann der Serie läuft. »Neapel.«

Sie murmelt es mit diesem entrückten Blick, den ich nur zu gut kenne. Fernweh liegt darin, eine Sehnsucht, die mir fremd ist. Mel ist rastloser als ich, sie hat bereits die halbe Welt gesehen. Sobald das Reisefieber sie packt, schnappt sie ihren Rucksack und haut ab. Manchmal für Tage, manchmal für Wochen. Wenn ich es nicht besser wüsste, würde ich denken, sie ist die wahre Enkelin von Oma Gertraud, nicht ich.

Dann sehen wir zu, wie sich dauergewellte Frauen in Achtzigerjahre-Trash-Klamotten beim Wrestling aufeinanderstürzen. Von Lovestorys halten wir uns fern, wir haben ein Faible für das Tragische. Und für schwarzen Humor. Aber sosehr ich auch wissen will, wie es in der Serie weitergeht, ich bin nicht bei der Sache, meine Gedanken schweifen ständig ab. Ist Oma verliebt, hat sie ihr Glück gefunden? Und was bedeutet das für mich, muss ich auch warten, bis ich siebzig bin?

In meiner Kindheit kam kein Opa vor. Dabei muss es ja mal einen Opa gegeben haben. Nur was mit ihm geschehen ist, wissen wir nicht, weil Oma eisern schweigt. Hat er sie verlassen? Hat sie ihn rausgeworfen? Ist er gestorben?

In meiner Erinnerung sehe ich Oma Gertraud nie mit einem Mann an ihrer Seite, sie war immer auf sich gestellt. Sie hat das Café allein gewuppt, hat Mel und mich großgezogen, Probleme gelöst, Hindernisse überwunden. Sie hat gebacken und gekocht, genäht, geputzt, uns vorgelesen, uns zugehört, sie hat die Wände selbst gestrichen und Glühbirnen gewechselt, sie hat uns alles beigebracht, was sie wusste.

Sie hat nur vergessen, uns zu zeigen, wie man jemanden an sich heranlässt.

***

Ich bekomme keine Luft. Ich kann die Arme nicht heben und die Beine auch nicht. Einzementiert bin ich, ich sehe nichts. Wo ist oben, wo ist unten? Überall schwere Finsternis. Der Schnee drückt auf meinen Kopf, auf meine Brust. Ich bin allein. Immer wieder tasten meine Finger nach einer Öffnung, stoßen nur auf unerbittlich hartes Weiß. Die Kälte spüre ich nicht mehr. Die Hoffnung lässt mich weiteratmen, gepresst, unter größter Anstrengung, jeder Atemzug eine Qual. Wie viel Zeit bleibt mir noch? Das Blut jagt durch meine Adern, mein Herz kämpft mit der Kraft der Verzweiflung. So ein Körper, der ist nicht gewillt aufzugeben. Er will leben. Ich will leben. Ich rufe, auch wenn sie mich nicht hören. Vielleicht sind sie nicht mehr da. Sind erstickt wie ich. Meine Tränen frieren an meinen Wangen fest. Oben leuchtet jetzt bestimmt der Sternenhimmel.

Ich erwache aus dem Traum durch meinen eigenen Schrei. Ich schrecke hoch und versuche, mit beiden Händen den verfluchten, schweren Schnee wegzuschieben, der mich erdrückt. Ich schüttle mich und sauge die Luft mit röchelnder Gier in meine Lungen.

»Alles gut«, flüstert Mel, »du bist in Sicherheit, schau.«

Sie legt eine Hand ganz leicht auf meine Brust, nimmt sie gleich wieder weg.

»Da ist nichts, du kannst frei atmen.«

Meine Lunge schmerzt, langsam lässt das Zittern nach. Ich bin schweißgebadet, und wie immer dauert es eine Weile, bis ich mich im Jetzt zurechtfinde. Bis ich glauben kann, dass ich in meinem eigenen Bett liege und nicht in einem Lawinengrab.

»Schlaf weiter«, wispert Mel.

Sie deckt mich nicht zu, sie weiß, dass die Bettdecke auf meinem Körper ein möglicher Trigger für den Traum ist. Sie hält meine Hand, während ich darauf warte, dass mein Herzschlag sich beruhigt und der Rest der Nacht in traumloser Ruhe versinkt.

Mein Wecker klingelt um 4.42 Uhr. Das ist eine merkwürdige Weckzeit, aber exakt berechnet, um keine Minute kostbaren Schlafes zu verschwenden. Nachdem Oma zu ihrer Weltreise aufgebrochen ist, habe ich in monatelanger Sorgfalt ausgetüftelt, wann ich spätestens aufstehen muss, um alles rechtzeitig zu schaffen. 4.42 Uhr, that's when.

Es ist Montag, aber das macht für mich nicht viel Unterschied, ich habe kein Wochenende. Das Café ist nur am Donnerstag geschlossen, da ist mein freier Tag, an dem ich allerdings meistens auch backe. Da bereite ich nämlich die Geburtstags- und Hochzeitstorten vor, die dann, je nachdem, wann die Feierlichkeiten stattfinden, von Anton abgeholt und ausgeliefert werden.

Mel liegt nicht mehr neben mir. Sie wechselt oft in der Nacht auf die Couch oder in das Bett in der anderen Wohnung, um morgens ungestört weiterschlafen zu können. Aber hätte ich erneut angefangen zu schreien, wäre sie wie der Blitz zu mir gerannt.

Ich schlurfe ins Bad. Duschen und Haare waschen dauert sechs Minuten, Zähne putzen zwei Minuten, die nassen Haare kämmen eine Minute. Ich föhne meine braunen, kinnlangen Locken nie. Ich gehe sowieso nur in die Backstube, und da ist es warm. Bis der zweite Kuchen fertig ist, sind meine Haare trocken. Das sei keine Frisur, lautet Mels Kommentar dazu, das sei bloß ein Wuschel. Der Wuschel ist aber sehr praktisch, lässt sich hinter die Ohren streichen und braucht nicht viel Aufmerksamkeit. Die kriegt auch mein Make-up nicht: Zwei Tupfer Concealer mit dem Finger unter den Augen verreiben, Wimpern tuschen, fertig. Meine Augen sind braun, mit grünen Sprenkeln drin, auf der Nase habe ich ein paar Sommersprossen, die im Winter jedoch kaum zu sehen sind. Sie warten auf die Frühlingssonne, genau wie ich.

Jetzt ist es 4.52 Uhr, ich gehe zurück ins Schlafzimmer, wo auf dem kleinen Hocker mit Samtbezug ein Kleid, Unterwäsche und eine Strumpfhose liegen. Das komplette Outfit für den nächsten Morgen bereite ich am Abend vor, damit ich nicht schlaftrunken überlegen muss, was ich anziehen soll, und damit das Risiko schockierend hässlicher Farbkombinationen minimiert wird. Ich bin sehr gut im Vorbereiten. Dadurch gibt es keine unerwarteten Überraschungen.

Wenig überraschend ist auch meine heutige Auswahl, denn ich besitze ausschließlich Kleider. Die haben lange oder kurze Ärmel, reichen bis knapp über das Knie und sind sommerlich leicht oder kuschelig warm. Ich habe schwarze Kleider und blaue Kleider, Kleider mit Blümchenmuster, mit Streifen, Tupfen und kariert, mit schwingendem Rock oder enger anliegend, in Braun, Grün, Rot, Türkis, Violett. Ich mag es, wie Kleider meiner Figur schmeicheln. Ich bin nicht dünn, dazu liebe ich all das Süße aus meiner Backstube zu sehr, aber das stört mich nicht. Ich bin zufrieden mit mir, ich finde mich gut so, wie ich bin. Es war mir noch nie wichtig, was andere über mich denken, und dem Diktat der Modemagazine, wir Frauen hätten möglichst schlank und schmal zu sein, verweigere ich mich. Ich lasse mir eben ungern etwas vorschreiben. Die Männer haben sich noch nie über meine Kurven beschwert, im Gegenteil. Und einer, dem nicht gefällt, dass es an mir was zum Angreifen gibt, der muss sich ja nicht mit mir treffen. »Kleine Französin« nennt Mel mich manchmal wegen der Kleider und Mäntel und Stiefel, um mich zu necken. »Fehlt nur noch, dass du dir so ein komisches Béret auf deinen Wuschel setzt«, sagt sie. Ein wenig hinderlich für ihre Fantasievorstellung ist allerdings, dass ich kein Französisch kann.

Ich gehe in die große Wohnküche, wo Zimty mir entgegenmaunzt. Mel schläft auf der Couch, ein Bein hängt über den Rand, ihr Kopf ist halb unter dem Kissen vergraben.

»Wer hier wohl schnarcht«, murmle ich lächelnd, gebe Zimty sein Frühstück und trinke ein Glas Wasser. Dann hole ich mein Handy und mache ein Video von Mel, damit ich ihr später vorspielen kann, dass sie sich selbst anhört wie ein kaputter Traktor.

Leise schleiche ich hinaus und schlüpfe in meine braunen Lederstiefel. Die Tür lasse ich angelehnt, damit Zimty herunterkommen kann, wenn er möchte. Mel wird sowieso niemand stehlen. In der Backstube schalte ich das Licht ein und sehe mich um. Ich liebe meine Wohnung, ich mag das ganze Haus, aber hier – hier bin ich zu Hause.

Ich nehme eine der frischen Schürzen, die Anita für mich gewaschen hat. Sie hat alles so sauber gewischt, dass es glänzt, meine Utensilien stehen ordentlich aufgereiht bereit. Draußen ist es noch stockdunkel, es hat erneut geschneit. Vor der Hintertür wartet die Holzkiste von Bauer Hans. Er hat mir Eier und Bauernhofbutter, Milch, Äpfel, Birnen, Karotten, Zucchini, Walnüsse und Zitronen gebracht. Von ihm bekomme ich Obst und Gemüse aus regionalem Anbau von seinem eigenen Hof oder einem der umliegenden Bauern. Je nachdem, was ich in der Kiste finde, überlege ich mir die Kuchen und Torten des Tages. Die Zitronen sind natürlich importiert. Hans arbeitet dafür mit einem griechischen Landwirt zusammen, der seine Früchte nicht mit Chemie behandelt. Das tun auch die Bauern, die auf der Schranne Obst verkaufen, nicht. Die Qualität der Produkte, die ich verwende, ist mir wichtig. Und ich finde auch, dass man sie schmeckt.

»Karottenkuchen«, sage ich in die Stille hinein, »und Mohn-Orangen-Cheesecake.«

Perfekt! Dazu den Blechkuchen mit Zwetschken, die Schokotorte, die Zitronentartelettes, den Birnenstrudel, und wenn der erste Ansturm mit den Coffee-to-go-Kunden vorbei ist, die zwischen acht und halb zehn kommen, werde ich noch eine schnelle Biskuitroulade backen. Da ich vom Teigrühren bis zum

Dekorieren alles allein mache, brauche ich jeden Morgen einen ausgeklügelten, effizienten Plan. Das Café ist offen, solange Kuchen da ist, und wenn er zu Ende ist, sperre ich zu. Mit einem Mitarbeiter wäre es freilich einfacher. Aber die Backstube ist mein Reich, ich will mit niemandem zusammenarbeiten außer mit Oma. Und die ist nun mal nicht da.

Ich wuchte die Biokiste auf die Arbeitsplatte und werfe rasch die Tür mit dem Fuß zu, bevor noch mehr von der Dunkelheit und dem Geruch von Schnee hereinströmt. Mit ihnen kommt die Erinnerung an den Traum zurück, der mich seit so vielen Jahren quält.

Der Winter macht mich missmutig und melancholisch. Und er will einfach nicht weichen. Es bleibt dunkel, es bleibt kalt. Ich wünsche mir die Sonne herbei und die Leichtigkeit. Der Duft der Zitronen lässt mich an weite Felder und Sonnenstrahlen denken, ans Meer, an Urlaub. Ich sehne mich nach dem Sommer. Nach Wärme. Und nach traumlosen Nächten.

Mit dem Daumennagel ritze ich die Zitronenschale an, halte sie an meine Nase und atme tief ein. Bestimmt hat er mich längst vergessen. Oder er erinnert sich nur mit einem Kopfschütteln an die kleine Aufdringliche mit den Locken, die ihm die Zitrone weggeschnappt hat.

Einen Moment lang betrachte ich die Zutaten vor mir. Und wie jeden Morgen wundere ich mich. Denn die wichtigste Zutat für mein Backwerk ist unsichtbar. Niemand kennt sie, nicht einmal Oma kann das erklären. Und ich? Ich habe keine Ahnung, ob sie überhaupt existiert. Vielleicht ist es meine Sehnsucht, welche die Gäste in meinen Zitronentartelettes schmecken, vielleicht ist es ihre eigene. Etwas, das sie begehren, etwas, wonach sie sich verzehren. Womöglich gibt es mehr auf dieser Welt als das, was wir sehen können, ja, natürlich besteht diese Möglichkeit. Aber viel wahrscheinlicher ist, dass sie sich das alles nur einbilden. Schließlich kann man sich selbst sehr gut belügen, nicht wahr? Ich bin da auch recht talentiert. Anders kann ich mir nicht erklären, warum sie stets von »Magie« sprechen, warum sie sagen, mein Backwerk habe eine einzigartige Wirkung und man könne, sobald man es gegessen hat, die Gefühle anderer Menschen erspüren, könne ergründen, was sie empfinden.

Ich glaube nicht an Magie. Man kann ihre Existenz nicht beweisen, und ich selbst habe noch nie etwas Besonderes geschmeckt, gespürt oder gefühlt, bei Omas Torten genauso wenig wie bei meinen. Das hätten die Frauen in der Familie schon immer gekonnt, sagte Oma schulterzuckend, wenn ich nach dem Warum fragte, nach einer Erklärung. Es sei eben ein besonderes Talent, sagte sie, und: »Du hast es auch.« Daran glaubt sie fest, auch wenn ich ihr noch so oft widerspreche. Mel ergeht es da nicht anders als mir, auch sie verbindet nichts Unerklärliches, Magisches mit meinem Backwerk.

Um halb acht lege ich eine Pause ein und gehe durch die Verbindungstür ins Café. Der erste Cappuccino, der hier zubereitet wird, ist für mich. Mit einem Schaumhäubchen und ein bisschen Kakaopulver – so viel Zeit muss sein. Ich trinke ihn im Stehen und sehe dabei durch die Schaufenster dem Treiben in der Priesterhausgasse zu. Anzugträger, die zur Arbeit eilen, Mütter mit Kinderwagen auf dem Weg zur Krabbelstube, Jugendliche mit Schulrucksäcken. Manchmal winkt mir jemand zu, und ich winke zurück. Jetzt beginnt auch für sie der Tag – die Dunkelheit und die Stille des frühen Morgens sind gewichen.

Wie aufs Stichwort kommt Melanie heruntergepoltert. Sie gähnt, ohne sich die Hand vorzuhalten, und ruft: »Kaffee!«

»Bitte, heißt das«, sage ich und reiche ihr die schon bereitgestellte Tasse. Sie lehnt sich neben mir an die Theke. Ihr Haar riecht nach Kokos, ihr schwarzer Lidstrich ist wie immer ebenmäßig. Ich habe keine Ahnung, wie sie das macht, ich sehe aus wie ein Pandabär, der drei Tage geweint hat, sobald ich mich meinen Augen mit einem Eyeliner auch nur nähere.

»Wann kommt Daniel mit dem Schild?«, fragt sie nach dem ersten Schluck.

Sie stellt die Tasse ab und nimmt den Teller mit Zwetschkenkuchen, den ich ihr entgegenhalte. Der erste Kuchen, der im Café gegessen wird, ist nämlich ebenfalls für mich. Besser gesagt für uns. Das Hantieren mit den ganzen leckeren Lebensmitteln macht schrecklich hungrig. Außerdem bin ich früh aufgestanden und habe stundenlang gebacken, da hab ich mir eine kleine Belohnung verdient. Mel hat sich keine verdient, aber ihr würde ich auch mein letztes Hemd geben. Oder mein letztes Kleid.

»Jetzt dann. Kurz vor acht, hat er gesagt.«

»Er ist so ein Schnittchen«, sagt Mel schmatzend, »er wär was für dich.«

»Ja, das hast du erwähnt. Mehrmals.«

»Du wirst schon sehen, dass ich recht habe.«

Im selben Moment taucht vor der Glastür ein Kerl in einem dicken Wollpullover auf, lugt durch die Scheibe und hebt die Hand, als er uns entdeckt. Das muss Daniel sein, der Werbetechniker, der das Schild tauschen und den Claim aufkleben wird. Ich nehme den Schlüssel und öffne ihm. Seine Hand ist trotz der Kälte erstaunlich warm, sein Händedruck angenehm fest. Er ist groß, hat dunkelblondes Haar und graublaue Augen, einen Dreitagebart und ein Grübchen auf der linken Seite.

»Guten Morgen!«, ruft Mel und zeigt auf ihre Tasse. »Kaffee?«

Er grüßt zurück, macht jedoch eine abwehrende Handbewegung.

»Nein danke, ich fange lieber sofort an«, sagt er, »ich muss dann gleich weiter.«

»Brauchst du irgendwas?«, frage ich.

»Danke, ich hab alles hier. Wo soll ich das alte Schild hintun?«

»Das trage ich nachher in den Keller.«

Gemeinsam mit Mels aktuellem Lover Oliver, der als Werbedesigner arbeitet, habe ich an einem neuen Logo für das Café getüftelt. Das alte Schild, einst orange, inzwischen verblichen, mit dicken, braunen Buchstaben, war noch das Original aus den 1950er-Jahren, jener Zeit, in der die Mutter von Oma Gertraud das Café eröffnet hat. Ich hab sie nicht kennengelernt, sie starb Ende der 1970er-Jahre und hinterließ ihrer Tochter das Sonnigsüß, das Rezeptbuch und ein vermeintlich zauberhaftes Talent.

Das neue Logo ist in einem satten, dunklen Gelb, das an Sonnenblumen denken lässt, an Gold, an Safran. Es strahlt Frische aus und passt natürlich zum Namen, den ich nicht ändern wollte. In dem runden, der Sonne nachempfundenen Gelb ist ein Kreis, der wie der Abdruck aussieht, den eine Kaffeetasse auf einem Tisch hinterlässt. In diesem Kreis steht in einer leicht geschwungenen Schrift:

Café Sonnigsüß
Anna Sonnleitner

In derselben Typo haben wir Klebebuchstaben anfertigen lassen, die heute am Schaufenster angebracht werden sollen.

»Sonnig und süß, so soll dein Leben sein«, das ist Oma Gertrauds Spruch. Damit hat sie mich getröstet, als ich fünf Jahre alt war und nicht getröstet werden konnte, sie hat ihn mir ins Haar geflüstert, als ich Ende zwanzig war und meinen Verlobungsring zurückgab. Sie hat ihn zu Gästen, Freunden und Bekannten gesagt. Jeder, der Oma Gertraud kennt, kennt auch ihr Motto. Und das kommt jetzt auf die Café-Fensterscheibe.

»Die Buchstaben links unten ankleben, wie aufgezeichnet?«, fragt Daniel.

»Ja, genau. Fünfzehn Zentimeter über dem Rahmen, da, wo auch die Sitzbank im Fenster beginnt, siehst du? Einmal der Breite nach über das gesamte Fenster.«

»Alles klar. Das erledige ich zuerst, hier von innen, solange noch keine Leute da sind.«

»Super. Ich bin drüben in der Backstube.«

Er nickt und geht wieder hinaus, um die Sachen aus dem Lieferwagen zu holen.

»Ey, voll lahm!«, sagt Mel, als er weg ist. »Was war das denn?«

»Eine kurze, informative Besprechung.«

»Du warst ungefähr so flirty wie eine Wasserleiche.«

»Gut! Das ist schließlich kein Date, sondern Business.«

»Anna Maria Sonnleitner, du wirst allein sterben, umgeben von Katzen.«

»Und Kuchen. Ich will auch umgeben von Kuchen sein, wenn ich sterbe.«

Mel verdreht die Augen und stellt unser Geschirr in die Spülmaschine. Dann holt sie ihr Notizbuch heraus und setzt sich an einen der Tische. Sie ist Texterin. Für verschiedene Werbe- und Digitalagenturen denkt sie sich Kampagnen aus und schreibt Webtexte, Claims, Slogans, Flyer, Presseartikel, Headlines und alles, was man halt so schreiben kann. Sie arbeitet hier im Café oder oben in der Wohnung, manchmal fährt sie in eine der Agenturen, die sie beauftragen, und sitzt dann dort beim jeweiligen Team aus Grafikern, Programmierern und Kontaktern. In einem Büro ganz in der Nähe hat sie einen Platz gemietet, den sie für Besprechungen nutzt. Sie will keine Kunden ins Café bringen, um Arbeit und Privates nicht zu vermischen.

»Aber wo arbeitest du denn nun?«, hat Oma schon oft verwirrt gefragt.

»Überall«, war Mels Antwort, »für jeden, der mich braucht und mich bezahlt. Ich bin ein digitaler Nomade.«

»Du bist doch keine Made. Aber eine feste Stelle wär schon gut, oder?«

»Nein, das ist ja der Sinn der Sache. Ich arbeite frei. Wann ich will, wo ich will, für wen ich will.«

»Na, du wirst es schon wissen. Ihr macht das richtig, ihr Jungen von heute«, sagte Oma dann, »ihr lasst euch nichts vorschreiben.«

In der Backstube hole ich den Schokoladenteig aus dem Ofen. Daniel ist bestimmt vergeben. Und wenn er Single ist, hat das garantiert einen Grund. Dass er noch bei seiner Mutter wohnt und im Keller gern in Latex-Outfits zu Modern Talking tanzt, zum Beispiel. So ist das mit den Männern über dreißig. Die einen haben Frau und Kinder, die anderen haben einen Schaden.

Ob Daniels Wollpullover wohl an meiner Wange kratzen würde, wenn ich den Kopf an seine Schulter lehnte?

Ich stelle den Tortenboden zum Auskühlen auf die Fensterbank, widme mich der Buttercreme und vergesse alles andere.

Die Türglocke bimmelt über eine Stunde später. Ich eile hinüber, um den Kunden zu bedienen. Mel ist nicht zu trauen, sie hat schon mehrmals meine Handynummer auf einen Pappbecher geschrieben und irgendeinem Kerl mitgegeben.

Sie liegt mit dem Kopf auf dem Tisch. Als der Kunde weg ist, gehe ich zu ihr und stupse sie an.

»Schon wieder eine Website für ein Hotel in Tirol«, stöhnt sie, »Wandern, Skifahren, Schmankerl auf der Almhütte, ich kann es nicht mehr hören. Und nicht mehr schreiben.«

»Wer hier reinkommt und dich so sieht, denkt bestimmt, du bist Alkoholikerin.«

»Mir doch egal.«

»Und wenn es Daniel ist?«

Melanie setzt sich ruckartig auf und zupft ihren Ausschnitt zurecht. Sie trägt, als wäre sie mein Kontrapunkt, immer Hosen – schwarze Hosen –, mit Oberteilen in Pink, Hellgrün, Rot oder Mittelblau. Dazu der Lidstrich, die schwarzen Haare und die knallblauen Augen. Sie ist schon ein Hingucker, meine Mel.

Die Tür geht auf.

»Ich bin fertig«, verkündet Daniel strahlend und reibt die Hände aneinander.

»Das ging ja schnell«, sage ich verblüfft.

»Ich bin eben gut«, entgegnet er.

»Das will ich sehen.«

Ich schnappe mir Mels Parka, schlüpfe hinein, gehe mit Daniel nach draußen und werde von einer spontanen Welle puren Glücks überrollt. Die neue Beschriftung ist noch viel schöner als erhofft. Jetzt leuchtet wirklich eine kleine Sonne über dem Café-Eingang, und Omas Spruch im Schaufenster wirkt wie ein äußerst verlockendes Versprechen. Ich mache vor Freude einen kleinen Luftsprung.

»Oh, fantastisch!«, juble ich und knuffe in meinem Überschwang Daniels Oberarm. »Ich danke dir!«

»Nichts zu danken«, sagt er und gibt den Schlag auf den Oberarm zurück, »ich stelle das sowieso in Rechnung.«

Ich gehe zum gegenüberliegenden Haus und betrachte mein Café von dort aus. Zum ersten Mal fühlt es sich an, als sei es tatsächlich meins – und nicht das von Oma, auf das ich bloß aufpasse, während sie durch die Welt gondelt.

»Magst du jetzt was trinken?«, frage ich Daniel, der vor dem Eingang steht und mich beobachtet.

Hinter ihm schneidet Mel durchs Fenster Grimassen, formt ein Herz aus ihren Zeigefingern und Daumen und lässt die Zunge vor ihrem Mund kreisen. Hoffentlich dreht Daniel sich nicht um.

»Ich hab Kaffee, Tee, Mineralw...«, fange ich an aufzuzählen, doch er unterbricht mich.

»Lieber heute Abend«, sagt er schmunzelnd.

Eine alte Frau, die am Schaufenster des Cafés vorbeigeht, beobachtet Mel einen Moment lang, schüttelt entgeistert den Kopf und geht weiter. Das Lachen zurückzuhalten ist so schwer, ich komme mir vor wie früher in der Schule, als Mel hinter dem Rücken der Lehrer versucht hat, mich zum Kichern und gleichzeitig in Bedrängnis zu bringen.

»Am Abend hab ich geschlossen«, sage ich.

»Dann gehen wir eben was essen«, entgegnet er. »Drüben im Ludwig, einen Burger?«

Ich sehe ihn überrascht an. Ist er vielleicht doch Single? Vielleicht sollte ich einfach Ja sagen. Er scheint wirklich nett zu sein. Weniger Typ Lederjacke, mehr Typ Hemdsärmel hochkrempeln und eine Frau auf Händen tragen.

»Okay, gern«, antworte ich.

»Um sieben?«

Ich lächle und nicke.

»Ich erwarte aber, dass du mich einlädst. Schließlich bin ich schon in aller Herrgottsfrüh für dich auf eine Leiter geklettert, und kalt war es auch«, sagt er.

»Ich höre nur Mimimi«, gebe ich zurück.

Er lacht. Dann gibt er mir ein schweres, mit Klebeband umwickeltes Paket.

»Da sind deine Werbekarten drin. Wie vereinbart, dreimal fünfhundert Stück.«

»Danke.«

»Also dann, bis später. Und keine Sorge, du kannst ruhig so kommen, wie du bist, ich steh auf den natürlichen Look.«

Ich sehe an mir hinunter. Ich hab natürlich vergessen, die Schürze abzulegen. Sie ist verziert mit Flecken von den Orangen und der Schokolade, darüber trage ich Mels übergroßen Parka. Mit einem breiten Lächeln tippt Daniel sich an den imaginären Hut, nimmt seinen Werkzeugkoffer und die Leiter und geht. Ich deute Melanie, dass sie schnell rauskommen und sich das coole Logo anschauen soll.

»Jetzt habe ich ein neues Schild, eine Beklebung, Werbekarten«, sage ich grinsend zu ihr, »und ein Date.«

Marco

Marco wischt noch einmal über die Tischplatte, macht einen Schritt zurück und betrachtet die Möbelstücke. Sind sie wirklich alle sauber? Stehen sie, wie sie stehen sollen?

Sie haben gute Arbeit geleistet in den letzten Tagen, Simon, dessen Frau Susanne und er selbst, das Bistro kommt seiner Idealvorstellung sehr nahe. Simons Frau hat ein Auge für Design, die Kombination der Farben – Schilfgrün, Schiefergrau, Weiß – ist gelungen, die vielen Details sind lässig, aber nicht zu verspielt. Das Grün findet sich am Eingang, in den gemusterten Zierkissen und im Logo, alles ist schlicht und zurückhaltend. Die Tafeln mit den Gerichten und Getränken beschriftet Susanne per Hand, in einer Typo, wie Marco sie nur von Bildern aus dem Internet kennt, er hat keine Ahnung, wie sie das macht. Er ist ja schon froh, wenn er seinen eigenen Einkaufszettel noch entziffern kann, sobald er im Supermarkt steht.

Die Einrichtung ist charmant und cool zugleich, Marco fühlt sich bereits jetzt wohl im neuen Laden, und er hofft, dass es den Gästen auch so ergehen wird. Die werden nämlich in einer Woche kommen. Wenn er daran denkt, spürt er einen kalten Klumpen im Magen.

Hoffentlich werden sie kommen.

Hoffentlich.

Als das großartige neue Team, das sie seit Kurzem sind, haben sie nicht nur die Wände gestrichen, die Küche auf Vordermann gebracht, Speisekarten und ein großes Schild in Auftrag gegeben, sondern auch alle Social-Media-Kanäle mit Content bespielt. Sie haben Accounts auf Instagram und Facebook eingerichtet, und

Susanne hat fleißig gepostet, um die Leute neugierig zu machen. In der ersten Woche wird es verschiedene Tagesaktionen geben mit der Möglichkeit, alle Gerichte in kleinen Portionen zu verkosten. Bei diesem »Genussroulette« sollen die Gäste auf vorgedruckte Karten schreiben, was ihnen am besten geschmeckt hat und was sie sich noch wünschen. Unter allen Teilnehmern wird ein Candlelight-Dinner für ein Pärchen verlost, das einen Abend lang verwöhnt wird, ohne dass andere Gäste anwesend sind. Zugleich können sie die Gewinnspielkarten auswerten, um herauszufinden, was gut ankommt und was noch fehlt. Ein Glück, dass Susanne im Marketing arbeitet. Sie unterstützt Simons und Marcos Businessidee und hilft mit, diesen Traum zu verwirklichen, der inzwischen, Marco merkt es an ihrem Engagement, auch ihr Traum geworden ist. Wenn das Bistro gut läuft, wird sie ihren Job kündigen und bei ihnen einsteigen. Susanne hat eine zupackende Art, ist quirlig und lustig, jemand, auf den man sich verlassen kann, der zuhört und mit sommersprossigem Grinsen die Welt ein bisschen heller macht. Sie passt unglaublich gut zu Simon. Wenn er die beiden zusammen sieht, hat Marco dieses Gefühl in der Brust. Es ist nicht unbedingt Neid, was er empfindet, nein, er freut sich für die zwei, aber es mischt sich etwas Schwermütiges in seine Miene, wenn er sie beobachtet. Wie sie lachen, sich flüchtig, als sei es ihnen gar nicht bewusst, berühren, ein kleiner Kuss im Vorbeigehen, eine Hand auf der Schulter, wie sie sich ohne Worte verstehen und am Ende des Tages gemeinsam nach Hause gehen. Während er zurück in seine leere Wohnung stapft. Er ist froh für die beiden, das ist er wirklich, und doch. Er hat jedes Mal Ruth vor Augen. Ruth, die ihn anlacht. Die ihm im Vorbeigehen die Hand auf die Schulter legt. Ruth, die bei der Hochzeit von Simon und Susanne dieses blaue Kleid trug, das aussah wie ein wolkenfreier Sommerhimmel.

Marco räuspert sich, fährt erneut mit dem Lappen über den Tisch und hört hinter sich ein Lachen.

»Meinst du nicht, es hat genügt, zweiunddreißigmal drüberzuwischen?«, fragt Susanne.

Marco fühlt sich ertappt und lächelt verlegen.

»Wenn du so weitermachst, wienerst du die Tischplatte noch komplett durch.« Sie stupst ihn an und drückt ihm eine Bierflasche in die Hand.

»Bis zur Eröffnung werde ich sie noch weitere hundert Male wischen«, entgegnet er.

»Entspann dich. Wolltest du nicht für uns kochen?«, fragt sie.

»Ja!«, ruft Simon, der hinter dem Tresen steht. »Auf dem Probierplan sind für heute die Spaghetti eingetragen, glaub ich.«

Marco nickt, legt das Tuch beiseite und nimmt einen großen Schluck aus der Bierflasche.

»Ich hab schon alles vorbereitet«, sagt er, »ich geh gleich in die Küche.«

Sie stellen sich zu dritt an die kleine Bar, an der man in Zukunft einen schnellen Espresso trinken und zuckerfreie Cookies aus einem großen Glas kaufen kann.

»Wie gut, dass das geklappt hat mit der Bürgschaft«, sagt Simon, und Marco sieht vor seinem geistigen Auge die Unterschrift, die er gefälscht hat. Er kann das, seine halbe Schulzeit hindurch hat er Schulaufgaben unterschrieben, die sein Vater nie zu Gesicht bekommen hat. Und auch hiervon wird er nie etwas erfahren. Denn ohne die Bürgschaft hätten er und Simon den Pachtvertrag nicht bekommen. Und seinen Vater wirklich um Hilfe zu bitten, ist nun einmal nicht möglich. Gar nichts ist mit seinem Vater noch möglich nach allem, was geschehen ist. Also nickt Marco eilig und senkt den Blick, damit Simon nichts merkt.

»Anstand hat er ja doch«, fügt Simon hinzu, »dein Dad.«

»Mhm«, macht Marco.

Sie klopfen einander auf die Schulter und lachen beide kurz, es ist ein hilfloses Geräusch, in dem alles liegt, was sie fühlen. Angst. Euphorie. Zuversicht. Aufregung. Sie kennen sich lange, zehn oder zwölf Jahre, haben sich mit Anfang zwanzig getroffen, in den Clubs von Wien, im legendären Bermudadreieck, wo sie jedes Wochenende im Promillefieber waren. Simons damalige Freundin gehörte zur Clique von Marco, sie war die Schwester eines Mädchens, in das Marco verliebt war. Die Frauen sind längst fort, die Verliebtheiten auch, doch die Freundschaft ist geblieben. Sie halten schon sehr lange zusammen, Marco und Simon. Und jetzt sind sie auch Geschäftspartner geworden.

Das Lokal hat eine vollständig ausgestattete Küche, eine Theke und Platz für fünf, sechs Tische. Zuvor war hier ein mexikanisches Restaurant, Marco weiß nicht, warum der Laden geschlossen wurde. Es ist nicht einfach, einen Gastronomiebetrieb zu halten, das ist ihm klar. Aber sie haben ein gutes Konzept. Und der Lifestyle spielt ihnen in die Hände. Dass die Leute sich bewusst machen, was sie essen und woher es stammt, ist kein kurzlebiger Trend, sondern eine neue, anhaltende Bewegung.

Sie werden täglich frische, ausschließlich vegane Gerichte anbieten. Mit dem Ziel, ein Fixpunkt für alle zu werden, die sich gesund ernähren und dabei genießen wollen.

»Komm nach Salzburg«, hat Simon wieder und wieder gesagt. »In Wien hat doch eh keine Sau auf eine weitere vegane Bude gewartet, da ist die Konkurrenz viel zu groß. Hier sieht das anders aus, ich schwör's dir.«

Und in Marcos Vision sieht das nicht nur anders, sondern richtig gut aus. Chillige Musik, großartiges Essen, angenehme Atmosphäre. Urbaner Hauptstadtflair in der Provinz. Resonanz in der lokalen Presse. Und Lobeshymnen in den Foodblogs.

Vielleicht werden sie nicht alles pünktlich zur Eröffnung schaffen, es gibt noch viel zu tun. Bestimmt wird manches schiefgehen, doch trotz seiner Sorgen hat Marco das Gefühl, am richtigen Ort zu sein. Mit den richtigen Menschen.

Diesmal wird es funktionieren. So nah dran war er noch nie.

»Prost«, sagt Susanne, und sie nicken einander zu, »auf uns.«

»Auf den Erfolg«, sagt Simon.

Marco lächelt, schweigt und trinkt. Susanne stupst ihn noch einmal mit dem Ellbogen an.

»Das wird schon«, sagt sie.

»Was wir jetzt nicht haben, kriegen wir bis nächsten Samstag sowieso nicht mehr hin«, erklärt Simon trocken.

»Das ist nicht sehr aufbauend«, sagt seine Frau lachend. »Bis auf die Farbe für außen, die neuen Kaffeetassen und die Flyer haben wir alles!«

Sie macht eine Handbewegung, die das gesamte Lokal einschließt.

»Du vergisst die Drucksorten, die noch fehlen«, wirft Simon ein, »die Eismaschine und die Beklebung für die Schaufenster, außerdem …«

»Schon gut, schon gut! Ich weiß ja, dass wir noch viel zu tun haben. Aber ich bin zuversichtlich.«

Simon sieht Marco erwartungsvoll an.

»Ich auch«, sagt er, »ich bin auch zuversichtlich«, und als er es ausspricht, merkt er, dass es stimmt. Er ist voller Vorfreude, voller Tatendrang. Und während sie trinken und lachen und plaudern, wird Marco lockerer und zuversichtlicher. Es ist so weit. Sie sind bereit.

In der Küche gibt er alle Zutaten in einen Topf, die ungekochten Spaghetti, die Kokosmilch, die Gemüsebrühe. Als er sich vorstellt, sein Vater könnte das sehen, muss er grinsen. »Was ist das für ein moderner Firlefanz«, würde er schimpfen, »seid ihr zu faul, einen zweiten Topf abzuwaschen?« Sein Vater ist ein großer Mann mit wuchtiger Präsenz. Widerspricht ihm jemand, schneidet er ihm mit einer Handbewegung und einem »Papperlapapp« das Wort ab. Denn in seiner Küche, seinem Restaurant und seiner Familie hat nur einer das Sagen, und zwar er.

Marco presst die Zitrone aus, gibt den Saft in den Topf, fügt Chiliflocken und Babyspinat hinzu. Die Bilder, die in ihm hochkommen, als er die Zitrone berührt, verjagt er schnell. Er konzentriert sich auf das Essen. Kochen ist wie Abtauchen für ihn, wie Dahingleiten in warmem Wasser. Das war schon immer so. Kein Wunder, ist er doch in einem Restaurant aufgewachsen, mit drei älteren Brüdern, die alle im Familienbetrieb mitarbeiten. Die Küche war sein Spielplatz, die Kinder der Gäste waren seine Freunde. Der Duft von Rosmarin, von gedünstetem Knoblauch und heißem Karamell ist für ihn verbunden mit Kindheit. Er hat bereits Zwiebeln klein geschnitten, kaum dass er, auf einem Schemel stehend, an die Anrichte heranreichte. In der Küche hat er sich stets zu Hause gefühlt. Und das ist noch immer so.

Als die Spaghetti fertig sind, setzen die drei sich gemeinsam an einen der Tische.

»Ich glaube, alle meine Freundinnen kommen zur Eröffnung«, sagt Susanne nach einem Blick auf ihr Handy. »Das wird ein Geschnatter.«

Simon lacht und leckt genussvoll seinen Löffel ab.

»Solange sie konsumieren, können sie schnattern, so viel sie wollen«, sagt er.

»Meine Eltern werden übrigens auch da sein«, fügt er dann hinzu, »und meine Schwestern.«

»Na bitte«, Susanne dreht die Spaghetti auf ihre Gabel, »somit sind wir eh schon ausgebucht!«

Marco stimmt in das Gelächter ein, obwohl er einen feinen Stich verspürt. Es wäre schön, wenn er seine Familie einladen könnte. Was würde seine Mutter wohl sagen beim Anblick des Ladens? Vielleicht würde sie stolz lächeln, ihn an sich drücken und sich eine Träne der Rührung aus dem Augenwinkel wischen. Sie ist stark, seine Mutter, zupackend und bestimmt, aber sie hat ihre weichen Momente. Vor allem, wenn es um ihre Söhne geht. Und wie würden Marcos Brüder reagieren? Matthias würde die Schankanlage begutachten und die Kaffeemaschine, um sich zu überzeugen, dass die Ausrüstung erstklassig ist. Das ist sie,

Matthias würde es mit einem stummen Nicken gutheißen. Er ist kein Mann großer Worte, sein ältester Bruder, der vier Töchter und die Aura eines freundlichen Bären hat. Manuel dagegen würde die Speisekarte überfliegen, Fragen stellen. Wo Matthias schweigt, redet Manuel für zwei, manchmal sogar für drei. Er ist aufgedreht, steht ständig unter Strom, hat meistens mehrere Liebhaber zur gleichen Zeit und verzettelt sich dann, ohne böse Absicht. Er ist sprunghaft und trotz seiner vierzig Jahre noch nicht angekommen. Martin wäre der Besserwisser, wie immer. Er kann es nicht lassen, Ratschläge zu erteilen, um die niemand gebeten hat, und weil er es gut meint, merkt er nicht, wie sehr er die Leute in seinem Umfeld damit überfährt. Er hat Energie für drei – und Ideen auch.

Marco könnte für sie kochen, für seine Mutter und seine Brüder, den Burger mit Linsenpatty und glasiertem Sellerie zum Beispiel, oder die Zucchinischaumsuppe mit Kokosmilch und knusprigen Buchweizenstangen, um sie zu überzeugen, dass das, was er auf der Karte hat, schmeckt. Obwohl es vegan ist, obwohl es gesund ist. Dass er weiß, was er tut.

Seinen Vater stellt er sich nicht im Laden vor. Dazu reicht seine Fantasie nicht, seine Kraft auch nicht.

Susanne pikst ihm mit dem Finger in den Oberarm, und er merkt, dass er gar nicht mehr zugehört hat.

»Wo bist du nur mit deinen Gedanken?«, fragt sie.

»Sorry«, murmelt er und lächelt.

»Sind gut, die Zitronenspaghetti.« Sie nickt und schiebt den leeren Teller von sich.

»Ja, aber sind sie gut genug?«, fragt Marco.

Er selbst hat kaum etwas gegessen. Die Nervosität schlägt ihm auf den Magen.

»Ich bin mir noch nicht sicher«, entgegnet Simon. »Sie schmecken hervorragend, nur empfinden die Leute Nudeln halt eher als langweilig.«

»Ein solides Gericht, das alle anspricht, die nicht experimentierfreudig sind, sollten wir aber anbieten«, entgegnet Marco.

»Sehe ich auch so«, stimmt Susanne zu, »allerdings haben wir ja noch das Curry.«

»Wir werden das einfach testen«, sagt Simon und macht ein paar Notizen auf dem Probierplan. »Wir können die Spaghetti ja erst mal als Tagesgericht listen.«

Dann schweigen sie einen Moment, satt und zufrieden. Marco spürt die Müdigkeit. Er hat noch immer kein Bett, weil er sich erst der Einrichtung des Bistros widmen wollte und dann seiner neuen Wohnung. Also schläft er auf einer Luftmatratze, obwohl, nein, eigentlich schläft er nicht, sondern wälzt sich auf dem unbequemen Ding von einer Seite auf die andere. Den Kopf voller Bilder. Ruth neben ihm, auf genau dieser Luftmatratze, im Strandbad Stadlau im alten Arm der Donau, das Glitzern der Sonne auf der Wasseroberfläche, das gedämpfte Lachen von Kindern. Und sie lächelte ihn an, die Augen halb geschlossen, den Sommer auf der Haut, sie hatte kurze Haare damals. Das war letztes Jahr, doch es fühlt sich an, als sei es in einem anderen Leben gewesen.

»Das war immer unser Ziel«, sagt Simon. Marco sieht seinen Freund an, diesen blonden Hünen, der den Eindruck macht, als könnte ihn nichts erschüttern. Der ihm die Hand gereicht hat, jetzt, als er es am dringendsten nötig hatte. Um wegzukommen, um Abstand zu gewinnen. Und sich ein neues Leben aufzubauen.

»Ja«, sagt Marco, »davon reden wir, seit wir damals …«

»… in Budapest in dieser kleinen Spelunke gegessen haben«, vervollständigt Susanne lachend seinen Satz. »Die hab ich schon mal gehört, die Geschichte. Oder eher siebentausendmal.«

Simon boxt ihr leicht auf den Oberarm. Sie hat die langen dunkelblonden Haare in einen wuscheligen Dutt gesteckt, aus dem sich während des Tages vereinzelte Strähnen gelöst haben, und am Ärmel ihrer hellgrauen Strickjacke klebt ein bisschen eingetrocknete Soße. Das ist der Moment, in dem Marco feststellt, dass Susanne für ihn wie die Schwester ist, die er nie hatte. Mehr als eine Freundin, aber ganz ohne romantische Gefühle.

»Danke«, sagt er, »danke für deinen Einsatz. Und deine Hilfe. Und alles.«

»Wir sind doch jetzt eine Gang«, sagt sie.

»Diese Gang sollte dringend unter die Dusche«, wirft Simon ein, als er den letzten Schluck aus seiner Flasche getrunken hat, und rümpft demonstrativ die Nase.

»Und dann ins Bett«, fügt Susanne hinzu und unterdrückt ein Gähnen.

»Geht ruhig«, sagt Marco, »ich räum auf.«

»Sicher?«

»Sicher.«

Die beiden winken ihm müde, bevor sie hinausgehen. Marco sieht, wie ihre Hände vor der Tür ganz selbstverständlich zueinanderfinden, als sie in der beginnenden Nacht verschwinden.

Er stellt die Flaschen in die Leergutkiste und trägt sie nach hinten in den Lagerraum. Sein Blick fällt auf sein Handy, das seit dem Morgen dort auf dem Regalbrett liegt. Sieben Anrufe von Ruth. Er schiebt das Smartphone in die Hosentasche und dreht das Licht ab. Wenn er den Schmerz ignoriert, einfach weiterhin ignoriert, vielleicht verschwindet er dann.

Vegane Zitronenspaghetti mit Babyspinat

Zutaten

1 Zwiebel
3 Knoblauchzehen
Öl zum Anbraten
250 g Spaghetti
600 ml Gemüsebrühe
250 ml Kokosmilch
Saft von ½ Bio-Zitrone
250 g frischer Blattspinat
1 TL frisch geriebene Zitronenschale
Salz
Pfeffer
Chiliflocken

Zubereitung

Zwiebel und Knoblauch fein hacken. In einem großen Topf etwas Öl erhitzen und die Zwiebel glasig anschwitzen. Den Knoblauch mit anbraten. Die ungekochten Spaghetti, die Gemüsebrühe, die Kokosmilch und den Zitronensaft hinzufügen. Sind die Spaghetti al dente, den Spinat und die geriebene Zitronenschale unterrühren. Zwei Minuten mitkochen, dann mit Salz, Pfeffer und Chiliflocken abschmecken.

Mira

Mira verabschiedet sich von Hakan mit dem besonderen Handschlag. Sie geben sich ein High five, legen die Ellbogen aneinander, wackeln mit den Fingern und sagen beide: »Kawiii!« Das hat keine Bedeutung, aber es klingt lustig. Wer so einen Handschlag mit jemandem teilt, kann nicht ganz allein sein auf der Welt.

Hakan bringt Mira zur Tür von Annas Café, geht jedoch nie mit hinein. Er muss nach Hause, um Köfte, Pirzola und Baklava zu essen. Das sind die türkischen Spezialitäten, die Mira am liebsten mag. Hakans Mutter kocht gern und viel. Bei Mira zu Hause gibt es nur selten etwas zu essen. Das ist nicht ganz wahr, Essen gibt es, aber kein warmes, sondern labbriges Toastbrot und gelbe Käsescheiben und Ananas aus der Dose. Das sind die Dinge, die Miras Mama einkauft und die Mira sich schnell auf einen Teller häuft, wenn es in der Küche ruhig ist. Und das alles ist nicht so gut wie die Delikatessen, die Hakan daheim bekommt, saftiges Fleisch und würzige Soßen. Delikatessen sind leckere Sachen zum Essen, egal ob süß oder salzig. Das hat Mira nachgeschlagen und in ihr Heft geschrieben.

Die Leckereien, die es bei Anna gibt, sind ausschließlich süß. Anna bietet kein Frühstück an, keine Mittagsgerichte, keine Snacks. In ihrem Café bekommt man nicht einmal eine Speisekarte. Mira mag das, denn es fühlt sich an, als wäre Anna ihre Tante. Wenn Mira zu Besuch kommt, serviert die Tante ihr ein Stück von dem Kuchen, den sie an diesem Tag gebacken hat. Welcher das ist, kann Mira vorher nie wissen.

Mira sieht Hakan nach, bevor sie hineingeht. Jeden Tag nach der Schule marschiert sie zwanzig Minuten zu Fuß zum Café

Sonnigsüß, und Hakan begleitet sie. Er muss gar nicht in diese Richtung, aber er ist Miras Freund, und Freunde machen so was. Mira ist klug, und Hakan ist es nicht. Trotzdem gibt es etwas, das die beiden verbindet. Sie stehen am Rand. Mira wird gehänselt, weil sie sehr klein ist, eine Brille trägt und gute Noten hat. Hakan wird als Ausländer beschimpft und als dick. Er ist dreizehn und zweimal sitzen geblieben. Er ist weich und groß, fröhlich und gutmütig, und er ist Miras Beschützer. Die anderen Kinder haben erkannt, dass Hakan zwar nicht viel Kraft hat, aber Masse. Gegen seine Größe und sein Gewicht ist nicht anzukommen. Außerdem hat er vier Brüder, von denen der älteste schon einen Schnauzbart und ein Auto hat.

»Deine Brüder zu besiegen, ist nicht realistisch«, sagt Mira.

Sie freut sich, wenn sie eine Gelegenheit findet, ein Fremdwort zu benutzen. Sie liest vor dem Einschlafen im Duden Fremdwörterbuch, murmelt die Worte vor sich hin und prägt sich ihre Bedeutung ein. Es ist wichtig, schlau zu sein, wenn man etwas erreichen will im Leben. Und Mira will unbedingt etwas erreichen. Zuerst einmal will sie weg von zu Hause, sehr weit weg, und dann irgendwo anders leben. Zum Leben braucht man Geld, das muss man sich verdienen. Und dabei hilft das Schlausein enorm.

»Sprichst du wieder Wissenschaftisch«, sagt Hakan dann nur. Wenn sie ihm die Wörter erklärt, hört er zu, macht ein ernstes Gesicht und vergisst sie im selben Moment wieder.

Hakan verschwindet um die Ecke, und Mira betritt das Café.

»Hallo, Mira«, begrüßt Anna sie, »wie gefällt dir mein neues Schild?«

Mira hat kein neues Schild bemerkt, so sehr war sie auf Hakan konzentriert. Sie macht kehrt, geht noch mal hinaus und legt den Kopf in den Nacken. Schneeflocken fallen ihr ins Gesicht. Mira legt die Stirn in Falten, betrachtet das Schild und die aufgeklebten Buchstaben. Wenn ein Erwachsener sie schon mal um ihre Meinung bittet, sollte sie sich auch eine bilden.

Als sie wieder hereinkommt, steht eine heiße Schokolade auf ihrem Tisch. Als Erstes trinkt Mira bei Anna einen Kakao, auf den Anna sie einlädt. Mira stellt die Schultasche ab, zieht die Jacke aus und setzt sich. Auf dem Kakao ist ein Klacks Sahne, und Mira sieht zu, wie er schmilzt. Von dem Dampf beschlägt ihre Brille. Sobald das samtene Weiß sich verflüssigt hat, nippt Mira an dem wundervoll duftenden Getränk. Und atmet auf.

Bei Anna ist es warm.

Bei Anna ist es sicher.

»Sehr schön, das Schild. Es ist gleichmäßig rund und hat eine gute Farbe«, sagt sie dann, »man sieht es schon von Weitem. Damit lockst du viele Kunden zu dir.«

»Genau das ist der Plan«, sagt Anna lachend, »danke, Mira. Alles okay bei dir?«

Mira nickt und zuckt gleichzeitig mit den Achseln. Das macht sie immer so, weil es dann keine Lüge ist. Sie lässt sich Zeit beim Trinken und wartet auf Herrn Havel. Er ist ihr zweiter Freund. Mit ihm hat sie keinen besonderen Handschlag, aber trotzdem eine Verbindung. Er sieht fürchterlich alt aus, wie kurz vor dem Mumienstadium, doch im Kopf ist er noch ganz jung.

»Wenn ich mit dir hier sitze«, sagt er manchmal zu Mira, »fühl ich mich wie der Lausbub, der ich einmal war.«

Sie hat gelesen, dass es alten Leuten hilft, wenn sie in Gesellschaft von Kindern sind. Dass Herr Havel ihr regelmäßig Kuchen spendiert, ist also auch für ihn selber gut.

Heute muss sie ihm unbedingt erzählen, dass sie im Chemietest einen Einser geschrieben hat. Mira saugt Wissen auf wie ein Schwamm. Am meisten interessiert sie sich für Physik, Chemie und Mathematik, und das hat einen einfachen Grund. Physikalische Vorgänge und mathematische Gleichungen sind nachvollziehbar und beweisbar. Sie folgen Naturgesetzen, sie folgen der Logik. Sie sind nicht wie Gefühle, flatterhaft, wabrig, unsichtbar. Auch die Schwerkraft kann man nicht sehen, doch man kann beweisen, dass es sie gibt. Man kann etwas loslassen, und dann fällt es hinunter. Ein Gefühl kann man nicht beweisen. Oder erklären. Und deswegen kann man es auch nicht verstehen. Mira ist elf Jahre alt, und ihr wäre am liebsten, es gäbe keine Gefühle auf der Welt. Sie machen das Leben kompliziert. Aber Mira ist nicht bereit, sich dem zu fügen.

»Ich höre nur auf meinen Kopf«, sagt sie oft zu Hakan, »mein Herz ist dumm.«

»Ist nicht dumm, dein Herz«, sagt Hakan dann, »ist nur kaputt.«

Abgesehen von Physik, Chemie und Mathematik lernt Mira jeden Abend fleißig Englisch. Denn wer wegwill, der muss Englisch können, das weiß ja jedes Kind.

The colorful leaves in autumn are so lovely.

Max Planck is a famous Nobel Laureate.

I am from Austria and my parents are dead.

Der letzte Satz ist auch nicht ganz wahr. Aber er könnte dabei helfen, dass sie einen Platz im Sommercamp für begabte Kinder bekommt. Die werden doch einem Waisenkind eher eine Chance geben, oder? Und wie nennt man eigentlich eine Waisenschwester? Warum gibt es kein Wort für diesen abgetrennten, verlassenen Zustand? Mira hofft, dass die Erwachsenen bei ihrer Bewerbung für das Internat nicht überprüfen, ob ihre Eltern wirklich tot sind. Wenn doch, ist es aber auch kein Problem, sie hat schließlich einen anderen Nachnamen als ihre Mutter, da sollen die erst mal drauf kommen. Miras Mama hat sich scheiden lassen und ihren Mädchennamen wieder angenommen. Mit Mira hat sie darüber nicht gesprochen. Es ist nämlich für ihre Mama schwierig geworden, überhaupt mit Mira zu sprechen.

Deshalb braucht Mira Annas Café. Sie braucht Annas Backwerk und Annas Zauber. Mit ihrer Hilfe kann Mira die Gefühle wenigstens entschlüsseln. Und vor allem schneller reagieren.

Das ist sehr wichtig, um rechtzeitig aus der Schusslinie zu kommen.

Als sorgfältige Wissenschaftlerin hat Mira eine Studie angelegt und sich Notizen gemacht.

Wie lange bin ich nach Annas Zauberbackwerk in der Lage, Mamas Stimmung zu erkennen?

Ist es bei jedem Kuchen gleich lange, oder gibt es Unterschiede?

Bedeutet mehr Kuchen auch mehr Magie?

Hat der Kakao ebenfalls eine Wirkung?

Spüren alle Menschen die Gefühle der anderen, oder hilft das nur denen, die das gerade dringend brauchen?

Auf Basis ihrer Erkenntnisse hat Mira eine Strategie entwickelt. Mit der Reihenfolge von Kakao, der Torte auf Herrn Havels Kosten und der Tartelette, die sie bei Anna kauft und vor der Haustür isst, hält der Zauber am längsten an, und satt ist Mira auch – schon bevor sie nach Hause kommt. Das macht die Sache mit dem Toastbrot weniger schlimm. Nur die letzte Frage, die kann Mira immer noch nicht beantworten. Denn merkwürdigerweise scheint es eine Art Geheimnis zu sein, und obwohl Annas Café immer voll ist, immer gut besucht, obwohl die Blogger und die Touristenportale darüber schreiben, verrät niemand, was es mit der Magie auf sich hat. Vielleicht, denkt Mira, trauen die Erwachsenen sich nicht, zuzugeben, was sie spüren. Vielleicht haben sie Angst, dann für verrückt erklärt zu werden.

Sie trinkt den letzten Schluck von ihrer heißen Schokolade, als endlich Herr Havel das Café betritt.

»Guten Tag, Fräulein Anna«, grüßt er, »ein entzückendes neues Schild haben Sie da. Wirklich schön. Es strahlt ja fast wie Sie.«

»Sie Charmeur!«, ruft Anna und beginnt, Herrn Havels Melange zuzubereiten. Sie fragt nicht, was er trinken möchte, denn er trinkt nie etwas anderes als Milchkaffee und dazu ein Wasser, das nicht zu kalt sein darf.

»Hallo, Mira«, sagt er und lässt sich auf dem Stuhl ihr gegenüber nieder.

»Grüß dich, Herr Havel«, antwortet Mira und lehnt sich vor, »bist du bereit für ein bisschen Magie?«

Anna

Wenn Mira das Café betritt, kommt mit ihr die Erinnerung herein. Schaue ich sie an, sehe ich mich selbst in ihrem Alter. Das liegt nicht an ihrem Äußeren, sie ist kleiner, als ich es war, und trägt im Gegensatz zu mir eine Brille. Sie ist ein Mini-Schlauberger, gewissenhaft und ernst, hat die besten Zeugnisse und lernt viel, während ich ein ruheloses Springinkerl war, eine fröhliche Unruhestifterin mit klebrigen Fingern und zerrissenen Hosen. Und doch gibt es etwas an Mira, in dem ich mich wiedererkenne. Eine Aura der Traurigkeit. Eine gewisse Verlorenheit. Etwas ist mit ihr geschehen. Sie spricht nicht darüber, auch das erinnert mich an mich selbst. Ich habe den Leuten nie erzählt, was mich beschädigt hat. Ich tat so, als sei alles normal, als unterscheide mein Leben sich nicht von dem der anderen. Manchmal möchte ich mich neben Mira setzen, wenn sie so in ihren Kakao starrt, und fragen, was passiert ist. Aber ich halte mich zurück. Ich glaube, das Café ist ihr Zufluchtsort, und den möchte ich ihr nicht nehmen.

Sie kommt seit letztem Herbst, seit sie aufs Gymnasium geht. Eines Tages stand da dieses Mädchen vor meiner Tür, betrachtete das Café zehn Minuten lang von außen, trat dann ein und fragte nach einer Speisekarte. Als ich sagte, dass es keine gebe, sondern einfach die Kuchen, die ich gebacken habe, leuchteten ihre Augen, und sie nickte.

»Ich möchte bitte ein Stück Gugelhupf, und ich heiße Mira.«

»Sehr gern, Mira, kommt sofort.«

Ich lege die Kuchenstücke, die Mira und Herr Havel bestellt haben, auf die Teller. An vier Tagen die Woche unterhalten sich das Mädchen und der alte Mann an dem Tisch in der Mitte. Donnerstags hat das Sonnigsüß Ruhetag, und am Wochenende kommt Mira nicht. Da bringt Herr Havel ein Buch mit, in dem er blättert, während er seinen Milchkaffee kalt werden lässt. Er ist seit einem Jahr Witwer und genauso lange Stammgast in meinem Café. Er sei auf der Suche nach einem netten Kaffeehaus, hat er mir am Anfang erzählt, denn er vermisse die Mehlspeisen seiner Frau, den Apfelstrudel vor allem.

»Nicht bös sein, Fräulein Anna«, hat er gesagt, »der Strudel meiner Hildegard war einfach der beste. Aber Ihrer kommt schon sehr nah heran.«

Er ist der Einzige, der mich Fräulein nennt. Und bei dem mich das nicht stört. Sie passt zu ihm, diese veraltete Ausdrucksweise, und ich weiß, er meint es höflich und wohlwollend. Herr Havel trägt jeden Tag ein Jackett, seine Schuhe sind poliert, die verbliebenen weißen Haare ordentlich gekämmt. Er hat noch immer das korrekte Auftreten des Professors für Geschichte, als der er fast vierzig Jahre lang an der Universität unterrichtet hat.

Ich serviere ihm den bestellten Karottenkuchen und Mira die Schokotorte. Beide bedanken sich, bevor sie sich wieder in ihr Gespräch vertiefen. Ich belausche sie nie, es geht mich ja nichts an, worüber sie sprechen, aber wenn ich mal etwas aufschnappe, staune ich darüber, dass sie sich unterhalten wie zwei Gleichaltrige, obwohl siebzig Jahre Lebenszeit sie voneinander trennen. Manchmal zeigt Mira Herrn Havel etwas auf ihrem Smartphone, und er lacht. Manchmal gibt er ihr Bücher, alte Lexika, Wörterbücher, Jugendromane, die sein Sohn früher gelesen hat. Ich mag es, dass die beiden hier Zeit miteinander verbringen, es gibt mir das Gefühl, dass das Sonnigsüß mehr ist als ein Ort, an dem Kuchen kredenzt wird. Dass sie in den zwei Stunden hier bei mir weniger einsam sind als draußen in der Welt. Was könnte ich ihnen Schöneres bieten?

Ich war fünf Jahre alt, als meine Eltern in einer Lawine ums Leben kamen. In der Nacht rutschten die Schneemassen in den Talkessel und begruben das Hotel, in dem sie schliefen. Sie haben vielleicht, das hoffe ich sehr, nichts gemerkt, hatten keine Zeit, sich zu fürchten. Es gibt jedoch Momente, da stelle ich mir vor, dass sie noch gelebt haben. Eingeschlossen. Erdrückt. Um Luft ringend. Mit einem letzten Gedanken an mich.

Sie waren zum Skiurlaub in Tirol, ich blieb bei Oma Gertraud. Es war das erste Mal, dass sie mich bei ihr ließen, um zu zweit wegzufahren. Drei Tage nur. Eine kleine Auszeit vom Alltag. Dass sie mich nicht mitnahmen, ist der Grund, warum ich noch am Leben bin. Darüber habe ich viel nachgedacht. Daran bin ich fast verzweifelt. Sie fuhren in ihrem alten roten Ford mit dem Skiträger auf dem Dach davon und kamen nie mehr zurück.

Wie gleicht man einen solchen Verlust aus? Oma Gertraud hat es versucht. Mit Armen, die immer für mich offen waren, mit unendlicher Geduld. Sie hat die Risse in meinen Hosen geflickt, sie hat mir vorgesungen, mit mir gebacken und Hausaufgaben gemacht. Wir hatten das Café und einander. Und doch, das weiß ich, ist sie nie über den Tod ihrer Tochter hinweggekommen.

Ein Jahr später, im ersten Winter nach dem Unfall, konnte ich nicht mehr schlafen. Sobald ich im Bett lag, hatte ich das Gefühl zu ersticken. Draußen schneite es, und mir war es unmöglich, mich zuzudecken. Doch auch ohne Decke, während ich dalag und fror, drückte ein Gewicht auf meine Brust. Ich träumte. Ich schrie. Jede Nacht schrie ich, und Oma, die neben mir lag, die mich nie allein ließ, umarmte mich. Das half nicht. Nichts half, die Dunkelheit machte mich panisch. Als ich anfing, mich nachts vor lauter Angst zu übergeben, brachte Oma mich zu einer Gruppe für traumatisierte Kinder. Und dort, in diesem Sesselkreis mit blassen Kindern, traf ich auf Mel.

Bei ihr hatte die Trauer sich nicht in Panik verwandelt, sondern in Wut. Sie versuchte, ihre Gefühle in den Griff zu bekommen, indem sie sie zu kleinen Kugeln ballte und auf ihre Mitmenschen schoss. So hatte sie mit sechs Jahren bereits vier Pflegefamilien verbraucht.

Mel war ein Müllbaby. Ihre Mutter hatte sie zur Welt gebracht und in den Abfall geworfen. Eine betagte Frau, die ihre Cognacflaschen zum Altglas brachte, hörte das Baby brüllen und alarmierte, weil sie das schreiende Kind in dem hohen Container nicht erreichen konnte, die Polizei. Wochenlang wurde nach Melanies Mutter gesucht. Die Lokalzeitungen druckten Aufrufe, die Behörden garantierten Unterstützung durch das Jugendamt. Mel zeigte mir diese Zeitungsseiten in einem schmalen Ordner, die reißerischen Schlagzeilen und ihr Foto.

»Das bin ich«, sagte sie, und ich hatte den Eindruck, sie meinte nicht nur das Bild von ihr im rosa Strampler, sondern vielmehr: Das ist meine Geschichte. Das ist, was mich ausmacht.

Niemand meldete sich. Und so landete Mel bei wechselnden Pflegeeltern, die sich mal mit mehr, mal mit weniger Verständnis um sie kümmerten, und schließlich in derselben Therapiegruppe wie ich. Sie ist nicht zu bändigen, hieß es, sie beißt, kratzt, schlägt zu, hat sich kurz nach der Einschulung auf den Lehrer gestürzt, weil er ihr verboten hat, im Unterricht zu essen, und ihn mit einer Schere am Auge verletzt.

Ich weiß nicht mehr, worüber Melanie und ich in diesem Sesselkreis an jenem Mittwochnachmittag im November 1993 gesprochen haben. Ob überhaupt jemand von uns gesprochen hat. Aber ich weiß noch, dass Mel danach, beim Hinausgehen, meine Hand genommen hat. Von da an trafen wir uns mittwochs bei der Therapie, gingen allerdings nicht mehr hinein. Wir liefen an der Salzach entlang, Seite an Seite. Wir gingen schnell, es war gut, in Bewegung zu sein, unser Rhythmus war derselbe. Dann marschierten wir nach Hause, zu Oma Gertraud.

Bald trafen wir uns auch montags, dienstags und an allen anderen Tagen. Mel kam mit einer Selbstverständlichkeit in mein

Leben, die mich heute, da ich erwachsen bin, erstaunt. Meine kluge Oma erkannte offenbar, dass diese beiden Mädchen einander brauchten. Dass sie, wenn sie zusammen waren, nicht so kaputt waren wie allein. Von da an waren wir eine Familie, die nicht aus Vater, Mutter, Kind bestand, sondern aus Oma, Anna, Mel.

Die Pflegeeltern beschwerten sich nicht, als das renitente Kind erst immer seltener und dann gar nicht mehr kam. Sie kassierten das Pflegegeld, und manchmal musste Mel hingehen und so tun, als wohnte sie dort, weil jemand zur Kontrolle kam, doch in Wahrheit wohnte sie bei uns. Ich wechselte die Schule, um in ihrer Klasse sein zu können, und Mel fing an, neben mir im Bett zu schlafen. Sie hörte auf, andere Kinder zu verprügeln, meistens jedenfalls, und ich hörte auf, nachts schreiend um mich zu schlagen. Meistens jedenfalls.

Biologisch gesehen ist Mel nicht meine Schwester. Wir teilen nicht dieselbe DNA. Aber wir haben diese Herzen, die im Gleichklang schlagen. Wir haben diese Geschichte, die uns zusammenschweißt. Und wir haben diese Freundschaft, die weit über das hinausgeht, was man unter Freundschaft versteht.

Herr Havel steht vor der Theke, um zu bezahlen. Ich zucke zusammen und entschuldige mich, denn seinem fragenden Blick nach habe ich wohl seine Aufforderung, an den Tisch zu kommen, nicht gehört.

»Ich stör Sie ja nur ungern, Fräulein Anna«, sagt er und hält mir fünfzig Euro hin, »aber ich möchte für das kulinarische Vergnügen aufkommen, das Sie mir heute wieder bereitet haben.«

»Sie stören nie«, entgegne ich, »ich war nur in Gedanken.«

Sein Blick wird plötzlich tief und mitfühlend.

»Ich kenne das«, sagt er, »mancher Verlust belastet uns für lange Zeit.«

Ich lächle und antworte nicht. Ich sehe das Verständnis und die Anteilnahme in seinem Blick. Und ich frage mich, was er weiß. Wie fühlt sich das an? Sind es Gedanken, die im eigenen

Kopf auftauchen, fremde Gedanken, die des Gegenübers? Was spürt er? Glaubt er auch, dass mein Backwerk magisch ist, obwohl er so ein rationaler Mensch ist? Hastig wende ich mich ab und krame in der Kassa nach den richtigen Münzen.

»Heute hätte ich noch gern zwei Tartelettes zum Mitnehmen für mich«, sagt er und bringt uns wieder in sichere Bahnen, »und eins für die junge Dame hinter mir.«

Ich packe die Zitronentörtchen ein und gebe sie ihm zusammen mit dem Wechselgeld.

»Danke«, sagt er, »und schauen Sie nach vorn, Fräulein Anna. Was hinter Ihnen liegt, ist Geschichte. Glauben Sie mir, damit kenne ich mich aus.«

Dann hilft er Mira in die Winterjacke, zieht seinen Mantel an, setzt den Hut auf und nickt mir noch mal zu. Ich sehe den beiden nach. Wohin Mira jetzt wohl geht? Wird sie von ihren Eltern erwartet, und wenn ja, warum kommt sie dann nach der Schule ins Café? Ist es nachlässig von mir, dass ich ihr keine Fragen stelle? Womöglich arbeitet ihre Mutter einfach länger, und Mira ist lieber in Gesellschaft als allein zu Hause.

Ich schaue auf die Uhr und in die Vitrine. Es ist kurz vor vier, ich habe noch acht Stück Kuchen. Spätestens um fünf werde ich das Café schließen, damit ich in Ruhe duschen und ein datetaugliches Kleid auswählen kann.

Mel reißt die Tür auf, wirft sie hinter sich zu und grinst mich an. Der Wind hat ihr das Haar zerzaust, hinter ihrem riesigen blauen Wollschal verschwindet ihr halbes Gesicht. Sie zieht eine Packung Einwegrasierer aus ihrer Umhängetasche und legt sie auf die Theke.

»Hab ich für dich gekauft.«

»Helfen die auch gegen die Haare auf deinen Zähnen?«, frage ich.

Sie kommt zu mir auf die andere Seite, nimmt einen Teller vom Stapel und greift nach dem letzten Stück Birnenstrudel. Die

Hälfte davon stopft sie sich sofort in den Mund, ohne dass der Strudel ihren Teller auch nur berührt.

»Ich ziehe sowieso eine Strumpfhose an«, sage ich und schiebe die Rasiererpackung schnell in eine Schublade, bevor ein Gast sie sieht, »es ist kalt.«

»Aber vielleicht zieht er dir die Strumpfhose ja aus«, erklärt Mel kauend.

Ich denke an Daniels breite Schultern und das belustigte Funkeln in seinen Augen. Eine Bettgeschichte wäre nett. Eine lockere Sache, bei der man einander nichts schuldig ist und keine Gefühle im Spiel sind. Es ist schon eine Weile her, dass ich eine hatte. Und mein Ego ist noch ein wenig beleidigt, weil ich von dem Dating-App-Typ versetzt und vom Zitronenmann stehen gelassen wurde. Vielleicht tut mir das Treffen mit Daniel also ganz gut.

»Wenn er nicht auftaucht, sitz ich allein im Ludwig und weine in meinen Cheeseburger«, sage ich.

»Schreib mir, ich komm rüber. Die haben geile Süßkartoffelpommes.«

»Du denkst immer nur ans Essen.«

»Wenn er nicht kommt, zahlen wir seine Rechnung für die Montagearbeiten nicht. Ha! Dann behalten wir das als Schmerzensgeld. Liebeskummer tut schließlich auch weh.«

»Liebeskummer, von wegen!« Ich schüttle den Kopf. »So weit kommt's noch!«

»Ja, es gibt kein Wort für Versetztwerdenkummer!«

»Wenn ich mir vorstelle, dass ich heute Abend sympathisch, schlau, attraktiv und irgendwie anders als alle anderen sein muss, damit er Interesse an mir hat ...«

»Interesse hat er doch schon. Amüsier dich einfach! Das Leben ist zu kurz für Schüchternheit.«

»Du hörst dich an wie Oma.«

»Wir sind eben beide kluge Frauen.«

Sie isst den Rest vom Strudel und leckt sich die Finger ab. Dann zieht sie die Schublade auf und holt die Rasierer wieder heraus.

»Ich will glänzende, glatte Beine sehen, die Dinger haben fünf Euro gekostet! Ich investiere in dich, ich erwarte dafür auch eine Gewinnausschüttung.«

»Meine Beine *sind* rasiert!«, sage ich empört.

»Dann rasier den Rest«, entgegnet sie ungerührt, und ich muss lachen. Es ist schwer, gegen Mel anzukommen. Ich nehme die Packung und strecke ihr die Zunge raus.

»Und jetzt geh rauf und mach dich hübsch, ich hüte den Laden. Dann muss ich wenigstens nicht über Almwiesen in Tirol schreiben.«

»Okay«, sage ich und schiebe mich an ihr vorbei, um durch die zweite Verbindungstür an der Hinterseite des Cafés zu gehen, die ins Treppenhaus führt.

»Aber du schaust heute nicht ohne mich unsere Serie weiter!«, rufe ich ihr noch zu.

»Was würde das für einen Unterschied machen«, sagt Mel sarkastisch, ohne sich umzudrehen, »du schläfst doch eh jedes Mal ein!«

Im Türrahmen bleibe ich stehen und werfe einen Blick zurück auf Mel, die sich summend ein Glas Wasser einschenkt.

Wir haben uns doch gut eingerichtet hier, in diesem Leben, sie und ich, es fehlt uns an nichts.

An fast nichts.

Augustin Havel

Er verabschiedet sich an der Ecke von Mira. Wohin sie geht, weiß er nicht, sein Heimweg führt über die Schallmooser Hauptstraße in die Grillparzerstraße. »Das hätte Franz Grillparzer gefallen«, hat er zu seinem Sohn Ferdinand früher gern gesagt, wenn der einen Wutanfall bekam, »dass hier noch ein Dramatiker wohnt.«

Vorsichtig setzt er seine Schritte in den Schnee. Seit dem Wintereinbruch erzählt Ferdinand ihm ständig von alten Leuten, die sich bei einem Sturz die Hüfte gebrochen haben. Dass morsche Knochen nicht mehr gut heilen würden, erklärt er ihm dann, weil er möchte, dass Augustin in ein Heim zieht. Die Wohnung, in der er zusammen mit Hildegard und Ferdinand so viele Jahre gelebt hat, in der seine Bücher sind, das Service seiner Großmutter und alle Erinnerungen, soll er verlassen. Seine Selbstständigkeit soll er aufgeben und sein ganzes Leben.

»Ich bleibe hier, bis ihr mich mit den Füßen voran hinaustragen müsst«, entgegnet Augustin, wenn Ferdinand und seine Frau Brigitte ihm in den Ohren liegen, vernünftig zu sein, und zitiert die britische Schriftstellerin Elizabeth Gaskell: »Ich achte nicht auf die Vernunft. Die Vernunft empfiehlt immer das, was ein anderer gern möchte.«

»Seit Mutters Tod kommst du nicht mehr zurecht, Vater«, erhält er dann als Antwort. »Nimm doch Rücksicht auf uns. Wir können dich nicht rund um die Uhr versorgen.«

Augustin schnaubt vor Wut, wenn er nur daran denkt. Als ob irgendwer für ihn sorgen müsste! Er kann noch sehr gut alles allein. Er hat eine ebene, barrierefreie Dusche mit einem Griff zum Festhalten, Kopfhörer für den Fernseher und verschiedene

Lesebrillen. Eine, mit der er etwas sieht, ist immer dabei, er muss sie nur morgens durchprobieren. Er hat Natalia, seine wunderbare Zugehfrau. Sie wäscht seine Sachen, bügelt ihm Falten in die Hosen und kocht Gerichte, die sie portioniert für ihn einfriert. Sie kümmert sich um ihn. Aber sonst niemand, schon gar nicht Ferdinand und Brigitte. Und für seine geistige Gesundheit hat er nachmittags die Gespräche mit Mira, dem klugen Mädchen mit der Vorliebe für Kakao.

Mehr braucht er nicht.

Er schiebt die rechte Hand tief in die Manteltasche, er hat seine Handschuhe vergessen. Das kann schon mal vorkommen, das passiert auch Menschen, die wesentlich jünger sind. Es bedeutet nicht, dass er dement wird, da kann sein neunmalkluger Sohn sagen, was er will. In der linken Hand balanciert Augustin die sorgsam verpackten Törtchen von Anna.

Es ist schön bei ihr im Café, es ist heimelig und trotzdem modern. Ein guter Ort, ein Unterschlupf.

»Franz Grillparzers Mutter hieß Anna Franziska Sonnleithner«, hat er Anna an einem der ersten Tage nach Hildegards Tod, als ihn nichts in der Wohnung hielt und er so dringend woanders sein wollte als zu Hause, erzählt, »sie schrieb sich allerdings mit einem h.«

»Oh«, hat Anna überrascht geantwortet, »damit kann ich glänzen, wenn ich mich das nächste Mal vorstelle und Small Talk führen muss. Herr Havel, Sie sind ein Schatz!«

Darüber hat er sich gefreut. Die meisten jungen Leute würden so eine Information ja unnützes Wissen nennen. Das tut ihm in der Seele weh. Kein Wissen ist unnütz. Mira bildet da eine Ausnahme. Sie ist noch klein, aber sie achtet das Wissen. Das ist einer der Gründe, warum es ihm so viel Spaß macht, sich mit ihr zu unterhalten.

»Du wirst einmal eine gute Studentin«, hat er ihr gesagt, »und ein sehr kluger Mensch. Nein, verzeih mir, das bist du schon.«

Am Ende der Fußgängerzone angekommen, überquert Augustin Havel den Zebrastreifen und steigt über einen Schneehaufen auf dem Bürgersteig. Heute wird er es tun. Heute wird er bei Rosa Meyer klingeln und sie fragen, ob sie einen Tee mit ihm trinkt. Seit Wochen denkt er darüber nach. Er fürchtet sich davor, abgewiesen zu werden, doch gleichzeitig ist ihm bewusst, wie dumm es ist, sich zu fürchten. Jetzt noch, in seinem Alter! Bald könnte er sich bei einem Sturz die Hüfte brechen, wie Ferdinand es dauernd heraufbeschwört, und der steckt ihn dann ins Heim. Oder er könnte abends einschlafen und morgens nicht mehr aufwachen. Er ist 81 Jahre alt, da ist nicht mehr viel Luft nach oben. Da kann er ruhig ein bisschen furchtlos sein.

»Ich habe lange genug auf dieser Welt gelebt«, hat er Mira erklärt, »ich habe nichts mehr auf meiner Liste, ich bin bereit zu gehen.«

»Aber ein bisserl bleibst du schon noch?«, hat sie erschrocken gefragt.

»Es ist nicht zu wenig Zeit, die wir haben, sondern es ist zu viel Zeit, die wir nicht nutzen««, hat er entgegnet, »das ist ein Zitat von Seneca, einem römischen Philosophen. Ein Philosoph ist jemand, der sehr viel nachdenkt.«

Mira hat genickt und sich das Wort in ihrem linierten Heft mit der kleinen Katze vorn drauf notiert. Wenn er mit ihr redet, benutzt er dasselbe Vokabular wie in einem Gespräch mit einem Erwachsenen. Und alles, was Mira nicht versteht, erklärt er ihr.

Er begegnet Rosa fast täglich im Treppenhaus, am Briefkasten. Zufall ist das keiner, das muss Augustin zugeben, denn er hört, wenn Rosa über ihm ihre Wohnungstür öffnet. Er wohnt im Erdgeschoss und Rosa im ersten Stock. Das alte Haus gibt preis, wann jemand kommt oder geht, die Stiege knackt, die Türen quietschen, man hört jeden Schritt, den die Bewohner machen. Und sobald Rosa nach unten kommt, greift Augustin nach seinem Schlüssel, öffnet seine Tür und murmelt möglichst verblüfft: »Oh, hallo!«

Sie scheint sich zu freuen, und sie plaudern miteinander, bis oben Rosas kleiner Hund bellt und sich beschwert, dass sie so lange ausbleibt.

»Er heißt Milan, nach Milan Kundera«, hat sie ihm erklärt, »kennen Sie den Schriftsteller?«

»Aber natürlich!«, hat er entrüstet entgegnet, was denkt sie von ihm?

Zu kurz sind diese Gespräche mit Rosa, und zu ungemütlich ist es im Treppenhaus, deshalb hat er beschlossen, sie zu sich einzuladen.

Ihr Mann ist fast zur selben Zeit gestorben wie seine Hildegard. Rosa und Albert waren erst kurz zuvor in das Haus in der Grillparzerstraße gezogen. Sie überließen das Haus auf dem Land ihrer Tochter und deren Familie, um ihren Lebensabend in der Stadt zu genießen, ins Theater zu gehen und in die Oper, im Park zu spazieren, von der Festung hinunterzuschauen auf die im Abendlicht leuchtenden Dächer. Doch dann erlag Albert ein halbes Jahr nach dem Umzug einem Herzinfarkt. Augustin kondolierte. Da wusste er noch nicht, dass nur drei Wochen darauf Rosa zu ihm kommen würde, um ihm ihr Beileid auszusprechen.

»Da sind wir nun, wir zwei Alten«, hat er gestern im Treppenhaus zu ihr gesagt, »allein.«

Ihr Lächeln war halb traurig, halb resigniert. Ein Lächeln, das mehr nach innen ging.

»Aber wir haben ja die Erinnerung«, hat sie geantwortet.

Und vielleicht können sie neue Erinnerungen schaffen? Sich ein wenig unterhalten, über Kundera, über Grillparzer und die Zeiten, in denen sie jung waren, einander aushelfen mit Zucker, Büchern und Gesprächen. Augustin hofft, dass Rosa sich ebenso nach Gesellschaft sehnt wie er. Außerdem hat er Annas Zitronentörtchen dabei. Sie sollen nicht nur ein Türöffner, sondern auch eine Wunderwaffe sein. Wenn es wahr ist, was er glaubt und worüber er mit Mira gesprochen hat, dann wohnt Annas Backwerk eine einzigartige Magie inne. Sobald er zwei, drei Bissen von ihren Torten und Kuchen gegessen hat, verschwindet die Wand aus Ich-Bezug, die die Menschen voneinander trennt. Es ist, als könne er in sein Gegenüber hineinhorchen, hineinspüren. Nicht bei jedem, der zufällig vorbeikommt, sondern nur bei jenen, mit denen er spricht, die er ansieht, auf deren Schwingung er sich einlässt. Das ist nicht mit Worten zu erklären, es ist etwas Intuitives. Die Wirkung hält nicht ewig an, ein weiterer Beweis für ihn und Mira, dass sie mit Annas Kreationen zusammenhängt. Ein kleiner Zauber, der Menschen einander näherbringt. Etwas, das man nicht begreifen kann, etwas, das es eigentlich nicht geben sollte. Und das genau deshalb umso schöner ist.

Augustin öffnet die Haustür, klopft den Schnee von den Schuhen und bläst warmen Atem auf seine eisigen Finger. Im Vorraum seiner Wohnung greift er nach dem Buch, das er bereitgelegt hat, und schließt die Tür gleich wieder, um nicht in Versuchung zu kommen, sich aufs Sofa zu setzen und das Anklopfen bei Rosa auf morgen zu verschieben. Auf der Treppe bleibt er einen Moment lang stehen, er ist nervös. Das ist ein gutes Gefühl. Eines, das er schon sehr lange Zeit nicht mehr hatte.

Bestimmt hat Rosa ihn schon gehört, sie öffnet die Tür, kaum dass das Klingeln ertönt. Milan springt freudig mit wedelndem Schwanz an Augustins Hosenbeinen hoch.

»Guten Tag«, sagt Augustin, »wollen wir vielleicht zusammen bei mir unten Tee trinken? Ich habe gute Törtchen und ebenso gute Literatur.«

Er hält das kleine Kuchenpaket sowie Milan Kunderas Roman *Das Buch der lächerlichen Liebe* hoch.

»Ich habe gehofft, Sie würden nicht zulassen, dass ich mich lächerlich mache«, fügt er in Anspielung auf den Titel hinzu.

»Oh«, sagt Rosa und macht einen Schritt zurück, »kommen Sie doch herein!«

Er ist überrascht, er hat mit einem skeptischen Gesicht und einer Ausrede gerechnet, hat sich schon zurechtgelegt, was er dann sagen würde, um sie vielleicht doch noch zu überzeugen. Dass sie so spontan ist und ihn nicht im Treppenhaus stehen lässt, freut ihn ungemein. Also betritt er Rosas Wohnung und sieht sich verstohlen um, während er die Stiefel auszieht. Im Vorraum liegen verschiedene Paar Schuhe unaufgeräumt herum, und Augustin erwartet, dass Rosa sich mit einer Floskel für die Unordnung entschuldigt, doch das tut sie nicht. Milan dreht mehrere Runden um Augustins Beine, hüpft und will gestreichelt werden. Er beruhigt sich erst, als Rosa ihn mit einer Handbewegung in sein Körbchen schickt.

»Da sehen Sie mal, wie lange es her ist, dass wir Besuch hatten«, sagt Rosa lachend und führt Augustin in die kleine Küche, »Milan ist gleich ganz aufgeregt.«

»Das bin ich auch«, rutscht es Augustin heraus, und im selben Moment wird er starr vor Schreck. Das hätte er jetzt nicht verraten sollen, wie peinlich! Aber Rosa lächelt ihn mit solch wärmender Herzlichkeit an, dass er gar nicht anders kann, als zurückzulächeln.

»Geben Sie mir doch Ihren Mantel«, sagt sie und berührt ihn, als sie das Kleidungsstück entgegennimmt, leicht am Unterarm, eine beruhigende Geste, die ihm das Gefühl gibt, dass er am richtigen Ort ist. Und dass er sie nicht stört, wie er innerlich befürchtet. Den Kuchen und das Buch hat er auf den schmalen Küchentisch gelegt, der gerade groß genug ist für zwei.

»Eigentlich wollte ich Sie zu mir einladen und nicht mich hier so aufdrängen«, wendet Augustin ein.

»Ach, Schmarrn«, entgegnet sie. »Wir können uns ins Wohnzimmer setzen, da ist mehr Platz.« Nachdem sie Augustins Mantel und Schal in der Garderobe verstaut hat, reckt sie sich zum Geschirrschrank.

»Ich mache uns einen Kaffee. Oder möchten Sie lieber Tee? Ich habe ... Moment ... Kräutertee, Pfefferminz, Früchtetee, Kamille, oh, und Ingwer, der ist gut für die Abwehr, oder sind Sie eh nicht erkältet? Bei dem nasskalten Wetter grade weiß man ja nie ...«

Sie kramt in einer schönen alten Teeschachtel.

»Gern den mit Ingwer, bitte«, sagt er.

Sie nickt und zeigt ihm, wo die Teller sind, damit er die Zitronentartes auspacken kann, während sie den Tee in ein Sieb schüttet und Wasser aufkochen lässt. Augustin steht in Rosas kleiner Küche und genießt. Sie führen die Handgriffe nebeneinander aus, als würden sie das oft tun und nicht zum ersten Mal, als hätten sie eine gewisse Routine und Vertrautheit. Was für ein angenehmer, vermeintlich alltäglicher Augenblick, der für ihn so gar nicht alltäglich ist. Er denkt an Hildegard, denn wie könnte er nicht? All die Jahre hat sie in der Küche gekramt und gewerkt, jetzt ist sie nicht mehr da. Daran wird er sich wohl nie gewöhnen. Sie mochte keinen Ingwer, er war ihr zu scharf, vielleicht hat er sich deshalb für diesen Tee entschieden.

Im Wohnzimmer nimmt er Platz auf dem Sofa, Rosa stellt die Teetassen und Kuchenteller auf den gläsernen Couchtisch und setzt sich mit einem zufriedenen Seufzer in ihren Lesesessel, der auf stilvolle Weise alt und abgeschabt aussieht. Bestimmt hat sie viele Stunden darin verbracht. Alle Möbel in dieser Wohnung scheinen eine Geschichte zu haben, sie sind ungewöhnlich bunt zusammengewürfelt. Augustin hatte die klassischen Blumenmuster erwartet, adrett gebügelte Vorhänge und kleine Spitzendeckchen, aber weit gefehlt. Stattdessen ein Mix aus Designer- und Flohmarktstücken, Bücherstapel auf jeder verfügbaren Fläche und an der Wand ein großes Gemälde einer nackten Frau.

Rosa beobachtet ihn amüsiert über den Rand ihrer Tasse hinweg.

»Ich war nie die perfekte Hausfrau«, sagt sie dann. »Mir waren immer andere Dinge wichtiger als eine gleichmäßige Kuchenglasur oder blitzblanke Fensterbänke.«

Sie zuckt mit den Achseln und lehnt sich zurück. Sie schlägt die Beine übereinander, die in einer schlichten blauen Jeans stecken. Rosa kleidet sich nicht wie die meisten Frauen jenseits der siebzig, und ihre Wohnung sieht auch nicht aus wie bei den meisten Frauen in ihrem Alter.

»Um ehrlich zu sein«, fügt sie hinzu, »gab es sowieso gar keine Kuchenglasur, ich hasse es zu backen.«

Augustin trinkt von seinem Ingwertee und verschluckt sich fast. Er kann sich nicht erinnern, je so eine Aussage gehört zu haben. Für ihn gehören Frauen, Backöfen und Schokoglasuren untrennbar zusammen. Verlegen um eine Antwort, sieht er Rosa gespannt an, wobei er sich sehr darauf konzentrieren muss, den Blick nicht zu ihrem Bücherregal schweifen zu lassen. Das sieht ebenso wild zusammengemixt aus wie ihre Einrichtung. Houellebecq hat er schon entdeckt, auch Camus, Schiller, Goethe und Haushofer, aber auch einen Schwung Neuerscheinungen von Gertraud Klemm, Nadja Spiegelman, Karen Köhler. Die hat er in der Buchhandlung Stierle liegen sehen, wo er einmal in der Woche hingeht, um ein wenig zu stöbern und vielleicht den einen oder anderen Titel mitzunehmen. Aber da sind auch Bücher dabei, von denen er noch nie gehört hat, und dabei hält er sich für ausgesprochen belesen. Rosa bemerkt natürlich, wie er versucht, die Buchrücken zu entziffern, und grinst ihn erneut an.

»Mein Geschmack ist vielseitig«, sagt sie, und er stellt fest, dass er vor ihr offenbar nichts verbergen kann. Aber er mag ihre entwaffnende Art sehr, den Charme ihrer Direktheit. »Das hab ich aber tatsächlich noch nicht gelesen.« Sie deutet auf das Buch von Kundera, das er mit ins Wohnzimmer genommen hat.

»Das sollten Sie unbedingt!«

»Würden Sie es mir leihen?«, fragt sie.

Er nickt, er hat den ersten Bissen von Annas Tarte im Mund.

»Ich leihe Ihnen im Gegenzug auch eins«, sagt Rosa und steht auf. »Sie müssen mir versprechen, es zu lesen, und dann treffen wir uns wieder und sprechen darüber.«

Sie dreht sich zu ihm um.

»Abgemacht?«, fragt sie und sieht ihn an.

Ihre Augen sind braun, die weißen Haare ihres Pagenkopfes reichen ihr bis zum Kinn. Er kann sich vorstellen, dass sie ein freches Kind war, ein sommersprossiges Mädchen mit einer Lücke zwischen den Milchzähnen und aufgeschlagenen Knien. Wie lang das her ist, fast ein ganzes Leben. Wieder nickt Augustin – ist das schon Annas Magie, die er da spürt? Zuversicht durchströmt ihn und das Wissen, dass Rosa ihn sympathisch findet. Dass sie froh ist über seine Gesellschaft. Es fühlt sich an, als komme er ihr näher, obwohl er auf der Couch sitzt und sich nicht bewegt, als könne er in sie hineinsehen, ein wenig nur. Ein bisschen Nervosität sieht er, die Rosa gekonnt überspielt mit ihrer selbstbewussten Art, ein bisschen Wehmut, und er kennt die schimmernde Farbe, die über allem liegt, er kennt sie gut, es ist die Farbe der Einsamkeit.

»Das könnten wir ja regelmäßig machen«, sagt er und nimmt das Buch, das Rosa ihm entgegenstreckt.

Es hat einen schwarzen Umschlag mit einer schönen Goldprägung, *Ich bin Circe* steht auf dem Titel. Er spürt, dass es genau das ist, was Rosa hören wollte. Sie freut sich, und als er das merkt, kribbelt diese Freude auf seiner Haut und in seinem Bauch.

»Das interessiert Sie mit Sicherheit«, sagt sie und setzt sich wieder. »Es geht um die griechische Mythologie und all die bekannten Heldensagen, aber«, sie macht eine Pause und schaut ihn verschmitzt an, »zum ersten Mal erzählt aus der Sicht einer Frau.«

Dann nimmt sie das Zitronentörtchen in die Hand, ohne die Gabel zu benutzen, und beißt kräftig hinein, und Augustin denkt, dass an ihrer Tür zu klingeln die beste Idee war, die er seit Langem hatte.

Apfelstrudel

Zutaten

Für den Strudelteig:

150 g glattes Weizenmehl

15 g Öl

ca. 80 ml lauwarmes Wasser

½ TL Essig

Salz

Für die Füllung:

800 g bis 1 kg geschälte, dünn geschnittene Äpfel

50 g Feinkristallzucker

20 g Vanillezucker

30 g in Rum eingeweichte Rosinen

ca. 1 Handvoll Butterbrösel

evtl. 2 cl Rum

1–2 cl Zitronensaft

Etwas Öl und Butter zum Bestreichen

Zubereitung

Für die Füllung alle Zutaten vermengen. Für den Teig die Zutaten in eine Schüssel geben und mit einer Teigkarte von innen nach außen langsam vermischen. Sobald der Teig glatt ist und nicht mehr an den Handflächen klebt, auf der Arbeitsfläche mit dem Handballen kräftig kneten, bis er geschmeidig ist. Klebt der Teig auf der Arbeitsfläche, noch zusätzlich etwas Mehl einarbeiten. Teig zu einer Kugel schleifen. Einen Teller mit Öl bestreichen, Teig auflegen und ebenfalls mit Öl bestreichen. Mit Frischhaltefolie abdecken und ca. 30 Minuten bei Raumtemperatur ruhen lassen. Dann ein großes Baumwolltuch mit Mehl bestreuen, Teig in der Mitte auflegen und mit Mehl bestäuben. Mit einem Rollholz gleichmäßig dünn ausrollen und mit dem Handrücken behutsam auseinanderziehen, bis der Teig durchscheinend ist. Zum Füllen das obere Teigdrittel mit Bröseln bestreuen, die ganze Teigfläche mit nicht zu heißer zerlassener Butter oder Öl beträufeln und die Füllung im oberen Viertel auftragen. Die Ränder seitlich ein wenig über die Füllung schlagen. Das Tuch mit beiden Händen anheben und die obere Teigkante über die Füllung schlagen. Tuch immer höher anheben und straff gespannt halten, bis sich der Strudel eingerollt hat und auf der Verschlussstelle zu liegen kommt. Enden gut verschließen. Mit zerlassener Butter bestreichen und im vorgeheizten Backrohr bei 170 °C Heißluft 40–50 Minuten goldbraun backen.

Anna

»Einen Burger«, sagt Daniel mit vollem Mund, »kann man nicht elegant essen.«

Soße tropft über seine Finger und auf den Teller, als er herzhaft in seinen Pulled Pork Burger beißt. »Da muss man sich reinstürzen. Ohne Rücksicht auf Verluste.«

»Das ist die richtige Einstellung«, entgegne ich und tue es ihm gleich.

Ich schmecke weiches Brot, köstliches Fleisch, Zwiebeln, Gurken, Soße, eine herrliche Kombination. Den ganzen Tag bin ich umgeben von Strudeln und Tartes, Zucker und Schokolade. Mir lief schon beim Betreten des Ludwig vor Vorfreude das Wasser im Mund zusammen, und jetzt mache ich mich voller Heißhunger über die große Portion her.

»Und im Leben, hältst du es da auch so?«, frage ich schmunzelnd.

Daniel lacht mich an. Er trägt ein kariertes Hemd und dunkle Jeans – ein lässiger, unbemühter Style. Er gehört zu den Menschen, die sich nicht anstrengen müssen, um gut auszusehen.

»Ja, wahrscheinlich stimmt das auch im Leben. Ich stürze mich in viele Sachen ohne Rücksicht auf Verluste hinein. Und sehe dabei nicht sehr elegant aus.«

»Ich erkenne Fishing for Compliments, wenn ich es höre.«

Er grinst. Ich mag es, dass er nicht sparsam mit seinem Lächeln umgeht. Ich gefalle ihm, und das zeigt er mir auch. Was für ein tolles Date! Ich bin völlig entspannt und habe keine Erwartungen. Außerdem kein Schwanken, kein Schwindelgefühl, kein Zittern in meiner Stimme. Das ist eine Erleichterung, denn nach der seltsamen Begegnung mit dem Zitronenmann habe ich ernsthaft befürchtet, ich hätte mein Mojo verloren. Bei Daniel ringe ich nicht mühsam um Worte, bin ganz in meinem Element. Wir spielen verbales Pingpong, seit wir angekommen sind, und vor allem: Wir *sind* angekommen. Beide. Er hat mich nicht versetzt.

»Apropos«, sagt Daniel, »schickes Kleid.«

»He«, entrüste ich mich mampfend, »ich hab nicht gefischt.«

»Ich wollte dir trotzdem ein Kompliment machen.«

»Aber jetzt wirkt es unecht.«

»Mir gefällt auch der Rest von dir.«

»Bestimmt hab ich Soße am Kinn.«

»Daran bin ich gewöhnt, heute Morgen war es Schokolade.«

»Ich sehe eben zu jeder Zeit zum Anbeißen aus.«

»Meine Güte, bist du schlagfertig«, sagt Daniel, »du schaffst mich. Kann man bei dir einen Kurs belegen?«

»Ich finde, du hältst gut mit. Normalerweise sind Männer immer gleich mundtot, wenn Mel und ich in Fahrt kommen«, entgegne ich. »In der Schule hat man uns ›die Goscherten‹ genannt. ›Wenn ihr mal sterbt‹, hat unsere Klassenlehrerin ständig gestöhnt, ›muss man eure Goschn extra erschlagen.‹«

Bei der Erinnerung muss ich lächeln. Wir waren wirklich ein wildes Duo, Mel und ich. Daniel schmunzelt, wischt seine Finger an einer Serviette ab und nimmt einen Schluck von seinem Bier.

»Also seid ihr schon lange befreundet?«, fragt er.

Ich nicke.

»Ja, sehr lange«, sage ich, und dann nichts mehr.

Ich will ihm unsere Geschichte nicht erzählen. Ich möchte auf der heiteren Ebene bleiben, bei diesem Schlagabtausch, denn wenn ich erst einmal meine toten Eltern erwähne und Mels unschönen Start ins Leben, ist die Stimmung im Eimer. Dann hat Daniel unweigerlich Mitleid in den Augen, das ertrage ich nicht.

Das Ludwig ist gut besucht und sehr laut. Das hippe Restaurant mit den gemütlichen Holzbänken liegt im Bruderhof, einem

Durchgang zwischen Linzergasse und Paris-Lodron-Straße, hinter der Sebastiankirche. Ich mag den dazugehörigen Friedhof sehr, mit seinen schmiedeeisernen Gräbern und dem klassischen Kreuzgang. Ich sitze gern im Gras zwischen den alten Namen und den moosbewachsenen Steinen, weil an einem Ort wie diesem jedes Problem an Bedeutung verliert. Hier liegen Constanze und Leopold Mozart begraben, die Ehefrau und der Vater von Salzburgs berühmtestem Sohn. Seine eigenen Überreste finden sich in Wien, doch die vielen asiatischen Salzburg-Touristen, die um die halbe Welt reisen, um auf seinen Spuren zu wandeln, scheint das nicht zu stören. Sie fotografieren stattdessen einfach sein Geburtshaus in der Getreidegasse.

»Du kennst Mel über Oliver, nicht wahr?«, frage ich.

»Ja, sie war schon ein paarmal bei uns im Büro, meistens hat sie ihn zum Mittagessen abgeholt. Ich glaube, er ist …« Daniel zögert.

»Was ist er?«, frage ich.

»Ganz schön verschossen in sie«, sagt Daniel lachend, »es ist schlimm. Er redet dauernd von ihr, Melanie hier, Melanie da. Und es fällt ihm gar nicht auf. Er bekommt dann dieses riesige Grinsen, sein halbes Gesicht ein einziges Grinsen.« Er deutet es mit den Händen an, und jetzt muss ich auch lachen.

Daniel erzählt es wohlwollend, nicht gemein.

»Aber er gibt es natürlich nicht zu. Er tut so, als wäre Mel nur eine von vielen, dabei ist mir aufgefallen, dass da längst schon keine Rede mehr von einer anderen war, und er chattet auch kaum noch.«

»Da sind sie sich wohl recht ähnlich«, sage ich und denke daran, dass auch Mel vorgibt, Oliver sei nur ein netter Zeitvertreib, den sie jederzeit gegen einen anderen netten Zeitvertreib eintauschen könnte. Aber auch aus ihrem Mund hab ich schon seit einer Weile keinen anderen Männernamen mehr gehört.

»Vielleicht kommen sie ja zusammen«, sagt Daniel mit verschwörerischem Blick und schiebt sich den letzten Bissen von seinem Burger in den Mund.

»Wie lang arbeitest du schon als Werbetechniker?«, frage ich, um das Thema zu wechseln, weil ich ihm nicht sagen will, dass die Chancen für seinen Freund, meine Mel einzufangen und an sich zu binden, wohl eher schlecht stehen.

»Oh, ein paar Jahre. Ich hab eigentlich Querflöte als Konzertfach am Mozarteum studiert.«

»Wie bitte?«, platzt es aus mir heraus.

Er fängt an zu lachen.

»Ja, wirklich. Ich wollte immer Musik machen, das war mein großer Traum.«

»Aber? Was ist passiert?«

»Das Leben ist passiert«, er hebt die Schultern, »mit all diesen langweiligen Dingen wie Miete und Rechnungen bezahlen. Langfristige Engagements sind schwer zu bekommen. Und als Olli mich gefragt hat, ob ich bei ihm einsteigen will, hat es grade gut gepasst.«

»Das nenn ich mal einen Berufswechsel.«

»Von der Querflöte zum Quereinsteiger.«

»Dann hast du also ... flinke Finger?«, frage ich und schaue ganz unschuldig.

Ach, ich liebe es zu flirten.

»Und ich kann Erstaunliches mit meinem Mund«, sagt er und sieht mir dabei in die Augen.

Hui, er flirtet offenbar auch gern. Mir wird ein bisschen heiß, nein, eigentlich wird mir *sehr* heiß. Aber weil wir noch in Phase eins sind, baue ich das nicht weiter aus. Ich will nicht, dass wir unser gesamtes Pulver noch vor dem Dessert verschießen.

Ich lehne mich zurück und merke im selben Moment, dass ich mich mit Daniel so wohlfühle wie selten zuvor mit einem Mann. Ich habe in seiner Gegenwart gerade einen gesamten Burger verputzt, die Soße ist mir über die Handgelenke getropft, es gab keine unangenehme Stille, in der wir nicht wussten, worüber wir reden sollen, und ich überlege nicht ständig, wie er mich findet und was er über mich denkt. Und ich habe den Eindruck, ihm geht es genauso. Es fühlt sich an, als seien wir schon länger Freunde, und trotzdem ist da dieses Prickeln.

Wir teilen uns eine Tüte Süßkartoffelpommes, und als wir beide hineingreifen, berühren sich unsere Finger. Das feine Kribbeln auf meiner Haut führt dazu, dass ich mir vorstellen kann, mir später tatsächlich die Strumpfhose von ihm ausziehen zu lassen. Oder es hastig selbst zu tun, während er nicht hinsieht. Man kann sich nämlich, ganz egal wie man es anstellt, einfach nicht elegant aus einer Strumpfhose schälen.

»Möchtest du noch eine Nachspeise?«, fragt Daniel und sieht sich nach der Kellnerin um.

»Ehrlich gesagt kann ich am Abend nichts Süßes mehr sehen«, antworte ich, »ich hab dann immer regelrechten Heißhunger auf Salziges.«

»Das kann ich verstehen«, sagt er grinsend. »Ist dieser Heißhunger denn befriedigt? Wir können auch Zwiebelringe als Dessert bestellen.«

Ich fange an zu lachen und zeige auf meinen leeren Teller.

»Um Himmels willen, nein! Lass uns doch lieber noch was trinken gehen. Wenn du magst?«

Er streicht sich über den Bart und sieht mich an.

Es gehört zu den unausgesprochenen Regeln, dass es ein gutes Zeichen ist, das Date zu verlängern und einen Lokalwechsel vorzunehmen. Dann will man offenbar noch Zeit miteinander verbringen, quatschen, sich ein bisschen näherkommen ohne einen Restauranttisch zwischen den Körpern.

Wenn er jetzt auf die Uhr sieht und sagt, dass er morgen früh rausmuss, bin ich gearscht.

»Unbedingt!«, gibt er zurück und freut sich dabei so offensichtlich, dass ich ihn noch sympathischer finde als sowieso schon.

»Jetzt hast du aber lange gezögert.«

»Ich wollte dich ein bisschen ins Schwitzen bringen.«

»Apropos schwitzen«, sage ich, »wir könnten doch ein bisschen an der Salzach spazieren gehen, rüber auf die andere Stadtseite. Hier ist es so heiß und stickig, und ich war den ganzen Tag im Café, ich könnte wirklich frische Luft gebrauchen.«

»Gute Idee«, er deutet der Kellnerin, dass wir zahlen möchten, »wo es doch nichts Romantischeres gibt als einen Spaziergang zu zweit an einem Fluss entlang.«

»Ich weiß«, sage ich und hole mein Portemonnaie aus der Tasche, »und ihr Männer braucht eben ein wenig Romantik, bevor ihr euch rumkriegen lasst.«

Er lacht so laut, dass die Kellnerin ihn irritiert ansieht, als sie bei unserem Tisch ankommt.

»Ich übernehme das«, sage ich zu ihr, als er mir auch schon ins Wort fällt: »Nein, lass mich doch.«

»Du hast ja das Schild aufgehängt. Und es war doch kalt und alles«, necke ich ihn und gebe der Kellnerin meine EC-Karte.

»Na gut«, antwortet er, »aber nur unter der Bedingung, dass ich mich revanchieren darf.«

Draußen schlägt uns kalte Luft entgegen, die nach dem Geruch von Fett, Pommes und Kerzenwachs eine wahre Wohltat ist. Ich atme tief durch, hake mich bei Daniel ein, ohne viel Aufhebens darum zu machen, und wir gehen Seite an Seite los. Zuerst die Linzergasse entlang bis zum Alten Markt, dann vor der Stadtbrücke nach links auf den Kai.

»Um die Zeit ist die Stadt am schönsten«, sagt Daniel, »wenn es dunkel ist und kaum noch Leute unterwegs sind. Die Lichter ... da verstehe ich dann immer, warum so viele Touristen hierherkommen.«

»Ich habe eine seltsame Hassliebe zu Salzburg«, entgegne ich. »Ich habe nichts gegen die Touristen, im Gegenteil, sie sorgen dafür, dass die Lebensqualität hier so hoch ist. Aber es stört mich, dass alles auf sie ausgerichtet ist, dass alles stets herausgeputzt ist und schön aussieht für die Fotos, wie ein Kind, das in ein Sonntagskleid gesteckt wird. Und sich dann nicht schmutzig machen darf, nicht rausdarf zum Spielen, verstehst du, was ich meine?«

»Wie warst du denn so als Kind?«, fragt er, und ich habe plötzlich dieses Bild im Kopf. Von mir, wie ich nachts schreie und Oma Gertraud mich zu beruhigen versucht, und weil ich nicht über meine Kindheit sprechen will und wir so ernst sind, seit wir draußen sind, stoppe ich unvermittelt, drehe mich zu Daniel und lehne mich an ihn. Er umfängt mich, und wir stehen eng umschlungen da, ohne uns zu rühren, ohne zu reden. Es ist ein seltsam vertrauter, intimer Moment, und ich denke darüber nach, ihn zu küssen, doch er macht keine Anstalten dazu, und das finde ich gut. Ein Kuss wäre so absichtsvoll, würde uns hungrig machen, während diese Nähe gerade einfach entspannend ist, ohne Erwartungen.

Die Stadt ist still, ich schließe für einen Moment die Augen. Daniels Geruch ist mir fremd, aber sehr angenehm, Rasierwasser, Seife, nicht zu aufdringlich, und sein Körper fühlt sich so gut an, wie ich vermutet habe.

»Bist du aus Salzburg?«, frage ich, als wir weitergehen, ohne ihm seine Frage zu beantworten.

»Nein, aus dem Pinzgau«, antwortet er. »Ich wohne auch nicht in der Stadt, das ist zu teuer, sondern draußen in Koppl. Und du?«

»Ein echtes Stadtkind. Ich bin hier aufgewachsen«, sage ich mit einer Handbewegung in die Richtung, in der das Café sich befindet. »Meiner Familie gehört das Haus, das Café Sonnigsüß hat meine Urgroßmutter gegründet. Sie hieß auch Anna Sonnleitner, wie meine Oma und später ich.«

»Ich heirate also in eine Familie mit Tradition ein.«

Mir sticht eine eiskalte Nadel ins Herz. Für einen Moment höre ich ein Fiepen im Ohr, und mein Mund wird trocken.

Ich weiß, dass er nur einen Witz gemacht hat. Ich weiß, dass er bloß das Geplänkel fortführt. Ich weiß das, ich weiß. Trotzdem spüre ich einen Ruck in mir, und es gelingt mir nicht mehr, amüsiert zu lächeln.

»Ich will nicht heiraten«, sage ich und höre selbst, wie merkwürdig gepresst es klingt.

Als säße da auf einmal ein riesiger Kloß in meinem Hals, an dem vorbei ich kaum sprechen kann.

»Kein Problem, lass uns damit warten, bis es wärmer wird. Ein kurzes Hochzeitskleid wäre sexy.«

Unvermittelt bricht mir der Schweiß aus. Ich erinnere mich an mein Spiegelbild. Mit diesem Strahlen im Gesicht und all dem Weiß. Es war kein kurzes Kleid, es war ein langes.

Mir ist plötzlich übel, mein voller Magen macht sich schmerzhaft bemerkbar. Ich hätte nicht so viel essen sollen.

»Okay«, sagt er gedehnt und mit fragendem Blick, »darüber können wir ja noch reden, wenn es so weit ist. Oder du überraschst mich. Der Bräutigam darf das Kleid sowieso nicht …«

Er bricht ab, als er meinen abweisenden Blick bemerkt, ich löse mich von ihm. Wir gehen nicht mehr Arm in Arm, sondern mit Abstand nebeneinander. Er hat nichts falsch gemacht, natürlich nicht. Er kann ja nicht wissen, was das Thema in mir auslöst. Das Wort allein.

Er schaut mich an, und meine Güte, was ist dieser Mann attraktiv mit seinem Dreitagebart und den blitzenden Augen. Er wartet darauf, dass ich etwas sage, und mir ist bewusst, dass dies der Moment ist, in dem sich der weitere Verlauf des Abends entscheidet.

»Sollen wir … irgendwo reingehen, was trinken?«

Aber ich kann nicht.

Jetzt nicht mehr.

Er macht eine kleine Bewegung, als wolle er nach meiner Hand greifen. Ich denke an die schöne Umarmung vor wenigen

Minuten. Wie seltsam, dass mir jetzt nichts fernerläge, als ihn zu berühren.

»Na gut«, antwortet er auf das, was ich nicht sage, »dann lass mich dich nach Hause begleiten.«

Er gibt nicht auf, und er ist auch noch sensibel. Meinen Stimmungsumschwung hat er bemerkt, aber er bedrängt mich nicht. Für einen Moment wird es in meiner Brust ganz warm. Warum muss ich so schwierig und kompliziert sein? Weshalb habe ich sämtliche Gitter herunterrattern lassen wie ein Juwelier, der seine wertvollen Schätze davor bewahren will, gestohlen zu werden? Wieso lasse ich sie alle gegen Panzerglas rennen bei jedem Versuch, mir näherzukommen?

Ich sehe ihn an und zögere.

Ich warte nicht auf den berühmten Ritter in seiner schimmernden Rüstung, der dahergaloppiert kommt, ich muss nicht gerettet werden. Aber ein Kompagnon wäre schön. Jemand, der mir zuhört. Mich ernst nimmt, mir zeigt, wie man vertraut. Und mir in kalten Winternächten versichert, dass ich nicht ersticke.

»Nein«, sage ich, »ich kann das allein.«

Abrupt drehe ich mich um und gehe. Ich bin mir sicher, dass Daniel mir nachsieht, aber ich schaue nicht zurück.

Stattdessen gehe ich schneller.

Ich lasse ihn einfach stehen, dort an der Salzach.

Ich bin ein Wall aus Sarkasmus und Selbstschutz, Unverbindlichkeit und beißendem Witz, den niemand bisher überwunden hat. Ich brauche keine Mauer um mein Herz zu bauen, es liegt unter Tonnen von Schnee begraben.

Mira

Der Schlag trifft Mira unvorbereitet. In ihrem linken Ohr pfeift schon ein heller Ton, bevor der Schmerz ihr Gehirn erreicht, und das ist ja eigentlich interessant. Vielleicht, weil das Ohr näher an der Hand von Mama war und sie dort zuerst getroffen hat? Die Reihenfolge ist so: Es tut im Ohr weh, dann im Kopf, dann im Herzen. Mira duckt sich schnell, damit Mama die Tränen nicht sieht, die ihr in die Augen schießen.

»Ich hab dir doch gesagt, dass ich davon nichts hören will!«, schreit Mama, und Mira weiß, dass sie selbst schuld ist.

Es war dumm, den Vorschlag zu machen. Das hätte sie nicht tun sollen, aber sie hat sich täuschen lassen von der friedlichen Stimmung an diesem Sonntagnachmittag. Mama hat sich morgens die Haare gekämmt und die Zähne geputzt, obwohl sie nicht zur Arbeit musste, das hat Mira als gutes Zeichen gewertet. Da ist sie unvorsichtig geworden. Sie haben sich *Das doppelte Lottchen* angeschaut, einen sehr alten Film, in dem die Welt noch anders war als heute, langsamer, weicher, und Mama hat dreimal geseufzt, einmal hat sie dabei Mira angesehen und leicht gelächelt. Da hat Mira gedacht, okay, jetzt.

»Wir könnten doch heute seine Sachen einpacken«, hat sie gesagt und sich um eine normale, ruhige Stimme bemüht, obwohl da so ein Zittern war in ihrer Brust, »wir müssen sie ja nicht wegwerfen, nur auf den Dachbo…«, weiter ist sie nicht gekommen, denn da hat sie bereits die Ohrfeige getroffen und der Spuckeregen aus Mamas Mund.

Und jetzt ist sie in einer wirklich blöden Lage. Mama ist nämlich aufgestanden und befindet sich zwischen der Couch, auf der Mira sitzt, und der Tür. Mama weint. Sie entschuldigt sich. Sie kniet sich hin und versucht sich an Mira zu klammern. Ihre Stimmung ist so schnell umgeschlagen, dass Mira sich fragt, ob zwei Menschen in einem Körper stecken können. Als Mira nicht auf ihre Umarmungsversuche reagiert, springt Mama wieder auf. »Kannst du nicht zuhören!«, schreit sie. »Die Sachen bleiben hier!«

Früher hätte Mira gesagt, dass sie sehr wohl zuhört, dass sie sich sogar wünschen würde, Mama würde mehr mit ihr reden, weil sonst die Stille so groß ist, dass man fast daran erstickt, aber sie hat erkannt, dass Mama gar nicht merkt, was sie selbst redet. Es hat keinen Sinn, darauf zu antworten. Also hat Mira aufgehört, zu antworten und Fragen zu stellen. Es ist einfach zu riskant. Die Stille ist ihr Freund geworden.

Jetzt flüstert Mama, spricht eigentlich mehr mit sich selbst, in einem hohen, zischenden Tempo, und Mira zählt in Gedanken Merkur, Venus, Mars, Jupiter und Saturn auf, das sind die als Wandelsterne bekannten Planeten. Sie heißen so, weil sie ihre Position verändern. Sie bleiben nicht an Ort und Stelle, sie bewegen sich, und wenn Himmelskörper das können, dann kann Mira es auch. Sogar jetzt, während sie hier sitzt, auf der Couch, während diese Worte um sie herumsausen, die sie kaum versteht, weil es so braust in ihren Ohren, muss sie nicht wirklich da sein, denn sie kann an die Planeten denken und an die Sterne, das ist eine Flucht, nur eben im Kopf. Der Mensch kann sich alles so klar vorstellen, dass es sich anfühlt, als würde er es erleben. Einen Tag mit dem kleinen Bruder auf dem Spielplatz zum Beispiel. Einen Freund, der einem die Hand gibt. Eine Umarmung von Mama.

»Merkur, Venus, Mars, Jupiter, Saturn«, murmelt Mira, und da sitzt Mama wieder zu ihren Füßen.

»Es tut mir leid«, jammert sie, »ich wollte das nicht, ich wollte es nicht, ich schwöre es dir, du glaubst mir doch?«

Mira legt die Hand an die geschwollene Wange und antwortet

nicht. Der Blick von Mama ist glasig und geht irgendwie durch Mira hindurch.

»Ich kann nicht«, wispert Mama, »ich kann nicht mehr.«

Nur die Fixsterne bleiben, wo sie sind, und Mira ist fest entschlossen, es ihnen nicht gleichzutun. Sie wird hier weggehen, bald, sie wird eine neue Umlaufbahn einschlagen. Und zwar eine, die nicht mit der ihrer Mutter kreuzt. Der Jupiter hat mehrere Ringe, und wenn Mira Adrastea sein könnte und Mama Amalthea, die sich auf verschiedenen Ringen befinden, müssten sie einander nie mehr begegnen. Das Universum ist sehr groß, dort ist alles möglich.

»Merkur, Venus, Mars, Ju…«

Plötzlich ist es still. Das Schimpfen und Schreien, das Jammern und Weinen hat aufgehört. Mira flüchtet sofort, sie zögert nicht.

»Du gehst ohne Abendessen ins Bett«, krächzt Mama, sie ist heiser, nachdem sie so geschrien hat. Das liegt an den Gefühlen, die aus ihr herausmüssen, den Gefühlen, denen Mira nicht traut, seit Subi weg ist. Weil es ohne Subi nur noch zwei Arten von Gefühlen gibt, die einen machen traurig, und die anderen bringen sie in Gefahr.

Mira sagt nicht, dass es erst achtzehn Uhr ist und sie großen Hunger hat, weil Mama ihr zu Mittag nur ein Knäckebrot und zwei geschmacklose Tomaten gegeben hat, sie sagt auch nicht, dass es doch sowieso kein Abendessen gegeben hätte, lieber schweigt sie, denn sie hat eine Erste-Hilfe-Kiste unter dem Bett. Da sind Kekse drin, Saft, Wasserflaschen, Schokolade und salzige Cracker, lauter Dinge, die lange halten und nicht schimmeln. Eigentlich ist das gar keine Erste-Hilfe-Kiste, sondern eine Jeden-Tag-Kiste. Es ist gut, dass Mama nie in ihr Zimmer kommt, somit ist Miras Notfallproviant sicher. Und es ist außerdem gut, dass Mama nicht so genau weiß, wie viel Geld sie in ihrem Portemonnaie hat, und deshalb nie merkt, dass Mira abends etwas herausnimmt, sobald Mama eingeschlafen ist.

Sie steht hastig auf und schmeckt Blut auf ihrer Lippe. Sie schaut Mama nicht an. Früher hat sie Mama umarmt, sobald sie das Schluchzen gehört hat, sie konnte nicht anders, aber Mamas heiße Tränen und ihr krampfhaftes Schütteln haben in Mira jedes Mal alles, was sie so mühsam geordnet hat, durcheinandergebracht. Geändert hat sich durch das Umarmen auch nie etwas.

In ihrem Zimmer holt Mira erst einmal Luft. Während der Schreiattacken vergisst sie nämlich, normal zu atmen. Das muss sie dann nachholen, und so konzentriert sie sich in den ersten Minuten in Sicherheit stets darauf, ihre Atmung, den Herzschlag und das Zittern zu beruhigen. Das braucht Kraft.

»Dumme Mira«, murmelt sie, »dumme, dumme Mira.«

Sie hat den Sonntag kaputt gemacht, den bisher besten Tag der Woche. Hätte sie nichts gesagt, wäre es vielleicht bergauf gegangen. Dann wäre es morgen noch besser geworden und übermorgen auch. Stattdessen hat sie zum ersten Mal gespürt, mit wie viel Wut und Verzweiflung Mama zuschlagen kann. Das ist neu. Das ist noch nie geschehen. Und was jetzt? Wie soll sie weitermachen? So tun, als wäre nichts geschehen? Ist das der Anfang vom Ende, geht das so weiter, wird es vielleicht noch schlimmer?

Mira greift nach Subis Teddybären, der auf dem unteren Teil des Stockbetts sitzt. Subis Lieblingsbuch liegt da auch, *Wenn die Tiere schlafen gehen*, unberührt seit fast einem Jahr. Mama hat Mira nicht mehr daraus vorgelesen, und Mira mag es nicht selbst lesen, weil sie dann Mamas Stimme in ihrer Erinnerung hören würde und die Liebe darin, die damals, beim gemeinsamen Zubettgehen, noch da war.

Überhaupt ist alles unberührt, was Subi gerngehabt hat, das ist ja das Schlimme. Weil die Sachen alle noch da sind, nur Miras Bruder nicht. Weil Mira jeden Tag in diesem Zimmer einschlafen und aufwachen muss, weil sie seine Baggersammlung sehen muss und das *Paw Patrol*-Shirt, weil sie sich manchmal einbildet, ihn leise schnarchen zu hören im Bett unter ihr, das noch mit seiner *Minions*-Bettwäsche bezogen ist. Die aber nicht mehr nach ihm riecht, sie hat es getestet.

Der Logik zufolge bleibt mehr Platz für einen, wenn der andere geht, und so müsste ganz viel Raum für Mira da sein, weil Subi weg ist und Papa auch. Doch in Wahrheit war es noch nie so eng in diesem Zimmer und in dieser Wohnung. Sie ist voll mit Dingen, die man nicht sehen und nicht berühren und an die man sich nicht erinnern will. Manchmal ist derart wenig Freiraum übrig, dass Mira nicht einmal mehr hineinzupassen scheint in dieses Leben. Vielleicht wird in diesen angeblich logischen Berechnungen zu Platzverhältnissen nicht darauf geachtet, dass der, der bleibt, die ganze Last allein tragen muss.

Mira holt zwei Cookies aus der Kiste unter dem Bett und setzt sich an ihren Schreibtisch. Sie sollte Anna fragen, ob sie ihr Kekse backen kann, solche, die man in eine Dose tun und von denen man lange naschen kann. Ob die Magie auch haltbar ist? Sie braucht eine Absicherung für die Tage, an denen sie nicht ins Café gehen kann. Hätte sie Mamas Stimmung während des Filmschauens erspüren können, hätte sie nicht diesen Fehler gemacht.

In ihr Heft hat Mira das Sonnensystem gemalt, sie fährt mit dem Finger über die kleinen Kugeln, die die Planeten darstellen. Dem Jupiter und seinen Ringen hat sie eine eigene Seite gewidmet und alles säuberlich beschriftet.

Adrastea.

Amalthea.

Der Schmerz vergeht in derselben Reihenfolge, wie er gekommen ist: Zuerst tut das Ohr nicht mehr weh, dann vergisst der Kopf, was passiert ist, nur im Herzen bleibt er am längsten. Mira schaut aus dem Fenster, es ist schon dunkel, sie ist hungrig.

Der Mond ist auch ein Wandelstern.

Augustin Havel

»In der *Kronen Zeitung* steht, dass Skorpione diese Woche besonders auf ihre Gesundheit achten sollen«, sagt Brigitte und nickt Augustin zu, so weit ihr ausladendes Doppelkinn es ihr gestattet, »du bist doch Skorpion, nicht wahr?«

Für einen Moment blinzelt Augustin nur. Wie ist er bloß in diese Lage geraten, dass er ein solches Gespräch führen muss? Er sucht den Blick seines Sohnes, doch der weicht ihm aus. Kein Wunder, er hat genug Grund, sich zu genieren – für seine Frau.

»Steht da auch drin, dass nur einfältige Menschen an Horoskope glauben?«, fragt Augustin bissig, und jetzt sieht Ferdinand ihn doch an. Reichlich erschrocken nämlich. Augustin verkneift sich gerade noch ein Grinsen.

Sein Sohn und seine Schwiegertochter sitzen zum nachmittäglichen Kaffee an seinem Wohnzimmertisch, und es ist ein Jammer. Jeden Sonntag fallen sie bei ihm ein, ob er will oder nicht, und bleiben mindestens zwei Stunden, in denen die Unterhaltung ungefähr so langsam vor sich hin tröpfelt wie der Kaffee aus der alten Filtermaschine.

»Also, mein Horoskop stimmt immer«, sagt Brigitte ein bisschen beleidigt, »und ich lese es seit zwanzig Jahren jeden Tag.«

»Gut für die *Kronen Zeitung*«, brummt Augustin, und Ferdinands Blick bedeutet ihm, dass es jetzt genügt. Augustins Meinung nach genügt es noch lange nicht, aber er fügt sich. Er will ja freundlich sein, er will es wirklich, und er bemüht sich auch. Was kann er denn dafür, dass die Frau, die sein Sohn sich ausgesucht hat, ihm ständig derart große Steine in den Weg der Freundlichkeit legt?

Damit er nichts sagen muss, nimmt er das Stück Zwetschken-kuchen auf seinem Teller in die Hand, beißt hinein und wünscht sich im selben Moment, er hätte es nicht getan. Er weiß ja, dass er von Annas Backkünsten verwöhnt ist, die ihn zumindest ein bisschen darüber hinwegtrösten, dass er Hildegards großartigen Apfelstrudel so sehr vermisst. Aber auch jemand, der nicht regel-mäßig im Sonnigsüß magisch köstliche Torten genießt, würde beim Geschmack dieses Kuchens automatisch zu Staub zerfallen. So trocken ist das unglücklich machende Ding nämlich. Er ver-sucht, den Bissen hinunterzuschlucken, und muss husten. Schnell greift er nach seinem Wasserglas.

»Ich wollte unbedingt selbst etwas für dich backen«, sagt Bri-gitte mit einem großen Lächeln quer über ihr sehr breites Ge-sicht, »auch wenn ich weiß, dass du Apfelstrudel am liebsten hast.«

Bei der Vorstellung, er bekäme ausgerechnet diese Mehlspeise von ihr serviert, durchfährt Augustin ein eisiger Schreck. Sie würde ihm den Apfelstrudel ja für immer vergällen!

»Ach«, sagt er deshalb ein wenig heiser, weil der trockene Teig-klumpen ihm noch im Hals zu stecken scheint, »ich esse keinen mehr, seit Hildegard …«

Er bricht ab und senkt den Blick. Das funktioniert bestimmt. Jetzt wird sie sich nicht mehr trauen, einen Apfelstrudel für ihn zu machen. Brigitte schweigt, Augustin wertet das als gutes Zei-chen.

»Übrigens«, sagt Ferdinand mampfend, ihm scheint der brett-harte Kuchenklumpen zu schmecken, aber er ist ja kulinarischen Kummer gewohnt, »warst du mal wieder beim Friedhof?«

»Natürlich«, sagt Augustin und schiebt den Teller mit Nach-druck von sich, als sei ihm der Appetit vergangen, als könne er nicht seelenruhig essen, während er über seine tote Frau und ihr Grab spricht, »ich gehe mindestens zweimal die Woche hin. Ich gieße die Blumen, manchmal poliere ich den Stein.«

»Mhm«, macht Ferdinand, seinen Blick kann Augustin nicht deuten.

Das war einmal anders. Sie hatten eine gute Beziehung, er und sein Sohn, auch ins Erwachsenenalter von Ferdinand hinein. Sie haben jeden Freitag Schach gespielt und sich über Literatur unterhalten, über Politik und die wirtschaftliche Lage. Augustin war stets stolz gewesen auf seinen Sprössling, der nach dem Studium eine Stelle in einer Anwaltskanzlei bekam und dort später zum Partner wurde. Eine solide Karriere, ein gefestigter Charakter, ein schönes kleines Haus, eine zufriedene Frau, bald eine kleine Familie. Ein paar Jahre lang sah alles gut aus.

»Manchmal nehme ich ein Buch mit und setze mich auf eine Bank«, sagt Augustin, »es ist immer schön ruhig auf dem Friedhof, man kann da sehr gut lesen.«

Er trinkt seinen Kaffee aus.

»Zuletzt habe ich mal wieder in *Jugend ohne Gott* reingeschmökert«, fährt er fort, »weißt du noch? Horváth? Du hast es mit Anfang zwanzig gelesen, es hat dich sehr beschäftigt.«

»Ich erinnere mich nicht«, sagt Ferdinand und nimmt sich noch ein Stück Kuchen.

Er hat offenbar jeglichen Sinn für das Gute verloren.

»Schade«, sagt Augustin.

Jetzt wünscht er sich noch mehr, er hätte Annas Backwerk vor sich. Nicht nur, weil es um Welten besser munden würde, nein, auch weil es ihm helfen würde, diese Stimmung zu verstehen, die sich am Tisch breitgemacht hat. Er hat es bereits mehrfach ausprobiert, und obwohl er es sich nicht erklären kann, ist er sich doch ganz sicher, dass es funktioniert. Dass Annas Torten eine magische Wirkung haben, die es ihm bereits mehr als einmal ermöglicht hat, einen Streit abzuwenden, den Weg der Freundlichkeit weiterzugehen. Man ist gelassener, wenn man weiß, was die anderen fühlen. Dank des Staubbrockens mit Zwetschken ist er dem abgekarteten Spiel zwischen seinem Sohn und seiner Schwiegertochter jedoch ausgeliefert.

»Weißt du, vom Heim aus wäre es nicht so weit zum Friedhof«, sagt Brigitte und lehnt sich zurück. Sie verschränkt die Arme vor der wogenden Brust, die wie immer in wallende, schrill bedruckte Stoffe gehüllt ist.

Ach, daher weht also der Wind. Ein neues Argument, interessant. Das haben sie bisher noch nicht vorgebracht. Aber gut, nun, da der Schnee beinahe vollständig geschmolzen ist, können sie ihm ja auch nicht mehr mit der Sorge kommen, er würde sich auf dem Glatteis die Hüfte brechen.

»Ach ja?«, gibt er zurück.

»Du könntest Mutter jeden Tag besuchen«, wendet Ferdinand ein und verschränkt die Arme ebenfalls.

Wie eine Wand aus Selbstgefälligkeit sitzen die beiden da, und Augustin vermisst Hildegard plötzlich mit einer Wucht, die ihn scharf einatmen lässt. Sie war das Gegengewicht. Sie war der Anker, der Ruhepol. Ohne sie treibt er in diesem eisigen Meer und kann nur mit Mühe den Kopf über Wasser halten. Er seufzt laut, und das greift seine Schwiegertochter sofort auf.

»Schau, wir wissen, wie schwer das für dich ist«, sagt sie und lehnt sich vor, lehnt sich ihm entgegen, »wir möchten es dir doch leichter machen. Dort wirst du umsorgt, du findest Leute, die mit dir Schach spielen und über Hörvath reden oder wie der heißt. Und näher am Friedhof bist du auch.«

»Ja, weil sie solche Heime direkt an die Friedhöfe dranbauen«, zischt Augustin aufgebracht, »damit sie es nicht so weit haben beim Abtransport!«

Brigitte verdreht die Augen. Und Augustin muss daran denken, dass sie einmal jung und sympathisch war, eine patente, lebenslustige Frau. Er hat sich gefreut, als Ferdinand sie mit nach Hause gebracht hat, er hat ihnen alles Glück der Welt gewünscht. Sie hatte damals noch einen Beruf, sie hat in der Erwachsenenbildung unterrichtet, doch als sie versucht haben, ein Kind zu bekommen, ist sie zu Hause geblieben. Und mit jedem Jahr, das verstrich und nicht das ersehnte Baby brachte, schwand das Lebenslustige an ihr.

Und Ferdinand? Der ist verstummt.

Ein Moment des Schweigens macht klar, dass sie das Thema für heute fallen lassen. Aber Augustin weiß, dass sie ihm nächsten Sonntag wieder damit in den Ohren liegen werden. Eine halbe Stunde später schützt er Müdigkeit vor und behauptet, er müsse sich ein wenig hinlegen. Kaum sind Ferdinand und Brigitte gegangen, atmet er auf. Er räumt das Geschirr ab, und als er draußen Schritte hört, greift er rasch nach dem Müllsack. Vielleicht ist das ja Rosa, die einen Spaziergang macht, und er kann sich ihr anschließen. Im Treppenhaus ist jedoch niemand, wahrscheinlich hat er sich die Geräusche nur eingebildet. Er bringt den Müll vors Haus, und als er den Container öffnet, sieht er obenauf eine Plastikverpackung liegen.

Zwetschkenkuchen aus dem Supermarkt.

Vor zwei Tagen abgelaufen.

Zwetschkenkuchen mit Zimtstreusel

Zutaten

500 g Zwetschken
4 Eier
50 g Zucker
Salz
100 g weiche Butter
70 g Puderzucker
1 Pck. Vanillezucker
60 ml Eierlikör
10 g Backpulver
220 g Mehl

Für die Streusel:

120 g Mehl
75 g Butter, zerlassen
70 g Zucker
½ TL Zimt

Zubereitung

Zwetschken halbieren und entkernen. Eier trennen. Eiklar mit Kristallzucker und Salz steif schlagen. Weiche Butter mit Puderzucker und Vanillezucker verrühren, dann mit den Eidottern cremig rühren. Eierlikör langsam unterrühren, anschließend das mit Backpulver vermischte Mehl und das steif geschlagene Eiweiß unterziehen. Für die Streusel alle Zutaten mit einer Gabel durchrühren. Den Teig in eine quadratische Springform streichen und mit den Zwetschken dicht belegen, die Streusel darüber verteilen, bei 160 °C Umluft ca. 30 Minuten backen.

Anna

Ich lege die Muffins in einen Korb und mache ein paar Fotos für Instagram. Wenn ich mir schon solche Mühe gebe und die süßen kleinen Dinger möglichst schön arrangiere, mit einem gelb-weiß karierten Geschirrtuch und einer Schleife am geflochtenen Griff, sollte ich die Gelegenheit auch für den Sonnigsüß-Account nutzen. Mel schimpft sowieso oft genug, weil ich vergesse, mein Backwerk zu fotografieren und zu posten. Woraufhin ich ihr vorhalte, dass sie ebenfalls Zugang zu dem Account hat und schließlich der kreative Kopf von uns beiden ist.

Ich lege noch die neuen Werbekarten neben den Korb und drücke auf den Auslöser.

Bei mir ist gut Kuchen essen, steht auf der einen, *Friede, Freude, Annas Kuchen* auf der anderen. Die Sprüche hat Mel sich ausgedacht, die dritte Karte ist Oma und ihrem Motto gewidmet, gedruckt auf dem schönen neuen Gelb. Ich könnte das Bild morgen früh online stellen und »Da geht die Sonne auf« dazuschreiben, oder vielleicht fällt Mel noch was Besseres ein.

Ich habe Rosen-Muffins gebacken, um sie den neuen Nachbarn von gegenüber zu bringen und mich vorzustellen. Zwei Wochen lang wurde drüben fast rund um die Uhr gearbeitet, am Wochenende soll das Lokal seine Pforten öffnen. Ich habe aus dem Augenwinkel geschäftiges Treiben wahrgenommen, müsste jedoch das Café extra verlassen, um hinüberstarren zu können, und das kam mir zu auffällig vor.

»Mach dir keine Sorgen, Anna«, hat Frau Sebert gesagt, die Volksschuldirektorin mit der Dauerwelle, die jeden Freitagnachmittag mit ihrer Freundin Marianne kommt, »es ist keine Konditorei, sondern ein Lokal mit Essen und Snacks, also keine Konkurrenz für dich.«

»Konkurrenz musst du ohnehin nicht fürchten«, hat Marianne zugestimmt, die stets bestickte Tuniken und dicke Goldringe trägt, »niemand bäckt etwas so Magisches wie du.«

Sie hat mir zugezwinkert und ein drittes Stück Kuchen bestellt, denn meine beiden Stammkundinnen kosten sich jeden Freitag durch alles, was frisch und duftend aus meinen Öfen kommt, und tratschen dabei über ihre Ehemänner, die, man ahnt es, nur sehr wenig richtig machen können. Also, nichts eigentlich.

Dass der Laden mir in irgendeiner Weise gefährlich werden könnte, ist mir nicht einmal in den Sinn gekommen, ganz im Gegenteil. Ich hab mich über die Neuigkeit gefreut, weil es bedeutet, dass das Geschäftslokal nicht länger leer steht, was nie einen guten Eindruck macht, und die Priesterhausgasse noch belebter wird und viele neugierige Kunden ihren Weg hierherfinden. Es ist immer schöner, ein Café in einer Straße zu betreiben, die bunt und geschäftig ist, in erster Linie freilich, weil dann Laufkundschaft kommt, aber es macht auch einfach mehr Spaß. Deshalb hab ich mich nach Ladenschluss noch einmal in die Backstube gestellt, getrocknete Rosenknospen zerkleinert, aus Eiern, Zucker, Vanille und Dinkelmehl einen schnellen Teig geschlagen und mit Rosengelee vermengt. Anschließend hab ich die Muffins mit Rosenwasser verfeinert. Sie sind noch warm, als ich sie jetzt quer über die Straße trage. Ich weiß nicht, ob das neue Bistro von einem Mann oder einer Frau geleitet wird, aber etwas Süßes isst ja fast jeder gern. Und im Grunde geht es mehr um die Geste, mit der ich den Grundstein für eine hoffentlich gute nachbarschaftliche Beziehung legen will.

Ein blonder Mann ist gerade dabei, den Holzrahmen, der die Eingangstür und die zwei fast bodentiefen Fenster umgibt, zu streichen. Zuvor hat er ihn per Hand abgeschmirgelt, wie das herumliegende raue Papier beweist, die neue Farbe ist ein strahlend sattes Wiesengrün. Das Restaurant ist ein wenig kleiner als meine Räumlichkeiten, es bietet vermutlich Platz für fünf oder sechs Tische. Und es macht einen sehr heimeligen Eindruck.

»Brauchst du vielleicht eine kleine Stärkung?«, frage ich und halte ihm den Korb entgegen.

Der Blonde mit den hellgrauen Augen und dem farbverschmierten Overall richtet sich auf und sieht mich überrascht an.

»Ich bin Anna«, sage ich und mache eine Handbewegung zum Sonnigsüß schräg hinter meinem Rücken, »mir gehört das Café.«

Er wischt sich die Finger am Hosenboden ab und lächelt mich an.

»Simon«, sagt er und gibt mir die Hand.

Er hat einen angenehmen Händedruck, zupackend, aber nicht zu forsch. Dann lugt er neugierig in den Korb und hebt das Geschirrtuch ein wenig an.

»Woah, die sehen köstlich aus«, sagt er, »hast du die gemacht?«
Ich nicke.

»Sie sind mit Rosen. Sozusagen ein Blumenstrauß zum Essen.«

Er grinst und legt den breiten Pinsel, den er noch in der linken Hand hält, am Rand des Farbkübels ab.

»Gute Idee«, meint er, »die werde ich dir vielleicht klauen, nimm dich in Acht.«

»Bist du der Koch?«

»Ja, und mein Partner auch. Wir werden das hier zu zweit aufziehen und leiten.«

Er deutet auf das Schlachtfeld hinter sich. Neben der Leiter und den Farbkübeln stehen Kisten mit Flaschen und mehrere schwarze Müllsäcke, prall gefüllt.

»Ich finde es großartig, dass ihr was Neues macht, es gibt in Salzburg ja nicht so viele junge Gastronomen, die etwas auf die Beine stellen.«

Er grinst erfreut. Er ist in meinem Alter, Anfang dreißig, und wirkt sehr sympathisch. Wir werden uns sicher gut verstehen, ich bin erleichtert.

»Na, eigentlich sind wir zu dritt«, wirft er ein, »meine Frau Susanne hilft auch mit. Wenn sie wüsste, dass ich sie nicht gleich erwähnt habe, würde sie mich hauen.«

»Dann freu ich mich drauf, sie kennenzulernen«, sage ich schmunzelnd, »ich mag toughe Frauen.«

»Ich würde ja gern eine Pause einlegen«, sagt er, »aber ich muss die zweite Farbschicht noch fertig bekommen, bevor es dunkel wird, damit sie über Nacht trocknen kann. Dann merkt morgen bei der Eröffnung hoffentlich niemand, dass das noch so ein Schnellschuss war.«

»Ich kann dir helfen«, entgegne ich, »ich geh mich schnell umziehen.«

»Das wäre tatsächlich wun…«, setzt er an, als hinter ihm die Ladentür aufgeht, jemand herauskommt und die Welt einfriert.

Ich sehe ihn an, er sieht mich an. Ich vergesse, wo wir sind, wer wir sind, dass wir uns nicht kennen. Nein, in diesem Moment kennen wir uns. Wir sind uns so vertraut, das sagt mir sein Blick, der tief ist und echt und in dem ein wildes Begehren flackert, auf das mein gesamter Körper mit Gänsehaut reagiert. Da bist du ja, möchte ich am liebsten sagen, ich hab dich gefunden.

»Du«, sage ich leise, und da verändert sich sein Blick, kehrt zurück an die Oberfläche, das Flackern erlischt. Was auch immer in diesen wenigen Sekunden zu spüren war, ist fort. Ich starre ihn verwundert an. In Gedanken habe ich sein Gesicht oft vor mir gesehen in den letzten Wochen, die dunklen Locken, die braunen Augen, den Bartschatten, die alte Lederjacke, die sich perfekt an seinen Körper angepasst hat. Eine Woche später, als ich erneut am Grünmarkt war, bin ich sogar zum selben Stand gegangen und habe dort gewartet, habe Ausschau gehalten, möglichst unauffällig. Ich habe ausgeharrt, bis ich mir blöd vorgekommen bin und die fragenden Blicke der Verkäuferin schon allzu unangenehm waren.

»Ihr kennt euch?«, fragt Simon überrascht.

»Ja«, sagt der Zitronenmann, »aber nur flüchtig.«

»Wir sind uns auf der Schranne begegnet, bei der Jagd nach einer Zitrone«, füge ich hinzu.

Mein Herz rast, als ich auf den Dunkelhaarigen zugehe und ihm meine Hand entgegenstrecke.

»Ich bin Anna«, sage ich.

Als unsere Finger sich berühren, geschieht es wieder. Ein Britzeln und Blitzen und Kribbeln, das durch meinen Arm fährt, hineinbraust in meinen Körper und über meine Haut zieht wie ein Streicheln aus Elektrizität. Ich schnappe nach Luft, er sieht auf seine Finger, dann zieht er seine Hand zurück.

»Marco«, sagt er.

»Das ist mein Partner, von dem ich erzählt habe«, erklärt Simon, und an Marco gewandt: »Anna führt das Café dort drüben. Sie hat uns einen essbaren Blumenstrauß gebracht.«

Marco schaut kurz auf den Korb, den ich immer noch in den Händen halte.

»Muffins«, sagt er in einem undefinierbaren Tonfall, als sei er um Neutralität bemüht.

»Mit Rosen«, ergänze ich, obwohl ich ganz andere Dinge sagen möchte, was für ein Zufall, zum Beispiel, wie schön, dass wir uns wiedersehen, ich freu mich, dass du gegenüber ein Lokal eröffnest, bist du also nicht zurückgefahren nach Wien, bleibst du länger hier, wohnst du jetzt in Salzburg, wollen wir mal was machen, irgendwas, ganz egal was. Doch die Leichtigkeit, die in dem Gespräch zwischen Simon und mir lag, ist wie weggeblasen. Meine Schlagfertigkeit auch. Genau wie damals auf der Schranne. Das ist mir davor noch nie passiert, jetzt passiert es schon zum zweiten Mal.

»Ein Hauch Zitronenschale ist auch drin«, sage ich in einem Versuch, die Erinnerung bei ihm zu wecken.

»Und Butter?«, fragt er.

Ich nicke.

»Eier?«

Ich nicke wieder.

»Das essen wir nicht.«

»Oh«, mache ich, »seid ihr allergisch gegen …?«

»Nein, aber das hier ist ein veganes Bistro.«

»Aha, okay«, ich komme mir ein bisschen dumm vor, unwillkürlich geht mein Blick nach oben, »das hab ich nicht gewusst.« Auf dem Ladenschild steht *Las Vegans* und darunter: *Plants on plates*.

»Oh«, sage ich noch mal, »wer lesen kann, ist klar im Vorteil!«

Ich lache, Marco grinst, wird aber gleich wieder ernst.

»Wir kochen tierfrei und gesund«, erklärt er.

»Die Eier sind von Freilandhühnern«, sage ich scherzhaft, »direkt vom Bauernhof«, doch er schüttelt den Kopf, fast ein wenig ungeduldig.

»Es sind trotzdem Eier«, entgegnet er, »und die sind nicht für uns Menschen bestimmt.«

»Du musst entschuldigen«, sagt Simon, »wir haben vor lauter Arbeit nicht viel geschlafen in letzter Zeit, und manche von uns werden da offenbar ein bisschen grantig.«

Er wirft einen Seitenblick auf Marco.

»Ja«, murmelt der nach einem Moment, »sorry.«

Obwohl ich über seine abweisende Art enttäuscht bin, versuche ich, freundlich zu bleiben. Bestimmt steht er so kurz vor der Lokaleröffnung unter großem Druck und meint es nicht böse.

»Schon gut«, wende ich ein. »Umso wichtiger, dass wir mit dem Malen weitermachen«, ich zeige auf die Eimer mit der grünen Farbe, »es wird bald dunkel.«

»Anna hat angeboten, mir mit dem Rest zu helfen«, sagt Simon zu Marco, der nach kurzem Zögern den Kopf schüttelt.

»Das musst du nicht«, sagt er zu mir und lächelt seltsam verkrampft, »wir schaffen das allein.«

Er sieht müde aus und ein bisschen traurig. Obwohl ich mir da nicht ganz sicher bin, weil ich ihm nicht lange genug ins Gesicht schauen kann, ohne dass es auffällig wird. Und ohne dass mir heiß wird.

»Natürlich tut ihr das«, antworte ich und suche seinen Blick, der mir jedoch ausweicht, »aber gemeinsam geht es schneller. Ich frage auch meine Freundin Mel, dann sind wir in einer halben Stunde ...«

»Ich sagte, wir schaffen das allein«, wiederholt er, und da wird es mir zu dumm.

Was glaubt er eigentlich, wer er ist? Ich hab ihm nichts getan, im Gegenteil, ich war nett, habe Muffins gebracht und meine Hilfe angeboten. Er dagegen benimmt sich, als müsse er mich abwehren. Ich finde Männer, die Spielchen spielen, zutiefst unsympathisch, dazu bin ich zu geradlinig. Außerdem ist sein Verhalten einfach nur verwirrend. Erst schaut er mich an, als würde er mich am liebsten in den Arm nehmen, und gleich darauf, als würde er mir den Arm abbeißen, sollte ich ihm zu nahe kommen.

»Dann viel Erfolg«, sage ich, mein Ton ist ein paar Nuancen eisiger.

Ich drücke Simon den Korb in die Hand, er lächelt mich an.

»Nimm sie wieder mit«, sagt Marco und zieht an dem Korbgriff, »ich möchte sie nicht in meinem Lokal haben.«

Doch Simon lässt nicht los.

»He, Moment«, wendet er ein, »ich will das kosten mit den Rosen, ich kann so was ja auch ohne Butter und Eier machen.«

»Wir haben unsere eigenen Ideen!«, ruft Marco und zerrt so stark an dem Henkel, dass mehrere Muffins herausfallen und mit einem Plumpsen in der grünen Farbe versinken. Wir starren alle drei auf den Kübel.

»Auf gute Nachbarschaft«, sage ich sarkastisch, drehe mich um und gehe.

»Arschloch«, zische ich noch, laut genug, dass er es hören kann.

Marco

Man spürt sich in einer fremden Stadt auf andere Art und Weise. Es dauert, bis der Körper ankommt, bis der Geist sich einstellt auf die neue Umgebung. Marco sieht zu, wie sein Atem in kleinen weißen Wölkchen durch die Luft tanzt und sich in nichts auflöst. Sein Handy vibriert in seiner Hosentasche, und wahrscheinlich hebt er nur ab, weil er in der Nacht von der Zitronenfrau geträumt hat. Weil ihm das in letzter Zeit ständig passiert und weil es nicht einmal Sexträume sind. Nein, sie reden im Traum miteinander. Sie lachen. Manchmal greift sie nach seiner Hand, wie Simon und Susanne beim Hinausgehen. Und dann hat er den ganzen Tag über das Gefühl, ihre Finger an seinen zu spüren. Nur deshalb tippt er auf den grünen Hörer.

»Ich will nicht mit dir reden«, sagt er.

Verblüffte Stille schlägt ihm entgegen. Vermutlich hat Ruth nicht damit gerechnet, dass er überhaupt jemals wieder ans Handy geht.

»Hör mir doch nur kurz zu«, sagt sie, »bitte.«

»Ich hab dir nichts mehr zu sagen.«

»Aber ich dir!«

»Dafür ist es zu spät, Ruth, verstehst du das nicht?«

Sie antwortet nicht, und er sieht sie vor sich, wie sie auf die Haut neben ihrem Daumennagel beißt. Das tut sie, wenn sie um Worte ringt. Die Vertiefung zwischen ihren Augenbrauen ist dann deutlicher zu sehen, und wie oft hat er mit dem Finger darüber gestrichen und sie in den Arm genommen, bis ihre verkrampften Muskeln sich gelockert haben? Dass er sich daran so gut erinnert, ärgert ihn, und er biegt mit wütenden Schritten in die nächste Gasse ein. Er achtet nicht auf den Weg, irgendwie wird er schon zum Bistro kommen, mit dem Schweigen von Ruth am Ohr kann er jetzt nicht stillstehen.

»Also?«, hakt er nach, und das ist ja eigentlich schon wieder typisch. Dass er ihr jedes Wort aus der Nase ziehen muss. Und das, obwohl sie ihn doch seit Wochen immer wieder anruft und ihm Nachrichten schreibt, die er ungelesen löscht.

»Lass uns das persönlich besprechen«, sagt sie leise, »kannst du nicht nach Hause kommen?«

Im ersten Moment möchte er sie anschreien. Er möchte seinem Zorn Luft machen und ihr verdeutlichen, dass er jetzt wieder ein eigenes Leben hat. Eines, das fern von ihr stattfindet. Doch kaum öffnet er den Mund, geht ihm die Energie verloren. Er hat so viel geschrien direkt danach, es hat nichts gebracht. Und sie klingt so traurig.

»Nein«, sagt er deshalb nur.

»Deine Mutter … also, sie meint auch, du sollst heimkommen. Das soll ich dir von ihr ausrichten.«

Marco gibt keine Antwort.

»Weil du ja bei ihr auch nicht ans Handy gehst«, setzt Ruth hinterher, das hat sie sich offenbar nicht verkneifen können, »genauso wenig wie bei deinen Brüdern.«

»Ich bin beschäftigt«, entgegnet er.

Er geht schneller, wie um sich selbst zu beweisen, dass es stimmt, was er da sagt. An den Füßen spürt er plötzlich kalte Nässe. Er hat die roten Sneakers angezogen, weil das seine Glücksschuhe sind, und Glück kann er ja zurzeit wirklich gebrauchen. Er sieht nach unten, er ist in eine Pfütze getreten. So viel zum Thema Glück.

»Ach, Scheiße«, murmelt er, und die Verzweiflung steigt ihm von der Brust bis hinauf in den Hals. Sie rührt nicht von den nassen Schuhen her, sie ist älter und geht viel tiefer. Warum muss das denn immer noch so wehtun?

»Was hast du gesagt?«, fragt Ruth.

»Nichts«, flüstert Marco und geht weiter, über dieses von unzähligen Füßen glatt geschliffene Salzburger Pflaster, vorbei an den biederen Fassaden, für die er keinen Blick übrighat.

»Ruth, ich verliere die Geduld. Du kannst mich nicht anrufen und anschweigen, so läuft das nicht mehr.«

»Ich vermisse dich«, sagt sie, und sie sagt es an der Grenze zum Weinen, ein bisschen erstickt, es tropft ihm ins Ohr wie Batteriesäure.

Er bleibt wie angewurzelt stehen. Wann ist es schwer geworden, miteinander zu reden? Alles ist so schnell passiert. Nach ihrem Verrat hat er die Stadt so schnell wie möglich verlassen. Bevor ihm bewusst wird, was er da tut, hat er schon aufgelegt. Entsetzt starrt er sein Handy an. Das Display ist schwarz, Ruth ist verschwunden.

Und ja, so kann man es sagen. So muss er es sich einprägen.

Ruth ist verschwunden.

Er schiebt das Smartphone in seine Tasche, streicht sich kurz mit den Händen über das Gesicht und atmet tief durch. Dann sieht er sich um. Er ist offenbar in die falsche Richtung gegangen, denn er steht an der Salzach, und da muss er ja gar nicht hin. Vor ihm eine Brücke, unter ihm das graugrüne Wasser. Er hat sich verlaufen. Als ihm das klar wird, fängt er an zu lachen. Ein paar Passanten werfen ihm überraschte Blicke zu, doch er kümmert sich nicht darum. Er lacht auf die Salzach hinunter und in seine Traurigkeit hinein.

Dann zieht er sein Handy wieder hervor und öffnet Google Maps. Da, am Fluss, der sich durch diese Stadt schlängelt wie eine klaffende Wunde, ist der blaue Punkt zu sehen. Er hat Orte mit fließendem Wasser noch nie gemocht, sie sind ihm zu unruhig. Immer gibt es zwei Teile, einen hier, einen drüben, und eigentlich hat man das Gefühl, das gehört nicht richtig zusammen. Es sollte kein Hier und kein Dort geben, sondern einen kompakten, gut zu überblickenden Ort, an dem nichts aus dem Ruder laufen kann, an dem man alles unter Kontrolle hat. Das wäre Marco am liebsten.

Stattdessen steht er hier, an der abschüssigen Wiese hinunter zur Salzach, die unbeirrt weiterfließt. Seine Schuhe sind nass, die Socken auch, und sein Lachen hat genauso abrupt aufgehört, wie es angefangen hat. Er dreht sich mit dem Handy hin und her, um herauszufinden, in welche Richtung er sich denn nun bewegen muss. Er starrt den blauen Punkt an. Die Straßennamen sind ihm fremd, alles ist ihm fremd, denn das, was er kennt, ist viel weiter weg, das, was ihm vertraut ist, hat er zurückgelassen. Er hat es sich anders vorgestellt, er hat gedacht, er würde sich sofort heimisch fühlen, einfach nur weil er so viel Elan mitbringt und so viel Wollen, das müsste doch ausreichen. Zwischen Wien und Salzburg ist jetzt ein Graben, der tiefste Fluss von allen, und er kann ihn nicht mehr überqueren.

Auf dem Rückweg muss er über den Platz vor der Andräkirche, wo donnerstags der Wochenmarkt stattfindet, und da denkt er erneut an sie. An diese braunen Augen und die lockigen Haare, an die fein geschwungenen Lippen und die Grübchen. Dass ein Gesicht, das man nur zweimal kurz gesehen hat, sich so einbrennen kann in die Netzhaut!

So war das nicht geplant. Er wollte einkaufen, sich die Schranne ansehen, nachdem Simon behauptet hat, es gebe dort die besten und frischsten Bio-Lebensmittel der Region, doch dann ist er überhaupt nicht weit gekommen, weil gleich die Sache mit der Zitrone passiert ist. Wobei, eigentlich ist ja nichts passiert. Und Simon hat er nichts davon erzählt. Er hätte nicht die richtigen Worte gefunden dafür, dass er so gern stehen geblieben wäre mitten auf dem Marktplatz, um mit dieser Frau zu reden, dass er dieses freche Grinsen anschauen und ihr Angebot annehmen wollte, die Zitronentört…

Schluss jetzt!

Er hat es dann sowieso vergeigt. Mit seinem miesen Benehmen, als sie die Muffins gebracht hat, hat er es ruiniert, da gibt es nichts zu beschönigen. Bestimmt wird sie nie wieder mit ihm reden, weil er so unfreundlich war. Er geniert sich, wenn er sich in Erinnerung ruft, wie abweisend er sich verhalten hat. Dabei hat sie einfach zu süß ausgesehen, wie sie dastand mit diesem Korb in der Hand, und er wollte sie berühren, sie an sich ziehen, das hat ihn völlig aus der Bahn geworfen. Er hat nicht gewusst, wie er reagieren soll, und deshalb hat er alles falsch gemacht. Aber das ist ja nichts Neues, würde sein Vater sagen. Und Ruth, ja, Ruth würde das auch sagen, wenn sie denn mal den Mund aufbekäme.

Mit energischen Schritten biegt Marco in die Priesterhausgasse ein. Er hat den Weg zurück gefunden, aber jetzt muss er am Café vorbei. An diesem Café, bei dem er seit dem Muffin-Debakel so getan hat, als sähe er es nicht. Was gar nicht einfach war, denn seine Augen würden am liebsten permanent nach ihr Ausschau halten, sein Kopf würde sich am liebsten ständig in diese eine Richtung drehen. Zweimal ist eine Schwarzhaarige an ihm vorbeigegangen und hat ihm den Mittelfinger gezeigt, er bildet sich ein, dass sie aus Annas Laden gekommen ist, aber sicher ist er sich nicht.

Anna.

Die Zitronenfrau heißt Anna.

Gegenüber vom Café bleibt Marco kurz stehen. Bestimmt liegt es nur an dem strahlend gelben Schild, dass es ihm so vorkommt, als leuchte dort, wo Anna ist, die Sonne.

Anna

Melanie stürmt ins Café, hebt die Hand und zählt lautstark die Gäste, die an den Tischen sitzen.

»Elf, zwölf«, sagt sie, »und ein Hund!«

Mehrere Kunden starren sie verdutzt an, ich tue es ihnen gleich.

»Okay«, sie atmet erleichtert aus und lehnt sich gegen die Theke, »wir haben mehr.«

»Bitte was?«, raune ich ihr zu. »Geht es dir gut?«

»Mehr als die Pflanzenfresser«, sagt sie zufrieden, »bei denen sitzen nur neun.«

Gegen meinen Willen muss ich lachen. Wie sie dasteht mit ihrem spitzbübischen Gesichtsausdruck und den zerzausten schwarzen Haaren, kann man sich ihrem Charme nicht entziehen. Und so etwas Verrücktes, wie die Anzahl der Gäste zu vergleichen, kann auch nur ihr einfallen.

»Ist doch völlig egal«, flüstere ich und hoffe, dass die Leute ihre Aussage nicht gehört haben.

Es wäre mir unangenehm. Sie sollen nicht denken, ich würde Wert darauf legen, mehr Besucher zu haben als das neue vegane Restaurant. Weil ich das wirklich nicht tue, sie haben dort schließlich ein völlig anderes Klientel. Nämlich eins, das alle Zutaten meidet, aus denen meine Torten bestehen.

»Ist nicht egal«, sagt Mel laut, »schließlich sind das echte Wichser.«

»Pssst!«, zische ich mit einer Kopfbewegung zu den Tischen, an denen es still geworden ist. Bestimmt versuchen alle, unser Gespräch zu belauschen.

»Man wird doch wohl noch die Wahrheit sagen dürfen«, mault Mel und beugt sich über die Vitrine.

»Gib mir so ein ... was ist das denn?«

»Mandarinentaschen mit Erdnussbutter.«

»Klingt ... interessant«, sagt sie und verzieht kurz das Gesicht, »lass mich mal kosten.«

Ähnlich skeptisch war die gesamte Kundschaft bisher, weshalb ich von den Mandarinentaschen noch keine einzige verkauft habe. Die kommen auf jeden Fall auf die No-go-Liste, die werde ich nie wieder machen. Ich lege eine für Mel auf einen Teller und reiche ihn ihr über den Tresen.

»Macht zwei Euro fünfzig«, sage ich.

Sie grinst mich an.

»Sei froh, dass überhaupt jemand eins davon isst!«, entgegnet sie.

Ich verdrehe die Augen, sie beißt in die knusprige Teighülle, kaut mit konzentriertem Gesicht, nickt dann.

»Oha«, sagt sie, »besser als erwartet.«

»Ihr könnt die Mandarinentaschen ruhig essen, Leute!«, ruft sie den Sitzenden zu. »Die Erdnussbutter knallt, und die saure Süße der Mandarinen ist die perfekte Ergänzung.«

Ein paar Gäste schmunzeln, zwei ältere Herren schütteln amüsiert die Köpfe.

»Schmeckt geradezu ... magisch«, sagt sie und sieht dabei mich an.

»Haha«, murmle ich, »und jetzt verschwinde! Du hattest deinen Spaß.«

»Ich helfe dir beim Verkaufen!«, protestiert sie, verschlingt den Rest des Gebäcks und öffnet die Hintertür, die in den Hausflur zu unserer Wohnung führt.

»Ruf mich, wenn du noch mal Hilfe brauchst!« Mel zwinkert mir zu, dann ist sie weg.

Ich seufze und überlege, ob ich mich bei den Gästen entschuldigen soll, lasse es dann aber bleiben. Mel ist, wie sie ist, ich werde mich nicht für sie rechtfertigen, und ich würde sie auch nie, wie es schon einmal jemand von mir verlangt hat, verraten. Und siehe da, kurz darauf bestellen gleich drei Gäste ein Mandarinentörtchen. Das werde ich ihr aber sicher nicht auf die Nase binden.

Das Café Sonnigsüß ist das, was man »hell und freundlich« nennt, ich habe mich für Sitzbezüge in Pastelltönen entschieden und für dazu passende bunte Kissen, als ich das Innere nach Oma Gertrauds Abreise modernisiert und aufgepeppt habe. An den Wänden hängen große Bilder von meinen Kuchenkreationen, die ich von einem professionellen Fotografen habe anfertigen lassen und die natürlich gleich beim Betreten den Appetit anregen sollen. Wenn man hereinkommt, steht man gleich vor der Theke mit den Torten, dahinter sind die Kaffeemaschine, das Geschirr, die Kassa. Die Tür am rückseitigen Ende des Cafés führt in den Hausflur sowie zur Toilette. Zwei Fenster geben den Blick nach draußen frei, sie sind fast so breit wie der gesamte Raum und verfügen über gemütliche Holzbänke direkt am Glas, sodass man sozusagen in der Auslage sitzen kann. Dadurch ist eigentlich immer Licht im Café, auch an nicht so sonnigen Tagen. Auf den Tischen habe ich nach Möglichkeit immer frische Blumen oder eine andere schöne Deko, manchmal auch Kränze aus getrockneten Kräutern oder an Ostern kleine Palmzweige. Es ist ein Kuschelplatz, ein Ort zum Wohlfühlen.

Als es gegen Abend ruhiger geworden ist, nehme ich mein Handy und sehe eine Nachricht von Daniel. Seit dem Muffin-Desaster vor zwei Wochen haben wir wieder mehr Kontakt. Ja, natürlich liegt das daran, dass ich ihm aus Trotz geschrieben habe, da brauche ich nichts zu beschönigen. Er hat sich nach unserem Date regelmäßig gemeldet, und ich habe zurückgeschrieben – wenn auch nicht ganz so regelmäßig. Also, eher sporadisch. Okay, ab und zu. Er hat jedoch nicht aufgegeben, hat gefragt, wie es mir geht, oder einen lustigen Kommentar geschickt, und das rechne ich ihm hoch an. Als ich wutentbrannt zurückgekommen bin von meinem Ausflug mit dem Korb, hab ich ihn geradezu mit Messages bombardiert. Wie Frauen das eben so machen, wenn sie von einem Kerl blöd behandelt wurden: Sie vergewissern sich, dass ein anderer sie sehr wohl gut findet.

Ich verbringe das letzte April-Wochenende auf einer Alm am Dachstein, hat er geschrieben, *und möchte dich gern einladen mitzukommen. Sag Ja!*

Hastig mache ich die App wieder zu. Ein ganzes Wochenende? Auf einer Alm? Mit ihm? Wahrscheinlich sieht er uns schon schmusend im Heu liegen. Und dann merke ich, wie ich bei der Vorstellung unwillkürlich lächeln muss. Das Lächeln schleicht sich ganz von selbst in mein Gesicht, ohne dass ich Einfluss darauf habe. Es wäre ja vielleicht ganz schön. Das duftende Heu. Die weichen Lippen von Daniel. Und das Wissen, dass ich mich einfach mal entspannen kann, ohne hundert Dinge auf der Agenda zu haben, die ich erledigen muss. Ich gebe mich meinem Tagtraum hin, male mir eine Almhütte aus und einen spektakulären Ausblick, das weit unten liegende Tal, das ich betrachte, die würzige, frische Bergluft, die ich in meine Lungen strömen lasse, während mich Arme umfangen, sichere, starke Arme, gegen die ich mich lehnen kann. Ein gutes Gefühl, eines, das ich viel zu lange nicht hatte. In meiner Fantasie drehe ich mich um, bereit für einen Kuss, und sehe den Zitronenmann.

Mir entfährt ein erschrockenes Geräusch, und ich halte mir schnell den Mund zu, schließlich sind noch drei junge Frauen im Café. Die aber zum Glück nichts mitbekommen, weil sie damit beschäftigt sind, ihre Kaffeetassen und Kuchenstücke zu fotografieren.

Ich versuche, das Gesicht von Marco aus meinem Kopf zu verscheuchen, doch es gelingt mir nur mäßig. Na gut, es gelingt mir gar nicht. Das ist allerdings nichts Neues, denn eigentlich sehe ich ihn ständig vor mir, bei den unmöglichsten Gelegenheiten und vor allem dann, wenn ich es gar nicht will. Also immer. An ihn zu denken ist nämlich das Letzte, was ich möchte.

Bei Mel hab ich ordentlich Dampf abgelassen. Ich hab alle Schimpfwörter aneinandergereiht, die ich kenne, und das wurde eine recht lange Kette.

»Es war der Zitronenmann!«, habe ich geschrien.

»Was, wo?«, hat Mel entgeistert gefragt.

»Da drüben!«

»Du hast ihn gefunden?«

»Ja, leider!«

»Das versteh ich nicht.«

Mel war verwirrt, und ich habe angefangen zu erklären. Ich war aufgebracht, und das passiert mir selten, denn ich lasse mich nicht so schnell aus dem Gleichgewicht bringen. Aber wie hätte ich ruhig bleiben können nach dieser arschigen Aktion? Ja, gut, das da drüben ist ein veganes Bistro, ich kam mit gebutterten Cupcakes des Weges, doch wie hätte ich das wissen sollen? Und Marco hätte meine Muffins auch einfach höflich ablehnen können, statt sie slapstickartig im Farbkübel zu versenken. Am schlimmsten aber war sein abwehrender Blick. Warum hat er sich so verhalten?

»Immer die Falschen«, habe ich geseufzt, »immer mag man die Falschen.«

»Was ist nur mit dir los?«, hat Mel erstaunt gefragt. »Sonst gehst du doch immer auf Abstand.«

Darauf hatte ich nichts zu sagen, und sie hat mich umarmt.

Bei der Eröffnung des neuen Lokals haben wir uns natürlich nicht blicken lassen.

Die Begegnung auf dem Grünmarkt erscheint mir inzwischen wie ein Traum. Dass wir für einen Moment so aus der Welt gefallen und sogar die Geräusche um uns herum verstummt sind, kann ich kaum noch glauben. Ich muss es mir genauso eingebildet haben wie das Knutschen mit Daniel im Heu.

Die Mädels zahlen und verlassen das Café. Ich schließe hinter ihnen ab und räume auf. Sie haben zwar den Kaffee getrunken, vom Kuchen aber nicht mal die Hälfte gegessen. Das ist oft so bei den Gästen, die viele Bilder machen. Das Auge isst ja bekanntlich mit, und vielleicht ist der Körper nach dem Fotografieren schon satt. Oder sie müssen sich als Insta-Influencer schlank halten, wer weiß.

Ich schalte die Spülmaschine ein und gehe in die Backstube. Dort steht die Hochzeitstorte schon in der Kühlung bereit. Die neue Saison beginnt, und vor allem für Mai habe ich alle Hände voll zu tun. Einige heiraten bereits jetzt im April, die Buchungen gehen bis hinein in den Oktober. Das wird ein schöner und vor allem lukrativer Sommer. Mit den Hochzeits- und Geburtstagstorten kann ich meine kreative Seite ausleben, deshalb freue ich mich jedes Jahr darauf. Ich liebe es, Fondant zu rollen, kleine Figuren zu formen, mir überraschende Geschmackskombinationen zu überlegen – und am Ende das begeisterte Feedback des Brautpaars zu bekommen. In einer Schublade in der Backstube habe ich einen ganzen Packen Bilder von Hochzeitsgelagen mit frisch Getrauten, die meine Torten anschneiden.

Außerdem bin ich froh, dass ich so viel zu tun habe, weil mir dann nicht so viel Zeit zum Nachdenken bleibt.

»Vielleicht ist er einfach gestresst im Moment«, hat Mel versucht, mich zu beschwichtigen.

»Ich bitte dich«, hab ich entgegnet, »er war so … blöd. Und abweisend. Ob er Stress hat, ist mir egal, das war einfach scheiße!«

»Ein Bad Boy also«, hat Mel gegurrt und ein »Rrrrrr« mit ihrer Zunge gerollt.

Zuerst wollte ich das verneinen, doch sie hätte mir sowieso nicht geglaubt.

»Er sieht so unverschämt gut aus in dieser Lederjacke«, hab ich geseufzt.

»Er trägt eine Lederjacke?«

»So eine abgewetzte, ja.«

»Wieso weiß ich das nicht? Das hast du mir doch mit Absicht verschwiegen!«

»Und dazu diese dunklen Augen …«

Mel hat mich lachend angesehen.

»Schatz«, hat sie gesagt, »du bist am Arsch.«

Ich hänge meine Schürze auf und hole mein Handy erneut aus der Tasche, um die Dating-App zu öffnen. Noch in der Nacht nach der unerfreulichen Begegnung mit Salzburgs neustem Gastronomen hab ich mich dort nach längerer Abwesenheit wieder angemeldet. Weil die Bestätigung durch Daniel nicht ausgereicht hat. Weil ich nicht am Arsch sein will! Und weil es doch gelacht wäre, wenn sich da nicht ein Kerl finden ließe, der mich ablenkt von meiner Misere. Der noch einen Rest Anstand hat und Butter nicht für den Todfeind hält.

Hi du, na wie geht's, so lauten achtzig Prozent der Nachrichten, die ich erhalte, sobald ein Match zustande gekommen ist. Nett, aber halt nicht gerade originell, und mir fällt dann meistens nichts Besseres ein, als *Gut und dir* zu antworten. So kommen die virtuellen Unterhaltungen eher schleppend in Gang.

Ich setze mich auf die Ablage, lehne mich gegen die Wand und scrolle durch meine neusten Messages. Ein paar Männer haben vielversprechende Fotos, auch wenn ich inzwischen weiß, dass die Realität oft anders aussieht. Dass man manchmal, wenn man in der Dating-App Nummern austauscht und auf Whats-App weiterschreibt, beim Anblick des Profilbilds gar nicht mehr weiß, wer das bitte sein soll. Oder dass man sein Date, das am Treffpunkt wartet, nicht erkennt. Bei manchen Menschen verändert der Blickwinkel der Kamera offenbar das komplette Erscheinungsbild. Bei anderen ist es eher Photoshop.

Sobald die Wie-geht's-dir-Hürde überwunden ist, wird häufig sehr schnell die Frage gestellt, wer wonach sucht. Und da bekomme ich oft von den Kerlen erklärt, dass sie sich eine Beziehung wünschen, dass sie etwas Festes wollen. Das erstaunt mich, zu tief ist das Klischee einprogrammiert, es seien die Frauen, die nach der großen Liebe Ausschau halten, während die Männer gern Sport machen würden. Matratzensport. Danach duschen, und fertig. Doch dieses Klischee ist überholt, und offenbar wollen die Männer über dreißig ankommen. Sie haben Sehnsüchte und möchten kuscheln. Für One-Night-Stands, das schreiben sie in ihre Profiltexte, sind sie nicht zu haben. Ich halte mich ja für emanzipiert und modern, und ich finde es großartig, wenn mit veralteten Narrativen aufgeräumt wird, dennoch ist das gewöhnungsbedürftig. Ich treffe mich nicht mit diesen Männern. Weil ich nichts versprechen kann und will.

Hey, was machst du so, hat Sebastian geschrieben, vier Kilometer entfernt und mit blauen Augen unter einem schwarzen Hoodie.

Hübsches Bild, kam von Luis, zwölf Kilometer entfernt und aus Spanien. Ich überlege, ihm und seinem Sixpack zu antworten, doch Luis ist erst 25. Ist das nicht zu jung? Sieben Jahre Unterschied! Der schaut bestimmt mehr YouTube als Fernsehen und kennt ein Festnetztelefon nur aus der Erzählung seiner Großeltern. Außerdem hab ich keinen Sixpack, sondern Sixspeck. Ich betrachte sein Bild mit den dunklen Locken und den feurigen Augen und wäge das Für und Wider ab, als Mel hereinkommt.

»Hast du schon zugemacht?«, fragt sie. »Ich hab uns Pizza bestellt, die kommt in zehn Minuten.«

»Super, danke«, entgegne ich, »ich sterbe vor Hunger.«

Sie schwingt sich neben mich auf die Ablagefläche und schielt neugierig auf mein Display.

»Uh, uh«, macht sie, »der Spanier?«

»Ja, aber er ist leider immer noch zu jung für mich.«

»Der kann bestimmt die ganze Nacht.«

»Ich aber nicht. Ich muss doch um vier aufstehen!«

Mel fängt an zu lachen und schnappt mir das Handy weg.

»Selber hübsch«, murmelt sie, während sie tippt. »Wann zeigst du mir deine spanische Salami?«

»Nicht!«, kreische ich und versuche, ihr mein Smartphone zu entwinden.

Sie lacht weiter und wehrt mich mit dem Rücken ab.

»Oh, Lars, sieht aus wie ein Schwede ... dem schreiben wir auch gleich.«

»Hör sofort auf!«, schimpfe ich, während ich versuche, ihre Finger vom Handy wegzubiegen, doch sie ist erstaunlich stark.

»Nicht so wackeln, sonst vertippe ich mich«, sagt sie kichernd.

»Du bist unmöglich!«, rufe ich und springe von der Anrichte, um ihr das Telefon zu entreißen.

»Hallo Lars«, sagt sie tippend, »hast du einen kleinen Bären?«

»Du garstiges Weib«, zische ich, kann aber nicht verhindern, dass ich ebenfalls lachen muss. Sie ist einfach zu doof.

Mel springt ebenfalls von der Ablage und läuft um die Kücheninsel herum. Sobald ich mich ihr nähere, geht sie auf die andere Seite. Und scrollt gleichzeitig meine anderen Matches durch. Dieses Biest!

»Der gefällt mir«, sagt sie, »Markus! Genau deine Kragenweite. Was schreiben wir ihm?«

»Gar nichts!«, rufe ich.

»Er hat gefragt, wie es dir geht. Ich antworte: Ganz schön lahm, mein Lieber. Ich hoffe, im Bett bist du einfallsreicher.«

»Jetzt reicht's!« Ich stürze mich auf sie und nehme ihr das Handy weg.

»Verdammt«, sagt sie, »diesmal hab ich nur drei geschafft. Der Rekord liegt also nach wie vor bei sieben.«

»Du bist so eine Rotzgöre«, maule ich, schließe rasch die App und schiebe mein Smartphone in die Tasche meines Kleids.

»Beschwer dich nicht, ich hab dir grade drei Typen klargemacht!« Sie streckt mir die Zunge raus.

»Die denken jetzt alle, dass ich nur Sex will!«, beschwere ich mich.

»Und was ist daran verkehrt?«, fragt sie.

»Dass ich vielleicht …« Ich verstumme abrupt.

Wir schweigen einen Moment.

»Ja, ich weiß«, sagt sie, »aber bis dahin kannst du doch ein bisschen Spaß haben.«

Ich antworte nicht.

Ich spüre das Handy vibrieren, aber ich sehe nicht nach, wer geantwortet hat. Wenn ich ehrlich bin, reagiere ich so verhalten, weil keiner dieser Männer mich wirklich interessiert.

Mich interessiert ein ganz anderer.

»Apropos Spaß«, sagt sie, »ich geh mal nachsehen, ob der Pizzamann schon da ist!«

Sie marschiert fröhlich pfeifend hinaus. Gedankenverloren greife ich nach der Zitrone, die vor mir auf der Kücheninsel liegt. Es ist DIE Zitrone. Ich habe alle verarbeitet, die gesamten Früchte vom Markt, bis auf die eine. Sie ist nicht mehr frisch, sondern schon ein wenig zusammengeschrumpft. Ich atme ihren Duft ein, der weniger intensiv ist als an jenem Tag.

Ich umschließe sie mit meiner Hand und halte sie sehr fest.

Rosen-Muffins

Zutaten

200 g Mehl
100 g Butter
2 Eier
50 g Zucker
1 Pck. Vanillezucker
1 Pck. Backpulver
80 g Frischkäse, natur
200 g Rosengelee
etwas Rosenwasser

Zubereitung

Alle Zutaten für den Teig miteinander verrühren, bis eine einheitliche geschmeidige Masse entsteht. In die Muffinformen füllen und bei 150 °C Ober-/Unterhitze 40 Minuten backen. Nach der Halbzeit den Backofen kurz öffnen, um die Feuchtigkeit entweichen zu lassen. Nach dem Herausnehmen der Muffins jeweils einen halben Teelöffel Rosenwasser darübergießen und abkühlen lassen.

Marco

Er hat Simon noch nie so breit grinsen sehen. Und wenn er ehrlich ist, fällt es ihm selbst auch schwer, die Kontrolle über seine Mundwinkel zu behalten. Er lächelt den ganzen Tag lang, und abends merkt er es daran, dass nicht nur seine Beine, die Arme, der Rücken schmerzen, sondern auch seine Gesichtsmuskeln, seine Wangen. Wenn er einmal alt ist, wird er sagen können: Diese Lachfalten um die Augen, die hab ich von der Eröffnung meines Bistros. Denn der Laden brummt, und Marco und Simon haben allen Grund zu grinsen. Das tun sie auch – trotz Mittagstrubel. Oder gerade deshalb. Schnell reißt Marco den Blick von seinem Freund und Partner in Crime los und konzentriert sich wieder auf die dampfenden Töpfe. Simon wendet sich ebenfalls ab, um die Zucchinispiralen mit Ratatouille und frischem Pfeffer zu servieren, die Marco soeben auf der Küchenanrichte platziert hat. Noch sind nicht alle Abläufe reibungslos, viele Dinge erschließen sich ihnen erst durch Learning by Doing, aber sie haben sich rasch als Team eingespielt. Manche Ideen haben sich nicht als sinnvoll herausgestellt, die Sache mit dem Steh-Espresso an der Bar haben sie nach zwei Tagen wieder aufgegeben, weil die Gäste ihnen sprichwörtlich im Weg standen. Und sie haben gelernt, frühzeitig in den sozialen Medien zu posten, welches Tagesgericht es gibt, weil sie diese Frage sonst ständig am Telefon beantworten müssen, was wertvolle Zeit kostet.

Marco rührt im Couscous und legt ein Stück Tofu in die Pfanne mit dem heißen Kokosöl, wo es sofort anfängt zu brutzeln. Dann zupft er ein paar schöne Blütenblätter der Kapuzinerkresse ab, sie haben eine kräftige, orange Farbe und peppen das Gericht optisch auf. In einer Ecke seiner neuen Wohnung hat Marco ein Indoor-Hochbeet mit allen Kräutern und Blumen eingerichtet, die er benötigt, und wie man an der Kapuzinerkresse sieht, ist sein Daumen ziemlich grün. Er hat sich sogar, um den Platz bestmöglich auszunutzen, ein Hochbett gekauft, unter dem das Hochbeet nun steht, und als er die erste Nacht darin geschlafen hat, hat er sich überlegt, dass er einen Witz machen könnte, wenn jemand neben ihm läge. »Ich sehe mir die Radieschen von oben an«, hätte er sagen können, aber es lag niemand neben ihm. War vielleicht besser so. Schließlich war das kein sehr guter Witz. Sobald es warm genug ist, wird er seine Mini-Kräuterzucht nach draußen auf den Balkon verlegen. Der April hat sich mit Hagelstürmen, Regenschauern und einem verrückten Wechsel zwischen T-Shirt-Wetter und frostigen Nächten von seiner unsympathischen Seite gezeigt. Dem wollte er seine kleinen zarten Schützlinge nicht aussetzen.

Marco kontrolliert die Zettel mit den Bestellungen, die er vor sich an der Wand aufgehängt hat. In der ersten Woche haben die Leute ihnen die Tür eingerannt, mehrmals gab es, weil ja nur wenige Tische vorhanden sind, eine Schlange aus Wartenden, die entweder ausgeharrt haben, bis ein Platz frei war, oder ohne zu essen wieder gegangen sind. Allerdings war Susanne, die immer mitdenkt, auf genau diesen Fall vorbereitet, und jedem, der keinen Tisch bekam, haben sie einen Gutschein in die Hand gedrückt, um dafür zu sorgen, dass die Doch-nicht-Gäste nicht verstimmt waren, und zum Glück wertet ja jeder einen solchen Andrang als gutes Zeichen. Man versucht lieber, in einem beliebten Lokal erneut einen Platz zu ergattern, als dass man sich in ein Restaurant setzt, in dem offenbar überhaupt niemand essen mag. In Woche zwei wurden tatsächlich einige dieser Gutscheine eingelöst, sie haben gratis hausgemachte Limonade ausgegeben und Desserts spendiert. Überhaupt war es diese zweite Woche, die Marco das fette Grinsen ins Gesicht gesetzt hat, denn es hat einige Tage gedauert, bis alles zu ihm durchgedrungen ist. Das positive Feedback. Die begeisterten Gesichter. Die schwärmerischen Berichte in den Foodblogs.

Er holt den gebratenen Tofu aus der Pfanne, legt ihn vorsichtig auf das Bett aus Couscous mit Rosinen und gerösteten Erdnüssen, drückt mit der Handfläche auf die kleine Glocke neben der Ausgabe. Wie viel Spaß es ihm macht, auf diese Glocke zu hauen! Das Gebimmel ist die Musik zu seinem inneren Freudentanz. Weil das Geräusch bedeutet, dass das Essen fertig ist. Das Essen, das er selbst kreiert und zubereitet hat. In seiner eigenen Küche, in seinem eigenen Bistro. Er lässt den nächsten Tofu in die Pfanne gleiten. Alles ist, wie es sein soll, und er ist sich zum ersten Mal im Leben sicher, dort zu sein, wo er hingehört.

Simon beugt sich durch das kleine Fenster in der Seitenwand der Küche, das in den Barbereich hinausgeht, ruft: »Zweimal das Tagesmenü und eine Pannacotta«, schnappt sich die fertigen Teller und verschwindet wieder. Die Schwingtür geht auf, Susanne bringt dreckiges Geschirr, schichtet es in die Spülmaschine und ist so schnell wieder draußen, wie sie gekommen ist. Jetzt, in Woche drei, gehen ihnen die Tätigkeiten von der Hand, als hätten sie nie etwas anderes gemacht, als hier gemeinsam zu arbeiten. Am meisten beeindruckt Marco, wie sie einander in der Enge der Räumlichkeiten perfekt umrunden und ausweichen, wie jeder den kürzesten und besten Weg zwischen Tischen, Küche und Bar zu finden scheint, ohne dass sie sich gegenseitig anrempeln. Er ist stolz, dass noch kein einziges Glas und kein einziger Teller zu Bruch gegangen sind – und auch kein Gefühl. Denn dass man in der Gastronomie freundlich miteinander umgeht, ist nicht selbstverständlich, ganz im Gegenteil. Wer wüsste das besser als er? Wenn er daran denkt, wie sein Vater ihn und seine Brüder in der Hitze des Gefechts oft angebrüllt hat, wie er mit knallrotem Gesicht Befehle gebellt hat und einen von ihnen manchmal, wenn er zu ungeduldig wurde, zur Seite gestoßen hat, um die

Garnelen selbst zu wenden oder die Zwiebeln noch feiner zu schneiden, versetzt es Marco einen Stich. Das war keine angenehme Atmosphäre, und was er so aus anderen Restaurants hört, zeichnet ein ähnliches Bild. Zeitdruck, Hitze und das cholerische Temperament so mancher Küchenchefs vergiften das Arbeitsklima, von der kleinen Spelunke bis hinauf in die Spitzengastronomie. Marco hatte Sorge, dass es auch zwischen ihnen zu Reibereien kommen könnte. Aber er ist entschlossen, das anders zu machen. Sie sind Partner, sie agieren auf Augenhöhe. Und sollte das Bistro gut genug laufen, dass er einen Küchenassistenten einstellen kann, wird er ein besserer Chef sein, als sein Vater jemals war.

Er häuft den Couscous auf einen Teller, legt neben den goldenen, knusprigen Tofu die essbaren Blumen, holt die Pannacotta mit Mandelmilch aus dem Kühlschrank, stellt die erwärmte Erdbeersoße in einer kleinen Sauciere daneben und dekoriert das Ganze mit zwei handgemachten Pralinen. Als er die Gerichte vor sich betrachtet, ihren Duft aufsaugt, die Komposition kontrolliert, aber gleichzeitig auch bewundert, kann er nicht widerstehen, er greift nach seinem Handy und macht ein Foto. Das wird er nicht posten, nicht einmal zeigen wird er das irgendjemandem, das ist nur für ihn. Um diesen Moment festzuhalten, in dem er vollständig zufrieden ist. Um sich später, wenn es einmal nötig ist, daran zu erinnern. Er stellt die Teller auf das Holzbrett der Ausgabe, drückt auf die Klingel und macht davon ein Video. Mit Sound natürlich. Rasch legt er das Handy beiseite, damit Simon es nicht sieht, sobald er das Mittagsgericht abholt.

»Safe«, ruft Simon zu ihm hinein.

»Safe«, wiederholt Marco leise.

Das bedeutet, dass alle Bestellungen abgearbeitet sind und an keinem Tisch etwas fehlt. Marco atmet tief durch, reduziert die Hitze der Herdplatten, wischt sich die Hände an seiner Schürze ab und trinkt einen großen Schluck Wasser. Dann öffnet er die

Schwingtür der Küche einen Spalt und lugt hinaus. Alle Stühle sind besetzt, die Gäste essen, trinken und plaudern. Verstohlen sucht er ihre Gesichter nach Regungen ab, ob es ihnen schmeckt, ob sie sich wohlfühlen. Am liebsten würde er einmal quer durch das Bistro filmen, und dieses Video würde er dann sehr gern herzeigen. Seinen Brüdern, seiner Mutter, und ja, doch, er wünschte, Ruth könnte das sehen. Er wünschte, sie könnte jetzt neben ihm stehen, einen Blick auf die sich leerenden Teller werfen, und er müsste ihr nicht einmal zuraunen »Ich hab's dir ja gesagt«, nein, das würde sich von selbst verstehen. Und das, ja, das dürfte sie dann gern seinem Vater erzählen. Für einen Moment stellt er sich ihre Anwesenheit so intensiv vor, dass er fast meint, ihr fruchtiges Parfum zu riechen, ihr Flüstern zu hören. Doch davon wird der Eisklumpen in seinem Bauch nur noch härter und kälter, also fokussiert Marco wieder auf die Realität. Da ist der Geruch von Kokosöl. Da sind das Stimmengewirr, die schwere Wärme der Küche, das leise Rauschen der Spülmaschine.

Und sonst nichts.

Die Versuchung ist groß, ihr zu schreiben, denn seit sie das Las Vegans eröffnet haben, gärt dieser eine Satz in ihm. Der Satz, der alles zusammenfasst, was er empfindet, wenn er hier in seiner Küche steht, wenn er die zufriedenen Gäste sieht, wenn er mit Simon und Susanne aufräumt und den nächsten Tag bespricht. Er denkt an Ruth. Er malt sich aus, wie sie Bestellungen aufnimmt, ins Telefon am Tresen spricht, wie sie Espresso aus der Kaffeemaschine lässt, ihm einen konzentrierten Seitenblick zuwirft. »Ich wollte das mit *dir* machen«, ist der Satz, den er nicht ausspricht, weil diejenige, die ihn hören soll, nicht da ist, »in *unserem* Restaurant«, sind die Worte, die in ihm liegen wie Betonbrocken, und weil er sie nicht sagen kann, brennen sie ihm Löcher in die Zunge.

Dabei war es einmal so leicht, mit ihr zu reden. Eigentlich war es das Leichteste überhaupt. Als sie sich kennengelernt haben,

haben sie vor und nach dem Sex oft stundenlang gequatscht, einander ihre halbe Kindheit erzählt, Pläne geschmiedet, um dann noch einmal miteinander zu schlafen und hinterher neue Gedanken auszutauschen. Aber nicht nur im Bett, nicht nur nackt haben sie sich unterhalten, auch am Frühstückstisch und beim Spazierengehen, immer und überall eigentlich, die gestikulierende, übersprudelnde Ruth an seiner Seite hat er noch lebhaft vor Augen. Es kam ihm vor, als hätte er bis dahin nie einen Menschen getroffen, mit dem er derart auf derselben Wellenlänge war. Ruth schien ihm nicht nur aufmerksam zuzuhören, sie schien ihn wirklich zu verstehen. Wann haben sie diese Leichtigkeit verloren? Wann hat sich der leicht genervte Unterton in ihre Gespräche geschlichen, der immer lauter wurde, bis er alles andere übertönte? Zuerst gingen die Sätze ins Leere, dann die Umarmungen und schließlich die Gefühle.

Er schaut auf das Smartphone in seiner Hand. Wie schwer es ist, den Tastencode einzugeben und diesen einen Anruf zu machen. Nicht bei Ruth, nein, zu Hause. »Mama«, könnte er sagen, »es läuft hervorragend«, und dann könnte er berichten, was er gekocht hat und dass in dem Artikel in den *Salzburger Nachrichten* »endlich gibt es das Lokal, das der Stadt noch gefehlt hat« stand, aber dann denkt er, dass seine Eltern das vielleicht ohnehin gelesen haben, sein Vater hat die Zeitung schließlich abonniert, dass sich aber niemand bei ihm gemeldet hat, um ihm zu gratulieren. Mit einem resignierten Seufzen lässt er die Tür zufallen, bringt das Handy ans andere Ende der Küche, stopft es hinter die leeren Gemüsekisten und beschließt, es erst am Abend wieder hervorzuholen, wenn er nach Hause geht. Oder vielleicht nicht einmal dann.

Er stellt sich wieder an den Herd und wundert sich für einen Moment, dass es jetzt, da er das Smartphone, diese Verbindung, die stumm bleibt, nicht mehr bei sich hat, trotzdem noch so wehtut in seiner Brust.

»Du sentimentaler Kindskopf«, schimpft er kopfschüttelnd mit sich selbst.

Und dann ist er froh, dass Susanne mit einem Schwung schmutziger Teller hereinkommt mit der Frage, ob noch drei Desserts da sind, und einem fröhlichen High Five, das die trübsinnigen Gedanken aus Marcos Kopf vertreibt. Er macht weiter. Richtet die Nachspeisen an, bereitet noch ein paar Mittagsgerichte zu, bevor der Ansturm abflaut, er räumt die Spülmaschine aus, räumt sie wieder ein, isst selbst ein paar Bissen, mariniert das Sojageschnetzelte für den nächsten Tag, nachdem sie das Bistro um 14 Uhr für die Nachmittagspause geschlossen haben, und backt die Mandeltorte, die auf der Abendkarte steht. Beschäftigung ist die beste Medizin, und als er spät – es ist längst Mitternacht – zu Hause unter der Dusche steht, sich die Küchengerüche und den Schweiß abwäscht, warmes Wasser über seine müden Muskeln laufen lässt, fällt ihm auf, dass er sein Handy tatsächlich hinter den Gemüsekisten vergessen hat. Er prustet in den wohltuenden Wasserstrahl und spürt, dass es in sein Gesicht zurückgekehrt ist, das Grinsen.

Augustin Havel

Manchmal ist es nicht so leicht, aus dem Bett zu kommen. Da kann die Sonne noch so sehr scheinen, Augustins Beine sind einfach zu schwer. Sie fühlen sich an wie zwei mit Eisenketten umwickelte Holzblöcke, die er unmöglich bewegen kann. Weil sie nämlich gar nicht zu ihm zu gehören scheinen und weil er auch nicht den Willen aufbringt, es überhaupt zu versuchen. Andererseits hat er sich ja, wenn man es recht bedenkt, in den mehr als acht Jahrzehnten, die er bereits auf der Welt ist, genug bewegt. Da ist es doch nur verständlich, dass er sich an manchen Tagen nicht mehr auf den Beinen halten kann. Und solange niemand etwas davon erfährt, ist es auch kein Problem. Seinem Sohn und seiner Schwiegertochter wird er das ganz sicher nicht auf die Nase binden, und Natalia, die ihn schon ein- oder zweimal in diesem Zustand angetroffen hat, wird ihn bestimmt nicht verraten. Sie mag Brigitte nämlich noch weniger als er.

»Ist Frau mit Schlangenkopf«, hat sie einmal gesagt, und Augustin war sich nicht sicher, ob das eine Anspielung auf Medusa sein sollte oder ob Natalia seiner Schwiegertochter etwas Hinterlistiges attestierte. Er ließ das so stehen, denn er fand beides passend.

Als er einmal einen Schwere-Beine-Tag hatte und Natalia ihn im Bett liegen sah, hat sie nachsichtig gelächelt, ihm Tee gekocht und seine Kissen aufgeschüttelt.

»Bist alte Mann«, hat sie leise gesagt, »darfst mide sein.«

Er mag es, wie sie das Ü ausspricht, nämlich gar nicht, und er unterhält sich gern mit ihr über die Unterschiede zwischen dem Deutschen und ihrer Muttersprache. *Znavený* heißt »müde« auf

Tschechisch, das hat sie ihm schon beigebracht, *starý* ist »alt«, und *hlad* bedeutet »Hunger«. Sie lacht bei diesen Gesprächen und tut so, als würde sie seine Erklärungen zur Etymologie der Worte nicht verstehen, aber wenn sie gute Laune hat, bleibt sie ein wenig länger, erzählt ihm ein tschechisches Märchen aus ihrer Kindheit oder beschreibt ihm, wie ihre Großmutter den Weihnachtskarpfen zubereitet hat, der davor tagelang in der Familienbadewanne schwamm. Ihre Augen blitzen dann belustigt, und er kann sie als kleines Mädchen vor sich sehen, bestimmt war ihr dunkelblondes Haar damals heller, und sie war genauso drahtig, flink und wach wie jetzt.

Augustin wirft einen Blick auf den Kalender, der an der Wand hängt. Heute ist Samstag, da kommt Natalia nicht. Und Mira geht am Wochenende nie ins Café Sonnigsüß, also kann er sich auch mit ihr nicht treffen. Eigentlich weiß er nicht, was sie am Wochenende macht, ob sie Ausflüge unternimmt mit ihrer Familie, ob sie überhaupt eine Familie hat, aber das muss sie doch, nicht wahr, sie kann doch nicht so allein sein, wie sie wirkt. Und während er im Bett liegt, die Eisenbeine unter der Decke, nimmt er sich zum wiederholten Male vor, Mira endlich zu fragen. Wieso sie nach der Schule nicht nach Hause geht. Warum sie nie etwas erzählt von Eltern oder Geschwistern. Aber jedes Mal, wenn er ihr gegenübersitzt, will die Frage nicht heraus aus ihm, weil er das Gefühl hat, damit das glasklare Vertrauen, das zwischen ihnen herrscht, zu zerbrechen. Und das möchte er auf keinen Fall.

Es wäre schön, trotzdem bei Anna einen Apfelstrudel zu essen. Die Erinnerung an den Zwetschkenkuchen vom letzten Wochenende lässt ihn immer noch schaudern. Trotzdem wird er heute nicht aufstehen können, das weiß er. Weil der Tag so leer vor ihm liegt, dass er keinen Grund dazu hat.

Er nimmt das Buch, das zuoberst auf dem Stapel neben seinem Bett liegt. Es ist der Circe-Roman, den Rosa ihm geliehen hat, und er ist entschlossen, ihr den Gefallen zu tun und ihn zu lesen. Zumal er ihm ausgesprochen gut gefällt. Die Sprache ist modern und direkt, schnörkellos, und zuerst war er überrascht von der Sichtweise, aus der erzählt wird. Natürlich kennt er die griechischen Mythen, hat sie mehrfach gelesen, sich sogar zum Zeitvertreib nach seiner Emeritierung an Übersetzungen versucht, weil es ihm Spaß gemacht hat, mit Sprache zu spielen, und er nicht einrosten wollte. Aber noch nie hat er die Heldensagen aus der Perspektive einer Frau betrachtet. Wie raffiniert von Rosa, ihn mit einem Thema zu ködern, das ihn interessiert, und ihm gleichzeitig eine neue Welt zu eröffnen.

Über der Lektüre schläft er ein und träumt, dass er Schlagobers erfindet, der auch auf heißem Strudel nicht schmilzt. Als er aufwacht, ist Mittag vorbei, und er hat Hunger. Er überlegt, was in seinem Kühlschrank ist. Natalia hat ihm Gulasch und böhmische Knödel gekocht, nur hat er vergessen, die Tupperdose aus dem Gefrierschrank zu nehmen. Käse und Salami sollten noch da sein, das Brot ist bestimmt schon hart, aber er kann es einfach lange im Mund behalten. Das ist immer noch besser, als extra zum Supermarkt zu gehen, um neues zu holen. »Hartes Brot ist keine Not«, hat seine Mutter stets gesagt, »Not hast du ohne Brot.« Er muss darüber schmunzeln, dass er nach all den Jahren diesen Spruch noch im Kopf hat, es gibt wohl wirklich Dinge, die man nie vergisst. Oder eher Dinge, an die man jahrzehntelang nicht gedacht hat und die dann plötzlich wieder aus den Untiefen der Erinnerung auftauchen. Raue Hände hatte die Mutter, sie war die Wäscherin im Dorf, und gestreichelt hat sie mit ihren aufgesprungenen Fingern nur selten. Es wäre schön, mit ihr zu reden, jetzt, als Erwachsener. Er könnte ihr erklären, wer Circe ist und Hermes und Odysseus, oder vielleicht eines der tschechischen Volksmärchen für sie nacherzählen, und überhaupt, er könnte ihr in die Augen schauen, müsste nicht mehr den Kopf in den Nacken legen und zu ihr hochblicken. Noch ehe er genug hatte wachsen können, war die Mutter gestorben.

Mit einem Schnauben jagt Augustin die schwarzen Gedanken fort. So weit kommt es noch, dass er schwer im Bett liegt und an den Tod denkt. Er sollte aufstehen, wenigstens kurz, um das Brot und den Käse zu holen. Und etwas zu trinken.

Das Schrillen der Türglocke fährt ihm so durch die Knochen, dass er erschrocken in der Bewegung innehält. Wer könnte das sein? Hat sich jemand in der Klingel geirrt? Er verharrt mit der Decke in der Hand, ein Bein im Bett, eines in der Luft, und wartet. Da klingelt es erneut. Der Postbote? Er hat doch gar nichts bestellt. Und außerdem kommt die Post am Samstag nicht. Am Ende ist es Ferdinand, der ihn gleich im Schlafanzug und den Hauspantoffeln ins Heim abführen will. Da würde er gut hinpassen in diesem Aufzug, da laufen sie sicher alle so herum.

Während Augustin noch überlegt, was er tun soll, ertönt das grelle Geräusch ein drittes Mal. Er schwingt das zweite Bein auch aus dem Bett und schlurft zur Tür. Vorsichtig linst er durch den Spion, da fährt ihm der Schreck erneut durch die Glieder. Rosa! Sie trägt ein dunkelrotes Kleid und einen hübschen schwarzen Hut. Was könnte sie von ihm wollen? Möchte sie etwa über das Buch sprechen? Er hat es ja noch gar nicht fertig gelesen! Hastig schaut er in den Spiegel und versucht, seine wirr abstehenden Haare zu glätten. Jetzt klopft Rosa an die Tür.

»Augustin?«, ruft sie. »Sind Sie zu Hause?«

Ihre Stimme klingt besorgt, und das bringt ihn dazu, ihr zu öffnen.

»Entschuldigung«, sagt er und ignoriert den überraschten Blick, mit dem sie seinen Pyjama mustert, »ich habe verschlafen.«

»Das sehe ich«, sagt sie schmunzelnd.

Er schweigt und weiß nicht recht, ob er sie hereinbitten soll.

»Na los«, ruft sie, »wir gehen spazieren!«

»Wie bitte?«

»Sie und ich und Milan«, sie deutet auf den brav neben ihr sitzenden Hund, »gehen jetzt raus in die Sonne. Es ist so ein schöner Tag und sehr warm für Mitte April!«

»Aber ich ...«, murmelt Augustin verdattert, doch sie fällt ihm gleich ins Wort: »Sie sind noch nicht angezogen, das macht ja nichts. Ich warte hier.«

Sie macht einen entschlossenen Schritt in seine Wohnung hinein, Milan folgt ihr und begrüßt Augustin mit Schwanzwedeln und zwei kleinen Hüpfern. Augustin schließt die Tür hinter den beiden und steht einen Moment ratlos da.

»Husch, husch!«, sagt Rosa. »Wir haben doch nicht den ganzen Tag Zeit!«

»Also, eigentlich ...«, entgegnet Augustin, »eigentlich schon.«

Sie fängt an zu lachen.

»Stimmt«, entgegnet sie dann. »Und was könnte uns Besseres passieren?«

Als Augustin zwei Minuten später in seinem Schlafzimmer eine frische Hose, Socken und einen Pullover aus dem Schrank nimmt, denkt er, dass sie recht hat.

Draußen kann er gar nicht glauben, dass er das Haus heute nicht verlassen wollte, so gut tut ihm die Frühlingssonne. Sie gehen los, und Augustin achtet darauf, seine Schrittgeschwindigkeit der von Rosa anzupassen.

»Haben Sie gewusst«, sagt er mit einer Handbewegung zum Straßenschild, »dass Franz Grillparzer einmal hier in Salzburg war? Deshalb wurde die Straße nach ihm benannt.«

»Tatsächlich?«

»Ja, im Jahr 1847. Davor war er schon ein paarmal in Bad Gastein, wegen seiner Gesundheit.«

»Interessant ist auch sein zweiter Vorname, Seraphicus«, sagt Rosa, »so wurde auch Franz von Assisi genannt.«

Augustin wirft ihr einen überraschten Seitenblick zu und sieht, wie sie ihn herausfordernd angrinst.

»Verzeihen Sie«, sagt er, »ich bin manchmal nicht zu bremsen mit all dem Wissen in mir.«

»Ach«, schmunzelt sie, »da Sie so viel wissen, kennen Sie bestimmt auch den Spruch: Unterschätze nie eine Frau, außer du sprichst von ihrem Alter oder ihrem Gewicht.«

Augustin muss laut und herzlich lachen. Und im selben Moment merkt er, dass seine Beine sich anfühlen, als sei er jung und könnte jederzeit einen steilen Hügel hinunterlaufen, ohne auch nur zu stolpern dabei. Vor lauter Freude macht er zwei große Schritte, dreht sich um die eigene Achse, atmet tief ein dabei.

»Tut gut, nicht wahr?«, fragt Rosa lächelnd, und er nickt, ohne nachzufragen, was genau sie meint. Die Sonne, die Bewegung, die Gesellschaft? Er genießt alles davon.

»Wollen wir in die Priesterhausgasse gehen?«, fragt er. »Ich kenne dort ein ganz wunderbares Café. Und ich möchte Sie gern auf eine Tasse Tee und eine Mehlspeise einladen, wenn Sie mögen.«

»Oh, sehr gern«, antwortet Rosa erfreut, und sie schlagen den Weg Richtung Linzergasse ein.

»Sagen Sie lieber gleich, was Sie über die Priesterhausgasse wissen«, sagt sie schelmisch, »dann haben wir das hinter uns.«

»Oh, ich werde mich hüten«, entgegnet Augustin lachend, »Sie nehmen es mit Humor, aber meine Hilde hat mich oft geschimpft und einen alten Besserwissermichel genannt.«

»Weil ich als Kind so blond war«, fügt er erklärend hinzu, und wie sie da so neben ihm geht, mit ihrem schönen Kleid und dem adretten Hut, wünscht er sich für einen Moment, sie würde sich bei ihm einhängen. Fast ist er versucht, ihr den Arm hinzuhalten, er könnte das berühmte Goethe-Zitat aufsagen und ihr Geleit antragen, aber er traut sich nicht.

»Oh, ich liebe Astrid Lindgren!«, ruft Rosa. »Ich habe meiner Tochter alle ihre Bücher vorgelesen, bis wir sie auswendig konnten. Und außerdem haben Sie in der Hinsicht von mir nichts zu befürchten«, sie wirft ihm wieder ihren verschmitzten Blick zu, »ich umgebe mich nämlich lieber mit klugen Menschen als mit dummen.«

»Ich auch!«, antwortet Augustin.

»Ach, deshalb mögen Sie mich also«, sagt sie trocken, und erneut muss Augustin lachen.

Er findet es herrlich. Es ist, als würden zusammen mit den Eisenringen von seinen Beinen auch die tonnenschweren Gewichte von seiner Brust abfallen, mit jedem Schritt lässt er eines davon zurück, mit jedem Lachen kommt etwas Leichtes, Lebensfrohes in seinen Körper.

»Danke«, sagt er deshalb schlicht, und an Rosas Gesichtsausdruck erkennt er, dass sie weiß, was er meint.

»Gern geschehen«, sagt sie im selben Ton, und jetzt hängt sie sich tatsächlich bei ihm ein.

Sie tut es mit einer Selbstverständlichkeit, als seien sie schon oft so nebeneinandergegangen, Arm in Arm und mit dem kleinen Hund an ihrer Seite, die Gesichter in die Sonne gestreckt. Augustin spürt, dass sein Herz auf einmal laut und vernehmbar klopft, und seine Knie, die ihm gerade eben noch jugendlich und erstaunlich stark vorkamen, geben ein wenig nach, so weich sind sie mit einem Schlag geworden. Er hält den Arm, mit dem Rosas Arm nun verschlungen ist, ganz ruhig, um sie nur ja nicht mit einer Bewegung zu stören oder ihr das Gefühl zu geben, dass ihm die Berührung unangenehm ist. Auf keinen Fall möchte er, dass sie sich wieder von ihm löst.

Rosa plaudert munter weiter, und Augustin fällt es schwer, sich auf ihre Worte zu konzentrieren, so sehr ist er darauf bedacht, nicht aus dem Schritt zu geraten.

»Albert fand mich oft zu forsch und zu direkt«, erzählt sie, »immer wieder hat er gesagt, dass ich die Leute verschrecke. Und ja, gut, er hat natürlich recht gehabt damit. Aber andererseits, wenn jemand sich von meiner Art verschrecken lässt, dann ist es eh besser, wenn er das Weite sucht, nicht wahr? Denn was soll ich denn mit Menschen in meinem Leben, die mich nicht leiden können?«

Augustin nickt stumm.

»Eben«, fährt Rosa fort. »Mich hat das nie gestört, wenn jemand nichts mit mir anfangen konnte. Ich mag ja auch viele Leute nicht. Aber Albert, ach, ihm war wichtig, was die anderen gedacht und gesagt haben.«

»Das Gute ist, dass es im Alter immer weniger wichtig wird.«

»Das stimmt. Deswegen mache ich jetzt nur noch das, was ich will. Noch mehr als früher. Wissen Sie, ich finde, wir haben alles getan, was von uns verlangt worden ist. Wir waren treue Ehepartner, wir haben gearbeitet, unsere Kinder aufgezogen, unseren Teil zur Gesellschaft beigetragen, und zur Wirtschaft auch. Wir haben unser Soll erfüllt, denken Sie nicht? Mehr als das. Und die Zeit, die uns noch bleibt, die gehört jetzt uns. Ich lasse mir von niemandem mehr etwas vorschreiben. Und getrauert habe ich auch genug. Wenn ich in meiner Wohnung hocke wie ein dicker Trauerkloß, bis ich selber ins Grab muss, bringt mir das meinen Albert auch nicht zurück.«

Augustin schweigt. Er denkt daran, wie er den halben Tag antriebslos im Bett lag. Das ist wohl ungefähr das Gegenteil von dem, was Rosa soeben zum Ausdruck gebracht hat.

»Zu direkt?«, fragt sie lachend und zieht ein wenig an seinem Arm.

»Nein, nein«, stammelt er.

»Jedenfalls hab ich aus diesem Grund beschlossen, nur noch das zu tun, was mir Spaß macht«, sagt sie und nickt.

Vielleicht wäre es gar nicht schlecht, sich ihre Sichtweise anzueignen, überlegt Augustin.

»Sie haben völlig recht«, sagt er, »deshalb werden wir uns jetzt so viel Kuchen gönnen, wie in uns hineinpasst.«

Er zeigt auf das sonnengelbe Schild von Annas Café, bei dem sie fast angekommen sind.

»O ja!«, ruft Rosa und freut sich wie ein kleines Mädchen.

»Und morgen Abend gehen wir ins Theater«, sagt sie, während sie ihren Arm aus seinem zieht. Sie öffnet die Tür zum Café und hält sie für ihn auf. Irritiert hält Augustin inne. Noch nie in seinem ganzen Leben hat ihm eine Frau die Tür aufgehalten.

»Ich habe nämlich zwei Karten fürs Landestheater«, fügt sie hinzu, und sie sieht wunderschön aus mit ihren leicht geröteten Wangen und dem Schalk in den strahlend blauen Augen.

Er kann doch nicht einfach an einer Frau vorbeigehen und vor ihr den Laden betreten? Dazu ist er viel zu höflich. Und zu gut erzogen.

»Es ist nur leider kein Stück von Franz Grillparzer«, sagt sie mit ironischem Unterton und macht eine Kopfbewegung, dass er doch endlich das Café betreten soll. Aber Augustin rührt sich nicht. Was wird Anna denken, wenn sie sieht, wie inkorrekt er sich verhält? An Rosas belustigter Miene erkennt er, dass sie verstanden hat, was in ihm vorgeht.

»Na los«, raunt sie, »haben Sie Mut zur Veränderung.«

Sie lacht so ausgelassen, dass seine Erstarrung aufbricht. Er deutet eine kleine Verbeugung an, um sich für das Türaufhalten zu bedanken, und geht entschlossen hinein ins Sonnigsüß.

Seltsam, denkt er, während er seinen Mantel ablegt, dass sie noch gar nichts von Annas zauberhaftem Backwerk gegessen haben, er und Rosa, und sich dennoch alles zwischen ihnen anfühlt wie pure Magie.

Mira

Im Kindergarten war Lena ihre Freundin, daran erinnert Mira sich genau. Die Stunden im Kunstraum waren ihnen immer am liebsten. Da durften sich alle Kinder bis auf die Unterwäsche ausziehen und mit Händen, Füßen, dem ganzen Körper malen. Der Boden und die Wände waren mit Papier ausgekleidet. Jedes Mal ist Mira bunt wie ein Regenbogen aus dem Kunstraum herausgekommen, und dann haben sie sich im Garten gegenseitig mit dem Wasserschlauch abgespritzt. Lena hat gern ihre Handflächen bemalt und die Farbe auf Miras Bauch gedrückt. Manchmal hat Miras Mama abends noch Farbtupfer in Miras Haaren oder zwischen ihren Zehen gefunden, aber sie hat nie geschimpft. Damals war sie noch eine fröhliche Mama, die auch oft erlaubt hat, dass Lena mit ihnen nach Hause kam. Dort gab es Spaghetti und aufgeschnittene Apfelstücke, sie spielten mit Miras Barbiehaus und den Bügelperlen. Subi war damals noch ein glucksendes, speckiges Krabbelbaby. Einmal haben sie ihm die Zehennägel rot lackiert, und nicht einmal da hat Mama geschimpft. Vielmehr hat sie gesagt, dass sie sich auch so eine tolle Pediküre wünscht, und Lena und Mira durften ihr ebenfalls die Nägel lackieren. Heute ist Mama ein völlig anderer Mensch.

Und wenn Mira Lena jetzt ansieht, kann sie nicht glauben, dass das dasselbe Mädchen sein soll. Natürlich hat sie sich optisch verändert, sie ist sieben Jahre älter als damals, aber das ist nicht der Grund. Lena hat ihre gesamte Freundlichkeit verloren. Mira kann sich an die Zeit im Kindergarten erinnern, aber nicht, wann sie Lena das letzte Mal hat lachen sehen. Das Maximum, das ihre Lippen zustande bringen, ist ein boshaftes Grinsen, für das sie nur einen Mundwinkel ein wenig hochzieht, meistens den linken. Nicht einmal, wenn sie einen fiesen Witz gemacht hat, der ihre Freundinnen zum Wiehern bringt, lacht Lena. Sie bleibt kühl. Und ihre Augen sind ruhige graue Punkte, wie lauernde Stechmücken.

Was an ihrem Spott so wehtut, ist der Verrat. Dass dies eine Welt ist, in der es möglich ist, dass du einen Menschen mit nach Hause nimmst, mit ihm Zeit verbringst und Spaß hast, dich mit ihm anfreundest, ihn umarmst, ihm dein Zimmer zeigst und deine Geheimnisse, und dass dieser Mensch sich dann gegen dich wendet. Deine Geheimnisse benutzt, um dich bloßzustellen. So tut, als wäre er nie dein Freund gewesen. Und die Frage in dich pflanzt, ob du vielleicht blind warst und naiv. »Naiv« bedeutet »kindlich unbefangen, treuherzig, unkritisch, wenig Urteilsvermögen erkennen lassend«, das hat Mira im Fremdwörterbuch nachgelesen. Aber eigentlich, hat sie gedacht, bedeutet es »dumm«. Und das ist das Letzte, was Mira sein will.

»Ein Wunder, dass man in einem Test über das Planetensystem ein Sehr gut schreiben kann, wenn man grade noch an den Sandmann geglaubt hat«, sagt Lena laut in die Garderobe hinein. Der Unterricht ist aus, alle ziehen ihre Schuhe und Jacken an.

»Nicht wahr, Mira?«, fährt Lena fort und äfft dann mit Kleinkinderstimme: »Findet der Sandmann mich auch, wenn ich gar nicht in meinem Bett schlafe?«

Zwei, drei erste Lacher.

Mira wird heiß.

Es stimmt, sie hat das zu Lena gesagt. Als sie bei ihr übernachtet hat. Aber das ist so lange her, Mira war noch nicht einmal fünf. Sie wusste es nicht besser. Sie war damals eben noch naiv!

Sie gibt keine Antwort, schlüpft rasch in ihre Stiefel.

Dabei könnte sie erzählen, dass Lena einmal, als sie bei Mira schlief, in die Hose gemacht hat. Sie hat nachts die Toilette in der fremden Wohnung nicht gefunden und es schließlich nicht mehr halten können. Als sie Mira geweckt hat, war ihre Hose nass von dem Malheur und ihr Gesicht von den Tränen. Mira hat ihr einen frischen Pyjama gegeben und mit einem Handtuch alles aufgewischt. Von den Erwachsenen hat niemand etwas bemerkt, und sie haben nie darüber gesprochen.

Auch jetzt hält Mira den Mund.

Sie wird sich nicht auf Lenas Niveau herablassen, das hat sie schon zu Beginn der ersten Klasse Gymnasium beschlossen. Deshalb steht das Wort »Niveau« in ihrem ersten Heft, das längst vollgeschrieben ist.

»Und hat der Sandmann dich gefunden, Stinki?«, fragt Lena.

Ihre Jacke ist silberfarben, in den blonden Haaren trägt Lena mit Haarkreide aufgedruckte pinkfarbene Sterne. Den ganzen Vormittag hat Mira sich gefragt, wie früh Lena wohl aufgestanden ist, um noch Zeit für diese Verschönerung zu haben, und ob ihre Mutter ihr dabei geholfen hat. Wie muss es sein, in einer Familie zu leben, in der morgens die Haare der Tochter und bunte Sterne wichtig sind?

»Vielleicht schickt er ihr ja heute Abend einen Albtraum«, sagt Leona-Marie.

»Stinkis größter Albtraum wäre ein Fünfer im Test«, höhnt Sophia.

Die beiden gehören zu Lenas Clique, und sie werfen ihrer Anführerin die Gemeinheiten jeden Tag zu wie Fleischbrocken. Um sich mit ihr gut zu stellen, um Lenas Hunger zu stillen. Und um in ihrer Gunst zu bleiben. Sie wären nämlich nicht die Ersten, die in Ungnade fallen. Kurz sieht Mira hinüber zu Annika. Im Herbst, zu Schulbeginn, war sie noch im engsten Kreis um Lena, einmal hat sie Mira sogar in der Pause auf dem Gang in den Bauch geboxt. Von da an hatte Mira Angst, die Übergriffe würden nun körperlich werden, doch stattdessen haben Lena und Annika sich zerstritten. Mira weiß nicht, warum. Seither behandelt Lena die ehemalige Freundin wie verpestete Luft. Den Anhänger mit der zweiten Herzhälfte, den Annika getragen hatte, bekam eine Woche später Leona-Marie umgehängt. Sie achtet darauf, dass er immer gut sichtbar ist, Mira hat beobachtet, wie sie das halbe Herz oft unter dem Shirt hervorzieht. Wenn Lena das sieht, hält sie ihren eigenen Anhänger ein wenig in die Luft, und die beiden grinsen sich an.

Be / St

Fri / Ends

steht darauf.

»Ist hässlichster Schmuck der Welt«, hat Hakan einmal gesagt. »Schenk ich dir viel schöneren, wenn du willst.«

Aber Mira hat abgelehnt. Denn dass das Schmuckstücke sind, ist nicht der Punkt.

Annika tut, als würde sie nichts hören, schnappt sich ihren Rucksack und geht. Ihre Geschichte hat Mira gezeigt, dass sie nicht die Einzige ist, deren Freundschaft Lena plötzlich vergessen hat. Aber auch, dass abgelegte Freunde nicht automatisch zu Verbündeten werden. Als Mira sich zurückdreht, haben Lena, Sophia und Leona-Marie sich vor ihr aufgebaut. Sie war zu langsam, verdammt. Sie sollte längst weg sein. Erstens, um diesen Hyänen aus dem Weg zu gehen, zweitens, weil Hakan draußen auf sie wartet.

»Ich muss gehen«, murmelt sie.

»Jetzt schon?«, fragt Lena mit gespielter Enttäuschung. »Wo wir uns gerade so nett unterhalten.«

»Tun wir doch gar nicht«, entgegnet Mira und greift nach ihrer Schultasche.

»Willst du uns etwa widersprechen, Stinki?«, fragt Sophia und stellt sich Mira in den Weg.

Den Schimpfnamen haben sie ihr gegeben, als Mira nach Subis Tod so oft in denselben Klamotten in die Schule gekommen ist. Es hat eine Weile gedauert, bis sie herausgefunden hat, wie die Waschmaschine funktioniert. Mama lag zu dem Zeitpunkt nur still mit offenen Augen auf dem Bett, und Mira hat zuerst eine Ladung zu heiß gewaschen, sodass sie einige Shirts und Hosen nicht mehr anziehen konnte, weil sie zu klein waren, dann hat sie die Tür der Maschine nicht mehr aufbekommen, und als es ihr nach drei Tagen endlich gelang, roch die Kleidung schlimmer als zuvor.

Mira bleibt stumm sitzen. Sie hat keine Energie, sich zwischen den Mädchen durchzudrängen, sie will nicht von ihnen festgehalten werden. Sie sagt auch nichts mehr, denn sie weiß längst, dass die drei nicht normal mit ihr reden werden, dass es nur darum geht, zu stänkern und sie zu provozieren. Ein paar Mitschüler stehen noch abwartend in der Garderobe herum, aber als sie merken, dass von Mira keine Gegenwehr kommt und der erhoffte »Bitch Fight«, wie sie das nennen, offenbar ausbleibt, ziehen sie ab. Die vier bleiben allein zurück, auch in den Garderoben neben der ihren wird es leiser, die Schule leert sich. Alle gehen nach Hause, zu ihren Müttern, zum gedeckten Tisch, zu der Frage, wie es heute war, zu Aufmerksamkeit und frischen Waffeln.

Mira macht die Augen zu. Sie will die Gesichter der drei nicht sehen, Lenas verzogenen Mundwinkel nicht, ihre pinken Sterne nicht und den Freunde-Anhänger schon gar nicht. Sie sitzt da und fragt sich, was ihnen wohl als Nächstes einfallen wird. Ob der Schlag kommen wird, auf den sie schon so lange wartet, auf den das alles hier doch letztlich hinausläuft, oder eine neue Beleidigung.

»Na ja«, sagt Lena, »ich würde meine Nase auch in Bücher stecken, wenn ich so hässlich wäre wie du.«

Neu ist diese Beleidigung nicht, im Gegenteil. Mira atmet langsam aus und hält die Augen weiter geschlossen. Wie seltsam, dass sie sich hier befindet, von allen Orten auf der Welt. Ein Schulgebäude in einer kleinen Stadt in Österreich. Definitiv der falsche Ort. Und umgeben von den falschen Menschen ist sie auch. Daran muss sich bald endlich etwas ändern.

»Und so stinken würde!«, ruft Leona-Marie.

Die Worte stechen in Miras Magen, obwohl sie weiß, dass sie längst nicht mehr unangenehm riecht. Sie kann inzwischen die Waschmaschine bedienen, und sie wäscht ihre und Mamas Sachen zweimal die Woche.

»Da ist es kein Wunder, dass dein ...«, hört Mira noch, plötzlich ist es still.

Sie öffnet das linke Auge. Hakan steht mitten in der Garderobe, hat sich Lenas Haare um die eine Hand geschlungen und die andere mit einem festen Griff um Sophias Nacken gelegt. Mit einem leisen Knurren befördert er die beiden aus dem Weg. Leona-Marie folgt ihnen, niemand sagt ein Wort.

»Ihr seid hässlich von innen!«, ruft Hakan ihnen hinterher.

Dann dreht er sich zu Mira.

»Irgendwann schlag ich ihnen die Birnen ein«, sagt er. »Wenn ich dich mal anrufe nachts, sagen wir um zwei oder drei, und alles, was du hörst, ist: ›Mira, bring Plastikplane und Schaufel‹, dann kennst dich aus.«

»Aber wo sollen wir sie vergraben?«, fragt Mira, während sie aufsteht und ihren Rucksack schultert.

»Meine Brüder kennen tausend Orte«, sagt Hakan, und für einen Moment ist Mira sich nicht sicher, ob das jetzt noch ein Scherz ist oder die Wahrheit.

»Anna?«, fragt er dann.

»Anna«, sagt Mira und nickt.

Sie freut sich auf die Zeit im Sonnigsüß und auf die Ablenkung durch Herrn Havel. Sie wird ihm den Planeten-Test zeigen, weil er sich als Einziger für diese Dinge interessiert. Die Unterschrift von Mama kann Mira schon seit über einem Jahr selbst. Auf die heiße Schokolade freut sie sich auch und auf das Gefühl, in Sicherheit zu sein. Obwohl, eigentlich hat sie das bereits jetzt. Weil Hakan neben ihr geht.

»Hat Lena Fünfer im Test, oder?«, fragt er.

»Ja«, antwortet Mira.

»Dumm wie Brot«, brummt er kopfschüttelnd, und da muss Mira lachen.

Ein bisschen nur, aber immerhin. Sie knufft ihn in die Seite.

»Danke«, sagt sie.

»Ehrensache«, sagt er.

Anna

Ich war nicht mehr auf dem Grünmarkt, seit das mit dem Zitronenmann passiert ist. Besser gesagt: mit Marco. Jetzt weiß ich ja, wie er heißt. Und wo er arbeitet. Ich sollte nicht mehr so tun, als wären er und der Zitronenmann zwei verschiedene Menschen. Obwohl sie das in meinem Kopf irgendwie sind und mir das auch lieber wäre. Weil ich dann noch davon träumen könnte, dem Zitronenmann zufällig erneut zu begegnen. Und er dann ein freundlicher, an mir interessierter, attraktiver Mann wäre, der mir seine Handynummer gibt. Ich bekomme den gut aussehenden Typ von der Schranne, der gleichzeitig mit mir nach derselben Zitrone gegriffen und sie für mich gekauft hat, nicht zusammen mit dem missmutigen Mister Rühr-mich-nicht-an, der meine Muffins in den Farbtopf geschmissen hat. Dem Tierprodukte-sind-Teufelszeug-Grinch. Bevor der mich datet, isst er lieber ein ganzes Stück Butter.

Seit unserer ersten Begegnung sind Wochen vergangen, aber aus lauter Angst, ihn dort wieder zu treffen, habe ich meine Donnerstagsroutine unterbrochen und bin nicht zum Markt gegangen. Das war idiotisch, natürlich war es das, doch ich konnte mich nicht überwinden. Stattdessen bin ich jeden Donnerstag schon frühmorgens im Café auf und ab getigert, immer die Straße im Blick, um zu sehen, ob er sich vielleicht auf den Weg zur Schranne macht. Erst nach drei Wochen ist mir aufgefallen, wie dämlich das ist, weil er ja um diese Uhrzeit gar nicht aus dem Bistro käme, sondern von zu Hause, und ich keine Ahnung habe, wo er wohnt. Das war mir dann sogar vor mir selbst peinlich. Und es ärgert mich, dass er mich dazu bringt, so hirnverbrannte Dinge zu tun. Das passt nicht zu mir. Ich will so nicht sein!

Es war natürlich Mel, die dem Elend heute ein Ende gesetzt hat. Sie hat mir meinen Einkaufskorb in die Hand gedrückt und gesagt: »Spinnst du eigentlich, dass du zulässt, dass so ein Trottel über dein Leben bestimmt? Du liebst den Grünmarkt. Und jetzt geh!«

»Aber was, wenn er mir über den Weg läuft?«, hab ich gefragt.

»Scheißegal!«, hat sie gerufen.

»Ist es ihm sicher auch.«

»Er ist ein Mann«, hat sie gesagt, »der denkt nicht jeden Donnerstag drüber nach, was du wohl gerade machst.«

»Verdammt«, habe ich entgegnet und den blöden Korb genommen.

Ich hasse es, wenn sie recht hat. Aber ich bin froh, dass sie mich so resolut vor die Tür gesetzt hat, denn auf der Schranne ist inzwischen längst der Frühling eingekehrt. Morgen ist der Erste Mai, fast schon Sommer, mich erwartet eine farbenfrohe Pracht aus blühenden Blumen, Obst und Gemüse. Als ich wunderschöne pinkfarbene Rosen entdecke, erinnere ich mich an das Muffin-Debakel und will sie zuerst nicht nehmen, kaufe sie dann aber genau deshalb erst recht. Es ist noch früh, nicht einmal halb acht, und ein wenig kühl, aber die Sonne wärmt die Luft langsam auf, es wird ein schöner Tag werden. Ich möchte unbedingt etwas mit Streuseln backen, außerdem Zimtschnecken und eine Himbeertorte mit weißer Schokolade. Bei der Bäuerin mit den Himbeeren kaufe ich auch gleich ein Kilo Zitronen, damit ich nicht zu unserem Stand muss, und schon während ich es denke, verziehe ich das Gesicht. Es gibt kein »unser«. Und wird es auch nie geben.

Trotzig ziehe ich mein Handy aus der Tasche, mache ein Foto von den Himbeerschälchen und schicke es Daniel. Allerdings fällt mir auf die Schnelle kein lustiger Spruch dazu ein. Irgendwas mit »vernaschen«? Nein, zu offensichtlich. »Süß, aber nicht so süß wie du«? Oh Gott. Wo ist Mel, die Texterin, wenn man sie braucht? Das Foto bekommt blaue Häkchen, und Daniel beginnt, eine Antwort zu tippen. Mist. Die Zeit läuft mir davon, ich hab die Chance für einen guten Witz vertan. Hastig schreibe ich *Guten Morgen!* und setze einen fröhlichen Smiley dahinter.

Wir schreiben sporadisch, schicken uns immer wieder mal nette Nachrichten, haben uns aber nicht noch mal getroffen. Ich glaube, er traut sich nicht zu fragen, und ich habe nichts in diese Richtung angedeutet. Seine Einladung auf die Alm am Dachstein habe ich einfach ignoriert, und er hat kein Wort mehr dazu gesagt.

»Allein für seine Geduld solltest du ihn belohnen«, hat Mel gemeint.

»Und womit?«, habe ich gefragt.

Sie hat obszöne Gesten gemacht und gegrinst.

Und ja, vielleicht sollte ich ihn wirklich auf einen Versöhnungskaffee einladen, der in Versöhnungssex übergeht. Ich rechne es ihm hoch an, dass er mir nicht nachträgt, dass ich ihn nachts am Fluss habe stehen lassen, andere Männer hätten mir schon aus geringfügigeren Gründen nicht mehr geantwortet. Und wenn ich ehrlich bin, interessiert er mich nach wie vor sehr. Er hat einfach einen großartigen Humor.

Ganz schön viele auf einmal, schreibt er, *zum Glück hast du eine große Klappe.*

Die sind doch nicht für mich. Ich backe eine Himbeertorte, antworte ich.

Ist die neu auf der Speisekarte? Brauchst du vielleicht einen Testesser? Ich opfere mich gern.

Oma Gertrauds Rezept, schreibe ich, *hundertfach getestet!*

Dann stecke ich das Handy ein. Der kleine Chat hat geholfen, meine Wut ist verraucht. Ich widme mich wieder dem Trubel und meinen Einkäufen. Ich brauche noch Schlagobers, Eier,

Butter, und vom Stand seitlich der Andräkirche werde ich den Ziegenkäse mitnehmen, den Mel so mag.

Die Lederjacke sehe ich nur aus dem Augenwinkel, und sofort durchfährt mich ein elektrisches Knistern, das mich zusammenzucken lässt. Aufmerksam sehe ich mich um, finde die Jacke im Getümmel aber erst nicht wieder. Vielleicht hab ich sie mir ja nur eingebildet. Und selbst wenn nicht, viele Männer tragen eine abgeschabte Lederjacke, das bedeutet ja nicht …

Oh.

Doch.

Da steht er.

Und wie kann man um diese Uhrzeit schon so unverschämt gut aussehen?

Ich stelle mich hastig hinter einen Mann mit Hut, der gerade Wiener Würstchen mit Senf verputzt. Davon abgesehen, dass das ein merkwürdiges Frühstück ist, bietet mir sein breiter Rücken gute Deckung. Als er sich erstaunt umdreht, schaue ich unbeteiligt zur Seite und tue so, als wäre mein Verhalten ganz normal.

Wo ist der Zitronenmann hin?

Ich scanne die Menge. Alte Leute, noch mehr alte Leute, und dann finde ich ihn vor dem Stand mit dem Ziegenkäse. Na super, ausgerechnet dort! Scharf beobachte ich, ob er etwas kauft. Da gibt es schließlich nichts, was er essen darf. Ich stelle mir gerade vor, wie ich auf ihn zuspringe und laut »Ertappt!« rufe, als er sich unverrichteter Dinge abwendet und weitergeht. Ich setze zur Verfolgung an, mein Herz boxt um sich wie ein verrückter kleiner Kung-Fu-Kämpfer. Was, wenn er sich umdreht und mich sieht?

Während er sich vor mir durch das Gedränge schlängelt, habe ich einen guten Blick auf seinen Hintern. Ich ducke mich hinter einen geparkten Lieferwagen und lasse den knackigen Hintern nicht aus den Augen. Und die Lederjacke sowieso nicht. Was wird er anziehen, wenn es wärmer wird? Vielleicht gar keine Jacke mehr, sondern ein ärmelloses Tanktop, das seine Oberarmmuskeln frei lässt? Uh, das hätte ich mir nicht vorstellen sollen, jetzt ist mir heiß. Als Marco haltmacht, um Karotten, Kartoffeln und irgendwas Grünes, das ich nicht erkennen kann, einzukaufen, stehe ich in sicherer Entfernung vor den Grillhähnchen und lasse mich vom Standbesitzer fragend anschauen.

»Eh nix?«, sagt er, und ich schüttle stumm den Kopf, ohne meinen Zitronenmann aus den Augen zu lassen.

Der sieht sich suchend um, und für einen Moment bin ich mir sicher, dass er mich entdeckt hat. Sein Blick ist definitiv über mein Gesicht gewandert, aber reagiert hat er nicht, keine Miene hat er verzogen. Hat er mich nicht erkannt? Oder ignoriert er mich absichtlich? Er packt sein Gemüse ein und zieht weiter. Mir wird schlagartig kalt, und die Hand, die ich im Reflex gehoben habe, um ihn winkend zu grüßen, lasse ich wieder sinken. Das ist der Augenblick, in dem ich beschließe, es gut sein zu lassen. Wieso laufe ich ihm überhaupt hinterher? Zu welchem Zweck? Ich will doch sowieso nicht mit ihm reden. Ich war sogar wochenlang nicht hier, nur um ihm auf keinen Fall zu begegnen! Ich hole tief Luft, lächle den Grillhendlmann entschuldigend an und setze meinen Weg fort. Es fällt mir schwer, aber ich schaue mich nicht nach Marco um. Bei der Marktfrau, die Milch und Eier verkauft, angekommen, habe ich plötzlich das Gefühl, beobachtet zu werden. Nun blicke ich doch verstohlen nach rechts und links, kann aber nicht erkennen, ob mich jemand anstarrt. Wahrscheinlich spielen meine Sinne gerade verrückt. Doch der Eindruck bleibt auch, als ich weitergehe. Ich hole noch den Ziegenkäse, den Schlagobers und ein frisches Dinkelbrot, ständig mit dem unangenehmen Kribbeln im Rücken.

Jetzt aber ab nach Hause, der Korb ist eh schon viel zu schwer. Das passiert mir jedes Mal, und immer beschließe ich, in der Woche drauf einen Rucksack mitzunehmen, nur besitze ich leider keinen und vergesse stets aufs Neue, das zu ändern.

»Wieso hast du keinen Rucksack mit?«, höre ich eine Stimme neben mir, und die Haare an meinen Unterarmen stellen sich auf. Eventuell auch alle anderen Haare an meinem Körper. Ich schlucke. Es gelingt mir kaum, meinen Blick von seinem Mund loszureißen. Er lächelt nicht.

»Hast ja selber keinen«, gebe ich zurück und deute auf seinen hässlichen Stoffbeutel, »Hipster, oder was?«

Er zuckt mit den Achseln.

»Passt doch«, sagt er, »ich habe ein veganes Lokal!«

Würde er lachen, könnte ich seinen Kommentar als Selbstironie interpretieren, doch er wirkt ernst, als traue er sich nicht, seinen eigenen Scherz lustig zu finden. Für einen Moment breitet sich Schweigen aus.

»Du könntest fragen, wie es läuft. Du könntest dich für deine Nachbarn interessieren«, sagt er, und der witzelnde Unterton gelingt ihm nicht so recht.

»Könnte ich«, sage ich und dann nichts mehr.

»Verstehe«, murmelt er.

Die zähe Stille macht mich ganz unruhig. Diese Begegnung hat so gar nichts gemeinsam mit unserem allerersten Aufeinandertreffen. Wir stehen da wie zwei, die lieber nicht so dastehen würden. Sondern gern weit voneinander entfernt wären.

»Außerdem hab ich das«, füge ich hinzu, »mich für euch interessiert, meine ich. Aber wir wissen ja, wohin das geführt hat.«

Er öffnet den Mund, scheint nach Worten zu suchen, macht ihn wieder zu. Ich warte, ob noch was kommt, und konzentriere mich angestrengt darauf, meine coole Fassade aufrechtzuerhalten. Er darf auf keinen Fall merken, dass ich vor lauter Anspannung zittere. Und ihn am liebsten fragen würde, ob wir von vorn anfangen können. Ob er mitkommt zu …

Nein, eine weitere Abfuhr werde ich mir nicht holen. Zwei sind genug, wirklich. Ich versuche, meinen Gesichtsausdruck nach »sonst noch was?« aussehen zu lassen, und wieso schaut er mich eigentlich so intensiv an?

»Also?«, fragt er und macht eine vage Handbewegung.

»Also was?«, frage ich mit möglichst grantigem Ton zurück.

»Gehen wir, oder bist du noch nicht fertig?«

Denkt er etwa, ich laufe jetzt gemeinsam mit ihm den ganzen Weg zurück? Das sind immerhin zehn Minuten. Mit dem schweren Korb wahrscheinlich mehr. Das halte ich nicht aus, auf gar keinen Fall. Ich quäle mich doch nicht durch Small Talk und Schweigen, während ich mir bei jedem Hauseingang vorstelle, wie es wäre, würde er mich dort hineinziehen und küssen, bis alle Zitronen aus meinem Korb purzeln.

»Ich brauche noch …«, setze ich an, und mir fällt beim besten Willen nichts ein, was ich noch brauchen könnte.

»Hat doch eh nichts mehr Platz in deinem Rotkäppchen-Korb«, fällt er mir ins Wort, aber er sagt es nicht amüsiert, sondern genervt. Was geht ihn das überhaupt an, womit ich einkaufe und wie viel ich transportieren kann? Elender Besserwisser.

»… Grillhendl!«, platze ich heraus.

Er reißt die Augen auf.

»Dein Ernst?«, fragt er.

»Ja, ich … esse das eben gern«, behaupte ich.

»Zum Frühstück?«, fragt er so ungläubig, dass ich fast lachen muss.

»Ich kann doch tun, was ich will«, sage ich schnippisch.

»Ja, sicher, aber weißt du eigentlich, wie diese Hühner gezü…«

»Oh, halt mir bitte keinen Vortrag!«, zische ich. »Geh doch einfach und brat dir ein Sojawürstel!«

Er will etwas sagen, aber ich lasse ihn nicht zu Wort kommen.

»Und meinen Korb«, sage ich und stelle ihn vor Marcos Füße, »der ja anscheinend zu schwer für mich schwaches Weibchen ist, den kannst du für mich tragen und gleich mitnehmen, vielen Dank.«

Wütend drehe ich mich um und stampfe davon, ohne ihn noch eines Blickes zu würdigen. Im Rücken spüre ich wieder das verräterische Kribbeln und weiß, dass er mir nachschaut.

»Aha«, sagt der Grillhendlmann, »jetzt also doch?«

Ich kaufe aus Trotz drei Hähnchen und drehe mit der fettigen Tüte in der Hand noch eine Ehrenrunde über den Markt, damit genug Zeit vergeht und Marco schon im Bistro ist, wenn ich komme. Auf keinen Fall will ich ihn einholen.

Als ich die Grillhähnchen eine halbe Stunde später vor Mel auf den Tisch lege, guckt sie mich verdutzt an.

»Was ist denn mit dir los?«, fragt sie und lacht überrascht.

Doch statt mitzulachen und ihr zu erzählen, dass ich erst über die Schranne geschlichen bin wie ein alter Lustmolch und dann Marco meinen Korb voller Zitronen und Rosen habe heimtragen lassen, breche ich unvermittelt in Tränen aus.

Himbeertorte mit weißer Schokolade

Zutaten

Für den Teig:
5 Eier
250 g Zucker
6 EL Vanillezucker
250 g Butter
120 Milch
400 g Mehl
½ Pck. Backpulver
250 g Himbeeren

Für die Creme:
750 g Sahne
3 Pck. Beerencremepulver
200 g weiße Schokolade

Zubereitung

Backofen auf 190 °C Ober-/Unterhitze vorheizen. Die Springform ausfetten. Eier mit Zucker und Vanillezucker cremig schlagen, flüssige Butter und Milch unterrühren. Mehl und Backpulver darübersieben und alles vermengen. Himbeeren unterheben. Den Teig in vier Portionen teilen und ein Viertel in die Springform füllen, ca. 30 Minuten backen. Den Tortenboden aus der Form nehmen und abkühlen lassen. Aus dem restlichen Teig drei weitere Tortenböden backen. Für die Creme Sahne in eine Schüssel geben, das Cremepulver darüber sieben und verrühren, bis es fest genug ist. Die Hälfte der Creme auf drei Tortenböden aufteilen und glatt streichen, dann die Böden aufeinandersetzen, den vierten Tortenboden auf die dritte Schicht legen. Die Torte rundherum mit der restlichen Creme bestreichen und kühl stellen. Die weiße Schokolade schmelzen und über den Kuchen gießen, mit Himbeeren garnieren.

Anna

Als Mel mich an der Schulter berührt, zucke ich erschrocken zusammen. Ich war so vertieft in das Formen meiner Marzipanrosen, dass ich nicht einmal gehört habe, wie sie in die Backstube gekommen ist. Sie fängt an zu lachen und zwickt mich in den Oberarm.

»Als wärst du auf einem anderen Planeten!«, sagt sie.

»Ich muss mich eben konzentrieren«, verteidige ich mich, »du weißt doch, dass Marzipan nicht mein Freund ist.«

»Marzipan ist niemandes Freund«, kommentiert Mel und verzieht den Mund, »Marzipan ist der Feind.«

»Ach, du wieder«, ich rolle mit den Augen, »das sagst du nur so. Würde ich mich jetzt umdrehen, würdest du meine Rosen mit einem Happs verschlingen.«

»Nie!« Sie schüttelt entrüstet den Kopf. »Ich habe meine Prinzipien.«

»Wie findest du sie?«, frage ich und betrachte die siebenundzwanzig weißen Rosen vor mir auf der Arbeitsplatte. Siebenundzwanzig, weil das der Tag ist, an dem das Brautpaar sich kennengelernt hat, den Monat hab ich vergessen. Bräute lieben so was Verkitschtes, und ich höre schon, wie die Glückliche jeden, der eine Marzipanrose auf dem Teller hat, auf diese besondere Zahl hinweist. Es hat ewig gedauert, die Blumen zu formen, und jetzt spüre ich, wie mein Nacken schmerzt. Erschöpft knete ich meine Finger und strecke mich. Früher hat Oma diese Aufgabe übernommen, Marzipan schien in ihren Händen willenlos zu sein und alles zu tun, was sie erwartete. Bei mir dagegen zeigt die süße Masse sich immer äußerst widerspenstig. Und dabei mache ich den ganzen Mai lang kaum etwas anderes als Rosen aus Marzipan, so kommt es mir vor.

»Sehr ... äh ... romantisch?«, antwortet Mel skeptisch.

»Sie sind ja auch für eine Hochzeitstorte, du Nudel!«

»Ist mir schon klar. Auf jedem anderen Kuchen wären sie ein Schrei nach Aufmerksamkeit.«

»Du bist so fies!«

»Aber witzig«, grinst sie.

Sie trägt eine schwarze Hose, schwarze Boots und ein smaragdgrünes Oberteil mit goldenen Sprenkeln. Ich wundere mich, dass sie für unseren Netflix-Abend so schön angezogen ist, aber wenn es ihr Spaß macht ...

»Ich bin jedenfalls fast zufrieden. Fünf Hochzeiten noch, und meine Marzipanfiguren sind so schön wie die von Oma.«

»Fünf Hochzeiten noch, und du bist selbst endgültig weg vom Heiratsmarkt.«

»Wie bitte?«

»Na, du solltest mal was anderes machen, als ekelhaftes Marzipan zu Blütenblättern zu formen! Deswegen gehen wir jetzt ins Kino.«

»Pfff«, mache ich.

»Keine Widerrede. Geh dich umziehen.«

»Ich muss noch ...«, entgegne ich, aber sie fällt mir sofort ins Wort.

»... gar nichts«, sagt sie, »außer mal hier raus und auf andere Gedanken kommen.«

Ich sehe mich zögernd um.

»Die Rosen sind fertig, die Torte ist in der Kühlung, morgen früh machst du die Deko, bevor alles abgeholt wird, und jetzt haben wir einen schönen Abend«, fährt Mel fort und öffnet das Band meiner Schürze.

»Aber heute ist doch unser Mädelsabend! Wir sind noch nicht fertig mit unserer Serie.«

»Die läuft ja nicht weg«, erklärt Mel, »und außerdem ist es, wenn wir ins Kino gehen, auch ein Mädelsabend. Ha!«

»Was willst du überhaupt ansehen?«, frage ich.

»Ist doch egal«, entgegnet Mel, »lass uns einfach zum Kino rüberspazieren. Bestimmt spielen sie einen französischen Film, bei dem wir die Hälfte nicht verstehen, uns aber sehr intellektuell vorkommen können..«

Ich kneife misstrauisch die Augen zusammen und mustere noch mal ihr Outfit. Kann es sein, dass sie mir etwas verschweigt? Ich lege die Rosen vorsichtig in die vorbereitete Box und schließe den Deckel. Keine drei Sekunden später schiebt Mel mich schon aus der Backstube.

»Du hast zwanzig Minuten«, ruft sie mir nach, als ich ins Schlafzimmer gehe.

Beim Anblick meines Bettes denke ich sehnsüchtig, wie schön es wäre, mich da jetzt einfach reinzukuscheln. Ich bin schließlich schon lange wach, habe den ganzen Tag im Café gestanden, danach die fertigen Teigböden der Hochzeitstorte zusammengebaut und mit Creme gefüllt, für morgen gebacken und außerdem kaum etwas gegessen, viel lieber würde ich jetzt in meine Jogginghose als in mein Kleid …

»Und wehe, du legst dich ins Bett!«, schimpft Mel, während sie hereinkommt und mir die gemütliche Hose aus der Hand nimmt.

Verdammt, sie kennt mich zu gut.

Sie greift sich ein weinrotes Kleid aus meinem Schrank, hält es mir vor die Brust, schüttelt den Kopf und zieht ein dunkelblaues heraus, das einen tieferen Ausschnitt hat.

»Das da«, sagt sie entschlossen und geht wieder hinaus.

Ich seufze, werfe mein mit Schokolade, Marmelade und Mehl bepatztes Kleid in den Wäschekorb, sprühe mich mit Deo ein und ziehe das frische an. Im Bad lege ich ein wenig Puder und Wimperntusche auf, versuche, meine Locken mit einem Kamm zu zähmen, zucke dann resigniert mit den Schultern und gebe stattdessen ein bisschen Gloss auf meine Lippen.

»Okay so?«, frage ich Mel, die mir meine Jeansjacke reicht. Dass wir mittlerweile Mai haben, macht sich nicht nur an den vielen Hochzeitstorten bemerkbar, die ich backen muss, sondern auch an den angenehm warmen Temperaturen.

»Besser wird's eh nicht mehr«, witzelt sie und hüpft schnell aus der Wohnung, bevor ich sie hauen kann.

Auf dem Weg zum Kino sieht sie zweimal auf die Uhr. Das ist ungewöhnlich, denn diese Frau ist nur dann pünktlich, wenn es ihr zufällig passiert.

»Der Film beginnt doch eh sicher erst um acht?«, frage ich, sie antwortet nicht.

»Oder hast du irgendwas ausgeheckt? Bringst du mich woandershin?«

Auch darauf bekomme ich keine Antwort, sie wirft mir nur diesen schelmischen Blick zu, bei dem mir ganz anders wird. Habe ich etwa Geburtstag, lockt sie mich zu einer Überraschungsparty? Nein, ich werde erst Ende Juni dreiunddreißig. Hat sie mir ein Date arrangiert, von dem sie mir nichts erzählt hat? Oder sollte ich endlich mal an das Gute in Mel glauben und darauf vertrauen, dass wir uns wirklich nur einen Film ansehen?

Sollte ich nicht. Das wird mir klar, als wir beim Kino ankommen, wo Oliver und Daniel auf uns warten.

»Bitch!«, raune ich ihr zu, bevor wir nah genug sind, dass die beiden uns hören können.

Es ist das erste Mal, dass ich Daniel wiedersehe, seit ich ihn erst umarmt und ihm dann die kalte Schulter gezeigt habe. Er scheint genauso wenig wie ich zu wissen, wie wir uns begrüßen sollen, aber wir reagieren schnell genug, bevor es peinlich wird, und entscheiden uns für die Bussi-Bussi-Variante mit Luftküssen neben die Wangen. Er riecht gut. Und er sieht heiß aus in seinem schwarzen Jeanshemd und mit diesem lässigen Bart. Ich lächle ihn an, bin mir aber sehr bewusst, dass Mel und Oliver uns neugierig beobachten, deshalb sage ich nichts. Ich kann auch nicht genau feststellen, ob ich mich freue, ihn zu treffen, ich muss erst einmal den kleinen Schock verdauen. Und ich hatte ja keine Zeit, mich auf dieses Wiedersehen vorzubereiten.

»Wir haben schon die Karten gekauft«, sagt Oliver, nachdem wir beide ebenfalls das freundschaftliche Bussi-Ritual hinter uns gebracht haben.

»Was sehen wir uns denn an?«, frage ich, und Mel gibt mir einen Stoß mit dem Ellbogen.

»Du wolltest doch …«, setzt Oliver an und wirft mir einen verblüfften Blick zu. Dann sieht er Mel an und verzieht wissend das Gesicht. Offenbar kennt auch er sie inzwischen ganz gut.

Er nennt den Film und verkneift sich jeden weiteren Kommentar.

Im Kinofoyer stellen die zwei Männer sich beim Buffet an, um Knabbereien und Getränke zu kaufen, während ich behaupte, dass ich noch schnell auf die Toilette muss, und Mel mit mir ziehe. Schon auf der Treppe, die nach unten zum WC führt, fange ich an zu schimpfen.

»Du weißt doch, dass ich nicht der Typ für solche Spontan-Aktionen bin! Ich hasse Überraschungen. Und kannst du dann wenigstens nicht so tun, als wäre das Ganze meine Idee gewesen? Du lässt mich ins offene Messer laufen, ohne mich zu warnen, was soll das denn? Die denken doch jetzt, ich hab einen an der Waffel!«

»Aber sonst würdest du heute wieder nur auf der Couch einschlafen«, verteidigt sich Mel, »und stur, wie du bist, hättest du Daniel sowieso nie um ein weiteres Date gebeten!«

»Ja, aber vielleicht hat das auch einen Grund!«, fauche ich und schlage die Kabinentür der Toilette wutentbrannt hinter mir zu.

»Ach ja, und welchen?«, fragt Mel aus der Kabine neben meiner.

Ich atme mehrmals tief durch und gebe keine Antwort.

Als ich mir die Hände wasche, würdige ich sie im Spiegel keines Blickes, obwohl sie Grimassen schneidet, um mich zum Lachen zu bringen. Sie weiß, dass ich, wenn ich mal zu lachen anfange, nicht mehr sauer sein kann. Aber da hat sie sich geschnitten.

»Sorry«, sagt sie dann.

Ich schweige immer noch.

»Ich hab's doch nur gut gemeint. Ich dachte, du kannst ein wenig Ablenkung gebrauchen nach dem Grünmarkt-Debakel gestern.«

Ich schnaube nur.

»Und außerdem glaube ich, dass du durchaus an Daniel interessiert bist, aber zu stur, das einzugestehen.«

Ich trockne meine Hände ab und werfe das Papiertuch in den Mülleimer.

»Komm schon«, sie knufft mich, »sei nicht mehr böse. Lass uns einfach ein bisschen Spaß haben, okay?«

»Nur wenn du ihnen die Wahrheit sagst.«

Jetzt sehe ich sie doch an und lege so viel Entschlossenheit in meine Stimme wie möglich.

»Na gut«, gibt sie sich geschlagen.

Und oben im Foyer erzählt sie Daniel und Oliver tatsächlich, dass der Kinobesuch zu viert nicht meine, sondern ihre Idee war und sie mich zu meinem Glück gezwungen hat.

»Aber ich musste sie unbedingt aus ihrer Backstube holen!« Das kann sie sich natürlich nicht verkneifen. »Sie war bis über beide Ohren in weißem Hochzeitsmarzipan versunken. Betrachtet das hier also als Rettungsaktion.«

Daniel wirft mir einen unergründlichen Blick zu, und ich wende mich ab.

»Zur Wiedergutmachung gebe ich euch hinterher einen aus, ja?«, sagt Mel und grinst. »So, und jetzt lasst uns diesen Film anschauen!«

Im Kino ist freie Platzwahl, und da nicht viele Leute da sind, suchen wir uns eine Reihe recht weit hinten aus.

»Tut mir leid«, sagt Daniel leise, als Mel ein wenig vorausgegangen ist, »das ist mir jetzt unangenehm.«

»Ach, ich bitte dich!«

»Na ja, wer will schon hören, dass eine schöne Frau sich nur mit ihm trifft, weil sie unter falschem Vorwand hergelockt wurde?«

Er schmunzelt, aber ich höre an seinem Ton, dass er es nicht so lustig meint, wie es klingt.

»Alles gut«, beruhige ich ihn, »ich bin gerne hier.«

Wir setzen uns in die Kinosessel, in denen man ja immer automatisch sehr nah beieinander ist, und ich klammere mich an die Cola, die Daniel mir vom Kiosk mitgebracht hat. Ich habe den Platz am Rand unserer Vierergruppe und bin froh darüber, weil Mel mir die ganze Zeit Schweinkram ins Ohr flüstern würde, säße ich neben ihr.

»Zum Glück kann man Popcorn eleganter essen als einen Burger«, wispert Daniel und bedeutet mir, dass ich zugreifen soll.

Ich zerbeiße ein paar der salzigen kleinen Dinger und beschließe in dem Moment, als sich der Vorhang für die Leinwand öffnet, dass ich den Abend ab sofort genießen werde. Nun bin ich schon mal hier, was bringt es, Mel das abgekartete Spiel nachzutragen? Das ist ja nicht das erste Mal, dass sie mich in so eine Situation bringt, ich kann ohne nachzudenken mindestens drei ähnliche Geschichten erzählen. Die Studentenparty, zu der sie mich gebracht hat, weil sie in einen arroganten Jus-Studenten verknallt war, und auf der ich gekleidet war wie eine Couch-Potato, weil sie behauptet hat, wir würden nur schnell Schokoladeneis an der Tankstelle holen. Der Abend, an dem wir an einem Tisch in einer Bar saßen und ich ganz erschrocken war, als sie plötzlich aufstand und ihren Platz für irgendeinen Kerl freigab, weil sie mir nicht gesagt hatte, dass das ein Speed-Dating-Event war. Oder die große Party, die sie schmiss, um die Auflösung meiner Verlobung zu feiern, und zu der ich verweint, mit ungewaschenen Haaren und ziemlich betrunken kam, weil sie mich hatte glauben lassen, wir würden einen Liebesfilme-Marathon auf der Couch machen. So gesehen ist das ungeplante Vierer-Date im Kino eigentlich harmlos.

Ich lehne mich zurück, mampfe Popcorn und konzentriere mich darauf, nicht gleichzeitig mit Daniel in die Tüte zu greifen. Für gewöhnlich quasseln Mel und ich immer und kommentieren alles, was in einem Film passiert, doch heute genieße ich es, ausnahmsweise in Stille der Handlung folgen zu können. Daniel scheint das genauso zu sehen, zumindest lehnt er sich kein einziges Mal zu mir, um mir etwas zuzuflüstern. Als die Vorstellung zu Ende ist, habe ich Tränen in den Augen, und erst da fällt mir auf, dass ich, seit wir von zu Hause losgegangen sind, kein einziges Mal an den Zitronenmann gedacht habe. Allein dafür hat es sich ja bereits gelohnt. In den Stunden, die ich allein mit den Marzipanrosen verbracht habe, war das nämlich noch ganz anders, da habe ich die gestrige Begegnung mit dem Grillhendl-Desaster wieder und wieder in meinem Kopf durchgespielt. Was er gesagt hat. Was ich gesagt habe. Wie er das Gesicht verzogen hat. Wie ich ihn gezwungen habe, meinen Korb nach Hause zu tragen. Der stand vor der Tür des Cafés, Marco habe ich seither nicht gesehen. Und ich hoffe, das bleibt auch so.

»Und wo genehmigen wir uns jetzt den von Mel versprochenen Drink?«, frage ich, als wir den Kinosaal verlassen.

Drei Minuten später sitzen wir schräg gegenüber vom Kino in einer italienischen Bar und bestellen vier Gin Tonics sowie eine große Antipasti-Platte.

»Vielen Dank noch mal an euch beide für die schönen Schilder«, sage ich an Oliver und Daniel gerichtet, »das Feedback ist bisher ausschließlich positiv. Den Leuten gefällt es total gut.«

»Du hast ja selbst am Design mitgearbeitet«, sagt Oliver.

Er hat eine klassische Nerdbrille mit schwarzem Gestell, wie es sich für jemanden aus der Werbebranche gehört, aber ansonsten fällt sein Style ziemlich aus dem Rahmen. Er kleidet sich so bunt, dass Mel neben ihm aussieht, als wäre sie aus einem Schwarz-Weiß-Film gefallen. Er trägt Jacketts mit Punkten, neonfarbene Shirts, Sneaker in den wildesten Farben und Hosen mit Mustern, bei denen eine Siebzigerjahre-Tapete vor Neid erblassen würde. Und das Schöne ist, er zieht all das mit so viel Selbstbewusstsein und Nonchalance an, dass es ihm eine unberührbare Aura der Coolness verleiht. Ich bin stets beeindruckt, wenn Menschen ihr Ding machen. Wenn sie sich modisch etwas trauen. Ich finde es großartig, wenn Leute mit Fashion spielerisch umgehen, Trends aufgreifen, ein Statement setzen oder einfach Spaß mit ihren Outfits haben. Schließlich sind alle Regeln, die wir Menschen rund um Kleidung erdacht haben, völlig willkürlich, wer hat also einem anderen vorzuschreiben, was dieser anziehen darf und was nicht? Wäre ich mutig genug, würde ich im Pyjama und mit dicken Wollsocken ins Kino gehen. Was könnte gemütlicher sein?

Stattdessen betrachte ich bewundernd Olivers aktuelles Outfit, das aus Schlangenprint-Boots in Grau und Gelb, einer engen schwarzen Hose und einem violetten Longsleeve besteht, auf dem in goldenen Buchstaben *Too old to die young* aufgedruckt ist.

»Wie läuft es mit dem neuen Praktikanten?«, erkundigt sich Mel, und ich frage mich, ob sie und Oliver wohl im Kino geknutscht haben. Vermutlich nicht. In der Öffentlichkeit tut Mel gerne so, als wäre er nur ein Freund. Wobei – eigentlich tut sie nicht nur in der Öffentlichkeit so. Nicht einmal mir ist es bisher gelungen, ihr eine konkrete Aussage über ihre Gefühle für diesen Mann zu entlocken, dabei kennen die beiden sich immerhin seit acht Monaten, in denen Oliver, soweit ich das beurteilen kann, alles richtig gemacht hat.

»Wir sind uns immer noch nicht einig, ob wir ihn behalten sollen«, antwortet er. »Ich bin dagegen, Daniel will ihm noch eine Chance geben.«

»Wenigstens noch einen Monat!«, wirft Daniel ein.

»Er hat überhaupt keine Ideen«, kontert Oliver, »und jeden Morgen, wenn er in die Agentur kommt, zieht er erst mal seine Schuhe aus und schlüpft in Pantoffeln, Dan, in Pantoffeln!«

Er schüttelt in gespielter Verzweiflung den Kopf.

»Außerdem ist er so langweilig wie ein Schluck Leitungswasser.«

»Warum habt ihr ihn dann eingestellt?«, frage ich, und wir stoßen an.

»Er ist der Sohn eines Kunden«, antwortet Oliver mit einem Seufzen, »und er hat irgendeine Aufnahmeprüfung nicht geschafft, deswegen soll er beschäftigt werden, bis er im Herbst noch mal antreten kann.«

»Wir sind eine von vier Stationen«, erklärt Daniel.

»Und jetzt schlurft er in Pantoffeln durch die Agentur und versaut mir den modischen Groove. Eins sag ich dir«, er wendet sich an Daniel, »wenn er im Sommer in Crocs kommt, werfe ich ihn raus!«

»Vielleicht solltest du ihn umstylen«, schlägt Mel vor, »mit ihm shoppen gehen und ihm zeigen, was er aus sich machen kann.«

»Hmmm«, macht Oliver und schiebt sich zwei Oliven in den Mund, »die Idee ist gar nicht so übel.«

»Er ist erst neunzehn«, sagt Daniel, »du musst ein bisschen Geduld mit ihm haben.«

»Mit neunzehn bin ich durch Südamerika getrampt!«

»Und wir wissen ja, wohin das geführt hat!«, entgegnet Daniel und zeigt auf die kleine Narbe zwischen Olivers Nase und seiner Oberlippe.

»Moment«, werfe ich ein und gebe der Kellnerin durch Handzeichen zu verstehen, dass wir gern eine zweite Runde hätten, »die Geschichte kenne ich nicht. Was ist da passiert?«

Und dann gibt Oliver eine verflucht lustige Story zum Besten, wie er in Argentinien niedergeschlagen und ausgeraubt wurde, sich am selben Abend im Bett mit drei jungen Frauen wiederfand, die ihm ein Kraut zu rauchen gaben, das so stark war, dass er sich komplett berauscht stundenlang mit ihnen vergnügte, dabei mit dem Gesicht gegen einen Bettpfosten knallte und gerade das halbe Zimmer vollblutete, als einer der Gangster, die ihn im Straßengraben hatten liegen lassen, hereinkam, weil er offenbar der Bruder einer der Schönen war.

»Das hast du dir doch ausgedacht!«, rufe ich und wische mir die Lachtränen von den Wangen.

»Ich schwöre, jedes Wort ist wahr«, beteuert er und berichtet, dass ihm die Flucht gelang, nur leider ohne seine Hose.

»Da hast du in einer Nacht mehr erlebt als der Praktikant in seinem ganzen bisherigen Leben«, kommentiert Mel trocken, und als ich ihren amüsierten Blick auffange, zwinkere ich ihr schnell zu. Sie weiß, dass das bedeutet, dass ich ihr verzeihe.

Irgendwann ist es zwei Uhr morgens, wir sind angenehm betrunken, die Bar schließt, und wir stehen draußen in der kühlen Mainacht.

»Verdammt«, stöhne ich, »ich muss in knapp zwei Stunden aufstehen!«

»Da lohnt es sich doch gar nicht mehr, schlafen zu gehen!«, ruft Oliver. »Los, kommt alle mit zu mir. Ich hab noch Wein zu Hause. Und Käse. Sehr viel sehr köstlichen Käse.«

»Der Käse ist mir egal«, murmelt Daniel, »aber nach Koppl fahre ich heute ganz bestimmt nicht mehr.«

»Ich muss doch backen«, wende ich ein. »Morgen soll es … nein, heute … Topfenstrudel geben und Kardinalsschnitten, die sind richtig schwierig, außerdem …«

»Außerdem magst du doch echt gern Käse«, wendet Mel ein, und da hat sie recht.

»Na gut«, lasse ich mich überzeugen.

Denn die Vorstellung, dass die drei ohne mich zu Oliver gehen und ich allein in unser Haus muss, gefällt mir absolut nicht.

Wir machen uns auf den Weg, Oliver wohnt am unteren Ende der Steingasse, und als Mel sich bei ihm einhakt, lächle ich zufrieden. Dann spüre ich, dass Daniel nach meiner Hand greift, meine Finger fest mit seinen umschließt. Zum Glück hindern die Gin Tonics mich daran, alles wie sonst üblich zu zerdenken, und so gehe ich einfach neben ihm und lasse zu, dass es sich gut anfühlt.

Marco

Marco war noch nie bei einer Dating-App angemeldet. Er lässt sich einen SMS-Code schicken, weil er sich nicht mit Facebook einloggen will, niemand soll ihn in der App unter seinem echten Namen finden können. Und jetzt? Die App ist selbsterklärend, aber was für ein Foto soll er nehmen? Und was könnte er in seinen Profiltext schreiben?

Er seufzt, legt das Handy zur Seite und starrt die Wand an. Seit Wochen will er dort Bilder aufhängen, und seit Wochen kommt er nicht dazu. Im Bistro ist einfach zu viel zu tun, und an seinem einzigen freien Tag, am Montag, wenn das Las Vegans geschlossen ist, ist er für gewöhnlich zu erschöpft, um Großes zu bewegen. Deshalb war er, seit er in Salzburg ist, nicht beim Sport. Und deshalb sieht seine Wohnung aus, als hätte er nicht vor zu bleiben. Unausgepackte Umzugskartons stehen immer noch herum, darin befinden sich die Dinge, die er nicht täglich braucht. Wie die Bilder für die Wand zum Beispiel.

Aber er hat ein Bett und ein Beet, alle notwendigen Küchengeräte, ein Sofa und einen funktionierenden Fernseher, außerdem einen Tisch mit zwei Stühlen, das genügt ja vollauf für einen Singlemann.

»Dir ist aber schon klar, dass du jetzt nicht zwangsweise allein bleiben musst?«, hat Simon gestern Abend zu ihm gesagt, und Marco hat überrascht innegehalten.

So hat er das noch nie gesehen. Eigentlich hat er darüber nicht konkret nachgedacht. Er war so sehr damit beschäftigt, sich Ruth aus dem Herzen zu reißen und die Eröffnung des Ladens zu organisieren, dass er kein Bedürfnis verspürt hat, sich auf etwas

Neues einzulassen. Ganz im Gegenteil, die Verwirklichung seines Traums hat Vorrang, und er ist entschlossen, sich nicht ablenken zu lassen.

»Das Bistro ist wichtiger«, hat er geantwortet.

Simon hat mit den Augen gerollt.

»Ich rede doch nicht davon, dass du dir eine Frau und drei Kinder anschaffen sollst, die dich in Beschlag nehmen«, hat er gesagt, »aber wie ein Mönch brauchst du auch nicht zu leben.«

»Pfff«, hat Marco gemacht, dann aber gefragt: »Und was stellst du dir vor?«

»Na, wie man das heutzutage eben so macht«, hat Simon entgegnet, »meld dich bei einer Dating-App an und schau, was geht.«

»Was geht«, hat Marco ratlos wiederholt, doch jetzt sitzt er auf seinem Sofa, zu dem es noch keinen Couchtisch gibt und vor dem ein Teppich fehlt, und nimmt erneut sein Smartphone zur Hand. Seine Wohnung ist vielleicht noch nicht fertig eingerichtet, aber herzeigbar ist sie sehr wohl, Besuch könnte er einladen. Oder womöglich mit einer Frau etwas trinken gehen, einfach so, zum Quatschen. Außer Simon und Susanne kennt er schließlich in Salzburg keine Menschenseele, und die beiden verbringen ohnehin schon genug Zeit mit ihm. Susannes unbezahlter Urlaub in der Marketing-Agentur ist mittlerweile zu Ende, sie hat bereits währenddessen ihre Kündigung eingereicht. Um anschließend Vollzeit bei ihnen anzufangen.

»Das ist unsere Chance jetzt«, hat sie gesagt, »sollte alles den Bach runtergehen, kann ich mir ja einen neuen Job suchen.«

Marco hat sich gefreut und gleichzeitig heftig schlucken müssen.

New in town, schreibt er in sein Profil, und als Bild wählt er ein Selfie in Schwarz-Weiß. Er holt sich ein Bier aus dem Kühlschrank und die Reste des Linseneintopfs, den er aus dem Lokal mitgenommen hat. Er macht Netflix an und widmet sich wieder

der Dating-App. Als Marco zuletzt Single war, hat noch kaum jemand in Österreich online nach der Liebe gesucht, so lange ist das her. So lange hat er geglaubt, er habe die Frau seines Lebens bereits gefunden.

Er schaut die Serien neuerdings auf Englisch mit Untertiteln, weil er das Gefühl hat, es könne wegen der Touristendichte in der Stadt nicht schaden, seine Sprachkenntnisse ein wenig aufzumöbeln. Das Linsencurry schmeckt kalt nicht so gut, aber er ist zu faul, es aufzuwärmen. Und ein bisschen fühlt er sich, wie er da so sitzt in Jogginghose und T-Shirt, mit Bierflasche, der Geräuschkulisse des Fernsehers und dem Resteessen, wie ein wesentlich älterer Mann. Er ist erst vierunddreißig, verdammt! Vielleicht hat Simon recht. Wobei er sich nur aus einem einzigen Grund bei Tinder angemeldet hat, und den kann er seinem besten Freund auf keinen Fall verraten. Weil in seinem Kopf in derselben Sekunde, in der Simon gesagt hat, dass er nicht allein bleiben muss, das Bild von Anna aufgetaucht ist. Ausgerechnet! Was spielt sein Gehirn ihm für einen dämlichen Streich? Wieso muss er an die kleine Zicke von nebenan denken, wenn es um sein Liebesleben geht? Das hat ihn regelrecht erzürnt, er war sauer auf sich selbst. Und hat entschieden, das Bild von Annas wilden Locken, ihrer süßen Zahnlücke und den blitzenden Augen so schnell wie möglich aus seinen Gedanken zu vertreiben. Idealerweise für immer. Indem er es durch Bilder von anderen Frauen ersetzt. Das muss doch möglich sein. Nach links für Nein, nach rechts für Ja, das ist das ganze Geheimnis. Marco nimmt einen Schluck Bier und beginnt zu wischen. Mit einem Auge schielt er immer wieder auf den Bildschirm des Fernsehers. So machen das die jungen Leute: alles gleichzeitig. Bloß nichts verpassen.

Er beschließt, erst einmal nicht zu wählerisch zu sein, sondern großzügig nach rechts zu wischen. Schließlich sucht er ja nicht nach seiner großen Liebe. Die hat er schon hinter sich. Ob blonde, schwarze oder rote Haare, spielt für ihn keine Rolle, und solange die Frauen nicht zu weit weg oder zu alt für ihn sind, gibt er ihnen ein Ja. Wobei ihm die Ironie durchaus auffällt. Denn wenn er jetzt eine Freundschaft plus anfängt, wenn er jetzt womöglich doch datet, hätte er ja gleich am ersten Tag, als er sie auf dem Markt getroffen hat, Annas Einladung annehmen können. Er hat sie abblitzen lassen, er war zu überrascht und außerdem überzeugt, er müsse sich auf die Arbeit konzentrieren, und zwar nur auf die Arbeit. Zu verletzt war er wahrscheinlich auch. Ob alles anders gekommen wäre, wenn er Ja gesagt hätte zu dem Zitronenkuchen?

Seit der Begegnung auf der Schranne letzte Woche will er noch weniger mit Anna zu tun haben als sowieso schon. Was glaubt sie eigentlich, wer sie ist? Schnauzt ihn mitten auf dem Markt an, weigert sich, mit ihm zusammen zurückzugehen, obwohl sie denselben Weg haben, und weist ihn dann auch noch an, ihren Korb zu schleppen. Er war so verdattert, dass er das auch noch gemacht hat. Am liebsten hätte er unterwegs die Eier zerdeppert und den Schlagobers ausgeleert. Dass er, ausgerechnet er, einen schweren Korb voller Tierprodukte tragen musste, das war ja wohl wirklich das Allerletzte!

Er schnaubt vor Wut, schaufelt ein paar Bissen Linsen in sich hinein und nimmt einen großen Schluck aus der Bierflasche. Damit hat sie es sich endgültig mit ihm verscherzt. Dabei war er extra freundlich! Eine Weile sieht er seiner Serie zu, dann kontrolliert er seine Matches: Neun hat er bereits. Er grinst erfreut. Das ging ja schnell. Und bedeutet im Endeffekt wohl nicht viel. Aber es ist ein Anfang. Er wird sich nicht in dieser ihm fremden Stadt wie ein Freak allein in eine Bar setzen. Und Simon will er nicht bitten, ob er mit ihm ausgeht, der hat ohnehin kaum Zeit mit seiner Frau allein, seit sie beinahe jeden Tag bis spätabends im Las Vegans arbeiten.

Nach einer Weile wird er den Reigen der lächelnden Frauengesichter ein wenig leid. Er legt das Smartphone zur Seite, holt sich ein zweites Bier und ein paar Nüsse. Bei der zweiten Folge denkt er, dass es schöner wäre, wenn jemand hier wäre. Das kann er nicht abstreiten. Und schon spielt sein Kopfkino den nächsten verrückten Film. Wie Anna neben ihm auf der Couch sitzt und ihm etwas erzählt. Sie redet immer so schnell, als sei sie in Gedanken zwei Schritte weiter als mit dem Mund, und sie gestikuliert dabei so entschlossen, das mag er. Wie sie Muffins essen und sich dann näher …

Er knurrt wütend und schlägt sich mit der Handfläche gegen die Stirn. Ist das denn zu fassen? Dieses missmutige Biest wird er ganz sicher nicht mit in seine Wohnung nehmen, niemals. Anna hat hier Couchverbot. Er schaut weiter dem Hexer zu bei seinem Kampf gegen … ja, gegen wen eigentlich? Er hat den Faden verloren. Vielleicht ist er nicht mehr jung genug, um mehrere Dinge gleichzeitig zu tun. Mit einem Seufzer sieht er auf die Uhr. Es ist noch nicht mal halb zehn, er kann doch jetzt noch nicht schlafen gehen. Andererseits wäre es auch nicht das Schlechteste, ausnahmsweise mal früh ins Bett zu kommen, morgen wird er wieder seine ganze Kraft brauchen.

Zehn Minuten noch, beschließt er, und öffnet erneut die App. Auf siebzehn Matches hat er es bereits gebracht, vier Frauen haben ihn schon von sich aus angeschrieben. Läuft ja gar nicht schlecht. Aber heute ist er zu müde, um sich kreative Antworten und witzige Anmachsprüche auszudenken. Er wischt nach links, nach links, nach rechts, dann friert ihm das Herz ein. Da sind diese Augen, an die er heute schon so oft gedacht hat. Die frechen Locken. Das vorwitzige Grinsen. Da ist das Profil von Anna, und sie lächelt ihn an. Mit einem undefinierbaren Geräusch wirft er das Handy aufs Sofa und geht ins Bad. Er wäscht sich das Gesicht mit kaltem Wasser und schaut in den Spiegel.

Er sieht blass aus, aber er ist auch nicht oft an die frische Luft gekommen in den letzten Wochen. Das sollte er dringend ändern, vielleicht gelingt es ihm, ab jetzt vormittags eine Laufrunde an der Salzach zu absolvieren, bevor sie das Bistro öffnen. Oder er könnte googeln, ob es ein Solarium gibt, aber das erscheint ihm gar zu eitel. Ob Anna wohl auf braun gebrannte Männer steht? Und ob ihr seine dunklen Haare gefallen oder ob sie lieber blonde Männer mag? Vielleicht findet sie ja seine Lederjacke hässlich, die ist schon ziemlich abgeschabt. Und überhaupt, sein Style könnte auch mal eine Frischekur gebrauchen, er trägt seit Jahren dasselbe, weil er es verabscheut, shoppen zu gehen. Aber wer sagt eigentlich, dass Anna Single ist? Entnervt schüttelt er den Kopf und greift nach seiner Zahnbürste. Er wird einfach tatsächlich schlafen gehen, jetzt sofort. Das ist die einzige Möglichkeit, dieses elende Gedankenkarussell abzustellen. Und morgen früh wird er allen neuen Matches eine nette Nachricht schicken. Dann wird Annas Bild in seinem Kopf garantiert mit derselben Geschwindigkeit verpuffen, mit der sie ihn auf dem Grünmarkt hat stehen lassen.

Als er im Bett liegt, kann er nicht einschlafen. Dabei hat er eineinhalb Biere getrunken, das hilft normalerweise immer. Und er hat es ja jetzt endlich gemütlich, keine halb leere Luftmatratze mehr, auf der er sich blaue Flecken holt, wenn er sich umdreht. Wie schnell die Wohnung wohl eingerichtet und alle Möbel aufgebaut wären, würden seine Brüder ihm helfen. Für einen Moment sieht Marco es vor sich, Manuel, der tausend Gestaltungsideen hat, Martin, der mit der Energie von drei Leuten anpackt, und Matthias, der auf das Praktische achtet und Sandwiches für alle mithat. Und es ist ja nicht so, als hätten sie das nicht angeboten, ganz im Gegenteil. Vor allem Matthias hat zigmal angerufen und Dutzende Nachrichten geschickt. Ob es ihm gut gehe, haben seine Brüder gefragt. Wann das Lokal eröffnet werde. Ob er Hilfe brauche. Sie haben ihn nicht hängen lassen. Marco hat nur nie geantwortet.

Das Handy hat er absichtlich unten auf der Couch liegen lassen, damit er nicht in Versuchung kommt, Annas Profil noch einmal anzuschauen. Was genau gar nichts gebracht hat, denn er sieht es trotzdem vor sich. Und zwar die ganze Zeit.

»Aaaarrrgh«, macht er absichtlich laut, und dann muss er über sich selbst lachen.

Das Ziffernblatt des Weckers sagt ihm, dass er seit über einer Stunde schlaflos daliegt. Da hätte er auch gleich noch eine Folge gucken können, das wäre genauso effizient gewesen. Und dann hat er eine Idee.

Hastig klettert er von seinem Hochbett herunter, schnappt sich das Handy, öffnet Tinder, kneift die Augen ein wenig zusammen, weil das Licht des Smartphones ihn blendet, und tauscht sein Selfie gegen eine Bergpanorama-Aufnahme von einem Kletterurlaub in Tirol aus, auf der er zwar zu sehen ist, aber so klein, dass man ihn kaum erkennt. Er hat sich Ocram genannt, die Spiegelung seines Namens, wie in Kindertagen, als sie es lustig fanden, die Buchstaben umzudrehen. Sie wird nicht wissen, wer er ist. Sie wird ihn vielleicht sowieso nicht einmal zurückliken. Und er würde jetzt wirklich gern schlafen. Für einen Augenblick betrachtet er Annas hübsche Grübchen, dann wischt er ihr Foto schnell nach rechts.

Anna

»Wie war euer Kinoabend?«, fragt Oma.

»Du wusstest davon?«, rufe ich empört.

Oma und Mel sagen nichts, aber an ihren schelmischen Gesichtern erkenne ich alles, was ich wissen muss.

»Ihr habt das gemeinsam ausgeheckt! War ja klar, dass ihr wieder unter einer Decke steckt«, maule ich.

»Sonst hättest du dem blonden Mann doch nie eine zweite Chance gegeben!«, erklärt Oma.

»Aber es war Mels Idee«, fügt sie hinzu.

Sie hat ihre Mausbrille auf und trägt ein auffallend hübsches hellblaues Kleid. Überhaupt hat sie, wie ich festgestellt habe, ihren gesamten Kleidungsstil in den letzten Wochen vollkommen geändert. Wo vorher alles praktisch und robust sein musste, legt sie jetzt Wert auf schöne Schnitte, verspielte Details und luftige Farben. Nie zuvor hab ich sie so gekleidet gesehen. Und es steht ihr. Ihre Augen leuchten mehr, und ihr strahlendes Lächeln ist ohnehin das beste Accessoire.

»Warst du shoppen, Oma?«, frage ich.

Sie verzieht das Gesicht ein wenig,, als sei sie genervt, aber an dem Ton in ihrer Stimme höre ich, dass sie durchaus Spaß an der ganzen Sache hat.

»Jacopo liebt es, mir hübsche Dinge zu kaufen. Das kann ich niemals mitnehmen, wenn ich weiterziehe, wie soll das alles in meinen Rucksack passen?«

Einen Moment ist es still, und ich weiß, dass Mel und ich dasselbe denken, auch wenn wir es nicht aussprechen: Was, wenn du einfach bleibst, Oma?

»Aber denk nicht, du könntest ablenken, Annale«, wirft sie ein, »was war mit Daniel und dir?«

»Gar nichts«, erkläre ich, »wir waren im Kino, dann in einer Bar, hinterher noch bei Oliver zu Hause, und während die anderen um fünf Uhr morgens schlafen gegangen sind, hab ich mich ins Café geschleppt. Ich hab also zum ersten Mal wieder durchgemacht, seit ich ... zwanzig war? Oder keine Ahnung, ich erinnere mich nicht.«

»Ach, deswegen siehst du so fertig aus«, kommentiert Oma spöttisch und lacht über mein entrüstetes Gesicht.

»Sie hat immer noch nicht geschlafen«, verteidigt Mel mich, »das Sonnigsüß ist erst seit zehn Minuten geschlossen, und mit dir zu reden war ihr wichtiger, als ins Bett zu gehen.«

»Pfff«, macht Oma, »das ist doch wohl das Mindeste. Außerdem seid ihr noch jung, ein bisschen Schlafmangel bringt euch nicht gleich um.«

»Also habt ihr euch nicht geküsst?«, fragt sie dann und reißt die kleinen Augen hinter der Lesebrille weit auf vor Neugier.

»Nein«, entgegne ich schlicht.

»Aber hättest du ihn gern geküsst?«

Ich überlege und spüre, wie Mel mich von der Seite ansieht.

»Ich weiß es nicht«, antworte ich wahrheitsgemäß.

»Er hätte bestimmt nichts dagegen gehabt«, meint Mel.

»Er ist einer von den Netten, verstehst du, Oma?«, füge ich hinzu und hebe ratlos die Schultern.

»Ach ja«, seufzt Oma, »ich versteh dich gut. Und wie läuft es mit dem nicht so Netten?«

»Hm?«, mache ich.

»Na, mit dem Zitronenmann!«, ruft sie ungeduldig und macht eine sehr italienische Handbewegung dabei, die Mel zum Lachen bringt.

»Der ist so ein Depp«, bricht es aus mir heraus, »so ein hirnverbrannter, egozentrischer Trottel mit einem Stock im

Arsch, einem veganen Stock, wie ich betonen möchte, und dann rennt er immer in dieser schäbigen Lederjacke und dem Dreitagebart rum und glaubt, er sei der Geilste, könnt ihr euch das vorstellen? Dabei hat er den Look nun wirklich nicht erfunden! Ist doch eigentlich längst out, oder nicht? Wie der mich ansieht! Als hätte ich ihm sein Lieblingsspielzeug gestohlen. Oder es mit ... mit Eiern beschmiert und mit Milch übergossen. Tierprodukte sind sein Kryptonit. Er hat mir aufgelauert auf der Schranne und mich blöd angeredet, nicht mal nett, nicht mal freundlicher Small Talk, nein, und dann dachte er ernsthaft, ich gehe einträchtig Seite an Seite mit ihm nach Hause, aber da hat er sich geschnitten, soll er doch allein bleiben und mit seinem Sojazeug und seinen Tofuschnitzeln versauern, dieser aufge...«

Ich bemerke die überraschten Mienen von Oma und Mel und bremse mich ebenso plötzlich, wie ich mit dieser Tirade angefangen habe.

Es ist sehr still, keiner sagt ein Wort.

»Oha«, macht Oma dann.

Mel sieht aus, als wüsste sie nicht, ob sie in schallendes Gelächter ausbrechen oder mich in den Arm nehmen soll.

»Kurz gesagt«, ich lege einen sarkastischen Ton in meine Stimme, »es läuft nicht gut.«

»Das Bistro ist allerdings jeden Tag gerammelt voll«, sagt Mel, »die Leute lieben es. Ist aber vielleicht nur der Anfangshype, mal sehen, ob sie das halten können.«

Ich muss kurz verschnaufen. Während meiner verbalen Kotzattacke hat mein Herz wie wild angefangen zu rasen. Wie ist es möglich, dass dieser Kerl mich dermaßen zur Weißglut treibt? Und das, obwohl ich ihm erst dreimal begegnet bin und nie mehr als drei, vier Sätze mit ihm gewechselt habe? Vermutlich ist er MEIN Kryptonit. Was würde Superman mir raten? Mich davon fernzuhalten, ganz genau.

»Weißt du, zuerst hab ich mich wirklich gefreut, dass da ein neues Lokal in die Nachbarschaft kommt. Mittlerweile hoffe ich nur noch, dass er bald schließen muss und wieder zurückgeht nach Wien oder wo immer er hergekommen ist«, sage ich.

»Und ja, ich weiß, dass das gemein ist, aber er ist auch immer nur gemein zu mir!«, setze ich hinzu.

»Er hat deinen Korb heimgetragen«, wirft Mel ein.

»Er hat *was*?«, fragt Oma.

Ich erzähle ihr, wie ich Marco den Korb vor die Füße gestellt hab und davongestürmt bin. Den Korb voller Dinge, die er nie im Leben kaufen würde, wohlgemerkt. Oma lacht so sehr, dass ihr die Tränen kommen.

Im selben Moment, in dem Jacopo ins Bild kommt, klingelt Mels Handy. Sie schnappt es sich und läuft rasch ins andere Zimmer, um zu telefonieren.

»Amore«, sagt Jacopo zu Oma, »ti ho portato un tè.«

Er reicht ihr eine Teetasse und grüßt mich mit einem Lächeln. Er trägt einen Pullover in derselben Farbe wie Omas Kleid, und wie gut sie nebeneinander aussehen, wie sie zusammenpassen, lässt mich für einen Moment die Fassung verlieren.

»Grazie, tesoro«, sagt Oma und nimmt einen kleinen Schluck, »è perfetto.«

»Troppo caldo?«

»No, veramente perfetto.«

»Scusate«, sagt Jacopo noch, verabschiedet sich mit einem Winken und verschwindet wieder aus meinem Sichtfeld.

»Ach, Oma«, sage ich und höre selbst, wie weinerlich es klingt. Meine Emotionen wirbeln momentan ständig durcheinander wie der Teig in meiner Küchenmaschine. Auf der höchsten Stufe. Oma trinkt einen Schluck Tee, dann noch einen und sieht mich nachdenklich an.

»Weißt du«, sagt sie, »du bist mir sehr ähnlich. Ich habe auch immer tausend Gegenargumente gefunden und gedacht, dass ich

am besten dran bin, wenn ich unabhängig bleibe. Ich war überzeugt, dass ein Partner keine Bereicherung für mein Leben wäre,
sondern ein Hindernis. Aber du musst mal aufhören, mit dem
Gehirn zu denken.«

»Wie soll …«

»Und stattdessen anfangen, mit dem Herzen zu entscheiden«,
fährt sie fort, »nur mit dem Herzen, Anna.«

Veganes Linsencurry

Zutaten

300 g rote getrocknete Linsen
1 Bund Frühlingszwiebeln
ein wenig Erdnussöl
1 EL Currypaste
1 TL Kurkuma
1 Prise Chilipulver
1 EL Sojasoße
750 ml Gemüsesuppe
200 ml Kokosmilch
200 g Karotten
½ Bund frischen Koriander
1 TL fein gehackter Ingwer
Saft einer halben Zitrone

Zubereitung

Die Linsen in einem Sieb mit kaltem Wasser abspülen und abtropfen lassen. Die Frühlingszwiebeln waschen und in Ringe schneiden, die Korianderblätter abzupfen und klein hacken. Das Erdnussöl in einer Pfanne erhitzen und die Currypaste darin anschwitzen. Chilipulver, Kurkuma, Ingwer und die Sojasoße hinzugeben. Die Linsen kurz mitrösten. Anschließend mit der Gemüsesuppe aufgießen, die Karotten, die Frühlingszwiebeln und die Kokosmilch dazugeben und ca. 15 Minuten köcheln lassen, dabei immer wieder umrühren. Zum Schluss den Saft einer halben Zitrone und den frischen Koriander unterrühren. Eventuell mit Salz abschmecken.

Mira

Falls Papa sie nicht am Bahnhof abholt, weiß sie nicht, wie sie ihn finden soll. Aber vielleicht kann sie dann mit einem anderen Zug zurück nach Salzburg fahren, das schafft sie bestimmt. Allerdings ist ihre Rückfahrkarte erst am Sonntag gültig. Ihre Hände sind heiß und schwitzig, Mira setzt sich darauf und sieht aus dem Fenster. Sie hat sich nicht getraut, den Rucksack abzunehmen, deshalb ist das Sitzen ziemlich unbequem, sie kann sich nicht zurücklehnen. Aber zur Gepäckablage reicht sie nicht hinauf, der Boden ist schmutzig, und neben sich auf die Bank wollte sie den Rucksack nicht legen, es könnte ja sein, dass da jemand Platz nehmen möchte. Oder dass Mira die Haltestelle übersieht, es erst bemerkt, wenn es fast zu spät ist, und ganz plötzlich hinausspringen muss. Dann ist es besser, wenn sie alle ihre Sachen direkt am Körper hat, deshalb hat sie auch die Jacke nicht ausgezogen. Und nicht angefangen, in der Biografie über Marie Curie zu lesen. Damit dieses Szenario auf keinen Fall Realität wird.

Ein Szenario ist eine Handlung in einem Film oder einem Buch, aber Mira hat in ihrem Heft notiert, dass es auch etwas sein kann, das gar nicht geschieht, das man sich nur vorstellt. Oder von dem man hofft, dass es nicht eintritt.

Mama war heute Morgen verwirrend gut gelaunt, und das hat Mira tief in der Brust geschmerzt. Weil Mama sich vermutlich so gefreut hat, dass Mira das ganze Wochenende nicht da ist. Am Donnerstag hat sie ihr eröffnet: »Du darfst morgen zum Papa fahren. Und bis Sonntag bleiben!«, als wäre das ein großartiges Weihnachtsgeschenk oder so was. Dabei hat Mira Papa nicht mehr gesehen, seit er Mama zur Trauerberatung mitnehmen wollte, sie darüber so in Streit geraten sind, dass Mama ihm eine volle Weinflasche an den Kopf geworfen hat und er mit sieben Stichen genäht werden musste. Mira erinnert sich an das Geschrei der beiden und an die Blutflecken auf dem Küchenboden. Als sie am nächsten Tag aus der Schule gekommen ist, war Papa nicht mehr da, und seine Sachen auch nicht.

Da war Subi vier Monate und acht Tage tot.

»Wohin?«, hat Mira gefragt.

»Nach Kärnten«, hat Mama erklärt, »der Papa wohnt da jetzt auf einem Bauernhof. Und er möchte dir alles zeigen.«

Mira hat einen trockenen Mund bekommen. Mamas Lächeln hat echt ausgesehen, vielleicht hat sie gehofft, Mira würde für immer beim Papa bleiben und nicht zurückkommen. Deshalb hat Mira dreimal das Datum und die Uhrzeit auf dem Zugticket für die Heimfahrt kontrolliert. Und obwohl alles stimmt, ist es ihr schwergefallen, die Jacke anzuziehen, den Rucksack zu nehmen und zum Bahnhof zu gehen. Was, wenn Mama hinterher auch nicht mehr da ist? Was, wenn sie die Chance nutzt, um …

Schnell drückt Mira sich die schweißnassen Hände auf ihre Augen, um den Gedankengang zu stoppen. Dieses Szenario will sie sich auf keinen Fall ausmalen.

Wenn sie wenigstens ein Handy hätte, könnte sie Mama anrufen und fragen, ob alles okay ist. Ob sie klarkommt alleine. Sie könnte ihr ein Foto vom Bauernhof schicken oder ein Video aus dem Zugfenster, wie draußen die Wiesen vorbeifliegen. Aber Mama sagt, für ein Handy haben sie kein Geld, und das ist auch ein Grund, warum die Hassmädchen in der Schule sie auslachen. Und Mira nicht mitbekommt, was grade los ist, weil sie nicht in der WhatsApp-Gruppe der Klasse ist.

Erneut sieht Mira auf die Uhr, die Fahrt nach Mallnitz dauert eine Stunde und 43 Minuten, mehr als die Hälfte hat sie schon geschafft. In ihrer Jausenbox hat sie ein Toastbrot und einen Apfel, aber sie ist zu aufgeregt, um zu essen, und getrunken hat sie auch nichts, damit sie im Zug nicht aufs Klo muss. Wie kann man sich denn auf eine Toilette setzen, die in Bewegung ist? Physikalisch ist das unproblematisch, das ist ihr klar, sie selbst ist ja auch in Bewegung, aber sie findet die Vorstellung entsetzlich, in einem fahrenden Zug die Hose runterzulassen.

I am going to visit my father, denkt Mira, denn Englisch zu üben ist eine gute Beschäftigung, oder müsste sie sagen *I am visiting my father?*

I did not see him for six months.

Vor drei Tagen hat sie die Bewerbung für das Sommercamp in England abgeschickt. Es findet in Cambridge statt, an einem College. Mira hat ihre Zeugnisse dazugelegt, den Lebenslauf, das verlangte Motivationsschreiben und ein Foto von sich. Das Camp ist für schlaue Kinder, die eine besondere Begabung in Naturwissenschaften zeigen. Mira hat nicht gewusst, wie sie beweisen soll, dass sie so eine besondere Begabung hat, aber zur Sicherheit hat sie in ihrem Aufsatz ihre Faszination für Europium erwähnt, und ihre Zeichnung des Planetensystems hat sie auch dazugelegt. Jetzt heißt es warten. Fünfundzwanzig Kinder bekommen ein Stipendium, das die Teilnahme an den Workshops, Kost und Logis umfasst. Das bedeutet, dass sie dort schlafen und essen dürfen. Die Anreise muss Mira selbst bezahlen, und darauf spart sie nun schon eine ganze Weile.

Eigentlich hat sie gedacht, Papa hat sie sowieso längst vergessen. Und was tut er eigentlich auf einem Bauernhof? Er ist doch Diplom-Ingenieur. Mit wem lebt er da? Hat er vielleicht eine neue Familie mit anderen Kindern? Bei dem Gedanken wird Mira schlecht. Diese Kinder wären bestimmt viel hübscher und süßer als sie. Was wird Papa denken, wenn er Mira sieht? Sie ist gewachsen, ja, aber nicht viel, ihre Brille ist dicker geworden, außerdem bekommt sie jetzt die ersten Pickel auf dem Kinn und auf der Nase. Sie hat sie heimlich mit Mamas Puder im Badezimmer überschminkt, aber spätestens morgen bemerkt er sie dann. Er wird ja kaum Make-up im Bad haben, das sie benutzen kann.

Und wenn es nicht gut wird, muss sie trotzdem bleiben. 52 Stunden und 17 Minuten von ihrer Ankunft um 11.55 Uhr bis zur Abreise am Sonntag um 16.12 Uhr, sie hat es ausgerechnet. Einerseits klingt das nach wirklich, wirklich viel Zeit. Andererseits sitzt sie dieselbe Menge Zeit jedes Wochenende mit Mama in der Wohnung ab, und das vergeht ja auch irgendwie.

Als der Schaffner vorbeispaziert, schaut Mira ihn erwartungsvoll an, aber er lächelt nur, er hat sie ja schon kontrolliert.

»Fährst du ganz alleine?«, hat er gefragt.

»Mein Papa holt mich ab«, hat sie geantwortet und gehofft, dass es stimmt.

»Mhm«, hat er gebrummt, »wie alt bist du denn?«

»Elf, fast zwölf.«

Kurz hat sie sich Sorgen gemacht, dass er sie aus dem Zug entfernen und an irgendeinen Bahnsteig stellen würde, weil sie zu jung ist, um ohne Begleitung zu fahren, aber er hat nur genickt und ist weitergegangen. Seither ist er aber schon viermal vorbeigekommen, als hätte er nachschauen wollen, ob sie noch da ist und ob es ihr gut geht.

Als der Zug in Mallnitz-Obervellach hält, steht Mira bereits im Zwischenteil der Waggons und schwitzt. In der Jeansjacke ist ihr zu warm, außerdem weiß sie nicht, ob es ihr gelingt, die Tür zu öffnen. Das muss sie aber gar nicht, denn der Schaffner kommt, drückt auf einen grünen Knopf, lässt Mira den Vortritt und steigt hinter ihr aus. Auf dem Bahnsteig atmet Mira tief durch. Dann noch mal und noch mal. Es riecht nach Sonne und Dieselöl. Durch die Nase ein und aus dem Bauch nach oben, dann durch den geöffneten Mund. Das ist eine Yoga-Atmung, die heißt Ujjayi, siegreicher Atem. Wie man das ausspricht, weiß Mira nicht, aber siegreich zu sein, kann auf jeden Fall nicht schaden.

Sie sieht sich um. Früher hat Papa sie einmal in der Woche von der Volksschule abgeholt, da stand er dann rauchend auf der anderen Straßenseite. Sie hat die Straße überquert und ihn beobachtet, während er sie angegrinst und zwei letzte tiefe Züge genommen hat, um danach die Zigarette auszutreten, kurz bevor Mira bei ihm ankam. Deswegen hat er immer nach frischem Rauch gerochen und nach seinem Rasierwasser. Sie sind zwei Häuser weiter zum Kindergarten gegangen, haben Subi geholt, und zu Hause gab es Spiegeleier mit klein geschnittenem Schinken. Was anderes konnte Papa nicht kochen, aber das hat Mira nie gestört. Freitag war Papa-Tag, und darauf hat sie sich die ganze Woche gefreut.

Als sie ihn zwischen den fremden Leuten entdeckt, fährt ihr ein Zittern durch den Körper. Mira kann sich nicht bewegen, Papa muss zu ihr kommen. Er sieht sie an, und sie merkt, dass er kein Wort herausbringt. Er nimmt sie in den Arm, hält sie fest, und sein Geruch schneidet ihr mitten durchs Herz. Er riecht noch immer nach Papa. Es kostet Mira so viel Kraft, nicht anzufangen zu weinen, dass sie die Umarmung kaum zurückgeben kann. Sie lässt sich umfangen. Wie lange sie wohl so dastehen?

Dann löst sich Papa und hält Mira ein wenig von sich, um sie betrachten zu können.

»Lass dich ansehen«, sagt er, und seine Stimme klingt seltsam, hoch und brüchig, er räuspert sich.

»Meine Mimi«, sagt er dann, das Räuspern hat nicht geholfen.

Er umarmt sie noch einmal und flüstert etwas in ihre Haare, das Mira nicht versteht.

»Das Auto steht dahinten«, erklärt er und nimmt Mira an der Hand. Sie ist schon sehr lange nicht mehr an der Hand von jemandem gegangen, und eigentlich ist sie ja auch zu groß dafür. Aber es fühlt sich gut an. Sie ist angekommen, und Papa war da. Sie muss jetzt nicht mehr aufpassen, nicht auf die Uhr sehen, und allein sein muss sie auch nicht mehr.

Papa verstaut Miras Rucksack, ihre Jacke und ihren Pullover auf dem Rücksitz.

»Hier in Kärnten ist es immer wärmer als in Salzburg«, sagt er, und Mira ist froh, nur noch im T-Shirt zu sein. Er fährt einen alten Lieferwagen, der ruckelnd anspringt. Vorne auf dem Beifahrersitz ist man ganz schön hoch über den anderen Autos, das findet Mira cool.

»Deswegen schmecken unsere Äpfel so gut«, fährt Papa fort und gibt Mira einen kleinen Korb. Darin liegen drei Äpfel, eine Birne, etwas, das in Butterbrotpapier eingewickelt ist, und eine Flasche.

»Hab ich dir mitgebracht«, Papa lenkt den Lieferwagen vom Bahnhofsparkplatz. »Das Obst ist vom Vorjahr, das haben wir eingelagert. In der Flasche ist selbst gemachter Hollersaft. Und das Brot ist mit Speck, den hat der Maximilian geräuchert.«

Mira würde am liebsten fragen, wer der Maximilian ist, aber zuerst muss sie was trinken. Vor lauter Durst setzt sie kein einziges Mal ab, bevor die ganze Flasche leer ist. Papa wirft ihr einen erstaunten Blick von der Seite zu und lacht.

»Entschuldigung, wolltest du auch was?«, fragt Mira erschrocken.

»Nein, alles gut, wir sind eh in einer Viertelstunde daheim«, entgegnet Papa.

Wie er das so sagt. Daheim. Als würde Mira da auch wohnen.

Sie beißt in das Speckbrot, und es schmeckt himmlisch.

»Hat die Andrea gebacken«, sagt Papa, als sie den Ort verlassen.

»Aha«, macht Mira zwischen zwei Bissen, und die ungestellte Frage steht fast schon sichtbar zwischen ihnen im Auto.

»Die Andrea ist …«, setzt Papa an und schweigt dann.

Mira isst das Brot auf und beißt in eine Birne. Wie herrlich das ist, wenn man so großen Hunger hat und etwas zu essen bekommt! Vielleicht das beste Gefühl auf der Welt. Weil es mit dem Magen zu tun hat und nicht mit dem Herzen.

»Wir verkaufen das auf den Märkten in der Umgebung«, sagt Papa, »Obst und Gemüse, Brot, Speck, manchmal auch geräucherten Fisch und Bärlauchaufstrich. Wir laden hinten alles voll und betreiben auf dem jeweiligen Markt einen kleinen Stand. Eier und Kräuter haben wir auch. Seit diesem Frühjahr beliefern wir außerdem das Lagerhaus hier im Ort.«

Er klingt stolz, und Mira bekommt eine kleine Gänsehaut. Sie beobachtet ihn verstohlen. Er raucht noch, das kann sie riechen, aber nicht mehr so viel. Anzüge und Hemden trägt er wohl keine mehr, er hat eine kaputte Jeans mit Grasflecken an und ein ausgewaschenes rotes Shirt. Sein Bart ist ein wenig länger als früher, die Augen haben noch dasselbe bärige Braun, beim Friseur war er offensichtlich schon eine Weile nicht mehr. Er sieht aus wie einer, der sich viel bewegt und oft draußen an der frischen Luft ist. Er sieht aus wie einer, der glücklich ist.

Mira wendet sich schnell ab. Papa nimmt ihr den Birnenrest aus der Hand, wirft ihn aus dem Fenster und lacht frech. Mira würde gern in das Lachen einstimmen, doch ihr ist der Hals zugeschnürt.

»Man wird nicht reich davon«, fährt Papa fort, »aber wir brauchen nicht viel. Wir können uns selbst versorgen, im Winter essen wir halt Kartoffeln. Der Maximilian arbeitet in Gmünd im Tourismusbüro, der kommt nur am Wochenende an den Hof. Wobei, das wird vielleicht auch bald aufhören, jetzt hat er nämlich eine Freundin in Klagenfurt.«

Papa setzt den Blinker und nimmt eine schmale Landstraße, auf der der Lieferwagen ordentlich wackelt.

»Ich weiß nicht, wer der Maximilian ist, Papa«, sagt Mira.

»Der Sohn von der Andrea«, erklärt er, »er ist schon erwachsen, dreiundzwanzig. Die Andrea ist … ein bisschen älter als ich.«

»Und deine neue Frau?«, fragt Mira und bemüht sich um eine gute Stimme.

Eine gute Stimme ist, das hat sie bei den Hassmädchen gelernt und bei Mama auch, neutral. Um keine Reaktion zu provozieren und nicht alles noch schlimmer zu machen.

»Nein, also …«, murmelt Papa, »wir sind nicht verheiratet.«

»Ist doch okay, Papa«, sagt Mira und wiederholt es: »Ist doch okay.«

Sie sieht an seinem Adamsapfel, dass er mehrfach schluckt. Er räuspert sich wieder. Dann schaut er kurz von der Straße weg und zu ihr. Er nickt ihr zu und lächelt. Mira lächelt zurück und beißt in einen Apfel, ohne Papa aus den Augen zu lassen.

»Schmeckt großartig«, sagt sie und merkt, wie er sich freut.

Der Bauernhof ist riesig, und als Mira aus dem Auto steigt, läuft ihr als Erstes ein Hund entgegen. Er bellt nicht, sondern beschnuppert sie freundlich und schleckt ihr die Hand ab. Mira hört eine Frau lachen und dreht sich um.

»Das ist der Stoppel«, sagt die Frau, die gerade aus dem Stall getreten ist und sich die Hände an einem Tuch abtrocknet.

»Und ich bin die Andrea.«

Mira will ihr höflich die Hand geben und findet sich im selben Augenblick in einer Umarmung wieder. Andrea hat einen kratzigen Pullover an und riecht nach Kühen und Brot.

»Herzlich willkommen«, sagt sie, als sie Mira loslässt, »ich zeig dir erst mal, wo du schlafen kannst.«

Dann geht Mira mit ihr gemeinsam auf das Haus zu, zwischen Andrea und Papa, wie ein behütetes Kind.

Am Abend gibt es Kasnocken aus einer großen Pfanne in der Stube und dazu Apfelsaft, der ganz anders schmeckt als der aus dem Supermarkt. Papa hat ihn aus dem Fallobst gemacht. Es ist, als hätte Mira jetzt einen anderen Vater, der dem alten zwar ähnlich sieht, aber sonst nicht mehr viel mit ihm gemeinsam hat. Früher hat Papa außer den Spiegeleiern nichts gekocht, er hat viele Krawatten besessen und handgemachte Schuhe aus Leder. Auf Geschäftsreise war er oft, in Schweden, Ungarn, Italien, und er hat viel Wert auf schicke Jacketts und edle Uhren gelegt. Ja, er hat sie und Subi freitags abgeholt, mit ihnen gespielt, gelesen und sie ins Bett gebracht, weil Mama da die Abendleitung im Restaurant gehabt hat, aber am restlichen Wochenende hat er oft in seinem Büro gearbeitet und nicht viel Zeit für seine Kinder gehabt. »Der Papa hat Stress«, hat es dann geheißen, und jetzt sieht er aus, als wisse er gar nicht mehr, was Stress ist. Entspannt ist er und zufrieden. Er lacht viel und immer in Richtung Andrea.

Mira kann nicht sagen, was sie empfindet. Das ist schwer auseinanderzudividieren in dem Knäuel aus Wut und Traurigkeit, Hoffnung und Liebe in ihrem Bauch. Auf jeden Fall sind es zu viele Gefühle auf einmal. Wie wenn man nicht aufhört, eine Flüssigkeit in ein Reagenzglas zu leeren. Dann kann man davon ausgehen, dass es irgendwann übergeht. Die Frage ist nur, wann.

Also konzentriert sie sich lieber auf das Essen. Zu den Kasnocken gibt es Salat und als Nachspeise einen Mohnstrudel. Stoppel sitzt unter dem Tisch und wärmt Miras Füße, als sei das ganz normal. Papa und Andrea stellen eine Menge Fragen, und Mira erzählt. Von der Schule und ihren Noten, von Marie Curie und dass sie als erste Frau zwei Nobelpreise bekommen hat, von Hakan und ihrem Handschlag und schließlich sogar von Annas Café.

»Wenn man etwas isst, das Anna gebacken hat«, Mira senkt ihre Stimme zu einem Raunen und genießt es, wie Papa und Andrea gespannt an ihren Lippen hängen, »dann geschieht etwas Magisches.«

Sie macht eine kleine Kunstpause.

Es ist gut, wenn einem jemand zuhört, so gut ist es, dass Mira gar nicht mehr aufhören mag zu sprechen. Sie könnte die ganze Nacht lang erzählen, so viele Geschichten sind in ihr drin, für die seit Juni letzten Jahres niemand ein Ohr gehabt hat.

»Man kann die Gefühle der anderen Menschen spüren«, Mira legt eine Hand auf ihre Brust, »hier drin.«

Die beiden sehen sie erstaunt an.

»Es ist wahr. Es ist wie ein Zauber. Man merkt auf einmal, ob die anderen ängstlich sind oder wütend oder ...«

Plötzlich hat sie das Bild von Mama vor Augen. Wie sie brüllt und kleine Speicheltropfen durch die Luft fliegen. Wie sie weint, sich an Mira klammert. Wie sie Mira ins Gesicht schlägt.

»Und dann kann man ... sich schützen«, fügt sie hinzu, aber leiser.

Sie beißt in ihr Mohnstrudelstück und spült es mit einem Schluck von dem Kakao hinunter, den Andrea für sie gemacht hat. Und natürlich fällt ihr der seltsame Blick auf, den Papa und Andrea rasch wechseln.

»Und da gehst du oft hin, zu dieser Anna?«, fragt Papa.

»Mhm«, macht Mira achselzuckend, als wäre es nicht so wichtig. Ganz bestimmt wird sie ihm nicht auf die Nase binden, dass sie jeden Tag nach der Schule dort Unterschlupf findet. Asyl nennt man das, was Anna Mira gibt: Aufnahme und Schutz.

»Und mit wem?«, fragt Andrea.

»Allein«, gibt Mira zurück, schaut ihr dabei aber nicht in die Augen.

Von Herrn Havel wird sie nämlich genauso wenig etwas verraten, sie ist ja nicht dumm. Im Gegenteil: Dumm ist das Einzige, was sie nicht ist. Und die Erwachsenen verstehen das nicht so gut, wenn ein Kind mit einem alten Mann befreundet ist.

»Der ist leider nicht magisch«, sagt Andrea und schneidet noch ein Stück Strudel für Mira ab, »aber ich hoffe, er schmeckt dir trotzdem.«

Mira nickt, und obwohl sie schon satt ist, isst sie ihren Teller noch mal leer. Sie will Andrea eine Freude machen. Und wer weiß, wann sie das nächste Mal wieder so etwas Gutes bekommt. Wie die beiden so nebeneinandersitzen, merkt man, dass Andrea älter ist als Papa, sicher zehn Jahre oder mehr. Sie färbt ihre Haare nicht, deswegen sind sie grau, aber sie sieht hübsch aus und natürlich. Sie hat auch keinen einzigen Tupfen Schminke im Gesicht, das sollte Lena mal sehen. Dass man mit Mitte fünfzig so attraktiv sein kann, ohne sich mit einer dicken Schicht anzumalen. Was Mira am schönsten an Andrea findet, ist ihr direkter Blick aus den grünen Augen. Es sind kluge, geduldige Augen, wach und forschend, aber irgendwie liebevoll. Mira kann sich gar nicht vorstellen, dass Andrea schreit. Oder jemandem ins Gesicht haut.

Immer wieder greift Papa nach Andreas Hand oder streicht kurz über ihren Oberarm. Das gefällt Mira, aber gleichzeitig gibt es ihr jedes einzelne Mal einen kalten Stich.

»Morgen gehen wir fischen«, sagt Papa, »ich kenne eine richtig schöne Stelle. Baden können wir da auch. Hast du einen Badeanzug mit?«

Mira nickt.

»Am Nachmittag kommt der Maximilian«, verkündet Andrea. »Wenn du willst, zeigen wir dir sein altes Baumhaus oben im Wald. Das ist toll, das hat er mit seinem Opa gebaut.«

Mira weiß inzwischen, dass der Hof Andreas Eltern gehört hat, die beide schon gestorben sind. Ihr Mann ist auch tot, genau wie ihre Tochter. Die beiden sind bei einem Autounfall ums Leben gekommen, da war Maximilian zehn Jahre alt. Fast so alt wie Mira, als Subi den allergischen Schock bekommen hat. Er ist also auch ein Geschwisterwaisenkind, wie sie.

»Wir haben uns in der Trauergruppe kennengelernt«, hat Papa gesagt, als Andrea im Keller war, um den Apfelsaft zu holen. »Andrea hat sie geleitet. Sie hat mir so sehr geholfen. Es war gut, diese anderen Eltern zu treffen, die dasselbe erlebt hatten. Ich wusste damals überhaupt nicht, wohin mit ... meiner Wut und meinem Schmerz.«

Mira hat sehr fest innen auf ihre Wange gebissen und nichts entgegnet.

»Ich wollte Mama auch mitnehmen, aber sie hat sich vergraben und ist vollkommen in ihren Schuldgefühlen versunken«, hat

Papa weitererzählt, »dabei konnte sie doch nicht ahnen, dass Sebastian allergisch gegen Insektengift war. Und dass der Notarzt wegen dieses Fuschlsee-Marathons nicht gleich durchgekommen ist zum Strandbad, das war einfach Pech. Grausames, gemeines Pech. Es war nicht ihre Schuld.«

An der Stelle hat er Daumen und Zeigefinger fest auf die Augen gedrückt, aber Mira hat die Tränen dahinter trotzdem gesehen.

»Ich war auch dabei«, hätte sie gern gesagt, »warum habt ihr das alle vergessen? Ich habe gesehen, wie Subi in Mamas Armen erstickt ist. Warum gibt es keine Trauergruppe für mich?«

Da ist Andrea zurück in die Küche gekommen.

Das Bauernhaus ist alt und riecht noch nach denen, die fort sind. Es ist ein schönes, dunkles, müdes Haus, so groß, dass es nicht in jedem Zimmer warm sein kann. Mira mag das knarrende Holz und dass all die Füße, die hier bereits gegangen sind, Tag für Tag, Spuren hinterlassen haben. Die Böden sind schief, die Treppen glatt geschliffen. Der Hof ist ein Ort, an dem man bleiben kann, weil es einem hier an nichts fehlt.

»Bevor du ins Bett gehst«, sagt Papa, als Mira heimlich hinter vorgehaltener Hand gähnt, »wollten wir dir noch etwas geben.«

Er holt einen kleinen Pappkarton unter der Bank hervor und überreicht ihn Mira.

»Es ist nicht das allerneueste Modell«, erklärt er und fährt sich verlegen durch die Haare, »ich hoffe, das ist nicht so schlimm, das konnte ich mir nicht … Und ich hab dir ein Cover dafür gekauft, du magst doch noch Blau?«

Mira öffnet den Deckel, in der Schachtel liegt ein Handy.

»Blau ist meine Lieblingsfarbe«, sagt sie und strahlt Papa an.

»Danke«, murmelt sie, und sie weiß, dass sie jetzt schnell sein muss. Dass sie in dieses Zimmer unter dem Dach flüchten muss, weil das Weinen schon seit Stunden aus ihr herauswill und ihr langsam die Kraft ausgeht, es zurückzuhalten.

»Damit ich dich anrufen kann«, sagt Papa, »also, dich direkt. Ich hab es oft bei der Mama versucht und ihr Nachrichten für dich geschickt, aber sie hat nie ...«, er bricht ab und lächelt gedankenverloren, »damit kannst du mich jetzt auch immer erreichen, wenn ... also, wenn was ist.«

Mira nickt stumm. Ein Handy! Endlich, endlich, endlich. Dass Mama ihr nie gesagt hat, dass Papa sich sehr wohl gemeldet hat, versetzt ihr einen Stich. Aber eigentlich überrascht es sie nicht.

»Danke«, sagt sie noch mal, »das ist wirklich super. Und danke für das gute Essen.«

Sie steht auf, will ihren Teller und die Tasse von der Stube in die Küche tragen.

»Oh, lass stehen«, ruft Andrea, »ich mach das schon. Du bist bestimmt schrecklich müde.«

»Soll ich dich raufbegleiten?«, fragt Papa und macht Anstalten, ebenfalls aufzustehen.

»Nein, nein«, wehrt Mira hastig ab, »alles gut. Ich schaff das allein.«

Er nickt zögernd und setzt sich wieder hin.

»Aber eins wollte ich dir noch sagen«, meint er und macht wieder dieses Räuspern, weil es ihm wahrscheinlich geht wie Mira, dass auch aus ihm so viel herauswill, das stärker ist als er. »Ich wollte dich schon früher einladen, also, dir hier alles zeigen, ich ... ich war in keinem so guten Zustand, weißt du? Ich musste erst mal so viel ... und jetzt ist es besser. Ein neues Gleichgewicht, auch wenn ich Sebastian nie ...«

Jetzt ist es Andrea, die Papas Hand nimmt.

»Ist doch okay«, sagt Mira, wie sie es im Auto gesagt hat und wie man es den Erwachsenen immer wieder versichern muss, weil sie sich so viele Sorgen machen, auch wenn es in Wahrheit gar nicht okay ist. Es ist nicht okay, dass Papa einfach verschwunden ist, ohne sich von ihr zu verabschieden, dass er nach Kärnten gezogen ist, ohne es ihr zu erzählen, dass er sie alleingelassen hat mit Mama, obwohl er wusste, wie schlecht es ihr ging. Es ist nicht okay, dass Subi tot ist, einfach weg, dass er sie nie wieder mit dem Titelsong von *Paw Patrol* nerven wird und sie nie mehr sein sanftes Schnarchen hören kann, dass hier im Bauernhaus so viele Bilder von Subi und Mira hängen, obwohl Mira noch nie hier war und Subi überhaupt niemals hier sein wird, als hätte Papa zwar für die Fotos Platz gehabt, für seine echte Tochter aber nicht. Nichts davon ist okay, und trotzdem weiß Mira, als sie ein paar Minuten später in dem weichen Holzbett mit der Bauernmalerei liegt, dass niemand in böser Absicht gehandelt hat, dass niemand Schuld trägt. Und nachdem sie alle Tränen, die in ihr drin waren, in das weiße Kissen geweint hat, schläft sie mit einem Lächeln im Gesicht ein, in der Hand einen von Papas runden roten Äpfeln.

Augustin Havel

Am meisten mag er, dass sich fürs Theater alle immer so schön anziehen. Das gibt dem Abend eine festliche, ernste Note. Augustin trägt einen dunkelgrauen Anzug, der um die Hüften ein wenig locker geworden ist, aber dank Gürtel merkt man das nicht. Im Foyer nimmt er Rosa den Mantel ab und stellt erfreut fest, dass darunter ein elegantes schwarzes Kleid mit kleinen gestickten Blumen zum Vorschein kommt.

»Endlich mal wieder eine Gelegenheit, das auszuführen!«, sagt Rosa zu Augustin und gibt dem Angestellten am Eingang ihre Karten.

»Wobei wir uns andererseits eigentlich jeden Tag so schick anziehen könnten, wenn wir wollten. Wen kümmert das noch?«, fügt sie vergnügt hinzu.

Es ist bereits ihr zweiter gemeinsamer Theaterabend, zuerst haben sie sich eine Neu-Inszenierung von *Kabale und Liebe* angesehen, heute ist es *Salome* von Oscar Wilde.

Beim ersten Mal war Augustin aufgeregt wie ein Schuljunge vor einer Prüfung. Er hatte Bammel vor dem, was Rosa ihn vielleicht über das Stück fragen würde, und wollte unbedingt etwas sehr Intelligentes sagen. Doch dann war es, wie immer mit ihr, so herzlich, entspannt und lustig, dass er gar nicht mehr darüber nachgedacht hat, mit welchen Bemerkungen er bei ihr punkten könnte.

»Lassen Sie uns doch eine feste Sache daraus machen«, hat Rosa auf dem Heimweg gesagt, und Augustin hat nur zu gern zugestimmt. Er liebt das Theater. Die Atmosphäre, die Kostüme, die Geschichten.

Hildegard hat er in den letzten Jahren kaum noch dazu bewegen können, sich etwas mit ihm anzuschauen, sie war abends zu müde gewesen und lieber zu Hause geblieben.

Er freut sich auf das Stück, als er neben Rosa auf dem samtenen Sitz mit dem schönen satten Rot Platz nimmt, weil er es nie zuvor gesehen hat. Das ist auch etwas, das er genießt. Dass Rosa diese Dinge einfach in die Hand nimmt, Theaterkarten organisiert, ihn bittet, sie zu begleiten. Es fühlt sich ein wenig an, als würde sie ihm den Hof machen, auch wenn er weiß, dass sie es im schlechtesten Fall vielleicht nur freundschaftlich meint.

Wie jedes Mal, wenn er hier ist, legt er den Kopf in den Nacken und bestaunt den großen Kronleuchter. Das Salzburger Landestheater ist schon eine Nummer für sich. An seinem Standort gibt es seit dem 18. Jahrhundert ein Theater, das mehrfach umgebaut oder gar neu errichtet wurde. Max Reinhardt hat hier gespielt, bevor er mit Hugo von Hofmansthal die Salzburger Festspiele gegründet hat, die Kulturbegeisterte und Kulturbanausen aus aller Welt in die Mozartstadt locken. Nichts davon erzählt er Rosa, denn er hat ihr schon beim ersten Mal einen kleinen Vortrag über das Theater und seine Entstehungsgeschichte gehalten, den sie mit einem sarkastischen Kommentar quittiert hat.

»In Ihrer Gegenwart fühle ich mich wieder jung«, hat sie gesagt, »weil es ist, wie in einer Schulklasse zu sitzen.«

Er ist es nicht gewohnt, dass eine Frau sich über ihn lustig macht, und er muss sich eingestehen, dass es ein wenig sein Ego kitzelt. Aber Rosa tut es auf so liebevolle Weise und lacht ihn dabei auf eine Art an, dass er ihr nie böse sein kann. Im Gegenteil, mit ihr entdeckt er im Alter doch noch seine selbstironische Seite.

Der Gong ertönt zum dritten Mal, und Rosa schaut Augustin mit einem vorfreudigen Gesichtsausdruck an wie ein aufgeregtes Kind. Er bewundert an ihr, dass sie sich diese Leichtigkeit bewahrt hat, die Gelassenheit und den Humor. Oder hat sie all das wiederentdeckt, als ihre Tochter aus dem Haus war, als sie nicht mehr arbeiten musste und anfangen konnte, ihren Lebensabend zu genießen? Sie war mehr als vierzig Jahre lang Bibliotheksleiterin in einer kleinen Gemeinde auf dem Land, im Salzkammergut.

»Eigentlich wollte ich selbst Romane schreiben«, hat sie gesagt. »Aber so konnte ich sie wenigstens alle lesen.«

Sie folgen dem Geschehen auf der Bühne schweigend und konzentriert, wobei Augustin sich den ein oder anderen Seitenblick auf Rosa nicht verkneifen kann. Als er wieder einmal zu ihr sieht und denkt, sie bemerke es nicht, streckt sie ihm, ohne ihn anzuschauen, die Zunge raus. Er hält sich schnell die Hand vor den Mund, um nicht laut aufzulachen, dann zwickt er ihr in den Oberarm.

»Na warte«, flüstert sie, und ihm wird ganz warm im Bauch, weil es das erste Mal ist, dass sie ihn, wenn auch vermutlich unabsichtlich, geduzt hat.

In der Pause bleiben sie sitzen, sollen sich die Jungen doch die Beine vertreten und sich für ein Getränk in die Schlange stellen, sie lassen ihre alten Knochen lieber, wo sie sind, und unterhalten sich über das, was sie soeben gesehen haben.

»Durch das Weib kam das Übel in die Welt«, zitiert Rosa spöttisch, »das ist wirklich einer der schlimmsten Glaubenssätze, den die Bibel uns angetan hat. Sind doch in Wahrheit die Männer das Übel!« Sie legt lachend die Hand auf Augustins Oberschenkel, und als sie fertig ist mit ihrem Satz, lässt sie sie noch eine kleine Weile dort liegen. Und Augustin denkt, dass das das Beste ist, was er seit Langem gespürt hat.

»Nun ja, Jochanaan wird es noch bereuen, das gesagt zu haben«, entgegnet Augustin, »er agiert dann ja ein wenig ... kopflos.«

»Ich bin schon gespannt, wie sie das machen mit dem abgeschlagenen Kopf«, sagt Rosa.

»Das Bühnenbild ist jedenfalls wieder mal großartig«, meint Augustin, und da ertönt auch schon das Klingeln, welches das Ende der Pause signalisiert.

Später, als er Rosa den Mantel hält, damit sie hineinschlüpfen kann, weil er nun einmal ein Gentleman der alten Schule ist, trifft ihr Arm den Ärmel nicht und zittert plötzlich unkontrolliert. Es dauert nur einen Augenblick, dann hat Rosa ihn wieder unter Kontrolle, aber als sie sich umdreht, sieht Augustin in ihren Augen, dass sie weiß, dass er es bemerkt hat. Für einen Moment denkt er, dass sie es herunterspielen oder so tun wird, als sei nichts gewesen, aber da hat er ihren Humor unterschätzt.

»Tja, was denken Sie wohl, warum ich Sie mitnehme ins Theater«, sagt sie und hängt sich bei ihm ein. »Ich alte Tattergreisin brauche jemanden, der mich stützt!«

»Nur unter der Bedingung«, entgegnet Augustin, bleibt stehen und sieht ihr fest in die Augen, »dass wir uns endlich duzen.«

»Einverstanden«, sagt sie und berührt mit ihren Lippen seine Wange, sodass ihm ein feines Kribbeln über die Haut gleitet und ihm kurz der Atem stockt.

Mira

Herr Havel hat jetzt eine Freundin. Er ist ein bisschen alt für eine Freundin, aber andererseits haben alte Menschen ja dieselben Gefühle wie junge. Es ist bestimmt gut für ihn. Und für die Freundin auch. Mira hat sie noch nicht kennengelernt, Herr Havel hat allerdings schon viel von ihr erzählt. Dass sie Rosa heißt und irre viele Bücher gelesen hat. Dass sie nur das tut, was sie will, und sich nichts sagen lässt, von niemandem. Das klingt ganz nach einer Frau, die Mira mögen könnte. Und wie sie auch sein will, wenn sie alt ist.

Schlecht an der neuen Freundin ist nur, dass sie mit Herrn Havel so viel unternimmt. Letzte Woche waren sie zum Wandern auf dem Schafberg am Wolfgangsee, heute machen sie einen Ausflug nach Bad Ischl.

»Das wird gar kaiserlich!«, hat Herr Havel mit einem Augenzwinkern gesagt, und Mira hat genickt und so getan, als würde sie sich für ihn freuen. Sie freut sich wirklich. Ein bisschen.

Sie hat beschlossen, trotzdem in Annas Café zu gehen, weil es dort auch ohne Herrn Havel besser ist als zu Hause. Und weil sie Hakans Familie nicht noch mehr zur Last fallen möchte, sie verbringt dort sowieso schon die Donnerstage, an denen das Sonnigsüß geschlossen ist. Hakan, der sie wie immer bis zur Cafétür begleitet, weiß nicht, dass Herr Havel und Rosa heute auf den Spuren von Franz-Josef und Sisi wandeln. Sonst würde er Mira auf der Stelle mit zu sich nach Hause nehmen.

Mira hat vorsorglich drei verschiedene Bücher mitgenommen, denn beim ersten hat sie nur noch dreißig Seiten zu lesen, das ist für einen ganzen Nachmittag zu wenig, mit dem zweiten hat sie noch nicht begonnen, das könnte vielleicht Mist sein, deshalb hat sie ein drittes eingepackt. Zuvor muss sie aber ohnehin erst einmal Kakao trinken, ein Zitronentartelette essen und ihre Hausaufgaben machen. Im Portemonnaie hat sie zwanzig Euro, Papa hat ihr Geld gegeben, als er sie am letzten Wochenende zurück zum Bahnhof gebracht hat. Das hat sie sich gut eingeteilt, davon kann sie sich auf dem Heimweg sogar noch einen Döner kaufen, wenn der Hunger zu schlimm wird.

Mira hat Mama nicht viel von der Zeit bei Papa berichtet, obwohl sie tausend Fragen gestellt hat. Von den Äpfeln und Birnen hat sie erzählt, von Stoppel und dem knarrenden Holz im Bauernhof, aber von Andrea nicht, von den Bildern von Subi auch nicht, und dass Papa so glücklich aussieht, das schon gar nicht. Mama war trotzdem unzufrieden mit Miras Bericht.

»Dann bleib doch bei deinem ach so tollen Vater auf seinem ach so tollen Bauernhof!«, hat sie gezischt und die Tür zum Schlafzimmer zugeknallt.

Mira hat nicht gesagt, dass ihr das auch am liebsten wäre und sie sogar mit Papa darüber geredet hat.

»Es ist zu abgelegen«, hat Papa ihr erklärt. »Andrea und ich haben überlegt, ob wir dich zu uns nehmen könnten, aber es gibt hier kein Gymnasium, verstehst du, und du bist doch so gut in der Schule ... du müsstest eine Stunde mit dem Bus fahren, und da ist dann auch nur eine Mittelschule. Eine andere Möglichkeit wäre ein Internat, aber das erscheint mir nicht sinnvoll, und dann ist Mama ...«

Das Wort, das sie beide gedacht haben, hat keiner von ihnen ausgesprochen.

Mira hat geschwiegen, denn noch einmal »Ist schon okay, Papa« zu sagen, dazu hat sie nicht mehr genug Kraft gehabt. Und es wäre ja doch nur wieder eine Lüge gewesen.

»Kawiii«, ruft Hakan fröhlich und gibt Mira einen liebevollen Stups, während sie die Tür zum Sonnigsüß öffnet.

»Oh, Mira!«, ruft Anna. »Ich hab schon auf dich gewartet.«

Sie zeigt auf den schönen Tisch in der Ecke, den mit der Bank und den kuscheligen Kissen, auf dem bereits eine Tasse heiße Schokolade und ein Stück Torte stehen.

»Was ist das?«, fragt Mira. Sie ist ebenso neugierig wie hungrig.

»Eine neue Kreation. Mit Buttermilch und Heidelbeeren. Ist gerade erst fertig geworden, und du bist die Erste, die probieren darf.«

Mira stellt ihren schweren Schulrucksack mit den vielen Büchern ab und die Tasche, die Hakan für sie getragen hat.

»Das ist für dich«, sagt sie zu Anna und reicht ihr den Beutel.

»Für mich?«, fragt Anna überrascht und nimmt die Tasche entgegen.

»Das sind Äpfel«, strahlt Mira, »aus Kärnten, von mei... von einem Bauernhof.«

Anna sieht sie an, als erwarte sie eine weitere Erklärung, doch Mira sagt nichts mehr.

»Danke«, entgegnet Anna, »die sehen wirklich gut aus. Ich werde gleich mal überlegen, was ich damit backen kann.«

»Es sind genau zwei Kilo«, sagt Mira, »ich habe sie abgewogen.«

Zu Hause kann sie die Äpfel nicht lassen, Mama würde bei ihrem Anblick vermutlich wütend werden oder anfangen zu weinen. Oder damit nach Mira werfen. Und wenn jemand Äpfel gebrauchen kann, dann ja wohl Anna.

Mira ignoriert den forschenden Blick, den Anna ihr zuwirft, setzt sich an den Tisch, saugt genussvoll den Duft der Schokolade ein und schließt für einen Moment die Augen. Es ist anstrengend, stark zu sein, sogar wenn man einen Hakan hat, der zwei Kilo Äpfel für einen schultert, ohne mit der Wimper zu zucken. Anstrengend ist es innen, ganz tief in der Brust, wo es ständig so wehtut, dass Mira mit jedem Atemzug zu wenig Luft bekommt. Weil da ein Gewicht auf ihrem Herzen hockt und es fester, immer fester und fester, zusammenpresst.

Sie trinkt den ersten Schluck und konzentriert sich auf den Geschmack. Der feine Kakao, die Süße, die Wärme der Milch und dann die dunkle Vanillenote. Außerdem ist Mira überzeugt, dass noch eine geheime Zutat drin ist, irgendetwas, das Anna niemandem verrät und das ihre heiße Schokolade so besonders macht wie ihre Torten.

Mira sticht mit der Gabel in das schöne mehrschichtige Gebilde aus Teig, Schlagobers, Milchcreme und Heidelbeeren. Es schmeckt himmlisch. Sie grinst Anna, die sie beobachtet, mit vollem Mund an und hält den Daumen ihrer linken Hand hoch.

»Köstlich!«, ruft sie, als sie hinuntergeschluckt hat, und steckt die volle Gabel gleich noch einmal in den Mund. Wie großartig wäre es, die gesamte Torte aufessen zu können! Ob das wohl auch Mama schmecken könnte? Vielleicht sollte sie ihr ein Stück mitbringen. Aber das hat sie am Anfang oft versucht, sie hat so gut wie jede von Annas Kreationen nach Hause getragen und Mama angeboten. Nie hat Mama auch nur eine der Süßspeisen angerührt, und irgendwann hat Mira aufgegeben. Was Mama eigentlich noch isst, weiß sie nicht, deshalb hat sie gegoogelt, ob Alkohol genug Kalorien hat, dass man davon überleben kann. Darauf hat sie aber keine befriedigende Antwort gefunden, und sie fürchtet, dass man es nicht kann. Am Wochenende bei Papa, als sie ihm und Andrea in der Küche zugesehen und geholfen hat, hat sie überlegt, dass sie für Mama kochen sollte, das ist eine neue Idee. Seit Mama damit aufgehört hat, isst Mira einfach Toast und Joghurt, statt selbst zu kochen. Und wartet in der Hoffnung, dass Mama bald wieder damit anfangen würde. Aber nun macht sie es vielleicht selbst. Wenn die Kinder in ihren Büchern Abenteuer bewältigen, U-Boote steuern und Monster besiegen können, wird Mira ja wohl Spaghetti zustande bringen. So schwer kann das doch nicht sein, und wozu gibt es YouTube?

Als Mira das Tortenstück verputzt und den Kakao ausgetrunken hat, packt sie ihre Schulsachen aus und stellt sich für einen Moment vor, sie könnte Annas Tochter sein und wäre hier zu Hause. Nachmittags würde sie im Café lernen, essen und die Gäste beobachten. Und nach Feierabend würde sie ihrer Mutter beim Aufräumen helfen und mit ihr über die Leute reden, die an diesem Tag da waren.

Bei der Vorstellung muss Mira lächeln. Am Nachbartisch sitzt inzwischen ein deutsches Ehepaar in identischen Jacken, auf der anderen Seite des Cafés hat sich Benni, der erfolglose Schriftsteller, niedergelassen. So bezeichnet er sich selbst, das hat Mira sich nicht ausgedacht. Er trinkt immer drei Tassen Kaffee, sieht abwechselnd aus dem Fenster und in sein Notizbuch, ohne etwas aufzuschreiben, und geht dann wieder. Er ist attraktiv, freundlich und zutiefst unglücklich. Mira winkt ihm zu, als er in ihre Richtung schaut, er winkt traurig zurück. Wahrscheinlich muss man als Schriftsteller deprimiert sein, damit man große Kunst machen kann. Aber Mira hat das Gefühl, dass ein bisschen Abenteuer und Spaß Benni viel eher auf gute Ideen für sein Buch bringen würden.

Nach den Hausaufgaben widmet sie sich dem dritten Teil der *Duftapotheke*, sie hat gestern Abend extra die letzten Seiten nicht gelesen und sie für heute aufgespart, weil es so spannend war. Danach wird sie entweder *Der magische achte Tag* lesen oder *Matilda und das Geheimnis der Buchwandler*. Sie kann bei ihrer Lektüre nicht sehr wählerisch sein, denn sie muss nehmen, was die Bücherei gerade dahat. Zum Glück ist die Auswahl recht groß, und die nette Bibliothekarin legt manchmal für Mira ein neu eingetroffenes Buch zur Seite, weil sie weiß, dass Mira das meiste schon kennt. Sie liest alles. Romane für Jugendliche und Kinder, Sachbücher über Chemie, Physik, die Natur und die Tiere dieser

Welt, über das Weltall, Roboter und andere Erfindungen. Es spielt keine Rolle – Hauptsache, Wissen, und Hauptsache, eine andere Welt, in die sie fallen kann wie in ein Sicherheitsnetz. Die Realität ausblenden, sich wegträumen. Die Realität, das ist das Wirkliche, das, was man durchmachen und aushalten muss. Die Realität ist die riesengroße Scheiße um Mira herum.

Sie versinkt in ihrem Buch und merkt kaum, dass die Gäste kommen und gehen, dass Anna Kaffee um Kaffee und Torte um Torte serviert, sie sieht nur einmal kurz auf, als Anna ihr einen Topfenstrudel und ein großes Glas Wasser hinstellt. Sie lächeln sich an. Später, als Anna das leere Glas und den Teller wieder abholt, bleibt sie stehen, bis Mira ihre Anwesenheit bemerkt und sich aus der Geschichte rund um die elfjährige Matilda, der plötzlich die Figuren aus ihren Lieblingsbüchern begegnen, lösen kann.

»Magst du mit mir Apfel-Cookies backen?«, fragt Anna.

Mira ist völlig verdattert.

»Hier?«, fragt sie überflüssigerweise.

Anna lacht.

»Na ja, hier habe ich alles, was wir dafür brauchen. Inklusive deiner Äpfel.«

»Okay, aber was ist … mit der Kundschaft?«

»Ich schließe das Café jetzt. Der Kuchen ist aufgegessen, und es ist gleich fünf. Hast du noch Zeit?«

Mira denkt an ihr Zimmer zu Hause mit Subis Pyjama und Subis Buch, nur ohne Subi, dann nickt sie. Wo ist der Haken?, fragt sie sich, aber Anna scheint sich zu freuen. Sie räumt die Spülmaschine ein, wischt die Tische ab, wartet, bis Mira ihre Sachen zusammengepackt hat, und reicht ihr dann eine Schürze.

»Das sind meine heiligen Hallen«, wispert Anna, als sie die Tür zur Backstube öffnet.

Mira macht zögerlich einen Schritt hinein.

This is where the magic happens.

Anna stellt den Beutel mit den Äpfeln auf die Arbeitsplatte, dann zeigt sie Mira, wo Mehl, Zucker und Eier sind. Gemeinsam schneiden sie die Äpfel klein und beträufeln sie mit Zitronensaft, dann machen sie den Teig. Mira versucht, sich alle Arbeitsschritte zu merken. Sie mag Annas sanfte Art, ihr zu erklären, was sie machen muss, ohne dabei belehrend oder genervt zu klingen. Sie passt auf wie ein Luchs, um die geheime Zutat nicht zu verpassen, aber Anna fügt nichts Ungewöhnliches hinzu. Und das Backen macht richtig Spaß. Vom Teigkneten schmerzen Mira rasch die Hände, und das fühlt sich gut an. Es ist etwas Körperliches, man hört dabei irgendwann auf zu denken. Als Anna die ersten zwei Bleche mit Cookies in den Ofen schiebt, platzt Mira fast vor Stolz und würde am liebsten die ganze Zeit vor dem Backrohr stehen und die Kekse beobachten.

»Komm, wir müssen die restlichen auch formen!«, sagt Anna lachend.

Da geht die Tür auf, und Annas schwarzhaarige Freundin Melanie kommt herein. Mira hat sie schon oft im Café gesehen, aber noch nie mit ihr gesprochen.

»Hi, Mira«, sagt Melanie, als wäre es ganz normal, dass Mira abends mit Anna in der Backstube steht und Kekse macht.

»Hi«, gibt Mira zurück.

Melanie steckt einen Finger in die Teigschüssel, Anna schlägt ihr blitzschnell auf die Hand.

»Grrr«, macht Anna, »immer dasselbe mit dir!«

Melanie zuckt grinsend die Achseln und steckt den Finger in den Mund.

»Mmmhm, Zimt!«

»Und Äpfel«, fügt Mira hinzu und schiebt ihre Brille hoch.

Melanie sieht Mira und Anna an und beginnt zu lachen.

»Ihr seht aus wie wilde Backzwerge«, sagt sie, öffnet die Kamera auf ihrem Handy und zeigt den beiden im Selfie-Modus ihre Spiegelbilder.

Mira hat Teig auf dem Nasensteg der Brille und Mehl auf der Wange, Anna hat einen weißen Mehlbart am Kinn.

Mel kichert noch immer, und als Mira einstimmt, tut es im ersten Moment fast ein bisschen weh, zu lachen. Wie wenn man sehr lange nicht Schlittschuh laufen war und die Füße sich erst wieder an die Bewegung gewöhnen müssen. Das Lachen steckt in ihrer Brust fest und klingt wie ein Husten, doch dann wird es lockerer, und Mira kann nicht mehr aufhören. Anna klebt ihr eine kleine Rosine auf die Nase, und Mira lacht noch mehr, bis ihr die Tränen kommen.

»Oh, oh, die Cookies!«, ruft Anna, als die Backofenuhr piepst, und holt schnell die Bleche heraus. Es duftet so gut, dass Mira richtig spürt, wie ihr das Wasser im Mund zusammenläuft.

»Das ist ja alles schön und gut«, sagt Mel und steckt ihr Smartphone wieder ein, »und riecht auch wirklich köstlich, aber habt ihr schon mal ans Abendessen gedacht? An richtiges Abendessen, meine ich.«

Mira nimmt die Schürze ab. Wenn die beiden essen wollen, ist es Zeit für sie heimzugehen.

»Worauf hast du Lust?«, fragt Anna und schiebt die nächsten Kekse in den Ofen.

»Ich könnte uns Pasta mit Thunfisch und Oliven machen«, sagt Melanie, »oder wir bestellen Pizza.«

Sie dreht sich zu Mira, die gerade in den Ärmel ihrer Jeansjacke schlüpft.

»Was magst du lieber?«

Verblüfft hält Mira inne. Sollte sie sich nicht verabschieden und gehen? Ihr Magen protestiert lautstark. Der weiß, dass der Kühlschrank daheim nur ein paar Tomaten und ein letztes Stück Käse enthält. Andererseits hat sie ja noch das Geld von Papa. Aber gemeinsam mit Melanie und Anna zu essen, wäre bestimmt ... schön. Mira überlegt unschlüssig hin und her, ohne zu wissen, was sie antworten soll.

»Klingt beides gut«, sagt sie dann diplomatisch.

»Dann stimme ich für die Pasta«, sagt Anna. »Pizza hatten wir schon letzte Woche.«

»Pfff«, macht Melanie, »Pizza kann man jeden Tag essen! Mira, sag ihr, dass ich recht habe.«

Mira steht immer noch mit der halben Jacke am Körper ratlos da. Doch Anna und Melanie scheinen nur zu scherzen, sie zwinkern ihr zu.

»Ich hatte schon lange keine Pizza mehr«, gibt sie zu.

»Okay, sorry, Anna, du bist überstimmt«, erklärt Melanie und zieht ihr Handy wieder hervor. Während sie tippt und sich das Telefon ans Ohr hält, flüstert sie Mira zu: »Was magst du drauf?«

Mira versucht, schnell auszurechnen, ob ihre zwanzig Euro für Pizza, Kuchen und Kakao reichen. Sie lässt endlich die Jacke sinken, stottert dann: »Am liebsten was ohne Schinken.«

»Oh, die haben eine super Pizza mit Spinat«, sagt Anna, während sie die letzten Cookies auf das Blech legt.

Melanie bestellt drei Pizzen, rutscht von der Arbeitsplatte und schnappt sich Miras Rucksack.

»Los, komm«, sagt sie, »wir decken schon mal den Tisch.«

Mira folgt ihr.

»Ich bringe dann die Nachspeise mit«, ruft Anna ihnen hinterher, und Mira freut sich darauf, die Apfel-Cookies zu probieren. Vielleicht kann sie Anna um das Rezept bitten und es Papa schicken. Oder ein Foto von den Keksen für ihn machen.

Oben in der Wohnung reicht Melanie ihr drei Tischsets und Teller, schiebt das ganze Zeug, das auf dem Tisch liegt, einfach auf die Bank und gießt Sirup mit Wasser in eine Karaffe. Die Katze, die manchmal auch ins Café kommt, streift um Miras Beine und lässt sich von ihr streicheln.

»Was hast du heute gelesen?«, fragt sie, und Mira beginnt, von den Büchern zu erzählen, die sie gerade ausgeliehen hat. Erst nur ein, zwei Sätze, aber als sie merkt, dass Melanie ihr zuhört, sprudelt es nur so aus ihr heraus.

»Ich denke, du solltest auch mal eins schreiben«, sagt Anna, die mit einem großen Teller Cookies hereinkommt, »ein Buch, meine ich.«

Im selben Moment klingelt es.

»Holst du die Pizzen?«, fragt Melanie und drückt Mira ein paar Geldscheine in die Hand. »Gib ihm ruhig ordentlich Trinkgeld, hörst du, Paolo ist unser bester Freund.«

»Okay«, nickt Mira und zieht schnell ihre Schuhe wieder an.

»Er heißt Paul und kommt aus Tirol«, hört sie Anna noch sagen, dann saust sie die Treppe hinunter und steigt wenig später mit den drei warmen Pizzakartons im Arm wieder hinauf. Bei dem Duft von knusprigem Teig, Käse und Tomaten zieht ihr Magen sich schmerzhaft zusammen. Sie kann es kaum erwarten, in diese Pizza zu beißen. Vor der Wohnungstür bleibt sie kurz stehen. Sie kann nicht verstehen, was Melanie und Anna reden, sie hört sie nur lachen. Sie macht kurz die Augen zu. Das ist ein Moment, den sie festhalten muss.

Apfel-Zimt-Cookies

Zutaten

Für ca. 30 Cookies
2 mittelgroße Äpfel
½ Bio-Zitrone
100 g Butter
80 g Zucker
eine Prise Zimt
eine Prise gemahlene Vanille
2 Eier
100 g Mehl
150 g gemahlene Mandeln
1 gehäufter TL Backpulver

Zubereitung

Die Äpfel und die Zitrone waschen, die Äpfel in kleine Stücke schneiden oder grob reiben. Die Zitronenschalen abreiben, den Saft auspressen. Die Äpfel mit dem Zitronensaft beträufeln.

Die Butter mit dem Zucker und der gemahlenen Vanille cremig schlagen. Die Eier unterrühren.

Das Mehl mit den gemahlenen Mandeln und dem Backpulver in die Schüssel sieben und unter die Masse heben. Die Äpfel leicht ausdrücken und mit dem Zitronenabrieb unter die Masse rühren. Mit einem Löffel oder einem Cookie-Portionierer jeweils ca. 2 TL vom Teig ausstechen und die einzelnen Portionen auf ein mit Backpapier belegtes Backblech legen. Die Cookies ein wenig flach drücken. Bei ca. 195 °C Ober-/Unterhitze für 10 Minuten in den Ofen geben, bis sie goldbraun und knusprig sind.

Anna

»Mel!«

»Meeel!«

»Melaniiie!«

Sie weiß, dass die Kacke am Dampfen ist, wenn ich ihren ganzen Namen verwende. Und wegen meines wütenden Tons kann sie es sich sowieso denken. Ich laufe durch Wohnung Nummer eins und reiße jede Zimmertür auf, da ist sie nirgends.

»Wo hast du dich versteckt?«, brülle ich und gehe hinüber in Wohnung Nummer zwei. Das Café ist schon geschlossen, in der Backstube ist sie sicher nicht, und ausgegangen kann sie auch nicht sein, denn ihre Jacke und ihre Lieblings-Chucks liegen wie immer unordentlich im Hausflur herum.

Ich bin so unglaublich zornig, dass ich weiße Blitze vor meinen Augen sehe. Wäre ich eine Zeichentrickfigur, käme mir Rauch aus den Ohren.

»Me-la-nie!«

Ich schaue in unser zweites Wohnzimmer, Schlafzimmer, Küche, meine Wut steigert sich mit jedem Raum, in dem ich sie nicht finde. Mel liegt seelenruhig in der Badewanne in einem Berg aus Schaum, hat Kopfhörer auf den Ohren und wippt mit dem Kopf im Takt. Ich ziehe den Stecker aus ihrem Handy, und sie reißt überrascht die Augen auf.

»Wieso habe ich so viele Tinder-Matches?«, fahre ich sie an.

Sie grinst, nimmt die Kopfhörer ab und legt sie auf den Boden neben ihr Smartphone.

»Ich weiß nicht?«, flötet sie und versucht es mit einem Unschuldsblick.

»Was soll das denn!«, rufe ich. »Warum tust du das?«

»Jetzt reg dich ab«, meint sie fröhlich, nimmt ein bisschen Schaum auf die Handfläche und bläst ihn in meine Richtung, »ich wollte dir doch nur ein bisschen ... behilflich sein.«

»Dreiundachtzig Matches, Mel, okay. DREIUNDACHTZIG!«

Sie fängt an zu lachen.

»Das ist nicht witzig! Du kannst nicht dauernd an mein Handy gehen und so einen Scheiß machen!«

Sie hört auf zu lachen, grinst aber weiter in sich hinein. Mir wird heiß in dem viel zu warmen Badezimmer.

»Ich würde so was bei dir doch auch nicht tun. Das hat was mit Respekt zu tun und mit ... Vertrauen!«

»Ich vertraue dir«, entgegnet sie mit scherzendem Unterton.

»Ja, weil ICH ja auch nicht ... orrr! Du nervst mich. Du nervst mich so dermaßen!«

»Sorry«, murmelt sie. »Okay? Wieder gut?«

»Nein!«, rufe ich. »Bevor ich die jetzt alle wieder entmatcht habe, kann ich mich gleich einfach selber löschen. Außerdem geht es ums Prinzip. Ich erzähl dir gern von meinen Chats und Dates, aber zwing mich nicht immer zu meinem vermeintlichen Glück, Scheiße noch mal!«

Am liebsten würde ich mich ausziehen, so sehr fange ich in diesem Dampf an zu schwitzen. Und weil ich mich gerade in Rage rede.

»Ja, aber ... von alleine machst du doch nichts!«

»Auch das ist verdammt noch mal meine Entscheidung!«

Jetzt richtet sie sich auf, sie hat endlich den Ernst der Lage erkannt. Sie streicht sich über die nassen Haare und sieht mich prüfend an. Ich bin selten sauer auf sie, meistens schmolle ich ein wenig, lasse mich nach ein, zwei witzigen Bemerkungen von ihr aber dazu hinreißen, es ihr nicht nachzutragen. Heute ist das anders. Ich hab keine Lust mehr auf ihr Verhalten, ich fühle mich ernsthaft hintergangen.

»Ist doch nur eine App«, sagt sie, »soll bloß Spaß machen.«

»Ja, wem denn, dir? Hm? Das ist *mein* Profil – wenn du Spaß willst, benutz dein eigenes! Du kannst nicht wahllos stundenlang alle Typen nach rechts wischen, nur um mich zu verarschen!«

»Aber vielleicht ist deine große Liebe dabei!«

»Jetzt willst du mich eh schon die ganze Zeit mit Daniel zusammenbringen und drängst mir dann trotzdem noch alle diese Typen auf, das ergibt doch gar keinen Sinn! Als wolltest du einfach nur, dass ich unter die Haube komme, egal bei wem!«

»Heiraten musst du ja nicht gleich«, murmelt sie.

Ich schnaufe laut.

»Am liebsten würde ich einen Föhn zu dir reinwerfen«, stöhne ich.

»Keiner da«, sagt Mel und macht ein triumphierendes Gesicht.

»Das ist genauso wie mit der Kino-Aktion von letzter Woche«, schimpfe ich, »ständig entscheidest du über meinen Kopf hinweg. Oder gibst meine Nummer auf Kaffeebechern irgendwelchen Typen mit. Was ist bloß los mit dir? Ich bin doch kein Kind, und schon gar nicht deins! Kannst du mich nicht meine eigenen Entscheidungen treffen lassen?«

»Aber dann sagst du doch Nein!«, verteidigt sie sich.

»Das ist mein gutes Recht! Ich darf tun, was ich will. Und wenn ich nicht chatten oder daten oder ins Kino oder jemanden küssen will, dann lass mich, ist das so schwer?«

»Aber in Wahrheit wünschst du dir doch … jemanden«, sagt sie und sieht mich dabei nicht an, sondern spielt mit beiden Händen im Schaum herum. Wer hier wohl das Kind ist.

»Den werde ich nicht finden, nur weil du dauernd irgendwas erzwingst!«

»Ich mein es doch nur gut.«

»Und wenn wir schon dabei sind: Du brauchst gar nicht so mit Steinen zu werfen, während du selbst im Glashaus sitzt.«

»Das ist eine Badewanne«, spottet sie.

»Du weißt genau, wovon ich rede. Wie lange bist du jetzt schon mit Oliver zusammen?«

»Wir sind nicht zusammen!«, empört sie sich.

»Siehst du, genau das meine ich. Seit du ihn kennst, hast du dich mit keinem anderen getroffen, du magst ihn, du findest ihn toll, aber du schaffst es nicht mal, das zuzugeben! Ich bin mir sicher, dass er eine Beziehung mit dir will und du ihn einfach in der Luft hängen lässt.«

Sie gibt keine Antwort. Zimty kommt laut maunzend ins Badezimmer, als wolle er uns sagen, dass wir aufhören sollen zu streiten.

»Hab ich recht?«, frage ich.

Sie schweigt weiterhin, und das sagt alles.

»Das ist was anderes«, meint sie dann.

»Wieso? Ich lasse dich doch auch in Ruhe. Du kannst tun, was immer du möchtest. Wenn du dich nicht auf Oliver festlegen willst, dann nicht – das ist deine Entscheidung. Ich würde dich nie, nie zu irgendwas zwingen. Nicht mal dazu, auszusprechen, dass du verliebt in ihn bist!«

Sie murmelt etwas Unverständliches.

»Du bist wirklich die Letzte, die mir Beziehungstipps geben sollte.«

»Das war jetzt gemein.« Sie sieht mich vorwurfsvoll an.

Langsam wird wahrscheinlich das Wasser in der Wanne kalt, aber wie ich sie kenne, bleibt sie stur darin sitzen.

»Was du getan hast, war auch gemein«, antworte ich.

»Hm«, grummelt sie.

»Krieg erst mal deinen eigenen Scheiß auf die Reihe, bevor du dich bei mir einmischst«, füge ich hinzu und rausche aus dem Bad. Sie ruft mir noch etwas nach, das ich nicht mehr höre, und ich bin zufrieden mit meinem Abgang. Soll sie doch in ihrem kalten Badewasser drüber nachdenken, was sie falsch gemacht hat, bis ihre Haut schrumpelig wird. Drüben in der anderen Wohnung nehme ich mein Handy und stelle zum ersten Mal, seit ich es besitze, einen Tastencode ein. Ich habe Mel bisher blind vertraut, vielleicht war ich dabei ein wenig zu blind. Kaum habe ich den Code fixiert, fühle ich mich wie eine Verräterin. Aber was bleibt mir anderes übrig? Ich habe keine Lust mehr auf ihre Spielchen, und es geht dabei nicht um die Matches oder das Kino-Date an sich, es geht darum, dass sie hinter meinem Rücken agiert. Ich weiß, dass sie es nicht böse meint, sie liebt mich noch mehr als Cranberry-Muffins, aber ich kann nicht zulassen, dass sie in ihrer unbekümmerten Art ständig Grenzen überschreitet. Und zwar meine Grenzen. Solche Aktionen, wie Daniel glauben zu machen, ich hätte vorgeschlagen, mit ihm einen Film anzuschauen, oder Kerlen zu schreiben, ich wolle mich mit ihnen treffen, obwohl ich darauf keine Lust habe, das will ich nicht mehr, damit muss endlich Schluss sein.

Mein weißglühender Zorn ist verraucht, schlecht gelaunt bin ich aber immer noch. Im Küchenschrank finde ich Paprikachips und eine halbe Tafel Nussschokolade. Außerdem sind noch vier große Apfel-Zimt-Cookies übrig. Perfekt. Das ist ein Abend, der nach Frustessen schreit. Ich beiße in einen Keks und denke an Mira. Es war schön, mit ihr zu backen. Vor allem, weil sie so offensichtlich Spaß daran gehabt hat. Sie ist so klein und dünn. Ihre Klamotten sehen immer aus, als würden sie ihr eigentlich nicht mehr passen. Aber in meiner Backstube hat das blasse Mädchen ein bisschen Farbe bekommen und sogar gelacht. Mel und ich mussten nichts zueinander sagen. Wir wissen beide, wie es ist, ein beschädigtes Kind zu sein. Und vielleicht sind jetzt wir an der Reihe, einem solchen Kind zu helfen. Ich habe den Abend mit Mira sehr genossen, und ich verstehe, wieso Herr Havel gern Zeit mit diesem schlauen Mädchen verbringt, das die Relativitätstheorie und die Wirkung von Chloroform erklären kann. Es war auch schön, mal nicht zu zweit am Tisch zu sitzen. Nur Miras

Blick hat mich verunsichert, als ich angeboten habe, sie nach Hause zu begleiten. Sie hatte sich sofort wieder im Griff, doch für einen Moment ist Panik in ihren Augen aufgeblitzt. Als sie weg war, gab es noch etwas, das Mel und ich nicht ausgesprochen haben, obwohl ich mir sicher bin, dass wir beide dasselbe gedacht haben. Dass es so sein könnte, wenn wir Kinder hätten, eine Familie.

Ich setze mich mit den kalorienreichen Sünden aufs Sofa und schalte den Fernseher ein, schiele aber immer wieder zur Wohnzimmertür. Wie lange braucht Mel bitte, um aus der Wanne zu steigen? Schmollt sie etwa immer noch? Es wäre doch schon längst Zeit, sich mit mir zu versöhnen. Oder ist sie mal wieder zu stolz, um sich zu entschuldigen?

Nach einer knappen Stunde habe ich alles aufgegessen und vermisse Mel. Kein Mann der Welt ist es wert, dass wir uns zerstreiten. Ich kann sehr gut ohne Daniel, ohne Tinder und ohne Sex leben, aber nicht ohne sie, meine beste Freundin. Meine Schwester. Seufzend gehe ich noch mal hinüber in unsere zweite Wohnung und klopfe an die Badezimmertür. Es duftet nach Lavendel, das kalte Wasser steht still in der Wanne, der Schaum hat sich aufgelöst.

Mel ist nicht mehr da.

Marco

»Komm schon, wir müssen in einer Stunde im Lokal sein!«, ruft Simon vom Balkon, und Marco verabschiedet sich von Julia. So heißt die neue Nachbarin. Also, eigentlich ist er der neue Nachbar, sie wohnt bestimmt schon länger hier. Er hat Simon gebeten, ihm zu helfen, endlich das Regal aufzubauen, und hat gerade vor dem Haus beim Altpapiercontainer die hübsche Rothaarige getroffen.

»Ich muss wieder rauf«, sagt er entschuldigend.

»Wir sehen uns«, entgegnet sie, und als sie sich umdreht und zu ihrem Auto geht, kann er nicht anders, als ihr nachzuschauen. Sie trägt ein kurzes lilafarbenes Kleid und silberne Sandalen. Das Rot ihrer langen offenen Haare ist eindeutig echt, und sie hat im Gesicht und auf den Schultern viele Sommersprossen. Simon pfeift von oben, Julia dreht sich um – und erwischt Marco beim Starren. Natürlich denkt sie jetzt, der Pfiff sei von ihm gekommen. Mit einem deutlich artikulierten »Sorry«, das sie hoffentlich von seinen Lippen ablesen kann, zeigt Marco nach oben zu seinem Balkon.

»Spinnst du, was sollte das denn!«, zischt er seinen Freund an, als er wieder in der Wohnung ist.

Simon lacht in sich hinein.

»Die gefällt dir, hm?«

»Ja, sie ist … nett.«

»Nett? Ich bitte dich! Die ist eine Bombe.«

»Und bestimmt vergeben.«

»Na, das kannst du ja rausfinden. Lass uns sie auf Facebook suchen. Wo ist mein Handy?«

»Nein!«, ruft Marco. »Wir bauen jetzt das Regal fertig, und dann gehen wir arbeiten.«

»Spielverderber«, motzt Simon und hebt das nächste Brett hoch. »Ich hab eh schon fast alles erledigt, während du unten am Flirten warst.«

»Pfff«, macht Marco und greift nach dem Akkuschrauber.

»Du weißt doch, was ich letztens gesagt habe. Dass du nicht für immer allein bleiben musst, nur weil Ruth …«

»Jaja«, fällt Marco Simon ins Wort, denn über Ruth will er wirklich nicht sprechen. Jetzt nicht und am liebsten nie wieder.

»Ich hab mich dann eh auf Tinder angemeldet«, fügt er hinzu.

»Oho! Und?«, fragt Simon neugierig, während sie das letzte Regalbrett fixieren. Sieht gut aus. Sobald es eingeräumt ist und die Bilder an der Wand hängen, ist die Wohnung endlich fertig.

»Ja, und … nichts«, sagt er schulterzuckend.

»Jetzt lass dir doch nicht alles so aus der Nase ziehen!«

Simon räumt das Werkzeug auf und klappt den Koffer zu. Dann geht er ins Bad, um sich die Hände zu waschen.

»Ich hab einige Matches, aber noch nichts Konkretes«, ruft Marco ihm hinterher und verschweigt ihm, dass eines davon mit Anna ist. Dass er Herzrasen bekommen hat bis hinauf in den Hals, als er gesehen hat, dass ihr Bild oben in der Reihe dabei ist. Dass er seither ständig drüber nachdenkt, was er ihr schreiben soll. Witzig muss es sein und kreativ, aber nicht zu gewollt.

»Klingt doch gut«, sagt Simon, als er zurückkommt, »und eine fesche Nachbarin hast du auch. Du wirst schon sehen, in zwei, drei Wochen bist du ganz der Alte. Back in the game.«

»Ja, vielleicht«, murmelt Marco und zieht die Umzugskartons mit den Büchern zu sich.

Simon klopft ihm auf die Schulter.

»Was hast du im Kühlschrank? Wenn du die Bücher ins Regal stellst, mache ich uns inzwischen schnell ein Sandwich.«

»Ich hab noch den Cashew-Käse. Und Gurken, Tomaten, so Zeug. Schau einfach, was du findest.«

Summend werkt Simon in der Küche, Marco packt die Bücher aus. Er ordnet sie erst mal nicht, er will sie nur im Regal stehen haben und endlich die Kartons entsorgen können. Wie er sie sortiert, kann er sich ja später noch überlegen. Ob er Julia mal zum Netflixen einladen soll? Oder ist das zu aufdringlich? Wie macht man das heutzutage? Vielleicht sollte er gar nichts tun und abwarten, ob sie auf ihn zukommt. Zumal er ja nicht weiß, ob sie Single ist. Ob sie überhaupt auf Männer steht. Oder, wenn sie Single ist und auf Männer steht, ob er dann infrage kommt.

»Jetzt zerdenkst du es schon wieder, nicht wahr?«, sagt Simon über seine Schulter.

Die Küche ist offen und mit dem Wohnzimmer, das zugleich Marcos Schlafzimmer ist, verbunden. Eigentlich ist alles ein einziger großer Raum, nur Bad und Toilette sind abgetrennt. Eine größere Wohnung kann Marco sich in dieser sündteuren Stadt nicht leisten, er ist schon froh, dass er überhaupt eine gefunden hat, die einigermaßen zentrumsnah und bezahlbar ist.

Marco lacht laut auf. Verdammt, Simon kennt ihn gut.

»Weißt du was?«, sagt sein Geschäftspartner und gestikuliert mit einem Messer. »Gib ihr einfach einen Gutschein von uns und lad sie ein, mit ihrem Freund oder einer Freundin zu kommen. Das ist unverfänglich, und vielleicht sagt sie dann auch gleich, ob sie vergeben ist.«

»Du bist ein Genie«, erklärt Marco und nickt anerkennend.

»Ich weiß«, entgegnet Simon, »die Frauenwelt trägt Trauer, seit ich verheiratet bin.«

»Wirklich eine gute Idee«, sagt Marco und findet es schade, dass er das nicht auch bei Anna machen kann. Sie würde den Gutschein vor seinen Augen in winzig kleine Fetzchen zerreißen und in die Luft werfen wie Konfetti. Ihre Augen würden sprühen dabei, und ihr Mund undamenhafte Flüche ausstoßen. Bei dem Gedanken muss er grinsen.

»Sie gefällt dir wohl sehr, die Nachbarin, hm?«

Simon steht offenbar schon länger mit zwei Tellern vor ihm und beobachtet ihn. Peinlich berührt wischt Marco innerlich das Bild der wütenden Anna beiseite und stellt gleichzeitig sein Grinsen ab. Er schichtet die letzten Bücher ins Regal, richtet sich auf und nimmt einen Teller.

»Was hast du da reingemacht?«, fragt er irritiert, nachdem er vom Sandwich abgebissen hat.

»Senf«, sagt Simon lachend, und sie tauschen die Teller. Senf gehört zu den wenigen Dingen, die Marco nicht ausstehen kann.

»Bäh«, macht er und greift zu seinem Wasserglas.

»Meine ganze Energie und Aufmerksamkeit gehört unserem Baby«, sagt er, nachdem er den Senf so gut wie möglich von seinen Geschmacksknospen gespült hat.

»Awww«, macht Simon ein wenig spöttisch, »das ist ja auch gut so. Ich widme mich ebenfalls Tag und Nacht unserem Baby. Aber Schatz«, er feixt, »wie willst du dich mit voller Kraft um unser Baby kümmern, wenn niemand sich um dich kümmert?«

Marco verdreht die Augen und beißt in das senffreie Sandwich. Viel besser.

»Das ist gut, sollen wir so was auch anbieten?«

Simon schüttelt den Kopf.

»Viel zu langweilig. Obwohl … man könnte es vielleicht toasten. Und noch ein bisschen Granatapfel reinmachen. Hm, lass mich drüber nachdenken.«

Einen Moment lang essen sie schweigend weiter.

»Außerdem mag ich es nicht, wenn wir Frauen so … degradieren«, sagt Marco, ohne Simon anzuschauen. »Ich meine, diese Julia ist sicher schlau und talentiert, was weiß ich, und wir reden hier, als wäre sie ein … Objekt.«

Er hustet verlegen, und Simon fängt an zu lachen.

»Ach komm! Jetzt tu nicht so, als wären wir die schlimmsten Frauenverachter«, widerspricht sein bester Freund entschieden. »Diese Zeiten sind vorbei«, fügt er sarkastisch hinzu, »oder muss ich dich daran erinnern, wie man dich früher genannt hat, Marcasanova? Und völlig zu Recht, wie ich betonen möchte.«

Marco tut, als könnte er nicht antworten, weil er den Mund voll hat.

»Du mit dieser abgefuckten Lederjacke und den Haaren damals, weißt du noch? Sie gingen bis hier«, Simon hält eine Hand zu seinem Ohrläppchen, »und du warst für die Frauen wie Zuckerwasser für die Wespen. Mit einem Stachel, der ...«

»Schon gut, schon gut!«, fällt Marco ihm ins Wort, und Simon lacht noch mehr. Er hat aufgegessen und lehnt sich mit verschränkten Armen zurück.

»Diese Zeiten sind wirklich vorbei«, sagt Marco und schiebt sich den letzten Bissen in den Mund.

»Eben«, sagt Simon. »Also lass uns doch ein wenig über hübsche Nachbarinnen und heiße Tinder-Matches plaudern, ohne dass du uns gleich ein schlechtes Gewissen machst.«

»Aber schau«, setzt Marco an, »es wird doch immer unweigerlich kompliziert. Am Anfang macht es noch Spaß, dann will einer mehr und der andere nicht, und schon haben wir den Salat. Der einzige Salat, den ich haben will, ist aber der von uns im Lokal. Mit Walnüssen und Himbeervinaigrette.«

»Ich versteh dich eh«, erwidert Simon und trägt die leeren Teller in die Küche.

Dann fängt er an, die drei Umzugskisten, in denen die Bücher waren, zusammenzulegen. Marco hilft ihm.

»Ich will nicht in unserer Küche stehen und dauernd drüber nachdenken, warum eine gewisse Julia oder Susi oder Ann...ika mich abserviert hat«, erklärt er.

»Du nützt uns in unserer Küche aber auch wenig, wenn du so

unausgeglichen, angespannt und, entschuldige, wenn ich das sage, einsam bist.«

»Pah«, macht Marco, weil er nicht zugeben will, wie sehr ihn das Wort »einsam« trifft.

»Ich hab doch dich«, setzt er grinsend hinzu. »Und jetzt lass uns nicht mehr drüber reden, sondern arbeiten gehen. Wir müssen nach unserem Baby sehen.«

»Bestimmt fühlt es sich schrecklich allein ohne uns.«

Sie schlüpfen in ihre Sneakers, stecken Handys, Geld und Schlüssel ein, dann nehmen sie die Kartons, um sie noch rasch in den Keller zu bringen.

»Wir waren doch nicht mal zwölf Stunden weg.«

»Na und? Wir sind alles, was es hat. Bestimmt vermisst es seine süßen Eltern. Papa und Papa!«

»Du bist so ein Depp«, seufzt Marco und haut dem lachenden Simon auf den Oberarm, dann zieht er die Tür hinter sich zu.

Augustin Havel

Augustin sitzt gemütlich in seinem Wohnzimmer und sieht sich *Sternstunde Philosophie* von SRF Kultur mit Yuval Noah Harari an. Aber nicht auf seinem Fernseher, sondern auf einem Tablet, das er in angenehmer Entfernung an ein Kissen gelehnt hat. Auf den Ohren hat er Kopfhörer, die mit dem Tablet verbunden sind. Allerdings ohne Kabel. Er weiß nicht, wie das funktioniert, aber es ist unheimlich praktisch. Er fühlt sich zwanzig Jahre jünger, ach was, er fühlt sich WIE zwanzig! Netflix hat er jetzt nämlich auch, aber damit muss er sich erst beschäftigen. Im Moment reicht ihm YouTube völlig, er hat da einige interessante TED Talks und Interviews mit Historikern sowie Philosophen entdeckt. Was für eine unendliche Quelle an Informationen dieses Internet ist! Lukas hat das alles für ihn besorgt und eingerichtet. Dabei arbeitet Rosas Enkel gar nicht, wie Augustin zuerst gedacht hat, mit Computern, sondern studiert Pharmazie und Chemie in Graz. Aber die kennen sich halt heutzutage alle sehr gut aus mit diesen Geräten, denen kann man nichts vormachen. Und als Lukas am Wochenende seine Oma besucht hat, hat Rosa ihn gebeten, für Augustin »ein wenig aufzurüsten«, wie sie sich ausgedrückt hat. Seither muss er nicht mehr abends gelangweilt durch die Fernsehsender zappen, auf denen sich ein Bild des Grauens nach dem anderen offenbart: Prominente, die er nicht kennt, in einem Dschungel, Bauern, die Frauen suchen, und Frauen, die einen Bachelor suchen, dazwischen Kochsendungen und Menschen, die sich vor einer Jury zum Affen machen. Schon seit Monaten hat er den Fernseher nur noch eingeschaltet, wenn es ihm gar zu still war in der Wohnung.

Kopfschüttelnd überlegt er, wie anders sein Leben als Lehrer gewesen wäre, hätte es das World Wide Web damals bereits gegeben. Ob die Kinder von heute eigentlich noch wissen, was ein Lexikon ist? Sein Blick schweift zu seinen schön gebundenen Brockhaus-Bänden im Bücherregal. Er sieht schon vor sich, wie Ferdinand und Brigitte die dicken Lexika herzlos entsorgen und dabei etwas wie »Kann man eh alles googeln« murmeln. Da wird ihm ganz bange. Ob er die Bücher vielleicht Mira vermachen kann?

Aufmerksam lauscht Augustin der Theorie von Yuval Noah Harari, der vom »Homo Deus« spricht und von einem neuen Wesen, das sich durch künstliche Intelligenz und Cybertechnologie upgraden wird. Uns Menschen gehe es so gut wie nie zuvor, sagt er, und trotzdem seien wir nicht zufrieden. Der Geist reagiere auf Erfolg mit der Neigung, mehr zu wollen, das sei schon im Mittelalter so gewesen, als ein König nicht nur ein Reich, sondern noch eins und noch eins haben wollte. In seinem Notizbuch vermerkt Augustin, in der Buchhandlung zu fragen, welche Titel sie von Harari dahaben. Denn so großartig er die Videos und Filme auch findet, in einem Buch zu lesen ist für ihn doch noch immer schöner. Das wird sich auch bestimmt nicht mehr ändern, er hat sein gesamtes Leben mit Papierduft in der Nase verbracht. Er ist in Geschichten abgetaucht, hat Biografien gelesen und Wissen gesammelt. So gesehen hat Harari recht, schmunzelt Augustin, denn obwohl er bereits viele Bücher besitzt und noch zahlreiche mehr gelesen hat, kann er nie genug bekommen und möchte immer noch weitere. Wie gut, dass er mit Rosa eine ebenso große Leseratte getroffen hat. Am Nachmittag haben sie ihren dritten kleinen Lesekreis abgehalten, in Rosas buntem Wohnzimmer, mit den gerade gelesenen Büchern und Annas Apfelstrudel, den Rosa extra geholt hat.

»Ach, ich musste sowieso mit Milan raus«, hat sie abgewunken, aber Augustin weiß, dass sie seinetwegen zum Café Sonnigsüß gegangen ist, weil er den Strudel so liebt, und das rührt ihn.

Über *Ich bin Circe* und *Das Buch der lächerlichen Liebe* haben sie sich bereits vor einer Weile unterhalten, inzwischen haben sie auch andere Romane getauscht. Die Regel ist, dass es ein Buch sein muss, von dem sie selbst begeistert waren und das der andere nicht kennt. Der aktuelle Roman, den Rosa ihm ausgeliehen hat, ist *Hippocampus* von Gertraud Klemm, einer österreichischen Schriftstellerin, von der er noch nie gehört hat.

»Du wirst mir nur Bücher von Autorinnen geben, hab ich recht?«, hat er Rosa gefragt, und sie hat ihn vielsagend angelächelt.

»Männer hast du doch schon genug gelesen«, hat sie gesagt, und da konnte er ihr nicht widersprechen.

Und dann haben sie wild diskutiert. Über Gleichberechtigung und die Veränderungen seit den Sechzigerjahren, über Feminismus, Elternzeit für Väter und den Literaturkanon. Und weil der Strudel schneller aufgegessen war, als sie fertig diskutieren konnten, haben sie in Rosas Küche mit roten Wangen und erhitzten Gemütern ein knuspriges Kartoffelgratin gekocht. Gerade als es aus dem Ofen kam, traf auch Lukas ein, und sie haben zu dritt an Rosas Tisch mit den verschiedenfarbigen Stühlen, die überhaupt nicht zusammenpassen, gegessen. Lukas hat klug und entspannt von seinem Studium und dem geplanten Urlaub in Marokko mit drei Freunden erzählt, und Augustin hat sich bei dem Gedanken ertappt, dass er auch gern einen Enkel hätte. Oder eine Enkelin. Einen jungen Menschen, der ein wenig Leben in die Bude bringen würde. Und all die digitalen Errungenschaften. Aber da kann er Ferdinand und Brigitte keinen Vorwurf machen. Denn ein Kind zu bekommen, haben die beiden wirklich lange versucht.

Nach einem Treffen mit Rosa schwirrt Augustin oft der Kopf, und gleichzeitig ist ihm so leicht ums Herz. Auch wenn sie bei vielen Themen nicht einer Meinung sind, bleibt das Gespräch stets respektvoll und offen. Sie lassen einander ausreden und hören zu. Bei manchen von Rosas Ansichten ist er überrascht, dass sie aus dem Mund einer über siebzigjährigen Frau kommen, so modern sind sie. Aber gut, mit manchem hat sie vielleicht auch recht. Dass Frauen endlich gleich viel bezahlt bekommen sollten wie Männer und dass es Vätern ermöglicht werden sollte, bei ihren Kindern zu bleiben, wenn sie das wollen. Augustin hätte das gern gemacht, aber es waren andere Zeiten damals, so etwas kam gar nicht zur Sprache. Wer weiß, vielleicht hätte er heute eine engere Beziehung zu seinem Sohn und stünde nicht oft so ratlos vor ihm, um Worte ringend.

»Hast du ein gutes Verhältnis zu deiner Tochter?«, hat er Rosa gefragt, und sie hat eine Weile nachgedacht.

»Jetzt ja«, hat sie geantwortet, »aber das war nicht immer so. Wir haben Kämpfe ausgefochten und uns aneinander aufgerieben. Ich wollte unbedingt, dass sie die Karriere macht, die mir verwehrt blieb, und habe ihr lange nachgetragen, dass sie sich für eine Familie entschieden hat. Heute weiß ich, es ist ihr Leben, nicht meins. Und ich liebe meine Enkel. Dass wir Frauen uns überhaupt zwischen Karriere und Familie entscheiden müssen, ist nicht Angelikas Schuld und meine auch nicht. Seit wir das verstanden haben, kämpfen wir eher an derselben Front als gegeneinander.«

Durch Rosa denkt Augustin zum ersten Mal darüber nach, wie unterschiedlich das Leben für Männer und Frauen weitergeht, wenn sie ein Kind bekommen. Dass Hildegard zu Hause bleiben würde nach Ferdinands Geburt, war so klar, dass sie sich darüber nicht einmal unterhalten haben. Das tut ihm heute leid. Er hätte fragen sollen, was sie möchte. Wie es ihr damit geht. Er hätte mit ihr darüber sprechen sollen, statt es für selbstverständlich zu nehmen, dass sie ihre Träume hintenanstellte.

Gemeinsam mit Rosa war er sogar schon bei Hildegard auf

dem Friedhof, und auch das Grab von Albert haben sie besucht. Bisher hat er sich immer sehr seltsam gefühlt, wenn er durch die Reihen mit den Steinen und Kreuzen ging, traurig und bedrückt, ja, und auch ein wenig ungeduldig. Er wollte so schnell wie möglich wieder fort.

»Ich bin nicht so gern hier«, hat er Rosa gestanden, »ich hab das Gefühl, ich werde eh noch genug Zeit auf diesem Friedhof verbringen.«

Sie hat gelacht. Und mit ihr zusammen war es auf einmal ganz anders. Rosa hat von Albert erzählt, Gutes, aber auch Schlechtes, und sie hat ihm ganz unbefangen Fragen zu Hilde gestellt. Es war schön, über seine Frau sprechen zu können, über alles, was ihm fehlt, was viele Jahre lang so selbstverständlich war und plötzlich fort. Sie haben die Blumen gegossen, sich in der Sonne auf eine Bank gesetzt und miteinander geplaudert, als wären sie nicht auf einem Friedhof, sondern in einem Park.

»Weißt du, du darfst deine Hildegard vermissen und trotzdem wieder glücklich sein«, hat Rosa am Ende gesagt, »das ist völlig in Ordnung.«

Und Augustin hat sich erschrocken gefragt, wie es sein kann, dass sie ihn noch gar nicht so lange kennt und trotzdem genau weiß, was in ihm vorgeht.

»Der Algorithmus wird immer stärker und besser werden«, sagt Yuval Noah Harari im Interview. »Bisher sagt er uns, welche Abzweigung wir nehmen oder welches Buch wir lesen sollen. In nicht allzu ferner Zukunft, wenn genug Daten zur Verfügung stehen, werden die Menschen auch auf den Algorithmus vertrauen, wenn es darum geht, welche Freunde und Ehepartner sie wählen sollen.«

Augustin horcht auf. Kann das wirklich sein? Und wie wäre das dann? Fragt man in der Zukunft sein Telefon, wen man lieben soll? Augustin nimmt die Kopfhörer ab, drückt auf Pause und reibt sich die Ohren. Er trinkt den letzten Schluck Rotwein aus seinem Glas und schiebt sich eine Olive in den Mund. Wenn er es recht betrachtet, ist er durchaus zufrieden mit dem, was er hat, sehr zufrieden sogar. Und er braucht keinen Algorithmus, um zu wissen, dass Rosa genau richtig für ihn ist.

Knuspriges Kartoffelgratin

Zutaten

1 kg festkochende Kartoffeln

250 ml Milch

250 ml Sahne

1 Prise Pfeffer

1 Prise Muskatnuss

1 Prise Salz

250 g geriebener Käse

Zubereitung

Die rohen Kartoffeln schälen und in dünne Scheiben schneiden.
Milch und Sahne mischen, mit Salz, Pfeffer und Muskatnuss wür-
zen und auf die in einer Form geschichteten Kartoffeln gießen.
Den Käse darüberstreuen und im vorgeheizten Ofen bei 180 °C
45 Minuten backen.

Anna

Die Panik kommt nicht sofort. Zuerst ist da noch die Hoffnung. Dass die Schneedecke dünn ist und ich sie mit meiner Hand durchbohren kann. Dass sie mich finden werden, jetzt gleich, in wenigen Augenblicken. Anders kann es nicht sein. Nein, ich glaube das nicht. Dass alles zu Ende ist, das glaube ich nicht. Doch die Zeit vergeht, und die Luft wird knapp, und es ist dunkel, so unglaublich dunkel. Ich kann mich nicht bewegen, wo oben und unten ist, weiß ich längst nicht mehr. Weiche Flocken waren das, als sie gefallen sind, aber jetzt fühlt sich das Weiß um mich herum härter an als Beton. Ich klopfe. Ich rufe. Und dann schreie ich. Durchgehend, schrill, ein Schrei, der mir die Brust zerreißt und in meinen Ohren schmerzt, weil er widerhallt in dieser finsteren Grabkammer aus Schnee.

Ich schrecke hoch, springe aus dem Bett, schleudere die Decke von mir. Ich stürze ans Fenster, reiße es auf und sauge die Luft so heftig in meine Lungen, dass mir schwindlig wird. Mein Atem geht rasselnd, als hätte ich Husten. Langsam beruhigt sich mein Herzschlag, ich setze mich auf die Bettkante. Meine Kehle brennt. Als das Zittern ein wenig nachlässt, gehe ich in die Küche, um Wasser zu trinken. Wo ist Mel? Sie hört doch immer, wenn ich den Albtraum habe. Sie kommt und hilft mir. Warum ist sie nicht da? Ich tappe barfuß durch die Wohnung. Auf der Couch liegt sie nicht. Hat sie bei Oliver übernachtet, weil sie nach unserem Streit wütend auf mich war? Ihre Schuhe stehen nicht im Flur, ihre Jacke sehe ich auch nirgends. Leise schleiche ich in unsere andere Wohnung hinüber, und sie wirkt so still und leer, dass mir schon an der Tür klar wird, dass da niemand ist. Jetzt bin ich alarmiert. Ist sie vielleicht zornig davongestürmt, und dann ist ihr etwas zugestoßen? Ich sehe mich um, mache Licht in der Küche.

Die Nachricht liegt auf dem großen Esstisch.

Musste mal wieder raus.

Kennst mich ja.

M

Mit einem Knurren zerfetze ich den Zettel in viele kleine Schnipsel und lasse sie fallen. Typisch Mel, einfach abzuhauen. Typisch Mel, nachts, wenn ich schlafe, heimzukommen und ihre Sachen zu holen, ohne ein Wort zu sagen. Ich muss gar nicht nachsehen, um zu wissen, dass ihr Rucksack, ihr Pass und ein paar Shirts fehlen. Das ist nicht das erste Mal, dass sie so etwas tut. Wann immer sie das Gefühl hat, dass Dinge sich zu sehr fixieren, dass es da einen Mann gibt, den sie mag, oder einen festen Job, der ihr Spaß macht, packt sie ihr Zeug und verschwindet Hals über Kopf. Entzieht sich und bricht alle Brücken ab. Manchmal kommt sie nach ein paar Tagen zurück, manchmal bleibt sie wochenlang weg. Was sie geschrieben hat, ist natürlich wahr, ich kenne sie. Aber sie ist jetzt über dreißig, wem muss sie eigentlich noch was beweisen, verdammt? Schnaubend gehe ich zurück ins Bett, lege mich flach hin, ohne mich zuzudecken. Ich bin nicht sauer, eher enttäuscht. Vor allem davon, dass sie es nicht schafft, mit mir zu reden. Dass das Band zwischen uns für sie offenbar nicht stark genug ist, um sich mir anzuvertrauen. Ich starre auf den hellen Fleck, der das Fenster ist, und frage mich, wohin sie gefahren ist. Für den Rest der Nacht finde ich keinen Schlaf mehr. Es ist nicht der Traum, den ich fürchte, ich weiß, er wird nicht so schnell zurückkommen. Aber was ist mit Mel, wird *sie* zurückkommen?

***

Die Sonne wärmt mich, als hätte es nie einen Winter gegeben. Als hätte ich nie gefroren und damit gehadert, dass es nur so wenige Stunden am Tag hell war. Ich liege im Bikini auf der Wiese und genieße die Sonnenstrahlen auf meiner Haut. Ich habe die Augen geschlossen und ein Lächeln im Gesicht, um mich herum die typischen Freibadgeräusche. Lachende Kinder, rufende Mütter, das Platschen des Wassers. Es riecht nach Pommes und Chlor. Für einen Moment fällt alles von mir ab, die Sorge um Mel, der Ärger wegen Marco, der Alltagsstress im Café und in der Backstube. Jetzt gerade ist das alles nicht wichtig. Ich bin in der Sonne. Ich fühle mich gut.

Als ich wieder aufwache, ist mir richtiggehend heiß. Zum Glück habe ich mich mit Sonnenmilch eingecremt, sonst wäre ich jetzt wohl ein wenig rot. Dass ich nach einer Nacht wie der letzten erst einmal eindöse, war eigentlich fast zu erwarten. Ich setze mich auf und beobachte das bunte Treiben. Das Bad ist erst seit wenigen Wochen geöffnet, und der Juni zeigt sich mit hohen Temperaturen von seiner sonnigsten Seite. Ich habe mir, als ich nach der schlaflosen zweiten Nachthälfte trübsinnig beim Kaffee saß, gedacht, dass ich wohl, wie Mel es formuliert hat, auch dringend mal rausmuss.

Mit dem Rad bin ich nach Leopoldskron gefahren, genau wie Mel und ich es früher immer gemacht haben, gleich nach der Schule oder in den Ferien schon morgens. Wir hatten nicht viel dabei, ein Handtuch, einen Walkman, ein bisschen Geld von Oma Gertraud, und dann sind wir im Freibad geblieben, bis es zugesperrt hat. Wir lagen auf der Seite hinter dem Sprungturm, wo die Cool Kids waren, und ich erinnere mich gut an den Kreis der anderen um uns, die zwar in unserer Nähe sein wollten, aber nicht zu nah. Als wir elf, zwölf waren, gab es noch witzige Grabenkämpfe zwischen Mädchen und Jungs, es galt, sich gegenseitig unter Wasser zu drücken oder mit Wasserpistolen anzuspritzen, später dann, ab vierzehn, fünfzehn, gingen die Jungs dazu über, uns mit waghalsigen Sprüngen vom Fünfer zu beeindrucken. Hinter dem Kiosk hatte Mel ihren ersten Kuss, mit einem Typ, der Hans-Peter hieß. Ich stand Schmiere, und Mel teilte hinterher die roten Gummischlangen mit mir, die Hans-Peter ihr dafür gegeben hat. Das Ganze war mehr eine Mutprobe als ein romantisches Erlebnis. Wirklich befreundet waren wir mit den anderen Kindern nie, wir brauchten sie nicht. Wir hatten ja uns.

Ich mache einen Kopfsprung ins Wasser, dessen Kühle nach der ersten Schrecksekunde wunderbar erfrischend ist. Überhaupt scheint alles, wenn man unter Wasser ist, so weit entfernt, als gehörte es zu einer anderen Welt. Das mag ich daran, buchstäblich abzutauchen, es ist, als würden die ganzen Probleme nicht mitkommen. Nur leider sind sie, wenn man aus dem Becken steigt, immer noch da. Ich schwimme einige Bahnen und genieße es, mich zu bewegen. Natürlich bin ich sowieso stets den ganzen Tag auf den Beinen, und die tun mir abends ganz schön weh, aber das ist etwas anderes, weil das Bedienen und Backen ja meine Arbeit ist, auch wenn es mir Vergnügen bereitet. Was tue ich schon wirklich nur für mich? Vor allem, wann bin ich jemals allein? Eigentlich nur frühmorgens in der Backstube, aber auch da ist ja alles auf die Herstellung der Torten ausgerichtet und auf meinen engen Zeitplan. Tagsüber bin ich von Kunden umgeben, mit denen ich plaudere, und die Abende verbringe ich mit Mel, sofern sie nicht bei Oliver ist. Der hat mir, das habe ich dann morgens gesehen, mehrere Nachrichten geschickt, weil er und Mel verabredet waren, sie aber nicht gekommen ist. Ich bin also zumindest nicht die Einzige, die sie, ohne etwas zu sagen, zurückgelassen hat.

Ich tauche noch mal ab und bleibe unter Wasser, solange ich kann. Das Schwimmen tut mir gut. Ich bin merklich gelöster, als ich zurück zu meinem Handtuch gehe. Und als Backfee, die sich jeden Tag mit Schokolade, Butter und Zucker beschäftigt, brauche ich jetzt ganz dringend Pommes. Ich hole mir welche am

Kiosk und liebe es, dass ich mir dabei vorkomme wie ein Kind. Weil es, trotz allem, was damals geschehen ist, schön war, ein Kind zu sein. Was man allerdings erst versteht, wenn man keines mehr ist. Die Kindheit ist eine goldene Zeit, ein geschützter Ort, an dem man sich nicht um komplizierte Finanzpläne, enttäuschende Dates und berufliche Perspektiven kümmern muss. Mit einem Grinsen fahre ich über die Stoppel an meinen Waden. Bekommt ja außer mir niemand mit, wozu also die Mühe? Ich vermisse die Sorglosigkeit, die wir hatten, als wir klein waren, und die so selbstverständlich für uns war, dass sie uns nicht bewusst war. Jetzt ist manchmal alles schwer und mühsam und anstrengend. Diese Woche ist heftig, denkt man als Erwachsener, aber nächste Woche wird es besser. So geht es das ganze Erwachsenenleben lang, von Woche zu Woche, bis man irgendwann alt ist.

Ich schüttle entschlossen den Kopf, halte das Gesicht wieder in die Sonne und tauche meine Pommes in Ketchup. Auf keinen Fall werde ich zulassen, dass ich an einem so schönen Tag, an dem ich freihabe und zum ersten Mal seit Ewigkeiten im Freibad bin, deprimierenden Gedanken nachhänge. Ja, ich vermisse Mel. Ja, ich fürchte ständig, wenn sie allein unterwegs ist, dass ihr etwas zustoßen könnte. Aber sie ist erwachsen, und sie schuldet mir nichts. Wenn sie sich eingeengt fühlt und ihr die Decke auf den Kopf fällt, ist es ihr gutes Recht zu verreisen. Zwar finde ich die Art und Weise, wie sie das tut, nicht in Ordnung, andererseits steht es mir nicht zu, sie verbiegen zu wollen. Ich muss ihr ihren Freiraum lassen. Und mich daran erinnern, dass Mel mit ihren eigenen Dämonen zu kämpfen hat. Vielleicht liegt es an der Sonne, die meine Wut verrauchen lässt, oder an meiner Liebe zu Mel, jedenfalls wische ich meine fettigen Pommesfinger am Handtuch ab und greife nach meinem Handy, um ihr eine Nachricht zu schicken.

Wo bist du gelandet? Geht es dir gut? Du fehlst mir, du hässliche Kröte. Zur Strafe esse ich im Freibad Pommes ohne dich. #thinkingofhanspeter

Ich bin längst bereit, ihr zu verzeihen. Nichts wird jemals zwischen sie und mich kommen, gar nichts. Keine dämliche Dating-App, kein erzwungenes Kino-Date, kein egoistischer Verlobter, der mich vor die Wahl stellt: er oder sie. Dass ich keinen Ehering trage, zeigt, wie ich mich damals entschieden habe. Und ich habe das nie bereut. Denn wie könnte ich jemanden heiraten, der zwar behauptet, mich zu lieben, gleichzeitig aber die wichtigste und engste Freundschaft in meinem Leben sabotieren will, weil er das Gefühl hat, nicht die wichtigste Person für mich zu sein? Eben. Allerdings ist das womöglich das einzige Geheimnis, das ich vor Mel habe. Sie weiß bis heute nicht, wieso ich die Verlobung so kurz vor der Hochzeit gelöst habe. Und sie soll es auch nie erfahren.

Und weil ich das Smartphone schon in der Hand habe und meine Laune nicht besser sein könnte, öffne ich Tinder, um all die unpassenden Matches zu löschen, die Mel mir eingebrockt hat. Während ich zwischen Pommestüte und Handy hin- und herwechsle, frage ich mich, ob Marco eigentlich auch Pommes essen darf. Die müssten doch vegan sein, oder gibt es da etwas, das ich nicht weiß? Über Veganismus weiß ich nämlich recht wenig, ich hab mich noch nie damit beschäftigt. Ob er gern ins Freibad geht oder ob er zu den muffeligen Leuten gehört, die jammern, dass da zu viel los ist, zu warm, zu laut, zu ungemütlich? Ich kann nicht anders, als ihn mir in Badehose vorzustellen. Bestimmt trägt er coole Shorts, und garantiert sieht es unverschämt sexy aus, wenn er aus dem Pool steigt und die Wassertropfen langsam über seine Muskeln rinnen. Ich koste grinsend mein Kopfkino aus, während ich auf Tinder herumklicke. Die meisten Männer, die Mel nach rechts gewischt hat, haben mir eh nicht geschrieben, von den über 80 neuen Matches haben nur 28 Kontakt zu mir aufgenommen. Ich drücke bei jedem auf das Fähnchen rechts oben, um dem Elend ein Ende zu bereiten. Ich will eine leere, saubere Seite, mit der ich noch mal von vorn anfangen kann. Und ab dann sollen alle Nachrichten, die ich schreibe, und alle Männer, denen ich ein Like gebe, ausschließlich von mir selbst sein. Die Messages, die ich bekommen habe, sind alle ähnlich. *Hi, na?* oder *Servus, wie geht's?*, oft auch *Schönes Foto*, viel weiter reicht die Bandbreite nicht.

Es gibt nur eine Nachricht, die meine Aufmerksamkeit weckt. Ein gewisser Ocram hat sie geschickt, 34 Jahre alt, auf dem Foto aber nicht zu erkennen, da sieht man bloß eine schöne Aussicht mit einem Bergsteiger. Hmmm. Es ist immer ein wenig merkwürdig, wenn jemand sich nicht zeigt. Andererseits ist es natürlich oberflächlich von mir, dann sofort zu denken, dass dieser Jemand wohl nicht sonderlich attraktiv ist. Oder vergeben.

Welche Torte soll ich für den Geburtstag meiner Oma backen? Hilf mir!, hat er geschrieben.

Da hat offenbar mal jemand meine Profilbeschreibung gelesen und weiß, dass ich Konditorin bin.

Ist sie eine Torten-Oma oder eine Blechkuchen-Oma?, schreibe ich zurück.

Mit meiner eigenen Oma habe ich morgens geskypt, um ihr von Mels Verschwinden zu erzählen. So ganz konnte sie ihre Besorgnis nicht verbergen, auch wenn sie mir gut zugeredet hat.

»Melanie kommt eben ganz nach mir«, hat Oma Gertraud gesagt und mich damit zum Lachen gebracht, »wir sind beide Freigeister. Nicht so verwurzelt wie du.«

»Aber dass ihr mich einfach zurücklasst, ist nicht fair«, habe ich gemault.

»Wir kommen ja wieder!«

»Mel vielleicht, ja. Aber was ist mit dir, Oma? Wann immer ich dich frage, weichst du aus. Jetzt bist du schon so lange in Neapel, reist du danach weiter? Oder wirst du dort bleiben?«

Oma hat ihr Mausgesicht gemacht und geheimnisvoll mit den Schultern gezuckt. Sie kann eine Bewegung mit dem Kopf, die aussieht wie ein Nicken und ein Kopfschütteln gleichzeitig.

»Orrr«, habe ich gemacht.

»Lass dich doch überraschen, Annale«, hat Oma gesagt, und das hat mich noch mehr genervt. Ich will alles unter Kontrolle haben, damit ich nicht im Chaos ertrinke, Unerwartetes kann ich da nicht gebrauchen.

»Du hast bald Geburtstag!«, hat Oma gemeint. »Da wird es ganz sicher eine Überraschung geben.«

»Was meinst du damit?«, habe ich gefragt und wieder nur das vage Kopfgewackel bekommen.

Ocram ist der Einzige, dem ich antworte. Dann schalte ich das Handy in den Flugmodus und packe es ganz unten in die Tasche, bevor ich mich auf das Handtuch lege, diesmal auf den Bauch, und die Augen schließe. Ich lasse mir die Sonne auf den Rücken scheinen und beschließe, noch ein Nickerchen zu machen. Eine halbe Stunde oder so. Dann wird es definitiv Zeit für ein Eis.

Mira

»Kommt rein, kommt rein!«, ruft Hakans Mutter aus der Küche, und Mira zieht schnell die Schuhe aus. Alkim eilt ihnen mit dem Kochlöffel in der Hand entgegen. Hakan weicht ihr geschickt aus, während Mira sich in die Umarmung ziehen lässt. Alkim ist groß und dick und wunderbar. Ihre langen schwarzen Haaren fließen ihr über die Schultern und den Rücken.

»Bist du zu cool, deiner Mutter einen Kuss zu geben, ha?«, schimpft sie Hakan und gibt ihm mit dem Kochlöffel einen Klaps auf den Hinterkopf. Er lacht.

In der Küche duftet es herrlich.

»Ich hab Lahmacun gemacht«, sagt Alkim fröhlich, »magst du doch so gerne, Mira.«

Mira nickt. Lahmacun ist ein großer Teigfladen mit Gehacktem und Tomaten drauf, mit Zwiebeln, Öl und Knoblauch. Ein großartiges, fettiges Essen.

»Und als Nachspeise?«, fragt Hakan und schaut in eine Schüssel, die mit einem Geschirrtuch abgedeckt ist.

»Nimmst du deine dreckigen Finger weg!«, schimpft Alkim. »Gehst du erst mal Hände waschen, derhal. Und bist du gierig, kriegst du gar keine Nachspeise!«

Hakan trollt sich grummelnd ins Bad, Mira folgt ihm grinsend. Die Wohnung der Ceylans ist klein und eng, die vier Söhne teilen sich zwei Zimmer, die Eltern schlafen im Wohnzimmer auf einer ausziehbaren Couch. Überall liegen Sachen herum, obwohl Alkim in einer Tour am Aufräumen ist. Hakans Brüder sind älter als er und nicht mehr oft zu Hause, »Die kommen nur zum Essen«, beschwert seine Mutter sich, doch in Wahrheit kocht sie gern für alle und freut sich, dass sie ihre Gerichte so sehr schätzen. Bei Alkim hat Mira nie das Gefühl, nicht erwünscht zu sein.

Der Name von Hakans Mama bedeutet Regenbogen, und der Nachname heißt übersetzt Gazelle. Alkim Ceylan ist also eine Regenbogengazelle, das findet Mira schön. Während sie große Stücke Lahmacun verspeisen und dazu Fanta trinken, weil das Hakans Lieblingslimonade ist, plappert Alkim ohne Unterlass. Sie hat immer etwas zu erzählen, von den Nachbarn, vom Postboten, von dem Telefongespräch mit ihrer Tante in der Türkei, oft mischt sie türkische Ausdrücke in ihren Bericht, und manchmal verliert Mira den Faden, aber sie liebt es, dass Alkim so viel redet. Über ihrer Oberlippe hat sie einen feinen Schnurrbart, den man nur sieht, wenn das Licht von der Seite drauffällt, und ihr riesiger Busen ist ständig in Bewegung. Das ist das Schöne an Hakans Mama, sie ist voller Leben. Im Hintergrund läuft ohne Pause das Radio. Bei Hakan zu Hause ist es immer laut, auch wenn seine Brüder und sein Vater nicht da sind. Mira ist längst satt, aber Alkim legt ihr noch was auf den Teller, bis Hakan sagt: »Willst du, dass sie platzt?«

»Nein, soll sie ja noch Nachspeise essen!«, feixt seine Mutter.

Aus der Tiefkühltruhe holt sie eine Familienpackung Vanilleeis und stellt sie auf den Tisch. Dann reicht sie Hakan und Mira einen großen Löffel und nimmt sich selbst auch einen.

»Heute gibt es, was *ich* am liebsten mag«, sagt sie und fährt mit dem Löffel in das Eis. Brauchen wir keine Schüsseln, hab ich schon genug zum Abwaschen!«

Mira sieht Hakans irritierten Blick und muss lachen. Dann steckt sie sich den Löffel voller Vanilleeis in den Mund und denkt, wie lange sie keines mehr gegessen hat. Das war Subis Lieblingssorte, aber hier, umgeben von Alkim und Hakan, ist das nicht ganz so schlimm, es ist einfach ein Eis. Die meisten Dinge sind nur unerträglich traurig, wenn man allein damit ist. Und so sitzen sie zu dritt am Tisch, schlecken Eis direkt aus der Packung, das

Radio dudelt, Alkim erzählt, und Mira hat das Gefühl, dass es eigentlich gut ist. Dass es Orte gibt, an denen es gut ist. Bei Anna. Bei Hakan. Bei Papa vielleicht auch.

»Danke schön«, sagt Mira nach dem Essen und findet sich in einer Umarmung von Alkim wieder.

»Du bist die Tochter, die Allah mir nicht geschenkt hat«, sagt sie, »jetzt hat er sie mir doch noch bis zur Haustür gebracht!«

Als sie sich an die Hausaufgaben machen, ruft ihnen Alkim dasselbe hinterher wie jede Woche: »Tust du was in seinen leeren Kopf, Mira!«

Aber Hakan ist lernresistent. Das bedeutet, er ist gegen das Lernen immun, also das Lernen hat bei ihm keine Chance. Allerdings nur, weil er nicht will, nicht weil er nicht könnte. Am Anfang hat Mira ihm alles erklärt, wieder und wieder.

»Aha, und was muss ich da hinschreiben?«, hat Hakan am Ende der Erklärung gefragt und darauf gewartet, dass Mira ihm das Ergebnis sagt.

Inzwischen ist sie dazu übergegangen, die Hausübungen zu machen und Hakan abschreiben zu lassen in der Hoffnung, dass er es sich dabei wenigstens durchliest.

»Hast du keinen Ehrgeiz, möchtest du nichts werden?«, fragt sie ihn manchmal.

»Ich bin doch schon was«, sagt er dann und meint es völlig ernst.

In diesen Momenten denkt Mira an die Bedingungslosigkeit, mit der Hakan zu ihr steht. Wie er ihr hilft, sie beschützt, sie mit zu sich nach Hause nimmt, ihr nie auch nur eine einzige Frage stellt. Und dann lässt sie ihn in Ruhe. Er wird seinen Weg gehen, da ist sie sich sicher.

»Wie anstrengend meine Mutter ist, ey«, murmelt Hakan, als sie die Tür zu dem Zimmer, das er sich mit Dilmen teilt, zugemacht haben, »immer lalalala, den ganzen Tag. Explodiert dir der Kopf bei ihrem Gelaber.«

Mira schweigt.

Wie soll sie Hakan begreiflich machen, dass eine Mutter, die überhaupt nicht mehr spricht, tausendmal schlimmer ist? Dass es ein Schweigen gibt, so eisig, dass einem nicht mehr warm wird? Wie einen dieser leere Blick trifft, wenn man dreimal, fünfmal »Mama, Mama!« ruft und sie aussieht, als hätte man sie aus einem langen Schlaf geweckt, in dem sie vergessen hat, dass sie noch ein weiteres Kind hat?

Das kann sie nicht erzählen. Wie sollte er das verstehen, wie?

Schweigend holt Mira die Schulbücher aus dem Rucksack und macht die Mathe-Aufgaben, während Hakan sich Videos von Manuel Charr und Andy Ruiz ansieht. Das sind Boxweltmeister, von denen er sich Tricks abgucken will. Er möchte nicht Boxer werden, er kann kein Blut sehen. Aber er will sich verteidigen können, und vor allem ist ihm wichtig, dass Mira sich verteidigen kann. Deshalb gehen sie jeden Donnerstag, wenn Mira die Hausübung erledigt und Hakan sie abgeschrieben hat, hinter den Bahnhof. Hakan wohnt in Lehen, jenem Salzburger Bezirk, der nur für Problematisches bekannt ist. Wenn jemand in dieser Stadt erschossen wird, dann hier. Wenn es eine Messerstecherei gibt, dann hier.

Auf der Rückseite des Bahnhofs, nahe an den Gleisen, befindet sich eine wiesenbewachsene Böschung, und dort, zwischen ein paar Bäumen, hat Hakan einen alten Verschlag entdeckt, der vermutlich früher von der Bahn genutzt wurde, jetzt aber leer steht und halb verfallen ist. Er und Mira haben dort zwei Matratzen vom Sperrmüll hineingetragen, also eigentlich hat Hakan sie getragen, und an die Wand gestellt. Sie boxen dagegen, manchmal treten sie auch. Hakan fängt jedes Mal zu schwitzen und zu fluchen an, allerdings auf Türkisch, sodass Mira nichts versteht. Mira selbst bleibt beim Boxen stumm. Wenn sie fest zuschlägt, tut es weh, weil die Matratzen alt und durchgelegen sind und direkt dahinter die Holzwand kommt. Manchmal hat sie am

Donnerstagabend rote, aufgeschürfte Knöchel, denn Boxhandschuhe haben sie keine.

»So musst du hauen, Mira«, sagt Hakan und zeigt ihr die Handhaltung, »und beide Beine fest, okay, aber dann ausweichen. Wenn dich jemand …«

Er bricht ab, wirft Mira einen Seitenblick zu.

»Wenn dich jemand schlägt, musst du schneller sein. Musst du gute Reflexe haben, das ist deine einzige Chance. Wenn er größer ist als du und … stärker.«

Er sieht ihr nicht in die Augen dabei.

Mira weiß, dass Hakan glaubt, sie wird daheim verprügelt. Was soll er auch sonst denken, wo sie doch nie nach Hause will, an keinem Tag der Woche, und nicht darüber redet? Zum Spaß boxt Mira ihn in den Bauch, nur ganz leicht. Er zieht ihn zu spät ein.

»Von wegen schneller«, sagt sie und lacht.

Hakan streckt ihr die Zunge raus.

Hinterher, wenn sie müde sind, essen sie Schokolade aus einer kleinen Box, die sie in der Hütte lassen und ab und zu wieder auffüllen. Hakan kauft immer die Schokolade mit Nüssen und Rosinen, obwohl er sie hasst, weil er weiß, dass Mira die am liebsten mag. Wenn Mira sich vorstellt, dass sie im Sommer in England sein wird und ihren besten Freund dann so lange nicht sieht, wird ihr kalt im Bauch. Sie hat ihm noch nicht von dem Camp erzählt. Wenn sie nicht genommen wird, braucht er sich nicht umsonst zu sorgen.

Laut ratternd fährt ein Zug vorbei.

»Wir müssen besser werden, Mira, mehr trainieren«, sagt Hakan nachdenklich, als das Rattern aufgehört hat, »sonst haut uns das Leben in die Fresse, checkst du das?«

Lahmacun

Zutaten

2 Zwiebeln	*Für den Teig:*
2 Tomaten	500 g Mehl
4 Knoblauchzehen	1 Pck. Trockenhefe
Petersilie	1 TL Zucker
500 g Hackfleisch	Salz
(am besten vom Lamm)	1 EL Olivenöl
2 EL Tomatenmark	ca. 200 ml
1 EL Olivenöl	lauwarmes Wasser
Pfeffer	
Salz	

Zubereitung

Zuerst für den Hefeteig Mehl und Hefe mischen und mit Zucker, Salz, Wasser und Öl verarbeiten. Abgedeckt mit einem feuchten Geschirrtuch den Teig eine halbe Stunde gehen lassen. Danach einmal durchkneten und nochmals abgedeckt für weitere 30 Minuten zum Ruhen beiseitestellen. In den Ruhezeiten den Belag vorbereiten: Zwiebeln schälen und mit den Tomaten fein würfeln. Knoblauch pressen und Petersilie hacken. Gemüsewürfel mit dem Hackfleisch, Tomatenmark, Knoblauch, Olivenöl, Pfeffer, Salz und den Kräutern vermischen.

Zwei Bleche mit Backpapier auslegen und den Ofen auf 200 °C vorheizen. Dann den fertigen Teig in 4 Kugeln teilen (ca. 80 bis 100 g) und auf einer bemehlten Fläche zu ca. 3 bis 5 Millimeter dünnen Fladen ausrollen. Je nach Blechgröße einen oder zwei Fladen daraufgeben und Hackfleischmasse darauf verteilen. Nun alle Fladen im Ofen ca. 10 bis 12 Min. backen, bis der Teig am Rand langsam knusprig und leicht braun wird.

Marco

Als Marco am Vormittag das Bistro betritt, stehen Simon und Susanne über ein Handy gebeugt am Tresen und diskutieren. Kaum sehen sie, dass er hereinkommt, verstummen sie abrupt.

»Was ist los?«, fragt Marco und lacht überrascht, doch als er die ernsten Blicke der beiden bemerkt, vergeht ihm das Lachen sofort.

»Wir wurden in einem Instapost getaggt«, erklärt Susanne, »also, der Account von Las Vegans. Eine Foodbloggerin hat ein Foto von dir gepostet.«

»Von mir?«, fragt Marco erstaunt.

Er kann sich nicht daran erinnern, fotografiert worden zu sein. Wann war das?

»Ja«, ergänzt Simon, »und du trägst einen Korb voller Sachen, die du ... nicht tragen solltest, sagen wir es so.«

»Wie bitte?«

Jetzt reicht Simon ihm sein Handy, und als Marco das Bild erkennt, schnürt die Wut ihm auf der Stelle den Hals zu. *Wie vegan ist das Las Vegans?*, steht in der Caption und dann eine längere Beschreibung der Dinge, die Marco angeblich eingekauft hat, Eier, Schlagobers, und die er, man sieht es auf dem Foto, in strahlendem Sonnenschein Richtung Bistro trägt. Dass er den Korb vor dem Café Sonnigsüß abgestellt hat, hat die Foodbloggerin offenbar nicht bemerkt. Oder bewusst verschwiegen. *Die wollen uns wohl verarschen*, steht am Ende des Textes, und dann folgt ein Aufruf, das Lokal in der Priesterhausgasse zu meiden, außerdem lauter Hashtags wie *#fake #notwithus #trybetter #liars.* Über 400 Mal wurde der Post bereits gelikt, obwohl er erst eine halbe Stunde alt ist, die Kommentare darunter liest Marco sich nicht durch, aber er kann erkennen, dass da viele rot glühende Emojis benutzt wurden.

»Sie hat über zehntausend Follower«, sagt Susanne, und er hört an ihrer Stimme, dass sie auf eine Erklärung wartet.

Doch Marco hat keine Zeit für Erklärungen. Dafür ist er viel zu zornig. Ohne ein weiteres Wort und mit Simons Smartphone in der Hand stürmt er über die Straße und in Annas Café hinein. Da kann ja wohl nur sie dahinterstecken! Anna steht an einem der Tische und notiert sich die Bestellung eines älteren Ehepaars. An der Theke wartet ein junger Mann, in der hinteren Ecke sitzen zwei junge Frauen, die ihre Cremeschnitten fotografieren. Das alles registriert Marco in Sekundenschnelle, während er das Innere des Cafés mit den Augen scannt, denn neugierig ist er ja schon. Er war noch nie im Sonnigsüß. Es sieht so heimelig aus wie das Wohnzimmer, das man gern hätte, mit geschmackvoll aufeinander abgestimmten hellen Farben, bunten Kissen und Bildern von schönen Kuchenkreationen, die sofort den Appetit anregen. Aber er ist ja nicht hier, um was zu essen.

»Was soll das?«, faucht Marco Anna an, die erschrocken herumfährt.

Er fuchtelt mit dem Smartphone vor ihrem Gesicht herum und spürt, wie ihm das Herz bis in die Fingerspitzen pulsiert. Anna schaut verwirrt vom Handydisplay in seine Augen und zurück zum Handy.

»Warum rennst du hier rein und zeigst mir ein Foto von dir?«, fragt sie in scharfem Ton mit einer Kopfbewegung zu ihren Gästen, die wohl bedeuten soll, dass das nicht der richtige Ort für eine Auseinandersetzung ist. Aber das ist Marco egal. Sollen alle hören, was sie getan hat!

»Warum hast *du* mich gezwungen, Tierprodukte nach Hause zu schleppen, und mich dabei heimlich abgelichtet?«

Anna lacht laut auf.

»Spinnst du jetzt komplett?«

Sie drängt sich an Marco vorbei und geht zur Kuchentheke. Der junge Mann hat offenbar fluchtartig das Café verlassen, Marco hat es nicht mitbekommen. Er folgt Anna, am liebsten würde er sie festhalten und zwingen, mit ihm zu reden. Dass sie lacht und ihn stehen lässt, macht ihn noch wütender.

»Das ist ein Witz, oder? Bitte sag mir, dass das ein Witz ist«, fragt Anna, während sie zwei Tassen aus dem Regal holt.

»Ich kann es beweisen!«, zischt er und stellt sich zu ihr neben die Kaffeemaschine. »Jetzt sieh dir endlich das Bild an!«

»Ich war doch hinter dir!«, ruft Anna. »Wie hätte ich dich fotografieren sollen, ich war noch auf dem Markt, als du gegangen bist!«

»Dann hast du eben der Foodbloggerin Bescheid gesagt.«

»Ich kenne gar keine Foodbloggerin«, entgegnet Anna, »und außerdem, wieso sollte ich das tun? Das klingt wie aus einem schlechten Krimi.«

»Um mir zu schaden«, antwortet Marco.

»Du machst dich lächerlich«, sagt Anna leise und wendet sich wieder dem Cappuccino zu.

»Das war ein abgekartetes Spiel von dir«, grollt Marco, »und ich Idiot bin darauf reingefallen. Aber das wirst du mir büßen.«

Sie dreht sich zu ihm um, sieht ihm in die Augen.

»Ich hab dir nichts getan«, sagt sie ruhig, »ich kenne diese Bloggerin nicht, und geplant hab ich das auch nicht. Das war vollkommen spontan. Den Korb hab ich dir gegeben, weil du so ein Arsch warst.«

Sie schmunzelt.

»Kleiner Wortwitz ...«, sie bricht ab, als sie seinen Gesichtsausdruck sieht.

»Ach, komm schon, du glaubst das doch nicht wirklich!« Sie greift nach seinem Arm. Ihre Hand liegt da, auf seinem Arm, und ihm schießt Hitze durch den Körper. Er hat von ihr geträumt letzte Nacht, schon wieder. Sie hat gelacht, ganz nah an seinem Hals, an seinem Mund, seiner Wange, sie hat gelacht, und er hat ihren Körper vibrieren gespürt. Ihre Locken haben seine Nase gekitzelt im Traum, und er hat ihren Duft eingeatmet. An mehr kann er sich nicht erinnern, aber er weiß noch, wie entspannt er war in diesem Augenblick, wie sorglos. Einen Moment lang ist er versucht, ihr zu glauben. Er betrachtet ihre Grübchen und die nussbraunen Augen, als könnte er die Wahrheit darin lesen, und ja, da gibt es diese Sekunde, in der er sich ihr entgegenlehnen, sie umarmen möchte, um zu sagen, dass alles ein Missverständnis war, dass es ihm leidtut. Der Gedanke stachelt seinen Zorn noch mehr an. Wie dumm er immer noch ist! Wie er sofort auf die nächste Frau hereinfällt! Er reißt sich so heftig los, dass Anna einen Schritt zurückmacht.

»Du spielst falsch«, sagt er, »aber ich bin nicht so naiv, wie du glaubst. Nicht mehr.«

»Das ist doch Wochen her, dass wir auf der Schranne ineinandergelaufen sind! Und das Bistro gibt es seit mehr als zwei Monaten, wieso sollte ich dir jetzt plötzlich schaden wollen?«

»Das weiß ich auch nicht!«, zischt Marco. »Aber wer soll es sonst gewesen sein? Du bist doch die Einzige, der ich ein Dorn im Auge bin.«

»Brauchst du Hilfe, Anna?«, fragt plötzlich eine der jungen Frauen vom Ecktisch. Die beiden sind nach vorne gekommen und haben eine Handykamera auf Marco und Anna gerichtet. »Wer ist der Typ, ist alles okay?«

Ohne einen weiteren Kommentar verlässt Marco das Café. Hinter sich hört er Annas beschwichtigende Stimme, aber er versteht nicht, was sie sagt. Und es kümmert ihn auch nicht.

Dabei hat er sich so gefreut, dass sie auf seine alias Ocrams Nachricht geantwortet hat. Jeden Tag haben sie seither geschrieben, und ständig hat er überlegt, womit er sie zum Lachen bringen könnte, was er ihr erzählen soll, um ihr Interesse wachzuhalten, nicht zu viel und nicht zu wenig. Bei allem, was er getan hat, war das in seinem Kopf. Er hat sein Handy andauernd gecheckt, dann aber immer mindestens eine halbe Stunde mit seiner Antwort gewartet, damit sie nicht merkt, dass er ihretwegen daueronline ist. Und um sich eine möglichst schlagfertige Replik auszudenken. Und sie? Bootet ihn einfach aus. Macht eine Witzfigur aus ihm. Er ärgert sich wahnsinnig über Anna, aber mehr noch ärgert er sich über sich selbst. Und wie soll er das Simon und Susanne erklären? Was, wenn jetzt die Gäste ausbleiben? Wie viele Follower lesen diesen Post, und schlimmer noch, wie viele halten diese Verleumdung für wahr und kommen dann nicht mehr?

Marco steht mitten in der Gasse, hinter sich das Café, vor sich das Bistro. Er betrachtet die dunkelgrüne Fassade, das Schild, die Fenster. Da drin stecken all seine Hoffnungen und Wünsche, da drin steckt alles, was er besitzt. Er wird sich das nicht wegnehmen lassen, nicht noch einmal.

Er atmet tief durch und steckt das Handy in seine Hosentasche. Dabei merkt er, dass seine Hände zittern. Dann geht er zurück ins Las Vegans und gießt sich erst einmal einen kleinen Grappa ein, bevor er seinen Partnern erzählt, was geschehen ist. Er berichtet von dem Zusammentreffen mit Anna auf der Schranne, von dem Korb und was es damit auf sich hatte.

»Vielleicht hat sie es ja wirklich nicht absichtlich gemacht«, wirft Susanne ein.

Sie stehen mittlerweile in der Küche, denn durch den kleinen Eklat sind sie im Rückstand mit den Vorbereitungen für das Mittagsgeschäft.

Marco schnaubt nur.

»Ich kann mir das auch nicht vorstellen«, stimmt Simon seiner Frau zu, »ich halte das für einen unglücklichen Zufall. So ausgebufft ist Anna doch nicht.«

»Sie wäre nicht die Erste, in der ich mich getäuscht habe«, entgegnet Marco.

»Aber so schlecht ist unsere Menschenkenntnis nun auch nicht«, entgegnet Simon und verschränkt die Arme.

»Schneid lieber die Zwiebeln, das kannst du besser«, herrscht Marco ihn an und bemerkt aus dem Augenwinkel, wie Simon und Susanne sich einen Blick zuwerfen. Dann hält er inne, hört auf, im Risotto zu rühren, und dreht sich zu den beiden um. Er hat gerade gesprochen wie sein Vater. Das ist nicht in Ordnung, das darf er nicht zulassen.

»Bitte entschuldigt«, sagt er, »es tut mir leid.«

Für einen Augenblick ist es sehr still in der Küche, nur das Blubbern aus dem Topf auf dem Herd ist zu hören.

»Ich fühle mich so … bloßgestellt«, fügt er hinzu, »so vorgeführt. Wie der letzte Depp. Und das ist ein elendes Gefühl.«

»Das versteh ich«, sagt Simon und nimmt das Risottorühren wieder auf, bevor der Reis anbrennt, »aber bestimmt wächst rasch Gras über die Sache. Das ist das Internet, der heiße Scheiß von heute interessiert morgen niemanden mehr.«

»Ich werde den Post mit unserem Account aufgreifen und die Dinge klarstellen«, wirft Susanne ein. »Dass es sich um Nachbarschaftshilfe gehandelt hat und nichts von diesen Produkten bei uns verwendet wird.«

»Ja, nur haben wir halt bloß siebenhundert Follower und nicht zehntausend«, murmelt Marco.

»Ich kontaktiere auch die Bloggerin und bitte sie um eine Richtigstellung«, entgegnet Susanne, »und ich biete ihr was an. Zum Beispiel ein exklusives Dinner auf unsere Kosten für sie und ihren Freund, wenn sie einen hat. Oder etwas in der Art.«

»Und du denkst, das hilft?«, fragt Marco skeptisch.

»Wir können es wenigstens versuchen. Ich kann ihr auch einen Blick hinter die Kulissen anbieten … dass sie dabei sein darf, wenn du kochst. Damit sie sieht, dass wirklich alles vegan ist. Und sie soll das filmen und in ihrer Insta-Story teilen.«

»Warum sollte sie das tun?«

»Weil wir sie dafür bezahlen, natürlich«, ruft Susanne mit einem Lachen.

»Wie gut, dass meine Frau Ahnung von diesen Dingen hat«, sagt Simon und grinst ihn an.

Marco ist erleichtert, dass die beiden ihm seinen Rumpelstilzchen-Auftritt nicht übel nehmen. Er möchte nicht so sein, so unfreundlich, barsch und gereizt. Der Druck, unter dem er steht, lässt offenbar nicht gerade seine beste Seite zum Vorschein kommen.

»So, Leute«, sagt Susanne und klatscht in die Hände, »in einer halben Stunde geht es los. Wir sollten uns jetzt wieder auf das Wesentliche konzentrieren.«

Und das tun sie. Marco macht das Risotto fertig, püriert die Pastinaken, holt den selbst gemachten veganen Mozzarella aus der Kühlung, mariniert die Kirschtomaten, bereitet die Pilze vor, die er dann frisch mit ein wenig Pfeffer in der Pfanne schwenken wird. Und ja, er erledigt alle diese Handgriffe schnell und routiniert. Aber er ist nicht ganz bei der Sache. Ein Teil seines Gehirns spult die Diskussion mit Anna ab, wieder und wieder. Was sie gesagt hat. In welchem Ton. Dass sie ihn am Arm berührt hat. Wie gut sie geduftet hat, nach Vanille und etwas anderem, ein bisschen herb, wie Muskatnuss. Es war eng hinter der Verkaufstheke, zwischen Kuchen und Kaffeemaschine, und so nah war er ihr nie zuvor. Zumindest nicht in der Realität. Diese Zerrissenheit macht ihn verrückt. Dass sein Körper etwas ganz anderes tun will als sein Verstand. Das war schon bei ihrer allerersten Begegnung so, und es hat sich seither nicht geändert. Immer zieht es ihn hin zu dieser Frau. Und es regt ihn maßlos auf, dass er dieser Empfindung nicht Herr wird. Dass es ihm nicht gelingt, dieses Wollen abzustellen. Nicht einmal in der größten, dampfend heißen Wut.

Dass Susanne das mit der Bloggerin regeln wird, beruhigt Marco ein wenig, und er ist fast geneigt, Annas perfide Aktion zu vergessen. Doch dann läuft das Mittagsgeschäft mau, er muss einen Großteil des Risottos in den Kühlschrank stellen, die Auslastung bleibt weit unter dem, was sie gewohnt sind. Verbittert betrachtet er die vorbereiteten Teller, die heute leer geblieben sind.

»Das liegt bestimmt am Wetter«, besänftigt ihn Simon, der Marco garantiert ansieht, was er denkt. »Bei dem strahlenden Sonnenschein gehen die Leute nicht essen.«

»Ach nein?«, fragt Marco resigniert. »Bleiben sie in ihrer Mittagspause vor dem Computer sitzen?«

Simon gibt keine Antwort, und Marco weiß, dass er sich da nicht so reinsteigern sollte. Aber er schafft es nicht, entspannt und optimistisch zu bleiben. Was, wenn aus dem Instapost ein Shitstorm wird? Es sind schon absurdere Dinge im Internet passiert. Er hat Angst, dass jetzt alles vorbei ist. Dass er durch diesen einen dummen Fehler alles verliert. Und Simon und Susanne mit in den Abgrund reißt. Wie könnte er sich das je verzeihen? Und wie soll er die Schulden bei der Bank abbezahlen, wie seinen Eltern wieder unter die Augen treten? Er darf nicht darüber nachdenken, sonst wird ihm schwindlig. Mit einer Hand hält er sich am Kühlschrank fest und lehnt die Stirn gegen das kalte Metall der Tür.

Am Abend ist es noch schlimmer. Es ist sogar, da muss Marco gar nicht lange rechnen, der schlechteste Abend, seit sie das Lokal eröffnet haben.

»Das ist okay«, sagt Susanne, »wir können das auffangen. Und wir waren bisher sehr gut gebucht, irgendwann musste ja mal ein kleiner Einbruch kommen.«

Marco fragt nicht, wieso sie Ausflüchte suchen, wenn sie doch alle wissen, dass Anna schuld an der Misere ist. Und diese Foodbloggerin. Die wollte sich doch nur hervortun. Wäre sie wirklich am Las Vegans und den Gerichten interessiert gewesen, hätte sie ihn doch erst einmal kontaktiert. Um zu fragen, was es mit dem

Einkauf auf sich hat. Dass sie das nicht getan hat, ist für Marco ein weiterer Beweis, dass Anna dahintersteckt. Genau wie die Tatsache, dass die Bloggerin offenbar gewusst hat, wer er ist. So prominent ist er auf keinen Fall, dass ihr das einfach so hätte klar sein können. Und jetzt weiß er auch, warum Anna ihn auf dem Markt so verfolgt hat! Sie hat ihm doch hinterherspioniert, er hat es genau gesehen. Nur in einem Punkt gibt er Simon recht, er hätte ihr das auch niemals zugetraut.

Am liebsten würde er sein Handy nehmen und ihr auf Tinder all das schreiben. Was er denkt, warum er so wütend ist und was für ihn auf dem Spiel steht. Aber dann würde er verraten, wer Ocram ist. Außerdem will er nichts mehr mit ihr zu tun haben. Ganz sicher wird er nicht schwach werden und sie kontaktieren. Auf keinen Fall!

Während er die Küche aufräumt und alles, was nicht gegessen wurde, luftdicht verpackt, steckt Susanne noch einmal den Kopf herein.

»Wir gehen jetzt«, sagt sie, »schließt du ab?«

»Ja«, antwortet Marco gedankenverloren.

»Und genieß den schönen Abend, es ist total warm. Heut kommen wir mal früher raus, sehen wir es positiv.« Sie zwinkert ihm zu, aber er geht nicht auf den Witz ein.

Sie zögert, als wolle sie noch etwas sagen, doch dann winkt sie und geht. Marco steht allein in der Küche und fragt sich, was er machen soll. Sich in irgendeinen Gastgarten setzen und allein ein Bier trinken? Ein spontanes Date vereinbaren? Seiner rothaarigen Nachbarin texten? Den Gutschein hat er ihr schon vor einer Weile gegeben, aufgetaucht ist sie allerdings nicht. Oder sich zu Hause vor den Fernseher setzen? Zu nichts davon hat er Lust. Er hat den Putzlappen noch in der Hand, geht durch die Schwingtür in den Barbereich und beginnt, über den Tresen zu reiben. Es ist schon nach neun Uhr abends, in Annas Café ist kein Betrieb mehr. Sie hätte doch eigentlich, als sie keine Gäste mehr hatte, rüberkommen können, um mit ihm zu reden. Er an ihrer Stelle hätte bestimmt das Bedürfnis gehabt, sich zu rechtfertigen. Wenn es ihr wichtig wäre, hätte sie das doch getan.

Marco reibt fester und fester, bis sein Arm schmerzt. Dann nimmt er sich den Arbeitsbereich vor. Und danach die Tische. Wenn er es sich recht überlegt, könnte er auch den Boden ein zweites Mal wischen. Susanne hat das alles geputzt, das weiß er, und sehen kann man es auch, aber schaden wird es nicht, wenn er noch mal drübergeht. Vielleicht ist er ja danach zu müde, um noch wütend zu sein. Vielleicht hilft auch das Putzen selbst, lenkt ihn ab. Doch da täuscht er sich, denn je mehr er die Möbel poliert, diese Möbel, die mehr Bedeutung für ihn haben als alles, was er zuvor besessen hat, je mehr er nachdenkt bei der monotonen Arbeit, desto größer wird sein Grant. Reingelegt zu werden, tut doppelt so weh, wenn man kurz davor bereits verraten worden ist. Es fühlt sich an, als wäre man selbst schuld, irgendwie. Als würde man die Leute geradewegs dazu einladen, einen übers Ohr zu hauen.

Als er das nächste Mal aufblickt, ist es draußen dunkel geworden. Bei Anna brennt kein Licht. Marco bringt den Wischmopp zurück in die kleine Abstellkammer hinter der Küche, hängt die nassen Lappen auf, öffnet die Hintertür, um hinauszugehen, und läuft genau in Anna hinein.

Anna

Ich habe lange hin und her überlegt und bin zweimal wieder umgedreht. Warum sollte ich mich bei Marco rechtfertigen? Ich habe schließlich nichts falsch gemacht. Andererseits beschäftigen mich seine Anschuldigungen schon den ganzen Tag. Ich will das nicht auf mir sitzen lassen.

Nach seinem Abgang musste ich mich erst einmal für ein paar Minuten auf der Toilette einschließen. Ich habe kaltes Wasser über meine Handgelenke laufen lassen und dann, auf dem Klodeckel sitzend, Mel eine Sprachnachricht geschickt. Eine Sprachnachricht! Für gewöhnlich nehme ich nie eine auf. Ich weiß nicht, ob Mel in Gibraltar genug Netz hat, um sie abzuhören, aber ich musste mir dringend von der Seele reden, was da gerade passiert war. Ich habe meinem Ärger Luft gemacht und Marcos Auftritt in allen Details geschildert. Wie wütend er war und wie absurd seine Vorhaltungen. Wo denkt dieser Mann hin? Als ob ich es je hätte schaffen können, ihn zu überholen, um ihn zu fotografieren! Noch dazu unbemerkt, er hätte mich doch sofort erkannt! Und wie kann er glauben, ich würde das alles planen, einer Foodbloggerin Bescheid geben, wo er ist, um ihn in den sozialen Medien als Lügner hinzustellen, wer kommt denn auf derart groteske Ideen? Ich bin immer noch empört, dass er mir eine solche Durchtriebenheit zutraut. Ausgerechnet mir, die ich auf Kriegsfuß mit Instagram stehe. Das alles habe ich Mel erzählt, die Sprachnachricht war sehr lang. Und schließlich gibt es da auch noch einen simplen Denkfehler, den Marco gemacht hat. Woher hätte ich wissen sollen, dass er auf der Schranne war? Glaubt er etwa, ich wäre ihm bereits dorthin gefolgt? Das sind doch viel zu viele unwägbare Faktoren für einen Plan, wie er ihn mir unterstellt.

Ich wünschte, nichts davon wäre jemals geschehen. Könnte ich nur die Zeit zurückdrehen zum Zitronentag und alles anders machen. Ihm schon vorher ausweichen, zum Beispiel. Und das Schlimmste ist, dass ich gleich bei unserer ersten Begegnung geahnt habe, dass das einer ist, vor dem man weglaufen sollte. Nur getan habe ich es nicht. Denn in Wahrheit, wenn ich ehrlich bin zu mir selbst, habe ich ständig gehofft, ihn wiederzusehen.

Während ich im geschlossenen Café auf und ab getigert bin, habe ich entschieden, zum Bistro rüberzugehen, um Marco meine Gegenargumente zu unterbreiten. Um ihm mit vernünftigen Erklärungen zu zeigen, dass er sich da in etwas verrannt hat. Und eine Entschuldigung zu verlangen. Ich habe gesehen, dass noch Licht brennt, dass er die Tische und den Boden wischt. Ich weiß nicht, ob er allein ist, aber vielleicht wäre es ja sogar hilfreich, Simon bei dem Gespräch dabeizuhaben. Er hat auf mich besonnener gewirkt, wie einer, der erst einmal zuhört und nicht gleich so impulsiv reagiert wie Marco. Ich will gerade an die Hintertür klopfen, als Marco sie aufreißt und mit Schwung in mich hineinläuft. Wir springen beide reflexartig auseinander, als hätte uns eine Wespe gestochen.

»Was soll das denn!«, ruft er erschrocken. »Wieso lauerst du mir hier auf?«

»Pah!«, fauche ich. »Du bist ja schon komplett paranoid! Ich wollte exakt in diesem Moment klopfen.«

»Hast du aber nicht!«

»Grrrr«, knurre ich und würde am liebsten zum Café zurückstapfen. Es ist einfach unmöglich, mit diesem Mann zu reden! Genauso effizient wäre es, nackt im Regen zu tanzen. Wobei sogar das noch mehr Spaß machen würde.

Ich atme tief ein und denke an Oma Gertraud. Sonnig und süß und so.

»Trinkst du einen Kaffee mit mir und wir klären das?«, frage ich betont freundlich.

»Ich hab schon die Kaffeemaschine geputzt«, grummelt er.

Ich atme noch einmal tief ein. Wenn das so weitergeht, mache ich gleich Yoga hier mitten auf der Straße, um nicht auszurasten.

»Okay«, sage ich, immer noch freundlich, »bei mir drüben? Ich hab sie auch schon geputzt, aber für dich schalte ich sie noch mal ein.«

Er sieht auf die Uhr.

»Es ist eh zu spät für Kaffee.«

Und da platzt mir der Kragen.

»Dann halt nicht!«, rufe ich. »Es geht doch nicht um den Scheißkaffee, du kannst ja auch Wasser trinken! Ich krieche gerade vor dir zu Kreuze, um mich mit dir zu versöhnen, obwohl ich gar nichts getan hab. Aber gut, wenn der Herr Weltverbesserer nicht will … Dann glaubst du eben weiterhin, ich hätte dich in eine saudämliche Falle gelockt, und erstickst am besten an … an einer Erdnuss!«

Er stiert mich an, und ich hasse es, dass er immer so dreinsieht, dass man ihm am liebsten eine reinhauen, aber ihn eigentlich auch umarmen möchte. So verloren und abweisend gleichzeitig. Ein Blick, der sich mir direkt ins Herz bohrt, auch wenn ich das überhaupt nicht will. Das Licht der Dämmerung macht es nicht besser, alles sieht so schummrig aus, als die Straßenlaternen angehen. Wenigstens hat er die elendig sexy Lederjacke nicht an. Ich balle die Hände zu Fäusten und mache noch einen Schritt zurück.

»Und nur dass du es weißt«, füge ich hinzu, »ich würde so was Niederträchtiges, wie du es mir unterstellst, nie tun. Es ist gemein, dass du so über mich denkst. Du kennst mich doch gar nicht.«

Mit diesen Worten drehe ich mich um.

»Warte!«

Er holt mich ein, hält mich am Arm fest und wirbelt mich zu sich herum. Er ist plötzlich so nah, ganz nah, viel zu nah. Seine Augen funkeln in der Dunkelheit, und sein Duft trifft mich mit einer Wucht, die mir den Magen aushebt. Ich kann kaum atmen, mein Herz fährt Achterbahn in meiner Brust. Er lockert seinen Griff, streicht mir vorsichtig über den Arm, als hätte er Angst, mir wehgetan zu haben. Alles gut, will ich sagen, alles okay, küss mich einfach, küss mich, dann können wir vergessen, was passiert ist, dann können wir neu anfangen und es endlich richtig machen.

»Ich will doch …«, sagt er leise, bricht dann ab und lässt mich los.

Er blinzelt mehrmals und macht ein Geräusch, das ich nicht definieren kann. Es klingt, als würde ihn etwas erdrücken. Er hebt die Hand in einer entschuldigenden Geste, dreht sich unvermittelt um und geht zurück ins Bistro.

Ich starre ihm ratlos hinterher. Und warte geschlagene drei Minuten lang, ob er noch einmal herauskommt. Soll ich vielleicht klopfen? Eine Erklärung verlangen, ihn fragen, ob er okay ist? Aber dann wird mir klar, dass er jetzt dort drinnen steht und hofft, dass ich endlich verschwinde, damit er nach Hause gehen kann, und deshalb mache ich genau das. Ich verschwinde.

Ich flüchte in die Backstube. Ich vermische Joghurt und Zucker, rühre aufgelöste Gelatine hinein. Ich mache eine Erdbeer-Basilikum-Torte, die ist nicht nur herrlich erfrischend, sondern auch wunderbar kompliziert. So kompliziert, dass ich mich ganz aufs Backen konzentrieren muss. In der Backstube zu sein ist das Einzige, was mich beruhigen kann. Und aufwendige Torten helfen am besten gegen Kummer, zuerst beim Backen und später beim Essen.

Ich überlege, Mel erneut anzurufen, aber sie hat noch nicht einmal auf meine Sprachnachricht vom Mittag geantwortet, also hat sie vermutlich kein Internet. Und jetzt fällt mir mal wieder auf den Kopf, dass ich außer ihr keine Freunde habe. Mit wem soll ich reden? Um Oma anzuskypen, ist es schon zu spät. Sie schläft bestimmt oder ist mit Jacopo in einem kleinen neapolitanischen Gasthaus, wo sie Limoncello trinkt und auf Italienisch fluchen lernt. Alle sind in der Weltgeschichte unterwegs, nur ich stehe in meinem popeligen Café und streite mit meinem unergründlichen Nachbarn, der mich auf den Tod nicht ausstehen kann.

Ich wische mir die Finger an der Schürze ab, greife nach meinem Handy und schreibe Ocram, mit dem ich seit dem Tag im Freibad viele Nachrichten gewechselt habe. Er ist witzig und schlau, und mittlerweile finde ich es gut, dass ich sein Gesicht nicht kenne. Weil wir ein richtig gutes Gespräch über alle möglichen Themen führen, ohne dass ich abgelenkt bin von den üblichen Überlegungen. Ob er zu gut aussieht oder mir nicht gefällt, ob er wirkt wie einer, der nur mit mir ins Bett will, ob er einen Sixpack hat oder eine hässliche Frisur.

Erinnerst du dich an den Typ, von dem ich dir erzählt habe? Der mit dem veganen Lokal gegenüber? Wir haben uns gerade auf offener Straße angeschrien. Also, eigentlich ich ihn. Und dann ist er einfach gegangen. Keine Ahnung, was ich davon halten soll.

Ocrams Antwort kommt sofort.
Hm. Wieso hast du ihn angeschrien?

Weil er denkt, ich sei eine berechnende Bitch! Er glaubt, ich wolle ihn und sein Bistro ruinieren. Dabei hab ich mich ernsthaft gefreut, als er es eröffnet hat. Ich hab sogar Muffins gebacken und bin rübergegangen, um ihn zu begrüßen. Gute Nachbarschaft und so. Er hat die Muffins in einen Farbkübel geschmissen.

Das war bestimmt keine Absicht.

Auf jeden Fall glaubt er jetzt, ich hätte ihn reingelegt, damit er im Internet schlecht dasteht. Auf so eine Idee würde ich nicht mal kommen. Es regt mich so auf, dass er mich einfach in eine Schublade steckt. Ich hab ihn schon mehrfach auf einen Kaffee eingeladen. Und er lehnt immer ab.

Vielleicht hat er Angst.

Vor mir?

Davor, verletzt zu werden.

Ich schaue verblüfft auf mein Display. Und weiß nicht, was ich antworten soll.

Wir Männer haben auch Gefühle, schreibt Ocram und setzt einen Smiley dazu.

Okay. Und das kann er nicht sagen?

Nein. Das ist ja das Problem! Wäre er sonst einfach weggegangen?

Ihr seid so kompliziert. Und dann heißt es immer, Frauen wären anstrengend. Dass ich nicht lache!

Ich kenne ihn ja nicht. Aber ich glaub jetzt einfach mal nicht, dass er es böse meint. Er hat sicher auch sein Päckchen zu tragen, und du weißt ja nicht, was in seiner Vergangenheit passiert ist. Vielleicht steht er auch einfach nur unter Stress wegen seines Lokals?

Ja, kann schon sein, aber weißt du, ich führe auch ganz allein ein Café. Und benehme mich trotzdem nicht wie ein Arschloch.

Du machst das ja auch schon länger, dein Laden ist etabliert und erfolgreich. Er hat gerade erst angefangen.

Irgendwie süß, wie du deinen Geschlechtsgenossen verteidigst. Ist das so eine Art Ehrenkodex?

Wir sind eben nicht alle Arschlöcher!

Wenn wenigstens meine beste Freundin hier wäre. Die wüsste den richtigen Spruch, um mich zum Lachen zu bringen, und würde eine Flasche Wein mit mir trinken.

Den letzten Satz füge ich in der Hoffnung hinzu, dass er vielleicht anbietet, ebendiese Flasche Wein mit mir zu leeren. Seit wir einander schreiben, hat er noch kein einziges Mal ein Treffen vorgeschlagen. Das verunsichert mich ein wenig, hält aber auch, das muss ich zugeben, mein Interesse wach.

Wann kommt sie denn zurück?, fragt Ocram.

Ich weiß es nicht. Aber … die Flasche Wein hab ich da. Magst du vielleicht ein Glas?

Ich schicke die Nachricht ab und warte auf seine Antwort, die jedoch ausbleibt. Ich warte, bis das Display schwarz wird. Seufzend lege ich das Handy weg und widme mich wieder dem Backen. Ich bestreiche den untersten Tortenboden mit der Limettencreme, lege den zweiten Tortenboden darauf und bedecke ihn mit Erdbeercreme. Als ich den dritten Teil auf den Kuchen heben will, landet er schief, und als ich ihn vorsichtig zu richten versuche, reißt er in der Mitte auseinander. Ungläubig starre ich auf die halb zerstörte Torte. Na großartig! Das passt zu diesem Tag. Aber das lässt sich noch retten, ich muss einfach nur genug

Schlagobers über die Teigruine schichten, dann wird niemand was merken. Ich drehe mich um und suche den Becher mit der Sahne, doch mein Ärmel bleibt am Arbeitsblech hängen, auf dem das Erdbeer-Gebilde steht. Ich reagiere reflexhaft, bin allerdings nicht schnell genug. Der Kuchen klatscht auf den Boden, auf meine Schürze, meine Beine, meine Schuhe. Ich sehe nach unten, betrachte den weiß-gelb-roten süßen Matsch und kann nicht glauben, dass das gerade passiert ist. Natürlich ist mir in dieser Backstube schon oft etwas runtergefallen. Aber noch nie eine ganze Torte.

Und dann ist mir alles zu viel. Ich bin stark. Ich halte viel aus. Aber irgendwann kommt der Moment, in dem ich nicht mehr kann. Offenbar kommt der jetzt, denn ehe ich mich's versehe, sitze ich schluchzend an den Küchenblock gelehnt und weine mir die Seele aus dem Leib. Ich kann gar nicht genau sagen, warum. Es gibt keinen einzelnen Grund, sondern irgendwie alle Gründe zusammen. Ich weine, weil ich mich nicht in Daniel verlieben kann, obwohl ich gerne würde. Ich weine, weil Marco mir nicht glaubt und alles, wirklich alles mit ihm dermaßen schiefgegangen ist, dass es wohl kein Zurück gibt. Am meisten weine ich, weil ich mir etwas anderes gewünscht hätte für ihn und mich und weil er der Erste seit Langem war, bei dem ich einen solchen Wunsch überhaupt verspürt habe. Ich heule, weil ich Oma vermisse und Mel sowieso, wegen der kaputten Torte heule ich und weil es furchtbar anstrengend ist, alles allein zu machen. Es kostet so viel Kraft. Du bist super, sagen alle gern, du machst dein Ding, und ja, das tu ich, ich stecke all meine Energie und mein Engagement hinein, es macht mich glücklich, nur bräuchte ich ab und zu eine Verschnaufpause. Einen Moment, in dem ich nicht stark sein muss. Weil mich jemand an der Hand nimmt, ein Stück mit mir gemeinsam geht.

Ach, wie ätzend.

Als die Tränenattacke abklingt, muss ich über mich selbst lachen. Ich sitze hier wie ein hilfloses Mädchen aus einem Jane-Austen-Roman, dabei bin ich sicher viel, aber ganz sicher nicht hilflos. Wer heult schon über einen verlorenen Kuchen, wenn er jederzeit einen neuen backen kann? Eben. Also wische ich mir über die Wangen, atme tief ein und merke deutlich, dass es jetzt besser ist. Manchmal verliert man mit den Tränen ja auch ein wenig von dem Schmerz, und dafür ist das Weinen gut.

Ich stehe auf und nehme die verschmierte Schürze ab. Dann schlüpfe ich aus dem Kleid, das zum Glück einen Reißverschluss hat und nicht über den Kopf ausgezogen werden muss, und aus den klebrigen Schuhen. Ich mache einen Schritt zurück, betrachte das Häufchen Elend, bestehend aus Teig, Creme und Klamotten. Daran ist allein dieser elende Marco schuld.

Wobei ich es ja fast ein wenig lustig finde, dass er mit dem Korb im Arm fotografiert wurde. Ich muss zugeben, dass das tatsächlich ein sehr verrückter Zufall ist. Und ein witziger. Dass ausgerechnet er, der auf dem Thron aller Tierprodukteverweigerer sitzt, mit Schlagobers und Eiern erwischt wurde. Sachen, die er vermutlich seit Jahren weder gegessen noch eingekauft hat. Ein wenig Schadenfreude wird da ja wohl erlaubt sein. Wäre er nicht so humorresistent, würde er das vielleicht genauso sehen. Aber als die Fähigkeit zur Selbstironie verteilt wurde, war er wohl gerade auf der Wiese, Gras für sein Essen mähen.

Ich mache mich daran, die Kuchenreste mit Küchenrolle zu beseitigen. Schade um die schöne Torte, besonders die Limettencreme war wirklich köstlich. Aber jetzt habe ich keine Lust mehr, noch mal von vorne anzufangen. Ich werde lieber morgen früh etwas Simples backen, vielleicht einen Gugelhupf, den gab es länger nicht. Und diesen dann möglichst nicht auf den Boden fallen lassen.

Warum ist das so, dass einem immer genau dann Missgeschicke passieren, wenn man bereits niedergeschlagen oder gestresst ist? Kaum geht etwas schief, geht alles noch viel mehr schief. Als hätte sich das gesamte Universum gegen einen verschworen. Ich stecke die beschmierten Kleidungsstücke in einen Sack, um sie nach oben zur Waschmaschine zu tragen, und mache noch einmal die App auf.

Ocram hat nicht mehr geantwortet.

Altwiener Gugelhupf

Zutaten

4 Eier
250 g Butter
250 g Zucker
1 Pck. Vanillezucker
Zitronenschale
1 Pck. Backpulver
350 g Mehl
7–8 EL Milch
100 g Rosinen
50 g geriebene Mandeln

Zubereitung

Eier trennen. Butter, Zucker und Dotter schaumig rühren, Vanillezucker und Zitronenschale dazugeben. Backpulver und Mehl mischen, die Milch daruntermengen. Die Rosinen (die wahlweise über Nacht in Rum eingelegt werden können) und die Nüsse zum Teig geben. Zuletzt Eischnee schlagen und unter den Teig heben. Den Gugelhupf im vorgeheizten Backrohr bei 180 °C ca. 50 Minuten backen.

Marco

»Burger mit Linsenpatty und Rote-Bete-Eintopf mit Knusper-stangen«, sagt Marco, und Simon schreibt die Gerichte auf die schwarze Aufstellertafel.

»Du hast echt eine Sauklaue. Wieso macht das nicht Susanne?«

»Sie ist noch beim Arzt«, murmelt Simon und malt hoch kon-zentriert die einzelnen Buchstaben. »Und warum schaust *du* ei-gentlich die ganze Zeit zu Anna rüber?«, fragt er dann.

Marco zuckt ertappt zusammen.

»Tu ich doch gar nicht.«

»Tust du wohl.«

Marco seufzt.

»Sie war gestern Abend noch kurz hier. Sie wollte mit mir über diese Instagram-Sache reden.«

»Und?«

Simon hält beim Schreiben inne und sieht Marco an.

»Und ich … bin einfach zurück ins Bistro gegangen.«

»Wie bitte? Warum?«

»Weil sie so …«

Marco hebt die Schultern. Jetzt, als er sein Verhalten erklären soll, merkt er selbst, wie irrational es war. Die ganze Zeit hat er gehofft, Anna würde kommen. Und als sie dann dastand, war er nicht in der Lage, mit ihr zu reden. Nicht einmal ein bisschen, nicht einmal einen Satz.

»Keine Ahnung, okay?«, sagt er missmutig.

»Du hast sie also einfach stehen lassen? Mein Gott, Marco. Ich weiß, das willst du nicht hören, aber du wirst deinem Vater im-mer ähnlicher.«

Marco reißt entsetzt die Augen auf. Simon wendet sich ab, um weiterzuschreiben. Einen Moment lang sagt keiner von beiden etwas. Und das Schlimmste ist, dass Marco seinem besten Freund nicht einmal widersprechen kann. Es fühlt sich an, als befände er sich in einer Abwärtsspirale. Je mehr er versucht, ein anderer zu werden, sich zu distanzieren von seiner Familiengeschichte, umso weniger gelingt es ihm. Tatsächlich führt sogar jeder Versuch, alles anders zu machen als sein Vater, dazu, dass er die Menschen um sich herum erst recht verletzt.

»Weißt du«, Simon dreht sich wieder zu ihm, »ich habe Verständnis. Ehrlich, das haben wir alle, jeder von uns ist schon mal so richtig auf den Arsch gesetzt worden. Das ist hart. Aber jetzt ist es halt auch mal gut, verstehst du? Du kannst dich nicht dauerhaft auf den Scheiß rausreden, den Ruth dir angetan hat, und dabei diese verbitterte Nummer abziehen. Du sagst, du willst dich nur auf den Laden konzentrieren und deswegen nichts mit Anna anfangen. Aber ganz ehrlich, Marco? Ich glaube, Anna würde dir guttun. Und dadurch auch dem Laden. Und uns allen.«

Es ist ungewöhnlich für Simon, ihm so eine Standpredigt zu halten. Sonst hört er Marco zu, nickt, trinkt ein Bier mit ihm und pflichtet ihm bei.

»So lange ist es jetzt auch noch nicht her«, murmelt er beleidigt und reibt sich müde über das Gesicht. Er hat sich die halbe Nacht schlaflos hin und her gewälzt. Und wann immer er ein wenig eingedöst ist, hat er Annas wütenden Blick vor sich gesehen. Warum ist da so viel Zorn und Hilflosigkeit zwischen ihnen? So sollte das doch nicht sein. Das sind die falschen Emotionen, eindeutig die falschen.

»Lange genug, finde ich«, sagt Simon und wischt sich die Kreidefinger ab.

Marco wirft erneut einen Blick zum Sonnigsüß hinüber. Wie gibt man zu, dass man überfordert war? Wie kann er Anna begreiflich machen, dass er nicht gewusst hat, was er tun soll, weil er ihr am liebsten wirklich bei einem Kaffee alles erzählt hätte, und zwar tatsächlich alles, ganz von vorne, als das mit der Liebe angefangen hat, bis zum Später, als der Schmerz kam, sein Herz hätte er ihr geöffnet. Wie gesteht man ein, dass man von eben- diesem Schmerz völlig aus der Bahn geworfen worden ist, das ist doch uncool, so etwas zu sagen, und unmännlich sowieso. Wie könnte sie ihn noch achten, wenn sie all das wüsste? Und was, wenn sie das gar nicht würde hören wollen, wenn er dann dasitzt mit seiner Geschichte, ganz offen und verletzbar, und Anna hätte kein Interesse, an seinem Innenleben nicht und am gesamten Marco nicht. Dann hätte er sich zum Deppen gemacht, schon wieder.

»Vielleicht weiß ich nicht mehr, wie das geht«, murmelt er, »je- manden … an mich heranlassen.«

Er räuspert sich.

»Ich behaupte ja nicht, dass das einfach ist. Im Gegenteil, es ist schwer. Aber so, wie du jetzt bist, Marco, so kannst du nicht bleiben. So bist du erstens unglücklich und zweitens ein Arsch.«

»Du bist gemein.« Marco versucht es mit einem Lachen und ist erleichtert, als Simon auch endlich grinst.

Es ist ein heißer Tag, für den Abend ist ein Unwetter angesagt. Und in Salzburg können die, wie er mittlerweile weiß, wegen der Berge tatsächlich heftig ausfallen. Marco würde gern aus der Sonne gehen, hinein in den Laden, aber vielleicht denkt Simon dann, dass er mit ihm auch nicht reden will, wie mit Anna. Als sie sich von ihm weggedreht hat, da hinter dem Bistro gestern Abend, im Licht der Straßenlaterne, hat er plötzlich verstanden, dass sie genauso ist wie er. Dass sie auch nur versucht, es irgend- wie allein hinzukriegen. Nicht unterzugehen, den Kopf oben zu behalten. Und er wollte ihr am liebsten sagen: Ich auch, ich auch, ich weiß, es ist manchmal echt zu viel, lass uns das gemeinsam machen, vielleicht klappt es dann besser, aber er war vollkom- men blockiert. Als würde die gesamte Schutzschicht, die er seit dem Verlust von Ruth mühsam aufgebaut hat, zu Staub zerfallen, wenn er nicht sofort flüchtete. Nur fragt er sich seither, ob es nicht vielleicht genau das ist, was er will. Die eisenharte Mauer in seinem Inneren pulverisieren, um wieder der Mann sein zu können, der er vorher war. Der Mann, den offenbar ja auch Simon vermisst.

Als Ocram hat er Anna durch die Blume gesagt, dass ihm sein Verhalten leidtut. Was aber nicht viel bringt, weil sie ja nicht weiß, wer er ist.

»Kennst du das, dass du eine Frau ... wahnsinnig toll findest, aber gleichzeitig wünschst du dir, du müsstest sie nie wiedersehen, weil sie Knöpfe bei dir drückt, die noch nie jemand auch nur erreicht hat?«, fragt er.

»Ja«, sagt Simon lachend, macht eine Handbewegung hinter Marco und deutet auf Susanne, die gerade die Priesterhausgasse heraufspaziert.

»Teamtisch!«, ruft sie, als sie näher kommt.

Drinnen setzen sie sich, um die kommenden Tage zu besprechen. So machen sie es regelmäßig, damit immer alle auf dem Laufenden sind. Marco ist froh, der Hitze entkommen zu sein, und gießt ihnen allen ein Glas kaltes Wasser ein.

»Das Wichtigste«, fängt Susanne an, »ist, dass du dich bei Anna entschuldigen wirst, Marco. Ich habe nämlich vorhin mit der Foodbloggerin telefoniert. Und sie kennt Anna zwar, weil sie schon mal bei ihr Kuchen essen war, aber ansonsten haben die beiden nichts miteinander zu tun. Anna hat mit der Sache nichts am Hut, du bist einfach nur paranoid.«

Marco greift sich unwillkürlich an die Stirn, als er das hört. Simon wirft ihm einen erschrockenen Blick zu.

»Julia hat den Post bereits gelöscht, und sie wird mit uns eine Kooperation machen, die genauen Bedingungen handeln wir noch aus. Du wirst dich also entschuldigen«, wiederholt Susanne, »und dann endlich mal nett zu Anna sein, hast du mich verstanden? Geht miteinander ins Bett, wenn ihr Spannung abbauen müsst ...«

»Darum geht es überhau...«, will Marco ihr ins Wort fallen, doch sie spricht einfach weiter.

»Aber hör auf, mit ihr so einen Kleinkrieg zu führen. Ich weiß nicht, was für ein Problem du mit ihr hast und ob es nur daran liegt, dass sie für ihre Torten Eier und Butter verwendet. So what, ganz ehrlich, komm drüber hinweg, wir sind das einzige vegane Lokal hier in der Gegend, da müsstest du dich ja mit allen anderen Gastronomen auch anlegen.«

Marco antwortet nicht. Wenn sie so mit ihm redet, fühlt er sich wie ein Schuljunge, der von seiner Lehrerin heruntergeputzt wird.

»Ich will keinen Streit, keine negative Publicity, keine unangenehmen Zwischenfälle, die auf uns zurückfallen. Ist das klar? Das ist wirklich wichtig, Marco, ich meine das ernst.«

Sie sieht kurz zu Simon.

»Ich bin nämlich schwanger.«

Augustin Havel

Anna wirkt ein wenig durch den Wind, aber das sagt er ihr natürlich nicht. Vielleicht liegt es daran, dass ihre beste Freundin verreist ist, schon seit zehn Tagen. Die beiden stecken ja immer zusammen. Augustin weiß, wie es sich anfühlt, wenn man plötzlich allein ist mit sich und seinen Gedanken.

»Ich hätte gern vier Apfelstrudel«, er zeigt auf die Vitrine, »und vier Zitronentörtchen.«

»Sehr gern.« Anna legt einen großen Pappteller auf das Papier, das mit ihrem Schriftzug bedruckt ist.

»Oder wissen Sie was, geben Sie mir noch zwei Stück von der Nusstorte. Brigitte kommt zum Kaffee«, er schmunzelt, »das ist meine Schwiegertochter.«

»Ah, wie nett«, entgegnet Anna und verpackt die gewünschten Tortenstücke. »Mag sie Nüsse?«

»Ich glaube, sie mag alles«, sagt Augustin trocken, »aber heute bekommt sie mal was Gutes. Bevor sie mir wieder Kuchen aus dem Supermarkt serviert.«

Anna lacht und reicht ihm das süße Paket sowie sein Wechselgeld. Sie trägt ein schwarzes Kleid, und das wundert ihn. Zwar trägt sie immer Kleider, aber schwarz sind die eigentlich nie.

»Ist alles in Ordnung, Fräulein Anna?«, fragt er zögerlich.

»Ja, natürlich, warum?«, fragt sie zurück und lächelt ein halbes Lächeln, das ihn nicht täuschen kann.

»Sie sehen so nachdenklich aus.«

»Ach, ich habe nur viel um die Ohren. Und manchmal ...«, sie sucht nach den richtigen Worten, »ist ein Mensch nicht so, wie man es sich erhofft hat, nicht wahr?«

»»Man verliebt sich oft nur in einen Zustand des anderen««, sagt Augustin. »Das ist von Christian Morgenstern. Und ich denke, er hat recht. Die Frage ist, ob man denjenigen noch liebt, wenn man seine anderen Zustände kennenlernt.«

»Ach, verliebt«, wehrt Anna ab. »Ich bin nicht verliebt.«

Wenn sie wüsste, wie sehr man es ihr anmerkt. Wie offensichtlich es ist. Ob er auch so aussieht, wenn er an Rosa denkt?

»Bis über beide Ohren, Fräulein Anna«, entgegnet Augustin, »bis über beide Ohren.«

Dann tippt er sich an den Hut und wendet sich zum Gehen. Draußen erwartet ihn kein Sonnenschein, sondern immer noch derselbe diesige Nebel, bei dem er das Haus verlassen hat. Dieser Sonntag Mitte Juni macht seinem Namen keine Ehre. Aber gut, das passt zu dem Besuch, der ihm bevorsteht.

Als er seine Wohnungstür aufschließt, hört er Rosa pfeifen, und für einen Moment bleibt er stehen, um das zu genießen. Dass da jemand in seiner Wohnung ist, den Tisch deckt, auf ihn wartet. Und dabei fröhlich eine Melodie pfeift. Wie wunderschön das ist. Im Wohnzimmer steht Rosa und faltet bunte Servietten.

»Oh«, sagt Augustin, »das gute Geschirr? Das aus der Vitrine?«

»Ja, warum nicht?«, fragt Rosa.

»Das ist von meiner Großmutter. Hilde hat es nur an den höchsten Feiertagen herausgeholt. Damit es nicht kaputtgeht.« Augustin stellt den Kuchen ab und kratzt sich am Kopf. Ist es seltsam, dass er sich unwohl dabei fühlt, Hildes Regeln zu umgehen, jetzt, da sie gar nicht mehr hier ist?

»Na ja«, sagt Rosa trocken, »bald sind wir tot, und dann wirft dein Sohn es weg, also ist jeder Tag ein hoher Feiertag, findest du nicht?«

Sie wirft ihm ihren typischen verschmitzten Blick zu, und er muss grinsen. Er mag es, dass sie ihr Haar neuerdings noch kürzer trägt. Sie hat einen hellblauen Pullover und Jeans angezogen, man sieht ihr nicht an, dass sie bald vierundsiebzig ist. Was vielleicht aber auch mehr an diesem Wildfangblick liegt. Und womöglich hat sie recht.

»Na gut«, sagt er zögernd, »so viele Gelegenheiten werden wir ja wirklich nicht mehr haben.«

»Ich möchte aber nicht über Hilde hinweg entscheiden«, wirft Rosa ein. »Wenn es dir unangenehm ist, tausche ich die Teller aus.«

»Nein, nein«, versichert Augustin, »wozu hab ich das Geschirr, wenn es nicht benutzt wird?«

Sie lächelt ihn an und wendet sich wieder den Servietten zu, während Augustin eine Kuchenplatte aus der Küche holt. Eine halbe Stunde später ist das schöne Service mit den zarten Tassen und dem Goldrand das Erste, was auch Brigitte ins Auge sticht, noch bevor sie Rosa zur Kenntnis nimmt.

»Das gute Geschirr?«, fragt sie entgeistert. »Gibt's etwa was zu feiern?«

»Das Leben«, sagt Rosa, und da schauen Brigitte und Ferdinand sie stumm an. Augustin kann ihnen förmlich ansehen, wie es in ihren Gehirnen rattert und sie versuchen, Rosa zuzuordnen.

»Und wer sind Sie?«, fragt Ferdinand unumwunden.

»Ferdl«, tadelt Augustin ihn, »da hab ich dir aber bessere Manieren beigebracht.«

Dann stellt er die drei einander vor, und sie geben sich die Hand, bevor sie sich an den Tisch setzen.

»Was verschafft uns die Ehre?«, fragt Brigitte, und es ist diese passiv-aggressive Formulierung, die gleich klarmacht, dass man das, worüber man spricht, gar nicht als Ehre empfindet.

»Augustin wollte nicht mit euch allein sein«, sagt Rosa, ohne mit der Wimper zu zucken, und als Augustin die erstarrten Gesichter seines Sohnes und seiner Schwiegertochter sieht, würde er Rosa am liebsten küssen. Mit Sicherheit ist sie die witzigste und schlagfertigste Frau, die er jemals getroffen hat. Statt sie zu berichtigen, lässt er ihre Bemerkung einfach im Raum stehen und reicht die Kuchenplatte herum.

»Für mich nichts, danke«, sagt Brigitte, »ich mache gerade die Glaubersalzdiät. Da nimmt man ein Bittersalz und ernährt sich rein basisch.«

Sie trägt wieder eines ihrer wallenden, farbenfrohen Kleider, bei denen es Augustin immer vorkommt, dass sie so breit wie lang sind – und außerordentlich verstörend gemustert.

»Oh«, macht Rosa, »dann kann ich ja zwei Stück nehmen, oder?«

»Mhm«, macht Brigitte und verfolgt mit den Augen, wie Rosa einen Apfelstrudel und ein Zitronentörtchen auf ihren Teller legt. Auf den schönen Teller mit dem Goldrand. Augustin tut es ihr gleich und muss fast kichern, weil Brigitte sich unruhig auf die Unterlippe beißt.

»Warum habt ihr das nicht am Telefon gesagt?«, fragt er. »Ich habe extra die Nusstorte für dich gekauft, Gitti. Die magst du doch so gern.«

»Ach, die bleibt sicher nicht übrig«, erklärt Ferdinand, »ich mache bei der Diät ja nicht mit.«

»Wann haben Sie denn damit angefangen?«, fragt Rosa und beißt voller Genuss in Annas köstliches Zitronentörtchen.

»Eigentlich am Donnerstag«, erklärt Brigitte, »aber dann hat meine Kollegin Abschied gefeiert und Muffins mitgebracht. Also wollte ich am Freitag noch mal starten, doch da ist immer All-you-can-eat-Mittagsbuffet in der Kantine. Und gestern waren wir am Abend bei Freunden eingeladen.«

»Also wann hast du das Glaubersalz denn nun genommen?«, fragt Augustin und lässt sich den ersten Bissen Apfelstrudel auf der Zunge zergehen.

»Noch gar nicht«, entgegnet Brigitte kleinlaut.

Augustin muss sich das Lachen verkneifen.

»Darfst du denn wenigstens Kaffee trinken?«, fragt er und schenkt Rosa eine Tasse ein.

»Nein«, meint Brigitte und klammert sich mit beiden Händen an ein Glas Wasser.

»Papa, woher kennst du denn … Rosa?«, fragt Ferdinand und gibt zwei Löffel Schlagobers in seinen Kaffee. Eine Eigenart, der Augustin so gar nichts abgewinnen kann. Lieber konzentriert er sich auf den Geschmack in seinem Mund. Auf die Säure der Äpfel in Kombination mit den süßen Zitronen und dem weichen Teig, ach, ein Gedicht! Und er muss nicht lange auf den magischen Moment warten, der sich wie immer nach kurzer Zeit einstellt. Er spürt Rosa, die neben ihm sitzt, auf eine neue Art, intensiver, näher. Sie ist nervöser, als sie erkennen lässt, hinter der Fassade der Gelassenheit sehr aufmerksam. Sie hat Bedenken, neben ihnen dreien, die durch Familienbande miteinander verknüpft sind, zu wirken wie eine aufdringliche Außenseiterin.

»Sie ist meine Nachbarin«, antwortet Augustin, »sie wohnt hier im Haus.«

»Oben im ersten Stock«, ergänzt Rosa.

»Wir haben uns immer zufällig beim Briefkasten getroffen und sind ins Reden gekommen.«

»Jaja, rein zufällig«, betont Rosa und sieht Augustin mit derart viel Schalk in den Augen an, dass ihm ganz anders wird. Weiß sie etwa, dass er stets darauf gewartet hat, bis sie ihre Post holen ging, um dann ebenfalls schnell nach draußen zu eilen?

»Mhm«, macht Brigitte wieder und verfolgt eine Gabel voll Strudel mit ihrem Blick bis zu Augustins Mund.

»Vielleicht doch ein kleines Stück?«, sagt sie und lädt sich die Nusstorte auf den Teller. »Wo du sie doch extra meinetwegen …«

Sie schließt genießerisch die Augen, während sie kaut. Augustin wird ihr gegenüber ganz weich und nachsichtig. Er weiß nicht, ob das an Annas Magie liegt oder daran, dass Rosas Anwesenheit ihn so beruhigt, aber er hegt plötzlich nicht mehr so viel Groll wie sonst gegenüber seiner Schwiegertochter. Sie kann ja nichts dafür. Sie hat den größten Wunsch ihres Lebens nicht erfüllt bekommen und sich daran aufgerieben. Jetzt tut sie alles, um sich zu schützen. Und den Schmerz nicht zu fühlen.

»Ihr Vater hat mir erzählt, dass Sie Anwalt sind, Ferdinand«, sagt Rosa im Bestreben, eine Unterhaltung in Gang zu bringen.

»Ja«, gibt Ferdinand sich wortkarg.

Augustin isst seinen Apfelstrudel auf und versteht mit einem Mal, dass Ferdinand nur unsicher ist. Nie zuvor ist ihm so deutlich aufgefallen, wie sehr sein Sohn darauf bedacht ist, es ihm, Augustin, recht zu machen. Vielleicht war er zu streng zu ihm, als er ein Kind war, Hilde hat das oft gesagt. Aber er hat es ja nicht böse gemeint, im Gegenteil. Er wollte, dass was wird aus Ferdinand. Dass er optimal vorbereitet ist auf die Welt, die nicht immer nett sein würde zu ihm. Und zu seiner Zeit war das eben nicht üblich, dass Männer ihre Söhne in den Arm nehmen. Nein, das wäre ihm nicht einmal eingefallen. Man kann also nicht behaupten, Augustin habe Ferdinand diese Gesten der Zuneigung absichtlich verweigert. Vielmehr war das nicht ihre Art, miteinander umzugehen. Männer drücken keine Gefühle aus, so hat Augustin es beigebracht bekommen, am besten haben sie nicht einmal welche. Für einen Moment macht er die Augen zu und spürt in sich hinein. Reue ist das, was sich breitmacht in seiner Brust. Reue und ein spätes, viel zu spätes Verständnis.

»Er ist einer der besten Anwälte der Stadt«, sagt er zu Rosa gewandt, »und Partner in der Kanzlei. Ich bin sehr stolz auf ihn.«

Die letzten Worte richtet er an Ferdinand, der überrascht die Augenbrauen hebt. Inzwischen ist er auch alt geworden, sein Sohn, Mitte fünfzig ist er schon, sein Haar wird weniger, der Wohlstandsbauch dagegen größer.

»Aber eigentlich wollte er Tischler werden«, murmelt Augustin, als ihm die Erinnerung an den Streit in den Kopf schießt, hier in diesem Zimmer, Jahrzehnte ist das her, »er wollte eine

Lehre zum Tischler machen, und ich hab das verhindert. Ich hab ...«

Er bricht ab und sieht Ferdinand in die Augen, der aufgehört hat zu essen und kein Wort sagt.

»Das tut mir leid«, gesteht Augustin, »Ferdl, das tut mir sehr leid.«

Noch immer schweigt sein Sohn, und jetzt isst sogar Brigitte nicht mehr weiter und starrt ihn an.

»Ich wollte ... nur das Beste für dich«, fügt Augustin hinzu und trinkt schnell einen Schluck Kaffee, damit keiner merkt, dass ihm gleich die Stimme bricht. So war das eigentlich nicht gedacht mit Annas magischem Backwerk. Es sollte ihn die Gefühle der anderen drei erkennen lassen, stattdessen sind seine eigenen Emotionen durchgebrochen.

»Ich habe auch viel gestritten mit meiner Tochter«, sagt Rosa, und er lächelt ihr dankbar zu. »Ich wollte nicht, dass sie so früh eine Familie gründet wie ich. Sie sollte studieren und was aus sich machen. Also all das machen, wozu ich keine Möglichkeit hatte.«

Gedankenverloren betrachtet sie das halbe Törtchen auf ihrem Teller und lächelt in sich hinein.

»Aber ich habe akzeptiert, dass es ihr Leben ist, nicht meines. Dass ich ihr nicht dreinreden darf.«

»Wir haben keine Kinder«, erklärt Brigitte, und für einen Moment senkt sich Stille über die Kaffeetafel.

»Schade«, sagt Rosa leise.

»Ich bin gern Anwalt, Papa«, Ferdinand hat sich aus seiner Verblüffung befreit, »und ein erfolgreicher. Manchmal mache ich ...«

Er wirft Brigitte einen kurzen Blick zu.

»Manchmal mache ich was aus Holz in der Garage. Ich hab dort eine kleine Werkstatt. Einen Nachttisch hab ich gezimmert und ... Schmuckkisten. So was.«

Er räuspert sich.

Augustin stellt die Kaffeetasse ab und schluckt.

»Zeigst du mir das mal?«, fragt er.

Ferdinand nickt.

Und Augustin traut sich zu wetten, dass es nicht nur ihm so geht, sondern ihnen allen, dass sie plötzlich gelöster sind, freier. Als hätte sich etwas verschoben, eine Mauer zwischen ihnen, ein Hindernis, das jahrelang im Weg stand. So wenig war notwendig, um diese Barriere zu überwinden, von der ihm nicht einmal richtig bewusst war, wie sie beschaffen war. Er lächelt, während er ein zweites Stück Apfelstrudel isst. Rosa, Ferdinand und Brigitte bieten einander das Du an, und so ein angeregtes, interessantes Gespräch hat er an keinem Sonntag der letzten Jahre erlebt. Natürlich sind die Verhärtungen nicht aus der Welt geschafft, und was geschehen ist, lässt sich nicht rückgängig machen. Natürlich muss er weiterhin aufpassen, dass sein Sohn und seine Schwiegertochter ihn nicht bei der nächsten Gelegenheit ins Heim stecken. Doch er hat den Eindruck, dass sie erleichtert sind über seine Freundschaft zu Rosa. Weil sie wissen, dass er nicht allein ist, hier im Haus nicht und im Leben auch nicht mehr. Dass es da jemanden gibt, der bemerken würde, falls ihm etwas zustieße.

»Du passt doch auf ihn auf, oder?«, fragt Ferdinand Rosa zum Abschied, und sie nickt lachend.

»Wir passen aufeinander auf«, betont sie und legt den Arm um Augustin, der sie am liebsten an sich ziehen und nicht mehr loslassen würde. Die Wohnungstür ist schon offen, Brigitte und Ferdinand haben sich bereits die Schuhe angezogen und wenden sich zum Gehen.

»Warte«, sagt Augustin zu Ferdinand und macht einen Schritt auf ihn zu. Ach, ist das schwer. Warum ist das denn so schwer? Unbeholfen und steif legt er die Arme um seinen Sohn, der im ersten Moment ein wenig zurückweicht. Augustins Herz schlägt schneller, er kommt sich dumm vor. Brigitte und Rosa beobachten ihn bestimmt verwundert. Aber jetzt kann er ja auch nicht einfach aufhören mit der Umarmung, und während er das noch denkt, erwidert Ferdinand sie. So stehen sie da, aneinandergelehnt, fast schon aneinandergeklammert, und Augustin, der sich in seinem ganzen Leben auf die Sprache verlassen hat, der geredet hat und erklärt und doziert, der übersetzt hat und gelesen, merkt zum ersten Mal, dass Worte vielleicht wirklich nicht ausreichen. Denn wie es sich anfühlt, seinen erwachsenen Sohn im Arm zu halten, das kann er nicht beschreiben. Sie lösen sich voneinander, und als Augustin dann vor Rosa steht, die Wohnungstür hinter sich geschlossen, aufatmend, erleichtert, mit einem Wirbel an Emotionen in der Brust, sieht er, dass sie Tränen in den Augen hat. Sie küsst ihn mit einer solchen Zärtlichkeit.

Französische Nusstorte

Zutaten

6 Eiweiß (Größe M)

400 g Zucker

75 g geriebene Mandeln

75 g geriebene Haselnüsse

125 g Haselnusskerne

180 g weiche Butter

Puderzucker

Zubereitung

4 Eiweiß steif schlagen, 175 g Zucker einrieseln lassen. Mandeln und Haselnüsse unterheben. Die Masse in einen Spritzbeutel mit mittelgroßer Lochtülle füllen, auf ein mit Backpapier ausgelegtes Backblech zwei gleich große Kreise (21 cm) spritzen und im vorgeheizten Backofen bei 175 °C 15–20 Min. backen. Fertige Böden herausnehmen und auskühlen lassen. In der Zwischenzeit die Haselnüsse hacken und in einer Pfanne ohne Fett rösten. In einem Topf 125 g Zucker mit 3 EL Wasser karamellisieren. Nüsse dazugeben und mit dem Karamell verrühren, dann die Masse auf Backpapier auskühlen lassen. 100 g Zucker und 4 EL Wasser in einem Topf zu einem Sirup einkochen. 2 Eiweiß steif schlagen, dabei 1 EL Zucker einrieseln lassen. Sirup unter Rühren dazugießen. Die Butter und 50 g karamellisierte Nüsse mit dem Handrührgerät cremig schlagen. Eiweiß unter Rühren zugeben, sodass eine moussige Creme entsteht. Einen Tortenring auf den unteren Boden setzen und darin die Torte aufschichten. Die Creme auf den Boden geben, übrige Nüsse darüberstreuen. Den zweiten Boden daraufsetzen und mindestens 2 Stunden kalt stellen.

Mira

Das Erste, was Mira denkt, als sie den Brief öffnet, ist, wie schön es wäre, davon zu erzählen. Bei einem gemeinsamen Abendessen vielleicht, Mama hätte Spaghetti gemacht, es wäre laut und lebhaft am Tisch, Subi würde sein Glas umwerfen und Papa schnell aufspringen, um ein Tuch zu holen, Mira würde sagen: »Stellt euch vor, ich hab einen Platz im Naturwissenschaftscamp in Cambridge bekommen.« Die anderen würden staunen und lachen, sie umarmen und Pläne schmieden, Mama würde sagen, dass Mira unbedingt noch eine neue Jacke braucht und gute Schuhe, Papa würde kontrollieren, wann Miras Pass abläuft, und Subi würde fragen, ob er, während Mira weg ist, in ihrem Bett schlafen kann, weil es viel cooler ist, oben zu liegen. Stattdessen liest Mira den Brief, und es ist sehr still. Sie ist allein.

Mama ist nicht da und hat keine Nachricht hinterlassen. Es ist Freitagabend, Mira hat bei Anna im Café ihre Hausaufgaben gemacht, Physik und Englisch gelernt, Kirschkuchen gegessen und hinterher, in Annas Wohnung, drei Butterbrote mit Schnittlauch verspeist. Melanie war nicht da, Anna hat sich mit Mira über die Schule und Harry Potter unterhalten. Mira weiß, dass Anna sich, genau wie Hakan, Gedanken macht, vielleicht sogar Sorgen. Sie merkt ja, wie Anna um die Fragen herumschifft, die sie eigentlich stellen möchte, aber nicht ausspricht. Nur wird Mira eine Frage, die ihr nicht gestellt wird, ganz sicher nicht beantworten. Später ist Anna zurück nach unten in die Backstube gegangen, um eine Hochzeitstorte für den nächsten Tag zu backen, und Mira hat sich schnell auf den Weg nach Hause gemacht, weil ein Sturm aufgezogen ist. Der Himmel hat einen diesigen Gelbstich, wie wenn es bald hagelt. Die Luft ist warm und fast schon elektrisch, als warte alles nur darauf, dass das Gewitter sich endlich entlädt.

Mira steht im Wohnzimmer, den Brief in der Hand, der ihr einen freien Sommer ermöglicht, weit weg von Mama, von Subis *Paw Patrol*-Pyjama und der Traurigkeit aller Dinge in ihrem gemeinsamen Zimmer. Sie ist angenommen worden. Vier Wochen lang wird sie in England sein, im Land von Hermine und der Queen. Für ein Wochenende, das steht auf dem beigelegten Ablaufplan, ist sogar ein Ausflug mit Übernachtung in London geplant. Der Umschlag und die enthaltene Mappe sind ziemlich dick, das muss Mira sich dann alles in Ruhe durchlesen.

Ihr ist nach Feiern zumute, nach Hüpfen und Singen und Tanzen, nach einem Konfettiregen und einer Umarmung. Jetzt tut es ihr ein wenig leid, dass sie Hakan nicht eingeweiht hat. Sie könnte ihn anrufen, er würde sich mit ihr freuen. Aber das kann sie ja nachholen, gleich nächste Woche, wenn sie bei ihm ist. Sie wird ihm den Brief zeigen und die Fotos von dem College, in dem das Science Camp stattfindet.

Als sie den Schlüssel in der Tür hört, stopft Mira schnell alle Blätter zurück in den Umschlag und hastet in ihr Zimmer, wo sie den Brief unter ihrem Kopfkissen versteckt. Im selben Moment kommt Mama herein.

»Gehst du schon schlafen?«, fragt sie, als sie Mira in ihrem Bett oben sieht.

Mira schüttelt den Kopf.

»Es wird sicher gleich regnen«, sagt Mama und wischt sich über die Stirn, »es ist extrem drückend draußen. Bestimmt kracht es ordentlich. Sind die Fenster alle zu?«

»Mhm«, macht Mira.

Sie bleibt auf dem Bett sitzen und wartet, dass Mama wieder geht. Doch die lehnt sich gegen die Sprossenleiter und schaut Mira an. Dann lächelt sie ein bisschen.

»Was ist?«, fragt Mira verwirrt.

»Ich hab einen neuen Job«, jetzt lächelt Mama mehr, »in der Küche vom Altersheim.«

»Oh!«

»Ja, für Mittag- und Abendessen. Frühstück muss ich nicht machen. Und wenn das Abendessen verteilt wird, kann ich gehen, also bin ich so gegen halb sechs zu Hause. Das ist okay, oder?«

»Klar«, sagt Mira.

Dass Mama früher niemals in einer Küche gearbeitet hätte, in der das Kartoffelpüree aus der Packung kommt, sagt sie nicht. Dass Mama früher ein Restaurant geleitet hat, ein richtiges Haubenrestaurant, dass sie einen schicken Anzug und weiße Blusen getragen hat, auch nicht. Das weiß Mama alles selbst.

»Und wenn was übrig bleibt, darf ich es für uns mitnehmen.«

Vielleicht liegt es daran, dass Mira oben auf dem Etagenbett sitzt und auf Mama hinunterschaut, aber für einen Augenblick kommt es ihr vor, als wäre Mama das Kind und nicht umgekehrt. Und zwar ein Kind, das gerade mit großen Augen auf Lob und Anerkennung wartet.

»Die Dienste wechseln, manchmal muss ich auch am Wochenende hin. Aber du bist ja schon groß, nicht wahr? Und vielleicht kannst du ja auch mal ...«, Mama stockt, sieht zu Boden, »vielleicht kannst du ja auch mal zu Papa. Also, wenn du willst.«

»Klar«, sagt Mira noch mal.

»Und dort warst du jetzt?«, fragt sie dann. »Beim Vorstellungsgespräch?«

Mama schüttelt den Kopf.

»Das war schon heute Morgen.«

Wo sie den Nachmittag und Abend verbracht hat, sagt sie nicht. Mira sieht auf die Uhr, es ist gleich halb zehn.

Draußen zuckt der erste Blitz, der Donner ist leise und weit entfernt. Sie schauen beide zum Fenster. Es ist seltsam, dass sie immer nur noch zu zweit oder allein in dieser Wohnung sind. Dass sie sich permanent, in jedem Moment, daran erinnern, dass das nicht immer so war. Als würde die Wohnung ihnen ständig zurufen: He, wo sind die anderen beiden, hm? Besonders wenn Mama und Mira, wie jetzt, schweigen, denken sie automatisch an Subi. Das lässt sich nicht verhindern. Und aussprechen auch nicht.

Mama räuspert sich.

»Ich weiß, das ist nicht …«, sie überlegt. »Aber es ist ein Anfang, oder? Besser als nichts. Dann haben wir wieder ein bisschen mehr Geld. Du brauchst doch bestimmt …«

»… eine neue Jacke und gute Schuhe«, flüstert Mira.

»Was hast du gesagt?«

»Ach, nichts.«

Mama wartet, dann nickt sie stumm.

»Okay«, sagt sie, dann noch mal: »Okay.«

Es fühlt sich an, als könnte Mira den Umschlag mit der Zusage aus Cambridge spüren, als würde er unter ihrem Kopfpolster heiß glühen. Soll sie Mama davon erzählen, jetzt gleich? Die gute Stimmung ausnutzen, vielleicht sogar fragen, ob Mama dann von dem neuen Job die Anreise nach England bezahlen kann? Aber wenn Mama Nein sagt, schlimmer noch, wenn sie Mira sofort verbietet, am Science Camp teilzunehmen, dann war alles, alles, alles umsonst. Das kann Mira nicht zulassen. Nein, sie wird es lieber machen wie geplant, das Risiko ist zu groß.

Mama sieht müde aus und viel älter als noch vor einem Jahr. Damals hatte sie nicht diese dunkelvioletten Augenringe und diesen bitteren Zug um den Mund. Ihre Haare waren nicht so glanzlos und strähnig, und so knochig war sie auch nicht. Jetzt ist sie derart dünn geworden, dass sie niemanden mehr umarmen kann, dabei würde sie garantiert auseinanderbrechen.

»Ich freu mich, Mama«, murmelt Mira, »das ist super.«

Mama streicht sich noch einmal über die Stirn, als würde sie schwitzen.

»Ja«, stimmt sie zu, ihre Bewegungen sind fahrig und ein wenig ruckartig.

»Und du solltest sowieso mehr essen«, sagt Mira und lacht dabei betont laut, um die Bemerkung als Witz zu markieren. »Da ist es gut, wenn du in einer Küche bist.«

Mama sieht an ihrem Körper hinunter, auf die viel zu lockere Hose und die alten Sandalen, dann zurück zu Mira, und ihr Blick ist wieder zerstreut, ist wieder abwesend. Und als Mira gerade überlegt, ob sie vorschlagen soll, gemeinsam zu kochen, Spaghetti vielleicht oder einen Grießbrei, geht Mama ohne ein weiteres Wort aus dem Zimmer. Das ist ihre neue Art, ein Gespräch zu beenden, manchmal macht sie das sogar mitten im Satz. Egal, ob es ein Satz von Mira ist oder von ihr selbst.

Mira greift mit einer Hand unter das Kissen und berührt den Brief. Er ist noch da.

Draußen bricht mit unvermittelter Heftigkeit der Sturm los.

Anna

Ich kann gar nicht so laut brüllen, wie ich »Scheiße« schreien möchte. Der Strom ist ausgefallen. Das Sommergewitter ist rasend schnell aufgezogen, der Himmel hat sich bedrohlich verfinstert, und kurz nachdem es angefangen hat zu regnen, war plötzlich mit einem lauten Knall alles finster. Vermutlich hat der Blitz eingeschlagen. Das wäre nicht weiter tragisch, ich könnte ein paar Kerzen aus dem Keller holen und es mir mit einem Buch gemütlich machen, ich wollte ohnehin endlich mal wieder was lesen. Nein, es wäre nicht schlimm, hätte ich nicht gerade vier Tortenböden in den Öfen. Für eine Hochzeitstorte, die morgen früh abgeholt wird. Und warum ist das so? Weil ich wieder mal nicht Nein sagen konnte. Meine eigentliche Bestellung für den morgigen, hoffentlich strahlend schönen Samstag, 6. Juni, an dem wohl Tausende Heiratswillige sich das Jawort geben werden, ist längst fertig, eine dreistöckige zuckersüße Marzipankreation mit viel Eierlikör, so hat es sich die knapp sechzigjährige Braut gewünscht.

Aber dann hat Anita angerufen. Anita, die jeden Abend meine Backstube auf Hochglanz poliert. Ihre Nichte habe im Internet eine Torte bestellt und sei hereingelegt worden, hat sie erzählt, der Kuchen sei angezahlt, aber nie geliefert worden, und die Nummer auf der Website existiere nicht. Ob ich nicht bitte, bitte etwas zaubern könne? Und obwohl ich gewusst habe, dass ich die ganze Nacht auf den Beinen sein würde, weil die Böden ja auskühlen und verziert werden müssen, obwohl mir klar war, dass man eine Hochzeitstorte nicht am Abend vor der Trauung backt, habe ich mich breitschlagen lassen. Ich konnte nicht ablehnen, ihr zu helfen, wo sie mir doch auch ununterbrochen hilft. Zwar habe ich angekündigt, dass es keine allzu aufwendige Torte werden würde, aber natürlich würde ich mein Bestes geben. Und halt einfach wenig schlafen. Das habe ich nicht gesagt, nur gedacht.

Jetzt stehe ich im Dunkeln, draußen blitzt und donnert es. Der Regen prasselt auf die Dächer und verjagt die stehende, stickige Luft des heißen Tages. Wie lange kann so ein Stromausfall dauern? Fünf Minuten, zehn? Das hält der Teig vielleicht aus, ohne zusammenzusacken. Was geschieht mit einem Kuchen, der erst angebacken wird, dann pausieren muss, bevor er später weitergebacken wird? Ich habe keine Ahnung. So etwas ist mir noch nie passiert. Ich stelle mir vor, dass die Masse sich erwärmt, wegen der fehlenden Hitze jedoch nicht aufgeht, sondern eher eine Art süßer warmer Brei bleibt. Oh, verdammt. Was mach ich nur?

Warten.

Ich warte, bis der Strom zurückkommt. Was bleibt mir anderes übrig?

Ich taste nach meinem Handy und schalte die Taschenlampe ein. Ich traue mich nicht, die Backöfen zu öffnen, um hineinzuschauen, weil dann die Hitze entweicht, und es würde ja ohnehin nichts bringen. Ich schaue auf die Uhr. Wie lange ist es her, dass es gekracht hat? Drei Minuten oder vier, länger nicht. Ich stöhne genervt und durchsuche die Schubladen nach Kerzen. Ich finde Streichhölzer, immerhin, und ein Feuerzeug. Das ist allerdings leer, wie ich feststelle, und mit einem Aufschrei werfe ich es gegen die Wand. Jetzt fange ich doch noch an zu fluchen. Wie ein wild gewordenes Rumpelstilzchen springe ich auf und ab und schleudere Schimpfwörter in die dunkle Backstube, weil ich mich so über mich selbst ärgere. Ich will nicht mit halbflüssigen, angebackenen Tortenböden konfrontiert sein, ich will keine Zeit für diese Kurz-vor-knapp-Hochzeitstorte verlieren. Dass Mel weg ist, will ich auch nicht, nein, eigentlich möchte ich neben ihr am Strand liegen, oder was immer sie macht, ich weiß ja nicht einmal, was sie macht, ich würde am liebsten selbst in Gibraltar sein, sorglos und mit wenig Gepäck, statt in meinem Café zu arbeiten, tagaus, tagein, und ständig auf mich gestellt alle Probleme lösen zu müssen, ich mag über …

Hinter mir lacht jemand.

Ich wirble herum, sehe nichts als ein helles Licht und schreie erschrocken auf.

»Sorry«, sagt eine Stimme, und während ich überlege, wo die Küchenmesser sind, die großen, die scharfen, und wieso ich die Tür nicht abgeschlossen habe, werde ich plötzlich nicht mehr geblendet.

»Ich bin's«, sagt Marco und leuchtet sich selbst ins Gesicht, damit ich ihn erkenne.

Ich bin so baff, dass ich kein Wort herausbekomme.

»Ich habe dich schreien hören, ich dachte, dir ist was passiert«, erklärt er. »Ich hab geklopft, aber das ging wohl in deiner Schimpftirade unter.«

Er schmunzelt. Ich denke an die Wörter, die mir soeben über die Lippen geflogen sind, und meine Wangen fangen an zu brennen. Bestimmt werde ich rot, aber das kann er zum Glück nicht sehen.

Ich mache den Mund auf.

»Wenn ich es mir recht überlege«, sagt er, »habe ich dich bisher fast immer aufgebracht und schimpfend erlebt. Kannst du eigentlich auch nett sein?«

Ich mache den Mund wieder zu.

Er nimmt die Taschenlampe von seinem Gesicht und lässt das Licht über die Küchenarbeitsplatte gleiten, auf der die Zutaten für die verschiedenen Füllungen und Glasuren bereitstehen.

»Kerzen?«, fragt er.

»Der Strom wird doch wohl hoffentlich gleich zurückkommen«, entgegne ich.

»Die halbe Stadt ist betroffen«, sagt Marco, »das kann dauern.«

»Verdammte Sch…«

»Noch eine Runde?«, lacht er.

»Ja, schön, dass wenigstens einer hier Spaß hat«, gifte ich, »während die Hochzeitstorte in meinem Backrohr elegant vor sich hin stirbt.«

»Oh«, macht er und schwenkt das Handy Richtung Öfen, die immer noch finster und stumm sind.

»Verdammte Scheiße«, ruft er, und jetzt lache ich auch.

»Sag ich doch!«

Er dreht sich wieder zu mir, und obwohl er es ist, ausgerechnet er, der hier aufkreuzt, obwohl er für mich sicher nichts anderes übrighat als Häme, bin ich erleichtert, nicht mehr allein zu sein. Es fühlt sich furchtbar unemanzipiert an, und es hätte auch gar kein Mann sein müssen, der zu mir eilt, einfach nur irgendjemand. Das Alleinsein der letzten Wochen hat mich ein wenig zermürbt. Mir fehlt es, ein gutes Gespräch zu führen. Einen Witz zu machen. Gemeinsam zu essen. Heute musste sogar die arme Mira noch ein Weilchen bei mir bleiben, weil mir die leere Wohnung so beängstigend still vorkam.

»Okay, das kriegen wir schon hin«, sagt er und legt sein Handy auf die Anrichte. Dann zieht er den Pullover aus, der, soweit ich das erkennen kann, ziemlich nass ist. Dabei rutscht sein T-Shirt hoch, und ich wende schnell den Blick ab.

»Hast du was in der Kühlung?«, fragt er.

»Ja, die andere Torte.«

Er pfeift leise durch die Zähne.

»Du bist fleißig für drei«, sagt er, und ich weiß nicht, was ich darauf antworten soll. Dass ich eher dumm bin für drei, weil ich Anita hätte sagen müssen, dass das mit der Torte nicht zu schaffen ist?

»Und wie kalt ist es im Keller?«, fragt er.

»Hm«, mache ich, »es ist ein altes Haus, also schon sehr kühl.«

»In Ordnung, dann lass uns erst die Kerzen holen. Wenn der Strom mehrere Stunden nicht zurückkommt, bringen wir die andere Torte und die Milchprodukte aus dem Kühlschrank in den Keller.«

»Stunden?«, wiederhole ich entsetzt.

Und hat er gerade »wir« gesagt?

Er nimmt sein Smartphone und marschiert auf die grüne Tür im hinteren Teil der Backstube zu.

»Geht's hier zum Keller?«, fragt er.

Ich schüttle den Kopf.

»Nein, wir müssen durchs Café. Das ist nur ein Abstellraum.«

»Ich folge dir.«

»Ähm«, mache ich, »ich bin irritiert. Gestern Abend hast du mich wortlos stehen lassen, und jetzt spielst du hier den Ritter auf dem weißen Schimmel?«

Er sieht betreten zu Boden.

»Ja, dafür wollte ich mich entschuldigen«, sagt er, »deswegen bin ich hier. Und dann hab ich deine Stimme gehört und geglaubt, du machst gerade Hackfleisch aus einem Einbrecher.«

Ich schaue ihn stumm an.

»Was?«, fragt er unsicher.

»Ich warte.«

»Worauf denn?«

»Auf die Entschuldigung.«

»Oh. Ich hatte gehofft, du würdest es mir leicht machen. Aber klar, du hast recht. Also … bitte entschuldige, Anna. Es tut mir leid.«

Ich bin überrascht von seinem Ton, er klingt aufrichtig zerknirscht. Es ist, als würde eine kleine Last von mir abfallen.

»Okay«, antworte ich, »ich bin nicht nachtragend.«

Und dann bleibt mir nichts anderes zu tun, als loszugehen.

Wir leuchten mit unseren Handys den Weg zur Kellertreppe, dort unten scheint es noch dunkler zu sein.

»Wah, was war das?«, ruft Marco hinter mir. »Ich bin über irgendwas gestolpert. Ein Kabel oder so? Ich kann es nicht gut erkennen.«

»Ah, ja, wahrscheinlich vom Telefon«, antworte ich ihm, »das passiert mir auch ständig. Es ist alt und nicht richtig befestigt. Aber heute ruft eh sicher niemand mehr an, ich stöpsel es dann morgen wieder ein.«

Unten angekommen, betätige ich automatisch den Lichtschalter, der natürlich nicht reagiert.

»Mist«, murmle ich und bin mir jeder Bewegung, die Marco macht, sehr bewusst. Ich glaube, sein Shirt ist, als er die Gasse überquert hat, in dem heftigen Schauer ebenfalls nass geworden.

Im Keller riecht es muffig und feucht. Ich lasse das Licht über die beschrifteten Kisten wandern und finde die Kerzen.

»Wie viele sollen wir mitnehmen?«, frage ich.

»Wie viele braucht man für ein romantisches Kerzenmeer?«, fragt er zurück.

»So viele habe ich garantiert nicht«, merke ich trocken an.

Er lacht leise.

»Nehmen wir einfach mit, was wir tragen können«, sagt er.

»Du klingst wie ein Grabräuber.«

»Was hast du denn so für Schätze hier versteckt?«

Er hält seine Lampe hoch.

»Weihnachtsschmuck«, liest er vor, »Fasching, Oma, Mel Baby, Altes Zeug ... oh, sind da Tagebücher aus deiner Jugend drin?«

»Ja«, antworte ich, »soll ich sie für dich auspacken?«

»Pfff«, macht er, »als Grabräuber suche ich was Wertvolles.«

Ich knuffe ihn in den Oberarm und drücke ihm ein paar Kerzen in die Hand.

»Sei nicht so frech«, sage ich, »sonst sperre ich dich hier unten ein. Du weißt doch, wie das ist mit uns Österreichern und Kellern.«

»Und dann lässt du mich verhungern?«

»Nein, ich füttere dich täglich mit Kuchenresten. Kuchen mit viel Ei und Butter. Und du musst Schlagobers dazu essen.«

Er lacht wieder, und ich kann ein Grinsen nicht unterdrücken, weil ich mich freue. Darüber, dass dieses Geplänkel so unerwartet geschmeidig läuft. Wenn ich es nicht besser wüsste, würde ich sogar sagen, wir flirten miteinander. Und was Flirten betrifft, bin ich momentan ohnehin arg ausgehungert.

Als wir wieder nach oben gehen, bin ich für einen Moment überzeugt, dass es dort hell sein wird, weil der Strom zurück ist. Aber das ist nicht der Fall, obwohl der Sturm draußen ein bisschen nachgelassen hat. Wir zünden schweigend die acht dicken Kerzen an, und dann sieht es leider wirklich wahnsinnig romantisch aus.

»Als wäre jemand gestorben«, kommentiere ich, um der vermeintlichen Romantik einen anderen Touch zu verleihen. »Wie so Friedhofskerzen.«

»Zum Andenken für deine Hochzeitstorte«, spielt Marco zurück, und ich jaule auf.

Jetzt, im Schein der Kerzen, kann ich es sehen, sein Shirt ist definitiv nass. Seine Haare auch.

»Soll ich dir was Trockenes zum Anziehen holen?«, frage ich.

»Dein Humor ist trocken genug«, gibt er zurück und lächelt mich an.

Das ist der Moment, in dem mir klar wird, dass das hier tatsächlich passiert. Dass er jetzt da ist. Und offenbar vorhat, eine Weile zu bleiben. Ich wünsche mir auf einmal sehr dringend, dass der Strom nicht so schnell wieder anspringt. Denn der Marco, der da vor mir steht, ist nicht der Tierprodukte-Grinch, der Schweigsame, der zornige Fiesling. Es ist der Zitronenmann.

»Lass uns Folgendes machen«, sagt er, »zuerst bereiten wir die Füllungen zu, vielleicht lassen sich die Böden noch retten. Dann können wir alles zusammenfügen. Falls die Öfen länger nicht funktionieren, rühren wir neue Teige an und backen sie, wenn der Strom wieder da ist. Wolltest du die Torte mit Fondant überziehen?«

»Nein«, antworte ich verdattert, »es sollte ein Naked Cake werden. Mit Nuss, Schoko und Zitronenbiskuit. Es war so ein Schnellschuss, ich hab mich überreden lassen.«

»Hmmm«, macht er, »naked, so, so.«

Bilde ich mir das ein, oder taxiert er, während er das sagt, ganz offensichtlich meinen Körper? Mir wird heiß, und es kostet mich alle Kraft, nicht an mir hinunterzusehen. Was habe ich eigentlich an? Ist meine Schürze sehr unsexy? Und wie schlimm verwuschelt sind meine Haare? Daran habe ich bisher keinen Gedanken verschwendet. Aber es war ja auch finster. Ich hoffe einfach auf das weiche Licht der Kerzen, das mich vielleicht, wie es immer heißt, schön macht. Und wenn nicht, ist es auch egal. Das Einzige, was ich brauche, ist eine fertige Hochzeitstorte morgen um acht Uhr.

Wir verteilen die Kerzen so, dass sie möglichst viel Arbeitsfläche beleuchten, dann betrachtet Marco die Zutaten.

»Welche Creme hattest du geplant?«

»Eine Meringue-Buttercreme für außen«, erkläre ich, »und für innen Mascarpone ...«

»... mit Quark«, ergänzt er und hält die Packungen hoch.

»Dass du das überhaupt anfassen kannst«, necke ich ihn, »muss doch wie Kryptonit für dich sein.«

»Ach, ich bin unverwundbar«, gibt er zurück, öffnet die Verpackungen und kippt den Topfen in eine der bereitstehenden Schüsseln.

»Willst du mir wirklich helfen?«, frage ich.

»Na ja«, murmelt er und wirft mir einen kurzen Blick über die Schulter zu, »ich denke, ich habe was wiedergutzumachen.«

Ich antworte nicht.

»Ich hab mich benommen wie ein Vollidiot.«

»Da werde ich dir nicht widersprechen.«

»Ich geniere mich wirklich. Vor allem, seit Susanne mit der Foodbloggerin gesprochen hat, die bestätigt hat, dass sie dich nicht einmal kennt.«

»Na, endlich glaubst du es.«

»Ich wette, du wolltest mich in Buttercreme ersticken.«

»Shit«, sage ich, »die Buttercreme kann ich ohne Strom gar nicht zubereiten! Und den Zucker kann ich auch nicht erhitzen.«

»Kein Problem, lass uns abwarten. Zur Not können wir ganz am Ende noch schnell Schokolade schmelzen und einen Drip Cake draus machen«, meint Marco und rührt mit schnellen, absolut professionellen Handbewegungen die Topfencreme an.

Verblüfft schaue ich ihm zu.

»Du redest wie ein Profi«, sage ich, »und wie du die Creme schlägst, das sieht aus, als hättest du es gelernt.«

»Hab ich ja auch«, entgegnet er, »ich habe eine abgeschlossene Ausbildung zum Konditor, Koch, Kellner und Sommelier.«

»Wie bitte?«, rufe ich überrascht.

»Ja, da staunst du, nicht wahr?«

»Ich dachte, du wärst so ein typischer Hipster mit abgebrochenem Architekturstudium, der ein soziales Jahr absolviert und in einem Laden für nachhaltige Mode gejobbt hat, bevor er beschlossen hat, kulinarisch die Welt zu einem besseren Ort zu machen.«

Marco lacht schallend.

»Das entspricht mir absolut nicht. Mein Vater hat ein Sternerestaurant in Wien. Ein sehr berühmtes. Ich bin quasi in der Küche aufgewachsen. Also, eigentlich nicht quasi, sondern tatsächlich.«

»Dann haben wir ja etwas gemeinsam«, sage ich und mache eine Handbewegung, die die Backstube umfasst. »Willkommen in meiner Kindheit.«

»Die Narbe hier«, er zeigt auf seine Wange, »habe ich mir in der Küche zugezogen, da war ich elf oder zwölf. Meine Brüder und ich haben gewettet, wer am schnellsten einen Fisch ausnehmen und filetieren kann. Ich hab mich so beeilt und meine Filets triumphierend hochgereckt, da sind die Fischinnereien auf den Boden gefallen, und ich bin darauf ausgerutscht. War eine schöne Rissquetschwunde von der Kante der Arbeitsplatte, meine Brüder verarschen mich heute immer noch deswegen.«

»Aua«, sage ich und verziehe das Gesicht.

»Aber ich rede mir einfach ein, dass die Narbe mir was Verwegenes gibt.« Er schmunzelt.

Ich sehe ihm an, dass er auf eine Bestätigung von mir wartet, aber den Gefallen, ihm ein Kompliment zu machen, tue ich ihm nicht.

»Nach der Lehre war ich in großen Hotels in der Schweiz und in England«, erzählt er weiter. »Alle mit vier oder fünf Sternen. Ich musste erst gut genug sein, bevor ich für meinen Vater arbeiten durfte.«

»Klingt nach einem … sympathischen Mann«, sage ich mit ironischem Unterton.

»Er ist ein Patriarch. Meine Mutter und meine drei Brüder lassen sich den ganzen Tag und die halbe Nacht von ihm herumkommandieren.«

»Die arbeiten alle da? Das nenne ich mal einen Familienbetrieb.«

»Ja, und eigentlich wäre dort auch mein Platz gewesen.«

»Aber?«, frage ich und fange an, die ersten Marzipanrosen für die Deko zu formen. Ob Naked oder Drip Cake, die kleinen süßen Blumen müssen auf jeden Fall drauf, zusammen mit echten Rosen in dunklem Pink, Trauben und Beeren. Marco hat recht, mit geschmolzener Schokolade, die an den Seiten nach unten rinnende Tropfen formt, wird es auch gut aussehen. Außerdem ist das gerade total im Trend.

Ich merke, dass er zögert, aber dann antwortet er doch.

»Ich wollte etwas Eigenes machen. Nicht einfach nur ein Lakai meines Vaters sein. Ich hatte viele Ideen, um frischen Wind ins Restaurant zu bringen, gesünder zu kochen, weniger Fleisch, weniger Fett, dafür mehr Superfood, vielleicht eben auch mal was Veganes. Aber er hat nicht mit sich reden lassen, er hat mir nicht einmal zugehört.«

»Hm.«

»Wir machen das seit über dreißig Jahren so«, ahmt Marco eine tiefere, herrische Stimme nach, »und jetzt kommst du und glaubst, du weißt alles besser!«

»Bist du deshalb weg aus Wien?«

»Nicht direkt.«

Er zögert erneut. Ich tue beschäftigt und biege die kleinen Marzipanteile zurecht, damit es wirkt, als wäre mir nicht wichtig, ob er etwas von sich preisgibt. In Wahrheit habe ich die Ohren gespitzt wie ein Luchs.

»Ich wollte ein veganes Lokal aufmachen. Ich hatte schon die geeignete Location, die Einrichtung, den Termin. Aber dann hat mein Vater … mir die Unterstützung entzogen. Ich musste kurz vor der Eröffnung alles aufgeben.«

»Oha«, mache ich. »Warum?«

Und da stehen wir wie zwei, die sich kennen und mögen und miteinander plaudern. Die einander vertrauen, und wie verrückt ist das bitte? Vielleicht liegt es an der Dunkelheit, an der Ausnahmesituation, an den Kerzen. Vielleicht liegt es daran, dass keine anderen Menschen um uns herum sind. Aber ich habe das Gefühl, dass wir uns in den letzten Minuten näher gekommen sind als in all den Wochen zuvor.

»Ich war nicht ganz ehrlich«, sagt er leise.

Ich schweige, denn wenn ich weitere Fragen stelle, bohre ich womöglich zu sehr nach.

»Ich habe ihm weisgemacht, ich würde eine Art Dependance des Restaurants eröffnen. Unter seinem Namen, aber kleiner, mit einer feinen Karte und edlen Weinen, wie eine Zweigstelle, verstehst du? An einem anderen Ort in Wien, um sozusagen die Stadt abzudecken. Dafür hat er mir das Geld und die Bankgarantie gegeben. Ich habe gedacht, wenn es dann erst mal läuft, wenn ich angefangen habe und er sieht, dass ich das kann, dass meine Ideen gut sind, kann ich ihn überzeugen. Dann lässt er mich mein Ding machen und vergibt mir, dass ich ihn hinters Licht geführt habe.«

»Wow«, sage ich, und mir bleibt wirklich ein wenig der Mund offen stehen.

Er lacht leise, aber es klingt nicht fröhlich.

»Ja, im Nachhinein total gestört. Ich muss verrückt gewesen sein.«

Er sagt es fragend, als hoffe er, dass ich ihm widerspreche.

»Na ja, um ehrlich zu sein, klingt das schon ziemlich krass. Was ist denn dann passiert? Wie hat dein Vater von deinem … Trick erfahren?«

»Jemand hat es ihm erzählt. Jemand, mit dem ich das alles gemeinsam machen wollte.«

»Oh.«

Und ohne dass er es sagt, weiß ich, dass er von einer Frau spricht. Es ist die einzige Möglichkeit, die Sinn ergibt. Und so viel erklärt. Alles eigentlich, sein Verhalten, seine Abwehr, sein Misstrauen.

»Warum hat sie das getan?«, frage ich und lege die fünfte Marzipanrose vorsichtig zur Seite.

Marco schmeckt die Mascarpone-Topfencreme ab. Er ist wie ich. Nicht nur, dass er alle seine Handbewegungen ausführt, ohne nachzudenken, schnell, geschäftig, effizient, das Backen scheint auch ihn zu erden.

»Ich weiß es nicht«, er zuckt mit den Achseln, »sie hat wohl nicht an mich geglaubt.«

»Ich war einmal verlobt«, sage ich, weil ich das Gefühl habe, dass ich jetzt an der Reihe bin, ihm etwas anzuvertrauen. Damit das Gleichgewicht zwischen uns wiederhergestellt ist. Und vielleicht auch, damit er weiß, dass ich ihn verstehe.

»Und sehr verliebt. Ich dachte, das ist er. Der Verlobungsring war für mich das Schönste, was ich je besessen habe. Und ich habe Hochzeitskleider anprobiert, gestrahlt hab ich wie so ein Honigkuchenpferd.«

Er grinst mich an.

»Das kann ich mir gar nicht vorstellen bei dir«, sagt er.

»Tja, das war, bevor ich so herzlos und zynisch geworden bin.«

»Was ist geschehen?«

Er wendet sich wieder der Teigschüssel zu, und ich bin froh darüber, weil ich besser reden kann, wenn er mich nicht direkt ansieht. Als er nach den Eiern greift, streift sein Arm meinen, und ich atme scharf ein. Ich wünschte, ich könnte ihn festhalten, seinen Arm und den Rest von seinem Körper. An ihn schmiegen würde ich mich und ihm, weil es ja nun mal leider nass ist vom Regen, das Shirt ausziehen.

»Ahm«, mache ich hastig, »also ... er wollte alles verändern. Das hier und mich wohl auch. Sobald Oma Gertraud mir das Café übergeben hätte, wollte er etwas daraus machen, das mehr Profit bringt, so hat er es gesagt. Außerdem hat er von mir verlangt, Mel rauszuwerfen. Im oberen Stock sind zwei Wohnungen, die uns gehören, die wollte er teuer vermieten. Ich habe lange dagegengehalten. Ich hab es wohl auch irgendwie nicht ernst genommen. Am Ende hat er mich vor die Wahl gestellt. Das Café und Mel – oder er.«

Einen Moment lang ist es still, die Kerzen flackern.

»Du hast dich richtig entschieden«, sagt Marco.

»Ja«, stimme ich zu, »aber diese Erlebnisse hinterlassen Wunden, die sich nie wieder ganz schließen.«

»Und man fragt sich, wie man so dumm sein konnte, an denjenigen zu glauben, nicht wahr? Warum man so blind war.«

»Und es wird schwer, wieder jemandem zu vertrauen.«

»Außerdem ist es hart, alles allein zu machen. Zu zweit ist es nun mal einfach schöner irgendwie.«

»Was denkst du, wieso sie dir in den Rücken gefallen ist?«

»Sie leitet das Lokal jetzt, es ist ihres. Als Dependance des Restaurants meines Vaters.«

»Autsch«, sage ich.

»Ich habe meine Sachen gepackt und bin abgehauen. Ich hab bei Simon und Susanne auf der Couch kampiert wie einer, der gar nichts mehr hat. Und dann hat sich plötzlich die Gelegenheit ergeben, das Las Vegans aufzumachen. Ich hab alles da reingesteckt. Alles, verstehst du? Mit meiner Familie und mit … ihr habe ich seither kein Wort gesprochen.«

»Ja«, sage ich, »das versteh ich. Deshalb bist du auch so extrem unentspannt, was dieses Lokal angeht.«

»He!«, ruft er empört.

»Ist doch wahr!«

»Ja, aber nur, weil es ein Erfolg werden muss! Ich stehe sonst vor dem Ruin.«

»Wegen des Geldes?«

»Auch. Und weil ich für die Bürgschaft die Unterschrift meines Vaters gefälscht habe.«

Ich halte inne und richte mich auf.

»Du bist ein *bad guy*«, sage ich grinsend.

Marco dreht sich zu mir. Mein Mund wird trocken. Er macht einen Schritt auf mich zu.

»Der Kuchen?«, krächze ich. »Der Strom ist ja jetzt schon echt lange weg, bestimmt … eineinhalb Stunden. Sollen wir die Tortenböden aus dem Ofen holen?«

»Okay«, sagt er und macht wieder einen Schritt zurück.

Mein Herz stolpert. Schnell gehe ich zum Backrohr und merke erst dort, dass meine Hände zittern. Als ich den linken Ofen aufmache, erwartet mich ein trauriges Bild, der Schokokuchen ist flach und pampig. Die anderen beiden sehen nicht besser aus. Ich nehme die Formen heraus, sie sind längst kalt geworden. Marco löst die Tortenringe. Er hat zwei Kerzen mitgenommen und neben den Ofen gestellt.

»Schade«, seufze ich. Der Teig ist zwar nicht mehr flüssig, aber flach und speckig. Mit Daumen und Zeigefinger nehme ich ein Stück und stecke es Marco in den Mund. Er lächelt überrascht, spuckt es aber nicht, wie ich kurz befürchtet habe, sofort aus, sondern isst es.

»Einen Schönheitspreis gewinnt das leider nicht«, sagt er, »aber es schmeckt göttlich.«

»Das liegt an den Eiern«, feixe ich, »und an der Butter.«

»Pfff«, macht er und löst selbst ein Stück Kuchen aus der Zitronenbiskuitmasse, »ich bin nicht militant. Ich will doch nur was Gutes machen. Also etwas, das für die Menschen und die Tiere gut ist. Kannst du das nicht nachvollziehen?«

»Doch, klar.«

Jetzt schiebt Marco mir den Kuchen in den Mund. Noch bevor ich ihn hinuntergeschluckt habe, passiert es. Mit einem feinen, kaum hörbaren Knacken bricht die Eisschicht in mir, sie löst sich, sie schmilzt, und ich spüre alles. Alles, was er ist, alles, was ich bin. Marcos Gefühle sind in mir, sie sind wie Farben, wie Geräusche, etwas, das ich sehen und hören kann. Da sind Unsicherheit und Aufregung, ein bisschen Panik, eine große Welle der Erleichterung, ich fühle, dass er den Moment genießt, dass er es schön findet, hier zu sein, mit mir, dass er Angst hat, etwas falsch zu machen, und auch, dass er verletzt ist, sehr sogar.

Er gibt mir ein Stück von der Nusstorte zu kosten und lässt seine Finger für einen Moment auf meinen Lippen liegen. Seine andere Hand ist an meiner Hüfte, wir sind uns ganz nah. Dann füttere ich ihn mit einem Eckchen Schokokuchenteig, und er schließt für einen Moment genießerisch die Augen. Als er sie wieder aufmacht, liegt der Kuss schon in der Luft. Der Kuss ist bereits da, bevor wir ihn wagen. Der Kuss ist so wichtig jetzt und so unausweichlich, dass ich eine Gänsehaut bekomme, bevor es geschieht.

Wir küssen uns mit einem Hunger, als hätten wir ein Jahr lang nichts gegessen. Wir küssen uns mit einer Heftigkeit, als wäre es das Letzte, was wir in diesem Leben tun dürfen. Ich will seine Lippen berühren, mit seiner Zunge spielen, ich will es so sehr, dass mir schwindlig wird. Wie kann es sein, dass es eine Zeit gab, in der wir uns nicht geküsst haben? Was für eine Vergeudung, warum haben wir so lang gewartet? Er drückt mich gegen die Arbeitsplatte, greift mit beiden Händen in meinen Nacken. Endlich bin ich, wo ich hinwollte, bei ihm.

Ich verstehe alles, was er nicht sagen kann. Ich sehe mich selbst durch seine Augen. Es ist, als wären wir nicht mehr getrennt, als könnte ich, indem unsere Lippen verschmelzen, in seine Seele schauen. Ich löse mich von ihm und schnappe nach Luft. Was passiert hier? Ist das die Magie, von der alle sprechen, ist sie das?

»Das hab ich mir seit unserer ersten Begegnung gewünscht«, flüstert Marco in mein Ohr, und ich spüre, dass es stimmt. Er kann mich nicht belügen, nicht jetzt. Seine Empfindungen liegen ausgebreitet vor mir, er ist offen. Und ich bin es auch. Zum ersten Mal vielleicht.

Im Licht der Kerzen sehen wir uns an. Er greift nach meiner Hand, führt meine Finger an seinen Mund, küsst sie behutsam, den Handrücken, die Fingerspitzen, leckt sie ganz leicht ab, und mir schießen elektrische Blitze durch den Körper, die es ohne Weiteres mit dem Sommergewitter aufnehmen könnten. Ich ziehe ihm das Shirt über den Kopf, das längst getrocknet ist, aber jetzt brauche ich keine Ausrede mehr. Er löst die Bänder meiner Schürze und streift sie ab. Dann hebt er mich hoch und setzt mich auf die Arbeitsplatte gegenüber, auf der keine versauten Kuchenböden stehen, küsst mich erneut, küsst mich und küsst mich. Ich zeichne mit den Fingern seine Muskeln nach. Wusste ich doch, dass diese scharfe Lederjacke die Verpackung für etwas noch Heißeres war.

Es wirbelt in meinem Kopf und meinem Herzen. Ich fühle alles doppelt, nicht nur für mich, sondern auch für ihn. Empfindet er es ebenso? Wie kann man das denn aushalten, ohne zu explodieren? Marcos Hände wandern unter mein Kleid, meinen Rücken entlang, streichen über meinen BH-Verschluss, öffnen ihn aber nicht. Ich hüpfe von der Anrichte, um mich an ihn drücken zu können, der Schwung wirft ihn beinahe um. Er lacht leise, lässt sich zu Boden sinken und zieht mich mit sich.

Wir liegen ineinander verschlungen auf dem Holzparkett meiner Backstube, küssend, streichelnd, fieberhaft nach Körperstellen suchend, die wir noch nicht erkundet, berührt, mit den Lippen liebkost haben, und alles, was ich höre, ist unser heftiges Atmen.

»Es ist, als würde ich das zum ersten Mal machen«, sagt er plötzlich, »das klingt komisch, oder? Aber so fühlt es sich an. Als wäre ich wieder fünfzehn und zum ersten Mal …«

»… verliebt?«, flüstere ich.

· Er nickt nur. Dann richtet er sich auf, beugt sich über mich und küsst mich so sanft, dass ich erschauere. Ich möchte mehr. Ich möchte, dass das nicht aufhört. Ich möchte seine Arme spüren und seinen Bart und seine Haare, die auf meine Stirn fallen, ihn nackt sehen möchte ich und drei Tage lang mit ihm in einem Bett bleiben, nur er und ich und dieses Kribbeln und Sehnen und Brennen.

Und da geht das Licht an.

»Aaah!«, rufen wir beide überrascht und halten uns die Hände vor die Augen.

Wie erschreckend hell kann ein Deckenlicht sein? Aus Verlegenheit fange ich an zu lachen. Marco springt auf, und ich rechne damit, dass er sich hastig anzieht, ich wappne mich dafür, dass er eine Ausrede murmelt und geht, weil die plötzliche Helligkeit ihn an die Rolle des Näheverweigerers erinnert, die er all die Wochen so perfekt gespielt hat. Stattdessen tut er etwas ganz anderes. Er schaltet das Licht aus und kommt zu mir zurück.

»Das war viel zu schön, um damit aufzuhören«, sagt er, und der nächste Kuss ist noch besser als jeder einzelne zuvor. Die anderen waren wild und gierig, aber dieser jetzige, der ist eine bewusste Entscheidung. Nicht situationsbedingt, nichts, was man hinterher als Ausrutscher bezeichnen könnte, nein, dieser Kuss ist reines Wollen. Ich lasse zu, dass das Glück in mich hineinströmt. Ich weiß nicht, was das hier ist, was daraus wird, ob überhaupt etwas daraus wird oder ob Marco morgen wieder in seinem Schneckenhaus verschwindet, aber jetzt, in diesem Augenblick, spielt das keine Rolle. Die Gedanken und Sorgen und Überlegungen fliegen aus meinem Kopf, stattdessen bin ich erfüllt von Wärme und Zufriedenheit.

Er sieht mich.

Er spürt mich.

Er weiß jetzt, wer ich bin.

Ich verliere jegliches Zeitgefühl. Wir flüstern und berühren uns, schieben unsere Finger unter Kleidungsstücke, tasten mal zärtlich, mal fester, sind ein Knäuel und lassen uns nicht los, nicht einmal einen Augenblick. Irgendwann ist es nach drei Uhr morgens.

»Die Torte!«, rufe ich panisch.

Die Realität fällt mit einem großen Wumms auf mich zurück. In fünf Stunden wird die Hochzeitstorte abgeholt, und wir haben nichts.

»Uh«, macht Marco.

»Okay, okay, an die Arbeit«, sagt er dann. »Du machst uns einen starken Kaffee, ich entsorge die Kuchenreste und wasche die Tortenringe. Dann fangen wir von vorne an. Das schaffen wir.«

Als ich mit den dampfenden Kaffeetassen zurück in die Backstube komme, hat Marco das Licht eingeschaltet, die Kerzen ausgeblasen und ordnet die verbliebenen Zutaten neu. Und dann arbeiten wir einträchtig nebeneinander, als hätten wir nie etwas anderes getan. Unsere Handgriffe gehen ineinander über, wir müssen nichts erklären. Es ist wie damals, als ich mit Oma Gertraud gemeinsam gebacken habe. Wir stellen zusammen diese Torte her, in kürzester Zeit, und es ist mühelos. Während die neuen Böden in den Öfen sind, macht Marco die Meringue-Buttercreme, ich bringe die Kuchen zum Auskühlen nach draußen, dann stechen wir die richtigen Größen aus, schichten sie mit der Füllung aufeinander, tragen die Buttercreme auf, und fast ist der Naked Cake fertig.

»Deine Marzipanrosen sind sogar noch schöner als die von Oma«, sage ich anerkennend.

Marco drückt mir einen Kuss auf die Stelle unter meinem Ohr.

»Ich hab eben geschickte Finger«, raunt er.

Hitze flutet mich bis in die Haarspitzen.

Ich bin völlig übermüdet und in jenem seltsamen Zustand, in dem man das Schlafen verpasst hat und auf einmal ganz überdreht ist. Und ich bin euphorisiert, dass es uns gelungen ist, in wenigen Stunden einen nahezu perfekten Kuchen zu produzieren. Es ist schon etwas Wahres dran, dass man manchmal Hilfe annehmen sollte, weil man eben doch nicht alles allein kann.

Wir haben die Torte mit Cake Boards gestapelt, gefüllt und eingestrichen, die einzelnen Teile muss Anton wie immer vor Ort zusammenbauen. Er ist darin inzwischen Profi, er macht das seit vier Jahren für mich. Er liefert die Torten aus und vollendet mein Werk dort, wo die Torte dann angeschnitten wird. Es kommt natürlich auf die Kreation an, aber fast jede Deko würde beim Transport unweigerlich zerstört werden. Anton weiß Bescheid über kleine Antirutschmatten und das Befestigen mit Ganache, die Boxen lagere ich im Keller und klebe innen zusätzlich Kühlakkus ein.

Ich erkläre Marco, dass wir zwei kleine Schachteln mit der Deko herrichten müssen, eine zum Anrichten und eine als Reserve, weil man ja nie weiß, was passiert. Wir legen also die Marzipanrosen, die Trauben, Beeren und echten Rosen bereit, verpacken alles und bereiten auch die Eierlikörtorte für den Transport vor.

»Ich danke dir tausend Mal«, sage ich, als wir vor dem Ergebnis der stundenlangen Schufterei stehen.

»Keine Ursache«, antwortet er, »hat Spaß gemacht.«

Sein Grinsen ist definitiv anzüglich, und ich erwidere es.

»In zehn Minuten kommt Anton, und in spätestens einer Stunde sollte ich das Café öffnen«, erkläre ich, »aber ich habe keinen Kuchen!«

Marco betrachtet die aufgeräumte Küche, die nicht aussieht wie ein Schlachtfeld, weil wir uns offenbar ähnlich sind und es beide beim Backen gern sauber haben. Alles, was nicht mehr gebraucht wurde, haben wir sofort in die Spülmaschine gestellt, die gerade zum zweiten Mal läuft.

»Was wolltest du machen, was hast du noch da?«

Ich überlege.

»Vielleicht sollte ich das Café heute einfach ausnahmsweise geschlossen lassen?«

Ich schaue ihn an. Er sieht müde aus, natürlich, aber auch sehr zufrieden.

»Wir könnten ein bisschen ... ähm«, ich räuspere mich, »schlafen? Und vielleicht ... duschen?«

Er grinst wieder so, dass meine Knie weich werden. Er hat offenbar genau verstanden, was ich meine.

»Sehr gern«, sagt er und zieht mich an sich.

Es ist ein sanfter Kuss, der von unserer Erschöpfung erzählt und gleichzeitig von dieser Nacht, die uns zusammengeschweißt hat, eine besondere Nacht, die wir nicht vergessen werden. Die vielleicht der Beginn einer Geschichte sein kann.

»Ich hab eine Idee«, sagt er. »Während du Anton die Torten übergibst, hole ich uns drüben im Bistro was zum Frühstücken. Ich hab nämlich mächtig Hunger.«

»Oh ja, ich auch.«

»Und dann gehen wir ... zu dir rauf?«

Er sagt es fragend, und ich nicke.

»Guter Plan.«

»Okay.«

Er hält mich fest.

»Wann gehst du rüber?«

»Jetzt«, sagt er, lässt mich aber nicht los.

Ich fange an zu lachen.

»Wann genau?«

»Jetzt«, sagt er noch mal, macht allerdings immer noch keine Anstalten, sich von mir zu lösen. Ich lehne meinen Kopf an die Stelle zwischen Marcos Schulter und Hals, und er passt da perfekt hin. Ich denke tausend Dinge, die ich alle nicht ausspreche, und dann klopft es an der Hintertür der Backstube.

Marco gibt mir einen letzten Kuss auf die Wange, ich bedanke mich noch einmal bei ihm, und während Anton eine Minute später die ersten Kartons aufhebt, sehe ich aus dem Fenster Marco nach, wie er die Gasse überquert. Vielleicht hatte Oma Gertraud recht, vielleicht kann ich das auch mit der Magie. Das Geheimnis ist, dass sie erst funktioniert, wenn man es zulässt. Wenn man den einen Menschen findet, bei dem man sich das traut, bei dem man sich fühlt, als könnte man sich mit ihm zusammen von jeder noch so schweren, kalten Schneelast befreien.

Marco

Ja, er hat gegrinst, als sie das Las Vegans eröffnet haben, aber im Vergleich zu dem Lächeln, das er jetzt im Gesicht trägt, war das gar nichts. Marco schließt die Tür auf und lehnt sich innen erst einmal dagegen, die Augen geschlossen. Er atmet tief ein. Und sieht sofort Bilder. All diese schönen Bilder, Anna in seinen Armen, Anna, die ihn küsst, ihn mit Kuchen füttert, Annas Locken, ihre Grübchen, ihre wundervollen Kurven. Er muss sich beeilen, er will zu ihr zurück, sofort. Was war das nur für eine dumme Idee, Frühstück zu holen? Keine Minute hält er es ohne sie aus. Und wer muss schon essen? Da gibt es doch wirklich Wichtigeres. In Annas braune Augen zu schauen, zum Beispiel. Mit den Fingerspitzen den Schwung ihrer Lippen nachzuzeichnen. Die Hand unter ihr Kleid zu schieben und es ihr, bei dem Gedanken wird ihm angenehm heiß, auszuziehen. Am liebsten hätte er das heute Nacht schon getan, aber sie mussten ja diese Hochzeitstorte pünktlich fertig kriegen. Dass sie vorgeschlagen hat, das Café geschlossen zu lassen, hat ihn mit einer solchen Freude erfüllt, dass es ihm schwergefallen ist, cool zu bleiben und betont lässig zu antworten. In Wahrheit hätte er am liebsten laut »Ja!« gerufen. Und seit sie gesagt hat, dass sie ja vielleicht duschen und sich in ihr Bett legen könnten, weil sie ja die ganze Nacht nicht geschlafen haben, wird er das Kribbeln nicht mehr los. Es zieht in seinem Magen, ein stechendes, helles Gefühl der puren Aufregung.

Er streicht sich mit den Händen über das Gesicht. Er sollte vielleicht auf der Toilette kurz in den Spiegel schauen und außerdem einen Kaugummi suchen, bevor er wieder ins Sonnigsüß geht. Er wirft einen Blick zurück über seine Schulter, durch das Glas in der Eingangstür. In Annas Fenster spiegelt sich die Sonne, er kann nicht hindurchsehen, aber er vermutet sie dahinter, wie sie die Torten einlädt und alles aufräumt. Ob sie sich auch gerade fühlt wie er? So müde, aber gleichzeitig wach, so erschöpft, aber gleichzeitig vollgepumpt mit Energie? Er grinst, als er an ihre Schimpftirade denkt, in die er hineingeplatzt ist. Und wie froh er jetzt ist, dass er das getan hat! Er hat im Regen vor ihrer Tür gestanden, als es geblitzt und gedonnert hat, er hat gewusst, dass er sich entschuldigen muss, nicht nur weil er es Simon und Susanne versprochen hatte, sondern weil es an der Zeit war, umzukehren und einen anderen Weg einzuschlagen. Den Weg, den er wirklich gehen will. Dann hat er Annas Stimme gehört, allerdings kein Wort verstanden, und der Gedanke, ihr könnte etwas zugestoßen sein, hat ihn schockartig elektrisiert, sodass er hineingestürmt ist, ohne weiter nachzudenken. Er wollte zu ihr. Und sie in Sicherheit wissen.

Dass das der Auftakt zu einer der besten Nächte seines Lebens sein würde, hat er natürlich nicht ahnen können. Marco wendet sich vom Fenster ab, geht erst mal auf die Toilette, wäscht sich Gesicht und Hände und überlegt, was er im Kühlschrank hat und welches Frühstück er daraus zaubern könnte. Aus der Abstellkammer holt er einen Korb und muss schon bei der Vorstellung, wie er den gleich Anna überreichen wird, lachen. Was könnte besser passen als ein Korb? Er packt Knusperstangen hinein, veganen Mozzarella und Tomaten, Paprika, Gurken, Hummus und Linsen-Karotten-Aufstrich, außerdem noch die Reste von der Mandelmousse und ein bisschen selbst gemachtes Granola. Mehr hat er nicht, Susanne kommt erst später mit den Einkäufen, aber bestimmt hat Anna auch noch was zu essen da. Was Süßes vermutlich.

Es hat richtig Spaß gemacht, mit ihr zu backen. Sie waren ein gutes Team, fast so, als würden sie seit Jahren nichts anderes tun, als nebeneinander in der Backstube zu stehen und sich perfekt zu ergänzen. Er hat sich daran erinnert, wie frei er einmal gewesen ist beim Hantieren mit Zutaten, beim Ausprobieren, beim Kochen. Bevor der Leistungsdruck da war, bevor der Erfolg, das Ergebnis wichtiger geworden sind als die Freude daran. Ja, sie mussten sich beeilen, Anna und er, sie mussten schnell sein und funktionieren, aber das hat ihn nicht gestört, im Gegenteil, es war eine Herausforderung. Er war sich sicher, dass sie sie meistern würden. Gemeinsam. Und er war, das wird ihm jetzt bewusst, beim Backen mit Anna so entspannt wie seit Monaten nicht mehr, vielleicht sogar seit Jahren. Er hat getan, was er gut kann, was er gern tut. Ohne sich Sorgen zu machen, er könnte nicht genügen, würde gleich von seinem Vater eins auf den Deckel bekommen, ohne zu befürchten, den Gästen könnte seine Kreation nicht schmecken. Die Stunden in Annas Backstube haben ihm die Augen geöffnet für das, was er wirklich will. Und warum er sich immer ein eigenes Lokal gewünscht hat. Nicht, um seinem Vater eins auszuwischen, um es seiner Familie zu beweisen, auch nicht, um sich an Ruth zu rächen oder sein Ego zu polieren. Sondern weil es ihm Spaß macht, kreativ zu sein. Aus verschiedenen Zutaten etwas zu erschaffen, das die Menschen dazu bringt, dass sie die Augen schließen, in den Moment hineinfallen, genießerisch lächeln. Er will sie staunen, schwelgen, schwärmen lassen.

Er sieht kurz auf die Uhr, gleich halb neun. Zum Glück ist heute Samstag, da haben sie keinen Mittagstisch und öffnen das Las Vegans erst um 17 Uhr, also kann er fast den ganzen Tag mit Anna verbringen. Wie wohl ihre Wohnung aussieht? Und was sie zu seinen veganen Snacks sagen wird? Sie muss sie auf jeden Fall kosten, schließlich hat er gerade mit ihr mit Eiern und Milchprodukten gebacken.

Und wie verrückt war das eigentlich? Was er gefühlt hat, als er die kleinen Tortenstücke gegessen hat. Nicht im Mund, nicht am Gaumen, sondern in der Brust, im Kopf, im gesamten Körper. Es war, als hätte er in Anna hineinspüren können, als hätte sich die Distanz, die automatisch zwischen zwei Menschen herrscht, ganz egal wie nah sie sich sind, aufgelöst. Ihr Zögern, ihre Angst waren in ihm, aber auch ihre Sehnsucht, diese stürmische Welle aus Begehren, Hunger, Leidenschaft. Doppelt überwältigend war das und seltsam erregend, er hat so etwas nie zuvor erlebt. Ihre Gedanken konnte er nicht lesen, aber ihre Empfindungen konnte er entschlüsseln, jede einzelne und alle zusammen. Und vielleicht, er wagt es kaum zu denken, vielleicht ist das so, wenn man die eine findet, die, zu der man gehört, die man erkennt tief innen drin, obwohl man sie nie zuvor gesehen hat? Denn wenn er ehrlich ist, hat es sich ja schon bei ihrer ersten Begegnung auf dem Markt so angefühlt. Und das hat ihm Angst gemacht.

Aber damit ist es jetzt vorbei. Mit dem Angsthaben.

Mit einer entschiedenen Bewegung macht er die Kühlschranktür zu, schnappt sich den Korb und lässt den Blick zur Kontrolle noch mal durch die Küche schweifen, da hört er drüben im Gastraum ein Geräusch. Ist jemand ins Bistro gekommen? Verdammt, er hat nicht abgeschlossen, er hat ja gedacht, dass er in ein paar Minuten sowieso wieder draußen ist. Und wer sollte schon morgens vor der Tür stehen? Sie bieten kein Frühstück an, noch nicht, das ist etwas, worüber sie erst sprechen wollen, wenn sich alles eingespielt hat. Wer auch immer es ist, Marco wird ihn oder sie über die Öffnungszeiten aufklären und dann zu Anna hinübersausen. Er freut sich auf einen guten Kaffee. Und auf die Stunden mit ihr, die vor ihm liegen. Nicht nur, weil es so großartig ist, mit ihr rumzumachen, sondern auch, weil er gern mit ihr redet. Sie ist schlagfertig und witzig, das Gesprächstempo ist hoch, und er muss stets auf der Hut sein, um mit ihr mithalten zu können. Das gefällt ihm, und nach allem, was er bisher mit Anna erlebt hat, hat er den Eindruck, dass sie eine Frau ist, mit der ihm nie langweilig werden wird. Er ist jedenfalls fest entschlossen, es herauszufinden.

Marco verlässt die Küche durch die Schwingtür und hält inne, als hätte ihm jemand einen Schlag verpasst.

»Du?«, krächzt er entsetzt, denn da, zwischen Bar und Tischen, mitten in seinem Lokal, steht Ruth.

»Hi«, sagt sie, und Marco rutscht der Korb aus den Fingern.

Sein Herz schlägt nicht schneller, seine Atmung setzt nicht aus. Vielmehr wird ihm mit einem Schlag kalt. Wie Gefrierbrand kriecht ein eisiges Gefühl über seine Haut. Er hört, dass der Korb zu Boden fällt, doch der Aufprall klingt seltsam dumpf, als sei alles weit weg. In seinen Ohren rauscht es.

»Was willst du hier«, fragt er flach, er zischt es nicht, er ist viel zu überrascht für Wut. Keine Emotion dringt zu ihm durch.

»Ich ...«, sie zögert, sieht sich kurz um, »ich muss dir was Wichtiges sagen.«

»Und dafür kommst du extra aus Wien?«

Marco weicht einen Schritt zurück, dann noch einen, bis er die Schwingtür im Rücken spürt. All die Wochen hat er sich gewünscht, Ruth wäre hier, Ruth würde das Bistro sehen, die Einrichtung, die begeisterten Leute, die Küche, die köstlichen Gerichte. Er hat sich gewünscht, sie würde bereuen, was sie getan hat, und ihn um Verzeihung bitten. Aber jetzt, da sie da ist, jetzt, da sie vor ihm steht, würde er sie am liebsten mit einem gezielten Schubs hinausbefördern. Er will nicht mit ihr reden. Er will nicht, dass sie so gut aussieht, mit diesem blauen Jumpsuit und den perfekt gestylten Haaren, die ein wenig länger geworden sind, und es ärgert ihn, dass ihm das sofort auffällt.

»Du gehst ja nie ans Handy!«, sagt sie vorwurfsvoll, und für einen Moment überlegt er, wo sein Handy überhaupt ist. Hat er es eingesteckt? Oder liegt es noch bei Anna? Er hat es, seit sie die Kerzen angezündet haben, kein einziges Mal benutzt, nicht einmal dran gedacht, es ist seit gestern Abend im Flugmodus.

»Okay, bitte«, sagt er zynisch, »schau dir alles an. Das ist mein Lokal. Mach dir ein Bild, damit du zu Hause davon erzählen kannst. Damit du petzen kannst.«

Den letzten Teil betont er ganz besonders und bemerkt mit Genugtuung, wie sie seinem Blick ausweicht.

»Ich bin nicht deswegen hier«, erklärt sie, »auch wenn das Bistro wirklich schön geworden ist, alle Achtung.«

»Mhm«, macht Marco und hofft, dass sie jetzt geht. Wie kann er sie loswerden? Sagen, dass er einen Termin hat, dass es wirklich sehr ungünstig ist im Moment?

»Ruth, ich hab gerade überhaupt keine Zei…«, setzt er an.

»Ich bin hier, um dich abzuholen, Marco«, fällt sie ihm ins Wort und kommt auf ihn zu, während er nicht mehr weiter zurückweichen kann und abwehrend die Hände hebt. Lass mich, will er sagen, lass mich, geh weg, es ist zu spät, Ruth, nicht jetzt, nicht jetzt. »Dein Vater hatte letzte Nacht einen schweren Herzinfarkt. Dir bleibt nicht viel Zeit.«

Anna

Wie lang kann es denn dauern, Frühstück zu holen? Ist Marco vielleicht die Linzergasse hinauf zum Supermarkt gegangen, weil er doch nichts in der Bistro-Küche gefunden hat? Ratlos wandere ich in der Backstube auf und ab. Soll ich schon mal nach oben gehen? Aber er weiß ja nicht, wo genau meine Wohnung ist. Anton ist längst mit den Hochzeitstorten losgefahren, ich habe die Spülmaschine ausgeräumt, mit Anita telefoniert, Mel geschrieben, dass ich ihr dringend was erzählen muss, mir auf der Toilette das Gesicht gewaschen und die Haare geordnet, und jetzt ist es nach halb neun, aber Marco ist immer noch nicht zurück. Ich hatte gedacht, er würde ein paar Minuten brauchen und nicht eine Dreiviertelstunde. Ob er vielleicht auf dem Boden vor dem Kühlschrank eingeschlafen ist?

Das würde ich ihm verzeihen, er war schließlich die ganze Nacht meinetwegen wach. Und ohne ihn wäre ich aufgeschmissen gewesen. Am schönsten finde ich, dass wir einander so gut ergänzt haben. Nicht einen Augenblick lang hat seine Anwesenheit in der Backstube mich gestört. Vielmehr hat es sich angefühlt, als gehöre er genau hierhin.

Ob er mich womöglich vergessen hat? Grübelnd sehe ich erneut auf die Uhr, wie vor einer Minute und in der Minute davor. Abwesend streichle ich Zimty, der morgens ins Café heruntergekommen ist und vorwurfsvoll gemaunzt hat. Als würde er mich schimpfen, weil ich heute Nacht nicht nach Hause gekommen bin. Ich habe ihn mit Futter und Streicheleinheiten besänftigt. Mein eigener Magen knurrt auch, nicht einmal Kaffee hab ich getrunken, weil ich damit auf Marco warten wollte.

Um mir die Zeit zu vertreiben, google ich nach einem Rezept für vegane Pancakes. Da wird er Augen machen, wenn ich ihm die backe. Er könnte es selbst mit Sicherheit besser, aber es geht ja um die Geste. Und nachdem er letzte Nacht mit Topfen, Schlagobers und Eiern hantiert hat, bin ich durchaus bereit, ebenfalls ein Opfer zu bringen. Also, ich wäre dazu bereit. Wenn er denn käme. Aber er taucht nicht auf, sosehr ich ihn mir auch herbeiwünsche.

Was tue ich jetzt? Hätte ich seine Handynummer, könnte ich ihm schreiben und fragen, wo er bleibt. Oder ihn kurz anrufen. So aber muss ich wohl oder übel hinübergehen. Oder ist das zu aufdringlich? Vielleicht habe ich die Zeichen falsch gedeutet. Vielleicht wollte er einfach nur weg von mir, und das mit dem Frühstück war ein leeres Versprechen, das einzuhalten er nie geplant hat. Aber das glaube ich nicht. Oder ich will es nicht glauben. Er hat das doch ehrlich gemeint, alles, was er gesagt und getan hat, ich hab es ja gespürt. Er wollte sich nicht einmal von mir trennen, das kann doch keine Verarsche gewesen sein? Ich bin mir sicher. Und trotzdem schleichen sich leise Zweifel ein, je weiter der Zeiger auf der Uhr vorrückt. Mir wird ganz flau bei der Vorstellung, dass ich wie ein Idiot mein Café geschlossen lasse und auf Marcos Rückkehr warte, während er bei sich zu Hause im Bett liegt und keinen Moment lang vorhatte, den Tag mit mir zu verbringen.

Ich sollte einfach so tun, als wäre es mir egal. Allein frühstücken, duschen, schlafen gehen, am Nachmittag ein paar Torten für morgen backen. Nicht zum Bistro hinüberschauen, ihn irgendwann, wenn er mir zufällig über den Weg läuft, leicht zerstreut, aber freundlich grüßen. Um zu zeigen, dass es mir nichts ausmacht, dass ich sowieso auch keine Gefühle hatte.

Aber während ich mir das ausmale, wird mir klar, dass ich das nicht möchte. Ich will nicht die Gleichgültige spielen, und weiterhin allein meinen Alltag bestreiten will ich auch nicht. Ich streiche mir die Katzenhaare vom Kleid, reibe kurz über meine müden Augen und gehe hinaus in die Priesterhausgasse. Ich werde Marco einfach fragen, ob alles okay ist. Ob das ein Missverständnis war. Oder ob ihm was dazwischengekommen ist. Das kann ja auch sein, ich sollte nicht gleich so schlecht von ihm denken. Ich werde das regeln wie ein erwachsener Mensch und kommunizieren, auch wenn es schwierig ist, auch wenn es bedeutet, dass ich einen Schritt auf ihn zumachen muss. Während ich die paar Meter zwischen meinem und seinem Laden zurücklege, muss ich gegen meine innere Trotzigkeit ankämpfen. »Dann halt nicht!«, würde ich normalerweise denken und alle Schotten dicht machen.

Aber diese Art des Selbstschutzes, die dafür sorgen soll, dass nichts und niemand mich verletzen kann, bewirkt nun mal auch, dass nichts und niemand für mich da sein und mir nah sein kann. Also muss ich versuchen, sie aufzubrechen, die Mauer. Damit ich nicht irgendwann ganz allein unter dieser Schneedecke ersticke.

Ich bleibe stehen, weil sich hinter der Glasfront des Bistros etwas bewegt. Ist das Marco? Kommt er gleich heraus und lacht mich aus für meine Ungeduld? Nein, Moment, da steht jemand neben ihm. Ist es Simon? Sieht eher aus wie eine Frau. Aber ihre Haare sind kurz, also ist es nicht Susanne. Deshalb ist er nicht zurückgekehrt, jemand ist ins Lokal gekommen. Ich weiß nicht, was ich machen soll. Wegen der spiegelnden Sonne kann ich wenig erkennen, außerdem möchte ich nicht, dass er sieht, wie ich dastehe und ins Fenster hineinstarre, als wäre ich ein Stalker. Soll ich hineingehen und ganz locker und höflich fragen, ob er bald kommt, oder soll ich einen Witz machen, dass es das dritte Mal ist, dass er das Kaffeetrinken mit mir ausschlägt? Nein. Das ist doch dämlich. Die Frau würde sich bestimmt zu mir umdrehen und mich von oben bis unten mustern.

Jetzt bewegen sie sich, sie geht zu ihm hin. Küsst er sie? Ich bin mir nicht sicher.

Obwohl es warm ist, bekomme ich eine fiese Gänsehaut. Ich glaube, sie umarmt ihn. Ich kann es nicht genau sehen, aber sie stehen sehr nah beieinander, und ich will nicht denken, was ich denke. Ich mache ein paar Schritte zurück und stelle mich an die Seite, zum Eingang des Hauses nebenan. Ich kann vor lauter Herzrasen nicht richtig atmen. Wenn ich jetzt zum Café zurückgehe, sieht er mich vielleicht. Das wäre so peinlich, das ertrage ich nicht. Er soll nicht wissen, dass ich vor seinem Fenster gestanden habe wie ein Kind, das nicht mitspielen darf.

Plötzlich geht die Tür vom Las Vegans auf, Marco kommt heraus, dicht gefolgt von der Frau. Sie sieht atemberaubend aus. Was für ein Bild ich abgeben würde direkt neben ihr! Müde, mit Augenringen und verwuschelten Haaren, Mehlspuren und Schokoladenflecken, ohne einen Hauch Make-up im Gesicht. Sie ist eine jener Frauen, die mit kurzen Haaren noch femininer wirken, und sie trägt einen strahlend blauen Einteiler, der an mir hängen würde wie ein sackartiger Pyjama. Wie kann sie um diese Uhrzeit so einen frischen Eindruck machen?

Ich drücke mich tiefer in den Hauseingang, aber Marco schaut sowieso nicht in meine Richtung. Er geht die Priesterhausgasse hinauf, seine Schritte merkwürdig wacklig, die Frau schließt mit seinem Schlüsselbund das Bistro ab und folgt ihm rasch. Sie schlingt den Arm um ihn, einen Moment lang kommt es mir vor, als würde sie ihn stützen. Schmiegt er sich an sie? Kurz bleiben sie stehen, sie scheint ihm etwas ins Ohr zu flüstern. Und es ist die Körpersprache der beiden, an der ich erkenne, dass sie einander nicht fremd sind, ganz im Gegenteil. Ihre Körper kennen einander, das können sie nicht leugnen. Der Anblick tut mir so weh, dass mir Tränen in die Augen steigen. Ich sehe ihnen nach und finde alles an meiner Lage, wie ich hier zurückbleibe hinter diesem attraktiven, miteinander so vertrauten Paar, demütigend. Was ist an dieser anderen Frau so besonders, dass er mich von der einen Sekunde auf die andere vergisst? Denn am schlimmsten, am allerallerschlimmsten ist, dass Marco mit der Frau um die Ecke biegt, ohne ein einziges Mal zum Sonnigsüß zurückzuschauen.

Vegane Pancakes

Zutaten

200 g Dinkelmehl

2 EL Maisstärke

2 TL Backpulver

1 Prise Salz

4 EL Kokosöl

300 ml Mandelmilch

3 EL Reissirup oder Agavendicksaft

2 TL Apfelessig

Zubereitung

Alle trockenen Zutaten miteinander vermengen. Kokosöl schmelzen. Dann die flüssigen Zutaten mit den trockenen Zutaten verrühren, bis ein dickflüssiger Teig entstanden ist. Eine beschichtete Pfanne erhitzen und etwa 2 EL Teig pro Pancake in die Pfanne geben. Pancakes bei mittlerer Hitze etwa 30 Sekunden pro Seite backen. Vorsichtig wenden. Je nach Belieben mit Marmelade, Joghurt oder frischen Früchten servieren.

Marco

Das Schrecklichste an Krankenhäusern ist, dass sie Orte sind, an denen niemand sein will. Nicht einmal die Ärzte und Schwestern scheinen sich hier gern aufzuhalten, die Kranken leiden unter ihrem Zustand, die Angehörigen absolvieren ihre Besuche aus Sorge und Pflichtgefühl, und jeder wünscht sich, er könnte woanders sein. Die Stille und das Warten haben sich tief in die Wände gefressen, alles wirkt grau und steril.

Marcos Mutter sagt kein Wort, als sie ihn sieht. Sie zieht ihn in eine stumme Umarmung, die so fest ist, dass sie Marco wehtut. Er wehrt sich nicht, erduldet die Umarmung, spürt den Körper seiner Mutter beben doch als sie ihn loslässt und er ihr Gesicht betrachten kann, sind ihre Augen trocken. Müde sieht sie aus und blass, ganz anders, als er es von ihr gewohnt ist. Sie ist eine Frau mit einem breiten Kreuz und starken Händen, die mit beiden Beinen im Leben steht. Er kann sich nicht erinnern, sie jemals schwach gesehen zu haben.

»Gut, dass du da bist«, sagt sie, sonst nichts. Und Marco ist ihr dankbar dafür.

Seine Mutter wechselt einen Blick mit Ruth, die schräg hinter ihm steht, er kann ihn nicht deuten. Dankt sie ihr wortlos, weil Ruth extra nach Salzburg gefahren ist, kaum dass die Sonne aufgegangen war, um Marco zu holen? Oder gibt es da noch weitere Nuancen, die nur die beiden Frauen verstehen? Mit Sicherheit ist viel in seiner Abwesenheit passiert, von dem er nie erfahren wird.

»Wie geht es ihm?«, fragt Marco und zeigt auf das Zimmer mit der Nummer 432, in dem sein Vater liegt.

»Ich weiß es noch nicht. Die Ärzte sind gerade drinnen, vorhin haben sie ihn aus dem OP gebracht. Deine Brüder und ich, wir haben die ganze Nacht hier gewartet. Vor ein paar Minuten hab ich sie rausgejagt an die frische Luft. Wir haben uns alle schon ganz verrückt gemacht.«

»Setz dich doch«, sagt Ruth, »soll ich Kaffee holen?«

Marco schüttelt den Kopf. Er hat keine Lust auf die braune Brühe aus dem Krankenhausautomaten, und sein Hals ist ohnehin so zugeschnürt, dass er nichts hinunterbekommt. Er setzt sich neben seine Mutter auf einen unbequemen Stuhl im langen Krankenhausflur, Ruth wendet sich ab und geht. Vielleicht möchte sie Kaffee für sich selbst, vielleicht will sie ihm die Möglichkeit geben, kurz mit seiner Mutter allein zu sein. Auf der Fahrt nach Wien haben sie wenig gesprochen, das Schweigen saß zwischen ihnen im Wagen wie ein dritter Mitfahrer, dessen Präsenz ihnen nur allzu bewusst war. Irgendwann, kurz vor Linz, ist Marco auf dem Beifahrersitz eingeschlafen und vollkommen desorientiert in der Krankenhausparkgarage aufgewacht. Als Ruth beim Hinaufgehen nach seinem Arm greifen wollte, hat er ihn ihr entzogen.

»Was ist passiert?«, fragt er seine Mutter

»Er ist einfach umgefallen, in der Küche, mit dem Messer noch in der Hand«, antwortet sie. »Ein Wunder, dass er sich nicht auch noch geschnitten hat. Am Abend hat er schon Schmerzen gehabt in der Brust, und … die Hände haben nicht so funktioniert, wie er wollte. Um ehrlich zu sein, ist das schon seit ein paar Tagen so gegangen, aber er hat nicht auf mich gehört, er hat sich geweigert, zum Arzt … na ja, du kennst ihn ja.«

Sie sieht Marco an, und er nickt wissend. Sein Vater ist stur. Und würde nie im Leben zugeben, dass er krank ist oder es ihm nicht gut geht.

»Und bestimmt hat er sich noch mächtig aufgeregt über alles Mögliche«, sagt Marco, »das hat sicher auch nicht geholfen.«

»Ach Gott, ja«, sagt seine Mutter mit einem Seufzen und lächelt traurig.

Marco denkt daran, wie sein Vater Befehle durch die Küche bellt, sich über die zu dick geschnittenen Karotten echauffiert, wutentbrannt Töpfe ins Waschbecken pfeffert, im Gesicht dabei krebsrot wird und die Ader an seinem Hals anschwillt.

»Kein Wunder«, sagt er, »dass er einen Herzinfarkt hatte, wirklich kein Wunder.«

»Marco«, rügt seine Mutter ihn, aber er weiß, dass sie ihm insgeheim zustimmt. Und dass sie in all den Jahren wieder und wieder versucht hat, ihren cholerischen Mann zu mehr Ruhe und Gelassenheit anzuhalten.

»Zum Glück war es schon spät, fast Mitternacht, es war nur mehr der Kommerzialrat Kammersberger da mit seinen Freunden, du weißt schon.«

»Verdauungsschnaps«, sagt Marco und grinst ein wenig.

»Ich hab hinten dicht gemacht, Matthias war grade nach Hause gegangen, aber dein Vater wollte unbedingt noch die Messer ein zweites Mal abwischen, aus Angst, der neue Kochlehrling hätte das nicht ordentlich gemacht, er kann ja nie was aus der Hand geben, und die Messer sind ihm heilig. Dann hab ich es poltern gehört und …« Sie bricht ab und hält sich die Hand vor den Mund.

Marco streicht ihr unbeholfen über den Oberarm, im selben Moment geht die Tür des Krankenzimmers auf. Mehrere weiß bekittelte Menschen kommen heraus. Sie tragen Klemmbretter, einer von ihnen, ein dunkelhaariger Mann mit dichtem Bart und Brille, bleibt vor Marco und seiner Mutter stehen.

»Frau Cardelli?«, fragt er und redet gleich weiter: »Die Bypass-OP ist gut verlaufen, ich bin zufrieden. Ihr Mann wird jetzt erst einmal hier auf der Intensivstation bleiben, wir müssen abwarten, wann er wieder selbstständig atmen kann.«

Marco und seine Mutter sind aufgestanden, die anderen Ärzte sind bereits ins nächste Zimmer gegangen.

»Er ist ... am Leben?«, fragt seine Mutter mit zittriger Stimme.

»Ja«, sagt der Arzt und zieht die Augenbraue hoch, als wundere er sich, »hat man Sie darüber noch nicht informiert?«

Marcos Mutter schlägt die Hände vors Gesicht und antwortet nicht. Der Arzt räuspert sich, entschuldigt sich aber nicht.

»Wie geht es ihm?«, fragt Marco, der Arzt mustert ihn kurz mit zusammengekniffenen Augen.

»Noch ein Sohn?«

Marco nickt.

»Vier Söhne, Frau Cardelli, alle Achtung. Mich bringen meine zwei kleinen Töchter schon an meine Grenzen.«

Er schmunzelt, Marcos Mutter lässt ihre Hände wieder sinken und lächelt ebenfalls, aber es ist ein sorgenvolles, erschöpftes Lächeln.

»Ich wohne in Salzburg, deshalb konnte ich nicht sofort hier sein.« Marco fühlt sich bemüßigt, das zu erklären, doch der Arzt geht nicht darauf ein.

»Er ist stabil«, sagt er.

»Was ist überhaupt ein Bypass?«, fragt Marcos Mutter und erntet einen weiteren überraschten Blick. Der Arzt zögert und scheint zu überlegen, ob er sie vertrösten oder irgendwie abspeisen soll, antwortet dann aber doch.

»Wir haben kleine Venenstücke aus Herrn Cardellis Oberschenkel entnommen und daraus eine Art Umleitung für das Herz gebaut, damit es auch hinter den verstopften Herzkranzgefäßen optimal versorgt wird. Verstehen Sie?«

Er sieht kurz auf die Uhr, spricht dann weiter.

»Im Moment sieht alles gut aus. Aber ich muss Ihnen sagen, dass es wirklich knapp war. Und dass er sich auf Veränderungen einstellen muss, was seinen Umgang mit Stress und seine Ernährung betrifft. Das besprechen wir dann noch. Im Moment schläft er, lassen Sie ihm noch ein bisschen Ruhe.«

Er gibt Marco und seiner Mutter die Hand, nickt ihnen

ein letztes Mal zu und folgt seinen Kollegen ins nächste Zimmer.

»Wir haben nicht gefragt, wann wir zu ihm reindürfen«, sagt Marco mit belegter Stimme.

»Ich hab ihn nicht mehr gesehen, seit sie ihn auf eine Liege gepackt haben und mit ihm in den OP gelaufen sind«, entgegnet seine Mutter.

Marco hat bei ihren Worten sofort ein Bild vor Augen und spürt, wie es in seiner Brust ganz eng wird. Er legt den Arm um die Schultern seiner Mutter, die merklich zusammengesackt ist. So nah war er ihr selten, für gewöhnlich wirbelte sie durch das Restaurant, die Küche, die Wohnung, ständig am Arbeiten, Kochen, Putzen, Aufräumen, nie hatte sie Zeit, sich einen Augenblick hinzusetzen und sich auszuruhen. Nie hatte sie Zeit für Gesten der Zärtlichkeit. Jetzt aber bleibt sie an Marco gelehnt stehen, und kaum jemals hat er sich derart erwachsen gefühlt. Bisher war er immer der Jüngste, der Fordernde, der Aufmerksamkeit wollte und dass ihm jemand zuhört, der Unterstützung verlangt hat. Jetzt plötzlich braucht seine Mutter Marcos Unterstützung, und das ist neu für ihn.

»Wird schon, Mama«, murmelt er und merkt selbst, wie nichtssagend das klingt.

Ruth erlöst ihn aus seiner Verlegenheit, indem sie mit Kaffeebechern und einer Bäckertüte zurückkommt.

»Was haben die Ärzte gesagt?«, fragt sie. Zu dritt setzen sie sich in den Aufenthaltsraum, um zu frühstücken, wobei sie vielmehr die mitgebrachten Croissants zerbröseln und gedankenverloren am Kaffee nippen.

Wie viel besser wäre das Frühstück mit Anna gewesen! Marco spürt jedes Mal einen eisigen Stich im Magen, wenn er an sie denkt. Er hat ihr nicht einmal Bescheid gegeben. In seinem Schock ist er mit Ruth zu ihrem Auto gegangen, in Gedanken nur bei seiner Familie, und als er sich ein paar Kilometer weiter einigermaßen sortiert hatte, ist ihm aufgefallen, dass er sein Handy tatsächlich bei Anna in der Backstube hat liegen lassen. Hätte er sich doch nur diese zwei Minuten noch genommen, um an ihre Tür zu klopfen und ihr zu erklären, dass er nach Wien muss, sofort. Er mag sich gar nicht ausmalen, was sie gedacht hat, als er nicht zurückgekommen ist. Seufzend schiebt er das zerfledderte Croissant von sich. Er war auch nicht in seiner Wohnung, um ein paar Sachen zu holen, er trägt noch dieselben Klamotten wie am Vorabend, außer Geld und Schlüssel hat er nichts dabei.

»Ich will jetzt zu ihm«, sagt er und steht auf, »ich muss ihn sehen.«

»Ich komme mit«, erklärt seine Mutter sofort und erhebt sich ebenfalls.

»Die Besuchszeit der Intensivstation hat vor ein paar Minuten angefangen«, meint Ruth mit Blick auf die Uhr, »also können wir jetzt rein.«

Und dann stehen sie zu dritt in dem Zimmer, in dem zwei Patienten liegen, beide an Beatmungsgeräten. Neben einer älteren Frau sitzt ein ebenso älterer Mann und hält stumm ihre Hand.

Marcos Mutter unterdrückt mit Mühe ein Geräusch, er merkt es an ihren ruckartig zuckenden Schultern. Verloren sieht sein Vater aus und klein, wie er da in der weißen Bettwäsche verschwindet und nicht allein atmen kann. Marco denkt, dass sich unter der Bettdecke der Brustkorb seines Vaters befindet, der vor wenigen Stunden noch aufgeschnitten war, auseinanderklaffend, um das Herz dahinter freizugeben. Dass er jetzt wieder zugenäht ist, versehrt, verwundet, dass Teile seiner Oberschenkelvene in sein Herz verpflanzt wurden. Ihm wird übel, und er weicht zurück, während seine Mutter und Ruth auf das Bett zutreten. Sein Vater schläft und rührt sich nicht. Die Haare stehen ihm wirr vom Kopf ab, Schläuche kommen aus ihm heraus. Was hat Marco erwartet? Dass sein Vater fröhlich aufrecht im Bett sitzen und »Alles halb so wild« rufen würde? Noch ehe er einen klaren

Gedanken fassen kann, hat Marco sich hastig abgewendet, die Tür aufgestoßen, ist den Gang hinuntergelaufen und findet sich schwer atmend auf dem Boden der Toilette wieder.

Wenn sein Vater jetzt stirbt, wird er ihm nie sagen können, dass es ihm leidtut. Dann gibt es keine Gelegenheit mehr, dann sind sie im Streit auseinandergegangen, für immer. Er wünscht sich, er könnte weinen, das wäre gut jetzt, krampfartig schluchzen, salzige Tränen auf den Lippen spüren, etwas tun, das spiegelt, wie er sich fühlt. Stattdessen ringt er um Luft und spürt einen Druck auf seiner Brust, als bekäme er selbst gleich Herzrhythmusstörungen. Er weiß nicht, wie lange er so dasitzt und an all die Dinge denkt, die er falsch gemacht hat. Als er sich schließlich aufrappelt und sich am Waschbecken die Hände wäscht, meidet er den Blick in den Spiegel.

Draußen auf dem Flur begegnet er seinem Bruder.

»Marco!«, ruft Matthias und umarmt ihn, klopft ihm auf den Rücken, zerrauft ihm grinsend die Haare.

»Ich hab grade ein bisschen Zeug zu Papa gebracht, von zu Hause, wobei der eh nur Krankenhaushemden tragen wird«, er rollt mit den Augen, »ich glaub, das war eher zu Mamas Beruhigung. Sie hat gesagt, du bist verschwunden.«

»Ich war beim Klo«, murmelt Marco und kommt sich im selben Moment blöd vor.

Sie sehen sich ähnlich, er und sein Bruder, sie sehen sich alle vier ähnlich, sie haben braune Augen und dunkle Haare, die beim einen lockiger, beim anderen weniger lockig sind, nur Marco hat als Einziger eine Narbe. An der aber dafür seine Brüder schuld sind.

»Okay.« Matthias beäugt ihn, zieht ihn dann am Arm mit sich. »Ich war kurz drin, er schläft, er muss sich erholen. Und du kommst jetzt mit zu mir.«

Widerstandslos folgt Marco seinem ältesten Bruder und ist froh, dass der ihm jegliche Entscheidung abnimmt.

»Ich hab noch Lasagne von gestern. Die Kinder haben heut länger Schule, ist noch alles ruhig.«

Bei Matthias angekommen, geht Marco erst einmal unter die Dusche und leiht sich dann Unterhosen, Socken und ein frisches Shirt von seinem Bruder aus.

»Soll ich fragen, warum du letzte Nacht nicht zu Hause warst?«, ruft Matthias aus der Küche, und da ist er wieder, der Stich in Marcos Bauch.

Er hätte Annas Backstube nie verlassen sollen.

»Ich hab die ganze Nacht gebacken«, antwortet er wahrheitsgemäß und ist froh, dass Matthias nicht weiter nachfragt, sondern das Backrohr öffnet.

Er und seine Frau Angelika haben eine große Altbauwohnung am Rande Wiens gekauft, mit hohen Wänden und schönem Stuck, der Boden knarzt bei jedem Schritt, alles ist luftig und hell, jedes der vier Kinder hat ein eigenes Zimmer. Angelika ist bei der Arbeit, sie leitet ein Institut für Erwachsenenbildung, Marcos Nichten und Neffen sind noch nicht zu Hause.

»Kann ich heute hier schlafen?«, fragt Marco mit einem Blick zur Couch.

»Selbstverständlich«, sagt Matthias, ohne zu zögern, und serviert ihnen die dampfende Lasagne. Marco hat einen solchen Hunger, dass er sich zweimal Nachschlag nimmt.

»Da ist Fleisch drin«, erklärt Matthias lachend, »und im Nudelteig sind Eier.«

»Ich weiß«, gibt Marco zurück und schiebt sich die Gabel in den Mund.

»Wenn du mal nach Salzburg kommst, koch ich dir eine vegane Lasagne«, sagt er dann.

Einen Moment lang ist es still, die Brüder sehen sich an.

»Ja«, meint Matthias, »die würde ich sehr gern mal kosten. Wie läuft's denn mit deinem Laden?«

»Ausgezeichnet, wirklich. Es macht mir mehr Spaß als irgendwas zuvor. Und die Leute lieben meine Gerichte. In der Zeitung war auch ein Bericht, mit …«

Matthias grinst und zeigt auf die Pinnwand über der Couch. Dort hat er die Zeitungsseite mit Marco und Simon aufgehängt. Als Marco das sieht, ist er einen Moment lang sprachlos.

»Hast du ein Bier da?«, fragt er dann.

»Ein Bier zum Mittagessen?«

»Na ja, ich hab die ganze Nacht nicht geschlafen, musste über zwei Stunden mit meiner Ex-Freundin im Auto sitzen, mein Vater liegt wie ein altes labbriges Salatblatt im Krankenhaus, ich brauche wirklich ein Bier.«

Matthias lacht und holt zwei Flaschen aus dem Kühlschrank.

»Ich kann dich ja nicht allein trinken lassen«, sagt er achselzuckend.

»Was ist denn jetzt mit dir und Ruth?«, fragt er dann.

Marco starrt auf das Etikett der Bierflasche, kratzt mit dem Fingernagel daran herum.

»Nichts.«

»Habt ihr geredet?«

»Ich wüsste nicht, was ich noch zu ihr sagen sollte. Außer vielleicht ›Danke, dass du mein Leben zerstört hast‹.«

Matthias nimmt einen Schluck. »Ich beneide dich ein bisschen«, sagt er, »um deine Freiheit.«

»Dabei hast du es doch so gut hier«, entgegnet Marco und macht eine Handbewegung, die die gesamte Wohnung umfasst und eigentlich Matthias' Leben meint.

»Warum bist du einfach gegangen, ohne ein Wort zu sagen?«

»Wie hätte ich euch noch unter die Augen treten sollen?«

»Du bist unser Bruder, Marco. Wir hätten dir geholfen. Du hättest bei jedem von uns Unterschlupf gefunden, als du aus eurer gemeinsamen Wohnung raus bist.«

»Ich hab euch alle belogen. Und enttäuscht.«

Marco weicht dem Blick seines Bruders aus, zieht das Etikett von der Bierflasche ab und knüllt es zu einer kleinen Kugel.

»Das stimmt. Aber jeder macht mal Fehler. Als ich so alt war wie du, vor fünfzehn Jahren, hab ich auch viel mit Papa gestritten. Mein Gott, das waren Machtkämpfe. Wir haben uns regelrecht aneinander aufgerieben. Nur hatte ich bereits Kinder und eine Familie zu versorgen, deshalb konnte ich nicht einfach gehen. Ich weiß, wie Papa ist ... ich versteh dich. Wir alle verstehen dich. Aber du hättest halt mit uns reden sollen, Marco.«

Marco trinkt von seinem Bier und lässt die Worte seines Bruders sacken. Er hat recht, natürlich.

»Es tut mir leid«, sagt er, »ehrlich.«

»Okay«, gibt Matthias zurück, dann steht er auf, um die Teller abzuräumen und die restliche Lasagne für seine Familie zu verpacken. Marco hilft ihm.

»Ich würde gern nach Salzburg kommen«, erklärt Matthias, »vielleicht in den Sommerferien? Die Kinder vermissen dich auch. Besonders Nina, wegen dem Basketballspielen.«

Marco stellt sich vor, wie gut das wäre. Matthias, Angelika und die Kinder bei ihm im Bistro, er könnte ihnen Burger machen und Tiramisu mit Erdbeeren. Sie zum Eisessen einladen und mit ihnen raus an den Wolfgangsee fahren.

»Ich würd mich freuen«, antwortet er und meint es ernst, »vielleicht kommen Manuel und Martin ja auch mit. Es gibt da einiges, was ich euch zeigen möchte.«

»Du weißt, wir wären auch früher gekommen. Wir hätten dir beim Umzug geholfen und bei allem, was so anfällt. Ich kann gar nicht zählen, wie oft ich versucht hab, dich anzurufen.«

Jetzt, da er seinem Bruder in dessen Küche gegenübersteht, versteht Marco selbst nicht mehr, wie er ihm und den anderen so lange ausweichen konnte. Aus der Distanz war es so viel einfacher, er hat das Handy ausgeschaltet und sein Ding gemacht, ohne darüber nachzudenken, was das für seine Brüder bedeutete.

Die am anderen Ende des Schweigens saßen und nicht wussten, wie es ihm ging.

»Ich hab oft Angst, dass ich für euch eh nur der dumme Kleine bin. Ihr habt es nie böse gemeint, aber bevormundet habt ihr mich oft genug.«

»Da solltest du mal mit Alexander reden«, Matthias lacht, »das ist das Los der Nachzügler.«

Matthias' Sohn, der auch um einiges jünger ist als seine drei Geschwister, könnte Marco vermutlich wirklich am besten verstehen. Aber es käme Marco seltsam vor, darüber mit einem Zehnjährigen zu sprechen.

»Magst eine Nachspeise?«, fragt Matthias und schaut in den Kühlschrank hinein.

»Lieber würd ich mich ein bisschen aufs Ohr hauen. Und dann noch mal ins Krankenhaus fahren. Allzu lange kann ich nicht in Wien bleiben, die brauchen mich im Lokal.«

»Kein Problem. Leg dich hinten im Klavierzimmer aufs Gästebett, dann stören dich die Kinder nicht, wenn sie heimkommen.«

»Okay. Aber würdest du mir vorher noch kurz dein Handy leihen? Ich hab meins blöderweise in Salzburg vergessen.«

Mit dem Smartphone seines Bruders googelt Marco Annas Café und ruft die Festnetznummer an, die im Netz eingetragen ist. Es klingelt allerdings nicht, vielmehr erklärt ihm eine monotone Stimme, dass dieser Anschluss nicht erreichbar sei. Er muss daran denken, wie er gestern Abend über das Telefonkabel gestolpert ist, und seufzt laut. Wahrscheinlich hat Anna noch nicht daran gedacht, es wieder einzustecken. Die Situation erinnert ihn an seine Jugend, als es keine Handys gab und man jemanden, der nicht ans Festnetz ging, ganz einfach nicht erreichen konnte. Da er weder Simons noch Susannes Nummer auswendig weiß, googelt er auch sein eigenes Bistro und ruft dort an, um wenigstens eine Nachricht auf der Mailbox zu hinterlassen. Er erklärt die

Situation, entschuldigt sich, sagt ihnen, was er schon vorbereitet und eingekühlt hat. Dann zögert er und überlegt, sagt aber doch nichts von Anna. Er will den beiden nicht noch mehr Umstände bereiten, wenn er sie schon so kurzfristig alleine lässt. Resigniert legt er das Smartphone von Matthias zurück in die Küche.

Das Klavierzimmer heißt so, weil dort alle Instrumente der Familie aufbewahrt werden. Matthias spielt Gitarre, Angelika Saxofon, Nina nimmt Querflötenunterricht, und Jakob übt regelmäßig auf dem namensgebenden Klavier. Alexander und Ella haben kein Interesse daran, Musik zu machen. Soweit Marco weiß, kann Ella aber ganz gut singen. Was wieder einmal den Jüngsten ein wenig an den Rand stellt, wie ihm auffällt. Er schließt die Jalousie, wirft die Kissen von der Couch, und bevor er sich weitere Gedanken machen kann, ist er auch schon eingeschlafen.

»Onkel Marco«, weckt ihn eine Stimme an seinem Ohr, »Onkel Marcooo!«

Marco schlägt die Augen auf und sieht direkt vor sich Alexanders riesiges Grinsen.

»Magst du Palatschinken mit Nutella?«, fragt er mit schokoverschmiertem Mund. »Ich soll dir vom Papa sagen, er hat vegane gemacht. Schmeckt nicht wie sonst, aber du kannst einfach mehr Nutella nehmen, dann ist es nicht so schlimm.«

Marco lacht, setzt sich auf und umarmt seinen Neffen.

»Um Himmels willen, bist du groß geworden!«

Alexander verdreht die Augen. Er sieht seiner Mutter ähnlich, hat ihre hellen, glatten Haare und Sommersprossen.

»Also, was ist, kommst du?«

Er zwickt Marco in den Bauch und flitzt aus der Tür.

»Na warte!«, ruft Marco und läuft ihm nach.

Im Wohnzimmer erwartet ihn der Lärm von sechs Menschen, die einander von ihrem Tag erzählen. Matthias steht am Herd, die Kinder unterhalten sich, jeder ruft dazwischen. Marco betrachtet sie alle einen Moment lang, und es ist das erste Mal in seinem Leben, dass er sich vorstellen kann, irgendwo anzukommen. Bisher hat er immer gedacht, er würde nicht tauschen wollen mit seinem ältesten Bruder, der so viel Verantwortung trägt und haufenweise Verpflichtungen hat, aber wenn er an seine kleine Single-Wohnung in Salzburg denkt, in der das Kräuterbeet das Lebendigste ist, spürt er plötzlich eine nie gekannte Sehnsucht. So könnte es sein. Laut und lustig, ein Gewirbel und Gequatsche.

»Marco, setz dich!«, sagt Angelika und umarmt ihn.

»Die Palatschinken sind ohne Milch und ohne Eier, extra wegen dir«, erklärt Jakob und beißt in einen hinein. Marmelade tropft hinten heraus, er leckt sich über die Finger.

»Ich hab mir Mühe gegeben«, ruft Matthias aus der offenen Küche.

Marco kann nicht sprechen, er hat einen Kloß im Hals.

»Warum isst du keine Eier?«, fragt Alexander.

»Wie geht's dem Opa?«, fragt Nina.

»Wie lange bleibst du hier?«, fragt Ella.

»Lasst ihn doch mal essen«, ermahnt Angelika lachend ihre Kinder und reicht Marco einen Teller.

Und erst jetzt, in der Stunde, die er mit dieser quirligen Familie, den Fragen der Kinder, den Palatschinken und einem Gespräch über YouTube, Pokémon und die Rechte von Tieren verbringt, merkt Marco, wie allein er in den letzten Wochen eigentlich war.

»Leihst du mir dein Auto, damit ich ins Krankenhaus fahren kann?«, fragt er Matthias, als die Kinder satt gegessen in ihren Zimmern verschwunden sind.

»Lass uns gemeinsam hin«, antwortet sein Bruder, und Marco nickt erleichtert.

»Bitte grüßt ihn von mir«, sagt Angelika zum Abschied, und Marco sieht weg, während sein Bruder seine Frau küsst. Mit aller

Kraft konzentriert er sich darauf, nicht an Anna zu denken. Es macht ihn unglaublich nervös, dass sie nicht weiß, wo er ist, dass sie glauben muss, er hätte sie verarscht. Er wird das wiedergutmachen, ihr alles erklären.

»Manuel und Martin sind im Restaurant«, sagt Matthias, als sie zum Auto gehen, »ich hab vorhin mit ihnen telefoniert. Wir treffen uns morgen zum Frühstück.«

»Keine Sorge, sie kommen zu uns«, fügt er hinzu, als er Marcos Blick bemerkt.

»Ja, gut«, entgegnet Marco und ist froh, dass er nicht in das Lokal seines Vaters muss. So weit ist er noch nicht, dass er das hinkriegt. Schlimmer wäre nur, den Laden zu sehen, den Ruth jetzt führt. Ohne ihn. Diesen Laden, den er gefunden und eingerichtet hat, der so perfekt war, gut gelegen, nicht zu groß, nicht zu klein, beste Küchenausstattung und ... ach, wozu wehmütig darüber nachdenken. Vorbei ist vorbei.

Aus dem Autofenster betrachtet er Wien. Seine Geburtsstadt, seine Heimat, der Ort, mit dem er sich so verbunden fühlt wie mit keinem sonst. Und trotzdem hat er nicht das Gefühl, zurückzuwollen. Noch nicht, oder vielleicht nie mehr.

»Geh du erst mal allein rein«, sagt Matthias, als sie vor dem Krankenhauszimmer stehen, und sieht Marco mit einem Blick an, der ihm keine Wahl lässt. Am Bett seines Vaters sitzt seine Mutter, die sofort aufsteht. Sie drückt Marcos Hand, der bis zu diesem Moment gehofft hat, sein Vater würde immer noch schlafen. Dann könnte er ein bisschen hierbleiben, schweigend, nach einer Weile wieder gehen, und später würden sie seinem Vater erzählen, dass Marco da gewesen sei, natürlich.

»Ich wollte mir eh was zu trinken holen«, sagt seine Mutter und geht hinaus.

Das Piepsen und Rauschen der Geräte kommt Marco sehr laut vor, ein Mann hustet. Sein Vater wird nicht mehr beatmet. Langsam nähert Marco sich.

»Du brauchst nicht zu glauben, dass alles vergeben ist, nur weil ich im Krankenhaus bin«, sagt sein Vater mit krächzender Stimme und hebt schwach die Hand. Die herrische Handbewegung, die er vermutlich machen wollte, gelingt ihm nicht.

»Wie geht's dir?«, fragt Marco und übergeht die Bemerkung seines Vaters.

»Schau ich aus, als würd's mir gut gehen?«

»Hast du Schmerzen?«

Sein Vater verzieht nur verächtlich den Mund. Merkwürdig, dass große Menschen mit dominantem Auftreten ihre Überlegenheit verlieren, sobald sie liegen. Noch dazu in einem Krankenhausbett.

»Gut, dass du nicht mehr am Schlauch hängst«, sagt Marco und setzt sich immer noch nicht hin.

»Was mich nicht umbringt …«, murmelt sein Vater.

»Aber Papa, es *hätte* dich fast umgebracht. Du musst besser auf dich aufpassen. Du darfst dich nicht ständig so aufregen. Und ernähren musst du dich auch gesünder.«

»Soll ich nur noch Gras essen wie du?«, zischt sein Vater.

Marco seufzt.

Er weiß, was für eine Art Mann sein Vater ist. Trotzdem hat er auf eine etwas versöhnlichere Stimmung gehofft. In den Filmen werden die Patriarchen doch auch immer weich, wenn sie knapp dem Tod entronnen sind.

»Ich mein's nur gut, Papa«, sagt er.

»Dir glaub ich gar nichts mehr. Und daran bist du selber schuld.«

Mit zitternden Händen greift Marcos Vater nach dem Wasserglas neben seinem Bett, in dem ein Strohhalm hängt.

»Warte, ich helfe dir.«

»Lass das, ich kann das allein.«

»Du hattest grade einen Herzinfarkt, kannst du nicht *einmal* Hilfe annehmen?«

Missmutig trinkt sein Vater durch den Strohhalm, während Marco das Glas hält.

»Schon schlimm genug, dass ich hier herumliegen muss«, sagt er dann, aber seine Stimme klingt müde.

»Du musst dich schonen. Wirklich. Du willst doch noch ein bisschen länger der Chef sein, oder?«, fragt Marco mit ironischem Unterton. Von seinem Vater erntet er einen eisigen Blick.

»Wenn du stirbst, übernehmen wir das Restaurant«, fügt Marco hinzu, weil er weiß, dass sein Vater diese scherzhafte Drohung überhaupt nicht witzig findet, »das möchtest du doch sicher verhindern.«

»Hm.«

»Na also. Gib besser auf dich acht, okay? Und lass ab und zu den fettigen Schweinsbraten weg.«

Einen Moment lang schweigen sie.

»Bist du jetzt glücklich da in Salzburg?«, fragt sein Vater und sieht Marco dabei nicht an.

Marco holt tief Luft. Er denkt an das Bistro, an die Küche, in der er der Chef ist und niemand sonst. An Simon und Susanne, die so gut mit ihm zusammenarbeiten. An das Hochbeet, das er aufgebaut hat, an die Stadt, in der er sich inzwischen zurechtfindet, an Anna.

»Ja«, sagt er dann, »ja, das bin ich.«

»Na, dann hat es sich ja gelohnt, nicht wahr?«, entgegnet sein Vater zynisch und macht die Augen zu.

Marco weiß nicht, ob er aus Erschöpfung einschläft oder sich nur dem Gespräch mit seinem Sohn entziehen will. Er betrachtet seinen Vater, die faltigen Hände, die Haare, die inzwischen mehr grau als schwarz sind, die schweren Lider und die bleichen Lippen. Er streckt den Arm aus, um ihn zu berühren, schreckt aber im letzten Moment zurück. Er zögert, bis er einsieht, dass das, worauf er wartet, nicht kommen wird. Dann geht er leise hinaus.

Vor der Tür unterhält Matthias sich mit Ruth. Marco weiß sofort, dass sie nicht hier ist, um seinen Vater zu besuchen, sondern um ihn, Marco, abzupassen. Im ersten Moment will er einfach weitergehen, sie keines Blickes würdigen. Aber jetzt, da er sich schon seinem Vater gestellt hat, kann er sich auch mit Ruth noch konfrontieren. Es ist Zeit.

»Wie geht es ihm?«, fragt Ruth, als Matthias das Krankenzimmer betreten hat und sie allein sind.

»Den Umständen entsprechend«, antwortet Marco. Ihm ist klar, dass sie darauf wartet, dass er ihr von dem Gespräch mit seinem Vater erzählt, aber den Gefallen wird er ihr nicht tun. Ruth hat das Recht verwirkt, von ihm ins Vertrauen gezogen zu werden.

»Lass uns rausgehen«, schlägt Marco vor, der es in dem stillen Krankenhaus nicht mehr aushält.

Seltsam, dass es draußen noch hell ist, es kommt Marco vor, als dauere der Tag schon ewig. Und seiner Stimmung entsprechend sollte es eigentlich dunkel sein, stockfinster sogar. So finster wie bei einem Stromausfall.

»Ich werde dich nicht fragen, ob es gut läuft, und ich will auch nichts über den Laden wissen«, sagt er, als sie das Krankenhaus durch den Haupteingang verlassen.

Ruth antwortet nicht.

Sie spazieren zu der nahe gelegenen Grünfläche, die mit viel gutem Willen als kleiner Park durchgehen könnte. Zwischen den Bäumen spielen ein paar Kinder Fangen, und Marco wundert sich, ob die nicht langsam mal nach Hause und ins Bett müssen.

»Ich hätte gern Kinder mit dir gehabt«, sagt Ruth, und Marco ballt die Hände zu Fäusten. Die Wut, die ihm in den Bauch schießt, trifft ihn so unvorbereitet, dass ihm kurz die Luft wegbleibt. Was soll er darauf antworten? Ich auch, Ruth, ich auch, aber du hast alles kaputt gemacht?

»Du wirst einen anderen dafür finden«, sagt er ruppig.

»Ich will aber keinen anderen, Marco.«

Ruth bleibt stehen und sieht ihn eindringlich an. Marco hält ihrem Blick stand. Wie unglaublich es ist, dass er dieses Gesicht jeden Tag und jede Nacht gesehen hat, dass er es gestreichelt, geküsst, betrachtet hat, dass Ruth ihm so viel bedeutet hat. Plötzlich kann er sich das nicht einmal mehr vorstellen. Sie sieht einfach nur aus wie jemand, den er einmal gekannt hat.

»Du hast alles, was ich für dich empfunden habe, abgetötet, Ruth. Du hast mich hintergangen.«

»Aber du hast gelogen. Wir hätten unser gemeinsames Leben auf einer Lüge aufgebaut.«

»Ich weiß«, stimmt er ihr zu, und es ist das erste Mal, dass er einlenkt, »und du hast recht, dass das nicht gut gegangen wäre, das sehe ich jetzt. Trotzdem hättest du nicht hinter meinem Rücken agieren dürfen. Und dass du inzwischen Chefin in dem Lokal bist, das unser beider Traum war, was denkst du wohl, wie sich das für mich anfühlt?«

Die Mutter der herumlaufenden Kinder fängt sie ein und erklärt ihnen, dass sie heimgehen müssen. Marco erfüllt eine tiefe Zufriedenheit, als er das mitbekommt.

»Wir können es immer noch gemeinsam führen, Marco. Der Weg zurück nach Wien steht dir offen«, wendet Ruth ein und legt ihre Hand auf seinen Arm.

Marco schaut auf ihre Finger, sie hat den Ring nicht abgenommen. Es wäre so einfach, ihre Hand mit seiner zu umschließen. Ruth an sich zu ziehen, sie festzuhalten, auf die Kraft der Vergebung zu setzen. Doch sein Herz ist leer. Während er sich ausmalt, wie diese Zukunft mit Ruth wäre, schreit eine Stimme in ihm so laut Nein, dass er sich sicher ist, alle in dem kleinen Park müssten es hören. Und allein wegen des Blicks seines Vaters, wenn Marco angekrochen käme, zurück unter seine Fuchtel, kann er es nicht tun. Hier ist nicht mehr sein Platz.

Marco nimmt Ruths Hand, schiebt sie entschieden von sich und lässt sie los.

»Ich hab mich verliebt«, sagt er, und während er es ausspricht, weiß er, dass es stimmt.

Das Lächeln schlüpft von selbst auf seine Lippen. Jetzt ist es Annas Gesicht, das er vermisst, das er sehen, betrachten, liebkosen möchte. Jetzt ist Anna die Zukunft. Und Ruth die Vergangenheit.

Ruth blinzelt mehrmals, und ihm ist klar, dass sie damit nicht gerechnet hat. Vielleicht hat sie geglaubt, dass er ohnehin scheitern wird in Salzburg. Dass er sie nicht wird vergessen können. Es verschafft ihm Genugtuung, dass sie sich da getäuscht hat.

»Leb wohl, Ruth«, sagt er und wendet sich zum Gehen.

Als er den ersten Schritt macht, erwartet er noch, dass sie ihn zurückhält, doch Ruth tut nichts dergleichen. Und dieses Mal fühlt es sich viel mehr wie seine eigene, bewusste Entscheidung an als vor ein paar Monaten. Er dreht sich zu ihr um, in ihrem Blick lodert etwas auf, das sie schnell zum Erlöschen bringt, aber Marco hat es gesehen.

»Und nimm endlich den Ring ab«, sagt er.

Als er am Abend auf der Couch in der Wohnung von Matthias' Familie liegt, fühlt er sich frei wie lange nicht mehr. Es ist, als wäre ein Gewicht von seiner Brust verschwunden, von dem er gar nicht wusste, dass es da war. Er schläft tief und traumlos, ohne sich herumzuwälzen, ohne ein einziges Mal mitten in der Nacht aufzuwachen, mit Angstschweiß auf der Haut.

Das Frühstück mit seinen Brüdern ist überraschend ausgelassen und fröhlich angesichts dessen, dass ihr Vater im Krankenhaus liegt. Es ist außerdem so üppig, wie es nur sein kann, wenn vier Männer auftischen, die alle Köche sind. Den ganzen Vormittag sitzen sie an Matthias' großem Tisch, bringen sich auf den neusten Stand, tauschen Anekdoten aus, sprechen über Marcos Speisekarte und seinen Umsatz, graben Erinnerungen aus ihrer

Kindheit aus und trinken dabei Cappuccino, den Matthias mit Zimt und Vanille verfeinert. Wann immer er einen Schluck nimmt und der Duft ihm in die Nase steigt, muss Marco an Anna denken. Er wird noch heute nach Hause fahren, er kann Simon und Susanne nicht länger allein lassen. Seinen Vater wird er bald wieder besuchen, vielleicht wenn er in der Reha-Klinik ist.

Es klingelt an der Tür, Matthias öffnet. Ihre Mutter betritt die Wohnung, bleibt einen Moment stehen und betrachtet ihre Söhne.

»Wie schön, dass ihr alle zusammen seid«, sagt sie.

»Hallo, Mama«, Matthias gibt ihr einen Kuss auf die Wange, »magst du einen Kaffee? Und ein Honigbrot? Nusskuchen haben wir auch. Oder Schinken-Käse-Kipferl.«

»Ja, gern«, sagt ihre Mutter, »aber zuerst möcht ich mit Marco allein reden.«

Marco hört auf zu kauen und sieht sie erstaunt an.

»Bitte«, setzt sie hinzu.

Er steht auf und folgt ihr ins Klavierzimmer.

»Ich hab gehört, du fährst heute wieder zurück«, sagt sie und hebt die Kissen auf, die Marco am Vortag auf den Boden geworfen hat. Das ist bestimmt ein Mutterreflex, sie kann nichts unaufgeräumt herumliegen lassen.

»Nicht doch, Mama«, wirft er ein, aber sie hört nicht auf ihn.

»Das ist vielleicht eh ganz gut so«, fährt sie fort, »der Papa soll sich ja nicht aufregen, und ... na ja, du weißt, was ich meine.«

Sie sagt es leise und von ihm abgewendet, während sie die Polster auf dem Sofa drapiert.

»Ich verstehe es. Ist schon gut«, entgegnet Marco.

»Aber er hat mich gebeten, dir das hier zu geben.« Sie dreht sich zu ihm um und zieht eine schmale Schatulle aus ihrer Manteltasche. Sie überreicht sie Marco, der sofort erkennt, was das ist. Er spürt ein heißes Aufblitzen in seinem Magen und öffnet die Schachtel. Sein Messer liegt darin, das gute, teure, japanische

Messer, mit *Marco* am Griff eingraviert. Sein Vater hat jedem seiner Söhne zum Abschluss der Kochlehre eines geschenkt. Vorsichtig fährt Marco mit der Fingerspitze über die Gravur. Das ist wohl die Art seines Vaters, ihm seinen Segen zu geben.

»Danke«, murmelt er und umarmt seine Mutter.

»Du machst das schon«, flüstert sie ihm ins Ohr.

Als sie zurück ins Wohnzimmer kommen, sehen seine Brüder ihn verschwörerisch an.

»Was ist los?«, fragt er.

»Oh, wir haben grade beschlossen, dass wir heute alle vier einen gemeinsamen Roadtrip machen«, ruft Manuel vergnügt. »Wir fahren dich nach Salzburg. Es soll dort einen neuen veganen Laden geben, den wir mal ausprobieren wollen.«

Marco gelingt es nicht, sich schnell genug abzuwenden. Sie können alle sehen, wie ihm die Tränen in die Augen steigen.

Augustin Havel

»Fräulein Anna, ist alles in Ordnung mit Ihnen?«, fragt Augustin.

Sie lächelt, wendet den Blick aber schnell ab.

»Ja, natürlich«, murmelt sie und geht ohne das Geschirr, das sie eigentlich mitnehmen wollte, zurück zur Theke.

»Weißt du, was mit ihr los ist?«, wendet sich Augustin an Mira, die den Kopf schüttelt.

»Als wir die Zitronentartelettes gegessen haben, hab ich versucht, über die Magie etwas zu erspüren«, sagt er, »aber da war nichts. Als würde es plötzlich nicht mehr funktionieren.«

»Sie haben auch irgendwie anders geschmeckt als sonst«, wirft Mira ein.

»Stimmt«, entgegnet Augustin, »jetzt, da du es sagst ...«

»Ich weiß nicht, warum. Zuerst hab ich gedacht, da ist weniger Zucker drin, aber ich glaub, das war es nicht.«

»Hm«, macht Augustin, »es war, als würde etwas fehlen.«

Beide sehen zu Anna und schweigen einen Moment.

»Wann kommt eigentlich ihre Freundin zurück?«, fragt Augustin.

»Ich hoffe, bald«, antwortet Mira und seufzt so tief, dass Augustin lachen muss. Manchmal wirkt sie wie jemand, der schon wesentlich älter ist. Mit einem Mal schlägt Anna sich gegen die Stirn und geht erneut zum Tisch von Mira und Augustin.

»Entschuldigt«, sagt sie und stapelt die leeren Teller und Tassen aufeinander. Als sie sich umdreht, um sie wegzutragen, rutscht ihr das Geschirr aus der Hand und scheppert klirrend zu Boden. Das war kein Missgeschick, für Augustin sieht es vielmehr aus, als hätte Anna einfach die Kraft verlassen, als hätte sie vergessen, wie man etwas festhält. Rasch springt Mira auf.

»Ich helfe dir!«, ruft sie, doch Anna wehrt ab.

»Fass das nicht an, ich hole was. Bitte, sonst schneidest du dich noch.«

Sie verschwindet durch die Hintertür des Cafés, kommt allerdings viel zu lange nicht zurück. Betreten starren Mira und Augustin die Scherben an, auch die anderen Gäste sind stiller geworden.

»Wo bleibt sie denn?«, flüstert Mira und rutscht unruhig auf ihrem Stuhl hin und her. »Soll ich nachschauen gehen?«

»Ich weiß nicht«, flüstert Augustin zurück, »wir sollten uns vielleicht nicht aufdrängen?«

»Aber weißt du«, murmelt Mira, »manchmal geht es jemandem gar nicht gut, und er sagt nur nichts, obwohl er eigentlich Hilfe bräuchte.«

»Ist das so«, sagt Augustin in einem Ton, der klarmacht, dass das keine Frage ist.

»Ja.«

Mira sieht ihm nicht in die Augen dabei, und dann kommt Anna mit einem Besen. Sie hat rote Flecken auf den Wangen, und Augustin erkennt sofort, dass sie geweint hat.

»Können wir wirklich nichts tun?«, fragt er bestürzt und sieht Mira an.

»Alles okay«, erklärt Anna, »kann ich euch noch was bringen? Ein Stück Käse-Sahne-Torte? Geht aufs Haus.«

Augustin ist eigentlich längst satt, aber es kommt ihm unhöflich vor, ein Angebot von jemandem abzulehnen, der offenbar mit irgendwas zu kämpfen hat. Und ihm scheint, Mira geht es genauso. Als Anna ein paar Minuten später die Scherben entsorgt hat, bringt sie ihnen zwei Zitronentartelettes.

»Komische Käse-Sahne-Torte«, sagt Mira mit einem glucksenden Lachen, und Anna sieht sie verwirrt an.

»Hm?«

»Na, du hast doch gesagt …« Mira bricht ab und greift nach der Gabel. »Die sind perfekt«, sagt sie dann mit vollem Mund, »ich liebe die Dinger.«

Anna lächelt und geht zu einem anderen Tisch, an dem die Gäste zahlen wollen. Augustin beobachtet, wie sie, nachdem das Ehepaar das Café verlassen hat, mit einem undefinierbaren Gesichtsausdruck ins Leere starrt. Das hat sie heute schon oft gemacht, ist ihm aufgefallen.

»Du, Mira«, sagt er, »ich glaube, sie hat Liebeskummer. Kann das sein?«

»Liebeskummer?«, wiederholt Mira.

»Ja, wenn man … du weißt schon!«

Mira zieht die Nase kraus.

»Wenn man jemanden liebt und nicht zurückgeliebt wird?«

»Genau«, erwidert Augustin und beißt nun selbst in das Zitronentörtchen. Er wird es essen, um Anna eine Freude zu machen, auch wenn sein Magen bereits gut gefüllt ist nach dem Kaffee, dem ersten Törtchen und dem großen Stück Apfelstrudel.

»Das wäre eine logische Erklärung«, stimmt Mira zu und betrachtet Anna wie eine Forscherin, die etwas ansieht, das unter dem Mikroskop liegt, »aber wer sollte so dumm sein, Anna nicht zurückzulieben? Das, mein werter Herr Havel, halte ich für unmöglich.«

»Oh, die Menschen tun viele dumme Dinge«, erwidert er, »vor allem Männer. Männer tun die ganze Zeit dumme Dinge.«

»Ist das so«, sagt Mira im selben Ton wie er vorhin und lässt den Rest des Backwerks in ihrem Mund verschwinden.

»Magst du meins auch noch?«, fragt Augustin und hält ihr sein halbes Törtchen hin. Sie nickt freudig und nimmt es ihm ab. Wo tut das Kind das alles hin? Wann immer er mit Mira im Café Sonnigsüß ist, isst sie, als hätte sie den ganzen Tag noch nichts bekommen, und trotzdem ist sie dünn wie ein Strich. Wahrscheinlich der schnelle Stoffwechsel der Jugend.

»Aber jetzt reden wir mal nicht mehr über Anna«, erklärt er bestimmt, »sondern über dich. Und du sagst mir endlich, wieso deine Brille wirklich kaputt ist. Dass sie dir einfach nur runtergefallen ist, das glaub ich dir nämlich nicht.«

Mira grinst, und Augustin denkt, wie spitzbübisch sie aussehen kann. Sie wird einmal sehr hübsch werden, sie weiß es nur noch nicht. Er ist sich sicher, dass sie eine dieser klugen, bedachten Frauen wird, die aufmerksame Zuhörerinnen sind und mit ihren ebenmäßigen Gesichtszügen faszinieren. Für einen Moment ist er wehmütig, weil er nicht mehr hier sein wird, um das zu erleben.

»Okay«, sagt Mira und wischt sich die Brösel vom Mund, »aber du musst schwören, dass du es nicht verrätst. Es ist ein Geheimnis.«

»Ich schwöre«, sagt Augustin ernst.

Mira beugt sich ein wenig vor, obwohl außer ihnen beiden und Anna, die gedankenverloren an der Kaffeemaschine herumwischt, niemand mehr im Café ist.

»Ich boxe«, flüstert sie.

»Wie bitte?«

»Ich lerne Boxen. Meine Brille ist beim Boxen zerbrochen.«

Mira greift nach dem Brillensteg, den sie notdürftig mit Klebeband repariert hat.

»In einer Halle? Mit einem Trainer?«

»Nein, in einer alten Eisenbahnhütte hinter dem Bahnhof, zwischen Gleisen und Wald. Mit meinem Freund Hakan.«

Augustin überlegt einen Moment, was er mit dieser Information anfangen soll.

»Warum?«, fragt er dann.

»Damit ich es kann«, sagt Mira.

Sie haben beide nichts mehr zu trinken, schrecken aber davor zurück, Anna darauf aufmerksam zu machen. Vor allem, weil sie nicht wissen, was sie ihnen Verrücktes bringen würde, das sie dann trinken müssten.

»Aha«, sagt Augustin nickend, »das kann ja nie schaden. Dann kannst du dich verteidigen, solltest du mal in einer Situation sein, in der du ... dich verteidigen musst.«

Er sagt es zögerlich und betrachtet Miras Gesicht dabei sehr genau, aber sie zeigt keine Regung. Und da beschließt Augustin, den Vorstoß endlich zu wagen. Was soll schon geschehen? Mehr als die Antwort verweigern kann seine junge Gesprächspartnerin sowieso nicht tun.

»Musst du das denn?«, fragt er.

Mira scheint nachzudenken.

»Nicht so«, sagt sie dann.

Augustin wartet auf eine weiterführende Erklärung, doch es kommt keine.

»Jetzt muss ich heim«, erklärt Mira nach einem Blick auf die Uhr, »meine Mutter kommt in einer Stunde von der Arbeit.«

Augustin atmet aus, als hätte er unbewusst die ganze Zeit die Luft angehalten. So etwas hat Mira noch nie gesagt, seit er sie kennt. Von einer Mutter oder Eltern oder Arbeit war nie zuvor die Rede, auch nicht von Uhrzeiten, zu denen sie daheim sein muss, oder überhaupt von einem geregelten Familienleben. Erleichterung flutet ihn, und er ist selbst überrascht, wie sehr ihn die Frage nach Miras Zuhause offenbar beschäftigt hat.

»Dann lass uns zahlen«, sagt er.

Sie stehen auf und gehen zu Anna, die immer noch dieses abwesende Lächeln zeigt, das ihr etwas von einem freundlichen Zombie gibt. Auf der Rechnung stehen ganz andere Dinge, als sie konsumiert haben, aber weil er befürchtet, Anna könnte bei der nächsten Kleinigkeit, die nicht nach Plan läuft, erneut in Tränen ausbrechen, sagt Augustin nichts und begleicht sie einfach. Er hat Anna noch nie in einem solchen Zustand erlebt, sie wirkt sonst immer ausgeglichen, stark, in ihrer Mitte, und ja, natürlich ist ihm klar, dass er eigentlich nicht viel von ihr weiß. Sie sehen sich oft, fast täglich, sie reden miteinander, und doch geht das nie über angeregten Small Talk mit einer persönlichen Note hinaus. Wie es in Anna drin aussieht, davon hat er keine Ahnung, und in diesem Moment tut ihm das leid. Er wäre ihr gern eine Stütze, einfach weil sie so ein liebenswerter Mensch ist. Was ist bloß am Wochenende mit ihr geschehen?

»›Enttäuschungen sollte man verbrennen und nicht einbalsamieren‹«, zitiert er, »hat Mark Twain gesagt.«

»Aha«, entgegnet Anna und hat immer noch den leeren Blick von jemandem, der sich zwar Mühe gibt, in Wahrheit aber in Gedanken ganz woanders ist.

Mira verpasst Augustin einen Stoß mit ihrem Ellbogen.

»Schon gut«, murmelt er und sagt dann lauter: »Auf Wiedersehen, Fräulein Anna!«

Sie verabschiedet sich ebenfalls und wendet sich der Kasse zu. Augustin spürt, dass Mira zögert und noch etwas zu Anna sagen will. Er kann sie verstehen, auch er hat kein gutes Gefühl, sie in diesem Zustand allein zu lassen.

»Was machst du denn jetzt, Anna?«, fragt Mira.

»Backen«, sagt Anna, und zum ersten Mal an diesem Nachmittag sieht ihr Lächeln echt aus. »Ich werde eine Esterhazy-Torte backen. Das ist die komplizierteste, die ich kenne.«

Anna

»Ich glaube, du brichst mir gleich die Rippen«, stöhnt Mel, als ich sie zum dritten Mal umarme, nicht weniger fest als vorher.

»Ich bin einfach so froh, dass du wieder da bist«, murmle ich an ihrer Schulter.

Ich habe sie am Flughafen abgeholt, jetzt stehen wir in der Backstube und warten, dass ihre Lieblingsmuffins fertig werden. Es ist Montagabend, das Café ist längst geschlossen, die Esterhazy-Torte wartet in der Kühlung darauf, morgen verkauft und verspeist zu werden.

»Ich bin ehrlich gesagt genauso froh, wieder da zu sein«, gibt Mel zu. »Das ist auch etwas Schönes am Reisen, dass es einem zeigt, wo man zu Hause ist.«

»Mein Gott, du warst grade mal ein paar Wochen weg und klingst wie ein Kalender mit weisen Sprüchen«, necke ich sie.

»Warte nur, bis du die marokkanischen Gewürze siehst, die ich dir mitgebracht habe, dann bist du nicht mehr so frech«, entgegnet sie.

»Außerdem will ich alles wissen. Was du gesehen, gemacht, gegessen hast und mit wem!«, fordere ich.

»Erst Muffins und Tee, dann Reisebericht«, verlangt Mel und zeigt auf ihren Bauch, der vermutlich schon knurrt, weil es so herrlich duftet.

Ich ziehe das Backblech aus dem Rohr und stelle es zum Abkühlen auf die vorbereiteten Bretter.

»Nichts riecht so sehr nach zu Hause wie Kuchen«, sagt Mel grinsend und greift nach einem der kleinen Teigberge mit weißer

Schokolade und Cranberrys. Sie verbrennt sich natürlich die Finger.

»Manche Dinge ändern sich nie«, sage ich lachend und betrachte Mel von der Seite. Sie ist braun geworden in der Sonne des Südens und hat ein Henna-Tattoo auf der linken Hand, aber ansonsten ist sie dieselbe. Meine Verbündete, meine Freundin, meine Seelenschwester. Erleichterung durchflutet mich. Zum einen, weil ihr nichts zugestoßen ist und ich sie wieder in Sicherheit weiß. Zum anderen, weil meine Zeit der Einsamkeit ohne ihre fiesen Witze und ihr Geschnarche vorbei ist.

Oben setzen wir uns auf die Couch und machen uns über die noch warmen Muffins her, während Zimty auf Mels Schoß sitzt und schnurrt.

»Der hat dich auch vermisst«, sage ich, und die nächsten Stunden verbringen wir damit, einander alles zu erzählen, was in der Zeit, in der Mel in Gibraltar und Marokko war, geschehen ist. Schießlich kommen wir beim neusten Ereignis an, das gleichzeitig das größte Rätsel ist: Marcos Verschwinden am Samstagmorgen. Ich beschreibe Mel, wie die fremde Frau ausgesehen hat, und wir ergehen uns in Vermutungen, wer sie gewesen sein könnte.

»Da war eindeutig was zwischen den beiden«, sage ich. »Du hättest sehen sollen, wie vertraut sie miteinander waren. Aber nicht wie Geschwister, sondern auf so eine ... Sex-Art.«

»Ich verstehe nicht, warum er mir nichts, dir nichts mit ihr mitgeht, nur Minuten nachdem ihr diese schöne Nacht zusammen hattet.«

»Vielleicht ist sie diese Frau, von der er geredet hat. Vielleicht war es doch noch nicht so vorbei mit ihr, wie er mich hat glauben lassen.«

»Möglich ist es. Meinst du, sie war vielleicht bisher in Wien? Und ist dann überraschend aufgetaucht?«

»Das erscheint mir am logischsten. Und glaub mir, ich hab das ganze Wochenende darüber nachgedacht. Inklusive heute. Also eigentlich in jeder Minute, in der ich wach war.«

»Also genau wie immer, seit du ihn kennst«, sagt Mel und kichert, und ich boxe gegen ihren Oberschenkel.

»Und das Allerseltsamste ist«, sage ich, »dass er sein Handy bei mir vergessen hat und bisher nicht gekommen ist, um es zu holen. Ich hab es unten in eine Schublade gelegt, ich kann es dir nachher zeigen.«

»Wer hält es denn drei Tage ohne sein Handy aus?«, fragt Mel ernsthaft verwundert und macht ein grüblerisches Gesicht. »Vielleicht kauft er sich lieber ein neues, als dich noch mal zu sehen.«

»Arrgh, du bist so gemein!«, rufe ich erbost und bewerfe sie mit einem Polster. Sie fängt an zu lachen.

»Das ist gar nicht lustig«, maule ich und schnappe mir den nächsten Muffin, »es tut ernsthaft weh. So richtig.«

»Tut mir leid«, sagt Mel und streicht mir über den Oberarm.

»So arg, dass ich am Samstagabend eine ganze Packung Haselnusseis essen musste, okay?«, jammere ich.

»Du magst doch gar kein Haselnusseis.«

»Ich weiß. Aber es war kein anderes da!«

»Dann war es wirklich schlimm.«

»Sag ich doch.«

»Soll ich rübergehen, ihm sein Handy bringen und ihm dabei die Nase brechen?«, fragt Mel, und ich nicke mit traurigem Blick.

»Aber es erklärt immerhin, warum er dich nicht anrufen konnte. Und die Nummer vom Festnetz zu googeln war ohne Handy vermutlich auch schwierig.«

»Das Festnetz!«, schreie ich, und Mel zuckt überrascht zusammen.

»Ich hab vergessen, das Kabel wieder einzustöpseln«, erkläre ich und schlage mir selbst gegen die Stirn.

»Zum tausendsten Mal«, stöhnt Mel, »ich hab dir schon so oft gesagt, du sollst dieses museumsreife Wählscheibenungetüm endlich entsorgen und deine Handynummer ins Netz stellen!«

»Aber wenn es doch so schön aussieht, das alte Telefon!«

»Ja, nur funktioniert es meistens nicht, weil einer von uns über das Kabel fällt. Irgendwann brechen wir uns außerdem noch den Hals dabei.«

Wir seufzen beide und jede aus einem anderen Grund.

»Was ist denn bei dir gelaufen? Hast du ein paar nette Männer kennengelernt unterwegs?«, versuche ich, von Marco abzulenken.

Mel schüttelt entschieden den Kopf.

»Wie bitte?« Ich bin überrascht. »Sonst hattest du doch immer deinen Spaß mit den anderen Backpackern.«

»Diesmal nicht«, erklärt sie.

»Und woran liegt das?«

Ich lasse nicht locker. Sie zupft an ihren Socken herum und antwortet eine Weile nicht.

»An Oliver«, sagt sie dann.

»Oh«, mache ich.

»Bevor ich weg bin, hat er mich gefragt, ob ich zu ihm ziehen will. Er sagt, er will mit mir zusammen sein, mit allem, was dazugehört.«

»Dann bist du also gar nicht wegen unseres Streits abgehauen.«

Schlagartig wird mir klar, warum Mel das Gefühl gehabt hat, dringend wegzumüssen.

»Ich wollte mir über ein paar Dinge klar werden«, sagt sie und trinkt den marokkanischen Minztee aus, den sie mitgebracht hat und von dem wir eine Kanne aufgebrüht haben.

»Und? Sind sie jetzt klar?«, frage ich und kann nicht verhindern, dass mein Herz anfängt zu rasen. Was, wenn Mel wirklich zu Oliver zieht? Und ich hier allein zurückbleibe?

»Ich mag ihn. Sehr«, sagt sie und sieht mich immer noch nicht an, »aber ich will nicht weg von hier. Von dir. Das ist das einzige richtige Zuhause, das ich jemals hatte.«

Ich bin unendlich froh, sie das sagen zu hören. Gleichzeitig habe ich aber das Gefühl, dass Olivers Frage für Mel eine echte Zerreißprobe ist. Und dass wir ja auch nicht für immer so weitermachen können, nur wir beide.

»Ich fürchte nur, dass er das nicht versteht. Er nimmt es persönlich, er denkt, ich will *ihn* nicht, das ist aber gar nicht wahr. Und während ich jetzt auf Reisen war, hatte ich einfach kein Interesse an irgendwelchen Kerlen … stattdessen hab ich ihn vermisst. Das ist doch ein Zeichen, oder? Das ist mir vorher noch nie passiert.«

Nervös rubbelt Mel an ihren Knien.

»Und ich wollte mich noch bei dir entschuldigen«, sagt sie dann. »Das mit dem Kino-Date und den Tinder-Matches, das war nicht okay von mir. Irgendwie war es so eine Art … Kurzschlussreaktion. Ich dachte, wenn ich dann wirklich mit Oliver zusammen bin, also, so richtig, und vielleicht sogar von hier weg…«

Sie bricht ab, offenbar kann sie es nicht aussprechen.

»Dann sollte ich nicht allein sein«, vervollständige ich ihren Satz, und es fällt mir wie Schuppen von den Augen. Deshalb war sie so erpicht darauf, dass ich jemanden finde, deshalb hat sie sich so verhalten.

Sie nickt.

»Sorry«, murmelt sie kleinlaut.

»Was hältst du denn davon«, beginne ich zögerlich, »wenn Oliver stattdessen hier einzieht? Wir haben doch zwei Wohnungen und genug Platz.«

Jetzt schaut sie mich an, und ich merke sofort, dass alles an ihr sich aufhellt.

»Wäre das denn okay für dich?«, fragt sie mit ernster Stimme.

»Absolut.« Ich nicke und meine es auch absolut ernst. »Ich weiß, dass er dir guttut. Und vielleicht ist es Zeit für den nächsten Schritt.«

Im selben Moment klingelt mein Handy, ich wühle es unter den Sofakissen hervor.

»Das ist Daniel!«, flüstere ich schockstarr.

»Na los, geh ran!«, flüstert Mel zurück.

Ich melde mich mit einem fragenden »Hallo«. Mel macht Zeichen, dass ich Daniel auf Lautsprecher stellen soll.

»Anna! Bist du zu Hause? Ich muss dir unbedingt was zeigen. Ich bin in zehn Minuten da, okay? Kommst du runter?«

Er klingt aufgeregt.

»Aber es ist schon halb zehn!«, rufe ich. »Ich wollte eigentlich gleich ins Bett.«

»Es dauert nicht lange, ich versprech's!«

»Klar kommt sie runter«, sagt Mel und hält sich schnell den Mund zu, als sie meinen bösen Blick bemerkt.

»Sorry«, wispert sie, und ich verdrehe die Augen.

»Ja, na gut«, erkläre ich mich einverstanden, und dann hat Daniel auch schon aufgelegt.

»Komm dann sofort wieder rauf, hörst du, ich warte hier auf dich«, fordert Mel.

Kaum bin ich unten, klopft jemand gegen die Eingangstür. Da war Daniel jetzt aber erstaunlich schnell.

»Was willst du mir ...« Ich öffne und halte erschrocken inne.

Draußen steht Marco und strahlt mich an.

Die Luft entweicht schlagartig aus meiner Lunge, als hätte ich vergessen, wie man atmet. Warum lächelt er so? Wie kann er mich derart anlächeln nach allem, was passiert ist? So ein dämliches Arschloch.

»Hey«, sagt er und kommt einen Schritt näher, »ich wollte ...«

»... dein Handy holen«, falle ich ihm ins Wort und formuliere es nicht als Frage.

Hastig wirble ich herum, marschiere zur Theke und hole das Smartphone aus der Schublade, in der es seit Samstag liegt wie ein glühendes Stück Kohle. Ich drücke es Marco in die Hand, ohne ihm ins Gesicht zu sehen. Sein Lächeln ertrage ich nicht, er kann froh sein, dass ich es ihm nicht wegboxe.

»Nein, warte«, setzt er an, und genau in diesem Augenblick taucht hinter ihm Daniel auf. Was für ein wunderbarer Zufall.

»Hi, Daniel!«, rufe ich laut. »Ich hab schon auf dich gewartet.«

Marco zuckt zusammen und dreht sich um. Ohne ein Wort zu sagen, weicht er Daniel aus, der an ihm vorbeigeht und das Café betritt. Und sich vermutlich wundert, warum ich ihn an mich ziehe und auf den Mund küsse. Im ersten Moment zögert er, dann erwidert er meinen Kuss. Ich kann nicht sagen, ob seine Lippen weich sind oder rau, ob er gut küsst, wie es sich anfühlt, ich registriere nichts davon, weil ich nur auf Marco konzentriert bin. Ich sehe aus dem Augenwinkel, dass er wie angewurzelt dasteht. Er sieht alles, und das erfüllt mich mit einem kribbeligen Triumphgefühl. So süß schmeckt also Rache. Ich löse mich von Daniel und schaue Marco fragend an.

»Das war's doch, oder?«, frage ich und mache, ehe er antworten kann, mit einem Knall die Tür zu.

Marco

Stocksteif steht er da, die Zähne zusammengebissen, das Handy in der Hand und eine riesige Ratlosigkeit im Bauch. Damit, dass Anna ihm keine Chance geben würde, alles zu erklären, hat er nicht gerechnet. Damit, dass sie schon den nächsten Typen an der Angel hat, auch nicht. Oder ist das ihr Freund? War sie die ganze Zeit vergeben und hat nur mit ihm gespielt?

Hinter der verschlossenen Tür hört er sie reden und lachen, ohne etwas zu verstehen. Abrupt wendet er sich ab und geht zurück zum Las Vegans. Er hat sich so beeilt heute Abend, hat die Teller in Rekordgeschwindigkeit befüllt und alle Tische beschickt, damit er vor Ladenschluss eine Pause machen und zu Anna hinüberlaufen kann. Sie schließen die Küche in einer halben Stunde, aber er hatte Angst, sie wäre dann schon schlafen gegangen, weil ihr Tag so früh beginnt.

Statt den Hintereingang zu nehmen, betritt Marco das Lokal durch die Vordertür. Zwei Tische sind noch besetzt, aber das ist ihm egal.

»Schnaps«, sagt er zu Simon.

»Bist du verrückt geworden?«

»Gib mir einen Schnaps. Bitte.«

Zögernd greift Simon zum Grappa hinter der Bar und stellt ein kleines Glas vor Marco auf den Tresen.

»Was ist passiert?«, fragt er leise.

»Sie hat mir mein Handy zurückgegeben«, antwortet Marco und zeigt Simon das Smartphone.

»Okay«, macht Simon gedehnt, »und dann?«

»Dann hat sie einen anderen geküsst«, sagt Marco und stellt das leere Glas zurück auf den Tresen. »Mehr.«

Mit einem Seitenblick zu den Gästen gießt Simon das Glas noch mal voll und schenkt mehr Grappa ein als vorher. Er scheint nachzudenken.

»Bist du dir sicher?«, fragt er.

»Ich hab es *gesehen*, verdammt!«

»Schhh«, macht Susanne, die gerade aus der Küche kommt, »was ist denn los?«

»Ich bin ein Trottel, das ist los«, sagt Marco, knallt das Glas hin, steht auf und marschiert in die Küche, wo er sich erst einmal mit geschlossenen Augen gegen die Wand lehnt. Doch sofort taucht das Bild auf, das sich soeben in seine Netzhaut eingebrannt hat. Anna, die den blonden Typen verschlingt. Anna, die sich an diesen Wikinger schmiegt und komplett vergisst, dass er, Marco, noch dasteht. Wie konnte sie das tun? Ist er ihr dermaßen egal? Oder ist das ihre Art, sich für sein unerklärtes Verschwinden zu rächen? Alles dreht sich, er macht die Augen schnell wieder auf. Der Grappa brennt in seiner Kehle, hat aber nichts besser gemacht, im Gegenteil. Der Alkohol führt eher dazu, dass er jetzt am liebsten auf einen Boxsack einschlagen würde. Dabei war er so gut gelaunt, und das ist keine vierundzwanzig Stunden her! Seine Brüder waren begeistert vom Las Vegans, alles ist genau so gelaufen, wie er es sich wochenlang vorgestellt hat. Sie haben die Einrichtung und die Ausrüstung begutachtet, seine Messer, die Kaffeemaschine, sie haben das Logo kommentiert und natürlich die Menükarte. Manuel und Martin haben veganen Biowein getrunken, Matthias hat zur hausgemachten Limonade gegriffen, um sie hinterher alle noch sicher nach Hause bringen zu können. Spätabends sind seine Brüder wieder zurück nach Wien gefahren, um das Restaurant, das sonntags Ruhetag hat, am Montag erneut aufzumachen.

Simon und Susanne haben sich nach dem Zustand des Vaters erkundigt, und Marco hat nicht nur für die Gäste, sondern auch für seine Brüder gekocht. Avocado-Salat und Spinatstrudel mit getrockneten Tomaten, Süßkartoffel-Curry und Falafelspieße, zum Nachtisch Macadamia-Brownies mit Himbeereis. Marcos Brüder haben alles aufgegessen und ihm konstruktives Feedback gegeben. Ihre Rückmeldungen waren wertvoll und keinen Augenblick lang hämisch. Sie hatten gute Ideen, Susanne hat Notizen gemacht, und sie haben bis Mitternacht zusammengesessen. So ist es, Teil einer Familie zu sein, hat Marco gedacht, und am schönsten war für ihn, dass seine Brüder ihm nicht nachtragen, was er getan hat.

»War halt eine Scheißidee«, hat Martin dazu nur gesagt und Marco auf die Schulter geklopft. Damit war das Thema abgehakt.

»Du hast dir da echt was aufgebaut«, hat Matthias gemeint, als sie aufgebrochen sind, »kannst stolz auf dich sein.«

»Ich hoffe, es braucht nicht wieder einen Herzinfarkt, damit wir uns sehen«, hat Manuel halb im Scherz, halb ernst erklärt, und Marco hat versprochen, so bald wie möglich wieder nach Wien zu kommen.

Wegen des Besuchs seiner Brüder hat Marco es nicht geschafft, am Sonntag wie geplant sofort zu Anna zu gehen. Als alle fort waren und er das Lokal aufgeräumt hatte, war es nach eins, und ihm sind bereits die Augen zugefallen. Gleich morgen, hat er gedacht. Doch dann ist er nach dem anstrengenden Wochenende in eine Art Koma gefallen und hat am Montag verschlafen. Statt früher aufzustehen und Anna zu besuchen, ist er in die Küche des Bistros gerast und hat völlig zerstreut eine halbe Stunde zu spät mit den Vorbereitungen für das Mittagsgeschäft begonnen.

Er steckt das Handy an Susannes Ersatz-Ladegerät, das sie immer in der Abstellkammer aufbewahrt, und schaltet es ein. Er sieht die Anrufe von seiner Mutter, seinen Brüdern und Ruth in der Nacht, in der sein Vater zusammengebrochen ist. Auch WhatsApp zeigt zahlreiche neue Nachrichten an, die

Marco alle erst einmal ignoriert. Stattdessen öffnet er Tinder, scrollt durch seine Messages, hinunter, wieder hinauf. Ungläubig starrt er das Display an. Anna hat das Match mit Ocram aufgelöst.

Avocado-Salat

Zutaten

50 g Mandelblättchen
100 g frischer Babyspinat
1 Avocado
50 g getrocknete Cranberrys

Für das Dressing:

3 EL Olivenöl
3 EL Sonnenblumenöl
Saft einer Orange
1 EL Zitronensaft
2 EL Honig
1 TL Senf
1 EL Mohn
Salz, Pfeffer

Zubereitung

Mandelblättchen in einer Pfanne ohne Öl anrösten, bis sie sich leicht braun färben. Spinat waschen, Avocado entkernen und würfeln, zusammen mit den Cranberrys in eine große Schüssel geben. Für das Dressing alle Zutaten in ein Einmachglas oder einen Dressing-Shaker geben und fest verschließen. Glas gut schütteln, bis sich alle Zutaten verbunden haben. Über den Salat geben und untermischen.

Mira

Nervös gibt Mira den Tastencode auf dem Handy ein. Sie hat sich alles gut überlegt, hat sich die Worte zurechtgelegt und zweimal geübt, was sie zu Papa sagen wird. Sie sitzt an ihrem Schreibtisch, die Unterlagen für das Sommercamp in Cambridge vor sich ausgebreitet.

Sie möchte niemandem von dem Stipendium erzählen, aber wenn sie nicht mit einem Erwachsenen redet, kann sie kein Flugticket buchen. Zum einen, weil sie das Geld nicht beisammenhat, und zum anderen, weil sie noch nicht volljährig ist. Also hat sie einen Plan geschmiedet.

Sie drückt auf den grünen Button. Papa meldet sich und begrüßt sie fröhlich.

»Mira! Wie schön, dass du anrufst. Ich bin grad aus dem Stall gekommen. Die Zenzi kriegt ein Kalb, es kann nicht mehr lang dauern.«

»Aha«, macht Mira, »und bist du da dabei?«

»Ja. Ich bin der Hebammer«, er lacht, »aber die Hauptarbeit macht die Andrea, die kennt sich aus. Ich steh wahrscheinlich nur im Weg herum.«

»Das glaub ich nicht«, entgegnet Mira, »du machst das sicher super.«

»Wie geht's dir denn?«, fragt Papa.

»Sehr gut«, antwortet Mira, »stell dir vor, Papa, ich hab einen Platz bekommen in einem Naturwissenschaftscamp für begabte Kinder.«

»Wow!«, ruft Papa. »Das ist ja großartig! Wann ist das? Und wo? Und wie lange?«

»Also …« Mira holt tief Luft. »Das findet in Cambridge statt, in England. In einem richtigen College! Gleich zu Beginn der Sommerferien. Und es dauert vier Wochen.«

»In England? Meine Tochter fliegt nach England! Andrea, Andrea, hör dir das an, Mira darf in ein Camp für kluge Kinder.«

Mira merkt an Papas Stimme, wie stolz er ist, und sie muss mit aller Kraft verhindern, dass ihr die Gefühle in die Stimme klettern.

»Na ja, und die Sache ist die«, Mira räuspert sich, »ich wollte dich fragen, ob du mir helfen kannst, wegen … wegen des Flugtickets. Ob du es für mich buchen kannst?«

Mit klopfendem Herzen lauscht Mira und presst das Handy noch fester an ihr Ohr.

»Oh, selbstverständlich«, sagt Papa sofort, und Mira atmet geräuschvoll aus.

»Die Mama hat nämlich nicht so viel Geld, weißt du«, sagt sie leise, »und ich kann es nicht selber buchen, das muss ein Erwachsener machen.«

»Kein Problem, Mira, absolut kein Problem. Fotografier doch einfach die Unterlagen mit dem Handy und schick sie mir per WhatsApp, ja? Ich kümmere mich darum.«

»Ist gut, mach ich. «

»Soll ich dir auch Geld überweisen, wie viel brauchst du denn dort?«

»Nein, nein«, wehrt Mira ab, »ich hab ein Stipendium bekommen. Kost und Logis sind frei. Das bedeutet, dass man da schlafen und essen darf.«

Papa lacht.

»Kein Wunder, dass sie dir ein Stipendium gegeben haben, so schlau, wie du bist.«

»Ich brauche nur den Flug nach London und zurück. Dort werde ich abgeholt, wir fahren alle gemeinsam mit einem Bus nach Cambridge. Und für einen Ausflug nach London brauche ich ein bisschen Taschengeld. Aber das hab ich schon selbst gespart!«

Und geklaut, denkt sie, spricht es allerdings nicht aus. Alles muss Papa ja nicht wissen. Mira ist erleichtert, dass er gleich eingewilligt hat, den Flug für sie zu bezahlen. Ihre nächste Idee wäre gewesen, Hakans Mutter zu fragen, aber sie hätte sie nur ungern in die Sache reingezogen. Vor allem, weil Alkim bestimmt mit Miras Mama hätte sprechen wollen. Als letzter Ausweg wäre nur ihre Englischlehrerin geblieben, doch die hätte ganz sicher bei Mira zu Hause angerufen.

»Mira, ich geb dir alles, was du brauchst. Ich bin froh, wenn ich ein bisschen was … wiedergutmachen kann«, erklärt Papa, und Mira weiß, was er meint.

Es ist vielleicht gemein von ihr, sein schlechtes Gewissen auszunutzen. Andererseits kann sie ja nichts dafür, dass er Dinge getan hat, derentwegen er ein schlechtes Gewissen haben muss.

»Danke«, sagt sie schlicht.

»Ich bin echt stolz auf dich. Das wird sicher toll in dem Camp. Macht ihr da naturwissenschaftliche Versuche?«

»Ja!«, jubelt Mira. »Es gibt sogar ein eigenes Labor, stell dir vor. Ich hab mich für Chemie und Physik angemeldet, man kann aber auch den Sternenhimmel beobachten und draußen in der Natur Feldforschung betreiben. Jeweils am Freitag darf jeder sein Projekt vorstellen, und dann wird gemeinsam über die Ergebnisse gesprochen.«

»Auf Englisch?«, fragt Papa staunend.

»Ja, ich übe jeden Tag und bringe mir Vokabeln bei. Labor heißt zum Beispiel *laboratory*.«

»*Laboratory*«, wiederholt Papa, »stimmt, das hab ich schon mal gehört. Und was sagt Mama zu der Sache?«

»Oh, die freut sich auch«, sagt Mira schnell, »bestimmt ist sie froh, dass sie dann mal eine Weile ihre Ruhe hat.«

»Hm«, macht Papa, dann hört Mira Geräusche bei Papa im Hintergrund und eine Stimme, die nach ihm ruft.

»Entschuldige, Mira, ich muss wieder in den Stall. Schick mir die Daten, ich erledige das. Und wann kommst du uns besuchen? Nächstes Wochenende vielleicht? Dann können wir das alles noch genauer besprechen.«

»Ja, sehr gern. Danke, Papa!«

Mira legt das Handy weg, springt auf und hüpft vor Freude vor dem Schreibtisch auf und ab.

»Wann wolltest du mir davon erzählen?«, fragt Mamas Stimme hinter ihr.

Mira hält inne und dreht sich langsam um. Wie lange steht Mama schon hier, was hat sie gehört? Und wieso hat Mira nicht gemerkt, dass Mama hereingekommen ist? Warum ist sie überhaupt zu Hause, sollte sie nicht im Altersheim bei der Arbeit sein? Wortlos starrt Mira Mama an, und es ist, als würde die Luft in Miras Zimmer gefrieren.

»Du hast wohl gedacht, du könntest mich verarschen«, sagt Mama, und jetzt merkt Mira, dass Mama die Konsonanten weicher ausspricht, dass ihre Stimme schlurfig klingt, und sie weiß, dass Mama betrunken ist. Sie weiß nur noch nicht, wie sehr.

»Nein, natürlich nicht«, entgegnet sie leise.

»Das hast du alles hinter meinem Rücken geplant? Und dich mit Papa gegen mich verschworen?«

Sie grapscht nach den Unterlagen auf Miras Schreibtisch und schubst Mira, die sich ihr in den Weg stellen will, mit einem kräftigen Stoß zur Seite. Die ersten Blätter, die sie erwischt, zerreißt sie, ohne sie zu lesen. Mira schließt die Augen, als sie das Ratschen hört. In ihr drin ist es ganz kalt.

»Lass das, bitte«, sie greift nach den Schnipseln, will sie ihrer Mutter aus den Händen reißen, doch die lässt das zerfetzte Papier zu Boden fallen.

»Wie hast du das überhaupt gemacht, hm?« Mama kommt näher, Mira kann ihren Alkoholatem riechen. Angeekelt wendet sie sich ab, was Mama dazu bringt, Miras Kinn zu schnappen und festzuhalten mit einem eisernen Griff, der wehtut.

»Brauchst du da nicht eine Einvau… Einversch… eine Unterschrift von mir?«

Mama gibt sich Mühe beim Sprechen, kommt aber nicht über die langen Wörter. Das macht Miras Angst schlagartig größer, denn es bedeutet, dass Mama zu betrunken ist für Nachsicht, aber zu wenig betrunken, um die Koordination zu verlieren. Sie ist genau dazwischen, und da ist sie am gefährlichsten.

Mira gibt keine Antwort. Sie wird ihr sicher nicht sagen, dass sie sich als Waisenkind ausgegeben hat.

»So, so.« Mama hält Miras Kinn weiterhin fest und sieht ihr ganz aus der Nähe in die Augen. »Du bist also eine kleine Betrügerin, hm?«

Mira schweigt und überlegt fieberhaft, was sie tun soll.

»Du wärst mich immerhin für vier Wochen los«, sagt sie, »das ist doch gut. Du musst auch gar nichts machen. Und ich brauche kein Geld von dir.«

Sie denkt nach, welche Argumente sie noch vorbringen kann, damit Mama sie nach Cambridge fahren lässt.

»Für die Schule ist das super, ich lerne da viel mehr als im Englischunterricht. Und die haben mir ein Stipendium gegeben, Mama, ein Stipendium!«

Mira redet schnell, Mama lässt endlich ihr Kinn los, weicht aber nicht zurück. Nur der Schreibtischsessel, der zwischen ihnen steht, sorgt für ein wenig Distanz. Mira duckt sich unter Mamas Arm durch und nimmt rasch die übrigen Unterlagen an sich. Sie hält sie hinter ihren Rücken, Mamas Augen werden zu Schlitzen.

»Wieso bist du überhaupt hier?«, versucht Mira es mit Ablenkung. »Solltest du nicht arbeiten?«

Mama mustert Mira schweigend und blinzelt mehrmals. Es ist seltsam, dass sie noch genauso aussieht wie früher, aber ein völlig anderer Mensch ist.

»Hat nicht mehr gepasst«, nuschelt Mama, »die haben mich da nicht verstanden.«

»Was soll das bedeuten?«, fragt Mira und macht einen Schritt zurück. Vielleicht kann sie die Zettel mit den Informationen unbemerkt unter Subis Kopfkissen schieben, wenn Mama gerade nicht herschaut.

»Dass ich da nicht mehr hingehe, soll das bedeuten«, zischt Mama, »kapierst du das nicht? Du bist doch sonst so klug. Mit deinem ... deinem Stipendium und dem Camp. Aber ich lass nicht zu, dass du mich hintergehst, Mira. Ich bin immer noch deine Mutter!«

Den letzten Satz sagt sie laut, und Mira sieht die kleinen Spucketröpfchen, die ihr dabei aus dem Mund fliegen. Sie fragt sich, ob sie es schaffen kann, aus dem Zimmer zu rennen und sich im Bad einzuschließen. Am besten mit dem Handy, aber das liegt auf dem Schreibtisch, direkt neben Mama. Und zwischen Mira und der Tür befindet sich das Stockbett, da müsste sie erst rundherum laufen. Mama scheint zu ahnen, was Mira vorhat, und kommt auf sie zu.

»Ist mir egal, ob du die Sachen hinter deinem Rücken versteckst«, sagt Mama, »du fliegst nicht nach England. Nicht, nachdem du es mir verheimlicht hast. Und nicht auf Papas Kosten. Von ihm nehmen wir nichts, hast du verstanden? Das erlaube ich nicht. Wir brauchen ihn nicht. Er hat uns verlassen. Er hat uns sitzen lassen! Da betteln wir nicht bei ihm, ist das klar?«

Mira schluckt heftig.

»Ob das klar ist, hab ich gefragt!«, schreit Mama.

»Aber ...«, will Mira einwenden, und im nächsten Moment findet sie sich auf dem Boden wieder. Sie weiß gar nicht, wo es wehtut, so schnell ist es gegangen. Die Blätter aus England sind ihr aus der Hand gerutscht und haben sich rund um Mira verteilt.

»Ich verbiete es«, sagt Mama und schaut auf Mira hinunter, die rasch die Arme vor die Brust zieht, um sich zu schützen. Aber Mama schlägt nicht zu und tritt sie auch nicht, sie verlässt ohne ein weiteres Wort das Zimmer. Aus der Abstellkammer gegenüber hört Mira das Klirren von Flaschenglas, dann knallt die Wohnzimmertür zu.

Mira setzt sich auf, sammelt die Papiere ein, nimmt ihr Handy und schickt wie vereinbart die Fotos, die sie zum Glück schon vorher gemacht hat, an Papa. Sie schreibt ihm, welchen Flug nach London er für sie buchen soll, und bedankt sich noch einmal. Dann lehnt sie sich gegen die Leiter des Etagenbetts und atmet vorsichtig ein. Der Schmerz sitzt an der linken Seite vom Bauch, sie wird einen blauen Fleck bekommen. Mira streicht die Unterlagen glatt und betrachtet erneut das große blau-schwarze Emblem des Colleges. Sie wird sich von Mama gar nichts verbieten lassen, sie wird nach England fliegen. Es gibt nur einen Unterschied. Sie muss jetzt schon früher von zu Hause weg als ursprünglich geplant. Und sie weiß auch schon, wohin.

Augustin Havel

Das Wartezimmer ist weiß und kahl, wie jedes Wartezimmer. Dass die Menschen es nicht schaffen, Bereiche, in denen sie sorgenvoll sitzen müssen, ein wenig fröhlicher und lebendiger zu gestalten, wird Augustin nie verstehen. Man bekommt ja automatisch schlechte Laune, wenn man eine Praxis betritt, so farbenbefreit sieht es dort aus. Er nimmt Rosas Hand und lächelt sie aufmunternd an. Oder zumindest auf eine Weise, von der er hofft, sie möge aufmunternd wirken. Als Rosa ihn gebeten hat, sie zum Neurologen zu begleiten, hat er nicht gezögert.

»Ist es wegen des Zitterns?«, hat er gefragt, und Rosa hat genickt.

»Wir besprechen die Ergebnisse der neurologischen Untersuchung«, hat sie erklärt, und auch wenn Augustin nicht gewusst hat, was genau das bedeutet, war ihm klar, dass es etwas Ernstes sein musste. Das hat Rosa ihm dann auch bestätigt.

»Ich habe alle Symptome«, hat sie gesagt, »wobei das Zittern anfangs nur selten auftritt. Aber meine Beine sind oft kalt und taub. Und meine Muskeln fühlen sich steif an, ich kann mich manchmal nur langsam bewegen.«

Augustin hat sie ungläubig angeschaut.

»Du merkst das nur nicht, weil du noch langsamer bist!«, hat sie gescherzt, und das hat ihn beruhigt. Solange sie ihren Humor noch nicht verloren hat, besteht in seinen Augen Hoffnung. Hinterher hat er mit seinem neuen Tablet gegoogelt. Tremor, Rigor, Bradykinese, Haltungsinstabilität ... das hat er alles nachgelesen, damit er für den Arzttermin gerüstet ist. Als Rosa aufgerufen wird, lässt sie seine Hand nicht los, und Augustin wertet das als Zeichen, dass er mitkommen soll.

»Die denken bestimmt, dass du mein Mann bist«, flüstert Rosa, als sie ins Sprechzimmer gehen.

»Das ist mir eine Ehre«, flüstert Augustin zurück.

Der Arzt macht das Gesicht, das Ärzte immer machen. Er versucht, Zuversicht auszustrahlen, ist sich seiner überlegenen Position bewusst und hat zugleich etwas Ungeduldiges in seiner Mimik. Weil ja noch viele Menschen darauf warten, zu ihm zu dürfen. Augustin findet Situationen, in denen einer einen Wissensvorsprung hat, stets aufs Neue unangenehm. Und zwar für beide Seiten, er mochte es auch früher in seinen Tagen als Professor nicht, in einem Gespräch mehr zu wissen als sein Gegenüber.

Der Arzt gibt ihnen die Hand, sie setzen sich. Er zeigt Augustin und Rosa Aufnahmen von Rosas Gehirn.

»Hier sieht man die Reaktion auf die Injektion, die wir Ihnen verabreicht haben«, sagt er und tippt mit einem Stift auf bestimmte Flecken. »Die Dopamintransporter-SPECT gibt Aufschluss, ob es am Dopamintransporter mangelt. Wenn Dopamin, Acetylcholin und Glutamat nicht im Gleichgewicht sind, kann keine koordinierte Bewegung erfolgen. Sterben die Nervenzellen ab, die Dopamin produzieren, erkrankt man an …«

»… Morbus Parkinson«, vervollständigt Rosa seinen Satz.

Sie klingt gefasst, wie es Augustin scheint. Der Arzt nickt stumm und lehnt sich zurück. Wie es wohl wäre, wenn er einen blauen Pullover trüge? Oder ein Oberteil mit einem lustigen Spruch? Hätten die Patienten dann trotzdem Respekt vor ihm? Augustin findet es erstaunlich, wie sehr Menschen über Kleidung definieren, wer was ist und wer was kann. Sobald man in einen weißen Kittel schlüpft, hat man mehr Autorität. Das ist keine natürliche, sondern eine gelernte Autorität, und wie kann sie in einem farblosen Mantel liegen? Augustin schüttelt den Kopf und merkt, dass er schon eine ganze Weile nicht mehr zugehört hat. Er sollte sich nicht mit Überlegungen zu gesellschaftlichen Gepflogenheiten ablenken, sondern Rosa beistehen.

»Wir werden zuerst einmal sehen, wie Sie auf die Medikation ansprechen«, sagt der Arzt gerade, »und hier gebe ich Ihnen Informationen zu Ernährung und Bewegung mit, die Sie bitte aufmerksam lesen und nach Möglichkeit befolgen.«

Er hat blonde Haare und helle Haut, bestimmt bekommt er im Sommer oft einen Sonnenbrand. Ob seine Vorfahren Norweger waren? Und ob in seiner Brille Sehstärke ist oder nur Fensterglas?

»Für Ihren Gatten sind diese Informationen sicher auch von Bedeutung«, sagt der Arzt an Augustin gewandt, und der kann sehen, wie ein schmales Lächeln über Rosas Lippen huscht. Er findet es schön, dass sie den Arzt nicht berichtigt.

»Was heißt das denn nun für Rosas Alltag?«, fragt Augustin.

»Der Krankheitsverlauf gestaltet sich unterschiedlich. Was auf Sie zukommt, kann ich Ihnen nicht genau sagen, das ist sehr individuell. Grundsätzlich schreitet Morbus Parkinson langsam voran, und wir sind mittlerweile in der Lage, es medikamentös zu behandeln. Nur aufhalten und heilen können wir es nicht.«

Er macht eine kurze Pause, aber weder Augustin noch Rosa entgegnen etwas.

»Depressive Verstimmungen sind bei Ihnen, soweit ich weiß, bisher nicht aufgetreten?«, fragt er, und Rosa schüttelt den Kopf.

»Bei Niedergeschlagenheit und Traurigkeit wenden Sie sich bitte gleich an uns. Auch dafür gibt es geeignete Präparate. Und Ihr Mann kann Sie auch entsprechend unterstützen.«

Augustin nickt.

»Sie ist eigentlich immer gut gelaunt«, sagt er, aber als Rosa bei seinen Worten den Kopf beinahe unmerklich ein wenig abwendet, wird ihm klar, dass das womöglich nicht ganz wahr ist.

»Die körperlichen Symptome betreffen bisher nur die rechte Seite«, fährt der Arzt fort, »das ist häufig so. Sie werden feststellen, dass viele Bewegungsabläufe, auch alles, was eigentlich automatisiert ist, mehr Konzentration verlangt. Es kann auch sein, dass es zu Geruchsdefiziten kommt, also dass Sie Gerüche nicht mehr so gut unterscheiden können.«

»Und was tue ich, wenn ... also, wenn ... ich es allein nicht mehr schaffe? Am Ende dann?«, fragt Rosa leise.

»Es gibt verschiedene Einrichtungen, in denen Sie aufgenommen werden können und gut betreut sind. Da gebe ich Ihnen eine Liste mit, damit Sie sich dort frühzeitig umschauen und um einen Platz kümmern.«

Der Arzt zieht eine weitere Liste aus einer Mappe hervor und legt sie auf den Blätterstapel vor Rosa.

»Zögern Sie bitte nicht, Hilfe anzunehmen«, sagt er eindringlich, und Rosa weicht seinem Blick aus. Augustin weiß, dass ihr gerade das mit Sicherheit schwerfallen wird. Sie ist es gewohnt, alles selbst zu organisieren, und genießt ihre Unabhängigkeit.

»Und das Lesen?«, fragt sie. »Beeinträchtigt die Krankheit meine Fähigkeit, ein Buch zu lesen?«

Der Arzt streicht sich über seinen blonden Bart. Schweden könnten es auch gewesen sein, denkt Augustin, auf jeden Fall Skandinavier. Vor seinem inneren Auge sieht er bärtige Wikinger an einer Schiffsreling stehen, während ein Sturm aufzieht.

»Es kann sein, dass Sie ... irgendwann nicht mehr in der Lage sind, ein Buch zu halten«, erklärt der Arzt, »eventuell geht auch Demenz mit Ihrer Erkrankung einher, dann wird das Lesen schwierig. Aber Sie könnten ... auf Hörbücher umsteigen. Oder sich vorlesen lassen?«

»Mhm«, macht Rosa und greift nach den Zetteln.

»Aber noch ist es ja nicht so weit«, fügt der Arzt hinzu, als ob das ein Trost wäre.

»Ich lese dir gern vor«, sagt Augustin und legt seine Hand auf ihre. Rosas Finger sind eiskalt.

»Aber nur die Bücher, die ich aussuche«, entgegnet sie und lächelt schwach.

Draußen vor der Tür des Sprechzimmers atmet Rosa langsam ein und aus. Augustin weiß nicht, was er sagen soll, jede Floskel scheint ihm blutleer und enttäuschend. Darf er sie in den Arm nehmen, oder ist das unangebracht?

»Ich brauche einen Augenblick«, sagt Rosa und drückt ihm ihre Handtasche sowie die Informationsblätter in die Hand. Dann verschwindet sie in der Toilette, und Augustin steht da, wartend, ein wenig hilflos und traurig, aber fest entschlossen, sie nicht allein zu lassen, keinen Moment lang, bis zum Ende nicht.

Anna

So viel Leben war in unserer Küche noch nie, nicht einmal als Oma Gertraud noch da war. Denn auch dann waren wir ja maximal zu dritt, im Moment wirbeln jedoch vier Leute um den Herd herum. Es ist Freitagabend, Mel und ich haben Oliver und Daniel zum Raclette-Essen eingeladen.

»An Silvester kann das ja jeder«, hat Mel gesagt und mir zugeraunt: »Außerdem kann man bei Raclette nicht so viel falsch machen.«

Wir haben den Raclette-Griller aus dem Keller geholt und abgestaubt, haben Fleisch, Gemüse und jede Menge Käse eingekauft, jetzt läuft laute Musik auf Mels Laptop, während wir Weißwein trinken, Champignons und Paprika schnipseln und durcheinanderreden. Ich finde es wunderbar und befremdlich zugleich. Und ich habe das Gefühl, dass die beiden Männer sich sehr wohl bei uns fühlen. Besonders Oliver scheint es zu genießen, nach all der Zeit endlich Zugang zu unseren heiligen Hallen erhalten zu haben. Er benimmt sich wie ein überdrehtes Kind, das lange auf Weihnachten gewartet hat. Es rührt mich fast ein wenig, dass er seine Freude so offen zeigt. Ich kann gar nicht zählen, wie oft er Mel schon am Arm berührt, angegrinst und auf die Wange geküsst hat.

Das bringt Daniel und mich in eine prekäre Situation, weil wir, wenn die beiden so herumschmusen, ein wenig verlegen in die Luft schauen. Ich habe ihn, neben den beiden anderen, die uns beobachtet haben, mit Bussi-Bussi begrüßt, nicht anders als Oliver. Wäre Marco am Montag nicht zufällig da gewesen, hätte ich Daniel nicht geküsst. Wobei der Kuss andererseits gar nicht so schlecht war. Da hatte ich schon wesentlich schlimmere. Ach, ich bin verwirrt. Ich brauche mehr Wein.

»Was sagst du zu dem Buch mit den Seiten über dich?«, fragt Oliver und gibt die klein geschnittenen Kräuter in die Sauerrahmsoße. Heute ist er erstaunlich schlicht angezogen, er trägt eine schwarz-weiß karierte Hose, ein schwarzes Shirt und dazu einen Gürtel, der aus einem Fahrradreifen hergestellt wurde, wie er auf meine Nachfrage erklärt hat. Daniel hat grinsend die Augen verdreht. Er selbst trägt zu seiner dunklen Jeans immerhin ein Hemd. Und ich muss sagen, das steht ihm gut.

»Es wäre schön gewesen, wenn sie vorher mit mir gesprochen hätten«, antworte ich.

Das war es, was Daniel mir am Montag hatte zeigen wollen. Bei einem Abendessen mit seinem Druckerei-Partner ganz in meiner Nähe hat dieser ihm ein Buch mitgegeben, das als anschauliches Beispiel für einen anderen Auftrag dienen sollte. Und als Daniel auf dem Heimweg darin geblättert hat, hat er mich entdeckt. Die Autorinnen haben eine Art Genussführer für Salzburg erstellt und dem Café Sonnigsüß darin mehrere Seiten gewidmet. Inklusive Fotos und Rezepten. Weder das eine noch das andere habe ich jemals zu Gesicht bekommen, geschweige denn freigegeben. Freudestrahlend hat er mir das Buch unter die Nase gehalten und mich gefragt, ob ich schon Belegexemplare bekommen hätte. Und dann hat er sich über meinen erstaunten Blick gewundert.

»Du solltest dich beschweren«, wiederholt Mel ihre Worte vom Montag, »das ist nicht okay. Vor allem wegen der Rezepte.«

»Sind das denn Rezepte von dir?«, fragt Oliver.

»Eben nicht. Das ist, was mich daran nervt. Dass sie über das Café geschrieben und alles fotografiert haben, finde ich nicht so tragisch, dadurch machen sie ja Werbung für mich. Aber die Rezepte haben sie sich offenbar selbst aus den Fingern gesogen oder … keine Ahnung, wo sie die herhaben. Nicht einmal die Mengenangaben stimmen.«

»Oh«, macht Oliver.

»Ja. Und Bananenmuffins hab ich noch nie gebacken. Jetzt stehen die da aber mit meinem Namen.«

Ich seufze und trinke mein Glas aus. Mit Daniel und Mel, die dann runter ins Café gekommen ist, habe ich am Montag noch ziemlich lange über das Buch diskutiert, aber wir sind auf keinen grünen Zweig gekommen. Mel ist der Meinung, ich solle den Verkauf stoppen lassen, Daniel hat sogar von einer Klage geredet, aber mir entspricht das alles so gar nicht. Ich möchte kein großes Ding draus machen und den beiden Autorinnen, die sicher viel Arbeit in ihr Werk gesteckt haben, keine Steine in den Weg legen. Andererseits haben sie vielleicht gar nicht so viel Arbeit investiert, denn dann hätten sie ja mit mir gesprochen. Und sich echte Rezepte von mir besorgt, ich hätte kein Problem damit gehabt, ihnen welche zu geben.

»Ich kenne mich da rechtlich nicht aus, ich muss mich erst informieren«, sage ich und schenke uns allen Wein nach.

»Ihnen musste doch klar sein, dass du das Buch früher oder später zu sehen bekommst«, wendet Daniel ein, »oder dass Leute bei dir im Café nach den Bananenmuffins fragen werden.«

»Ich weiß ja auch nicht, was sie sich dabei gedacht haben«, sage ich, »aber lasst uns lieber über was anderes reden. Oder endlich essen, ich sterbe vor Hunger!«

»Gute Idee«, stimmt Mel mir zu und nimmt die Kartoffeln aus dem Topf, »wir haben eigentlich alles, was wir brauchen. Kann losgehen!«

Auf dem Tisch stehen die aufgeheizte Raclette-Platte und alle Zutaten bereit, die wir gleich in die Pfännchen schichten und mit Käse überbacken werden. Dazu gibt es verschiedene Soßen, Baguette, Wein und Bier. Als Nachspeise habe ich unten im Kühlschrank der Backstube ein bombiges Schichtdessert mit Erdbeeren, Schokokeksen und Mascarpone bereitgestellt.

Daniel setzt sich ganz selbstverständlich neben mich und

reicht mir die einzelnen Schüsseln mit Mais, Rinderfilet und Camembert. So könnte es sein, denke ich, als wir uns über das Essen hermachen, das wir gemeinsam vorbereitet haben. Wir könnten zu viert in diesen zwei Wohnungen leben, die Abende zusammen verbringen, wenn wir Lust dazu haben, ins Kino oder was trinken gehen, auf der Couch Netflix schauen, wir könnten alle miteinander befreundet sein, vielleicht sogar gemeinsam in den Urlaub fahren. Als ein Bild in meinem Kopfkino aufblitzt, das uns vier mit unseren Kindern zeigt, springe ich auf, als hätte mich eine Biene gestochen, und stoße dabei mein Weinglas um. Zum Glück war es fast leer, ich tupfe die nassen Flecken schnell mit meiner Serviette auf.

»Sorry«, murmle ich, »ich muss aufs Klo.«

Das ist gar nicht wahr, doch diese seltsame Idylle macht mich ganz verrückt. Und vor allem mein Gedankenkarussell. Im Bad wasche ich mir die Hände und betrachte mein Gesicht im Spiegel. Ob man mir ansehen kann, worüber ich nachdenke? Ob jemand merkt, dass ein Teil von mir die ganze Zeit unkonzentriert ist, sich woandershin wünscht, sich zu jemand anderem wünscht? Vermutlich nicht. Was hinter der Fassade vorgeht, können wir Menschen meist sehr gut verbergen. Während die Konturen meines Spiegelbilds verschwimmen, merke ich, dass ich betrunkener bin als gedacht. Ich hätte mir nicht schon so viel Wein auf nüchternen Magen gönnen sollen. Aber ich habe heute keine Lust, vernünftig zu sein. Ich will Spaß haben, nicht so streng zu mir selbst sein und ausnahmsweise eben mal nicht alles zerdenken.

Als ich ins Wohnzimmer zurückkomme, hat Daniel meine Pfännchen davor bewahrt zu verkohlen und alles auf meinem Teller für mich angerichtet. Es ist kaum zu glauben, dass er so nett ist. Zuvorkommend, freundlich, erstaunlich normal und dazu auch noch attraktiv. Für einen Augenblick bin ich davon unglaublich genervt. Ich wünschte, er würde auch mal was falsch machen. Ich setze mich wieder und fange an zu essen, klinke mich in die Unterhaltung ein und öffne eine neue Flasche Weißwein.

»Ich hab keinen Fernseher mehr«, erzählt Oliver gerade, »ich hab alles abgemeldet. In den Streaming-Diensten gibt es ohnehin viel bessere Sachen, das konservative Fernsehen ist tot. Und wer hört überhaupt noch Radio?«

»Ich habe auch immer nur meine eigenen Playlists laufen«, sagt Mel mit vollem Mund.

»Und was das Weltgeschehen angeht, informieren wir uns im Internet«, stimmt Daniel zu, und dann sprechen wir über Serien, die wir gesehen haben.

»Wenn du dann hier wohnst, teilen wir uns auf, okay?«, sage ich lachend zu Oliver. »Du schaust drüben dein Männerzeug, und Mel und ich machen hier unseren Mädelsabend.«

»Ich kann ja dann Daniel einladen«, fügt Oliver hinzu.

»Na bitte, wäre das also auch geregelt«, sagt Mel zufrieden grinsend und wirft Oliver einen Blick zu. Er wird heute zum ersten Mal hier übernachten, zur Probe sozusagen. Ich bin gespannt, wie es ihr damit geht. Und mir. Aber ich glaube, es wird gut sein. Und dieser Abend, an dem wir zum ersten Mal Besuch haben, ist so angenehm, dass ich mir durchaus vorstellen kann, so etwas öfter zu machen.

Das Faszinierende an Raclette ist, dass man unheimlich viel essen kann, ohne es zu merken. Und dann ist man plötzlich derart satt, dass man kaum noch in der Lage ist, sich zu bewegen. Als ich aufstehe, um das Dessert aus der Backstube zu holen, bietet Daniel sofort an, mich zu begleiten. Beim Hinuntergehen merke ich an seinem Schwanken, dass er das Raclette offenbar auch mit recht viel Bier und Wein hinuntergespült hat. Er hält mir die Tür zur Backstube auf, lehnt sich dann von innen dagegen und zieht mich an sich. Der Kuss ist nicht hektisch und leidenschaftlich, sondern langsam und sanft. Und obwohl ich diesmal sehr bewusst registriere, was geschieht, wie sich Daniels

Lippen anfühlen und seine Muskeln unter dem Shirt, wie sein Bart an meinem Kinn kitzelt, denke ich trotzdem an Marco. An Marco und mich, wie wir einander mit Kuchen gefüttert haben, wie wir aufeinander auf dem Boden lagen, keine zwei Meter weiter drüben, wie wir uns geküsst haben, als käme nie mehr ein neuer Tag. Und es war anders, ganz anders.

»Die lachen oben sicher über uns«, sage ich und löse mich von Daniel. »Je länger wir wegbleiben, umso mehr werden sie uns verarschen.«

»Sollen sie doch«, gibt er zurück und drückt mir noch einen kurzen Kuss auf die Lippen.

Ich mag ihn. Ich bin gern in seiner Nähe. Vielleicht genügt das ja, vielleicht muss es nicht mehr sein. Wer sagt, dass man sich in jeden Kerl, mit dem man eine gute Zeit verbringen kann, gleich Hals über Kopf verlieben muss? Eben. Und war nicht eine Bettgeschichte ohnehin das, was ich von Anfang an von ihm wollte?

»Ich weiß gar nicht, wie ich in meinem Bauch noch Platz für das Dessert finden soll«, stöhnt Daniel, »aber ich werde es selbstverständlich kosten.«

»Das will ich auch hoffen!«

»Da du es gemacht hast, kann es nur gut sein.«

»Alter Schmeichler.«

Er lächelt mich an, und wir gehen wieder hinauf in die Wohnung, in der es extrem stark nach Essen riecht. Das fällt einem ja stets erst auf, wenn man den Dunst einmal verlassen hat und in den Raum zurückkommt.

»Puh«, sage ich und öffne eins der Fenster.

Und dann ist es wie bei jedem großen Essen: Egal, wie satt man ist, das Dessert passt irgendwie doch immer noch rein. Oliver hat es in Rekordzeit ausgelöffelt und lobt es, doch ich habe den leisen Verdacht, dass er es so schnell weggeputzt hat, weil er sich danach sehnt, mit Mel allein zu sein. Weil er mit ihr hinüber in die andere Wohnung will, in die er vielleicht bald einziehen wird.

»Aber ein Glas trinken wir noch«, sage ich, und wir prosten einander zu.

Mel erzählt ein paar Anekdoten von ihrer Reise, dann geht es auf Mitternacht zu, und ich muss dringend ins Bett, damit ich wenigstens noch ein bisschen Schlaf bekomme. Obwohl niemand es ausspricht, ist uns allen bewusst, dass der Status von Daniel ungeklärt ist. Wird er einfach nach Hause gehen? Oder bei mir bleiben? Und wenn er bei mir bleibt, was bedeutet das?

»Lasst das Geschirr ruhig stehen, ich räume das morgen auf«, sagt Mel, und wir nicken. Das viele leckere Essen und der süffige Wein, von dem wir fünf Flaschen geleert haben, haben uns müde gemacht. Am liebsten würde ich auf der Stelle schlafen, ohne mich auszuziehen oder mir auch nur die Zähne zu putzen. Daniel sieht ebenfalls erschöpft aus und schaut mich fragend an, während Mel und Oliver sich verabschieden.

Als sie gegangen sind, drehe ich mich zu Daniel um, der an der Wand neben der Tür lehnt. Er nimmt meine Hand. Ihn jetzt noch hinauszuschicken in die Nacht, erscheint mir harsch. Und ich habe nichts gegen seine Gesellschaft, im Gegenteil. Er kittet meinen verletzten Stolz, er lenkt mich ab. Vielleicht ist es ja auch gar nicht so schlecht, dass ich nicht rettungslos verknallt in ihn bin. Dann kann er mir wenigstens nicht wehtun.

»Ist es okay für dich, wenn ich …«, setzt er an, und als Antwort ziehe ich ihn mit mir ins Schlafzimmer.

Wir küssen uns, er knöpft mein Kleid auf, ich öffne seinen Gürtel. Als ich meine Hand in seine Boxershorts wandern lasse, stöhnt er mir leise ins Ohr. Für wilde Gesten sind wir zu müde und zu satt, man sollte vielleicht die Reihenfolge von Sex und Raclette-Essen anders planen. Für einen Moment stelle ich mir vor, wie schön es wäre, nichts weiter zu tun, als an ihn gekuschelt einzuschlafen. Daniel kann sich nicht so gut auf den Beinen halten, er hat deutlich mehr getrunken als ich, und sogar bei mir schlägt der Alkohol gerade Purzelbäume im Blut. Er lässt sich aufs Bett fallen, und ich schnappe seine Jeans an den Hosenbeinen, um sie ihm auszuziehen.

»Komm her«, flüstert er.

»Ich bin gleich wieder da«, flüstere ich zurück und flitze ins Bad.

Ich trage Deo auf, schnuppere an meinen Haaren, die nach Gebratenem riechen, verziehe das Gesicht, sprühe Parfum in die Luft und laufe einmal durch die Duftwolke hindurch. Ich frische mein Make-up auf, obwohl es im Schlafzimmer dunkel ist. Sicher ist sicher.

»Na los, Anna«, murmle ich, um mich selbst anzufeuern. Harmloser, unverbindlicher Sex, was ist schon dabei? Es ist ja nicht so, als hätte ich noch nie einen One-Night-Stand gehabt. Na ja gut, noch nie, während ich eigentlich verliebt war. In einen anderen. Aber genau deshalb sollte ich nicht zögern. Hat Marco etwa gezögert, als er mit seiner Freundin weggegangen ist? Hat er auch nur ein einziges Mal zurückgeschaut? Nein! Der würde jetzt an meiner Stelle sicher nicht Nein sagen. Wir sind ja nicht zusammen. Gar nichts sind wir, und deswegen kann ich tun, was ich will. Mit wem ich will. Ich lächle mich selbst aufmunternd an, lösche das Licht und husche zurück ins Schlafzimmer.

»Bin wieder da«, wispere ich.

Daniel antwortet nicht. Ich lege mich neben ihn ins Bett und erwarte, dass wir dort weitermachen, wo wir aufgehört haben. Stattdessen höre ich sanftes Schnarchen.

Ich stupse ihn an.

»Du bist doch jetzt nicht ernsthaft eingeschlafen, oder?«

Ich zwicke ihn in den Oberarm, er grummelt und dreht sich auf die Seite.

»Daniel?«

Einen Augenblick verharre ich ratlos. Soll ich versuchen, ihn aufzuwecken? Und während ich noch überlege, taucht ein neues Gefühl in mir auf. Als ich verstehe, dass es Erleichterung ist, lasse ich Daniel in Ruhe. Ich drehe mich auf den Rücken und starre an die Decke. Ich seufze laut, dann muss ich lachen. Wie absurd diese Situation ist! Mel und Oliver haben mit Sicherheit gerade viel mehr Spaß. Und Mel wird sich zerkugeln, wenn ich ihr das erzähle. Aber vielleicht sollte man, wenn man sich selbst im Bad wie ein Cheerleader vom Sex überzeugen muss, eh keinen Sex haben.

Und dann merke ich, dass ich nicht einschlafen kann. Dabei war ich gerade noch völlig übermüdet und allein schon beim Gedanken daran, mich mit meinem vollen Bauch und meinem Weindusel noch sexy bewegen zu müssen, komplett geplättet. Aber jetzt bin ich hellwach. Liegt es eventuell daran, dass ich es nicht gewohnt bin, dass ein Mann neben mir schläft? Wie viel Zeit habe ich überhaupt noch, muss ich bald wieder aufstehen? Ich drehe mich von Daniel weg, dann wieder zu ihm hin. Ich passe meinen Atem seinem an. Ich denke den Abend durch, die Gespräche, die Blicke, die Andeutungen. Ich frage mich, ob der Sex mit Daniel wohl gut gewesen wäre. Und ob es eine andere Gelegenheit geben wird oder ob das unsere einzige Chance war. Ich hätte, um ehrlich zu sein, auch nichts dagegen, wenn wir einfach nur Freunde werden. Was wird er wohl morgen früh denken, wenn er merkt, dass er im entscheidenden Moment eingeschlafen ist? Entnervt nehme ich meine Decke und gehe ins Wohnzimmer auf die Couch. Vielleicht gelingt es mir ja einzuschlafen, wenn ich allein bin. Doch das klappt nicht, jetzt liege ich zwar woanders, bin allerdings immer noch munter. Und es riecht nach kaltem Essen.

Als wenige Stunden später mein Wecker klingelt, bin ich, obwohl ich mich wie gerädert fühle, regelrecht froh, dass er mich aus meiner Misere befreit. Ich dusche, ziehe mich leise an und werfe einen letzten Blick auf Daniel in meinem Bett. So könnte es sein, habe ich am Abend gedacht. Jetzt weiß ich, dass es so sein könnte, aber nicht so sein wird.

Raclette-Pfännchen mit Schinken, Birne und Camembert

Zutaten

20 g Walnusskerne
2 Birnen
1 Packung Camembert
Schwarzwälder Schinken

Zubereitung

Nüsse grob hacken. Birnen waschen und in Spalten schneiden.
Camembert in Scheiben schneiden. Birnenspalten, Schinken,
Camembert und Nüsse in die Pfännchen geben und im Raclette-
gerät ca. 3 Minuten garen.

Raclette-Pfännchen mit Rinderfilet, Mango und Feta

Zutaten

1 reife Mango
400 g Rinderfilet
4 EL Öl
Salz
Pfeffer
200 g Feta

Zubereitung

Mango in dünne Spalten schneiden. Fleisch waschen, trocken tupfen und in Scheiben schneiden.

Mit Öl und Gewürzen marinieren, dann auf der Bratenplatte des Raclette-Geräts unter Wenden 3–4 Minuten braten, mit Mangospalten und Käse in Stückchen in Raclette-Pfännchen schichten. Unter dem heißen Grill des Raclette-Geräts 4–6 Minuten überbacken.

Augustin Havel

Die erste Überraschung ist, dass Mira nicht an ihrem gemeinsamen Tisch sitzt, als Augustin das Café betritt. Er sieht auf seine Armbanduhr, 14 Uhr. Für gewöhnlich hat sie doch montags um 13.30 Uhr aus und kommt direkt ins Sonnigsüß. Er setzt sich und wirft einen fragenden Blick zu Anna, die ratlos mit den Schultern zuckt.

»Vielleicht wurde sie aufgehalten«, sagt sie, während sie Augustin den obligatorischen Milchkaffee serviert.

Die zweite Überraschung ist, dass Mira auch nach einer Stunde nicht auftaucht. Ungeduldig tippt Augustin mit den Fingern auf der Tischplatte herum und schaut immer wieder zur Eingangstür. Doch jedes Mal, wenn die sich öffnet, ist es nicht Mira, die hereinkommt.

»Kann es sein, dass sie nachsitzen muss?«, fragt er Anna.

»Gibt es so was denn heutzutage noch?«, fragt sie zurück, und Augustin weiß darauf keine Antwort.

Zu seiner Zeit war Nachsitzen ja an der Tagesordnung, man bekam vom Lehrer ständig Strafaufgaben aufgebrummt. Andererseits ist Mira eine fleißige Schülerin, warum sollte sie länger in der Schule bleiben müssen?

»Oder sie ist krank«, merkt er an, als Anna ihn zum zweiten Mal fragt, ob er denn nicht trotzdem einen Kuchen essen möchte.

»Das kann natürlich auch sein«, sagt Anna und macht ein nachdenkliches Gesicht.

»Sie haben auch keine Telefonnummer von ihr, oder?«, fragt er, und Anna schüttelt entschuldigend den Kopf.

»Das Merkwürdige ist, dass sie jetzt schon so lange nicht mehr da war«, sagt Augustin. »Letzte Woche hat sie behauptet, sie würde über die Pfingstfeiertage mit ihrer Mutter wegfahren. Aber die sind ja inzwischen vorbei, heute ist ein ganz normaler Schultag.«

»Eventuell haben sie noch einen Tag drangehängt?«, überlegt Anna.

»Ja«, meint Augustin und wird das unangenehme Gefühl in seinem Bauch nicht los.

Er hat keine Möglichkeit, Mira zu kontaktieren, er weiß nicht, wo sie wohnt, ob sie ein Handy hat, nicht einmal ihren Nachnamen kennt er. Plötzlich erscheint es ihm nachlässig, dass er sie nie danach gefragt hat. Und umgekehrt kann sie ihn auch nicht anrufen. Sie haben sich in diesem Café unterhalten, beinahe täglich, als wäre es eine Art Höhle, als würde die Außenwelt, die Wirklichkeit, nicht existieren. Was, wenn Mira etwas zugestoßen ist?

»Ach, machen Sie sich keine Gedanken, Herr Havel«, beschwichtigt Anna ihn und legt kurz ihre Hand auf seine, »es gibt sicher eine logische Erklärung dafür. Entweder ist sie noch im Urlaub, oder sie hat sich erkältet. Bestimmt erzählt sie es uns morgen, wenn sie wieder hier ist.«

»Ich hoffe es«, antwortet Augustin und bezahlt seinen Kaffee. Ohne Mira konnte er sich nicht dazu durchringen, ein Stück Torte zu essen. Vor allem, weil die Sorge um sie in seinem Magen grummelt.

Auf die Rückseite der Rechnung schreibt er seine Festnetznummer und gibt sie Anna.

»Würden Sie mich trotzdem anrufen, falls Sie etwas erfahren? Oder falls Mira heute noch kommt?«

Anna nimmt den Zettel entgegen und wirft einen Blick auf die Uhr.

»Um die Zeit geht sie eigentlich eher schon nach Hause«, murmelt sie, »aber ja, natürlich melde ich mich, wenn sie auftaucht.«

Sie nickt, legt die Nummer in eine Schublade und lächelt Augustin an.

Er tippt sich an den Hut und verlässt das Café. Wer hätte gedacht, dass er einen kleinen Menschen, den er noch nicht einmal lange kennt, so schnell derart vermissen würde? Seit Mittwoch hat er Mira nicht gesehen, und er wollte ihr doch unbedingt den Gutschein vom Optiker geben. Dort hat er sich nämlich kürzlich neue Gläser in seine Brille machen lassen und im Rahmen einer Aktion fünfzig Prozent Rabatt auf ein neues Brillengestell bekommen. Er möchte Mira vorschlagen, eine Brille mit ihr auszusuchen, weil sie ihre ja beim Boxen zerbrochen hat, und sie ihr schenken. Damit sie nicht mehr mit der halbierten, mit Klebeband umwickelten Brille auf der Nase herumlaufen muss.

Während Augustin nach Hause spaziert, überlegt er, ob er in Miras Schule anrufen könnte. Er weiß, auf welches Gymnasium sie geht, nur wird es vermutlich schwierig ohne ihren Nachnamen. Er könnte sich als ihr vergesslicher Opa ausgeben. Andererseits wäre es grob fahrlässig von der Schule, einem wildfremden Mann am Telefon Auskunft über Mira zu erteilen. Augustin seufzt. Anna hat mit Sicherheit recht, er sollte sich nicht so in die Sache reinsteigern. Es geht ja nur um ein paar Tage, und es ist ohnehin außergewöhnlich, dass Mira mit solch verlässlicher Regelmäßigkeit ins Sonnigsüß kommt. Da ist es wohl nur logisch, dass das ausnahmsweise mal nicht der Fall ist, es kann ja immer was dazwischenkommen. Andererseits sagt ihm sein Instinkt, dass da etwas nicht stimmt. Er kann das nicht einmal konkret benennen und könnte es auch Anna nicht erklären. Doch sein Gefühl ist eindeutig. Und zwar eindeutig nicht gut.

»Hast du mir gar kein Törtchen mitgebracht?«, fragt Rosa enttäuscht, als sie seine leeren Hände sieht.

Augustin hält verdutzt inne.

»Entschuldige bitte«, sagt er, »das habe ich vollkommen vergessen.«

»Na, das kann ja heiter werden«, grinst sie, »ich habe Parkinson und du Alzheimer.«

»Pfff«, macht Augustin und zieht seine Schuhe aus, »ich war nur in Gedanken. Mira war nicht da, und ich mache mir Sorgen.«

»Oh«, sagt Rosa und schickt Milan in sein Körbchen, der aufgeregt an Augustins Hosenbeinen zieht.

Mittlerweile hat Milan in Rosas sowie in Augustins Wohnung seinen Platz, außerdem haben die beiden ihre Ersatzschlüssel getauscht, sodass Rosa jederzeit zu Augustin kann und Augustin jederzeit zu Rosa. In den ersten Tagen war sich Augustin unsicher, ob er die Idee gut finden soll, auch wenn er wusste, dass sie in erster Linie aus dem Gedanken geboren war, dass einem von ihnen etwas passieren könnte. Dann aber hat er schnell gemerkt, dass es einen ganz anderen Grad an Vertrautheit schafft, wenn man nicht mehr beim anderen klingeln und auf Einlass warten muss. Statt sich bedrängt zu fühlen, wenn Rosa seine Wohnung mit ihrem Schlüssel betritt, ist er eher enttäuscht, wenn er nach Hause kommt und sie nicht da ist. Gleichzeitig fühlt es sich richtig gut an, dass er auch bei ihr nicht mehr wartend vor der Tür stehen muss, sondern sie aufsperren kann. Am gestrigen Sonntag hat er das dafür genutzt, leise in Rosas Wohnung zu schleichen und ihr ein schönes Frühstück mit frischen Kipferln und ihrem Lieblingstee zuzubereiten, das er ihr ans Bett gebracht hat, als sie aufgewacht ist. Natalia schimpft regelmäßig, dass Rosa so unordentlich ist, aber ihr heiteres Gesicht dabei zeigt ihm deutlich, dass sie sich in Wahrheit sehr für ihn freut.

»Bist du nicht mehr so alleine, ist gut«, hat sie gesagt und angefangen, größere Portionen zu kochen.

»Ich hab selbst auch keinen Kuchen gegessen«, erklärt Augustin. »Irgendwie bedrückt es mich zu sehr.«

»Ich versteh dich«, sagt Rosa, »aber heute gibt es das Internet, da kann niemand verschwinden. Wenn sie in den nächsten Tagen auch nicht ins Café kommt, rufen wir Lukas an. Der kann sicher irgendwas am Computer machen und ihre Adresse herausfinden, du wirst schon sehen.«

»Na gut«, murmelt Augustin, und sie setzen sich ins Wohnzimmer, wo Rosa ihre Strickarbeit aufnimmt und Augustin die Zeitung gibt.

»Ich hab dir die Post reingebracht«, sagt sie.

»Oh, vielen Dank. Jetzt muss ich ja nicht mehr warten, bis du runterkommst, um dann selbst auch zum Briefkasten zu gehen«, merkt er schmunzelnd an.

»Weißt du eigentlich, dass ich immer extra viel Lärm gemacht habe und ganz langsam hinuntergegangen bin, damit du mich auch wirklich hörst und rauskommst?«

Rosa lacht, während Augustin kaum glauben kann, was sie da sagt.

»Und jetzt hast du sogar einen Schlüssel zu meinem Postkasten«, entgegnet er und streicht ihr liebevoll über das Knie.

Dann vertieft er sich in die Zeitung und Rosa in ihr Strickmuster. Als er merkt, dass Rosa mit einem verärgerten Geräusch die Stricknadeln sinken lässt und ihre rechte Hand mehrmals zur Faust ballt, fährt ihm ein kalter Stich ins Herz. Wer weiß, wie lange sie noch wird stricken können? Oder eine Tasse Tee halten? Ihm fällt ein, wie sie den Arzt gefragt hat, wie lange sie noch in der Lage sein wird zu lesen, und ihm wird schwer zumute.

»Was strickst du denn?«, fragt er betont beiläufig.

»Socken für dich. Du hast doch immer so kalte Füße.«

Augustin räuspert sich, um die Gefühle rasch niederzudrücken, die in ihm aufsteigen.

»Ach, mit Wollsocken rutsche ich sowieso bloß auf dem glatten Parkett aus. Dann brech ich mir die Hüfte, und Ferdinand freut sich, dass er mich endlich ins Heim stecken kann.«

»Pah«, macht Rosa, »inzwischen wollen sie eher *mich* ins Heim verfrachten. Du hast den Arzt doch gehört!«

»Wären wir im Heim, bekämen wir jetzt schon Abendessen«, sagt Augustin mit einem Seufzen und einer Handbewegung zur Wanduhr, die 17 Uhr anzeigt.

Rosa lacht.

Augustin nimmt ihr vorsichtig das Strickzeug ab und spürt dabei, wie steif und verkrampft ihre rechte Hand ist. Er streicht darüber, versucht, ihre Finger ein wenig zu massieren und zu lockern. Rosa schließt kurz die Augen und sagt kein Wort.

»Ist das deine aktuelle Lektüre?«, fragt Augustin und nimmt das Buch, das auf dem Couchtisch liegt, *Unsichtbare Frauen* von Caroline Criado-Perez.

Rosa nickt.

»Na komm«, sagt Augustin, »setz dich zu mir. Lass uns gleich mal üben für später. Ich lese dir vor.«

Marco

Sie ist sein erster Gedanke, als er aufwacht. Wie lange hat man Zeit, wenn man aus dem Tiefschlaf kommt, bevor einem alles wieder einfällt? Wo man ist, wer man ist und dass die Frau, in die man sich verliebt hat, nichts mehr von einem wissen will? Marco vergräbt mit einem Seufzen sein Gesicht im Kissen. Ein neuer Tag. Die Sonne scheint. Und nichts hat sich verändert.

Wieder und wieder hat er den Moment in seinem Kopf abgespielt. Hat sich alternative Abläufe überlegt. Dass er schneller ist und Anna zuerst küsst, zum Beispiel. Woraufhin sie merkt, dass sie den blonden Hünen gar nicht mehr will. Oder dass er den anderen mit einem gezielten Schlag niederstreckt. Woraufhin Anna ebenfalls feststellt, dass es Marco ist, den sie küssen sollte, Marco und niemand sonst.

Aber was auch immer sein Kopfkino ihn für kurze Zeit hat glauben lassen, die harte Realität ist, dass der Bärtige Anna im Arm gehalten hat und Marco nicht. Dass der Bärtige dann bei Anna hinter der geschlossenen Tür war und Marco davor. Und dass er das nicht vergessen kann, sosehr er es auch versucht. Er lenkt sich ab. Er hat schon zwei Bücher aus seinem neu aufgebauten Regal gelesen, seine Serie beendet und sich mit zu viel Bier angenehm betäubt. Er stürzt sich mit Feuereifer in die Arbeit, denkt sich neue Gerichte aus, surft stundenlang auf der Suche nach Inspiration im Netz. Er hat sich mit der neuen Eismaschine beschäftigt, dank der sie nun jeden Tag zwei selbst gemachte vegane Sorten anbieten, und er hat sogar angefangen, Gemüse zu fermentieren.

Aber nichts davon hilft. Kaum hat er auch nur eine Sekunde Leerlauf im Gehirn, ist Anna da. Wenn er unter der Dusche steht, denkt er an sie. Wenn er zum Einkaufen auf die Schranne geht, denkt er an sie. Wenn er durch seine Tinder-Matches wischt, denkt er an sie. Und ärgert sich über sich selbst. Dass er nach der Sache mit Ruth extremen Liebeskummer gehabt hat, das war ja verständlich. Schließlich hat er mit ihr zusammengewohnt, sie wollten gemeinsam ein Restaurant eröffnen, sogar über Kinder haben sie gesprochen. Ruth war seine Verlobte, mit ihr hat er eine Beziehung geführt. Aber Anna? Er kennt sie doch kaum. Er hat sie vielleicht fünf- oder sechsmal gesehen in den letzten Monaten. Er weiß so wenig über sie, er könnte nicht einmal diese Testfragen beantworten, die sie in Filmen immer den Pärchen stellen, die verdächtigt werden, nur wegen einer Aufenthaltsgenehmigung zu heiraten. Und seine Freundin war sie ganz sicher nicht, das konnte man ja an ihrem Verhalten sehen. Wie also ist es möglich, dass ihm alles so wehtut? Warum schafft er es nicht, sie und ihre dunklen Locken und ihre weichen Lippen, die sie dem Blonden auf den Mund gedrückt hat, aus seinem Kopf zu verbannen?

Verdammt. Jetzt muss er auch noch intensiv an diese Lippen denken und wie sie damit seine Haut gestreift hat, bis hinunter zu … Mit einem Ächzen steht er auf und klettert von seinem Hochbett. Der erste Blick gilt seinen Kräutern, die er mit der kleinen Kanne vorsichtig gießt. Dann schaltet er die Kaffeemaschine ein und geht ins Bad. Der Blick in den Spiegel sagt ihm, dass er aussieht, als hätte er das ganze Wochenende durchgesoffen. Doch während das früher, als er und Simon noch jünger waren und nachts durch Wien getigert sind, des Öfteren der Fall war, haben sie das jetzt schon lange nicht mehr getan. Er ist nicht mehr derselbe, sie sind es beide nicht. Die wilden Zeiten sind halt wirklich vorbei, denkt er, während er seine geschwollenen Augenlider betastet und sich über die Stirn reibt. Und das ist auch gut so, sie fehlen ihm nicht. Was ihm fehlt, ist etwas ganz anderes.

Er putzt sich die Zähne und grinst, als Erinnerungen an damals in ihm aufsteigen. Da gab es durchaus die eine oder andere Situation, die ihm im Gedächtnis geblieben ist. Wie Simon einmal zwei Stunden lang an einem Mädchen rumgebaggert hat, ohne zu merken, dass sie aus Australien kam und kein Wort Deutsch verstand. Oder dass sie als Polizisten verkleidet zu einem Freund kamen, der krank im Bett lag, weil er scherzend von einer Masernparty gesprochen und Simon Maskenparty verstanden hatte. Sie hatten immer Spaß gehabt und wenig Sorgen, klar. Wie das eben ist, wenn man Anfang zwanzig und davon überzeugt ist, dass alles noch vor einem liegt. Der Marco von damals hat oft nicht einmal gewusst, welcher Wochentag gerade ist. Er war auch selten pünktlich. Er hat sich auf seinen Charme und seine braunen Augen verlassen. Die Locke, die ihm in die Stirn fiel, war ebenfalls hilfreich, und manchmal ließ er sogar ein paar italienische Ausdrücke einfließen und spielte den Südländer. Die Mädels liebten das.

Marco spült sich den Mund aus und wäscht sich das Gesicht. Seine Flirtversuche waren so gut wie immer von Erfolg gekrönt, und selbst die kühle, distanzierte Ruth hat sich irgendwann in ihn verliebt. Er ist es nicht gewohnt, dass eine Frau ihn abblitzen lässt.

Er trocknet sich ab, schaut erneut in den Spiegel. Hat er seinen berühmten Charme verloren? Liegt es an den Locken, die nicht mehr so viel Sprungkraft haben? Oder ist sein Mojo futsch? Hat Ruth ihm mehr weggenommen als seinen Laden, ist er jetzt irgendwie beschädigt? Er kneift die Augen zusammen und macht sie wieder auf. Er weiß nicht, was er tun soll. Er weiß nur, dass es so nicht weitergehen kann. Da wollte er sich eigentlich von Anna fernhalten, um sich auf das Bistro konzentrieren zu können, und jetzt kann er an nichts anderes mehr denken als an Anna. Das ist ja wirklich großartig gelaufen.

Was hätte der frühere Marco wohl getan?, fragt er sich, während er seinen Kaffee im Stehen trinkt und dabei aus dem Fenster sieht.

Er hätte das nicht hingenommen. Er hätte sich geweigert zu glauben, dass Anna ihn nicht unwiderstehlich findet. Er hätte beschlossen, sie zu erobern, und einen Weg gefunden, irgendeinen, um sie von sich zu überzeugen. Und vor allem hätte er nicht so viel nachgedacht, sondern gehandelt.

Marco spült die Tasse ab, schlüpft in Jeans und T-Shirt. Vielleicht ist es ja nicht bei allen Dingen gut, dass sie sich verändert haben. Womöglich sollte er den alten Charmeur, der bestimmt noch in ihm steckt, reaktivieren. Denn wenn er ehrlich ist, hat er sich Anna nur in dieser einen Nacht von seiner besten Seite gezeigt, ansonsten eher von seiner schlechtesten. Und dann hat er sie hängen lassen, gerade als sie sich nähergekommen waren.

Er greift nach seinem Handy.

Schluss mit dem Selbstmitleid und der Schlaflosigkeit. Er braucht einen Plan. Er muss sich etwas einfallen lassen, um Anna zu beweisen, dass er der Richtige für sie ist. Und nicht dieser Wikinger-Verschnitt mit dem Heimwerkerhemd. Das wäre doch gelacht, wenn er den nicht ausstechen könnte. Weil der zwar so aussieht, als könnte er Baumstämme meterweit werfen und sie anschließend zersägen, aber in diesen kräftigen Händen ganz sicher nicht das nötige Feingefühl hat, das ein Konditor braucht. Bestimmt kann er nicht backen.

Marco öffnet WhatsApp.

»Ich brauche am Donnerstag unbedingt frei«, schreibt er an Simon.

Mira

Sie hat nicht gewusst, dass Stille so laut sein kann. Die Nacht ist hier viel dunkler, und Mira hört Geräusche. Manche kann sie zuordnen, andere nicht. Sie schläft nur halb, ist jedes Mal, wenn es irgendwo knackt oder ein Uhu ruft, sofort hellwach. Außerdem hat sie gedacht, es wäre wärmer, bald ist doch schon Juli. Sie hat nicht damit gerechnet, dass sie nachts frieren könnte mit der dünnen Decke, die sie mitgenommen hat. Sie hat ihre Hose an und die Jacke auch. Sie drückt Subis Teddybär an sich. Wenn sie ganz fest dran glaubt, riecht er vielleicht noch nach ihrem Bruder.

Sie hat an alles gedacht, sie ist bestens vorbereitet. Sie muss nur hierbleiben, bis das Camp beginnt. Sie hat das Flugticket und ihren Pass, ihr Handy und alle Unterlagen. Sie hat Kleidung und Bücher und Geld. Mehr hat nicht in ihren Rucksack gepasst, und im Moment hat sie keinen Strom, um das Handy aufzuladen, aber das ist alles nur vorübergehend. Das kann sie dann in der Schule machen, und waschen wird sie sich dort auch.

Vielleicht sollte sie auch die zweite Matratze auf den Boden legen, dann wäre es nicht so hart unter ihrem Rücken. Sie steht auf, tastet sich an der Wand entlang und greift nach der aufgestellten Matratze, die in der Dunkelheit eh bloß bedrohlich aussieht wie eine große, breite Gestalt. Sie zieht daran und rüttelt fest, weil sich offenbar irgendwas verhakt hat, und dann schießt ein heftiger Schmerz durch ihre Hand. Mira schreit auf und presst wimmernd die Lippen auf die. Mit den Fingern versucht sie zu erkunden, woran sie sich verletzt hat. Offenbar steht aus dem Holz ein alter Nagel hervor. In Gedanken geht sie die Dinge durch, die sie eingepackt hat. An ein Notfallset mit Desinfektionsspray und Pflaster hat sie nicht gedacht, das war dumm. Fluchend steht sie in der Dunkelheit und versucht, die Tränen zurückzuhalten. Wie es aussieht, ist sie doch nicht so gut vorbereitet. Aber wie könnte man auch gefasst sein auf all die unerwarteten furchtbaren Dinge, die einem im Leben ständig passieren?

Anna

Es ist ein seltsam öder Tag, ich habe kaum Gäste. Der einzige Mensch, der im Café sitzt, ist Mel, und die starrt ihren Laptop an. Mir ist so langweilig, ich habe sogar schon etwas auf Instagram gepostet, Waltraud und Margarethe Kuchen nach oben gebracht, mir die Nägel rosa lackiert, den Lack wieder abgemacht und extensiv darüber nachgedacht, ob im Las Vegans wohl auch so wenig los ist. Ob Marco genau wie ich sinnierend in seinem Lokal steht und sich umgekehrt dasselbe fragt. Aber sein Schweigen mir gegenüber spricht Bände, er hat mich mit Sicherheit längst vergessen. Und ja, doch, das kränkt mich. Wobei ich auch nicht genau weiß, was ich denn bitte schön erwartet habe, denn es war ja klar, dass er nach meiner Ich-küsse-einen-anderen-vor-seinen-Augen-Aktion nicht noch mal zu mir rüberkommen würde.

Ich habe eingesehen, dass es eben einfach keinen Mann gibt, der zu mir passt. Und dass ich gar keinen brauche. Was ich auch tue, wie sehr ich auch versuche, mich abzugrenzen und zu schützen, am Ende bin ich doch wieder enttäuscht. Deshalb habe ich alle meine Tinder-Matches gelöscht und die App deinstalliert. Ich mag nicht mehr, ich brauche eine Pause. Am besten eine Pause bis zu meinem Tod. Mel nennt mich zynisch, ich finde eher, ich bin Realistin.

Und Daniel kann mir auch gestohlen bleiben. Der hat sich am Samstag nicht einmal verabschiedet! Kann ja sein, dass es ihm unangenehm war, weil er geschnarcht hat, statt mir die Nacht meiner Träume zu bereiten, aber ich bin trotzdem davon ausgegangen, dass er, kaum erwacht, in die Backstube runterkommen würde. Um sich für den Abend zu bedanken und sich zu verabschieden, vielleicht auch, um ein neues Treffen zu vereinbaren. Wir haben doch schließlich eine gute Zeit gehabt. Und wir hätten ein paar Witze machen können über den Sex, der nicht stattgefunden hat. Stattdessen war er, als ich die Backöfen gefüllt hatte und mit einem duftenden Cappuccino nach oben kam, nicht mehr da. Jede Menge schmutzige Teller und leere Flaschen, aber kein Daniel weit und breit. Offenbar hatte er das Haus durch den Hintereingang verlassen. Und das fand ich, bei aller Nachsicht, dann doch einigermaßen unhöflich. Vor allem hat er sich seither auch nicht ein einziges Mal bei mir gemeldet.

»Da lässt du ein einziges Mal einen Mann bei dir schlafen, und schon ergreift er die Flucht«, hat Mel das Ganze natürlich sofort grinsend kommentiert.

Sie hat sich merklich entspannt, was Oliver betrifft. Er hat gleich am Samstag noch einmal bei ihr übernachtet und ist den ganzen Sonntag geblieben. Sie haben bei mir im Café Kuchen gegessen und sogar einen Spaziergang gemacht, wie ein Pensionistenpärchen. Seither pfeift Mel auffällig viel und hat einen Gesichtsausdruck, der mich jedes Mal zum Lächeln bringt, wenn ich sie sehe.

Es gibt diese Tage – zum Glück nicht allzu oft –, an denen sich gefühlt niemand ins Sonnigsüß verirrt. Die Mechanik dahinter habe ich noch nicht durchschaut, denn das Wetter ist genau wie gestern, Feiertag ist auch keiner, und dass die Leute plötzlich keine Lust auf Kuchen mehr haben, kann ich mir nicht vorstellen.

Mel kommt herüber, um sich ein Stück Torte und einen Milchkaffee zu holen. Sie muss ihre Kasse, die nach ihrer Reise ziemlich leer ist, füllen und schreibt an einem Konzept für einen Imagefilm. Es geht um irgendeine Kräuterfirma, die Superfood-Smoothies mit jeweils einer Zutat aus dem Wald wie Fichtennadeln oder Moos herstellt, also mit Dingen, von denen ich mich frage, ob Menschen die überhaupt zu sich nehmen sollten, egal in welcher Form.

»Was ist denn heute los?«, fragt Mel und beißt mal wieder ohne Gabel in den Marillenkuchen.

»Nichts!«, motze ich. »Siehst du doch.«

»Vielleicht hat sich rumgesprochen, dass du total einschläfernd bist«, kichert sie.

»Du blöde Kuh«, gebe ich zurück und schnippe ihr mit Zeigefinger und Daumen gegen die Nase.

»Aua«, beschwert sie sich und lädt sich ein zweites Stück Kuchen auf den Teller.

»Umso besser, dann kann ich alles aufessen«, freut sie sich.

»Ja, nur verdienen wir dann nichts und müssen bald deine Harry-Potter-Sondereditionen auf eBay versteigern.«

»Bevor ich das zulasse, verkaufe ich lieber meinen Körper!«

Sie schaut mich entrüstet an, und ich sage ihr nicht, dass sie vom Cappuccino einen kleinen Schnurrbart aus Milch hat.

»Wer sollte den schon haben wollen?«, frage ich, und sie lacht laut auf.

»Ach, es gibt für alles einen Fetisch«, sagt sie achselzuckend und schenkt sich ein Glas Wasser ein.

»Soll ich Oliver mal fragen wegen Daniel? Damit er mit ihm redet?«, fragt sie dann.

»Nein, lass mal«, antworte ich. »Ist im Endeffekt wohl eh besser so. Wir laufen niemandem nach.«

Sie nimmt das mit einem Kopfnicken hin.

»Am Ende ghosten einen immer die, von denen man es am wenigsten erwartet.«

»Und dann ist man trotzdem beleidigt, obwohl man eh nicht in sie verknallt war.«

»Hat er nicht bei eurem ersten Date gesagt, er stürze sich ohne Rücksicht auf Verluste in Dinge hinein?«, fragt Mel.

»Ja, und er hat auch behauptet, er hätte flinke Finger und könne Erstaunliches mit seinem Mund«, antworte ich.

»Erstaunlich gut schnarchen«, schmunzelt Mel.

»Wenn das mit dir und Oliver weiterhin so gut läuft, werde ich ihn früher oder später sowieso wieder zu Gesicht bekommen«, sage ich und weiß noch nicht, wie ich das finden soll.

»Manchmal ist es doch so, wenn man sich nicht gleich bei der ersten Gelegenheit küsst, küsst man sich gar nicht mehr, verstehst du, was ich meine?«

Ich ziehe einen Flunsch und nicke. Dann wechselt Mel zum Glück das Thema.

»Ich hab mir schon ein Magazin für die Smoothie-Firma ausgedacht, das nenn ich Kräuterpresse«, sagt sie kauend, »gut, oder?«

»Mhm«, mache ich zustimmend, als hinter uns die Café-Tür aufgeht.

Ich drehe mich um und sehe einen großen stämmigen Teenager mit dunklen Haaren und schwarzem Rucksack.

»Hallo«, sagt er und kommt auf mich zu, um mir die Hand zu geben, »ich bin Hakan.«

»Anna«, antworte ich verdutzt, denn für gewöhnlich stellen sich Cafégäste ja nicht unbedingt namentlich vor.

»Weiß ich«, sagt er und nickt.

»Du kommst mir bekannt vor«, sage ich, »haben wir uns schon mal gesehen?«

»Ich bin Miras bester Freund«, erklärt er, und da fällt mir ein, dass er sie regelmäßig hierherbegleitet, ohne jedoch mit hereinzukommen. Ab und zu habe ich einen kurzen Blick durch das Fenster auf ihn erhascht.

»Sie ist nicht hier«, sage ich zögernd und sehe auf die Uhr. Seltsam, schon vor zwei Tagen hat Herr Havel zwei Stunden umsonst auf Mira gewartet, und auch gestern ist sie nicht aufgetaucht. Am enttäuschten Gesicht von Hakan erkenne ich, dass er gehofft hat, Mira hier zu treffen.

»Seit einer Woche ist sie nicht in der Schule«, sagt er und lässt die Schultern hängen, »ihr Handy ist aus. Und ihre Adresse weiß ich nicht.«

»Ich leider auch nicht«, gebe ich zu.

»Vielleicht ist sie krank?«, wirft Mel ein.

»Aber sie hätte doch Ton gegeben«, entgegnet Hakan, »und sie könnte eine Message schicken. Wenn sie krank ist, hat sie sich sicher nicht beide Hände gebrochen.«

Er trägt ein rotes Adidas-Shirt, eine Dreiviertelhose und Sandalen, die aussehen, als wären sie in Größe 46.

»Ja, schon«, stimmt Mel ihm zu.

»Womöglich ist das Handy kaputt«, werfe ich ein, »oder ihre Nachricht an dich ist nicht durchgegangen?«

Hakan macht ein skeptisches Gesicht. Er ist viel größer als Mira und sieht nicht aus wie ein Elfjähriger. Er hat dunkelbraune Augen und auf den Wangen einen leichten Schatten von dem Bart, den er bald bekommen wird. Er hat etwas ungemein Sanftes an sich, wie ein behäbiger Bär. Ich kann sofort verstehen, warum Mira ihn sich als Freund ausgesucht hat.

»Was tu ich?«, fragt er mit einer Hilflosigkeit in der Stimme, die mir eine Gänsehaut beschert.

»Kannst du in der Schule nach ihrer Adresse fragen?«, schlägt Mel vor. »Oder kann man die googeln?«

»Gegoogelt hab ich schon«, antwortet er und tritt unruhig von einem Fuß auf den anderen, »in der Schule noch nicht. Ist jetzt aber niemand mehr da im Sekretariat.«

»Vielleicht kommt Mira morgen ja wieder«, sage ich mit einer Zuversicht, die ich nicht verspüre, »und hat eine ganz einfache Erklärung.«

»Hm«, macht Hakan. Er spürt die Zuversicht eindeutig auch nicht.

Ich sehe die Sorge in seinen Augen und habe das dringende Bedürfnis, ihm irgendwie Mut zuzusprechen. Nur wie?

Er wendet sich zum Gehen, bleibt dann aber noch einmal stehen.

»Morgen ist sie bei mir«, sagt er, »sie kommt jeden Donnerstag. Mama kocht für uns, und wir machen Hausübung.«

Als ich das höre, schlucke ich. Wenn Mira an dem einzigen Tag in der Woche, an dem das Sonnigsüß geschlossen ist, zu Hakan geht, kann das ja wohl nur eines bedeuten: dass sie nicht nach Hause kann. Jetzt breitet sich auch in meinem Bauch eine eisige Unruhe aus. Was, wenn ihr tatsächlich etwas zugestoßen ist? Aber dann hätten wir es doch schon erfahren, die Schule wäre bestimmt informiert worden. Vielleicht wurde sie verletzt und ist im Krankenhaus? Oder sie … Ich werfe einen schnellen Blick zu Mel und sehe sofort, dass sie dasselbe denkt wie ich. Dass Mira womöglich abgehauen ist.

Ich schaue zurück zu Hakan, der immer noch dasteht wie ein ratloses, zu groß geratenes Kind.

»Wenn sie nicht da ist morgen, geh ich dann zur Polizei?«, fragt er.

»Nein, du kommst zu uns«, sage ich entschlossen. »Wenn Mira morgen nicht in der Schule ist, dann unternehmen wir etwas. In Ordnung?«

Er nickt erleichtert.

»Du klingelst auf der hinteren Seite vom Haus, bei Sonnleitner«, erkläre ich, »und wir suchen sie. Ja?«

»Ja.«

Als Hakan zur Tür hinausgeht, sehen Mel und ich ihm eine Weile schweigend nach.

»Warum habe ich absolut kein gutes Gefühl bei der Sache?«, fragt sie dann und schiebt ihren noch halb vollen Kuchenteller von sich.

»Weil wir auch so waren wie Mira«, antworte ich.

Marillenkuchen

Zutaten

6 Eier

100 g Zucker

200 g Staubzucker

abgeriebene Schale einer Zitrone

1 Pck. Vanillezucker

125 ml warme Milch

125 ml Öl

½ Pck. Backpulver

400 g Mehl

ca. 24 Marillen, entsteint und halbiert

Zubereitung

Die Eier trennen, aus den 6 Eiklar und dem Zucker einen steifen Schnee schlagen und in den Kühlschrank stellen. Das Backrohr auf 170 °C Ober-/Unterhitze vorheizen. Die 6 Dotter mit dem Staubzucker, der Zitronenschale und dem Vanillezucker schaumig rühren. Die lauwarme Milch und das Öl langsam einfließen lassen und weiterrühren, bis eine schöne cremige Masse entsteht. Den Schnee und das mit dem Backpulver vermischte Mehl vorsichtig unterheben.

Auf ein gefettetes, bemehltes Blech streichen und mit den Marillen belegen. Die Schnittfläche soll nach oben schauen. Goldbraun backen.

Mira

Sie wollte eigentlich ganz normal in die Schule gehen, niemand sollte etwas merken. Zu Herrn Havel hat sie gesagt, dass sie mit Mama auf Urlaub fährt, und das war gelogen. Sie hat ihn nicht angeschaut dabei, aber das hat die Lüge nicht besser gemacht. Wann war das, letzte Woche, vor zwei Wochen? Die Zeit ist gar nicht mehr verlässlich. Mira hat eine Armbanduhr, die leuchtet sogar im Dunkeln, doch sie hat keinen Kalender mehr, seit der Handyakku leer ist, und die Tage sind alle gleich. Zuerst war sie überzeugt, dass noch Feiertag ist und sie nicht zur Schule kann, dann hat sie vergessen, wann Feiertag war, und jetzt ist alles durcheinandergeraten. Die Nächte fließen mit den Tagen zusammen, es riecht muffig, Mira ist müde, wenn es hell ist, und wach, wenn es dunkel ist. So war das nicht geplant. Sie muss sich etwas überlegen. Vielleicht in die Stadt gehen, um das Datum herauszufinden, um das Handy aufzuladen und sich zu waschen. Das Waschen ist wirklich schon dringend.

Sie macht die Augen zu und denkt an das Badezimmer in Hakans kleiner, enger Wohnung. Wie schön es wäre, dort jetzt zu duschen. Sie könnte warmes Wasser über ihre Hand laufen lassen, vielleicht würde sie dann nicht mehr so wehtun. Mit dem Schmerz ist alles außer Kontrolle geraten, und jetzt ist Miras Haut so heiß. Den Arm kann sie kaum noch bewegen. Sie liegt da und weiß nicht, wie viel Zeit vergeht, die Minuten sind gedehnt, die Stunden sind kurz, sie hat Durst.

Marco

Schon frühmorgens steht er in der kleinen Küche seiner Single-Wohnung und bäckt. Ohne Rezept, aus dem Gedächtnis. Nussteig, Schokokuchen und Zitronenbiskuit, dazu die Meringue-Buttercreme. Marco rührt und wiegt ab, mischt und erhitzt, währenddessen singt er laut zu seiner Playlist. Er macht den Naked Cake genau so, wie er und Anna ihn in jener Nacht gebacken haben. Sogar die Marzipanrosen formt er mit Engelsgeduld und versucht sich auch an einer Marzipanzitrone. Die wird er obendrauf legen oder Anna vielleicht einfach direkt überreichen.

In den Stunden, die er für die Herstellung der Torte benötigt, überlegt er sich, was er sagen wird. Dass Anna immer für alle anderen bäckt, aber niemand für sie, zum Beispiel. Dass er alles so gemacht hat wie sie beide, dass es aber mit ihr zusammen viel schöner war. Und dass er jetzt nichts mehr allein machen will. Ist das zu schwülstig? Vermutlich. Aber ein wenig Pathos darf schon sein. Sie soll ja merken, dass er sich Gedanken gemacht hat. Und dass er etwas für sie empfindet. Wenn das nicht die Stunde der wuchtigen Worte ist, wann dann?

Wobei er hofft, dass ihr das auch der Kuchen zu verstehen gibt. Die Mühe, die er sich damit macht. Sie weiß ja, wie viel Arbeit so ein Naked Cake ist. Taten sagen schließlich mehr als tausend Worte. Und etwas mit »naked« könnte er dann auch noch anbringen. Falls die Stimmung locker genug ist für einen Witz. Und falls sie ihm überhaupt zuhört, ihn ausreden lässt, ihm nicht wieder die Tür vor der Nase zuknallt. Aber wenn er mit einem Karton voller Kuchen davorsteht, muss sie ihm doch Gehör schenken, oder nicht?

Und sonst hat er es wenigstens versucht. Dann kann er sich nicht vorwerfen, zu schnell aufgegeben zu haben, immerhin das nicht.

Vorsichtig trägt er die Buttercreme auf der Außenseite der gestapelten Kuchen auf und streicht sie glatt. Er hätte natürlich auch etwas anderes backen können, vor allem etwas Veganes, aber er wollte eine Torte mit Bedeutung. Und so viel gemeinsame Geschichte haben sie ja noch nicht. Der Naked Cake zählt definitiv dazu, und vielleicht ist er ja der Beginn für mehr Gemeinsames. Oh, das ist auch gut, das wird er ebenfalls sagen. Er hofft, dass ihm das alles dann auch einfällt, wenn er vor Anna steht und sie ihn fragend anschaut, mit einem Hauch Ungeduld im Blick. In solchen Situationen tendiert man ja oft dazu, sich zu verhaspeln und die Hälfte zu vergessen, obwohl man sich vorher sozusagen selbst ein Drehbuch für den Moment geschrieben hat.

Dann wird er ihr das mit Wien und seinem Vater erklären. Dass er wegen eines Notfalls nicht mit ihr frühstücken konnte, aber ständig an sie gedacht hat. Wie leid es ihm tut, dass er ihr nicht Bescheid gegeben hat. Und wenn er dazu kommt, wird er auch deutlich machen, dass er alles hinter sich gelassen hat, dass die offenen Baustellen in Wien geschlossen sind. Wenn er ihr das sagt und ihr dazu eine selbst gebackene Torte mit drei verschiedenen Kuchensorten und einer süßen Marzipanzitrone serviert, kann sie ihn nicht im Regen stehen lassen, da ist Marco sich sicher. Okay, nein, eigentlich ist er sich nicht sicher. Aber die Hoffnung stirbt bekanntlich zuletzt, und große Gesten zeigen für gewöhnlich durchaus Wirkung.

Als der Naked Cake fertig ist, verpackt er ihn sorgfältig in den Karton, den er besorgt hat, und befestigt ihn im Kofferraum von Simons Auto, das er sich eigens ausgeliehen hat. Es ist schon nach Mittag, er hat, seit er aufgestanden ist, nichts anderes getan, als zu backen. Eigentlich verrückt, dass Anna das jeden Tag macht, und auch noch ganz allein. Wie kriegt sie das nur hin? Da stecken mehr Leidenschaft und Engagement dahinter, als ihre Gäste überhaupt erahnen können. Und vor allem auch mehr Arbeit.

Als er losfährt, kommen ihm Zweifel. Was, wenn sie das Ganze furchtbar dämlich findet und ihn auslacht, wie er dasteht mit einer Hochzeitstorte, als wollte er ihr einen Antrag machen? Ihm wird flau im Magen. Vielleicht ist es doch eine bescheuerte Idee. Hat Anna überhaupt eine romantische Ader? Sie ist immer so tough und selbstbewusst.

Er wird es einfach wagen. Jetzt ist es zu spät, um einen Rückzieher zu machen. Vor allem, weil er den Kofferraum voller Kuchen hat, für den er sich richtig ins Zeug gelegt hat und den er nicht einmal im Las Vegans verkaufen kann. Wenn Anna ihm nicht verzeiht, soll sie die dreistöckige Torte eben mit ihrem bärtigen Loverboy essen. Hoffentlich erstickt der dann daran.

Marco parkt das Auto und lädt den Karton aus. Er geht möglichst langsam, damit innen nichts verrutscht und die Deko nicht beschädigt wird, außerdem ist die Torte ganz schön schwer. Er hat eine wesentlich kleinere Version gebacken, weil er ja nicht sechzig Hochzeitsgäste damit glücklich machen muss, sondern nur einen einzigen Menschen. Der unterste Teil hat bloß 28 Zentimeter Durchmesser, trotzdem zieht das Gewicht des Kuchens an seinen Armen. Er biegt in die Priesterhausgasse ein und spürt, dass sein Herz deutlich schneller zu schlagen beginnt. Als er am Bistro vorbeikommt, winkt ihm Susanne aus dem Fenster und macht wilde Zeichen, die wohl aufmunternd wirken sollen, ihn aber bloß verlegen machen. Sie und Simon schupfen heute alles allein, damit er seine »Chance auf die Liebe« bekommt, wie Susanne es genannt hat, und anschließend »hoffentlich weniger verloren« ist. Simon hat die Augen verdreht, ihm allerdings »Viel Glück« zugeraunt. Marco war das alles irgendwie peinlich, aber er ist dankbar, dass die beiden ihm den freien Tag ermöglichen.

Das Sonnigsüß ist geschlossen, wie jeden Donnerstag. Er umrundet das Haus, indem er durch den Hinterhof des Nachbarhauses geht, und steht dann vor dem Hintereingang, den Finger ein paar Millimeter vom Klingelknopf entfernt. Es kann gut sein, dass Anna nicht zu Hause ist, aber er vermutet sie da, wo sie immer ist, in ihrer Backstube. Und hofft, dass sie das Klingeln dort hört. Wenn nicht, wird er die Torte im Las Vegans einkühlen und es später noch mal versuchen.

Er zögert. Er ist nervös wie ein Schuljunge vor einer wichtigen Prüfung. Wegen der Torte in seinen Armen kann er sich nicht einmal über die Haare streichen und sichergehen, dass seine Locken perfekt sitzen. Aber nun ja, es wird nicht an seiner Frisur scheitern.

Er atmet tief ein.

Und in derselben Sekunde, in der er auf den Knopf drückt, wird die Tür aufgerissen.

Augustin Havel

Es ist natürlich Unsinn, Mira an einem Donnerstag bei Anna zu vermuten, aber zu Hause hält Augustin es nicht aus. Rosa hat sich für ein Mittagsschläfchen zurückgezogen und wird bestimmt eineinhalb Stunden schlafen. Er selbst ist viel zu unruhig, um sich ebenfalls hinzulegen. Also beschließt er, einen Spaziergang zu machen. Er kann ja mal bei Anna anklopfen, vielleicht hat sie inzwischen etwas herausgefunden. Und sonst plaudern sie vielleicht einfach ein wenig. Er zieht sich die Schuhe an und nimmt Milan mit. Aufgeregt hopst der kleine Hund auf und ab und folgt Augustin draußen auf dem Gehsteig brav an der Leine. Das Wetter ist diese Woche nur mittelprächtig, zwar regnet es nicht, die Sonne zeigt sich aber auch kaum. Das passt exakt zu Augustins Stimmung.

Es ist ja etwas zutiefst Menschliches, sich Sorgen zu machen. Weil der Mensch die Fähigkeit besitzt, sich hineinzudenken in das, was er nicht wissen kann, sich vorzustellen, was geschehen könnte, sich mit Schwarzmalerei verrückt zu machen, wenn ihm die Fakten fehlen. Es ist erstaunlich, wie sehr das Café Sonnigsüß im letzten halben Jahr zu einem Lebensmittelpunkt für Augustin geworden ist. Und ebenso erstaunlich ist, dass einem so etwas immer erst auffällt, wenn etwas daran ins Wackeln gerät. Dass man erst merkt, wie sehr einem ein Mensch ans Herz gewachsen ist, sobald man Gefahr läuft, ihn zu verlieren.

Doch warum denkt er überhaupt, dass er Mira verlieren könnte? Rational gesehen gibt es doch dazu gar keinen Grund. Sie ist gerade mal eine Woche verschwunden, und sie ist ihm ja keinerlei Rechenschaft schuldig. Aber ausgerechnet er, Historiker und Freund der Wissenschaft, verlässt sich in diesem Fall auf sein Gefühl. Und er weiß, dass es Anna genauso geht. Sie alle spüren schon seit Langem, dass Mira ein Geheimnis mit sich herumträgt. Ein schweres, trauriges Geheimnis, das ihrem Lächeln jedes Mal etwas Halbherziges gibt, als wäre es ihr unmöglich, wirklich fröhlich zu sein. Und sorglos. Ja, das ist es. Mira sieht nicht aus wie ein Kind, das sorglos ist. Sondern wie jemand, der genau weiß, was es bedeutet, unglücklich zu sein.

Das ist der Grund, warum Augustin nicht aufhören kann zu grübeln. Mira ist gewissenhaft, freundlich und zuvorkommend. Sie würde nicht zulassen, dass er ihretwegen im Unklaren ist. Sie würde ihn, wenn sie könnte, informieren, dass es ihr gut geht. Eben damit er sich nicht sorgt.

Während Milan sein Geschäft in einen Streifen Wiese macht, zieht Augustin das Gackisacki aus seiner Manteltasche und entsorgt das Ganze im nächsten Mistkübel. Das ist ja so ein Malheur mit Hunden, dass die immer überall hinmachen, und er ist froh, dass er Ferdinand nie ein Haustier erlaubt hat. Aber er weiß, dass Rosa an Milan hängt, sie hat ihn aus dem Tierheim zu sich geholt, nachdem ihr Mann verstorben war. Und mittlerweile hat sogar Augustin sich an den kleinen wuseligen Hund mit den kurzen Beinen gewöhnt.

Er klingelt bei Anna, die ihm erstaunlich schnell die Tür öffnet.

»Oh, hallo«, sagt sie, »ich hab gedacht, es wäre Hakan.«

»Wieso Hakan?«, fragt Augustin.

»Miras bester Freund. Aber kommen Sie doch erst mal herein.«

Augustin betritt den Hausflur. Die vordere Tür führt offenbar ins Café, die Treppe nach oben zu den Wohnungen.

»Ich konnte mich heute nur mit Mühe aufs Backen konzentrieren«, sagt Anna und geht voraus, »ich muss ständig an Mira denken.«

»Dann denken Sie hoffentlich wenigstens nicht mehr an den Mann, der Ihnen Liebeskummer bereitet hat«, sagt Augustin hinter ihr.

Anna bleibt stehen, dreht sich um und sieht ihn mit erstauntem Gesichtsausdruck an.

»War das so offensichtlich?«

Augustin nickt und lächelt. Anna senkt den Blick.

»An den denke ich leider auch immer noch«, gibt sie zu und betritt gemeinsam mit Augustin ihre Wohnung im ersten Stock. Milan schnüffelt in den Ecken, seine Krallen kratzen auf dem Parkett.

»Haben Sie vielleicht ein bisschen Wasser für ihn?«, fragt Augustin.

»Aber selbstverständlich«, sagt Anna und hält eine flache Schüssel unter den Wasserhahn. »Kann ich Ihnen vielleicht einen Tee anbieten? Marillenkuchen hab ich auch.«

Noch bevor Augustin antworten kann, ertönt erneut die Glocke.

»Oh«, ruft Anna, »ich bin gleich wieder da!«

Sie saust zur Tür hinaus, und Augustin steht in ihrer offenen Küche, die nicht vom Wohnzimmer getrennt ist. Auf dem Tisch liegen Zeitschriften, Zettel, ein Laptop, ungeöffnete Post, angebissenes und vergessenes Obst, außerdem Haarspangen und Stifte. Ein ziemliches Durcheinander, das er in seinem Zuhause gewiss nicht dulden würde, das aber irgendwie zu den beiden jungen Frauen passt. Soweit er weiß, wohnen die beiden gemeinsam hier, seit Gertraud Sonnleitner auf Reisen ist.

Das wäre schön gewesen, mit Rosa noch ein bisschen die Welt anzuschauen. Nach Palermo wäre Augustin gern mal gefahren und nach Trier, zum Karl-Marx-Haus. Aber wer weiß, wenn Rosa gut auf die Medikamente reagiert, können sie ja vielleicht noch die eine oder andere Reise wagen. Auch Rosa hat auf ihrer Liste einige Orte, die sie mit Albert besuchen wollte. Dazu ist es nicht mehr gekommen. Zuerst arbeitet man und kümmert sich um die Kinder, verschiebt alles auf später, ohne zu ahnen, dass einem dann womöglich nicht mehr genug Zeit bleibt.

Anna reißt ihn aus seinen Gedanken, indem sie zurückkommt, mit einem Jungen an ihrer Seite, der größer ist als Anna.

»Das ist Hakan«, stellt sie ihn vor, »und das ist Herr Havel. Mira hat dir bestimmt von ihm erzählt.«

»Ja, natürlich«, Hakan strahlt ihn an, kommt auf ihn zu und gibt ihm die Hand, »der Büchermann.«

»Der Büchermann?«, fragt Augustin verblüfft.

»So nennt Mira dich. Sie sagt, du hast mehr gelesen als alle anderen Menschen zusammen.«

»Das ist sicher nicht wahr«, entgegnet Augustin, fühlt sich aber durchaus geschmeichelt, »das wäre ja gar nicht möglich.«

Hakan grinst und wendet sich an Anna.

»Mira ist nicht in die Schule gekommen und auch nicht zu mir, hab ich geschaut. Musste meine Mutter schwer überzeugen, dass sie mich wieder gehen lässt ohne Essen.«

»Möchtest du …«, Anna wendet sich zum Kühlschrank, aber Hakan hebt abwehrend die Hände.

»Suchen wir Mira«, sagt er und sieht zuerst Anna, dann Augustin an, die ebenfalls einen Blick miteinander wechseln.

»Hast du denn eine Ahnung, wo sie sein könnte?«, fragt Augustin.

Kurios, dass das kleine, zarte Mädchen mit diesem hoch aufgeschossenen, dicklichen Jungen befreundet ist. Aber Augustin kann schon verstehen, warum. Weil oftmals die, die am Rand stehen, zusammenhalten.

Hakan lässt sich auf einen Stuhl fallen und ist plötzlich ein Häufchen Ratlosigkeit.

»Sie hat ihren Papa besucht, in Kärnten. Der verkauft Sachen vom Bauernhof, Äpfel und so. Vielleicht können wir ihn googeln. Die Schulsekretärin sagt mir die Adresse von Mira nicht, hab ich versucht. Ist so eine alte Frau drin, mit Brille, voll streng. Datenschutz.«

Er zuckt mit den Achseln.

Anna räuspert sich.

»Meinst du, es könnte eventuell sein, dass ... also, dass Mira weggelaufen ist? Von zu Hause?«

Hakan hebt überrascht den Kopf. Er kneift einen Moment die Augen zusammen. Dann nickt er.

»Könnte sein«, sagt er.

»Okay, aber ... wohin?«, fragt Augustin.

»Und warum?«, fragt Anna.

Hakan beißt sich auf die Unterlippe. Er hat ein Sport-Shirt an, seine dunklen Haare sind ein wenig zu lang. Er hat kräftige Arme. Kein Wunder, dass er gut boxen kann, denkt Augustin. Und schreckt im selben Augenblick wie elektrisiert auf.

»Die Hütte!«, ruft er.

Hakan und Anna schauen ihn erstaunt an.

»Wo ihr das Boxen trainiert. Hakan, wo ist diese Hütte?«

Hakan springt auf.

»Hinter dem Bahnhof!«, ruft er und ist schon zur Tür hinausgesaust.

»Warte!«, ruft Anna ihm hinterher. »Wir kommen mit!«

»Das tun wir doch, oder?«, wendet sie sich an Augustin.

»Aber selbstverständlich!«, ruft er und stürmt ebenfalls ins Treppenhaus.

»Denkt ihr wirklich, sie könnte dort sein? In der Hütte?«, fragt Anna, während sie die Stufen hinunterpoltern.

»Keine Ahnung«, sagt Hakan, »aber da sind Matratzen. Und ein Dach.«

»Versuchen wir es«, meint Augustin.

Er rennt den beiden nach, so schnell er kann. Zu dritt reißen sie die Tür auf und laufen in einen jungen Mann mit dunklen Locken und einem großen Karton in den Händen.

Mira

Mama wird sie nicht suchen kommen. Weil Mira ihr eine Nachricht hinterlassen hat, auf dem Küchentisch. Dass sie zu Papa fährt und erst einmal bei ihm bleibt. Das war auch gelogen. Aber sie hat gewusst, dass Mama dann so beleidigt sein wird, dass sie nicht einmal versuchen wird anzurufen.

Jetzt ist Mama ganz alleine, und Mira auch. Es wäre gut, wenn Mira Alkohol hätte, viel davon. Dann würde ihr der Arm nicht mehr so wehtun, und alles andere könnte sie auch betäuben. Wie Mama es macht, seit Subi fort ist. Der pochende Schmerz zieht vom Handballen über den Unterarm bis in den Ellbogen, ihr ist abwechselnd heiß und kalt. Die Hitze ist schlimm, sie scheint von innen zu kommen, und Mira fühlt sich, als würde ihr Körper langsam auf kleiner Flamme gekocht.

In der Schule hätte sie duschen können, nach dem Turnunterricht. Ihr Handy aufladen, Mama und Papa Nachrichten schicken, dass alles gut ist. Und Hakan sehen. Später dann Anna und Herrn Havel. Wie gut so ein Zitronentörtchen jetzt wäre! Alles hätte ganz normal bleiben sollen, nur wäre sie abends nicht nach Hause gegangen, sondern hätte hier geschlafen. Das hätte funktioniert, ganz bestimmt hätte das funktioniert. Wenn nur nicht das mit dem dreckigen Nagel passiert wäre, als sie die Matratze von der Wand auf den Boden legen wollte.

»Ganz allein bist du eh nicht«, sagt Subi, »du hast doch mich.«

Er kuschelt sich an Mira und achtet darauf, ihren verletzten Arm nicht zu berühren. Er war schon immer umsichtig, ihr kleiner Bruder. Er hat auch versucht, Miras Brille wieder zusammenzufügen, die in zwei Teilen neben der Matratze auf dem Boden liegt. Sie ist endgültig zerbrochen, das Klebeband hält nicht mehr.

»Hab ich dich denn noch?«, flüstert Mira in Subis Haar.

»Sicher. Ich bleib bei dir.«

»Versprochen?«

Sie hofft, dass er die Tränen in ihrer Stimme nicht hören kann. Es ist schön, dass er wieder da ist. Dass er noch so klein und weich und warm ist. Und genauso riecht wie früher.

»Weil ohne dich ist alles scheiße, Subi«, fügt sie hinzu, »ohne dich halte ich das Leben nicht aus. Du fehlst mir so.«

Subi streicht Mira über die fiebrig heiße Wange. Sie macht die Augen zu.

»Versprochen«, sagt er.

Anna

»Das ist ein Naked Cake«, sagt Marco, während Augustin, Hakan und ich ihn verdutzt anstarren.

»Ein was?«, fragt Augustin.

Der Zusammenstoß mit Marco hat uns unvermittelt ausgebremst. Er hat laut »Vorsicht!« gerufen und den großen Karton über seinen Kopf gehalten, als wir drei aus dem Haus gestürmt sind.

»Ich hab den für dich gebacken«, sagt er und sieht mich so durchdringend an, dass ich für einen Augenblick vergesse, warum wir hier draußen stehen und wohin wir eigentlich unterwegs sind.

»Keine Zeit für Kuchen!«, ruft Hakan. »Wir müssen Mira finden.«

»Wer ist Mira?«, fragt Marco und löst seinen Blick von mir.

»Mira ist ein sehr kluges Mädchen«, erklärt Augustin ungeduldig, »und außerdem in Gefahr.«

»In Gefahr?«, wiederholt Marco. »Warum? Wo?«

»Das wissen wir nicht genau«, erkläre ich, »sie ist verschwunden. Wir vermuten, sie könnte in der Nähe des Bahnhofs sein. Da wollen wir hin.«

Bei meinen letzten Worten setzen sich Augustin und Hakan wieder in Bewegung, ich folge ihnen.

»Entschuldige, Marco«, rufe ich über meine Schulter, »wir reden später, okay?«

»Wartet!«, ruft er und trägt den Karton ins Haus. Gleich danach kommt er wieder heraus und läuft uns über den Innenhof hinterher.

»Ich habe ein Auto«, sagt er, »ich fahre euch.«

»Das ist nicht ...«, setze ich an, doch Augustin unterbricht mich: »Sehr gern, vielen Dank.«

Na gut, es ist vielleicht sinnvoller, das Auto zu nehmen, statt den ganzen Weg bis zum Bahnhof zu laufen, wenn man mit einem über Achtzigjährigen unterwegs ist. Und mit einem Jungen, der schon nach dem Sprint durch das Stiegenhaus ganz außer Atem ist.

Im Auto erzählen wir Marco, was los ist. Die Unruhe von Augustin und Hakan ist auf mich übergesprungen, und ich denke, dass es ja nicht schaden kann, wenigstens einmal nachzusehen. So eine Hütte, die von den Eisenbahnmitarbeitern schon lange nicht mehr benutzt wird, ist schließlich ein gutes Versteck. Ich hätte das sicher auch genutzt.

Ich sitze hinter Marco, Hakan neben mir, Augustin auf dem Beifahrersitz, und es ist seltsam, Marco so nah zu sein nach allem, was geschehen ist. Ich versuche, nicht darüber nachzudenken, nicht jetzt. Erst einmal geht es um Mira und ihre Sicherheit. Aber was wollte er vor meiner Tür? Und wieso hat er einen Naked Cake gebacken? Darauf kann ich mir nun wirklich keinen Reim machen. Und leider kann ich ihn auch nicht fragen, weil wir zwei Zuhörer haben. Bei der Vorstellung, er könnte mit dem Kuchen vor meiner Tür gestanden haben, um mich mit einer großen Geste für sich zu gewinnen, muss ich unwillkürlich, trotz der aufgeheizten, sorgenvollen Stimmung im Auto, lächeln. Ich drehe meinen Kopf zum Fenster, damit es niemand merkt.

Die Fahrt ist kurz, wir parken hinter dem Bahnhof, wo die Fahrräder abgestellt werden, im Halteverbot.

»Geh du voraus«, sagt Augustin zu Hakan, der uns parallel zu den Gleisen zuerst über eine alte rostige Brücke führt, durch eine Unterführung und schließlich in eine Gegend, in der ich überhaupt noch nie war. Wir klettern eine Wiesenböschung hinauf und lassen die graffitibeschmierten Lärmschutzwände hinter uns.

Weiter unten rattert ein Güterzug vorbei, es kommt mir vor, als könnte ich das Vibrieren bis hierher spüren. Mehrere Schilder weisen uns darauf hin, dass das Betreten verboten ist, Hakan sieht nicht einmal hin. Mir wird mulmig zumute, und nun sorge ich mich auch noch um Herrn Havel, der bereits zweimal auf dem steilen Hang ausgerutscht ist. Einmal konnte er sich gerade noch auffangen, danach ist Hakan hinter ihm gegangen und hat ihn ein wenig gestützt. Zuerst wollte Augustin ihn abwehren, aber er hat offenbar eingesehen, dass er sehr wohl Hilfe benötigt, und nichts gesagt.

Ich fange an zu schwitzen, die Sonne brennt auf uns herunter. Wir schnaufen alle, niemand spricht.

»Da vorne ist es«, keucht Hakan nach einer Weile.

Ich drehe mich um. Die Aussicht auf das Gewirr aus Gleisen und Oberleitungen überrascht mich. Es ist erstaunlich, dass man seit seiner Geburt in einer Stadt leben kann und dennoch Plätze in dieser Stadt existieren, die man nie gesehen hat. Ich wusste nicht einmal, dass es hier so viel Grün gibt und sogar einen kleinen Streifen Wald. Plötzlich spüre ich eine Berührung an der Schulter.

»Komm«, sagt Marco, und wir laufen die letzten Meter zur Hütte nebeneinander.

Hakan rüttelt an der schiefen Holztür, und als er sie aufbekommt, schlägt uns ein muffiger Geruch entgegen, aber es riecht auch metallisch und bitter. Meine Augen scannen die diesige Dunkelheit, das Sonnenlicht fällt in Streifen durch die Holzbretter. Und tatsächlich, da liegt sie. Auf einer Matratze, unter einer hellblauen Decke mit *Paw Patrol*-Muster.

»Mira!«, ruft Hakan.

In seiner Stimme mischen sich Erleichterung und Angst, denn schon im ersten Moment merken wir, dass mit diesem kleinen Körper etwas nicht in Ordnung ist. Mira rührt sich nicht. Auch nicht, als Hakan und Augustin sie berühren, dann sogar schütteln. Sie ist vollständig bekleidet. Und warum schläft sie am Nachmittag? Ich knie mich neben die Matratze und lege meinen Handrücken an Miras Stirn.

»Sie hat Fieber, sie glüht regelrecht«, sage ich.

»Wach auf, Mira«, bittet Hakan. »Wieso wachst du nicht auf?«

Ihre Haut ist blass, fast schon grau, am Hals hat sie merkwürdige Flecken. Hektisch taste ich sie ab.

»Ich rufe die Rettung«, sagt Marco und zieht das Handy aus seiner Hosentasche. Gleich darauf höre ich ihn vor der Hütte mit dem Notdienst sprechen.

Ich ziehe die Decke von Mira und schiebe ihren Pullover hoch. Auf ihrem Bauch entdecke ich nichts Auffälliges, doch als ich nach ihrer Hand greife, um ihren Puls zu messen, kommt ein schwaches Stöhnen aus Miras Mund. Ich drehe ihre Hand vorsichtig um, und schlagartig schnürt es mir die Kehle zu. Ein roter Strich zieht sich von einer entzündeten Verletzung in ihrem Handballen den Arm hinauf. Hektisch versuche ich herauszufinden, wie weit er schon geht, kann es aber wegen des Ärmels nicht richtig erkennen.

»Verdammt«, flüstert Augustin.

»Marco!«, rufe ich. »Sag ihnen, es ist eine Sepsis! Sie hat eine Blutvergiftung!«

Er gibt die Information sofort weiter und beendet das Gespräch.

»Die Ambulanz ist unterwegs«, sagt er.

Augustin richtet sich mühsam mit knackenden Gelenken auf.

»Ich gehe voraus und dirigiere sie in die richtige Richtung«, sagt er und eilt zur Tür hinaus.

»In Ordnung.« Ich lege meine Hand auf Miras Brust.

Ihr Herz schlägt absurd schnell, ihr Atem dagegen ist flach. Ich kenne mich zu wenig aus, um die Gefahr, in der sie schwebt, genau einschätzen zu können. Als Kind hatte ich zweimal eine Blutvergiftung vom Spielen im Wald und den schmutzigen

Ecken, in denen Mel und ich herumgekrochen sind, aber Oma Gertraud hat es beide Male sofort bemerkt, und der Hausarzt hat es mit Antibiotika behandelt.

»Wenn der Strich von der Wunde bis zum Herzen geht, stirbt man«, hat Oma Gertraud mir damals eingeschärft, und mir wird ganz kalt bei dem Gedanken.

Wie lange liegt Mira hier schon so alleine? Wann hat sie sich die Wunde zugezogen?

»Sie werden gleich da sein«, flüstert Marco neben mir.

»Wir warten nicht hier oben«, sagt Hakan entschlossen und schiebt seine Arme unter Miras Nacken und ihre Beine. Scheinbar mühelos hebt er sie hoch. Mira sieht noch kleiner aus als sonst.

»Ich trage sie hinunter zur Straße«, sagt Hakan, und da hören wir von draußen einen Schrei.

Mira

Aus dem Nebel dringen Stimmen zu ihr durch, sie klingen weit entfernt. Mira kann nichts verstehen. Sie spürt einen Lufthauch an ihrem Bauch, dann schießt der inzwischen vertraute Schmerz durch ihre Hand. Ihr Arm fühlt sich an, als würde er gar nicht mehr zu ihrem Körper gehören.

Ob Mama gekommen ist?

»Nicht einschlafen jetzt, Mira«, flüstert Subi.

»Warum nicht?«, fragt Mira.

»Sie brauchen dich doch noch«, sagt Subi.

»Aber ich brauch dich.«

Sie hält sich an ihrem Bruder fest. Kurz bevor die Biene ihn gestochen hat, hat sie ihn eine hässliche kleine Arschwanze genannt. Sie haben sich um die Taucherflossen gestritten, die Mira eigentlich schon zu klein waren und Sebastian noch zu groß, trotzdem wollten sie sie beide haben. Schimpfwörter haben sie einander an den Kopf geworfen, und Subi hat Mira ins Wasser geschubst. Nichts davon war schlimm, sie haben das oft gemacht, sie waren Geschwister, und ein paar Minuten später war es normalerweise wieder gut. Dann haben sie sich ein Eis geteilt und *Uno* gespielt. In dem Fall aber war Subi ein paar Minuten später nicht mehr am Leben, und ein »normalerweise« gab es nie mehr.

»Mir tut das leid«, sagt Mira, »Subi, das tut mir so leid. Du bist keine hässliche kleine Arschwanze.«

»Aber du bist ein alter Alpaka-Hintern«, erwidert Subi kichernd.

»Zotteltrottel!«, flüstert Mira.

»Runzelwunzel!«, sagt Subi und lacht richtig laut.

Mira möchte ihm sagen, wie schön das ist, wenn er lacht, wie sie ihn immer und immer wieder zum Lachen bringen will, aber in ihren Ohren dröhnt es zu sehr. Es fühlt sich an, als würde sie schweben, als wäre sie plötzlich ganz leicht. Ihr Körper besteht aus flüssiger Hitze, sie weiß nicht mehr, wo er anfängt und wo er aufhört. Jemand sagt etwas zu ihr, sie muss an einen großen Jungen denken mit dunklen Haaren und sanften Augen, sein Name fällt ihr nicht ein. Dann nur noch Schwarz.

Augustin Havel

Es war bloß ein einziger falscher Schritt. Er schlittert die Böschung hinunter, seine Hände gleiten über Erde und Gras, ohne Halt zu finden. Zuerst denkt er noch, dass er sich sicher gleich abfangen kann, doch dann überschlägt er sich, und plötzlich ist unten oben und oben unten. Augustin sieht die Sonne, den Himmel, dann wieder Grün. Übelkeit und Angst schlagen so plötzlich zu, wie er ausgerutscht ist. Er weiß, dass irgendwo dort unten die Gleise sind, dass die Lärmschutzwand an einer bestimmten Stelle aufhört. Seine Gedanken rasen. Er hätte nicht so schnell laufen sollen, natürlich nicht, er ist ein alter Mann. Aber manchmal ist es schwer, einen wachen Geist und einen müden Körper in Einklang zu bringen.

Als Kind hat es ihm Spaß gemacht, so über eine Wiese zu kugeln. Und hinterher hat die Mama geschimpft, weil sein Hosenboden dreckig war und manchmal sogar zerrissen. Dann hat es Ohrfeigen gehagelt, manchmal hat sie auch den Kochlöffel in die Hand genommen. So war das eben früher, die Eltern waren streng. »Eine gesunde Watschn hat noch niemandem geschadet«, hieß es dann, und Augustin hat das auch geglaubt, als er selbst Vater geworden ist, doch er fragt sich mittlerweile, woher die das eigentlich wissen wollen. Und ob nicht eher das Gegenteil der Fall ist.

Wie lange dauert ein Sturz über einen steilen Hang? Ist es wahr, dass man sein Leben vorbeiziehen sieht, wenn selbiges vorbei ist, denkt er deshalb an seine Kindheit? Augustin blinzelt, er hat seine Brille verloren. Das Gras ist extrem trocken, er reißt nur Büschel davon aus, jedes Mal, wenn er sich festkrallen will.

Schon faszinierend, dass so ein Körper, erst einmal in Fahrt geraten, nicht mehr aufzuhalten ist, dass er angezogen wird von der Schwerkraft und hinuntermuss, weiter, weiter hinunter, so weit, wie es geht. Mit einer Wucht, die ihm jegliche Luft aus der Lunge presst, knallt Augustin gegen die Schutzwand, einen halben Meter neben den Gleisen. Etwas knackt, er hört es eher von innen, als wäre Hören auf einmal ein Gefühl. Der Schmerz ist schwer zu lokalisieren, er ist überall.

Zum Glück haben wir gerade schon einen Rettungswagen gerufen, denkt Augustin noch und versucht zu lächeln, dabei schmeckt er Blut.

Marco

Er zögert einen Moment, als sich die Krankenhaustüren vor ihnen öffnen. Er kann nicht fassen, dass er innerhalb kürzester Zeit öfter in einem Krankenhaus war als in den ganzen letzten Jahren zusammen. Anna dreht sich zu Marco um und wirft ihm einen fragenden Blick zu, er tut, als ob nichts wäre, und geht weiter. Hakan ist schon vorausgeeilt und fragt am Empfang, wohin Mira und Herr Havel gebracht wurden.

»Wir sollen hier warten«, sagt Hakan und zeigt auf eine Reihe von Sesseln.

Anna seufzt ergeben, lässt sich auf einen Stuhl fallen, stützt die Arme auf die Knie und verbirgt das Gesicht in den Händen. Marco und Hakan stehen nebeneinander, sehen sie an und wissen nicht recht, wie sie sich verhalten sollen. Schließlich setzt Marco sich ebenfalls hin, während Hakan von einem Fuß auf den anderen steigt und nervös auf seinem Handy herumdrückt.

»Ich geh mal raus«, sagt er dann, »Mama anrufen und ... spazieren. Ja?«

Marco versteht, dass der Junge sich ein wenig bewegen muss, um sich abzulenken, und dass es ihm der größte Graus ist, hier in Warteposition zu verharren. Noch dazu neben zwei Erwachsenen, die er kaum kennt.

»Gib mir schnell deine Nummer«, sagt er und zieht sein Handy hervor, »ich ruf dich sofort an, wenn wir etwas erfahren.«

Hakan nickt erleichtert, diktiert Marco seine Nummer und geht rasch hinaus. Anna blickt auf.

»Sorry«, murmelt sie und wischt sich über die Augen, »das war gerade alles ein bisschen viel.«

Marco würde sie gern in den Arm nehmen, ist sich aber unsicher, ob das angebracht ist. Darf er sie trösten? Oder ist er immer noch eine *Persona non grata*? Anna nimmt ihm die Entscheidung im selben Moment ab, indem sie sich an seine Schulter lehnt. Er drückt sie an sich und schließt kurz die Augen. Da ist sie. Neben ihm, bei ihm. Er spürt sie, er atmet ihren Duft ein, er hält sie fest.

»Ich hab so ein schlechtes Gewissen«, sagt Anna in Marcos T-Shirt hinein, »ich hätte schon viel früher nach Mira suchen sollen. Aber ich hab gedacht, sie ist vielleicht krank oder …«

Sie bricht ab.

»Dich trifft keine Schuld, Anna«, versichert Marco und hofft, dass er beruhigend klingt und wie die Stütze, die er ihr gern sein möchte.

»Und dann hab ich auch noch Herrn Havel mitgenommen auf die Suche.« Anna löst sich von Marco und richtet sich auf. »Wie konnte ich nur so dumm sein? Ich hab keinen Moment lang überlegt, dass das vielleicht gefährlich wird für ihn. Der Mann ist über achtzig!«

Sie schlägt sich gegen die Stirn und schüttelt sorgenvoll den Kopf.

»Das konntest du doch nicht ahnen«, beschwichtigt Marco sie und wünscht sich, sie würde sich wieder an ihn schmiegen, »und dass er gestürzt ist, war ein Unfall. Jeder von uns hätte diesen steilen Hang hinunterfallen können.«

»Das macht es nicht unbedingt besser«, entgegnet Anna, »das bedeutet ja, ich habe euch alle in Gefahr gebracht.«

»Nein, du bist doch nicht für uns verantwortlich!«

Anna streicht sich die Haare zurück, und er sagt ihr nicht, dass sie Dreckspuren im Gesicht hat und Blutflecken auf dem Kleid. Es spielt außerdem keine Rolle. Sie ist sowieso wunderschön, viel schöner noch, als er sie in Erinnerung hat, wie ist das möglich? Wahrscheinlich spielt sein Gehirn ihm einen Streich, verändert seine Wahrnehmung, lässt ihn durch die rosarote Brille schauen. Als er sie zum ersten Mal gesehen hat, damals im März, als sie beide nach derselben Zitrone gegriffen haben, da fand er sie hübsch, ja. Aber jetzt? Es kommt ihm vor, als hätte er nie eine attraktivere Frau gesehen. Ihre Wangenknochen findet er großartig, alles ist so perfekt proportioniert an ihr, sie ist weich und kurvig, und diese Sommersprossen stehen ihr so gut. Ihre Lippen würde er jetzt am liebsten küssen, und ihre …

»Warum starrst du mich so an?«, fragt sie und zieht dabei die Nase kraus.

»Du hast eine wirklich süße Nase«, sagt Marco, und während Anna zuerst noch erstaunt dreinschaut, fängt sie plötzlich an zu lachen.

»Du spinnst doch«, sagt sie und legt eine Hand vor ihre Nase.

»Nein, es ist wahr«, meint Marco und zieht ihre Hand wieder weg. Dann hält er sie in seiner, und Anna lässt es zu.

»Es wird bestimmt alles gut«, sagt er, »du wirst schon sehen. Wir haben sie rechtzeitig gefunden. Und die beiden sind jetzt in guten Händen.«

»Okay«, flüstert Anna, und er merkt, dass ihr Tränen in die Augen steigen.

»Ich bleibe hier bei dir«, sagt er, »also, wenn … wenn du das möchtest.«

Sie nickt stumm.

»Und das will was heißen, schließlich hab ich das halbe Wochenende in einem Krankenhaus verbracht«, scherzt Marco.

Anna blinzelt mehrmals und kämpft gegen das Weinen an.

»Wie bitte?«, fragt sie. »Warum das?«

Und dann bekommt Marco endlich die Gelegenheit, alles zu erklären. Er erzählt ihr von dem Herzinfarkt seines Vaters, von seinem überstürzten Aufbruch nach Wien, er erzählt von Ruth und seinen Brüdern, er lässt nichts aus. Während er spricht, merkt er, wie gut es tut, sich all das von der Seele zu reden. Anna hört aufmerksam zu und unterbricht ihn kein einziges Mal. An ihrem Gesichtsausdruck erkennt er, dass sie anhand seiner Worte das Puzzle zusammensetzt, zu dem ihr die entscheidenden Teile gefehlt haben. Und die ganze Zeit hält er ihre Hand, als wären ihrer beider Finger eine Verbindung zueinander, die er nicht abreißen lassen will. Er erklärt ihr, wie sehr es ihn genervt hat, dass er sein Handy bei ihr vergessen hat, dass er sogar mit dem Telefon seines Bruders versucht hat, auf dem Festnetz anzurufen, das er nur leider selbst versehentlich ausgesteckt hatte, und dass sie nicht glauben darf, er hätte nicht an sie gedacht in Wien.

»Ehrlich, es tut mir leid«, beendet er seinen Bericht, »ich hätte nicht einfach fahren dürfen, ohne dich zu informieren. Ich war so … geschockt und überfordert. Ich hab gedacht, er stirbt jeden Moment, und ich kann mich nicht einmal verabschieden. Und dann wollte ich am Montag sofort zu dir, und du hast …«

Anna sieht ihn nachdenklich an und grinst dann so breit, dass ihr ganzes Gesicht sich aufhellt.

»Das war gar nicht lustig!«, beschwert sich Marco. »Zuzusehen, wie du einen anderen …«

»Aaach«, fällt Anna ihm ins Wort, »im Nachhinein betrachtet, hat es durchaus was Komisches.«

Marco zieht ein gespielt beleidigtes Gesicht, aber in Wahrheit ist er erleichtert. Dass sie Witze darüber macht, kann doch wohl nur bedeuten, dass sie ihm nicht mehr böse ist, oder?

»Ich hab dich gesehen«, sagt Anna, »also, euch. Ich bin rübergegangen, um zu fragen, wo du denn mit dem Frühstück bleibst, und da hab ich euch gesehen. Ich glaube, sie hat dich umarmt, und dann seid ihr Seite an Seite davonspaziert.«

Marco stöhnt innerlich auf. Verdammt. Deshalb hat sie so abweisend und eisig reagiert.

»Und du hast nicht mal zurückgeschaut zum Café und zu mir«, fügt Anna hinzu und sieht ihn dabei nicht an.

»Es war nicht so, wie …«

»Es ist okay«, unterbricht sie ihn und drückt kurz seine Hand, »wirklich, es ist okay. Das mit deinem Vater tut mir sehr leid. Es ist völlig verständlich, dass du sofort zu ihm wolltest, und du schuldest mir ja nichts.«

»Das sehe ich nicht so«, entgegnet Marco, »ich schulde dir eine Rechtfertigung und eine Entschuldigung, Anna. Du bist ... also, du bist mir nicht egal. Ich würde das gern ...«

In ihre braunen Augen könnte er eintauchen und nie wieder herauskommen. Sich betten in dieser warmen Farbe, endlich einmal ankommen und bleiben. Er streicht ihr eine widerspenstige Locke aus dem Gesicht und streicht zärtlich über die Schlieren auf ihrer Wange.

»Ich würde das gern wiedergutmachen«, sagt er leise.

Anna lächelt.

»Aber nur, wenn du mir sagst, dass du nicht diesem Wikinger versprochen bist«, fährt er fort und wartet mit pochendem Herzen auf ihre Antwort.

Sie lacht kurz auf.

»Ich wollte dich nur eifersüchtig machen«, sagt sie, und ihre Augen blitzen schelmisch.

»Das ist dir gelungen«, flüstert Marco und lehnt sich weiter vor, näher zu Anna, und er weiß, dass sie sich gleich küssen werden, jetzt, jetzt, endlich.

»Ich suche Augustin Havel«, hören sie da eine atemlose Stimme, »ich wurde angerufen, dass er hier ist.«

Sie schrecken auseinander und drehen sich um. Am Empfang steht eine alte Dame in einer schwarzen Jeans und einem pinkfarbenen Pullover, die vermutlich Herrn Havels Ehefrau ist. Während der Mann am Informationsschalter im Computer nachsieht, steht Anna hastig auf.

»Rosa, wir sind hier«, sagt sie, und die Dame fährt herum. Marco merkt, dass sie wesentlich älter ist, als ihr jugendliches Auftreten ihn hat vermuten lassen.

»Er wird gerade operiert«, fügt er hinzu und erhebt sich ebenfalls.

»Oh, Anna«, sagt Rosa, »was ist passiert?«

Als Anna ansetzen will, die Geschichte zu erzählen, geht die Eingangstür des Krankenhauses erneut auf. Die Frau, die hereinkommt, ist ausgezehrt und dünn, ihre Schritte sind unsicher und schief. Einen Moment lang will Marco zu ihr eilen, um sie zu stützen, und er ist überzeugt, dass sie hier ist, weil sie Hilfe braucht. Doch dann bleibt die Frau stehen und sieht ihn, Anna und Rosa an, statt sich an den Empfang zu wenden. Sie ist bleich, ihr Haar ist strähnig, und sogar aus der Entfernung kann Marco erkennen, dass ihre Hände unkontrolliert zittern.

»Wo ist Mira?«, fragt sie, und als Marco die Verzweiflung in ihrer Stimme hört, diesen endlos tiefen Schmerz, der nur mit einem großen Verlust einhergeht, hat er auf einmal das Gefühl zu verstehen.

Augustin Havel

»Da wird der Ferdinand lachen«, sagt Augustin, als Rosa ihm erzählt hat, welche Verletzungen er sich zugezogen hat, »dass ich mir jetzt doch noch die Hüfte gebrochen hab.«

»Sag doch nicht so was!«, ermahnt sie ihn. »Dein Sohn macht sich große Sorgen. Er ist bereits auf dem Weg hierher.«

»Kommt die Brigitte auch?«

»Ich denke schon.«

»Und ich dachte, der Sturz wäre mein größtes Problem.«

»Du bist ein fieser alter Stinkstiefel«, schimpft Rosa, kann aber ein Grinsen nicht unterdrücken.

»Ich könnt ja einfach so tun, als wär ich auf den Kopf gefallen«, schlägt Augustin vor, »und gar nichts mehr sagen. Nur mit den Augen rollen, schau, so.«

Er macht es ihr vor.

»Dann lassen sie mich in Ruhe.«

»Wenn du jetzt nicht aufhörst, lass ich dich auch gleich in Ruhe, dann geh ich nämlich!«

Wie um ihre Drohung wahr zu machen, steht Rosa auf. Augustin kann sie kaum erkennen, ohne seine Brille sieht er nur ihre Umrisse.

»Nein, nein, ich bitte dich«, lenkt Augustin ein, »bleib hier. Du weißt ja nie, ob du mich jemals wiedersiehst!«

Aber statt über seinen zynischen Witz zu lachen, bricht Rosa in Tränen aus.

»Das ist nicht lustig«, murmelt sie zwischen zwei Schluchzern, »ich hab wirklich Angst gehabt um dich!«

Augustin duckt sich schuldbewusst und kleinlaut ins Krankenbett. Das hat er nicht gewollt, gar nichts davon, schon gar nicht, dass Rosa sich seinetwegen fürchten muss.

»Bitte entschuldige«, sagt er und wünscht sich, er könnte sich aufrichten und sie umarmen. Er streckt kraftlos die Hand nach ihr aus und ist erleichtert, als sie sie nimmt.

»Dafür bin ich so gut wie neu«, setzt er zu einem neuen Scherz an, »zumindest ein Teil von mir. Der Rest ist noch immer alt und klapprig, tut mir leid.«

»Ich mag dich doch alt und klapprig«, entgegnet Rosa, beugt sich vor und drückt ihm einen Kuss auf die Nase.

Sie setzt sich wieder auf den Stuhl und zieht ihn zu seinem Bett.

»Dann lass uns miteinander durchbrennen«, raunt Augustin verschwörerisch, »und zwar schnell, bevor mein Sohn kommt und uns erwischt.«

Rosa lächelt, und er freut sich. Er weiß ja, dass die Lage, in der er sich befindet, besser sein könnte. Eigentlich wollte er für sie da sein, ihr helfen und ihr alles abnehmen, was sie nicht machen kann. Stattdessen wird er nun selbst auf Hilfe angewiesen sein, und zwar mit Sicherheit für längere Zeit. Aber was bringt es, sich zu grämen? Er hat keine Lust, in Verzweiflung zu versinken. Nein, das wird er nicht zulassen. Und Galgenhumor war schon immer eine starke Waffe. Was könnte den Menschen lebendiger machen, als dem Tod ins Gesicht zu lachen?

»Der einzige Ort, an den du noch durchbrennen wirst, mein lieber Augustin«, sagt Rosa sehr ernst, »ist ein Altersheim.«

Augustin zuckt zusammen und zieht seine Hand weg.

»Ganz sicher nicht«, betont er.

»Ganz sicher schon«, antwortet Rosa und ergreift seine Hand erneut. Sie verschränkt ihre Finger mit seinen. »Und ich komme mit«, sagt sie.

»Hm«, macht Augustin.

»Wir ziehen in eine Wohngemeinschaft, das nennt sich Betreutes Wohnen«, erklärt sie, »du und ich und ein paar andere

Tattergreise. Wir machen's uns gemütlich, und ab und zu kommt ein sexy Pfleger, um uns zu versorgen.«

»Pfff«, entgegnet Augustin spöttisch, »und was ist mit den sexy Pflegerinnen?«

»Denen geb ich Hausverbot.«

Er lacht, obwohl es wehtut.

»Ganz ehrlich?«, sagt er dann. »Mit dir zusammen würde es sogar im Heim Spaß machen, Rosa.«

»Ich kann mir das auch nur mit dir gemeinsam vorstellen«, gibt sie zu, »und ich bin fast ein bisschen aufgeregt. Wer hätte gedacht, dass ich auf meine alten Tage noch mal in wilder Ehe mit einem Mann leben werde?«

»Wo die Liebe hinfällt …«, schmunzelt Augustin und zuckt vor Schmerz zusammen, als er husten muss.

»Soll das etwa heißen, du liebst mich?«, neckt Rosa ihn.

»Das weißt du doch längst«, antwortet er, »dafür bist du viel zu klug, um das nicht zu merken.«

»Vielleicht würde ich es aber trotzdem gern hören.«

Sie setzt sich vorsichtig auf die Bettkante und beugt sich zu ihm. Ihr Gesicht ist jetzt direkt vor seinem, und obwohl Augustin alles nur verschwommen wahrnimmt, weiß er genau, wie es aussieht. Und dass er es jeden Morgen als Erstes erblicken will, wenn er aufwacht.

»Dein Wunsch ist mir Befehl«, sagt er, und dann flüstert er ihr die drei Worte ins Ohr.

Mira

Mira ist noch nicht einmal richtig wach, da weiß sie schon, dass Subi wieder fort ist. Sie spürt es, und es ist das schlimmste Gefühl auf der ganzen Welt. Gleichzeitig ist ihr klar, dass sie in Sicherheit ist. Trotzdem wünscht sie sich für einen Moment, sie könnte zurück. In die Hütte, in den Nebel, zu ihrem Bruder. Sie würde sogar die Schmerzen in der Hand dafür auf sich nehmen. Denn die sind nichts im Vergleich zu den Schmerzen in ihrem Herzen.

»Hallo, mein Schatz«, sagt eine Stimme. Mira schlägt die Augen auf.

Mama sitzt neben ihr. Ihre Blicke treffen sich, und Mama schaut Mira richtig an, so wie früher, bevor diese unsichtbare kalte Wand zwischen ihnen stand, die Mira nicht überwinden konnte. Es dauert nicht einmal eine Sekunde, und sie fangen beide an zu weinen. Mama schlingt die Arme um Mira und hält sie so fest, dass Mira kaum Luft bekommt. Aber das könnte auch an dem Schluchzen liegen, das sie beutelt. Sie weint in Mamas Haare hinein, an ihre Schulter, in ihren Pullover. Sie weint wegen der Ohrfeigen und der Abende, an denen sie Mamas Puls gefühlt hat, um zu prüfen, ob sie noch lebt, sie weint, weil Papa jetzt Apfelsaft macht und Subis Teddybär nicht mehr nach ihm riecht, wegen ihrer Sorge, dass sie nicht nach Cambridge kann, und weil sie sich so gefürchtet hat allein in der Hütte.

»Es tut mir so leid, Mira«, sagt Mama und wischt sich die Tränen aus dem Gesicht, »ich hab gedacht, ich würde dich auch verlieren«, und bei diesen Worten fließen ihr neue Tränen aus den Augen.

»Du verlierst mich nicht«, erwidert Mira mit erstickter Stimme und kuschelt sich in Mamas Armbeuge.

»Ich war nicht für dich da«, sagt Mama beschämt, »ich hab dich im Stich gelassen.«

Mira gibt keine Antwort. Erst jetzt bemerkt sie, dass eine Nadel in ihrem Arm steckt und ein langer Schlauch zu einer Infusionsflasche führt. Die Hand, an der sie sich verletzt hat, ist dick bandagiert. Bestimmt wird Medizin in ihr Blut geleitet. Sie fühlt sich bereits ein bisschen besser, die Hitze und die Schwere sind verschwunden. Sie ist nur sehr, sehr müde.

»Ich hab dich überall gesucht, Mira. Ich hatte solche Angst um dich, das kannst du dir nicht vorstellen«, flüstert Mama und drückt einen nassen Kuss auf Miras Stirn.

»Doch, Mama«, entgegnet sie, »das kann ich mir gut vorstellen.«

Mamas Duft ist seit Langem überlagert von so viel anderem, von dem Geruch von Schnaps und ungewaschener Haut und etwas stechend Kaltem, wie wenn man im Winter hinausgeht und es gerade geschneit hat. Aber heute hat Mira zum ersten Mal das Gefühl, dass Mamas eigener Duft, das Warme, Liebevolle, Heitere an ihr, noch da sein könnte.

»Du bist alles, was ich noch habe«, sagt Mama, und das Lächeln gelingt ihr nicht so recht, weil ihre Lippen zu sehr zittern, »ich werde in Zukunft besser auf dich aufpassen. Ich verspreche es, Mira.«

Plötzlich registriert Mira aus dem Augenwinkel eine Bewegung. Seitlich hinter ihr an der Wand steht eine Frau. Mira war so auf Mama konzentriert, dass sie nicht gemerkt hat, dass noch jemand im Zimmer ist. Das andere Bett neben ihr ist leer.

Mama räuspert sich.

»Das ist Frau Kirchberger vom Jugendamt«, sagt sie leise, »sie wird uns ... also, sie wird uns ein bisschen helfen. Dir und mir. Damit wir zusammenbleiben können.«

Mira durchfährt ein eisiger Schreck, doch dann, ein paar Augenblicke später, spürt sie nichts als Erleichterung. Sie nickt.

»Wie geht es dir, Mira?«, fragt die Frau und setzt sich auf den anderen, freien Stuhl.

Sie hat eine rahmenlose Brille und einen dicken schwarzen Zopf. Auf ihrem T-Shirt ist Frida Kahlo abgebildet, das findet Mira cool.

»Sie schauen ihr ein bisschen ähnlich«, sagt Mira und zeigt mit der unverletzten Hand auf Frau Kirchbergers Oberteil, die schmunzelt.

»Wenn ich halt nur auch ihr Talent hätte«, antwortet sie. Mira mag ihren Humor. Erwachsene mit Humor sind auf jeden Fall die besseren, und Mira ist froh.

»Mir geht's gut, glaub ich«, sagt Mira und deutet mit dem Kinn auf ihren verbundenen Arm, »meine Freunde haben mich gerettet.«

»Gott sei Dank hast du so gute Freunde. Das Krankenhaus hat mich angerufen, weil du dort in der Hütte ganz alleine warst«, erklärt Frau Kirchberger, »und deine Mutter hat mir erzählt, warum es ihr in letzter Zeit nicht gut gegangen ist. Ich möchte euch beide unterstützen, ist das okay für dich, Mira?«

»Ich kann doch aber trotzdem nach England, oder?«, fragt Mira, weil das College das Einzige ist, woran sie in diesem Moment denken kann. Das Einzige, worauf sie sich gefreut hat, was ihr den Willen gegeben hat durchzuhalten, an jedem einzelnen dunklen Tag.

»Ja, natürlich«, sagt Mama und drückt Miras Hand, »natürlich. Du kannst da auf jeden Fall hin. Ich bin ... stolz auf dich, Mira. Dass du das Stipendium bekommen hast und ... wegen allem.«

»Ist schon okay, Mama«, sagt Mira, wie sie es auch zu Papa gesagt hat, wie sie es immer sagt, damit alle beruhigt sind, doch dann fügt sie hinzu: »Aber ich bin erst elf.«

Mehr nicht, sie macht Mama keine Vorwürfe, sie will das nur einmal betonen, weil ihr manchmal vorkommt, dass alle das vergessen.

»Ich weiß«, murmelt Mama und zieht den Kopf ein, »ich weiß. Ich hab dir viel zu viel zugemutet, Mira. Ich hoffe, du kannst mir irgendwann verzeihen. Und während du in England bist, kann ich ... ich werde eine Kur machen.«

»In einer Klinik?«, fragt Mira.

Mama und Frau Kirchberger nicken.

»Und ... danach?«

»Danach räumen wir Sebastians Sachen auf den Dachboden und richten ein schönes Zimmer für dich ein«, sagt Mama mit fester Stimme, »und fangen gemeinsam ein neues Leben an.«

Als sie den Namen ihres Bruders hört, fängt Mira wieder an zu weinen, aber diesmal ist es kein tiefes, verzweifeltes Schluchzen mehr. Eher das Weinen, das man für einen Abschied braucht. Und für einen Neubeginn.

»Wie klingt das für dich?«, fragt Frau Kirchberger mit der Stimme, die Erwachsene haben, wenn sie wollen, dass ein Kind einer Idee zustimmt, ohne dass es merkt, dass es zustimmen soll.

»Sehr gut«, sagt Mira und meint es auch so.

»Aber mir ist wichtig, dass ich den Papa oft besuchen darf«, wendet sie sich an Mama, »und dass du mit mir jede Woche Kuchen essen gehst. Ich kenn da nämlich einen ganz besonderen Ort, mit besonderen Menschen. Da wird es dir gefallen, Mama.«

»Ich liebe Kuchen«, sagt Mama, und sie wissen beide, was sie wirklich damit meint.

Anna

Auf dem Weg zum Auto hält Marco meine Hand, und während ich mir dessen sehr bewusst bin, seine Finger spüre, seine Haut, seine Wärme, hat es auch etwas Selbstverständliches. Als würden wir immer so gehen, Seite an Seite, egal wohin.

»Danke, dass du mitgekommen bist«, sage ich, als wir losfahren.

Dieses Mal sitze ich vorne neben ihm.

»Nichts zu danken«, entgegnet er, »ich bin froh, dass es so glimpflich ausgegangen ist. Und dass die beiden wohlauf sind.«

»Ja, ich auch«, antworte ich und atme laut und lange aus, während ich mich zurücklehne. Uff. Ich bin vollkommen erschöpft, als hätte jemand einen Schalter umgelegt und mit einem Schlag meine gesamte Energie abgezapft. Das passiert ja oft, wenn man unter Strom gestanden hat und einem das Adrenalin so durchs Blut gerauscht ist, dass man hinterher nur noch schlafen möchte. Vielleicht muss der Körper sich regenerieren, nachdem er sich in einer Ausnahmesituation befunden hat.

»Ich bin so müde«, sagt Marco, »als hätte ich etwas unmenschlich Anstrengendes getan.«

Ach, sieh an, ihm geht es also genauso.

»Mit mir zusammen zu sein, ist offenbar immer ermüdend«, erwidere ich.

»Aber nie langweilig«, gibt er zurück, und ich mustere ihn verstohlen von der Seite.

Wann werden wir darüber sprechen, was er mit dem Kuchen vor meiner Tür wollte? Soll ich ihn fragen oder lieber warten, bis er von sich aus den ersten Schritt macht? Was, wenn er seine

Müdigkeit gerade nur deshalb erwähnt, weil er sofort nach Hause will?

»Ich hoffe, für Mira wird jetzt alles gut. Ihre Mutter hat ja ausgesehen wie ein Häufchen Elend«, sage ich, weil ich nicht möchte, dass sich Stille im Auto ausbreitet. Und weil mir das alles sehr zu Herzen geht, ich muss dringend darüber reden.

»Es ist ja noch eine Frau vom Jugendamt gekommen. Sie kümmert sich bestimmt gut um die beiden«, versichert Marco.

»Hm«, mache ich und erwähne nicht, dass ich selbst eher weniger gute Erfahrungen mit dem Jugendamt gemacht habe. Aber das war schließlich nur ein Fall von vielen und ist außerdem fünfundzwanzig Jahre her, wer wird denn da nachtragend sein.

»Lass uns positiv denken«, setzt er hinzu und legt kurz die Hand auf meine, bevor er in einen niedrigeren Gang schalten muss, weil wir zu einem Kreisverkehr kommen.

»Ja. Okay. Ich versuch's.«

Marco parkt den Wagen in der Nähe der Priesterhausgasse und steigt gemeinsam mit mir aus, statt, wie ich befürchtet habe, mich nur abzuladen und allein weiterzufahren. Als wir am Las Vegans vorbeikommen, schaut er nicht hinein. Vermutlich will er nicht sehen, wie viele Leute da sind, denn wenn es wenige sind, macht er sich Sorgen, und wenn es viele sind, bekommt er ein schlechtes Gewissen, weil Simon in der Küche steht und nicht er selbst.

»Bitte sag mir, dass du heute nicht mehr backen musst«, sagt er mit einem gespielten Stöhnen, als wir vor dem Café stehen.

Ich lache amüsiert auf.

»Das hab ich schon heute Morgen erledigt.«

Ich schließe die Tür auf und hinter ihm wieder ab, dann gehen wir ins Treppenhaus, das zu meiner Wohnung führt. Und da steht, auf der ersten Stufe, Marcos Tortenbox. Ich halte abwartend inne, er grinst mich an.

»Ich auch«, sagt er, »ich hab stundenlang gebacken heute früh.«

Er bückt sich zu dem Karton und hebt den Deckel.

»Einen Naked Cake. Mit Schokoladenkuchen, Nussteig und Zitronenbiskuit. Und einer … Zitrone.«

Er reicht mir eine Marzipanzitrone, und für einen Augenblick halten wir sie beide fest. Und als unsere Hände sich berühren, ist es wieder da. Das Kribbeln, das Blitzen, das Knistern. Erschrocken schnappe ich nach Luft, und im selben Moment küssen wir uns auch schon. Ein tiefes Gefühl der Zufriedenheit fließt durch mich. Es ist anders als mit Daniel und als mit irgendwelchen Typen, die ich geküsst habe, betrunken oder nüchtern, es ist intensiver und schöner und viel, viel erotischer. Wer hätte gedacht, dass Verliebtheit so einen Unterschied macht?

»Das hätte ich schon tun sollen, als wir zum ersten Mal eine Zitrone in der Hand hatten«, sagt Marco und zieht mich in eine feste Umarmung. Ich lege den Kopf auf seine Schulter, und er passt immer noch genau dorthin. Alles fügt sich zusammen, alles ist jetzt richtig.

»Wäre ein bisschen seltsam gewesen«, murmle ich, »so mitten auf der Schranne.«

Ich spüre, wie er lacht, und schließe die Augen. Ich möchte jetzt nirgendwo lieber sein als hier.

»Aber immerhin hab ich schon damals gesagt, die eine oder keine«, erklärt er.

»Wozu dann all die Umwege und Missverständnisse?«

»Ach, das hat es doch viel spannender gemacht«, entgegnet er schmunzelnd und hebt vorsichtig die Torte auf.

»Rosen-Muffins zu machen, wäre bedeutend einfacher gewesen«, necke ich ihn, und er knufft mich auf den Oberarm.

»Ich hab mich eben ins Zeug gelegt für dich.«

Ich bin ganz weich. So viel Härte war in mir, so viel Abwehr und Trotz, dass ich vergessen habe, wie es sich anfühlt zuzulassen, dass mir jemand nahekommt. Verdammt gut, überraschenderweise. Die miesen Gedanken, die mich beschäftigt haben all die Zeit, dass ich niemals jemanden finden werde, der zu mir passt, mich versteht, mir ähnlich ist, dass Marco mich nicht mag, dass es falsch war, mich in ihn zu verlieben, fallen von mir ab, und ich bin tausend Kilo leichter. Vielleicht heißt es deshalb immer, dass es einem vorkommt, als würde man schweben, wenn man verliebt ist. Im Moment gibt es nichts Schweres, nichts Belastendes mehr, das mich niederdrückt. Im Gegenteil, ich habe den Eindruck, dass uns alles gelingen kann, gemeinsam.

»Aber nicht dass du meine Bemerkung von vorhin falsch verstehst«, Marco hebt mein Kinn und sieht mir in die Augen, »ich backe sehr gern mit dir. Ich möchte das noch öfter machen. Und ... alles andere auch.«

Ich küsse ihn.

»Das zum Beispiel?«

Er nickt.

»Was noch?«

»Durch die halbe Stadt rasen und deine Freunde retten«, sagt er.

»Das wird hoffentlich nicht so oft nötig sein!«

»Und frühstücken«, flüstert er in mein Ohr, »ich würde sehr gern endlich mit dir frühstücken.«

»Dazu musst du aber erst einmal die ganze Nacht bei mir bleiben«, flüstere ich zurück.

»Nichts lieber als das«, raunt er, und ich hätte nicht gedacht, dass mir noch heißer werden kann, aber doch, offenbar ist das möglich.

Ich löse mich von ihm, wir stehen einander im Stiegenhaus gegenüber, neben uns der dreistöckige Kuchen, den er nur für mich gebacken hat. Seit ich ein Kind war und Oma Gertraud die Chefin der Backstube war, hat niemand mehr so etwas für mich getan.

»Kommst du mit nach oben?«, frage ich.

»Um was zu tun?«

Sein Blick ist schelmisch.

»Zuerst einmal duschen«, sage ich und deute auf die Dreckspuren an unseren Klamotten und Händen.

»Und dann?«

Er grinst noch breiter.

»Und dann vielleicht ein bisschen ...«, ich mache eine bedeutungsvolle Pause, »Kuchen essen.« Ich flitze lachend die Stufen hinauf.

Er folgt mir. Als wir uns oben die Schuhe ausziehen, saust Mel, die bestimmt unser Gepolter auf der alten Holztreppe gehört hat, aus der Wohnung und ruft: »Anna, ich hab eine Ü...«

»Oh«, macht sie, als sie Marco sieht, »du hast auch eine Überraschung.«

Ich sehe ihr an, dass sie sich mühsam hundert fiese Witze verkneift, stattdessen strahlt sie uns an, und ich weiß, sie freut sich für mich und mit mir.

Da taucht noch jemand hinter Mel auf. Mir schießen in Sekundenschnelle die Tränen in die Augen, die Stimme bleibt mir weg. Was gar nicht so schlimm ist, denn ich bin derart verblüfft, dass ich ohnehin nicht wüsste, was ich sagen sollte. Mel lacht und drückt mich. Gleich danach nimmt Oma Gertraud mich in die Arme. Ich halte sie fest, sauge ihren Duft tief ein. Nichts hat sich je so sehr angefühlt wie Heimkommen.

»Ist er das?«, fragt Oma leise, aber nicht leise genug.

»Ja«, antworte ich und stelle die beiden vor.

»Kommt rein, kommt rein«, sagt Oma, »wir haben gekocht. Oliver sitzt schon am Tisch. Und außerdem wird es kalt!«

»Passenderweise hab ich ein Dessert dabei«, erklärt Marco und macht eine galante halbe Verbeugung, mit der er Oma die Tortenschachtel reicht.

»Kann er backen?«, fragt sie mich.

»Sehr gut sogar.«

»Gut, dann behalten wir ihn«, erklärt sie resolut und marschiert voraus in die Küche. Mel zwinkert mir zu. Ich drehe mich zu Marco und will ihm eine Entschuldigung zuflüstern, dass ich nicht gewusst habe, dass Oma kommt, dass es mir leidtut, dass wir nun doch nicht zu zweit sind, dass ich aber furchtbar glücklich darüber bin, sie wiederzusehen, doch sein Blick sagt mir, dass er das alles bereits weiß.

»Schön, dass ich gleich alle kennenlernen darf, die in deinem Leben wichtig sind«, wispert er.

»Du bist es auch«, sage ich, und dann küssen wir uns so lange, bis Mel und Oma lachend aus dem Wohnzimmer nach uns rufen. Wir gehen hinein, es sind nur ein paar Meter, unsere Hände finden sich trotzdem.

Ein Jahr später ...

Oma Gertraud

Der Blumenstrauß ist schlicht und schön. Ich habe mir Pfingstrosen und Ranunkeln gewünscht, die Floristin hat auch Dill und Eukalyptus dazugegeben. Wenn ich meine Nase hineinstecke, duftet es herrlich krautig. Die Ranunkeln passen perfekt zu meinem Kleid, das nicht weiß ist, sondern magentafarben. Ich wollte etwas Strahlendes, Farbenfrohes. Und unschuldig bin ich ja weiß Gott nicht.

»Riech mal«, sage ich zu Jacopo, der neben mir auf der Rückbank sitzt, und halte ihm die Blumen hin. Er atmet tief ein.

»Vuoi lanciarlo?«, fragt er, ob ich den Strauß werfen möchte.

»Nella faccia di Anna«, antworte ich, *in Annas Gesicht*, er lacht.

Mein Italienisch ist lückenhaft, aber ich gebe mir Mühe, und Jacopo ist ein geduldiger Lehrer. Er berichtigt mich sanft, wenn ich etwas Falsches sage, und er versucht, Deutsch zu lernen. Wir unterhalten uns in einer Sprache, die niemand sonst verstehen kann, einer Mischung aus Italienisch, Englisch, Deutsch, Gesten und Blicken. Ich habe das Gefühl, nie zuvor hat jemand so sehr gewusst, was ich sagen will.

»Sei bellissima«, flüstert er mir zu, und ich erröte.

Dass das möglich ist! Ich bin über siebzig Jahre alt und werde rot wie ein Schulmädchen, wenn dieser Mann mir Komplimente macht.

Es war schön, ihm das Jawort zu geben. Dabei habe ich immer gedacht, dass ich niemals heiraten werde, nicht in diesem Leben. Ich konnte ja nicht ahnen, dass der Mann für mich in einem anderen Land wartet, eintausendzweihundert Kilometer weit entfernt. Vielleicht war es verrückt, vor mehr als sieben Jahren Anna das Café zu übergeben und alles hinter mir zu lassen, um zu reisen. Vielleicht war es aber auch die beste Entscheidung, die ich je getroffen habe.

Als ich damals in den Flieger gestiegen bin, habe ich gedacht, dass ich jetzt kein Zuhause mehr habe. Und es war ein guter Gedanke, ich war frei. Ich habe viel geleistet in all den Jahren, ich habe das Café durch sichere wie unsichere Zeiten geführt, ich habe den Tod meiner Tochter ertragen und Anna großgezogen. Nicht nur sie, auch Melanie, meine zweite Enkelin von einer anderen Großmutter. Wir waren ein ungewöhnliches Dreimäderlhaus, und wir haben zusammengehalten. Es ist mir schwergefallen, die beiden in Salzburg zurückzulassen, doch gleichzeitig war ich mir sicher, dass sie es schaffen würden. Dass sie alles schaffen würden. Und ich wollte mir diesen Traum erfüllen, die Welt zu sehen, bevor ich nur mehr die Radieschen von unten sehe. Was ich allerdings nicht gewusst habe, war, dass man sein Zuhause auch in einem anderen Menschen finden kann.

Jacopo strahlt mich aus seinen blitzblauen Augen an. Er ist ein gelassener, charmanter und humorvoller Mann. Der erste, der mich liebt, wie ich bin. Nicht einen Moment lang hat er versucht, mich zu verändern oder zu verbiegen. Als eigenständige Frau bin ich ständig angeeckt, den Männern hat es nicht gepasst, dass ich sie nicht gebraucht habe. Ich konnte alles allein, und vieles konnte ich sogar besser. Das hat kein Mann lange ausgehalten, und ich habe irgendwann keine Lust mehr gehabt, Rücksicht zu nehmen auf die sensiblen Männer-Egos. Für die Mädchen wäre es vielleicht gut gewesen, eine Vaterfigur zu haben, eine Opafigur, aber es gab nun einmal keine. Wir sind auch so klargekommen. Man kriegt alles hin, wenn man muss.

»Ist gut, dass du es selber kannst«, sagt Jacopo, wenn ich mich wieder einmal weigere, mir von ihm helfen zu lassen. »Muss ich nicht so viel arbeiten bei dir.«

Womöglich ist das etwas, das mit dem Alter kommt. Eine tiefe Ruhe, eine Art inneres Zurücklehnen. Irgendwann hat man alles schon gesehen, alles bereits erlebt. Da kann nichts mehr kommen, was einen noch überrascht.

Außer die Liebe vielleicht.

Die Liebe überrascht uns immer.

»Ci siamo«, sagt Jacopos Enkelin Lucia, die uns in der Limousine zur Hochzeitsfeier kutschiert hat. Sie ist mit ihrer Frau Isabella aus Neapel angereist, wie der Rest von Jacopos Familie, die kleiner ist, als man glauben würde. Seine Frau Angelina ist vor vielen Jahren gestorben, seine Söhne führen gemeinsam eine Autowerkstatt, Lucia ist seine einzige Enkelin. Sie hat mit Isabella ein kleines Mädchen adoptiert, das mit seinen dunklen Augen und den wilden Locken im weißen Spitzenkleid jeden einzelnen Hochzeitsgast verzaubert.

Lucia parkt den Wagen auf dem großen Platz vor der Wiese, auf der das Picknick stattfindet. Jacopo hat es sich nicht nehmen lassen, eine Limousine zu mieten, ich fand das kindisch und süß zugleich. Er wollte mir damit eine Freude machen, die größte Freude hat er jedoch selbst. Das merke ich allein daran, wie er noch einmal stolz zum Auto schaut, als wir aussteigen. Das Wetter ist traumhaft, ein herrlicher Tag. Die Gäste erwarten uns und klatschen, während wir auf sie zugehen. Oliver reicht uns Champagner. Er ist ein schräger Kerl mit einem fragwürdigen Kleidungsstil, heute trägt er einen wild gemusterten Frack, eine pinkfarbene Fliege und einen Zylinder. Er sieht aus wie die Kreuzung aus einem Zirkusdirektor und einem Clown, aber seltsamerweise steht es ihm. Und es ist mir außerdem vollkommen egal, wie er sich anzieht, solange er meine Melanie glücklich macht.

Wie sie miteinander umgehen, verrät mir, dass er das tut. Sie ist stachelig und sarkastisch wie eh und je, doch der harte Zug um ihre Augen, der mir manchmal Sorgen bereitet hat, ist verschwunden. Ich weiß nicht, ob es richtig war, die Mädchen so sehr zu Eigenständigkeit zu erziehen, aber ich wollte, dass sie niemals abhängig von einem Mann sein müssen. Es ist für uns Frauen ohnehin schwer genug, uns in dieser Welt zu behaupten.

Neben Melanie und Oliver steht Daniel mit seiner Freundin, deren Namen ich vergessen habe. Ich weiß aber noch, dass sie aus Norwegen stammt, und das ist ein bisschen lustig, weil Daniel mit seinem blonden Bart selbst so aussieht, als hätte er skandinavische Vorfahren. Im Sommer wollen sie eine längere Reise durch Norwegen antreten und wenn alles klappt wie geplant, werden Melanie, Anna, Oliver und Marco sie dort besuchen, um gemeinsam Urlaub zu machen. Das wird das erste Mal sein, dass Anna ihr Café zurücklässt, um zu verreisen, und ich bin fast so aufgeregt, als würde ich selbst wegfahren. Wer hätte gedacht, dass ich das noch erleben würde? Offenbar gelingt es ihr jetzt im Verbund mit Freunden besser als allein.

Melanie erhebt ihr Glas, alle anderen tun es ihr gleich. Sie prosten uns zu, und wir trinken. Der Champagner kribbelt angenehm auf der Zunge, es ist das erste Mal, dass ich welchen koste.

»Das Buffet ist eröffnet!«, ruft Marco.

Er und Anna haben eine Reihe Tische aufgebaut, die sich unter den verlockenden Köstlichkeiten biegen. Ich bin gespannt, was sie alles gekocht und gebacken haben, ich durfte nicht dabei helfen.

»Du bekommst Mitmachverbot«, hat Anna streng erklärt, »du wirst dich ausnahmsweise verwöhnen lassen!«

Seit sie im Frühjahr ihren Catering-Service eröffnet haben, boomt das Geschäft. Sie bieten Backwerk und eine Vielzahl an Gerichten, für Partys, Geschäftskongresse, Hochzeiten, Taufen und Geburtstagsfeiern, und zwar sowohl vegan als auch nicht-vegan.

»Das gibt es so noch nicht«, hat Anna gesagt. »Bisher konnte man nur entweder alles normal oder alles vegan bestellen. Wir aber decken beides ab, das ist unser USP.«

Das letzte Wort klang wie Ju-Es-irgendwas, keine Ahnung, was das heißen soll, ich habe einfach genickt. Ich bewundere es, dass die jungen Leute etwas auf die Beine stellen. Und der Erfolg gibt ihnen recht. Am schönsten daran finde ich, dass sie das Business gemeinsam gegründet haben und zusammenarbeiten. Marco kocht und backt ohne Milch, Eier und Butter, Anna mit. Auf die Idee wäre ich ja nie gekommen. Aber inzwischen hat er schon oft für uns gekocht, und ich muss sagen, das hat eigentlich immer gut geschmeckt. Das Café hat Anna nicht aufgegeben, natürlich nicht, und Marco bekäme man auch im Leben nicht weg von seinem Bistro. Aber sie haben Leute eingestellt, die sie unterstützen, sodass sie nicht mehr alles allein machen müssen, und betreiben den Catering-Service nebenbei für ausgewählte Veranstaltungen. Eine geniale Idee, das muss ich ihnen lassen.

»Vuoi mangiare qualcosa?«, fragt Jacopo, ob ich etwas essen will. Und wie ich will!

Die fleißigen Helfer haben die großen Decken ausgebreitet. Die weiße in der Mitte, umringt von allen anderen, ist für uns. Einen Moment lang betrachte ich all die Menschen, die gekommen sind, um mit uns zu feiern, die Kinder, die herumtoben, und ich muss aufpassen, dass ich nicht vor Glück platze.

»Oma!«, ruft Mira und fällt mir um den Hals.

Sie ist gewachsen seit letztem Jahr, ganz plötzlich ist sie in die Höhe geschossen. Seit ihre Mutter im Café Sonnigsüß arbeitet, hilft auch Mira jeden Tag nach der Schule beim Bedienen. Allerdings nur ein paar Stunden, dann radelt sie in die Wohngemeinschaft von Rosa und Augustin und bringt ihnen Apfelstrudel. Die beiden habe ich inzwischen auch kennengelernt, und sie alle gemeinsam zu sehen hat mir Zuversicht gegeben. Weil Anna nicht allein ist. Sie hat sich aus Freunden eine Familie gebastelt, und das sind vielleicht die besten Familien von allen.

Und ich kann frohen Herzens mit Jacopo verreisen. Unsere erste Station ist Island, danach werden wir sehen, wohin es uns treibt. Ich glaube nicht, dass wir noch einmal heimkommen werden. Wir sind uns jetzt gegenseitig ein Zuhause.

»Was magst du zuerst kosten?«, fragt Mira fröhlich und winkt Hakan, dass er mir einen Teller geben soll. Ihr bester Freund, der groß ist wie ein Löwe, aber sanft wie ein Welpe, tut sofort wie geheißen und lächelt mich an.

»Krass gute Idee mit dem Picknick«, sagt er, »danke für die Einladung.«

Er ist ein Unikat, ich mag ihn.

Anna und Marco stehen hinter dem Buffet und achten darauf, dass jeder bekommt, was er möchte, helfen beim Austeilen und geben bereitwillig Auskunft, was da alles Leckeres auf die hungrigen Gäste wartet. Ich höre was von Blumenkohlsteaks und gratiniertem Cashew-Käse, Gemüse-Galette, Rhabarber-Trifle mit Eierlikörsahne, Rosen-Muffins und Schokotarte mit Salzkaramell. Mein Magen meldet sich mit einem vorfreudigen Knurren. Grinsend schnappt Jacopo sich ein kleines Gebäckstück, dreht sich zu mir und hält es mir vor die Lippen.

»Ist es das, was ich denke?«, frage ich, und er nickt.

»Du hast Anna das Rezept für deine Baba gegeben?« Ich lege einen empörten Ton in meine Stimme, er nickt wieder.

»Babà«, sagt er dann lachend mit der Betonung auf dem zweiten a, »si dice Babà!«

Ich beiße mit Genuss in das Hefeteigteilchen. Sonnig und süß, so soll dein Leben sein, das war immer mein Motto. In der Realität hat das natürlich nie zugetroffen, weil das Leben nun mal weder sonnig noch süß ist, das hab ich früh gelernt. Deshalb war es wohl weniger ein Motto als vielmehr ein frommer Wunsch, der sowieso nie in Erfüllung ging. Außer heute. Jetzt, hier, in diesem Moment. Ich lächle Jacopo an, der die zweite Hälfte der neapolitanischen Spezialität aufisst.

»Ist alles so, wie du es dir vorgestellt hast?«, fragt Anna.

Sie sieht bezaubernd aus mit den hochgesteckten Haaren und dem altrosa Kleid, das perfekt mit meinem harmoniert. Melanie konnte ich nicht zu einem Kleid überreden, aber sie hat sich immerhin eine Rose ins Haar gesteckt.

»Es ist noch viel besser«, antworte ich.

»Wehe, du wirfst mir den Brautstrauß zu«, sagt Anna.

Ich muss lachen, sie hat mich durchschaut. Und wie sie da steht, neben Marco, wirkt sie so erwachsen, dass es mich mit Schmerz und Freude zugleich erfüllt. Es tut weh, dass das kleine Mädchen fort ist, das neben mir Teig geknetet hat, als es kaum groß genug war, um die Arbeitsplatte zu erreichen. Aber ich freue mich, dass aus diesem Mädchen eine kluge, selbstbewusste, starke Frau geworden ist.

»Das nicht«, erwidere ich, »aber ich möchte ihn dir schenken.«

Ich überreiche ihr die Blumen, sie nimmt sie mit einem Lächeln entgegen. Wir sehen uns an.

»Danke«, sagt Anna, und ich weiß, sie meint: nicht nur dafür.

Jacopo drückt mir einen Kuss auf die Wange, und erst da merke ich, dass sie ganz nass ist.

»Das sind Freudentränen«, flüstere ich ihm zu.

»Weiß ich«, flüstert er zurück, »hab ich auch schon welche geweint heute.«

Anna drückt ihre Nase in den Strauß und macht für einen Moment die Augen zu. Als sie sie wieder öffnet, sieht sie Marco an. Und dieser Blick sagt mir alles, was ich wissen muss.

Rhabarber-Trifle mit Eierlikörsahne

Zutaten

300 g Rhabarber
1 Bio-Orange
100 g Zucker
4 dicke Scheiben Rührkuchen
150 g Schlagsahne
2 EL Eierlikör
1 EL Mandelblättchen

Zubereitung

Ofen vorheizen (E-Herd: 150 °C/Umluft: 130 °C). Rhabarber putzen, waschen, in Stücke schneiden und in eine Auflaufform geben. Die Orange heiß waschen, abtrocknen und 3 Streifen Schale dünn abschälen. ½ Orange auspressen. Zucker, Orangensaft und -schale auf dem Rhabarber verteilen. Form mit Folie verschließen. Im Ofen ca. 20 Minuten backen. Etwas abkühlen lassen.

Kuchenscheiben auf vier Gläser verteilen, dabei zurechtschneiden. Die Sahne halbsteif schlagen, Eierlikör einrühren. Rhabarber, Eierlikörsahne und Mandeln auf dem Kuchen verteilen.

Wenn das Leben mal so richtig verrückt spielt

Bernard ist fünfzig geworden und rechnet mit einem ruhigen Leben bis ans Ende seiner Tage. Da passiert es: Eine Reihe von Katastrophen fegt alle Gewissheiten fort. Es beginnt mit Nathalie, Bernards Frau mit den schönen langen Haaren, die er so großartig findet, dass es ihm gereicht hätte, bloß mit ihren Haaren verheiratet zu sein. Doch plötzlich ist die Ehe in einer Krise. Dann setzt ihn sein Chef vor die Tür, und mittellos, wie er ist, muss er bei den Eltern in sein altes Kinderzimmer einziehen. Als diese auch noch versuchen, ihn mit einer Frau zu verkuppeln, die wie er Schiffbruch erlitten hat, wagt er zum ersten Mal etwas ganz Verrücktes …

PENGUIN VERLAG

Wenn Dich die große Liebe trifft wie ein Blitz aus heiterem Himmel

Als Fotografin Ranya an einem Herbstabend auf einen Hügel klettert, um das aufziehende Gewitter mit ihrer Kamera festzuhalten, geschieht es – sie wird vom Blitz getroffen. Ranya trägt nur eine kleine Verletzung davon, doch etwas ist mit einem Mal anders: Sie fühlt sich mutiger als jemals zuvor in ihrem Leben. Endlich wagt sie es, ihre Verlobung mit dem arroganten Claus in Frage zu stellen. Bei einem Treffen für Blitzschlagopfer lernt sie Adam kennen. Ihn hat derselbe Blitz getroffen wie Ranya, und seitdem glaubt der TV-Meteorologe, das wichtigste Ereignis in seiner Vergangenheit vergessen zu haben. Ranya will ihm helfen. Gemeinsam machen sie sich auf die Suche nach seiner verlorenen Erinnerung – und verlieben sich dabei unsterblich ineinander. Doch dann ziehen am Horizont neue Wolken auf …

PENGUIN VERLAG

JUDITH WILMS

LIEBE BRAUCHT NUR ZWEI HERZEN

ROMAN

Manche Dinge muss man loslassen – aber an der großen Liebe lohnt es sich festzuhalten

Niemand kann besser loslassen als Liv. Als Ordnungsfee hilft sie ihren Kunden dabei, ihr Leben auszumisten – denn sie weiß ganz genau, dass es sich oft nicht lohnt, Dinge aufzubewahren. Genauso wenig, wie sich die Liebe lohnt. Als sie im Haus ihrer Eltern eine Kiste voller Jugenderinnerungen findet, beschließt Liv, endlich die Liebesbriefe von Flo, dem Nachbarsjungen, loszuwerden. Doch gerade als sie seine Briefe in die übervolle Mülltonne stampft, steht Flo plötzlich wieder vor ihr – groß, erwachsen und mit seiner stupsnasigen kleinen Tochter an der Hand. Livs Herz macht ganz unerwartet einen Salto. Doch bestimmt lässt sich auch Chaos im Herzen ganz leicht aufräumen … oder?

PENGUIN VERLAG